KB065892

검은 개

추정경 장편소설

검은 개

다산
책방

투견꾼들과 함께 떠돌던 그 개를 보았다.
게릴라전을 치른 어두운 굴다리 밑에서
상대 투견에게 목덜미를 물어뜯기고
주인이란 남자가 마춰도 없이 꿰매는 동안에도
반항하지 않던 개였다.
사람도 개도 미쳐 가는 광도(狂濤)의 여름밤에
유일하게 광기에 휩싸이지 않아
목숨 달린 것으로서의 시간을 보내고 있었다.
힘겹게 제 세계를 지키는 피안(彼岸)의 개는
상대 개를 물지도
살육의 장으로 등 떠민 주인을 물지도 않았다.

미친개,
개싸움에 돈을 건 사람들이 낙인찍은 그 개는
그저 검은 밤을 향해 짖을 뿐이었다.
목숨 달린 것은
이성을 마비시키고 광기로 내몬 그 밤이
자신이 싸워야 할 진짜 상대임을 알았다.
살아 있는 동안 해야 할 과업은
목숨 달린 것들을 불러들이지 않는 것.
개는 어둠의 목덜미를 물어
무덤으로 끌고 가며

제 세상에 안녕을 고한다.

차
례

프롤로그   9

테니스 소년병의 시작   29

적의 발톱   61

임석 스캔들, 게임의 시작   88

소년 정치범   126

난쟁이 집, 감별소, 칼   159

29호   229

심판이 지배당하는 경기의 법칙   288

임 변과의 복식   329

타이 브레이크   357

그 밤의 개, 구성구   409

에필로그   437

작가의 말   476

일러두기

* 본 소설은 특정 단체나 기관과 관련이 없으며 사건에 얽힌 비화는 허구임을 밝힙니다.

* 유소년 테니스 대회의 일정과 시드 배정 방법, 세부 규칙은 실제와 차이가 있습니다.

* 테니스 용어는 실제 현장에서 쓰이는 영어 표현을 그대로 사용했습니다.

* 프로 테니스 선수의 프로필과 전적은 위키피디아 정보를 참조했습니다.

프롤로그

싱크대에 처박힌 빈 국그릇이 뜨겁고 매웠던 흔적을 품고 있듯 방은 그릇처럼 자신이 담았던 주인을 기억한다. 주인의 온도, 냄새, 그리고 성별.

이 방의 주인은 살을 델 만큼 뜨겁고 육식을 즐겨 하는 자 특유의 고린 체취를 풍기는 젊은 남성이다. 색으로 따지자면 일도창해한 검푸른 빛보다 그에 살짝 못 미치는 벽계수의 초록빛쯤. 그리하여 이 방은 켜켜이 쌓인 여물지 못한 수컷 냄새의 복합체였다. 셔츠의 찌든 땀 냄새, 땀이 밴 운동화 냄새, 벽에 튄 자장 국물 냄새, 쏟아버린 커피 냄새. 그 어디에도 분첩의 가루 하나 묻어 있지 않았다. 힘은 강렬하고도 순간적이었다. 갈고리가 많은 낚싯바늘에 전어와 노래미, 오징어가 함께 매달린 것처럼 일관성 없는 기억들이 딸려 올라왔다. 흙냄새가 달라붙은 운동화는 뻗치기를 하며 48시간 신발조차 벗지 못했던 신입 기자 시절을, 운동복의 시큼한 땀 냄새는 맹렬했던 이십 대 군 시절을 한순간에 꿰었다. 냄새가 몰고 온 기억의 파장이 그를 타석에 세워 두들겨 댔다. 열여덟의 소년들은 인지할 수 없는 땀 냄새 너머의 페로몬이 마흔 줄의 남자를 아련하게 만들었다. 더 이상 가질 수 없는 젊은 심장이 뿜어내는 활력의 상징, 노랗게 바랜 체육복 상의와 땀에 전 채 처박힌 운동화에서 풍기는 역한 냄새가 박 기자의 안온한 심장을 자극했다. 쓴웃음으로 덮고자 했으나 무엇인가 꿈틀댔다.

고물거리며 올라온 것은 거웃이 자라기 전 순수했던 소년의 기억이었다. 꺼내고 보니 아련했다. 뽑아 버렸던 딸기의 넝쿨이 겨울을 넘기고 다시 흙을 밀고 올라오는 걸 본 것처럼 반갑고도 애틋했다.

제 속에도 그런 시절이 있었노라, 냄새가 알려 주었다. 솜털이 촘촘했던 그 시절이 무색하게 지금의 자신은 털이 빠져 볼품없는 일본원숭이 같았다. 그 세계나 이 세계나 나이가 들수록 얼굴이 벌게진다는 게 어찌나 애잔한지. 아침마다 지하철에서 스치는 젊은 여자들의 체취에도 아무런 감흥이 없던 그가 젊은 그들이 풍기는 냄새에 격하게 반응하는 것은 대권을 내준 뒤 살아남은 늙은 수컷의 생존 본능인가. 자신의 동물적 지위를 인지한 순간 보이지 않는 한숨이 새어 나갔다.

신호등마다 노란불을 받고 서는 느낌, 하루의 모든 것이 엇박이었다. 친구 아들의 돌잔치에 갔다가 그대로 온 옷차림새도 등산복을 입고 상갓집을 찾아온 것처럼 불편했다. 친구 부부가 7년 만에 얻은 아이의 돌잔치를 호텔 뷔페에서 치른 덕에 모처럼 빼입은 정장이었음에도 급하게 잡힌 인터뷰 장소와 어울리지 않았다. 다이아를 박은 예물 시계를 소매 안으로 쑤셔 넣어 보지만 허사였다. 불어난 손목 살에 끼어 버린 시계는 미동도 하지 않았다. 아내는 처음부터 돈에 맞춘 예물 맞춤을 마뜩잖아했다. 상전처럼 모셔 둘 거면 팔라는 협박에 그 상전을 모시고 나온 걸 곱씹어 후회한들 늦은 일이다.

그녀의 표현을 빌리자면 사연 많은 피아제였다. 그의 첫 번째 출가는 장모가 로스쿨 출신 변호사 예비 사위의 약혼 선물로 보낸 자리였으니 따지고 보면 손을 탄 중고 시계였다. 강남 거부 장모가 '사'자 들어가는 사위를 위해 맞춘 고가의 예물이었으나 무슨 이유에서인지 그를 대차게 까버리고 회수한 뒤 자신에게 던져 준 것이다. 장모의 명품 가방에서 무심히 그의 팔로 건너온 시계를 두고 아내는 제 엄마를 노려볼 뿐이었다. 그건 엄마랑 그 변호사 사이에 오간 장물이야. 아내는 그 말을 내뱉고 무심히 입을 닫았으나 자신은 무덤에서도 불편할 장모였다. 6년간 연애를 반대하던 장모가 갱년기 우울증을 앓듯 마음을 바꿔 던져 준 허혼서였고 그는 탐탁지 않은 사위였으니 더 눈 밖에 나지 않도록 몸을 사려야 했다. 예물만큼은 지켜야 데릴사위의 체면이 설 것이란 너절한 믿음이 그를 버티게 했다. 고로 안쓰러운 존재는 내가 아니다. 30분이 넘게 우진고 K 코치에게 바람맞고 있는 자신보다 불안한 월급쟁이 팔뚝에 내려앉아 있는 피아제의 팔자가 더 사나운 것이다. 그는 그렇게 되뇌었다.

인터뷰를 약속했던 토요일 오후 4시, 두 잔째 비워 내는 믹스 커피에 신물이 올라왔다. K 코치가 손수 타 주면서 10분 안에 돌아오 겠다며 내민 그 커피 잔은 뭉개 버린 뒤였다. 새카맣게 그을린 2학 년 선수는 두 번째 커피를 타 주며 그가 언제 올 것이라는 말을 전 하지 못했다. 피아제의 초침이 굼뜨게 움직이는 사이 방의 주인은 노크도 없이 돌아왔다.

박 기자는 자리에서 일어나 그를 맞았다. 오래 기다리셨다고 체 면치레를 해야 할 인사가 그쪽에서 생략되었다. 자판기 커피 잔을 그러쥔 채 어물쩍 나타난 K 코치에게선 면피성 예의조차 찾아볼 수 없었다. 훈련 빼먹고 도망간 애들 조지느라 어깨 빠지겠네. 혼잣말 을 하는 그의 새까만 얼굴이 골조가 드러난 흉가처럼 볼썽사나웠 다. 그는 기자 생활 동안 만나 왔던 또 다른 어처구니를 만난 것임 을 직감했다. 코트의 쓰레기로 통하는 K 코치의 인터뷰를 따기 위 해 얼마나 많은 사람들을 우회해서 줄을 댔으며, 얼마나 많은 선심 성 부도 수표를 남발했던가.

오늘의 인터뷰는 거래였다. K 코치가 미는 주니어 유망주 인터 뷰를 스포츠 면에 꽂고, 그가 원하는 K 코치 인터뷰를 사회 면에 꽂 는. 주는 것과 받는 것에 대해 서로 균등한 조건으로 거래가 끝난 자리에 이 아둔패기가 약속 시간을 어기고 나타난 것이다.

신입 시절 그의 사수는 제일 먼저 줄을 대는 방법을 가르쳐 주었 다. 줄은 위쪽부터 걸어야 꼬이지 않는다. 인터뷰할 직원이 손사래 를 치면 그 위의 과장을 찾고, 조교가 안 된다고 하면 교수를 찾고, 매니저가 안 된다고 하면 사장을 찾아가라. 어디든 들이대고, 어디 에서든 손님을 태워라. 무슨 말이든 나오게 만들고 미터기를 끊어

라. 사수는 기자란 전국구 영업 택시나 다름없다는 말로 그를 독려
했다. 펜보다 줄이 더 강하다는 막힘없던 그의 지론은 K 코치에게
서 꼬여 버렸다.

박 기자가 K 코치의 인터뷰를 따기 위해 전국구로 뛰어다닌 영
업 택시 기사가 된 것을 그는 알지 못할 것이다. 우진고 K 코치 인
터뷰는 데스크에서 던져 준 것이 아니라 제 인맥의 모세 혈관이 수
혈해 준 거래였다. 그 새파랗게 날 선 기자 정신이 이렇게 말했다.
자신이 비루해진 상갓집의 개라면 그는 육십갑자를 꼽는 정승 집의
개다. 배에 기름기가 오지게 들어찬 개, 고로 발인까지 그의 꼬리를
흔드는 건 내 몫이다.

뒤죽박죽인 채로 굴러가는 사건 속에 가장 밀접한 관련이 있는
코치의 입을 빌려 알려지지 않은 이야기를 캐는 것이 오늘의 골자
였다. 사건의 주요 피의자 두 명을 직접 가르친 전담 강사, K 코치
가 벗어 던진 선글라스 아래에서 태양 빛에 그을린 탁한 눈이 나타
났다. 탁하면서도 날카로운 눈빛이다. 그리고 또 하나 묘하게 거슬
리는 것은 뭉툭한 그의 손이었다. 엄지를 제외한 모든 손가락의 길
이가 비슷한 유인원의 손이 믹스 커피 잔을 뭉개듯이 그러쥐고 있
었다. 생각과 동시에 유인원에 가까운 인간의 후예와 말이 통하지
않을 것이라는 불안감이 엄습했다. 직립 보행으로 테니스를 하는
그의 표정 속에서 예측할 수 없는 변덕들이 칼춤을 추었다.

"코트 앞에 있는 차가 기자님 겁니까?"

그가 건네는 말이 인사의 경계인지 함의인지 알 수 없어 답 대신
의도를 찾는 사이에 이내 뒷말이 치고 들어왔다.

"조금 있으면 학부모들 와서 자리 비워 놔야 되는데."

박 기자의 차가 그의 테니스 인생에 도움이 되지 않는 자리에 대어 있음이요, 제 얻을 것을 얻었으니 시간을 뭉개고 있겠다는 표현이었다. 그가 약속대로 30분 안에 인터뷰를 마치겠다고 근천스러운 말을 풀자마자 그는 뜬금없는 이야기를 꺼냈다.

"아침마다 현관 문고리를 잡으면 그런 기분이 듭니다. 이걸 열고 나가면 오늘도 여기저기서 물어뜯겠다고 달려들겠구나. 하루쯤 밥벌이를 때려치워도 먹고살 수 있지 않을까 싶은데 그 하루 벌이를 못하면 사흘 굶는 인생이라 달리 수가 있나요. 근데 진 여사님 아니었으면 오늘은 그 하루 째고 사흘 굶고 싶은 날입디다."

그 이름이 왜 이 대목에서 등장하냐고 항변하고 싶은 건 그였다. 그러나 손목 위를 기어가던 무거운 초침이 말했다. 네 시간은 이걸 네게 채워 준 사람에게 봉사하는 시간이다. 헛웃음으로 뱃속을 채웠다. 멍석을 깔아 주면서도 인터뷰하는 기자가 사위라고 밝히지도 않은 장모의 속내는 기자 나부랭이 사위에 대한 부끄러움인가, 제때 청구된 계산서인가. 싼 맛에 간택당한 데릴사위 주제에 시급에 토를 달아서는 안 되지만 자신이 그 의도와 얽히고설킨 관계들의 교집합을 꿰뚫어 볼 수 없다는 자괴감이 깊어졌다. 박 기자는 시작도 전에 끓어오르는 패배감을 고이 접어 넣었다. 이야기는 K 코치의 식성대로 자신들이 키우는 주니어 선수부터 시작되었다. 밥벌이의 즐거움인지 그에겐 질릴 만한 이야기를 어린애처럼 부풀리는 얄은 구석이 있었다.

"우리 애들 기사 잘 박아 주세요."

"네, 보내 주신 자료는 메일로 확인했습니다. 스포츠로 자료 옮겼고요, 전화로 말씀 드렸듯이 임석 선수 훈련 당시 얘기부터."

문고리가 반쯤 돌아가다 말고 노크 소리가 들렸다. 문지기였던 아이가 쭈뼛거리면서 들어왔다. 아디다스 티셔츠를 입은 까무잡잡한 아이가 화장실을 가려다 참고 들어온 표정으로 입을 열었다.

"코치님."

"왜?"

"저…… 감독님이 지난번 시장기 동영상 가져오라고 하셔서요."

"오셨어?"

"아뇨, 전화로."

인터뷰를 방해받아 기뻐야 할 K 코치의 표정이 어두운 것은 감독의 명령에 숨은 의도가 있음을 짐작하게 만들었다. 능숙하게 컴퓨터 비번을 풀고 시답잖은 만화를 보고 있던 녀석이 굳이 지금 이 시간에 경기 동영상을 받아 가야 할 합당한 이유가 떠오르지 않았다. 어쩌면 가져오라는 게 아니라 내보내라는 의미가 아닐까. 바로 눈앞에 앉아 있는 자신을. K 코치가 그를 보며 미안한 표정을 짓자 당황스러운 건 박 기자 자신이었다.

"괜찮습니다. 볼일 보세요."

수첩으로 눈을 돌리자 입안에서 들큼한 믹스 커피 향이 올라왔다. 어쩔 수 없는 청탁에 인터뷰를 허락하고 어쩔 수 없는 명령에 그 청탁을 거절해야 하는 이 남자의 삶에 쓸데없는 연민을 느끼면서.

"죄송합니다."

"천천히 찾아보시죠."

하루를 째고 사흘을 굶겠다던 그의 말은 진심이었을지도 모른다. 소금물로 해감을 당하고 끓는 물에 삶아져도 끝내 입이 열리지 않는 조개는 버려야 하는 것처럼 열리지 않는 그의 입을 버려야 했음에도 잠시 망설임이 들었다.

괴로운 인생을 이쯤에서 바다로 돌려보내 줘야 할 텐데, 다 삶아 버린 조개를 바다로 돌려보내겠다는 때늦은 연민이 멍청한 생각임을 각성한 순간 그는 눈을 돌려 짐짓 벽면에 걸린 트로피와 메달을 훑었다. 그의 눈이 제일 구석진 자리에 놓인 트로피에 고정되었다. 트로피의 유리관 안에 함께 있는 것은 빛바랜 사진 한 장이었다. 앳된 남자 선수 하나가 우승 트로피를 가슴에 안고 있었다. 사진을 본 순간 말뿌리를 잡을 새도 없이 이야기가 흘러나왔다.

"그런 말 있지 않습니까, 마의 열여덟이라고. 그 열여덟이 되면 선수들이 서리 맞은 배추마냥 고꾸라진다는 게 테니스계의 속설이라면서요. 실력 있는 선수들조차 왜 그 마의 열여덟을 넘기기 어려울까요?"

K 코치의 눈이 잠시 그를 정면으로 응시했다. 누구의 열여덟을 묻고 있는 거냐. 나냐, 우리 애들이냐.

"저 사진 코치님이시죠?"

"네."

"열여덟쯤 되어 보이네요."

"뭐, 별 볼 일 없었죠."

"우승하신 사진 아닙니까? 보니까 전국 대회 같은데. 코치님 프로필 보니까 현역 시절에 성적이 우수하셨던데요."

"반짝하는 거야 누구나 있죠."

그는 부지런히 컴퓨터 폴더를 뒤지면서 말했다. 박 기자가 그의 말을 발굴하듯 발라내었다.

"그 반짝도 못 하고 지는 인생이 더 많습니다. 대부분의 주니어 선수가 그렇지 않나요. 성적을 거두는 몇몇 선수를 제외하곤 직업적 테니스 선수로 올라오는 이십 대 선수 층은 약하잖아요."

K 코치는 그의 말 속에 칼날이 번뜩임을 눈치챘다. 잠시 뜸을 들인 뒤 이런 말을 꺼냈다.

"우리 애들 잠재력은 뛰어납니다. 이건 아시아권 선수들, 코치들이 다 인정하는 얘기예요. 니시코리 케이*도 이런 말을 했어요. 아시아 선수 중에 주니어 시절에는 좋은 선수가 겁나 많다. 공 던지면 맞는 놈이 죄다 아시아 애들일 정도로 겁나 많다. 열여덟 살 이하에서 상위권은 죄다 일본 선수, 한국 선수인데 열아홉만 되면 약속한 듯 톱 랭크에서 사라져 버린다. 파워가 달리나, 연습 환경이 좋지 않나."

"코치님은 이유가 뭐라고 생각하십니까?"

"이유야 빤하죠. 애들 유학비가 잘나가는 외제차 한 대 값인데 그 비싼 테니스 유학을 보내기도 힘들뿐더러 다녀와도 한두 놈 정도만 돈값을 하는 거지. 그게 딱 열여덟까지예요. 부모가 제 자식을 감당할 수 있는 북방 한계선."

---

* 일본의 프로 테니스 선수이다. ATP 단식 랭킹 10위권 내에 진입한 역사상 유일한 일본 남자 선수이며 2014년 US 오픈에서 아시아 국가 남자 선수 최초로 그랜드 슬램 결승에 올라 준우승을 기록했다.

"최근에는 기업형 스폰서도 많아지고 있던데요."

"뭐, 한 20년쯤 전보다는 좋아졌다, 그렇게 달려 들면 한도 끝도 없이 잘하고 있다 박수를 쳐주고 싶은 거고."

"우진고는 학교 가운데 가장 많은 후원을 받고 있는 걸로 아는데 코치 입장에선 아니시고요?"

상견례는 물 건너갔다. 점잔을 빼고 있기엔 앞으로 물어야 할 것들이 껄끄러운 질문이었다. K 코치가 조용히 입을 열었다.

"우리 학교가 후원을 많이 받는다…… 무슨 후원인지 나도 궁금하네."

"테니스부 전체가 스폰서를 받았던……."

"뭐, 그건 서로 아이 좋아 기분만 낸 거지. 말만 스폰서고 별다른 건 없어요. 복날 개처럼 혀 빼물고 예선 뛰어 봤자 명당 시드 받은 놈들 코빼기라도 볼 수 있나. 그런 놈들 스폰서를 스폰서라고 해줘야죠."

"주니어 테니스치고는 큰 후원금이었다고 알고 있는데요."

K 코치는 묘한 웃음을 흘리며 왼손이 오른손을, 오른손이 왼손을 꽉 붙들고 있는 묘한 자세를 취했다. 삐져 나가려는 그의 진심이 어느 손에 있는지 궁금해졌다.

"머릿수대로 나누면 남지도 않아요."

"그럼 다른 스폰서는 어떻습니까? 임석 선수는 계약 기간이나 조건이 다른 선수들보다 월등히 좋았다고 들었는데요."

"우리 애들끼리 비교하면 뭐 합니까. 비교하려면 니시코리 이런 애랑 비교해야지 없는 애들끼리 비교해 봤자 한숨만 나오지."

"그래서 기업 차원의 인재 양성 프로그램도 많이 생겨나는 추세고 임석 선수도 스폰서 인기 면에서는 단연 톱이었는데요."

"……좋시다."

'좋수다'라고 한 건지, '좆 같다'고 욕을 한 건지 당최 속을 알 수 없는 말이었다. K 코치의 능글거리는 얼굴이 바투 다가왔다.

"일단 앞 문장은 정정하세요. 우리는 그냥 스폰서 차원이지 그 양성 프로그램에 명함도 못 내미니까. 씨 뿌릴 땅도 없는 우리 형편에 양성이란 말은 언감생심이죠."

"일본이 대단한가 보네요."

"사실 우리가 뭐가 없는 거죠. 근데 일본도 딱히 스타 빼고는 내세울 게 없어요. 뿌린 건 어마어마한데 눈에 띄는 게 니시코리 케이 딱 하나치곤 결과물이 아쉽죠. 모리타 마사아키 테니스 펀드라고, 니시코리가 그 후원을 받아 미국 IMG 닉 볼리티에리 아카데미로 유학을 떠난 인재였어요. 닉 볼리티에리가 테니스계에서 어떤 입김을 발휘하는 유명 인사인지는 구글에 이름 한번 쳐보면 나올 테니 여기서 미주알고주알 하지는 말고. 그래서 니시코리가 일본 역사에 한 명 나올까 말까 한 테니스 천재였냐면 그건 또 자화자찬인 거고. 니시코리 케이가 부모로부터 물려받은 DNA가 뛰어나서 신이 내린 테니스 선수로 불릴 정도는 아니거든. 아빠는 엔지니어고 엄마는 피아노 교사라든가. 암튼 전형적인 중산층 가정이라던데 얘는 일본의 그 후원 문화가 후천적으로 만들어 낸 뻭사리예요. 상대적으로 체격도 아쉽고. 백팔십이 넘는 장신들 사이에 작은 편이니까 그 작은 체구를 극복하려고 반 스텝 빠르고 반 박자 빠른 스윙을 구사해요. 머리가 빠릿빠릿하게 잘 돌아가고 노력파여서 외국 애들한테 자기가 신체적으로 열세인 거는 잘 알았던 거지. 거, 왜 있잖아요. 일본 사람들 낯간지럽게 꼼꼼하고 세심한 거, 그걸로 기름칠을 잘 하더라고. 경기란 게 한번 흐름이 바뀌면 자기 걸로 가져오기 힘든데 니시코리는 뺏긴 흐름을 찾아오려고 별짓을 다 했어요. 라켓을 세 번이나 바꾸고 양말도 새로 갈아 신고 상대 선수 파이팅이 끈 떨어진 연처럼 뚝 끊기게 했다니까. 얘는 그러면서 프로 무대에서 살아남았어요. 자기가 선봉이니 본보기가 돼야 하거든."

K 코치야말로 기름 장어였다. 전략적으로 행동하자면 이 정도에서 그의 말을 끊어야 했다. 틈을 주면 자신이 원하는 대로 이야기를 끌고 가다가 내키지 않는 순간에 그를 문밖으로 걷어찰 인간. 그럼에도 그는 K 코치를 제지하지 않았다.

"게다가 또 대단한 게 뭐냐. 라켓은 윌슨에, 신발은 아디다스, 옷은 유니클로, 시계는 태그호이어, 비행기표는 델타 항공으로부터 후원을 받았어요. 다른 건 몰라도 세계 대회 투어 다닐 때 일등석을 받는 건 엄청납니다. 어깨는 철심을 박은 것처럼 단단하고 키는 장승만 한 남자애들이 다리 구겨 넣고 열 몇 시간 동안 이코노미를 탄다고 생각해 봐요. 열 시간 시합을 뛰라면 뛰지 목에 담 걸리는 좁아터진 이코노미를 견딜 수가 있나. 그러니 후원에 얼마나 환장을 하겠어. 이런 게 후원이에요. 정말 테니스에 매진할 수 있게 하는 시스템, 애를 광고판으로 만들고 자기 빼먹을 것부터 생각하는 게 후원이 아니라."

K 코치의 눈이 무언가에 쫓기듯 벽시계로 향했다. 그 순간 박 기

자는 별러 왔던 말을 꺼냈다.

"임석 선수 외에 우진고에서 KDC 클럽의 후원을 받는 학생이 있었습니까?"

"공식적으로는 없습니다. KDC 쪽에서 날씨가 안 좋을 때 코트를 빌려주는 정도는 있지만 임석 외에는 없었어요."

"염성우 훈련 파트너였던 선수가 우진고에 있었다던데."

"전 모르는 일입니다."

"알겠습니다. 어쨌든 임석 선수만 발군이란 뜻이네요."

발군의 또 다른 의미는 광고판임을 알고 묻는 말이었다. 자선 사업이 아닌 이상 최소한의 광고 효과도 없는 후원이란 존재하지 않으니 우진고의 다른 선수들의 성적은 신통치 않다는 방증이 되기도 한다. 코치는 콧등을 긁으며 그의 입을 막듯 한 손을 내밀었다.

"그 말은 뺍시다. 그건 기자 양반 생각이고 내 이름으로 먹물 묻혀 내보내면 나만 곤란해지죠."

"빼겠습니다. 그런데 올해 임석 선수 성적이 크게 오르면서 규모가 큰 후원 제의가 들어왔다고 하던데요. 어땠습니까?"

"뭐, 그거야 부모님과 결정할 일이지 코치인 내가 발언권이 있나."

"혹시 아십니까?"

"안다고 지금 말할 수 있는 상황도 아니고."

헛웃음에 가까운 자조였다. 시종일관 보였던 건들거림과 가벼움이 사라지고 눈빛이 한곳에 고정되어 있었다. 눈빛이 머문 곳은 진열장의 오른쪽에 세워진 우승 깃발이었다.

"일이 이렇게 되지 않았다면 잘됐겠죠. 그래도 제안이 오면 뭐가 됐든 후원을 받는 쪽이 유리하지. 먹고살 걱정하면서 볼 치는 열아홉이 되면 재능이 현실에 잡아먹히니까. 프로가 되면 우승 상금만큼이나 후원금이랑 광고 수익이 많아야 살아남지 그 나이 먹어 광고판 못 달면 볼 장 다 본 거예요. 니시코리처럼 후원사를 콘크리트처럼 깔고 테니스만 할 수 있으면 좋을 텐데, 뭐 물이 안 들어오는데 노만 젓고 있으면 뭐 합니까."

박 기자는 녹음이 잘되고 있는지 다시 한 번 휴대폰의 녹음 시계를 들여다보았다. 녹음은 문제없었지만 제대로 된 이야기를 건지지 못해 속이 썩는 게 문제였다. 코치라는 작자가 볼만 치느라 숫자나 다른 머리 쓰는 일에 흐리멍덩할 것이라는 생각은 오산이었다. 그는 교묘히 임석의 이름을 빼내고 다른 이야기로 물타기를 하고 있었다.

"그거 하나는 끝내주게 부럽습니다. 경기장을 가득 메운 일본 관중들이 유니클로 티셔츠를 입고 니시코리라고 외치면서 제 선수 응원하는 거. 심지어 테니스가 뭔지도 모르는 할머니도 있어. 그냥 일본 애가 잘하니까 좋은 거야. 스매싱이 뭔지 어프로치 샷이 뭔지 무슨 상관이야. 뭐가 됐든 우승 기념 한정판 티셔츠를 비싼 값에 살 준비가 되어 있는 사람들인데. 니시코리 케이는 뭐, 상징 같은 존재거든. 백인 판치는 테니스 무대에서 우리도 할 수 있다를 보여 주는 눈물 나는 일본 정신, 뭐 그런 거."

"네, 알겠습니다. 근데 M 캐시가 원래 임석 선수 단독 후원이었죠? 주니어 선수가 받기에 좀 꺼려지는 스폰서였을 텐데 우진고 전체가 이 대부업체 후원을 받는 걸로 변경되었고요. 여기에 임석 선수 의견이 작용했다는 얘기가 있던데요."

두 사람의 밀월은 끝이 났다. 벼르던 질문을 꺼내 든 순간 코치의 표정이 순식간에 사나워졌다.

"주는 거 없이 긁어 대는 건, 참 잘들 하시네."

"맞습니까?"

"그거 쓸 거면 이유도 쓰세요."

"왜 받았습니까?"

"거절했던 광고였어요. 사람들이 뭐라고 할지 다 아니까. 근데 애들 돈구멍은 매일 커져요. 대회가 몇 갠데 학교가 그 대회를 다 인정해 주는 건 아니거든. 예산이 정해진 대회는 얼추 잡아 봤자 잘나가는 네다섯 개고. 그럼 나머지 참가비, 숙박비, 교통비, 식대를 어떻게 다 댑니까. 또 부모들이 십시일반, 그것도 안 되는 애들이 있는데 석이 새끼는 걔들 자존심 상할까 봐 학교 등짝에 그 대부업체 이름 똑같이 붙여 주고 돈을 머릿수대로 나눠 준 겁니다. 그 알량한 돈 덕분에 저 새끼들은 선배들 버린 라켓 대신 새 라켓을 살 수가 있었거든. 사회적 기금? 인재 육성? 우리나라 사람들이 그런 거에 관심 있어요? 국제 대회 나가서 우승 좀 하면 자랑스러운 국민이고 제2 금융권 스폰서 받으면 똥 묻은 자식이고. 응?"

박 기자는 잠시 K 코치의 충혈된 눈을 들여다보았다. 그 안에 긁을수록 바투 일어나는 날이 선 손톱이 들어 있었다. 속물처럼 보이는 인간이 진심을 들킨 찰나는 그가 기다린 때였다.

"임석 선수 스캔들이 터지기 몇 달 전에 와일드카드를 선발하는

R 주니어 대회에 불참한 일이 있었는데요. 그 대회의 가장 강력한 한국 대표로 손꼽히던 임석 선수의 불참을 두고 말들이 많았습니다. 부상 소식이 들렸지만 한 달 후 대회에서는 부상 흔적조차 찾을 수 없었고 일부러 프로 대회를 피했다는 소문이 돌았고요. 여기에 엄격한 도핑 테스트 때문에 와일드카드 선발을 일부러 피했다는 소문과 임 선수의 부모가 개입됐다는 정황이……."

독이 오른 들짐승의 눈이 된 그가 제 새끼를 건드리는 세상을 향해 소리쳤다.

"현도!"

구석에서 동영상을 보던 녀석이 화들짝 놀랐다.

"4월 석이 경기 파이널 틀어 봐."

컴퓨터에 얼굴을 파묻고 찍소리 내지 않고 있던 녀석이 황급히 TV 전원을 켰다. 벽면에 설치된 LED TV에 노트북의 화면이 나타났다. 경기 동영상 폴더 안에 월별로 경기 폴더를 찾아 들어가니 그 안에 예선, 16강, 8강, 준결승, 결승으로 정리된 폴더들이 정리되어 있었다. 상위 폴더에는 똑같은 동영상이 선수들의 이름 순으로 다시 정리되어 있었는데 같은 경기를 보기 쉽게 여러 폴더에 정리해 둔 의외의 꼼꼼함이었다. 원숭이 같던 이 남자가 조상님으로 보였다. 아디다스 소년이 찾아낸 4월 경기 결승 폴더에는 네트 촬영, 서브 자리 촬영이란 이름으로 된 두 개의 동영상이 존재했다.

"둘 다 띄워."

관상용 어항처럼 보였던 벽걸이 TV에 노트북과 연동된 화면이 재생되었다. 화면을 분할시켜 동시에 두 각도에서 같은 장면을 보는 것은 생경한 광경이다. 마치 같은 경기를 심판과 선수 본인의 시각으로 보는 것처럼 완전히 다른 두 개의 세계가 합을 맞추고 있었다. 화면 속 임석은 자기 서브 게임에서 폭발적인 위력을 과시하며 상대 선수를 위축되게 만들었다. 결승까지 올라온 상대를 졸지에 애송이로 만드는 힘, 이것이 임석이 가진 이름값인가.

"임석이란 놈은 마음만 먹으면 시속 190킬로미터로 서브를 넣을 수 있고 작정하고 구석으로 몰아 치면 공에 손 하나 까딱할 수 없게 만들 수 있는 놈이요. 근데 저 경기에선 녀석이 어깨 통증 때문에 왼손을 제대로 쓰지 못했는데 그걸 아무도 눈치채지 못했지. 이 새끼가 왼손잡이란 걸 나도 까먹을 정도니까. 들어가기 전에 냉찜질로 통증을 죽여 놓긴 했지만 그걸 참고 두 시간을 뛴 거요."

그 말에 눈이 휘둥그레진 건 그가 아닌 아디다스 소년이었다. 코치의 말이 사실이라면 함께 훈련을 받았던 친구도 부상을 몰랐을 만큼 지독한 놈이라는 뜻이었다.

"현도는 가서 훈련해."

아디다스가 조용히 사무실 밖으로 나갔다. K 코치는 컴퓨터로 가 직접 폴더를 열었다. 임석이란 이름 아래 연도와 숫자가 박힌 수많은 파일이 있었다. 열네 살의 임석이 화면에 등장했다. 중학교 1학년의 앳된 얼굴이었지만 만면에 투지가 흘렀다. 녀석은 자기보다 한 뼘이나 키가 큰 상대 선수의 샷을 온몸이 부서져라 받아 내고 있었다. 녀석이 지고 있었고 가망 없어 보이는 경기였다. 두 점이면 끝나는 경기였지만 녀석의 얼굴에 패배감이라곤 손톱의 반달만큼도 보이지 않았다. 상대의 날카로운 마지막 샷이 제 코트에 박히는 순간에도 끝나지 않을 투지가 피어오르고 있었다.

"이때가 열네 살입니다. 저 경기를 지고 서울까지 돌아오는 차 안에서 눈이 새빨개져 있었다고 합니다. 억울해 미칠 지경이었던 거지. 저 새끼가 이 경기를 몇 번 봤을 것 같습니까? 열 번? 스무 번? 임석은 이 동영상을 수백 번 돌려 보고 초 단위 화면까지 머리에 박아 넣습니다. 저런 놈이 열네 살 때부터 약을 빨고 괴물이 되었다고? 아니면 애 하나 스타 만들어 등골 빼먹는다고 욕하면서 부모들 탓으로 돌리게? 그럼 그 헛꿈 꾸는 동안 뽀얗게 진액으로 우러나는 게 누구 등골일지부터 생각해 보라고. 부모가 그걸 알면서도 시키는 거야. 자기 새끼니까! 애는 도핑 때문에 감기약 한번 제대로 못 먹고 시합을 뛴다고! 돈 한 푼 보태 주지 않으면서 그저 우승, 우승, 경기 룰도 모르는 것들이 그랜드 슬램 예선도 통과 못 한다고 씹어 대는 댓글이나 달면서, 씨팔!"

임석을 건드리지 마라. 그는 독이 오른 펄조개였다. 단단한 껍질을 지키고 있는 이 남자를 흔드는 사람은 누구인가. 방배동 진 여사는 검은 장막을 가리고 선 사람일 뿐이다. 박 기자의 눈이 사무실의 가장자리에 있는 검은 CCTV로 갔다.

"단도직입적으로 묻죠. 임석 선수는 양촌 사고 이후 계속 본인의 무죄를 주장하고 있는데요."

K 코치가 박 기자를 빤히 바라보며 낮은 목소리로 말했다. 그는 다 마신 커피 잔에 속을 게워 낼 듯 가래를 뱉었다.

"라켓 놓기 잘하셨네."

장도로 베는 것이 아니라 단도로 빠르게 찌르는 쪽이었다. 방심

26

의 순간 날카롭게 벼린 칼이 그의 심장을 찌르고 들어왔다.

"펜대 월급에 얼마나 받아 처먹었으면 팔뚝에 피아제를 박고 다니나? 썩은 냄새 찾아다닐 거면 제 몸에서 나는 냄새부터 어찌하고 오든가. 클레이를 구둣발로 찍고 다니면 쥐 터진다는 걸 잊으셨나 본데, 한 번만 더 코트 찍고 다니면 쥐 터진 시합구가 기억나게 해드릴게."

그가 던진 뭉개진 종이컵이 탁자 위를 구르는 바람에 커피가 사방으로 튀었다. 그 안에 담겼던 커피 색깔의 진득한 타액이 녹음 중인 박 기자의 휴대폰 액정과 명함에 달라붙었다. 뱉지 못한 말들이 끝내 덩어리지고 말았다.

K 코치가 가져가지 않은 명함의 박동규라는 이름 세 글자가 얼룩졌다. 의뭉스레 던진 그의 말이 심장을 찔렀다. 그는 벽면의 가장 구석진 자리에 놓인 트로피의 결승 상대가 눈앞의 박동규였다는 사실을 기억하고 있었다.

터진 시합구가 그의 네트로 넘어왔었다. 터져 버린 공을 인정해야 하나 말아야 하나를 두고 선수와 심판 모두가 당황했다. 모두가 넋을 놓고 있는 사이 심판이 인을 선언했고 결승 우승자는 김호중이 되었다. 해가 빠르게 지고 있었고 조명이 없던 코트였다. 누가 됐든 빨리 승자를 결정해야 하는 순간이 되자 심판은 현실을 받아들였을 뿐, 코트에 선 그 누구에게도 악의나 호의가 없었다. 그저 애들 대회 하나를 해가 지기 전에 마무리할 생각이었을 것이다. 터진 시합구 때문에 박동규는 그 트로피를 놓치고 코트를 떠났다.

이 방이 아니었다면, 그때의 냄새를 기억하지 못했다면 떠올릴 기억이 아니었다. 충분히 멀리 도망쳤다고 생각했는데 그 냄새 한 조각이 자신을 처절했던 그 순간으로 끌어내렸다. 잊기 위해 발버 둥 치고 살았던 지난 20여 년의 시간이 자기기만임을 느꼈을 때, 그 는 비로소 무너져 내렸다.

테니스 소년병의 시작

코트가 프라이팬처럼 달궈지기 시작하는 오전 10시, 게다가 우라질 토요일. 우승컵은커녕 응원하는 사람 하나 없는 경기의 심판 자리가 죽을 맛이다. 선수는 같은 학년인 현도와 3학년 박주영 선배로, 명목상 친선 경기이나 실상은 주영 선배의 새로운 라켓을 시험하기 위한 시연회다. 나는 얼음물 하나를 들고 심판대에 올랐고 승모는 캠코더를 들고 반대편 땡볕에 섰다. 딱 한 세트만 하겠다고 붙잡아둔 게 한 시간 전이면서 두 사람은 그 딱 한 세트를 끝내지 못하고 있다. 두 사람이 잠시 땀을 닦는 사이 승모는 다른 각도를 촬영하기 위해 코트를 건너 심판대 아래로 왔다. 녀석의 표정이 어두웠다.

"석아, 나 좆 됐다."

"왜?"

"메모리 꽉 찼어."

경기를 찍고 있는 것처럼 보이는 카메라의 눈이 맹탕이라는 의미였다. 주영 선배에게 들리지 않게 나지막이 이를 갈며 말했다.

"그러게 메모리 확인하고 오랬잖아."

"아 씨, 확인했지. 근데 한 세트를 저 둘이서 얼마로 늘이냐고. 수타면이냐."

듀스를 만들면 또다시 애드, 다시 듀스, 다시 애드…… 비유하자면 이렇다. 토끼를 잡았는데 놓쳤다. 힘들게 다시 토끼를 잡았다. 또 놓쳤다. 이 짓을 매 게임마다 짜고 치는 고스톱처럼 되풀이하고 있다. 네 번째 포인트를 따면 게임을 가져가는 서든데스를 도입하자는 ATP(세계 남자 테니스 협회)의 속내를 알 것 같다. 저 늘어지는 경기를 보고 있는 사람이 서든데스를 당할 판이다. 그사이 현도의 리턴이 네트에 처박히며 또다시 듀스가 됐다. 보고 있는 내가 돌아 버릴 판이다. 모든 운동은 어깨에 힘이 들어가는 순간 망조가 드는데 현도 녀석의 어깨는 철근 수준이다.

수축과 이완! 힘을 넣는 게 아니라 빼는 게 중요하다고 목에 핏대를 세운 게 한두 번이던가. 귓구멍에 시멘트를 발라 놓은 현도는 이 한 판에 제 어깨를 갈아 먹을 심산이다. 녀석이 강서브에 목숨을 거는 걸 보니 이 듀스도 엿가락처럼 늘어질 모양이다.

게임 스코어 5대 3, 현도의 첫 서브는 폴트가 되었고 위압감이 없는 두 번째 서브는 굼벵이처럼 서브 라인으로 기어 들어간다. 녀석은 젓가락으로 깨작깨작 밥알을 먹듯 점수를 따먹고 뭉텅뭉텅 점수를 내어 주는 전략 없는 바보 테니스를 구사한다. 현도의 귀에 못이 박히게 선공하라고 말을 해줘도 그때만 듣는 시늉을 할 뿐, 실전에서는 보는 사람 속에 기름을 붓고 불을 당긴다. 상대를 늘어지게 만들어 스코어를 따내려는 녀석의 전략은 시간에 쫓기는 주니어 테니스에서는 최악이다. 녀석의 별명이 엿가락 테니스인 데는 이유가 있다.

"현도야, 발리로!"

보다 못한 승모가 현도를 네트 앞으로 불러오려고 하지만 녀석은 귀만 철벽 방어 중이다. 승모는 초등학생 때부터 함께 테니스를 치는 불알친구 중 가장 전략적인 녀석이다. 참관 경기에 참견을 했다간 선배에게 정강이뼈를 걷어차일 텐데도 승모의 목소리가 높아졌다. 그러나저러나 경기는 골로 가고 있다. 골골거리면서.

현도가 이전 자신의 게임을 내리 듀스의 접전 끝에 힘겹게 내준 것이 패인이다. 그 승리를 주워 먹는 주영 선배도 알고, 아까운 한 게임을 내주는 현도도 알고, 맥 빠지게 지켜보는 우리 모두가 아는. 주영 선배가 서브 에이스로 포인트를 딴 것이 아니라 엿가락 테니스가 제 서브 게임에서 계속 더블 폴트를 기록한 처참함이 나머지 게임을 지배했다. 골프에서 홀인원은 평생에 한 번 나올까 말까 하는 신기록이라지만 테니스에서 경기 내내 더블 폴트를 내는 것은 마음만 먹으면 언제든지 가능한 기록이다. 그래도 오늘의 더블 폴트는 기억 속 최악의 기록일 테니 당분간 1학년 보기 쪽팔리겠구나.

현도의 기가 꺾인 뒤로 능구렁이 같은 주영 선배가 하룻강아지 녀석을 구석으로 몰아댔다. 마침내 매치포인트, 포인트 하나만 내주면 끝날 경기건만 녀석은 끝까지 달려가 선배의 공을 받아쳐 스트레이트 샷으로 보내 버렸다. 아, 젠장 맞을 듀스! 공에 손도 못 대고 멀뚱거리던 주영 선배의 눈썹이 씰룩거린다.

"아웃이다."

"횟가루 튀었는데요?"

현도 녀석이 자체 타임아웃을 선언하고 네트로 걸어오자 주영 선배의 표정이 일그러진다.

"야, 니들! 아웃이야, 인이야? 카메라 돌려 봐."

"그쪽은 안 찍혔을 텐데요."

못 찍은 것과 안 찍힌 것의 천지 차이를 잘 구분하여 내뱉은 말이다. 무엇보다 편들라고 박아 놓은 심판 자리니 고운 말을 해야 한다. 선배가 아웃이라면 당연히 아웃이라고. 문제는 그 아웃을 우리조차 제대로 보지 못했다는 것이지만.

"심판 보라고 세워 놨더니 뭐 하는 거야?"

"라인에 물렸는지 보시죠."

라인에서 벌어지는 일은 그 횟가루를 도포한 1학년을 족치면 될일이다. 가벼운 마음으로 주영 선배의 베이스라인에 네 사람이 모여 머리를 맞대었다. 아침에 깨끗하게 그어 놓은 베이스라인에 공이 물린 자국이 선명하게 찍혔다. 1학년들이 졸아붙은 가슴을 쓸어내리는 소리가 들린다.

"씨팔, 아웃이었는데!"

선배의 투덜거림은 이런 뜻이다. 씨팔, 다 된 경기인데 힘 좀 작작 빼고 끝내자, 새끼야! 선배가 현도를 고른 순간부터 지저분한 싸움이었다. 먹을 게 걸린 두 선후배의 친선 경기가 주름 하나 없는 옥양목 천처럼 깨끗할 리가 없다. 주영 선배의 체력이 눈에 띄게 떨어지며 마지막 게임에서 현도를 버겁게 떼놓고 있다. 반면에 현도 녀석의 속은 보나 마나다. 누굴 지 아이스크림 호구로 아나! 져주면서 이기는 법을 모르는 현도는 물귀신 작전을 쓰며 주영 선배의 마지막 포인트를 물고 늘어졌다. 한계점에 도달한 승모가 제 머리를 쥐어뜯으며 말했다.

"그냥 좀 끝내지. 저 새끼는 왜 또 저러냐?"

"개기는 거지. 다시는 접대 테니스 안 친다고. 게임 넘어갔다. 아이스크림도 넘어갔고."

3학년 주영 선배가 아이스크림 내기로 제안한 시합에 꿰다 놓은 심판인 우리마저 탈진 상태다. 선배가 지든 현도가 지든 누군가의 주머니를 턴 아이스크림을 먹게 될 테니 딱히 주영 선배가 나나 승모가 아닌 현도를 상대로 고른 게 아쉽지도 않았다. 훅 불어 주면 확 달아오르는 다혈질 현도야말로 데리고 시합하기 딱 좋은 스파링 파트너인 걸 모를 리가 없으므로.

마침내 게임 스코어 6대 3, 모두의 예상대로 주영 선배가 엉덩이에 들러붙은 휴지 같은 현도를 뜯어내며 경기를 끝냈다. 아침부터 쩔쩔 끓는 클레이 코트에서 한 세트짜리 경기를 치른 현도는 의자로 걸어가더니 대자로 뻗어 버렸다. 김 코치가 오기 전에 가볍게 한 판 하자고 시작한 경기가 하나는 져서 독이 오르고 하나는 이기고도 훈련 전에 지쳐 나가떨어질 지경이 되어 끝이 났다. 얼굴이 벌겋게 달아오른 현도가 물을 벌컥벌컥 들이마시고 걸러 내지 않은 속내를 뱉어 냈다.

"아 씨, 예순 노친네 접대 테니스도 아니고."

"선배 보기 전에 아이스크림이나 사 와."

"석이 돈 있냐?"

"석이가 네 호주머니냐?"

"용돈 빵구 났다고. 만 원만 꿔 줘."

"돈이나 갚고 꿔 달라고 하든가."

"시장기 우승해서 갚을 거다, 새끼야!"

현도와 승모가 옥신각신하는 사이 녀석의 뒤통수에 주영 선배의 공이 날아왔다. 이러자고 배운 테니스가 아니건만 제대로 된 스매싱이 현도의 뒤통수 정중앙을 휘갈겼다.

"나도 못 이기는 놈이 석이를 잘도 이기겠다."

"얘가 만날 잘하라는 법은 없잖아요. 난 이 새끼 약점도 다 아는데."

"누군 임석 약점 몰라서 못 이기냐?"

"임석, 너 대회에서 만나면 고민 없이 바로 간다."

"한 번이라도 올라가고 그런 소리를 해라. 내가 다 부끄럽다."

주영 선배는 현도의 정강이를 발로 차며 만 원짜리 두 장을 녀석에게 내밀었다. 아이스크림 공돈이 아깝지 않다는 것은 어쨌거나 새 라켓이 흡족하다는 뜻이었다.

"가서 아이스크림이나 사 와."

"진짜요?"

"마음 바뀌기 전에 뛰어갔다 와. 리오스 거는 커피 맛으로."

말이 끝나기 전에 2만 원이 녀석의 주머니로 들어갔다.

"먹을 때만 빠릿한 새끼 보소! 참, 석아, 아침에 리오스가 너 찾던 데."

"네."

"만났어?"

"아뇨, 시장기겠죠."

"다음 달이면 호주로 가는 애한테 시장기는 무슨……."

현도가 못마땅한 심사를 드러냈다. 제 불편한 심기 탓이 아니다.

"부자 새끼, 얻을 걸 다 얻고 가는 마당에 남은 시장기마저 챙겨 가면 우린 뭐 먹으라고. 웬만하면 시장기는 다른 애들한테 양보해 라. 짝꿍 승모 랭킹도 올려 줘야지."

현도는 제 분풀이를 나에게 하고 편의점으로 향했다. 승모는 캠 코더에 녹화된 화면을 점검하며 그 말을 못 들은 척 주워 넘겼다.

현도가 말한 랭킹의 진의는 따로 있었다. 프로 데뷔를 하지 못한 채 갈 대학을 찾아야 하는 울분이 뒤섞인 자기 위안, 친구이자 경쟁 자인 우리들의 숙명이다.

지난 1년간 국내 주니어 대회와 동아시권 주니어 대회로 점수를 쌓으며 톱 랭크에 올랐던 나에 비해 스파링 파트너인 승모의 성적 은 초라했다. 표면적으로는 발목 부상, 현실적으로는 한 번에 수십, 수백을 오가는 투어비와 국내 성적도 한몫을 했다. 만약 승모가 부 상 없이 나보다 더 많은 경기를 뛰었다면 승모의 랭킹이 어떻게 변 했을지, 호주의 테니스 아카데미로 갈 수 있는 건 나뿐만은 아니었 을 것임을 승모 역시 생각하고 있을 것이다. 프로로 데뷔하기 위해 베이스캠프를 외국에서 시작해야 한다는 요즘 테니스계의 불문율을 맹신한다면. 결국 모든 것은 돈으로 귀결된다.

주영 선배의 예리한 눈이 내가 입은 체육복 로고에 박혔다. 휴일이라 편하게 주워 입은 옷이 P 인터내셔널 로고가 박힌 스폰서 체육복이다. 젠장.

"그게 새로 나온 옷이야?"

"네."

"주말까지 입어 줘야 하냐?"

"아뇨. 생각 없이 주워 입었어요."

"의리 있네. 근데 P 인터내셔널은 투어비 지원이야, 일체 경비 지원이야?"

"투어비만요. ITF 퓨처스 대회 이상."

"그럼 결승전에 입고 성적 올려서 홍보해 줘야지."

"네."

"어쨌든 소속사 계약은 열려 있는 거잖아. 대회 몇 개만 우승하면 IMG 이런 데서 바로 러브 콜 오겠네. 더 받으려면 시장기 잘 뛰어야겠다. 애들이 시장기 가지고 뭐라 하든 눈치 보지 마."

주영 선배는 가방을 챙겨 샤워실로 걸어갔다. 뒷말을 하지 않았지만 말의 의도는 정확히 날아와 내 오금을 꺾었다. 스폰서를 받는 이상 돈값을 해야 한다. 봐준다 어쩐다는 헛소리하지 말고 최선을 다해서 시합해라. 주영 선배는 늘 상황 판단력이 좋았다. 안 되는 경기에 목을 매다가 부상을 입고 시즌을 말아먹는 녀석들과 달리 선배는 냉정하게 포기할 줄도 알았다. 돈을 배팅하는 승부사보다 그 반대편에 선 이성적인 딜러가 더 어울렸다.

심장께를 짓누르고 있는 로고의 의미를 잊지 말아야 한다. 내수 브랜드 P 인터내셔널 입장에선 국내 팬들에게 홍보 효과가 더 큰 국내 대회에서 입상하는 걸 바라는 게 당연했다. 호주로 가기 전 그 최소한의 홍보가 시장기 개인전 우승이라는 것 역시 잘 알고 있다. 계약 만료를 앞두고 단기 1년짜리 P 인터내셔널 광고가 들어온 것은 갑작스러운 결정이었지만 스폰서를 받는 입장에서 왈가왈부할 수 있는 문제가 아니었다.

KDC 클럽과 P 인터내셔널 사이에 이면 계약 몇 줄이 존재할 것이라는 뒷얘기가 무성했지만 나는 계약서를 본 적도 없었다. 열다섯 살에 3년짜리 계약을 맺은 KDC는 아대, 머리 밴드, 모자, 티셔츠, 라켓 가방 모든 것에 자신의 로고를 새길 수 있는 권리를 가져갔다. 다른 회사에서 내 셔츠에 로고를 새기길 원할 경우 내가 아닌 KDC와의 협상을 통해야만 가능했다. 승수가 올라갈 때마다 모자와 셔츠에 새겨지는 이름들이 늘어났고 나는 그 결정대로 따를 뿐이었다. 레이싱 카에 새겨진 광고처럼 곳곳에 새겨진 스폰서의 로고를 보며 비웃는 이들도 있었다. 차라리 등판에 LED 광고판을 달지 그러냐. 그렇게 속물로 깔아뭉개는 이들의 조롱은 모두 내 몫이었다.

보호자가 대리 사인해 제대로 읽어 보지 못한 계약서도 엄마의 금고 안에 숨을 죽이고 살고 있으므로 나 역시 숨을 죽인 채 살아왔다. 테니스 외에 모든 신경을 죽이고 살길 바란 건 엄마였다. 그 바람대로 이런 삶을 살지만 돈벌레 취급을 당하는 건, 졸아붙은 엿 맛이다.

승모의 휴대폰에서 문자 메시지 알림음이 울렸다. 캠코더 렌즈를 닦아 가방에 넣던 승모가 제 휴대폰을 들여다보며 말했다.

"슬러시는 몇 개 없고 콘만 있다는데?"

"그럼 콘."

현도에게 문자를 보낸 승모가 카메라 가방을 한쪽으로 몰아넣고 한숨을 내쉬었다.

"메모리 다 찼는데 코치 오면 생난리 치겠다. 이걸 언제 정리하나."

"한 시간 넘게 뛰어다닌 놈이 잘못이지 네가 잘못이냐. 주영 선배한테 옮기라고 해."

"넌 호주 가면 끝이지만 난 그 얼굴 계속 봐야 한다고 새끼야."

대꾸해선 안 되는 꼬투리가 튀어나왔다. 빌어먹을 호주라는 단어는 나를 채무자로 만들어 버렸다. 스파링 파트너였던 승모를 혼자 두고 가는 것에 대한 이상한 죄책감이 주변의 입을 통해 옥죄어 올 때마다 승모에게는 자격지심을, 나에게는 짓지 않은 죄에 대한 미안함을 안겨 주었다. 호주로 가는 건 실력에 따른 정당한 결과물임에도 주변 친구들은 승모를 앞세워 제 속 쓰림을 말했다. 그걸 받아 주는 것도 내 몫이라고 믿으며.

"근데 구성구가 니키 필릭* 아카데미가 아니라 멜버른으로 간다는 소리가 있더라."

"설마."

---

* 독일 뮌헨에 위치한 테니스 아카데미. 니키 필릭은 1973년 프랑스 오픈 단식 준우승, US 오픈 8강, 1970년 윔블던 복식을 우승한 경력의 소유자로 테니스 아카데미를 운영 중이다.

"미국에서도 망친 놈을 호주 보낸다고 인간 만들 리도 없고 암튼 구 회장 돈은 집 안에서 썩는구나. 아, 근데 축축해 죽겠는데 진짜 옷 벗고 있으면 안 돼?"

"리오스가 웃통 까고 볼 치면 죽인댔잖아."

"아 씨, 다 쉬는 주말에 뭔 특훈을 한다고."

샤워를 하고 싶었지만 리오스가 올 시간이었다. 3학년 주영 선배라면 몰라도 2학년 주제에 코트를 비웠다간 코치에게 정강이를 까일 각오를 해야 했다. 그새 샤워를 마친 주영 선배가 다시 코트로 걸어왔다.

"현도 이 새끼 아직도야?"

"저기 오는데요."

입에 아이스크림 하나를 문 현도가 유유자적 걸어오고 있었다. 선배의 심부름을 갔으면서 제 입에 먼저 쭈쭈바를 물고 오는 녀석의 머리 용량은 쭈쭈바 하나쯤 되려나. 도무지 한 치 앞이란 걸 생각 못 하는 녀석이 주영 선배를 보자 먹고 있던 아이스크림을 입에 쑤셔 넣고 헐레벌떡 달려왔다.

"이 새끼 보소."

"아, 그게 아이스크림이 녹아서."

"이런 쭈쭈바 같은 새끼, 다른 코트에 돌리고 와."

현도는 돌아서자마자 비닐봉지에서 다른 아이스크림 하나를 또 꺼내 제 입에 쑤셔 넣었다. 제일 먼저 냉장고에 넣었어야 할 리오스의 커피 맛 슬러시는 탁자에 두고 잊어버렸다. 그걸 본 주영 선배가 공 하나를 집어 냅다 녀석의 등짝에 던졌다. 등에 정통으로 공을 맞은 현도는 뒤도 돌아보지 않고 다른 코트로 도망갔다. 공을 던진 사람이 누군지, 왜 제가 공을 맞아야 하는지는 귀신같이 알고 있었다. 저 새끼 정통으로 맞아도 꿈적 안 하는 거 봐라. 주영 선배는 그 말 끝에 피식 웃음을 달았다. 그리고 뜬금없이 나를 불렀다.

"임석."

"네."

"너 시장기에서 구성구 만나면 이길 자신 있냐?"

"성구가 시장기에 나와요?"

주영 선배가 끊어진 거트를 뜯어내며 말했다.

"요새 성구 장난 아니더라고. 클럽에서 한상택 선수한테 개인 레슨까지 받고 있던데 저 새끼 또 와일드로 대회 껴서 올라가면 순식간에 랭킹 뒤바뀔 거다. 시합에서 만나면 네가 발라 주라고."

"누구 와일드요?"

시장기 개인전 복식은 주영 선배와 승모, 단식은 나로 정해졌고 성구가 낄 자리는 없었다. 1년 이상 국내 대회 랭킹 포인트가 없는 성구는 단체전이 아닌 개인전에 참가할 대외적인 명분이 없기 때문이다. 학교 내에서 자체 예선전을 치러 선수를 뽑는 게 일반적이지만 성구는 그 예선전조차 치르지 않은 녀석이다. 그럼에도 불구하고 와일드카드라면 출처는 단 한 곳이다.

"구 회장님 플래티넘 브이아이피 카드시겠지."

선배는 머릿속에 떠오른 그 단어를 끄집어냈다.

"낄 자리가 어디 있다고. 올라왔다고 쳐요. 그 새끼 힘만 좋지 단순하잖아요. 공격 패턴도 정해져 있고 서브만 올리면 네트에 붙어서 발리로 점수나 발라먹으려고 하고."

"비싼 레슨 받은 놈이라 돈값은 하잖아."

주영 선배는 그 말을 끝으로 입을 닫았다. 선배의 말대로 녀석이 중학생 때 14세 국내 주니어 대회에 이름을 올린 이유였다. 훈련 부족에도 불구하고 탁월한 신장과 체력이 녀석을 늘 상위 랭킹에 올려놓았다.

"그 새끼 구 회장님 하나는 잘 문 거지."

승모는 개똥을 밟은 표정이 되었다. 테니스 선수로서 우리는 코트 안에서는 적이 되지만 성구란 놈은 그 코트 밖에서도 공공의 적이다. 성구 아버지와 우리의 불편한 관계 때문이라기보다 녀석이 가진 과한 성격 탓이다. 만만한 놈에겐 더 만만하게 구는 녀석의 안하무인을 참지 못하는 승모는 늘 성구 녀석과 부딪쳤다. 말은 싸가지 없이 해도 운동하는 친구에게만은 제가 정한 선을 지키는 성구 녀석도 승모에게는 함부로 대하는 면이 없지 않았다.

굳이 그 이유를 찾자면 비슷했던 성구와 승모의 올 시즌 성적 때문일지도. 랭킹이라는 잔인한 성적표는 녀석들의 계급장이 되었다. 경기를 하나씩 치를 때마다 오르락내리락 달라지는 점수 차에 의해 랭킹이 뒤바뀌고 우리의 운명도 뒤바뀐다. 3학년 주영 선배 역시 가까스로 3위 안에 들어 출전권을 거머쥐었을 만큼 이 세계의 룰은 오로지 실력이다.

자칭 애칭이 리오스인 김호중이 말했다. 외국 물을 먹고 외국 애들처럼 움직이고 똥을 싸야 톱 랭커가 되지 한국에 있다간 그냥 똥만 쌀 거다. 그 천박하고 낯 뜨거운 표현이 우리의 현실이었다. 프로 선수들을 키운 프로 출신 코치와 스태프를 만나 더 큰 날개를 달아야 니시코리 케이와 같이 아시아를 뛰어넘는 선수가 나올 거라는 믿음의 바닥엔 외국 아카데미를 거치지 않으면 프로 전향이 힘들뿐더러 한 개인의 힘으로 프로가 된다는 건 동화 같은 이야기라고, 무겁고 어두운 확신이 새겨져 있었다.

물론, 이 세계에도 신데렐라는 존재한다. 일곱 살 난 마리야 샤라포바를 미국으로 데려올 때 그 아버지의 수중에 단돈 7백 달러뿐이었던 것은 어른들의 동화로 남았다. 그러나 각색된 동화는 푸른 수염처럼 무서운 뒷이야기를 숨긴다. 샤라포바가 엄마의 품을 떠나 테니스 아카데미에 입소했을 때가 겨우 아홉 살이었고 아동 학대급의 훈련을 받았다는 것도 드러나지 않은 전설이다. 지금까지 널리 알려진 우리의 전설은, 처용쯤 되려나.

*

11시가 넘도록 코치는 코트에 모습을 드러내지 않고 있다. 현도가 사 온 아이스크림은 우리 위장 속에서 곱게 녹아 가고 있는데 리오스의 커피 맛 슬러시는 땡볕에서 곤죽이 되어 빵빵해지고 있다. 리오스야 그걸 다시 얼려 먹을 위인이니 걱정거리도 아니지만 정작 코트 위의 우리 상태가 걱정스럽다. 오늘 중 몇몇은 탈진해서 코트 바닥에 드러눕게 되거나 몇몇은 테니스를 때려치우고 도망갈 생각을 할 게다.

클레이 코트 정리 상태가 엉망이란 3학년의 불호령이 떨어진 탓에 1학년 두 놈이 낑낑대며 롤링기를 끌고 왔다. 원래라면 김 코치 자신이 해야 할 일이지만 전동 롤링기가 고장 난 뒤로 수동식 롤링기는 언제나 멋모르는 1학년의 손에 쥐어져 있다. 롤링기로 다지고 난 뒤 코트 전용 솔을 들고 와 흙을 고르게 펴는 것도 다른 1학년의 몫이다. 1학년 대표 어진이는 바닥 고르기를 끝낸 1코트에 라인기로 선을 그리고 있었다. 땡볕에서 막노동을 하는 1학년들의 혓바닥이 땅바닥에 닿을 지경이다. 외동아들 하나 테니스 특기생 만들어 보겠다고 김 코치의 가방에 봉투를 찔러 준 어진이의 부모가 봤다면 피가 거꾸로 솟을 텐데. 하지만 찔러 넣어 준 돈만큼 뱉어 내는 자판기 인간 리오스가 어진이에게만 가벼운 라인기를 들게 해 준 것은 나름 정확한 계산이지 싶다.

코트 정리가 끝날 때쯤에야 리오스가 나타났다. 불룩한 배를 쓰다듬으며 벤치 그늘에 앉자 아이들이 더 잰 걸음으로 클레이 코트를 정리하기 시작했다. '클레이는 낯바닥처럼 반질반질한 게 생명이다, 이 새끼들아!' 리오스의 고함이 환청처럼 들린다. 우리 학교의 자랑 2면의 클레이 코트는 1학년들의 땀방울로 다져진 얼굴 간판이었다. 프랑스 오픈의 무대인 롤랑가로스의 앙투카* 가루와 비교도 안 되는 그냥 뻘건 흙일지언정 매일매일 쓸고 펴줘야 하는 품이 많이 들어가는 코트였다. 프랑스 오픈을 제패할 우진고 선수를 위해 공들여 만든 클레이 코트 2면과, US 오픈과 호주 오픈 제패를 위해 콘크리트로 덮어 만든 하드 코트 2면은 리오스의 영업 밑천이다. 영국의 윔블던 오픈을 제패할 잔디 코트가 없는 것은 다른 밑천이 후지게 달려서라고, 본인 입으로 말하고 다니는 철면피가 리오스였다.

　1, 2, 3학년이 지정 코트로 들어가 일사분란하게 스트로크 연습을 시작했다. 2학년이 1학년 연습 공을 던져 주고 또 다른 2학년이 3학년의 랠리** 상대가 되는 식이다. 이리 치이고 저리 치이는 2학년은 던져 주고 받쳐 주는 사이사이에 알아서 제 훈련을 해야 한다. 이게 리오스가 짜놓은 오전 훈련 매뉴얼이다.

　"석이, 승모! 둘은 시합 준비하고, 3학년은 2번 코트, 주영이는 나머지 애들 데리고 3, 4번 코트로 가서 훈련!"

　리오스는 그늘로 가 일찌감치 자리를 잡고 있었다. 나와 승모는 그의 그늘막과 가장 가까운 1번 코트에서 몸을 풀고 천천히 랠리를 하기 시작했다. 한두 번, 공이 오가고 속도를 높였지만 승모와 내 스트로크는 서로를 거울처럼 보며 한 치의 오차도 없이 움직였다.

　"이 새끼들 시합 준비하랬더니 또 연애하고 있네. 실전처럼 안 뛸래?"

　승모가 슬쩍 눈짓을 하자 코트의 구석으로 공을 몰아넣었다. 녀석도 빈 구석으로 앵글샷을 넣으며 다음 수를 막기 위한 전략적 시간을 벌고 있었다. 보나 마나 스트로크의 각도를 벌리고 공의 속도를 높여 기술을 쓰지 못하게 할 심산이다.

　임팩트 순간 둔탁한 소리가 났다. 중앙을 때리는 경쾌함이 느껴

---

* 프랑스에서 최초로 개발되어 소나기가 자주 오는 유럽이나 동남아 코트에서 주로 사용한다. 배수가 잘되어 빨리 마르는 게 특징이다.

** 공이 계속 네트를 넘나드는 일.

지지 않는다는 건 거트 스트링이 끊어진 것이다. 텐션을 높인 뒤 이번 주 들어서만 벌써 세 번째였다. 어제 갈아 끼운 새 거트가 하루를 못 버티고 또다시 쓰레기통 행이다. 동호회 아저씨들은 거트 나간 것을 홀인원처럼 여긴다지만 우리에게는 우울한 사건일 뿐. 차라리 소 잡고 돼지 잡던 예전처럼 동물의 내장을 쓰는 게 낫지 않을까. 멍청한 생각 같지만 여전히 '천연' 스트링을 쓰는 사람도 있다. 게다가 더 비싸다. 호시절은 우리에게 인장력과 강도가 좋은 나일론 스트링을 선물했지만 정작 그 질이 좋은 거트를 갈아 끼우느라 운동화를 살 돈이 없을 지경이다. 리오스가 학교에 부탁해 중고 거트기를 샀지만 싸구려 거트 줄로 텐션을 조절하며 갈아 끼우는 건 1학년뿐, 큰 대회를 많이 뛰는 2~3학년이 되면 시합에 쓸 라켓만이라도 전문적으로 거트를 끼워 주는 체육사에 수리를 맡기는 게 불문율이다. 잠시 랠리를 멈추고 라켓 가방에서 칼을 꺼내 주르륵 거트를 자르고 뜯어냈다. 잘린 거트를 손으로 뜯어낸 뒤 아예 의자에 앉아 테니스화를 벗고 다리 근육을 주물렀다. 달리기를 하다가 살짝 뭉쳤던 게 계속 근육을 잡아당기는 느낌이 들어 신경이 쓰이던 차였다.

"쥐 났냐?"

"살짝 지나갔는데 좀 당기네."

"누워 봐."

승모는 가방에서 테이프를 꺼내 발꿈치 위 아킬레스건부터 무릎 뒤까지 테이프를 붙여 주었다.

테이핑 요법은 부상을 방지하고 통증을 완화시켜 주었다. 승모의 테이핑 덕을 보는 건 언제나 나였다.

"체육사에 그냥 맡기지 뭘 하러 뜯어."

"놔두면 프레임 찌그러지잖아. 거기 요새 바쁘던데."

"배드민턴 동호회 때문에 정신없긴 하더라. 근데 텐션을 너무 높이는 거 아냐?"

승모는 입으로 테이프를 뜯느라 인상을 쓰고 있었다. 내 텐션 때문에 인상을 쓴 건 아니지만 뜨끔한 기분이었다.

"더워서 살짝 높였는데 끊어지네."

승모는 변명을 모르쇠로 받았다. 둘러대는 이유 뒤에 숨은 진심을 모를 리 없었다. 텐션을 약하게 매면 스윙의 힘과 볼의 탄성이 올라가게 되어 힘을 극대화시킬 수 있지만 제구력이 떨어지고, 반대로 텐션을 높이면 볼의 제구력은 좋아지는 반면 힘이 떨어진다. 내가 텐션을 올리며 변화를 시도하는 것을 누구보다 민감하게 알아차릴 사람이 파트너 승모였다. 텐션을 올린다는 것은 손쉬운 우승에 대한 노림수가 숨어 있다. 시간을 끌지 않고 제구를 통해 상대를 제압하는 것, 마지막 시장기 우승을 바라는 전략의 하나였다. 무조건 이기기 위함만은 아니라는 뻔한 변명이라도 둘러대야 할 고해의 시간이 덧없이 흘러가 버렸다.

30분 만에 연습구 한 통이 비워졌다. 옆 코트에서 연습구를 채우는 시간은 우리에게도 인도적 차원의 휴식 시간이다. 미리 우리 코트로 공을 흘리라는 선주문을 넣고 공을 줍기 위해 어쩔 수 없이 경기를 방해하게 만든 것은 승모와 나의 꼼수였다. 그사이 물도 마시고 땀도 닦으며 스리슬쩍 벤치에 엉덩이도 대보며 리오스의 간을 보는 것이 그날 운동량을 결정하는 바로미터나 다름없었다.

1학년들이 라켓에 공을 담아 볼 통으로 옮기는 동안 김 코치가 손가락만 까딱거려 나를 불렀다. 그 손이 그늘막 자신의 의자 옆을 가리키며, 와서 땀이나 식히란다. 지난 주니어 대회에서 우승한 것에 대해 다른 아이들에게 보이는 본보기성 특혜였다. 밖에서 보면 특혜였던 게 당사자가 되면 합당한 대우가 된다는 것을 몰랐다. 작년에 내가 무거운 롤링기를 밀 동안 앉아만 있던 주영 선배에게 얼마나 이를 갈았던가.

부럽다면 실력으로 증명해라! 김 코치의 이런 뻔뻔하고 속물적인 트레이닝 방식은 아이들의 반감을 사기도 했지만 약발에서만큼은 최고였다. 오전 훈련을 끝내기도 전에 진을 다 뺀 1학년들이 앞다투어 물을 들이켜고 널브러졌다.

"석아, 이거 좀 봐라."

김 코치가 내민 휴대폰 화면에는 엊그제 인터뷰한 주니어 테니스 선수권 대회 우승 기사와 내 사진이 실려 있었다. 그리고 그 우승의 절반이 자신의 몫인 듯 당당하게 내 트로피의 반을 거머쥔 김 코치의 웃음이 기름이 잔뜩 낀 액정 화면에 번들거리고 있었다.

"기사 잘 나왔던데요?"

"기자가 선글라스 벗으라는 통에 꼴이 이게 뭐냐."

까만 얼굴에 눈 주위만 허옇게 나온 얼굴이었다. 하지만 본인의 말대로 그 모양 빠지는 사진 덕에 특기 신입생이 더 늘어나고 자신의 인지도가 올라갈 것임을 기저에 깔고 있는 뿌루퉁함이다. 테니스 감독으로 있는 박 감독이 테니스 연맹 이사 겸임으로 공사다망한 관계로 학교 내 모든 일은 김 코치에게 일임되어 있었으니 우진고의 위상은 곧 그의 콘크리트 바닥이 될 것이고.

"필리핀에서 골프 치고 온 사람 같지 않냐."

"뙤약볕에서 얼마나 훈련시켰으면 얼굴이 저럴까, 부모들은 그렇게 생각하겠죠."

"그럴까?"

김 코치의 만면에 웃음꽃이 피었다. 구릿빛 피부가 아이 같은 미소와 함께 찬란하게 빛난다. 본인이 속물이란 걸 숨기지 않는 치명적인 단순함과 봉투에 채워진 액수만큼 선수를 탈바꿈시키는 그 놀라운 능력이야말로 김 코치의 찬란함이다. 나는 그 능력이 만들어낸 화룡점정이며, 엄마의 부단한 밑밥과 노력 역시 양식장의 광어처럼 나를 살찌웠다. 때마다 김 코치가 먹여 주는 상대 선수의 전력 분석과 약점을 노린 승부수는 항생제처럼 나를 구원해 주었다.

봉고차에 실려 전국의 대회를 다니면서 깨달았다. 우리를 후원해 주는 그 알량한 KDC 클럽과 후원 업체 덕에 찜질방이 아닌 모텔에서 잠을 자게 된 게 얼마나 감사한 일인지를. 그 KDC가 엿 같은 구성구의 아버지 구대철 회장의 것이라도 감사해야 했다. 성구와 우리를 친구라고 묶어 준 구대철 대표의 꼼수 역시 수를 뻔히 알면서도 감사함을 강요당했다. 대낮보다 환한 조명 아래 늦은 밤까지 테니스를 칠 수 있는 16면 코트의 스위치가 성구임을 잊을 수조차 없었다.

리오스는 연신 물을 들이켜며 배를 어루만졌다. 숙취 때문에 연신 죽겠다 소리를 연발하면서도 죽을 작정은 아닌 얼굴로.

"근육 뭉친 건?"

"승모가 좀 풀어 줬어요."

"계속 아프면 병원 가서 물리치료 받아."

"아침에 찾으셨다면서요?"

"빨리도 묻는다, 새끼야."

리오스는 아직도 술이 덜 깬 얼굴로 푸스스한 머리칼을 헝클며 말했다. 머리카락 뭉치가 찌든 소맥 냄새를 풍겼다. 단언컨대 이 남자는 머리카락으로도 술을 마시는 게 분명하다.

"뭔데요? 시장기요?"

"이따 훈련 마치고 얘기하자."

속이 불편하다고 할 말을 못 할 사람은 아니니 중요한 얘기이고 자리가 불편하다는 뜻이었다. 더 묻지 않고 스포츠 고글을 집어 들고 코트로 나갔다.

간단하게 스트레칭을 하고 승모와 랠리를 시작했다. 워밍업으로 근육 곳곳에 시합을 시작한다는 명령을 내린다. 몸이 움직이기 시작하자 모든 생각이 의식의 저 너머로 빨려 들어갔다. 그저 근육과 신경이 반응하는 대로 움직일 뿐. 생각을 하고 꼼수를 부리면 진다는 걸 실패한 경기가 증명해 주었다. 서브를 넣고 계산하고 뛰어나가도 예상과는 다르게 움직이는 상대 선수의 패턴에 휘말리기 일쑤였다. 잘 알고 있다고 믿었던 상대마저 시합을 치르는 코트에서는 전혀 다른 선수로 돌변해 버렸다. 왜 하던 대로 안 하냐고 분통을 터뜨릴 수도 없었다. 코트 위에선 눈에 들어간 따가운 땀방울도, 번쩍거리는 상대 선수의 형광 유니폼도 모든 것이 변수가 되었다.

승모는 내가 자신을 읽는 지점을 몰랐을 것이다. 서브를 넣기 전 거트를 정리하며 운동화를 털고, 아대로 땀을 닦고, 티셔츠의 목을 잡아당기는 루틴을 하는 사이 자신도 모르게 공의 방향을 내다본다는 것을 알지 못했다. 녀석이 땀을 닦으며 한번 흘깃 노려보는 곳은 서브의 종류와 상관없는 목표점이 된다. 마치 골키퍼가 공이 오는 방향을 알고 미리 준비하는 것처럼 나는 승모의 공을 받아 냈다. 그리고 셋 중에 둘은 일부러 그 사실을 모른 척함으로써 일방적인 포인트를 올리지 않으려고 애썼다. 어쩌면 승모 역시 내 공의 방향을 알고 있을지도 모른다. 나도 모르게 내 본능이 공격 루트를 알려 주고 있었을지도 모르고 오랜 파트너인 승모였다면 그 지점을 눈치챌 수도 있었을 것이다.

그래서 나는 루틴을 버렸다. 그 사소한 루틴을 버리기 위해 의도적으로 반복되는 행동들에 촉각을 곤두세웠다. 계산된 플레이보다 본능에 충실한 샷이 상대의 의표를 찔러 댔다. 내가 계산하지 않은 샷은 네트 너머의 상대도 계산할 수 없는 샷이었다. 그럼에도 머리를 쓰는 놈은 늘 몸만 쓰는 놈을 앞질렀다. 경기를 촬영한 동영상을 분석하고 상대 선수의 연습 경기를 보면서 전략을 짜며 머릿속으로 한 시뮬레이션 훈련은 나를 상대 선수보다 먼저 코트에 올려다 놓았다.

지겹게 얻어먹은 욕과 날려 버린 샷들이 악몽이 되어 찾아왔지만 다음 날이면 다시 라켓을 잡고 코트로 나가야 했다. 라켓을 잡는 게 미친 듯이 싫은 날조차 코트 위에 서야 했다. 원치 않은 실패도

있었고 원치 않던 우승도 있었다. 서브가 잘 풀려 넣는 족족 에이스
가 되는 날도 있었고, 죽어라 더블 폴트만 하는 날도 있었고, 경기
가 꼬이는 날도, 더럽게 운이 나쁜 상대 선수의 불운을 밟고 올라서
는 날도 있었다. 그런 성공과 실패를 반복하는 사이 어쩌면 앞으로
의 삶도 이렇게 허무하지 않을까, 스쳐가듯 그런 생각이 들었다.

*

　땀을 식히는 막간에 느리게 움직이는 김 코치의 모습이 포착되
었다. 그가 나를 찾았던 용건을 미루고 달려간 곳에 성구가 서 있었
다. 테니스부를 후원하는 클럽 대표의 아들을 기다리게 하는 것은
그 아비를 기다리게 하는 것이라는 김 코치의 철저한 직업의식이리
라. 성구의 훈련 시간표에 설탕물이라도 발라 두었나. 코치의 입에
서 꿀물이 튀었다.
　김 코치가 영업을 뛰는 사이 주고받던 승모와의 랠리에 속도가
붙기 시작했다. 녀석이 앞으로 나와 발리를 하며 나를 뛰게 만들었
다. 실수로 공을 띄우면 거침없이 스매싱을 하거나 빠른 스트로크
로 후방을 공격할지 모른다. 승모를 라인 쪽으로 물러서게 만들어
스매싱을 하며 다가오기를 기다렸다. 승모가 라켓을 올려 스매싱
자세를 취했다. 그러나 공의 각도와 방향은 녀석의 루틴으로 미리
파악할 수 있다. 드디어! 녀석의 자세가 무너진 사이로 긴 어프로치
샷을 넣어 후방을 공격했다. 의도하지 않았지만 지난주와 똑같은
패턴이었다. 녀석의 단점이자 나의 장점, 네트에 붙는 녀석을 위해

주력하는 각도다. 승모의 힘은 늘 방향성보다 힘의 강도가 더 세서 균형을 잃어버리기 십상이었고 나는 그 타이밍을 낚아채 내 것으로 만들곤 했다. 그리하여 코트 밖에서 비열이나 졸렬이란 단어를 쓰더라도 이곳에선 완성된 기술의 하나란 걸 항변한다.

타인의 조롱은 예선에서 탈락한 불면의 밤을 덜어 주지 않았다. 예선도 뛸 수 없던 어린 선수의 눈물을 닦아 주지 않았다. 도핑을 제외한 모든 승패는 도덕성을 묻지 않고 나이를 묻지 않고 땀의 근수를 묻지 않는다. 잔인하리만치 승자와 패자로 갈릴 뿐이다. 물러 터진 활석이 되든가 단단한 금강석이 되든가. 그것을 결정하는 것은 오로지 승률뿐이다.

영업을 나갔던 리오스가 코트로 돌아왔다.

"마감해라."

다 녹은 슬러시 아이스크림을 먹던 리오스가 늘어지게 하품을 하며 외치자 1, 2, 3학년이 일사불란하게 줄을 맞춰 달리기 대형으로 모였다. 4면 코트의 가장자리를 운동 시작 전과 후에 뛰는 것으로 준비 운동과 마감 운동을 하는 것은 테니스부의 오랜 전통이었다. 3학년 주장 주영 선배를 따라 3, 2, 1학년 순서로 뛰기 시작했다. 앞이 아닌 뒷줄에서 뛰면 속력을 맞추랴 줄을 맞추랴 달리기가 엿 맛이다. 그래서 뒷자리는 늘 1학년 차지였다. 코트를 다지고 볼 통을 채우느라 힘을 뺀 1학년 녀석들이 정신을 못 차리는 게 당연했다. 그러든가 말든가 그건 병아리들 사정이고 앞장선 3학년 선배들은 달리는 속도를 줄이는 법이 없다. 2년 전에 본인들이 당한 생고생을 모를 리 없건만 지나온 이상 나 몰라라 하는 것이 체육 특기반의 전통이었다.

"1학년 줄 안 맞출래?"

주영 선배의 불호령이 떨어지자 줄에서 삐져나왔던 1학년 꼬리가 순식간에 사라져 버렸다. 뒤통수에 눈이 달리진 않았지만 혀 빼물고 죽을 맛으로 뛰고 있는 1학년들의 얼굴이 눈앞에 아른거렸다. 녀석들의 아우성이 돌림 노래가 되어 앞으로 전달되었다.

"선배, 죽을 거 같아요."

"몇 바퀴만 줄여 주세요. 코치님 자잖아요."

리오스는 의자에 널브러져 숙면을 취하는 자세였다. 부풀어 오른 배를 바늘로 쿡 찌르면 그 구멍으로 맥주가 쫄쫄 흘러나올 것 같은 만취가 어제오늘의 일이던가. 운동으로 땀을 뺀 뒤 마시는 맥주의 첫 맛을 모르는 인간은 테니스 라켓을 들면 안 된다는 그의 과한 맥주 사랑이 부풀려 올린 배다. 커다란 맥주 참나무 통을 연상시키는 배가 쌕쌕거리는 숨소리와 함께 들썩거리고 있었다. 주영 선배에게 낮은 목소리로 말했다.

"선배, 애들 좀 봐주죠."

"어제 연맹 쪽 사람 만난다고 했었는데 한잔한 거 같지?"

"요새 계속 연타예요."

"왜? 그때 그 아줌마랑 깨졌대?"

옆자리서 묵묵히 뛰기만 하던 승모의 말이었다.

"어떤 아줌마?"

"지난번에 우리 순대국밥 사 준 아줌마. 다른 아줌마도 있냐?"

"묻지 마. 나도 모르니까."

"리오스는 왜 아줌마만 만나냐?"

"아저씨니까 아줌마만 만나지. 저 나이에 아가씨만 찾으면 더 이상해."

"아 씨, 또 남편인가 뭔가 코트 찾아와서 난리칠까 봐 그러지."

"그러든가 말든가."

마음과 마음이 만나기 전에 술이 다리를 놓아 만난 연애는 한철 땜이다. 살사 댄스 동호회 아줌마와 헤어진 직후 리오스가 읊조린 말이었다. 급해서 끈 불은 알고 보면 30분짜리, 대실비가 아깝더라는 명언도 남겼다. 알아듣는 척했다면 뒤통수만 까이고 말았을 것을 무슨 뜻인지 못 알아듣는 척 깜찍을 떠는 바람에 주구장창 리오스의 연애 욕받이 통이 돼야 했다.

여자들이 내 몸만 좋아하는 것 같다. 배가 나온 사십 대 남자 입에서 나올 소리는 아니건만 그는 연애 시장에서 도매금으로 처리되는 자신의 처지를 쓸쓸하게 시인했다. 한편으론 학부모들 중 '부'와는 온갖 쌍욕과 육탄전을 벌여도 '모'와는 다른 의미의 육탄전을 벌이지 않고 선을 지키는 것이 신기했다. 혹시, 우리를 자식으로 생각한다는 말이 진심이었을까.

미루어 짐작컨대 수양아버지의 오늘 상태는 이별의 상처와 과음으로 인한 처참한 몰골로 보였다. 가까이 다가가서 술 냄새를 맡아볼까도 생각했다. 그러나 주영 선배의 목소리가 한발 빨랐다.

"자, 마지막 바퀴! 힘내자!"

이렇게 된 이상 한낮의 렘수면을 기도하는 수밖에 도리가 없다. 아이들은 김 코치에게 들리지 않을 만큼 작은 목소리로 환호했다.

운동하는 놈들이라 남을 속이는 데 재주가 없기에 스무 바퀴 가운데 양심적으로 딱 세 바퀴를 덜어 낸 열일곱 바퀴로 합의를 봤다. 대열은 그늘막에 앉아 있는 김 코치 앞에 정확히 멈춰 섰다. 부산스러운 움직임과 숨소리에 그의 선글라스가 흔들렸다. 참나무 통 배의 주인이 늘어지게 하품을 하며 시계를 보더니 자리에서 일어났다.

"다 돌았나?"

"네."

김 코치가 손목시계를 톡톡 두드리며 말을 이었다.

"박주영, 13 곱하기 60이 얼마냐?"

"네?"

"대가리 나쁘면 테니스도 못 해요. 임석, 얼마냐?"

"780이요."

"한 바퀴 도는 데 평균 45초, 지금 780초 지났으니까 나누면 얼마냐?"

망할, 걸려들었다. 13분에 멈춰진 리오스의 타이머가 눈앞에 들이밀어졌다.

"맞고 대답할래?"

"17이요."

"열일곱 바퀴 돌았네."

공범인 스무 명 모두의 입이 굳게 다물어졌다. 살사 댄스를 추던 그의 에너지가 우리에게 집중되었다. 시합이 끝나고 해이해진 순간을 기다려 덫을 놓았다.

"너부터 뒈질래?"

김 코치의 발이 주영 선배의 정강이를 걷어찼다. 보고 있는 내 다리가 아플 지경이건만 선배는 신음 한번 내지 않고 부동자세로 서 있었다.

"스무 바퀴 다시 뛰어!"

우리는 다시 대열을 정비하고 코트의 바깥 라인을 향해 뛰기 시작했다.

"새끼들아! 대회 하나 끝났다고 땡땡이칠 생각이나 하고! 대회는 체력 싸움이라고 몇 번을 말해! 먹는 밥이 아까운 밥통들아!"

코치가 고래고래 소리치는 곳에서 조금 멀어지고 나서야 아이들의 구시렁거림이 터져 나왔다.

"한 바퀴만 뺐어야 하는데."

"계산은 씨팔! 자는 척하고 다 보고 있었던 거지. 그렇게 뛰는 게 좋으면 저나 뛸 것이지, 자기 배는 남산만 하면서 꼭 우리더러 뛰라고."

"입 다물어!"

주영 선배의 서슬 퍼런 한마디에 구시렁거리던 입이 닫혔다. 기진맥진 다섯 바퀴를 더 돌고 나자 아이들의 다리가 휘청거렸다.

"한 바퀴 도는 데 52초가 걸려? 이 새끼들 정신 안 차릴래?"

김 코치는 그늘막에서 뛰어나와 대열을 따라 안쪽으로 뛰기 시작했다. 작정을 했는지 1~2학년을 놔두고 3학년의 뒤통수를 한 대 한 대 후려갈기며 소몰이를 하기 시작했다. 얻어맞은 선배들이 속력을 내자 1~2학년은 뒤처지지 않기 위해 기를 쓰며 쫓아가야 했다.

"그만!"

일곱 바퀴를 뛰었을 때 느닷없이 김 코치의 길들이기가 중지됐다. 스탠드 석에서 분홍 치맛자락이 나부끼고 있었다. 때마침 구세주처럼 등장한 어진이 엄마와 기준이 엄마가 아니었다면 기어서라도 남은 열세 바퀴를 채워야 했을 것이다. 두 사람의 등장으로 김코치의 표정이 순식간에 달라졌다. 1,500평짜리 헬스클럽을 운영하는 어진이 엄마는 카드가 명함인 이 시대에 현금만을 고집하기로 유명한 사람이요, 기준이 엄마는 신도시에 운영하는 부동산만 두 개에 돌리는 아파트가 다섯 채였으니 ATM의 등장이나 진배없었다. 두 엄마의 역성은 아들들의 성적과 반비례했다. 지난 대회 어진이와 기준이가 개인 예선에 탈락한 것과 이번 단체전 대진표에 이름을 올리지 못한 것을 만회하려 찾아온 길임에.

"아이고, 코치님! 땡볕에 월급쟁이가 이러면 반칙이죠."

"성적 떨어지면 까이는 비정규직이 별수 있나요."

"전문직이 별소리를 다 한다!"

엄마들의 호흡은 저렇게도 찰떡인데 어진이 녀석과 기준이 두 녀석의 복식조는 왜 그리 죽을 쑤는지. 김 코치는 두 녀석을 붙여 놓으면 가랑이 사이로도 공이 빠져나간다며 장탄식을 해댔다. 빠져나가는 것은 공이 아닌 돈이었다. 엄마들 손에 든 아이스크림 비닐봉지를 재빨리 들어 주면서도 볼멘소리 한마디를 얻는 건, 능청의 단계적 접근이라고 본인의 입으로 말하기도 했다.

"애들 버릇 나빠지게 자꾸 사 오시면 곤란한데요."

"오늘만 먹이세요, 오늘만."

"단것 많이 먹으면 갈증 나서 물만 켜고 몸만 무겁고."

"아이고, 뭘 또 이리 빡빡하게 구시나."

그 말인즉슨 자신의 지갑이 빡빡해지고 있으니 적당히 기름칠을 해 달라는 소리요, 한 번은 튕길 테니 두 번은 찔러 넣어 달라는 뜻 임을 찰떡같이 이해하시라. 던지고 받고 놓치고 간 보고, 김 코치의 영업 뛰는 능력은 코트계의 나달이다.

달리느라 죽을 맛이었던 아이들이 아이스크림 하나씩을 집어 들 고 어진이와 기준이의 어깨와 머리를 아프게 툭툭 치며 지나갔다. 새끼야, 네 엄마 덕에 살았다! 혹은 돈지랄하는 게 눈엣가시지만 이 번만은 봐준다.

인사치레치곤 험악했지만 절묘한 타이밍에 감사할 수밖에. 코트 에 엄마들의 회벽을 긁는 듯한 웃음소리가 울려 퍼지는 동안 우리 는 그늘에 널브러져 아이스크림을 물었다. 아침부터 때까치가 울었 던가. 갑작스러운 엄마들의 등장으로 리오스의 심기가 부드러워지 다니. 슬쩍 리오스의 동태를 살폈다. 엄마들의 봉투가 얼마나 두둑 한지에 따라 리오스의 나머지 심기가 결정될 터였다.

물론 그의 속물근성에 이를 가는 사람이 더 많았다. 후원사에서 제공한 공짜 라켓 가방을 아이들에게 선심 쓰듯 나눠 주며 스리슬 쩍 빈 봉투를 집어넣은 저 철면피의 별명이 구십 년대 테니스계를 주름잡던 꽁지머리의 리오스라니, 날아가던 새가 똥을 싸고 간다고 열을 올렸던 건 아버지였다. 딱 한 번 학부모 회의에 참가했다가 코 치의 실체를 가늠한 아버지는 저런 배불뚝이 돈벌레에게 리오스란 이름이 가당하냐며 혀를 찼다. 아버지는 김 코치와 테니스 취향이 같다는 걸 모욕으로 생각하는 듯했다.

우진고에서 개나 소나 만만하게 부르는 리오스라는 이름의 본래 주인이 구십 년대의 전설적인 선수라는 걸 아는 사람은 드물다. 테니스 좀 쳤다는 사람들은 앤드리 애거시나 피트 샘프러스, 마이클 창 정도를 구십 년대 톱으로 꼽지만 '쌔 빠지게' 쳤다는 사람들은 마르셀로 리오스를 숨겨진 전설로 기억했다. 지구를 반으로 뚝 잘라 남반구에서 가장 볼을 잘 쳤다는 사내는 레슨을 받지 않고 혼자 테니스를 익힌 천재 중의 천재였단다.

진짜 리오스는 뭐랄까. 시합을 망치고도 춤을 출 수 있는 테니스 계의 조르바 같은 위인이라고 할까. 경기를 할 때도 눈이 뒤집히면 흔히 말하는 '똘끼'라는 것이 보였다. 전 세계를 떠돌며 투어 경기를 치르던 시절 그는 고독한 카우보이였다. 자의에 의해서든 타의에 의해서든 투어 내내 그의 곁에는 친구가 없었다. 그는 자신이 테니스를 하는 건 이기기 위한 것이지 세계를 돌며 친구를 사귀기 위한 것은 아니라고 인터뷰하여 동료 선수들에게 기름을 부은 것으로도 혹독한 유명세를 치러야 했다. 모두에게 미움받는 즐거움을 일찌감치 터득한 남자, 김 코치가 그를 어떤 식으로 경외하는지는 알 수 없지만 적어도 다른 이들의 시선으로부터 초월한 듯한 경지는 그 똘끼와 맞먹는 수준이다.

김 코치는 리오스를 한때 왕의 자리까지 올랐으나 종묘사직의 제사상에 이름을 올리지 못한 비운의 왕 연산군에 비유했다. 리오스가 ATP 마스터스 시리즈 대회 중 세 개의 클레이 코트 대회에서 모두 우승한 최초의 선수라는 기록이 무색하게도 그랜드 슬램 대회 우승 경력이 없는 유일한 남자 선수였다는 점에서 어느 정도 일리 있는 말이었다.

그는 홀연히 사라져 버린 비운의 천재였다. 그래서 중년의 남자에게 리오스의 존재감은 첫사랑 급이다. 그 첫사랑과 발톱의 때만큼도 안 닮았을 테지만. 그리하여 아버지는 김 코치가 천재의 이름을 빌려다 '꼬마 피카소 미술 교실'을 차리든 '애거시 테니스 교실'을 차리든 상관할 바 아니나 리오스란 이름을 가져다 쓰는 건 그 이름으로 똥을 닦는 짓이라며 불쾌감을 감추지 못했다.

어쨌든 김 코치의 리오스 바라기는 그의 비참한 테니스 내리막길과 자신의 것을 동일시하는 데 있지 싶다. 살짝 잘나가던 선수 시절 음주 운전으로 신문지 상에 오르내리며 스캔들에 휘말린 데다 무릎 부상으로 이십 대 중반에 일찍 선수 생활을 마감해야 했던 자신의 인생 역정이 리오스의 그것과 너무나 흡사했기 때문에. 김 코치 역시 훈련 방식에 반발하는 학부모에게 삿대질과 쌍욕을 날려 해고 직전까지 갔다가 그 앞에 무릎을 꿇고 싹싹 빈 전력이 있다. 받아먹은 뇌물이 학교에 알려져 배부르게 먹은 징계도 한두 건이 아니었다. 경고, 시말서, 감봉, 강등, 정직…… 해고만 빼고 테니스 선생이 먹을 수 있는 욕은 다 먹어 본 인물이다. 종묘사직은 개뿔이고 동냥 바가지에도 숟가락 하나 얹지 못할 인간이라고, 이것도 아버지의 표현이었다.

적의 발톱

두 엄마의 암행 덕에 오전 훈련이 일찍 끝나자 아이들이 코트 바닥에 널브러졌다. 냉면을 먹을까, 삼계탕을 먹을까. 엄마들의 목소리가 리오스의 낮술을 재촉하자 오후 훈련을 뺄 수 있다는 실낱같은 희망에 부풀었다. 훈련 시간에 늦을 것을 약속하며 코트를 나서던 리오스를 보며 쾌재를 불렀다.

그러나 과한 행운을 바란 탓에 사나운 일진이 발동됐다. 어진이 엄마가 차를 가지러 간 시간이 길어지자 리오스의 영업 시간에 잠시의 공백이 생겨 버렸다. 그 틈을 놓치지 않고 코트 밖 철조망에 매달린 리오스가 냅다 소리를 질렀다.

"박주영, 또 애들 장단에 놀아나기만 해봐라. 밥 먹고 다시 스무 바퀴 돌려! 갔다 와서 CCTV 돌려 볼 거야, 새끼들아!"

애들이 거품을 물고 쓰러지든 들것에 실려 가든 그 CCTV에서 마지막 바퀴를 세고 있을 독종! 아이들이 털레털레 샤워실로 걸어갔다. 뛰어가는 놈들은 죄다 2학년들이었다. 어차피 1학년은 2~3학년이 다 씻고 나오기 전에는 샤워실의 물 한 방울 만질 수 없다는 걸 알기에 지레 포기하고 바닥에 널브러져 있고 3학년은 지정석이 되다시피 한 제 샤워 꼭지를 알기에 느긋하게 걸어간다. 땀범벅이 된 2학년들이 땀띠 나게 뛰는 건 그 몇 자리를 두고 옥신각신하기 위해서다. 철근을 매달아 놓은 것 같은 무거운 다리를 끌고 가는데 철조망 밖 리오스의 목소리가 들렸다.

"석이는 나 좀 보자."

아침부터 찾았던 볼일이며 어려운 얘기로 짐작되었다. 승모는 모른 척 내 가방을 대신 메며 자리를 비켜 주려 했다. 리오스가 승모를 불러 세웠다.

"승모도 들어."

격자무늬를 새긴 그의 얼굴에 사뭇 비장감이 돌았다.

"오후 훈련 끝나면 모여서 같이 경기 동영상 분석해."

"무슨 동영상이요?"

"덕운고 애들 시합하는 거 뽑아 왔다. 주영이가 보여 줄 테니까 그거 개인전 팀이랑 단체전 팀으로 나눠서 봐라. 석이는 개인전 경기 보고 승모는 단체전 단식 경기만 복사해서 가. 오후에 주영이랑 복식 맞추지 말고 단체전만 훈련해."

"승모는 선배랑 개인 복식도 있잖아요."

"시끄러."

"왜요? 왜 설명도 없이……."

"종합 우승기 가져다 놓으란다. 이번 단체전에 덕운고한테 잡히면 올해 장사 접는 거야. 군말 말고 준비해."

할 말을 끝낸 리오스는 주차장으로 걸어가 버렸다. 부당한 결정에 합당한 질문은 받지 않겠다는 선제 방어였다. 승모는 그 자리에 못이 박힌 듯 꼼짝도 않고 서 있었다. 머릿속으로 떠올릴 수 있는 모든 쌍욕이 떠올랐다. 이유야 빤하지. 염병할 대진표!

깜빡이도 없이 끼어들어 차선을 차지하는 와일드카드를 없애자고 예선전을 치르고 그도 모자라 점수표로 환산해 객관적인 데이터로 선수를 선발했는데 그걸 또 들이받고 있는 거지. 어느 윗대가리가.

개인전 출전 티켓은 예선전 랭킹 순으로 승모의 것이고, 만약 단체전을 확실히 이기겠다고 해도 원래대로 승모를 두 시합에 안배하면 될 일인데 뒤집는다는 것은 판을 흔드는 또 다른 손이 존재한다는 의미다. 입을 다문 승모를 대신해 주차장으로 리오스를 따라 가며 항의했다.

"예선전은 왜 했는데요? 승모는 단체전 뛰고 개인전도 나가는 거잖아요!"

"주영이는 3학년이잖아. 걔를 어떻게 빼."

"승모 자리에 누가 들어와야 돼요?"

리오스는 독립투사라도 되는 듯 어금니를 깨물고 제 입을 틀어막고 있었다. 그가 팔아넘기지 않으려는 이름을 짐작하면서도 묻는다. 코치는 설명을 좋아하지 않고 우리는 질문을 좋아하지 않지만 그럼에도 부당한 그 이유를 들어야 했다.

"코치님!"

"새끼야, 좆도 모르면 나서지 말고 가만히 있어. 넌 남 일 신경 끄고 개인 타이틀 하나만 따고 비행기나 타."

"지금 대진표로도 우리 이겨요. 4단 1복 중에 복식 진다고 해도 단식 네 개 중 주영 선배, 승모, 현도가 확실히 이기는 카드라고요."

"새끼야, 그냥 먹여 주는 밥이나 먹으라고. 주영이가 덕운고 염성우를 단체전에서 만나서 힘을 빼놓아 줄 거니까 개인전에서 염성우 만나면 넌 그냥 날아다니면 되는 거야."

주영 선배를 전략적 구덩이로 쓰겠다는 뜻이다. 개인전과 단체전 모두를 뛰게 하면서 상대 에이스의 체력을 고갈시키는 맞춤 대진표라, 너무도 익숙한 패턴이지 않나.

작년 6월 시장기 중고 연맹전 대진표에서 그 꼴이 나였으니까. 선배들을 제치고 개인전 선발 3위에 들었음에도 단체전 복식을 뛰는 걸로 선배들의 발을 맞춰야 했었다. 그때 깨달았다. 내가 실력을 증명해 보여야 하는 것은 대회가 아닌 학교 안의 예선전이었음을.

"코치님!"

"거, 사람 입 아프게 만드네. 저를 따까리로 쓰겠다는 주영이가 화를 내야지, 왜 네가 화를 내냐. 그 새끼는 3학년이야. 내년에 대학 가는 새끼한테는 개인전 타이틀 하나가 천금이라고."

"그래서 왜 승모를 빼냐고요!"

"그 새끼 발목 부상인 거 몰라? 그리고 이번 대회 순서가 단체전이 먼저인 게 내 잘못이냐? 4강 올라가자마자 덕운고랑 붙게 될 텐데 거기 단체전 단식에 에이스 염성우가 끼어 있어. 누구든 단체전에서 염성우를 만나면 그 경기가 개인전 파이널이 될 거라고. 그 새끼 힘 빼놓는 건 네가 아니어야 한다는 뜻이야, 알아먹어?"

"차라리 단체전 선배 자리에 내가 들어갈게요. 염성우 깨버리고 개인전에서도 쪽도 못 쓰게 만들면 되잖아요."

김 코치의 눈이 매서워졌다. 내가 쉽게 물러서지 않을 것이란 걸 안 이상 그 역시 도망치지 않았다.

"이 새끼가 예쁘게 말해 주니까 말귀 못 알아 처먹네. 네가 볼을 치면 얼마나 친다고 염성우를 까네 마네 목에 힘을 주고 염병이야? 네가 엄청 잘해서 잘하는 줄 알지? 매뉴얼도 족보도 없는 들개 같은 새끼가. 알아? 길들여지지도 않고 어디로 튈지도 모르는 엇박자라 애들이 네 공을 못 받아치는 거야. 염성우는 노련하고 약삭빠른 녀석이라 벌써 네 동영상 분석하고 대비했다는 소리가 여기까지 들린다. 승모가 네 엇박자를 알고 점수를 내듯이 염성우도 또 다른 승모 같은 녀석이야. 승모처럼 골 때리는 군견, 그것도 잘 훈련된 암캐. 승부수를 띄우다가 안 먹혀들 때 널 무너뜨릴 다른 걸 가진 놈이란 소리야. 이기고 지는 게 중요한 게 아니야. 염성우를 곤죽으로 만들어 놓는 게 중요한 거지. 어차피 승모는 발목 부상 때문에 8강 정도 버티면 끝이야. 복식에선 파트너로 그 발목을 메울 수 있겠지만 단식에선 한 게임 만에 그 다리만 두들겨 맞을 거다. 그럼 다시 계산해 봐. 단체전에서 확실한 카드가 박주영, 노승모, 최현도가 맞는지."

기를 쓰며 가리려고 해도 승모의 부상을 숨길 수는 없을 것이다. 제 서브 경기에서도 집요하게 공격당할 것이다. 그 냉혹한 판단에 몸서리가 쳐졌다.

"그럼 승모한테 제 출전권을 주세요."

"이 새끼가 대회가 장난인 줄 알아?"

험악한 표정을 짓던 리오스가 돌연 주위를 훑었다. 입보다 귀가 더 많은 곳, 리오스는 내지르는 고함 속에 자신의 진짜 목소리를 감추고 살아왔다. 그가 낮은 목소리로 말했다.

"하, 고래 심줄 같은 새끼! 사람 진짜 바닥까지 드러나게 만드네. 염성우 리젠시 스포츠로 들어간다더라. 너 잡고 다크호스로 이름 한번 띄워 보려고 그러는 거면 그런가 보다 하겠지만 걔가 네 경기만 분석하고 딱 너에 대한 맞춤 시합을 준비한 게 걔 생각만은 아닌 거지. 학교는 널 2연패로 굳혀서 간판으로 만들려고 하지만 새로운 스폰서 못 달게 하고 싶은 게 누구겠냐?"

차마 뱉을 수 없는 그 말이 입안에 맴돌았다. 그리고 멍해졌다. 들고 있던 라켓으로 어딘가를 얻어맞은 기분이었다. 그것이 리오스가 지난 며칠간 인사불성이 될 때까지 술을 마신 진짜 이유였다.

"널 놓치느니 네가 똥값이 되길 바라는 딱 한 사람…… 새끼야, 밖은 전쟁이야. 친구고 의리고 프로는 그런 거 없다고."

어진이 엄마의 고급 세단이 미끄러져 나왔다. 어진이 엄마가 운전석에서 내리자 리오스는 제 차인 양 운전석에 올랐다. 그는 트레이드마크 보잉 라이방을 쓰고 우리의 전쟁터에서 사라져 버렸다.

쥐가 나야 할 곳은 머리인데 또다시 다리에 쥐가 올랐다. 운동화와 양말을 벗고 엄지발가락을 잡아당겼다. 시합을 앞두고 훈련량을 늘리면 꼭 한 번씩 이렇게 브레이크가 걸렸다. 라켓 가방에서 근육 스프레이를 찾다가 KDC 클럽에서 받은 수건이 딸려 나왔다. 염병할 KDC. 소문은 한 달 전부터 떠돌고 있었다. KDC 클럽의 구대철 회장이 IMG와 같은 거대한 스포츠 매니지먼트를 만들어 이미 각 분야의 유망주들과 구두 계약을 마친 상태라고, 흘리는 쪽은 빤한데 주워듣는 귀들은 입맛을 다셨다. 리듬 체조, 피겨 스케이팅의 유명 선수까지 아우르는 초대형 스포츠 매니지먼트라는 설이 무성할 즈음, 엄마를 통해 그 제안이 건너왔다. 소문을 듣는 순간 밥맛이었다는 얘기는 빼고 정중하고 단호하게 거절했다. 구대철이 아닌 엄마의 얼굴이 납빛이 되었지만 어차피 그 얼굴을 볼 날도 며칠 남지 않았다 여겼다. 그런데 이제는 염성우를 키로 써서 나를 꺾어 버릴 계획이라.

세상에 아름다운 이별이란 게 없다는 걸 몸소 보여 주시겠다고, 돈으로 안 되면 흠집을 내서라도 주저앉히려는 구 회장의 목적을 간파한 순간 승모를 붙잡을 수 없음을 깨달았다.

늦게 들어간 샤워실 안은 줄을 선 아이들로 발 디딜 틈 없이 복잡했다. 제일 구석진 자리에 승모가 있었다. 거품을 이고 풍성하게 부풀어 오른 녀석의 머리가 리오스의 말을 반복 재생시켰다. 암캐라. 네가 암캐고 나는 들개란다. 어느 쪽이 더 모욕이냐. 그 말을 차가운 물로 삭였다. 나를 본 승모가 자리를 내주었다. 승모는 부지런히 머리를 헹구며 참고 있던 질문을 던졌다.

"리오스는?"

"갔어."

"또 뭐래?"

"단체 단식에서 주영 선배를 덮운고 염성우를 잡는 열쇠로 쓴다고."

"그게 개인전 티켓이랑 무슨 상관인데?"

녀석은 칼날처럼 예리하게 반응했다. 어차피 오늘이 아니어도 삽시간에 소문으로 퍼질 것이다. 주영 선배가 아침에 했던 얘기를 떠올려 보면 이미 선배도 알고 있는 얘기였으니 말을 희석시킬 여지조차 없다.

"발목 안 괜찮다며? 리오스는 그 발목으로는 개인전은 무리라고 하던데."

"훈련은 한 발로 받았냐. 경기는 한 발로 뛰고? 양아치같이 내놓으라고 하든가. 점수표는 왜 바꾸는데."

다리 부상은 엄연한 대표 선수 선발 기준을 두고 제멋대로 뒤바뀐 기준을 가리기 위해 갖다 쓰기 쉬운 핑곗거리였다. 개인전은 예선을 치러 공정하게 대표를 뽑는 것이 합의였다. 그럼에도 그 촘촘한 점수판이 바뀌었다. 승모가 빠지고 그 자리를 대신했을 사람이 누구인지 말하지 않아도 알 수 있었다.

"그 새끼지?"

녀석의 얼굴이 목까지 벌겋게 달아 있었다.

"발목 부상? 좆 같은 소리 하고 자빠졌네. 여기 있는 놈들 중에 부상 없는 놈이 어디 있는데!"

폭포처럼 쏟아지던 물줄기 소리가 잦아들었다. 아무도 듣지 않는 척했지만 샤워실 안의 모든 아이들의 귀가 우리의 입으로 향해 있었다. 이 냉혹한 승부의 세계에 존재하는 무임승차. 재능과 노력이라는 정당한 대가를 지불했음에도 그 기회를 잡지 못하게 될 것이고 밀려나는 것은 시간문제라는 걸. 결국 한 번쯤은 만나게 되는 힘과 돈의 장벽에서 누가 먼저 떨어져 나갈까. 대회 출전권은 실력만으로 거머쥘 수 없었다. 시드를 배정받지 못해 '쌔 빠지게' 예선전을 뛰고 16강에서 힘이 빠져 시합을 마무리하거나 복식 경기 하나쯤 뛰는 걸로 한 학기를 끝내는 아이들도 있었다.

경기는 리그가 아닌 토너먼트 형식이 대부분이었다. 빡빡한 예산과 빠듯한 시간을 활용하기 위한 최선책이지만 줄줄이 붙은 시합을 치러 내느라 경기를 끝낸 경주마처럼 살이 쭉쭉 빠졌다. 그마저도 고혈을 짜내듯 승수를 올리지 않으면 선수로서의 입지를 다질 수 없었다. 그래서 그 출전 기회 한 번에 목숨을 걸 수밖에.

갑자기 샤워실의 문이 열리고 정체되었던 뜨거운 수증기가 문밖으로 빠져나갔다. 차가운 분위기를 감지한 2학년 몇몇이 허둥대며 밖으로 나간 틈으로 커다란 덩치 하나가 미끄러져 들어왔다. 뿌연 수증기 속에서도 녀석이 성구라는 걸 알 수 있었다. 성구는 만만한 녀석 하나를 밀치고 샤워기 아래에 몸을 밀어 넣었다. 엿 맛 대진표를 만든 숨은 공신인 타칭 7만 달러의 사나이이자 자칭 구 회장의 실수인 구성구, 마침내 녀석이 돌아왔다. 구성구는 테니스광인 아버지를 따라 일찌감치 코트에 발을 들여놓은 설계된 테니스 인간이었다. 구 회장은 7만 달러가 넘는 학비를 내고 성구를 미국 테니스 아카데미로 보냈으나 기대와 달리 녀석은 국제 대회 우승 트로피 하나 가져오지 못했다. 성구는 고등학교 1학년 여름 방학 이후 다시 미국으로 돌아가지 않았다. 이곳에서 개인 트레이닝까지 받으며 고군분투하고 있지만 우리는 알았다. 나달의 전담 코치가 붙는다 해도 특출한 선수가 되지 않으리라는 것을.

녀석은 묘하게, 더 이상 그 어떤 말로 표현할 길 없이 이상한 물이 들어 버린 채 돌아왔다. 염병할 와일드카드와 함께.

제 아버지 명함으로 와일드카드를 받으면서도 아이들이 그런 자신을 보는 게 얼마나 비위 상하는지 알지 못하는 눈치였다. 머리가 나쁘거나, 눈치가 없거나, 인성이 비뚤어지거나 셋 중 하나일 텐데 녀석은 의심의 여지 없이 삼관왕이었다.

건들거리는 은갈치 같은 몸을 비집고 들어온 녀석이 승모와 나를 돌아보며 말했다.

"샤워실 분위기가 왜 이래? 승모랑 또 사랑싸움하냐?"

"새끼, 뛰지도 않았으면서 왜 기어들어 와?"

"아버지 보시는데 머리에 물은 묻혀 놔야지."

"하긴, 7만 달러 값은 해야 하니까."

승모는 제 분을 성구에게 풀고 있었다.

"크게 써라. 3년이나 있었는데 우리 아버지가 나한테 꼬라박은 게 그것뿐이겠냐."

"더 되냐?"

"몰라. 영감 밑 빠진 돈에 관심 없으니까. 리오스가 시장기 대진표 얘기했어?"

승모가 답이 없자 성구는 일부러 옆자리 1학년을 밀치고 곁으로 다가왔다. 머리의 거품도 헹구지 못한 1학년이 처량하게 샤워실 밖으로 밀려났다.

"새치기하지 마, 새끼야."

"샤워 말하는 거야, 대진표 말하는 거야?"

"와일드가 너지?"

"돗자리 깔아야겠다, 임석."

"1회전 탈락할 거 또 받으면 양심 없는 거지. 근데 왜 승모 자리야?"

"그러게, 왜 승모인지 나도 우리 아버지한테 물어보고 싶네. 근데 KDC랑 계약 끝나자마자 발길 뚝 끊어졌다고 머리 검은 짐승 어쩌고 하던데 한번 인사는 하는 게 도리 아니야? 끈 떨어지자마자 입싹 닦아 버리는 건 검은 머리 짐승이 할 도리가 아니지, 친구야."

"긁지 마, 새끼야."

"염성우가 자꾸 네 이야기 물어보는데 친구랍시고 입 다물고 있어 주잖아, 내가."

"동영상 분석이나 열심히 하라고 해."

"그러게. 여기 노승모 잡아다가 일주일만 훈련해 보면 너 깰 수 있는 답이 들어 있는데 내가 그걸 참고 있다고. 승모가 네 스파링 파트너라는 거 말 안 하고 말이지."

"미친 새끼!"

승모가 구성구를 밀치고 나가 버렸다. 나는 대꾸 대신 폭포수처럼 떨어지는 물줄기 아래에 섰다. 물소리에 가려 그 어떤 소리도 들리지 않기를 바랐지만 성구는 샤워기 앞에서 콧노래를 부르고 있었다. 집적거려라, 그러면 열릴 것이다. 그게 녀석의 전략이었다.

"뭔 여자애 꼬시기보다 더 힘드냐? 왜 이렇게 답이 늦어. 다음 주에 양촌에 올 거냐고."

"내가 거길 왜."

"네가 오면 내가 안 나갈 거니까."

"……."

"시장기, 그 시합 안 나간다고. 발목도 안 좋은데 꼰대가 이름 꽂은 거야. 대진표 제출했으면 기권할 거야. 대신 승모도 같이 와라."

수도꼭지를 잠그고 녀석을 바라봤다. 녀석의 그 아니꼬운 표정이 진심이란 걸 말하고 있었다. 어차피 지금쯤이면 리오스의 사인을 박은 대진표가 작성되어 있을 것이다. 승모의 남은 시합을 위해서라도 녀석의 별장에 가야 한다. 협박과 초대가 바뀌었듯이 내 마음도 바뀔 터였다. 그게 녀석이 여기까지 몸을 씻으러 온 이유였다.

그리고 이 모든 악몽의 시작이다. 모든 문제는 나 자신에게 있었다. 시작은 그날이 아니었다. 브레이크가 없다는 걸 모르고 테니스 라켓을 잡은 그 순간부터, 나는 나락으로 떨어지고 있었다.

*

6월의 시작과 함께 폭염이 찾아왔다. 한국에서 마지막 주니어 대회인 시장기 중고 연맹 대회가 이른 폭염이 강타한 과천에서 열렸다. 예보에 없던 더위도 계속되는 연장전도 모든 것이 변수의 연속이었다. 앞 경기가 계속 연장되는 바람에 발이 묶인 채 땡볕에서 대기를 하다 더위를 먹고야 말았다. 하루에 열 시간 이상을 뙤약볕에서 대기하고 시합하고 또 대기하며 보내는 그 여름내 살이 3~4 킬로그램씩 쑥쑥 빠져 나갔다. 늘 시합 대기 상태라 식사는 예외 없이 김밥이었고 시합이 끝나면 김밥을 보기만 해도 구역질이 올라왔다.

인정하기 싫지만 리오스의 계산은 옳았다. 힘겹게 올라간 개인전 결승 상대는 리오스의 예상대로 덕운고의 염성우였다. 녀석은 부전승을 끼고 발목 부상 선수의 기권패까지 얻으며 좋은 대진운을 밟고 나를 기다리고 있었다. 내 패턴을 정확히 읽고 공격 루트를 차단하는 녀석을 보며 이 녀석이 얼마나 철저하게 나를 대비했는지를 깨달았다. 내가 주로 쓰는 발리 루트를 기다려 공을 받아 내고 있었다. 땀을 닦으며 슬쩍 리오스를 바라봤다. 그의 손이 천천히 오른쪽 다리를 쓰다듬다가 무릎 위에서 통통 튀었다. 오른쪽 다리, 특히 무릎이 안 좋으니 다리를 쓰게 만들라고? 거트를 정리하며 생각을 다듬었다. 녀석은 스트로크에 강해 라인 싸움에선 내가 밀리는 편이지만 무릎에 문제가 있다면 당장의 포인트 하나보다 다리를 쓰게 하는 것이 더 전략적이다.

발리가 아닌 스트로크로 태세를 전환하자 녀석에게서 당황하는 표정이 얼비쳤다. 가끔씩 무릎을 폈다 구부렸다 하는 건 그 다리에 무리가 오고 있다는 증거였다. 염성우는 모래주머니를 달고 뛸 만큼 소문난 강철 체력이다. 하지만 오늘은 칠순 노인네처럼 다리를 끌며 뛰지 못하고 있다. 앞선 단체전 단식 준결승에서 주영 선배를 만나 엄청난 체력을 소비했던 탓이다. 녀석의 여유는 그 소진을 숨기기 위한 전략이었다. 녀석을 베이스라인에 붙잡아 두어야 한다. 네트 플레이를 하지 못하게 녀석의 후방을 공격해 뒤로 물러나게 만들었다.

2세트 접전을 끝낸 후에야 견고한 녀석의 전략에 금이 가기 시작했다. 3세트 들어 눈에 띄게 떨어진 체력이 염성우의 발을 더 무겁게 만들었다. 지독히 물고 늘어지는 스트로크 때문에 녀석의 헐떡임이 내가 있는 곳까지 들렸다. 녀석의 강철 테니스는 내가 아닌 전략가 리오스의 대진표에 부딪혀 힘을 잃었다. 세트 스코어 2 대 1로 우승을 거머쥐었지만 힘든 싸움이었다. 그리고 깨달았다. 내 우승 트로피의 숨은 주인은 염성우의 무릎 부상을 도지게 만든 주영 선배와 리오스라는 걸.

기자들 앞에 서서 사진을 찍고 인터뷰를 하고 팬들에게 사인을 하는 동안 생각은 이미 경기장을 떠나 양촌으로 향해 있었다. 경기를 보러 온 초등, 중등부 아이들이 사인지를 내밀었다. 개중에는 중국집 전단지 뒷면을 내민 녀석도 있었지만 모든 종이에 이름을 휘갈기고 탈의실로 돌진했다. 녹초가 된 몸을 이끌고 탈의실로 들어가니 먼저 온 승모가 내 짐을 정리하고 있었다. 승모는 제 휴대폰을 내밀었다. 수많은 메시지 가운데 성구가 보낸 문자가 있었다.

'친구야, 양촌에서 보자.'

친구라는 욕은 왜 붙이고 지랄인지. 녀석의 문자 한 통이 금이 간 녀석과의 사이를 더 벌려 놓았다. 구성구라는 이름 뒤에 드리워진 구대철이란 그림자는 어째서 이렇게 썩은 맛인가.

늦게 얻은 아이는 세상 영특한 놈들만 골라 나온다는데 성구는 왜 저 모양이냐. 엄마는 구대철 회장이 마흔 넘어 얻은 늦둥이 성구를 보며 그렇게 혀를 찼다. 그럼에도 외동아들에 대한 구대철 회장의 기대는 우주를 향해 끝없이 전파를 쏘아 올리는 안테나처럼 무모하고 거대했다. 중학교 2학년 주니어 대회에서 성구의 한계를 어설프게 인지한 성구의 아빠는 큰돈을 들여야 큰물을 만날 수 있다는 자신의 지론을 방패 삼아 성구를 미국 닉 볼리티에리의 테니스 기숙학교로 보내 버렸다. 앤드리 애거시와 마이클 창, 마리야 샤라포바처럼 전설과도 같은 선수들을 길러 낸 닉 볼리티에리는 그의 이름이 브랜드이고 최고를 의미했지만 모자란 인간을 인간으로 바꿀 수 있는 연금술사는 아니었다. 녀석은 주니어 테니스 대회 성적도 신통치 않았고 학교 성적 또한 버티고 버텨 유급 면하기를 수차례, 급기야 마리화나와 약에 손을 대기 시작했다. 늘 약에 취해 있던 녀석을 참다 못한 담당 선생이 급기야 새벽잠을 설쳐 가며 그의 아빠에게 국제 전화를 했을 때 구 회장은 두 마디를 똑똑히 들었다고 했다. Your son, trouble!

대한민국에서 그 누구도 구대철에게 당신 아들이 문제라는 말을 대놓고 하지 못했던 것을 생각해 보면 모욕임에 틀림없을 터였다. 반대로 그 선생의 입장에선 한국말에 당신 아들과 문제를 합친 '애물단지'라는 말이 존재하는 걸 알았다면 신통치 않았던 번역기에 짜증이 솟구쳤을지도 모를 일이다. 선생이 번역기를 돌려 가며 성구의 문제를 상담하려 했던 노력은 수포로 돌아갔다. 구대철 회장은 성구와 트러블이라는 말 외에 케타민과 로히프놀, 그리고 폭행에 대한 선생의 완곡한 표현까지 이해할 만큼 영어 실력이 출중

하지 않았다. 결국 다른 한국 학부모의 고자질로 뒤늦게 아들의 상태를 알게 된 그는 브로커의 사무실을 찾아가 쑥대밭을 만들어 놓았다. 그렇게 깨졌던 바가지가 다시 돌아왔다.

3년 만의 귀국이었다. 그러나 성구는 내가 기억하는 성구가 아니었다. 딱히 설명할 수 없는 무언가가 변해 있었다. 어디라고 꼬집어 설명할 순 없지만 무언가 느슨해졌고 동시에 사나워져 있었다. 어른들은 어울리지도 않은 유학을 보내 이상한 물만 들여 놨다고 말했지만 성구를 아는 아이들은 불량품 회수라고 달리 표현했다. 녀석은 CNN 뉴스에 나오는 아나운서의 유려한 영어 대신 백인 쓰레기가 쓴다는 쓰레기 욕을 달고 돌아왔다. 말끝마다 '퍼킹'과 '애스홀'을 달았지만 그 단어가 욕인지 정도만 아는 아이들의 정신세계에 큰 '스크래치'를 주지는 못했다. 그저 그 따위 쓰레기 같은 영어를 쓰면서 미국에서 3년을 버텼다는 사실에 경이를 표할 뿐.

그럼에도 우리는 긴장했다. 프로 입문의 지름길로 통한다는 그 아카데미의 실력을 보고 싶어 안달이 났다. 더 두려웠던 쪽은 나였다. 엄마의 성화에 못 이겨 고등학교 1학년 가을 학기에 단기 속성으로 그 아카데미를 다녀온 뒤로 두려움은 더욱 커졌다. 엄청난 학비와 기숙사비를 지불하면서 잃은 것이 자신감이라면 얻은 것은 자괴감이었다. 게임을 하는 방법이나 기술 면에서, 무엇보다 체격 면에서 아카데미의 아이들에게서는 프로 선수의 냄새가 났다. 단기 속성은 짜여진 기술과 트레이닝 위주의 과정이라 그들만의 리그로 훈련 상대를 정했고 한국에서 온 몇 달짜리 속성 유학생에게 라켓을 마주할 성은을 베풀지 않았다. 미국에 있는 동안 가장 많은 대화를 나눈 건 호주에서 온 촌뜨기 룸메이트뿐이었다.

성구 또한 다르지 않았을 것이다. 녀석의 크게 부풀려진 거품은 몇 번의 국내 주니어 대회를 통해 무참히 고꾸라졌으니까. 3년 동안 닉 볼리티에리 아카데미를 수료하고 돌아온 성구의 실력이 한국에서 개고생한 우리와 크게 다를 바 없다는 걸 깨닫는 순간, 안도와 조롱, 배신감과 두려움이 마음 이곳저곳을 제멋대로 드나들었다.

안도는 덩칫값 못 하는 성구에게, 조롱은 제 새끼의 과업을 부풀려 떠벌린 구대철 회장에게, 배신감은 이름값 못 하는 닉 볼리티에리에게로 향했다. 하지만 두려움은 고스란히 우리에게로 와 가슴을 짓이겼다. 그 돈을 퍼붓고 저 실력이라면 우리도 다를 바 없는 건가, 한국인의 체형과 시스템은 세계적인 프로 선수를 만들 수 없나…… 그 두려움이 심장을 좀먹었다.

성구는 한국으로 돌아온 뒤 다시 우리들의 세계로 돌아오지 않았다. 녀석의 존재는 미국의 테니스 코트에도 한국의 그 어디에도 뿌리내려진 것 같지 않았다. 대회에 이름을 올려도 학교 훈련보다 개인 레슨에 치중했다. 겉도는 건지 선을 긋고 있는 건지 데면데면하게 굴던 성구가 우리를 집으로 부른 건 의외였다. 녀석이 마이애미에 있는 닉 볼리티에리 아카데미에서 돌아온 지 한참 만의 일이었다. 자기 방에서 우리에게 선심 쓰듯 나눠 준 라켓은 미국에서 바로 가져와 시중에서 구할 수도 없는 신상품이었다. 그 방에는 10년 전 페더러가 윌슨과 종신 계약을 맺을 당시 전 세계에 2천 개만 판매한 페더러 라켓도 있었다.

"선물이야 뇌물이야?"

성구의 손에서 건너온다면 구 회장의 돈이니 떨떠름했다.

"내일모레 대회라며? 새걸로 시합해."

"몇 인치인데?"

"백, 좀 크나?"

현도가 잽싸게 녀석의 라켓을 받아 들며 말했다.

"짜식! 줘놓고 두말하기 없기다."

"고마우면 뭐 좀 보여 주든가."

"뭐, 1회전에서 만나면 서브 폴트라도 해주라고?"

"내가 우리 영감이냐?"

"영감님 봐서라도 하나 접어 줘야 할 것 같은데."

"긁지 마, 새끼야."

흉허물 없이 보인 자조였다. 제 아버지에 대한 뒤틀린 비아냥거림이었지만 듣는 입장에서는 녀석이 뱉어 낸 가래 덩어리 같은 말이었다.

"우리 영감은 좋은 라켓, 빵빵한 스폰서만 있으면 꼭 우승해야 한다고 믿잖아. 이참에 그 기대를 좀 깨부숴 주라고. 조코비치랑 같은 라켓 쓰고 같은 유니폼 입는다고 프랑스 오픈을 우승하겠냐? 병신 같은 소리지."

"당장 시합이 코앞인데 새 라켓을 어느 천년에 길들여. 하긴 넌 만날 새 라켓 들고 나가더라."

딱히 심기를 긁자고 한 것은 아니지만 현도의 직설 화법은 성구의 속을 긁어 놓았다. 녀석의 한쪽 눈썹이 크게 꿈틀대다 이내 제자리로 내려앉았다.

"그러든가. 어쨌든 1회전 제일 먼저 쪼다 되는 새끼한테 10만 원 씩 몰빵해 주자. 오십이면 우승 상금 정도 되지?"

"미국에 오래 있더니 시세를 모르네. 오십만 원을 누구 코에 발라?"

웃기게도 그 돈에 마음이 흔들렸다. 2회전에서 지게 되면 내내 속이 쓰릴 것 같았다. 성구는 상처를 후벼 파는 재주는 타고난 꼴통 이다. 돈과 승률, 우리에게 절실한 이름이었다. 냉랭한 분위기 속에 현도가 한마디를 보탰다.

"그 오십 네 주머니로 갈 거 같은데?"

"왜?"

"너 지난 대회에서 석이한테 1회전 완전히 발렸잖아. 그때 애네들 대단하지 않았냐? 난 호주 오픈 결승 보는 줄 알았잖아. 근데 닉 볼 리티에리 3년 있은 너보다 한국에서 뼈 빠지게 운동한 석이가 더 잘 하면 유학비가 아까운 거지. 3년 퍼부은 돈이면 웬만한 ATP 500급 우승 상금 아냐?"

현도가 뼈 있는 농담으로 대꾸하자 성구의 얼굴빛이 바뀌었다. 지난 대회의 패배는 성구 녀석의 아킬레스건이기에 그 뒤로 녀석은 자진해서 와일드카드를 받지 않았다. 그러나 성구를 읽지 못한 현 도는 멈추지 않았다.

"아버지한테 말해. 제발 와일드카드로 자리 좀 새치기하지 말라고."

분위기를 감지 못 한 몇몇이 헛기침을 하며 키득거렸다. 현도는 농담과 모욕을 따로국밥으로 둬야 한다는 의미를 알지 못한다. 상대방이 덮고자 하는 치부를 풀 방구리에 쥐 드나들듯 부지런히 날라 사람들의 귀에 쏟아 넣는 것은 그저 무심한 성격 탓이었다. 선의도 없고 악의도 없지만 그사이 생각 또한 깃들지 못한 말초신경에 충실한 녀석의 성격이 넘지 말아야 할 선을 넘고 있었다.

"아무리 아버지 와일드카드가 있어도 이번에 또 그걸 받고 나가면 진짜 개쪽 파는 거야. 아, 와일드한 아버지 카드겠다. 씨, 라켓 그립감 죽이네."

나는 현도와 성구의 사이를 비집고 들어가 둘의 거리를 떨어뜨려 놓았다. 공보다 빨리 움직이라고 코치가 입이 부르트도록 외쳤는데도 현도는 또다시 비척대며 기회를 놓쳤다.

어색한 분위기를 깨려 승모가 성구의 다른 라켓을 집어 들었을 때 성구는 첫 서브를 넣는 조코비치처럼 빨리 움직였다. 승모의 손에서 라켓을 빼앗은 녀석은 그 좁은 방 안에서 현도를 곤죽으로 만들어 놓았다. 온 사방에 피가 튀고 라켓이 부러질 때까지 녀석의 난타는 멈추지 않았다. 현도가 반격하지 않은 것은 녀석에게 선공을 당해서도 힘이 약해서도 아니었다. 녀석이 제 성질을 풀 때까지 뜯어말릴 수 없다는 걸 알기에 아이들은 성구의 손을 막는 대신 현도의 앞을 가로막았다. 현도에게 향하는 라켓을 제 몸으로 막아선 건 그 빌어먹을 라켓이 언젠가는 제 등으로도 날아올 것임을 알기에. 나는 현도의 고개를 땅에 처박으며 조용히 말했다.

"고개 박고 있어, 새끼야!"

현도의 떨림은 두려움 때문이 아니라 자신의 테니스 인생을 지키기 위한 처절한 몸부림이었다. 가까스로 떼어 낸 녀석의 눈 속에 무언가가 똬리를 틀며 고개를 쳐들었다.

"그 정도 씹었으면 라켓은 안 받는 게 예의지. 말로는 까면서 스폰서는 받겠다고 하면 주는 사람이 좆 같아지잖아!"

"구성구 그만해!"

승모가 녀석을 밀치며 소리치자 녀석의 칼날이 승모를 향해 날아왔다.

"좆 까고 있네, 찌질한 새끼! 넌 정체가 뭐냐? 연습용 하나 더 달라고 받아서 중고 시장에는 왜 팔아먹었냐? 우리 아빠한테 받아먹은 돈값이나 해. 아님 때 돈 버는 네 아버지 돈이나 잘 쓰든지."

승모의 주먹에 힘이 들어가 있었다. 목욕탕에서 세신사로 일하는 승모의 아버지를 욕보인 것은 성구 녀석도 평상시의 선을 넘어선 행동이었다. 무슨 생각에선지 성구 녀석은 승모와 완전히 엇나가기로 작정을 한 듯 보였다.

나는 여전히 그 순간을 후회한다. 그날 승모와 성구는 끝까지 갔어야 했다고. 봉합되지 않은 채 덮어 버린 상처가 어떻게 썩어 가는지 알았더라면 그 일을 서둘러 덮지는 않았을 것이다. 손을 댈수록 더 독한 냄새를 풍기는 녀석이라고 그 일을 덮어 버린 뒤 우리는 성구에게 등을 돌렸다. 그날 이후 성구는 훈련에 나타나지 않았다.

만약 내가 바람의 방향을 느낄 수 있는 거대한 새였다면 그날 우리 사이에 표표히 흐르던 어떤 흐름이 바뀌기 시작했음을 알았을 것이고 바람을 등지고 도망가는 쪽을 택했을 것이다.

오랫동안 시간들을 복기했다. 사건이 터지고 감별소의 벽을 마주하며 내린 결론은 성구가 제 아비로부터 물려받은 유전자가 이 사건의 씨앗이었다는 점이다. 미국은 성구 안에 오래도록 숨어 있던 그 잠재력을 꽃피우기에 최적의 장소였을 것이다. 처음부터 성구에게 있었으니 미국을 간 탓도 아니고 자기가 멀쩡한 아이를 물들였을지언정 다른 누군가에게 물이 든 것도 아니었다. 늘 일거수일투족을 감시하던 무서운 아버지라는 끈이 사라져 버렸으니 칼날처럼 예리한 폭력성은 사납게 엄니를 치켜세운 채 언제든 무엇이든 찌를 준비가 되어 있었다.

하지만 우리는 알지 못했다. 성구의 무엇이 변하고 그 변화가 우리에게 어떤 결과를 가져올지. 프로 입문에 대한 흥분은 성구에 대한 경계심을 공기 중의 수증기처럼 흩어지게 만들었다.

그저 녀석과 우리를 이어 주던 실낱같던 끈 하나가 끊어져 버렸다고 믿었다. 머릿속에서 여물던 여드름이 터지듯 골치 아픈 녀석의 농이 터져 버렸다고 치부했다. 그 기묘한 관계를 청산하고서야 녀석과의 관계를 냉정하게 생각하게 되었다. 관계가 가장 좋았던 건 서로가 서로를 보지 않았던 3년뿐이었으니 성구란 놈은 아버지의 기대에 미치지 못해 살짝 엇나간 돌아이 같은 놈으로 덮어 버리는 쪽이 편했다. 승모는 언젠가 한번은 제대로 엿을 먹여 주자고 대놓고 이를 갈았지만 나는 귀찮은 쪽이었다. KDC 클럽과의 공식적인 관계는 이미 막을 내린 것이나 다름없었다. 지난 일로 코트 밖에서 전의를 불태울 만큼 에너지가 넘치지도 않았고, 성구에게 딱히 억하심정을 가질 일도 없었으니 제 아빠의 별장에 모여 무슨 일을 하는지 여자애들이 얼마나 오는지도 중요하지 않았다.

양촌 별장에 눈도장을 찍고 다음 날 새벽에 열리는 프랑스 오픈을 보는 것으로도 충분하다. 다만 나달이나 조코비치, 페더러의 삼파전이 깨져 버린 김빠진 결승전이 아쉬울 뿐이었다. 엄마는 길고 가는 조코비치의 얼굴보다 아래로 휘어진 페더러의 코와 다부지게 각진 얼굴형이 돈이 굴러 들어와 절대 새어 나가지 않는 관상이라며 페더러의 우승을 점쳤다. 관상이란 호랑말코 상에도 적용된다는 무쇠 논리에 따라.

하지만 우승 후보였던 로저 페더러와 라파엘 나달이 일찌감치 떨어져 짐을 쌌고 조코비치가 결승에 올랐다는 소식이 들렸다. 뭐, 한 번쯤 이변이 생긴들 어떠랴. 그런들 곧 있을 US 오픈은 또다시 그들의 삼파전이 될 게 뻔한데.

*

샤워를 마치자 잊고 있던 근육 통증이 밀려들었다. 손을 들어 수도꼭지를 잠글 힘조차 없어 몇 분 동안이나 하염없이 서 있어야 했다. 온몸의 근육과 관절이 소리를 지르고 있었다. 내성 엄지발톱이 생살을 파고들어 부어 있고 발바닥은 물집이 터져 걸을 때마다 칼로 베는 듯한 고통이 느껴졌다. 다리를 절룩거리며 샤워실 문을 여는데 유리문 사이로 승모가 보였다. 녀석은 먼저 탈락한 선수들이 버리고 간 참가 기념품인 수건을 챙기고 있었다. 소리가 나지 않게 조용히 문을 닫고 샤워기 앞으로 돌아와 다시 물을 틀었다.

긴 샤워를 마치고 나오자 승모가 마른 수건을 던져 주었다. 탈의실 바닥이 온통 쓰레기 더미였다. 경기에서 떨어진 아이들의 울분이 바닥에 널브러진 쓰레기들로 표출되어 있었다. 내가 차지한 영광의 무게는 그들이 받은 참담함의 무게보다는 가벼웠으므로, 그저 발끝으로 쓰레기를 모아 한곳에 치웠다. 샤워를 끝낸 타이밍에 맞춰 리오스가 시장기 종합 우승기를 들고 탈의실로 들어왔다.

"새끼야, 샤워를 얼마나 하는 거야?"

"안 가셨어요?"

"애들 기다리잖아. 우승 트로피 어디 있어?"

"석이 엄마가 가져가셨는데요."

"아, 강 여사 빠르시네. 우승기 잡아. 승모는 사진 박고."

"바지도 못 입었어요."

"됐어. 아랫도리 가리고 찍을 거니까."

셔츠에 팬티만 입은 어정쩡한 자세로 서니 리오스가 너풀거리는 우승기의 끝을 내밀었다. 깃발을 한껏 당겨 팬티 쪽을 가리는 사이 봉을 잡은 리오스는 엄지를 치켜세우고 자세를 취했다.

"설마 홍보용으로 이걸 쓸 건 아니죠?"

"개인 소장용이다, 새끼야!"

"코치님만 잔치 분위기네요."

"그래, 새끼야! 째지게 기쁘다, 불만 있냐? 덕운고 봐라. 잘하는 한두 놈한테 올인하다가 종합 순위 3위 안에도 못 든 거. 코치가 한 놈 배부르다고 행복한 줄 아냐. 더 먹는 놈, 덜 먹는 놈 살펴 가며 골고루 평타 치는 게 최고지. 요 앞에 삼겹살 집으로 와."

"아, 오늘 양촌 성구네 별장으로 오래서 저희는 회식 못 가는데요."

"그래도 밥은 먹고 가."

"오늘만 빠질게요."

인상을 쓰며 뭔가를 생각하던 리오스가 주머니를 뒤져 만 원짜리 두 장을 승모에게 내밀며 말했다.

"갔다가 얼굴만 비치고 택시 타고 들어가라."

"이걸 누구 코에……."

"죽을래?"

"들어가세요."

승모의 뒤통수를 때리며 리오스에게 꾸벅 인사를 했다. 엄마는 트로피를 가져가며 그 자리에 돈 봉투를 채워 뒀을 것이다. 우승에 대한 우리 사이의 암묵적인 동의였으니 모자란 돈은 그 주머니에서 채우면 될 일이다. 예상대로 가방의 제일 앞 주머니에 두툼한 봉투가 들어 있었다.

"뭐 먹을래?"

"염성우 잡아 준 값이냐?"

"잡아 주려던 것치곤 너무 어이없이 끝나던데."

"그 새끼 약 빨았나 보지."

"날 분석한 게 아니라 널 분석했던 거 아니야? 1세트부터 왜 그렇게 말렸어?"

"몰라. 그 새끼한테 물어봐."

"다리는?"

승모는 양쪽 발목에 파스를 붙이고 있었다. 간간이 스프레이를 뿌리는 걸 봐선 아직도 통증이 가라앉지 않은 모양이다.

"바지나 입어, 새끼야."

결승전이 늦어진 터라 시계가 8시를 향해 가고 있었다. 그제야 뒤늦은 걱정이 밀려들었다. 승모는 고깃집에 전화를 걸어 불판을 올리고 고기를 먼저 구워 달라는 주문을 넣었다. 밥집이 문 닫으면 우리가 망한다는 그 단순한 믿음이 승모와 나를 또다시 처절한 달리기 속으로 내몰았다. 갈빗집으로 막차를 잡아타듯 들어가 정신없이 밥을 먹었다. 한 자리도 모자라 두 테이블에 숯불을 넣고 갈비를 굽고 그 갈비가 익기도 전에 입으로 밀어 넣었다.

단골 가게 사장님이 우승 축하 턱으로 2인분을 더 주고 직접 고기를 구워 주는 동안 우리는 고개도 들지 않고 고기를 먹어 치웠다. 갈비 10인분과 냉면 두 그릇을 비우고 주위를 돌아보자 넓은 홀 안에 손님이라곤 우리뿐이었다. 배가 채워지자 미뤄 둔 숙제가 떠올랐다. 두 번째 냉면 그릇을 비운 승모가 입을 닦으면서 다시 물었다.

"너 진짜 아방궁에 갈 거야?"

"간다고 약속했잖아."

"거기 추잡한 짓 한다고 소문 다 났어."

"그러든가 말든가."

"가기 싫으면 지금이라도 말해."

"됐어, 새끼야."

성구의 아빠가 접대를 위해 사람들을 불러 모은다는 양촌 별장의 소문은 이미 알고 있었다. 양촌의 아방궁이란 이름 때문에 궁금해하는 녀석들도 있었지만 그런 소문의 진위를 확인하고 싶지도 않았다. 승모가 부른 택시에 올라타자마자 피곤함이 밀려들었다. 택시가 텅 빈 거리를 질주하기 시작했다. 에어컨의 냉기에 긴장했던 근육들이 풀어지기 시작하며 의식이 까무러치고 있었다.

"자 뭐. 결승에 진 뺀잖아."

가방에서 입지 않은 티셔츠 하나를 꺼내 둘둘 말아 목 뒤에 꽂았다. 휴식의 신호를 보내자마자 몸이 무너져 내리고 있었다. 멀어지는 의식 속에 아방궁을 대신할 단어가 떠올랐다. 고금리 대출 은행, 승모의 출전 대가로 내가 진 빚을 갚으러 가는 곳. 지난 몇 년간 파트너였던 승모에 대한 미안함과 연민이 성구의 조건을 받아들이게 했을 뿐이다. 흔들리는 택시 안에서 탈의실에서 미처 하지 못했던 말이 떠올랐다. 갑자기 들이닥친 리오스가 아니었다면 뒷머리를 벅벅 긁으며 했을지도 모른다. 그저 그 쓰레기 더미 뒤에 남겨질 녀석을 위해, 우승 상금을 당겨 오든 레슨 알바를 하든 돈이 모아지면 바로 부를 테니까 그때까지만 기다려 주라고.

객기로 가득 찬 열여덟이 머리를 쥐어 짜내 생각할 수 있는 최선은 그뿐이었다. 그리고 오랫동안 이 순간을 후회했다. 그때 이 말을 했더라면 승모가 내 진심을 알았을지도 모른다. 그랬다면 사건이 일어났을 때 승모가 내게 등을 돌리지 않았을 거라고, 스스로조차 순진하다고 생각되는 후회가 되풀이되었다.

죗값이 돌아오는 것은 중요하지 않았다. 내가 버린 것들, 치가 떨리게 미워했던 것들을 떨쳐 버렸는데 그게 부메랑이 되어 돌아오는 것만큼 억울한 인생은 싫었다. 떼어 버린 구성구가 노승모가 되어 돌아오는 악몽은 내가 바란 것이 아니다.

임석 스캔들, 게임의 시작

감았던 눈을 뜨니 또다시 테니스 코트다. 졸면서도 라켓을 꽉 쥐고 있었던 탓에 오른쪽 팔이 저려 왔다. 아침 훈련 시간인가, 오후 훈련 시간인가? 태양을 올려다보아도 시간을 가늠할 수 없다. 그저 눈을 뜨고 경기를 해야 하는 시간이라는 것뿐.

게다가 코트를 가득 메운 관중이 내 이름을 부르고 있다. 젠장, 대회장이다! 코치가 쥐가 난 왼쪽 다리의 근육을 풀어 주고 있는 걸 보니 그 잠깐의 메디컬 타임 동안 까무룩 잠이 든 모양이다. 어제 새벽에 제대로 잠을 자지 못한 탓이다. 시합이 시작되었으니 내리 몇 시간은 등 한번 붙일 수 없을 테고 오늘도 강행군의 연속이다. 곤죽이 된 몸을 이끌고 내일도 계속 토너먼트식 경기를 해야 할 것이고 내 심장은 잠시도 아드레날린을 내려놓지 못할 것이다.

기합과 환호성이 교차하다 사라졌다. 상대 선수가 거대한 공이 되어 눈앞으로 날아왔다. 가까스로 녀석을 받아쳐 넘기고 다시 눈을 뜬 순간 주위가 온통 어둠뿐이다. 몇 게임째인지, 점수판조차 눈에 들어오지 않았다. 의식을 가지고 시합을 한 건지 기억조차 나지 않는다. 쥐고 있는 라켓이 나를 대신해 까무러치는 의식을 잡고 있었다. 갑자기 다리에 전기가 흐르는 듯 끊어질 듯한 통증이 느껴졌다. 쥐가 난 종아리를 잡고 데굴데굴 구르는 동안에도 온몸의 근육은 날아오는 공을 향해 튀어 오르려고 했다. 사위가 적막에 휩싸였다.

그런데 이 순간은 꿈인가 현실인가. 모호한 감각이 현실감을 무너뜨린다. 아무리 주위를 둘러봐도 기억 속의 코트가 아니었다. 울타리조차 없는 불빛 위의 코트 그 어디에도 출구가 보이지 않는다.

쥐가 난 다리를 붙잡고 쓰러진 순간에도 네트 너머에서 하중이 실린 스매싱이 날아왔다. 상대의 얼굴은 또렷하고 익숙했지만 이름을 떠올릴 수 없었다. 길게 휘어진 콧날은 조코비치를 닮았고, 술에 취한 듯 발갛게 익은 코는 조코비치의 상대 스위스 선수를 떠올리게 했다. 프랑스 오픈 결승에 섰던 두 남자가 합체를 해 위압적인 괴물이 되어 있었다. 괴물은 숫제 나를 코트에서 죽일 셈이었다. 코트 바닥에 주저앉은 나를 향해 서브 머신처럼 공을 쏘아 댔다. 그 공을 받아 내지 않으면 죽기라도 하듯 나는 절룩거리는 다리를 끌고 필사적으로 뛰었다. 티타늄 라켓이 딱- 소리를 내며 부서져 버린 뒤 손바닥으로 공을 쳐냈다. 얼굴을 향해 위협적으로 날아오는 공을 오른손으로 쳐냈을 때 그 가공할 만한 통증에 비명을 지르며 몸부림쳤다.

기절할 듯한 통증이 나를 깨웠다. 목구멍이 불덩이를 삼킨 듯 타올랐고 그 갈증 때문에 몽롱한 기운이 달아나고 번쩍 눈이 떠졌다. 밝은 형광등 불빛에 창문으로 들어온 햇빛까지 더해 눈앞에 섬광이 번쩍였다. 눈을 찡그리며 몸을 일으켜 보다가 다시 멍해졌다. 거적을 씌워 놓은 듯한 커다란 환자복과 낯선 침대, 낯선 공간 모두 내 것이 아니다. 내 몸조차 내 것이 아닌 듯 움직이고자 하는 주인의 의지를 외면했다. 온몸이 두들겨 맞은 것처럼 뻐근했다. 조심스레 손을 내려다보니 공을 맞아 부서졌던 오른손이 멀쩡하게 펴졌다.

기억의 파편이 튀기 시작했다. 양촌 별장, 성구의 차, 그리고 경기. 가장 힘든 꿈을 꾸었다. 제아무리 꿈이라 한들 상대는 너무나 집요했다. 어그러진 것은 끊겨 버린 시간만이 아니다. 팔과 다리 이곳저곳에 긁힌 상처와 얼굴의 욱신거리는 통증까지 그 무엇도 마지막 기억과 맞지 않았다. 방황하던 시선 속에 물끄러미 나를 바라보는 두 남자의 시선과 만났다. 그리고 그 남자의 뒤에서 겁을 먹은 채 나를 내려다보고 있는 엄마의 얼굴이 보였다. 얼마나 급했는지 반쪽짜리 눈썹조차 그리지 못한 백지장 같은 얼굴이다. 무언가를 말하려는 엄마를 침대 발치에 있던 덩치 큰 남자가 손을 들어 저지했다. 남자의 단호함에 엄마가 주눅이 든 얼굴로 멈칫하는 동안 위압감을 주는 체크무늬 셔츠의 남자가 다가왔다. 인사도 없이 다가온 그가 내게 말했다.

"깨어났네요."

남자는 나를 보면서 내가 아닌 엄마에게 말을 하는 투였다. 사무적이고 표정이 없는 무거운 얼굴들, 두 사람의 무표정은 거울처럼 닮았다.

"내가 왜 여기 있어?"

"어제 현장에서 구조돼 병원으로 이송되어 왔어요. 우린 수사관이고."

엄마에게 던진 질문의 답이 남자의 입에서 거꾸로 된 답안지가 되어 나왔다. 체크무늬 셔츠의 뒤에 있던 마르고 키 큰 남자가 다가와 섰다.

"일어날 수 있겠어요?"

"아까 무슨 현장요?"

그 말에 체크무늬 셔츠가 주머니에서 휴대폰을 꺼내 무언가를 뒤적이더니 눈앞에 내밀었다. 그가 내민 사진이 무엇인지 이해되지 않았다. 고압적이고 사무적인 태도는 이 남자의 직업이 경찰이라는 것만을 알려 주었다. 얼굴이 피범벅이 된 채 눈을 감고 누워 있는 한 여자아이와 운전석에 의식 없이 고꾸라져 있는 남자의 사진이 뉴스 속 자료 화면처럼 낯설게 느껴졌다. 들것에 실려 가는 남자의 사진 몇 장을 훑어보다가 깨달았다. 남자가 입고 있는 셔츠가 무척 낯익다는 사실이. 의식을 잃은 채 앰뷸런스에 옮겨지는 남자가 누구인지를 알아차린 순간 충격과 공포가 내 목을 죄었다.

"임석 군, 오늘 새벽 2시 30분에서 40분 사이에 양촌 모둘리에서 무면허 운전 사고를 냈습니다. 경찰서로 가서 피의자 신문 조서를 작성하는 데 협조 좀 부탁드립니다. 의사 선생님이 퇴원 허락하셨으니까 일단 옷부터 갈아입죠."

남자는 비집고 들어오려는 엄마에게 길을 터주지 않았다. 체크무늬 셔츠가 엄마를 가로막고 선 이유는 비몽사몽간에 내가 흘리는 실수를 붙잡기 위함인 것 같았다.

"석아, 무슨 일이 있었던 거야?"

엄마가 기어이 사이를 비집고 들어와 내 어깨를 움켜쥐었다. 어깨를 잡은 것만으로도 온몸에 전기가 통하는 것처럼 고통스러워 욕을 뱉을 뻔했다.

"이거 좀, 놓고 말해."

"너 아닌 거지?"

"도대체 뭐가…… 무슨 일이 있었던 건데. 구성구는?"

"성구는 지금 경찰서에서 조사 중이야."

그제야 감이 왔다. 성구 이 녀석이 또 사고를 쳤구나.

"승모랑 유진이는요?"

"병원으로 옮겨졌는데 아직 의식이 돌아오지 않았다."

덩치의 사무적인 목소리가 차갑게 느껴졌다. 힘겹게 일어나 앉아 다시 물었다.

"누가요? 승모가요 아님 유진이가요?"

"성구 그놈이, 그 녀석이 걔를 그런 거지? 그렇지? 넌 아닌 거잖아?"

엄마의 목소리는 절규에 가까웠다.

"뭘…… 누구를 그런 건데?"

"됐어. 엄마가 다 알아서 할 테니까 어서 옷부터 입어."

"내가 경찰서를 왜 가?"

"가져오신 옷 입히시고 데리고 나오세요."

체크무늬 덩치는 엄마를 돌아다보며 말했다. 남자가 출입문 쪽으로 걸어가자 엄마는 침대 옆에 놓아두었던 쇼핑백에서 옷가지를 꺼내며 말했다.

"가, 가야 돼. 기자들이 어떻게 알았는지 전화통에 불이 날 지경이야. 그러니까 네 발로 가서 조사받는 게 나아. 경찰서 가서 조사하면 다 나올 거야. 걱정 마. 엄마가 아는 변호사한테도 벌써 다 전화해 놨으니까. 넌 괜찮을 거야. 그냥 타박상만 입은 거라니까 시합에는 아무 지장이 없을 거야."

"아니, 그거 말고. 뭐가 어떻게 됐냐고."

"가, 가서 쇼라도 하란 말이야!"

엄마가 내 손을 꼭 잡고 얼굴을 파묻었다. 갑자기 무언가 생각난 듯 정신이 든 엄마가 문을 열고 밖에서 기다리고 있던 경찰에게 물었다.

"애 이제 정신이 돌아왔잖아요. 아직 검사도 다 못 했는데 나중에 후유증 나타나서 운동에 지장 오면 어떡해요?"

"의사 선생님이 그러셨잖아요. 약 하고 잠든 거라고."

순간 엄마의 억지웃음이 다시 일그러져 버리고 눈물이 차올랐다. 웃는지 우는지 늘 알 수 없는 얼굴이었지만 그 표정이 무얼 의미하는지 알 것 같다. 그 순간 나는 돌이킬 수 없는 사건에 휘말렸음을 직감했다.

함께 들어오겠다는 엄마를 간신히 떼어 놓고 화장실 안으로 들어왔다. 조금 진정되던 신경이 거울을 보자 바투 일어섰다. 소리를 지를까 봐 입을 틀어막았다. 온 얼굴이 멍과 상처로 뒤덮여 있었다.

마른 코피 자국과 퉁퉁 부어오른 코, 멍이 든 눈까지 도대체 무슨 일이 있었기에. 왜 아무도 설명해 주지 않았을까.

엄마가 화장실 문을 두드려 댔지만 머릿속에서 점점 그 소리가 지워졌다. 입고 있던 환자복을 거칠게 벗어 온몸을 들여다보았다. 그냥 타박상이라는 엄마의 말과는 달리 몸 이곳저곳이 상처투성이였다. 허겁지겁 엄마가 가지고 온 쇼핑백을 열어 보았다. 상, 하의 모두 테니스 유니폼이었다. 아들의 팬티 한 장 챙기지 않고 테니스복으로 갖춰 고른 무신경에 참았던 분노가 치밀었다.

엄마가 전화로 누군가와 말다툼을 하는 사이 나는 조사관들의 차에 올라탔다. 덩치 세 남자가 비행기의 비좁은 이코노미를 함께 탄 것처럼 불편했다. 뒤로 한껏 밀려난 운전석에 무릎이 닿는 바람에 한쪽 발을 접어 시트에 올려야 했다. 그걸 본 옆자리 체크무늬 조사관의 얼굴에 표정이 스친다. 새끼, 자세 보소. 정작 자신은 조수석을 바짝 앞으로 당겨 앉아 널찍한 자리를 차지했으면서.

그리고 계속 코미디 같은 비극의 연속이었다. 체크무늬의 전화는 경찰서를 가는 내내 쉴 새 없이 울렸다. 뒤따라 차를 운전해 오는 엄마의 전화였다. 차에서 애한테 아무 말도 시키지 마세요. 변호사 오고 있으니까 그때 물어보세요. 욕지기를 뱉고 싶은 걸 참는 그의 입이 처량할 정도였다. 경찰서에 도착한 뒤에도 차를 주차할 자리가 없어 경찰서를 한 바퀴 도는 촌극이 벌어졌다. 덩치 조사관이 이중 주차한 차를 밀고 겨우 한 자리를 차지한 뒤에 이마의 땀을 닦으며 한마디를 뱉었다. 이야, 너희 엄마가 먼저 오셨네. 덩치가 턱 끝으로 가리킨 순찰차의 옆자리 아우디에서 엄마가 내리고 있었다.

제아무리 늦은 시합에도 엄마는 나를 늦게 내려 준 적이 없었다. 노란 신호는 액셀을 힘껏 밟으라는 뜻이라는 엄마의 운전 지론을 그들이 듣는다면 어떨까. 늦으셨네요. 엄마는 조사관에게 한 소리를 읊어야 직성이 풀리는 사람이었다.

엄마가 또 누군가의 전화를 받는 사이 조사관은 나를 경찰서 조사계로 안내했다. 교통조사계는 회사 사무실처럼 칸막이가 즐비한 단조로운 공간이었다. 칸막이 조사계에 들어온 이후 숨 막히는 중압감에 주눅이 들었다. 나는 반박할 수 없는 증거가 가리키는 교통사고 가해 운전자로 둔갑되어 있었다. 불안한 공간이 주는 공포감에 마음이 쉽사리 진정되지 않았다. 마치 처음 보는 상대와 함께 치러야 하는 복식 경기처럼 불안했다. 가끔씩 백업이 약한 파트너와 게임을 치르면 호흡이 엇나가 네트 안에 들어온 공을 받아치지 못하는 실수를 저지른다. 상대가 쳐야 할 공이라고 생각하고 서로가 움직이지 않는 것은 서로를 믿어서가 아니라 믿지 못해 선을 긋기 때문이다. 나는 이상하리만치 복식에 약했다. 한 팀이라고 말하는 눈앞의 조사관을 믿지 못하는 것도 같은 이유였다. 마주 앉은 체크무늬 셔츠 조사관이 노트북을 펼치며 단조로운 목소리로 말했다.

"어머니 안 들어오시니?"

조사관은 잠깐 바깥을 살피고 다시 컴퓨터 화면으로 눈을 돌렸다.

"어차피 사고 분석 나오면 네가 입 아프게 무죄라고 말하지 않아도 무죄라고 나와."

"전 무죄라고 안 했는데요?"

"뭐?"

"무슨 죄인지도 모르는데 어떻게 무죄라는 건데요?"

머리 큰 체크무늬 조사관의 입이 굳게 다물어졌다. 남자의 시선이 컴퓨터 안에 새겨진 숫자를 읽고 있다. 십팔 세, 임석, 맹랑한 새끼네. 조사관에게서는 담배를 끊을 무렵 아버지에게 나던 은단 향이 피어올랐다. 그의 손이 신경질적으로 셔츠 주머니를 더듬는 것은 담배를 끊은 지 얼마 되지 않았다는 증거였다.

"제가 운전한 거 맞아요? 블랙박스에 그렇게 찍혀 있어요?"

"블랙박스는 없고 구성구와 노승모라는 네 친구의 참고인 진술은 확보됐다."

"무슨 진술이요?"

"지금은 얘기해 줄 수 없고, 일단 시작하자. 오늘 새벽 차에 탄 상황부터 있었던 일들을 시간 순서대로 얘기해 보자."

어깨 쪽에 찌릿한 전기가 올라오며 온몸이 쑤셔 댔다. 단순한 타박상이라는 말로 사람들을 안심시키고 조사실로 끌고 온 것이 아닌지 의심스러웠다. 숨을 쉴 때마다 찾아오는 고통을 참아 가며 어제 오후 승모와 시합을 마치고 양촌 별장을 찾아갔던 일과 그곳에서 있었던 지루했던 모든 일들을 기억을 쥐어짜 뱉어 냈다. 다만 성구의 차를 타서부터 기억을 잃었던 부분만은 설명이 힘들었다. 기억이 모래사장에 박힌 깨진 유리 조각 같았다. 숨겨져서 찾을 수 없을 뿐 아니라 갑자기 튀어나와 나도 모르게 살을 베이는 기억.

"그러니까 김유진 대신 마신 그 음료수에 약을 탔던 게 분명하다?"

"그렇지 않고는 제가 의식을 잃은 게 이상하잖아요."

"혈액 검사에 나오겠지."

시계는 벌써 오후 3시를 넘어서고 있었다. 결승전이 시작되고 얼마 후 브레이크 타임에 나왔으니 최소 열두 시간은 지났을 것이다.

"그래 봤자 로히프놀 같은 건 열두 시간 지나면 몸속에서 사라지잖아요."

"그런 건 어디서 알았나?"

"미국 아카데미에서 로히프놀 같은 거 뒤로 파는 애들이 있었어요."

"운동하는 애들이 약도 하나?"

"로히프놀은 먹는 게 아니라 먹이는 거잖아요."

"우리 테니스계의 꿈나무가 약에 대해 많은 걸 아시네."

남자의 이죽거림에 전의가 피어올랐다. 이곳에서 내가 뱉는 호의적 진술이 불리한 진술로 변할 수 있음을 깨닫자마자 자동 반사로 입이 다물어졌다.

"평소에 다른 약을 했나?"

체크무늬의 말은 질문이 아닌 확신이었기에 입을 다물었다. 묵비권을 어떻게 해석하든 더 이상 할 말이 없었다.

"음주는 아닌데 단순 사고로 의식을 잃고 쓰러진 걸로 보기에도 열두 시간은 과하지. 네 말대로 로히프놀은 먹는 게 아니라 먹이는 건데 남자인 너한테 그걸 먹인 사람이 누군지 짐작 가는 쪽은 없고?"

"없어요."

"그럼 알고 먹은 건?"

"감기약이요."

타이핑을 하던 조사관의 손이 멈춰 섰다. 이 새끼 보소. 남자의 눈이 위압적으로 바뀌었다.

"전 약쟁이 아닙니다. 병원에서 사고 관련해 몇 가지 묻는다고 할 때 그 질문은 없었던 것 같은데요."

"좋다. 사고 관련해서, 그날 술 마셨니?"

"뷔페에 있었던 펀치 칵테일이요."

"몇 잔?"

"한두 잔이요."

"다른 술은?"

"없어요."

"운전은?"

"못 합니다."

"전혀?"

"오락실 운전대 잡아 본 적도 없어요."

"양촌에서도 전혀?"

"운전할 줄도 모르는데 핸들을 잡았을까요."

"네가 양촌에서 운전하는 걸 본 사람이 있고 구성구는 네가 횡설 수설하며 논두렁에 처박힌 차를 끌어 올리려다가 사람을 치고 의식을 잃었다는데 넌 기억이 없고. 그래서 묻는 거야. 이 모든 게 약과는 상관이 없나."

섬광처럼 짧은 기억 하나가 튀어 올랐다. 운전대가 달려들어 내 코를 물어뜯던 기억을 끝으로 모든 것이 암전이었다.

"그냥 기절한 것처럼 의식이 끊겨 있었어요."

입을 다물고 있으면 골로 갈 것 같은 상황이었다. 요란하게 문 열리는 소리와 함께 엄마가 나타났다. 제지하던 경찰관의 손을 가차 없이 밀쳐 버리며 들어온 엄마의 분노가 체크무늬에게로 향했다.

"변호사 없으면 보호자 대동해서 말한다고 해놓고 뭐 하자는 거예요? 왜 나 없이 애를 조사해요? 석아, 무슨 얘기 했니? 이 아저씨가 협박했어? 때렸어? 때린 거야? 엄마한테 다 말해."

체크무늬는 잠시 손을 놓고 나와 엄마를 바라봤다.

"임석 군은 어디 가서 억울한 일 당할 성격은 아니던데요."

웃는 얼굴로 농담처럼 한 말이나 그 말에 웃고 있는 사람은 자신뿐이었다.

"그걸 말이라고 해요? 애한테 억울한 질문이라도 해보셨나 보죠?"

골치 아픈 일에 걸려들었다는 표정으로 또다시 가슴 주머니의 담배 자리를 훑어 댔다. 엄마는 옆자리 의자를 끌고 와 내 옆에 앉았다.

"어머니, 진정하시고……."

"진정해요? 멀쩡한 아들이 경찰서에 불려 와 있는데 진정하게 생겼어요? 소년 피의자는 학교 전담 경찰관인가 뭔가가 있다면서요. 매뉴얼 어기고 보호자 없이 받아 낸 불리한 말들 싹 다 지워요."

논리 없이 고집으로 밀어붙이는 사람은 강적이다. 그보다 강적은 약한 논리를 비약적으로 밀어붙이는 아줌마란 사실을 체크무늬가 엄마를 통해서 배우게 될 것이다. 제기랄, 담배! 체크무늬의 표정이 허공에 흐트러지는 담배 연기를 좇고 있다.

"아, 조사라는 게 보호자가 있으면 못 하는 거네요?"

"쉬었다 하겠습니다."

체크무늬가 긴 한숨을 내쉬며 조사실 밖으로 나갔다. 입구를 가득 메웠다 사라지는 그의 굽은 등이 딱해 보였다. 그는 경찰서의 후미진 주차장 어딘가에서 끊었던 담배를 다시 피우게 될 것이다. 7년 동안 담배를 끊었던 우리 아버지가 그러했듯.

변호사가 도착하고 다시 조사가 시작되었다. 말을 하는 내내 감색과 흰색이 교차된 넥타이가 더 눈에 들어오는 남자였다. 내가 대답하는 것보다 조사관에게 엄마와 변호사가 따지고 묻는 질문이 더 많은 이상한 조사였다. 인명 사고가 난 교통사고 차량이 공업사에 들어가 있다는 게 말이 되냐, 경찰이 오기 전에 레커차가 그걸 끌고 날랐다는 게 가당키나 하냐, 운전자를 바꿔치기했을 가능성이 높은데 임석을 특정해서 피의자로 만든 이유가 뭐냐. 엄마와 변호사는 강약을 조절하며 조사관을 압박했다. 증거 훼손부터 운전자 바꿔치기까지 변호사는 열을 올리며 자신의 의견을 피력했다. 변호사는 사고 당시 벤츠의 최종 정지 위치와 파손 정도 등을 수집해 교통사고 감정원에 의뢰를 넣을 것이라고 했다. 물론 그 차가 사고 당시 원형 그대로라는 전제하에. 조사관이 관자놀이를 누르며 말했다.

"잠시 쉬었다 하시죠. 화장실 다녀오셔도 됩니다."

조사관이 자리를 비운 사이 사선 무늬 넥타이를 맨 변호사가 나를 압박하기 시작했다.

"임석, 나한테는 사실대로 말해도 돼. 너 정말 기억이 없는 거니?

아니면 네가 운전을 한 거니?"

대답 대신 변호사의 얼굴을 물끄러미 바라봤다. 그가 책상 위에 올려놓은 휴대폰 녹음 초침이 물처럼 흐르고 있었다. 내가 입을 닫자 그는 이내 전략을 바꿨다.

"좋다. 배제해야 할 최악의 경우부터 생각해 보자. 만약 네가 사고를 낸 운전자라면, 피해자가 사망할 경우 교통사고 사망 사고로 분류될 거다. 교통사고 처리 특례법 3조 1항에 해당해서 5년 이하의 금고 또는 2천만 원 이하의 벌금에 해당하는 형사 처분을 받을 수도 있어. 게다가 넌 미성년자에 무면허고 지금 어떤 증거가 나올지 모르는 상황이니까 우리는 그 경우의 수를 깔고 가야 해. 그게 아니라 뒤집어쓴 거라면 구성구 쪽에서 숨긴 증거를 찾아내는 데 집중하면 되고."

엄마가 한숨을 내쉬었다. 피해자가 죽을 수도 있는 최악의 시나리오부터 챙기는 전문가라니. 변호사가 말한 어떤 대목에서 엄마가 안도의 한숨을 쉬었는지 알 수 없었다.

다음 날 학교 테니스부가 발칵 뒤집혔다. 교무실 전화 수화기는 늘 누군가의 귀에 붙어 있었고 그 누군가는 하루 종일 죄송하다는 말을 자동 응답기처럼 반복해야 했다. 코트 옆에 붙어 있는 테니스부 사무실에선 육탄전이 벌어졌다. 테니스 부원들의 학부모는 벌집을 쑤시기 위해 찾아온 벌떼 같았다. 걔들만 파내요! 그들의 논리는 단순하고 명료했다. 썩은 환부를 도려내듯 성구와 나를 잘라 내야 우진고 테니스부를 살릴 수 있다는 말에 감독과 코치는 진땀을 흘렸다. 학교 홈페이지는 나와 성구를 비난하는 욕설로 도배되었고 테니스부 아이들의 개인 SNS는 반강제로 비공개 전환되었다. KDC 클럽의 사정도 마찬가지였다. 코트로 들어서는 입구는 누구든 붙잡 아 인터뷰를 하려는 기자들로 북새통이었다. 엄마와 나는 며칠간 옥수동 이모 집으로 피신하다시피 몸을 숨겼다. 숨 쉴 틈도 없이 밀어닥치는 소문 때문에 억울함을 항변할 기회조차 없었다. 훈련은커녕 제때 밥을 먹는 일조차 힘들었다. TV와 컴퓨터를 끄고 오직 이모의 스마트폰만 숨구멍처럼 열어 놓았다. 변호사, 학교, 코치와 연락하는 것은 이모를 통해서만 가능했다. 보다 못한 이모가 자신의 명의로 새 휴대폰을 만들어 주었지만 하얀 도화지 같은 그 휴대폰의 버튼을 누르는 순간 세상이 나를 찾아낼 것만 같은 두려움이 들었다. 하루가 지나기도 전에 새 휴대폰에 낯선 번호가 찍혔다. 수화기 너머의 목소리는 강압적이었다.

"주차장으로 와."

그는 그 말만을 한 채 전화를 끊었다. 사흘 만에 처음 샤워를 하고 옷을 갈아입고 운동화를 신기까지 채 5분이 걸리지 않았다. 지하 주차장으로 나가자 입구 앞에 서 있는 리오스의 낡은 승용차가 보였다. 조수석에 올라타자 그의 얼굴이 험악해졌다.

"그 꼴로 내려왔냐?"

"씻었어요."

리오스는 자기가 쓰고 있던 야구 모자를 벗어 내밀었다.

"당분간 얼굴 가리고 다녀."

"싫어요."

"까불지 말고 써."

그는 기어이 땀내 나는 제 모자를 내 머리에 꽂았다. 그것도 모자라 있는 힘을 다해 모자 챙을 눌렀다. 덕분에 차가 어디로 가는지 방향조차 분간할 수 없었다. 한강 다리를 건너고 어딘가로 한참을 달리던 차는 한갓진 아파트 촌으로 길을 꺾었다. 오래된 아파트 단지 사이에 경로당처럼 들어앉은 낡은 코트가 우리의 목적지였다. 뒷자리에서 라켓 가방을 꺼내던 리오스가 조수석에 들러붙은 나를 보며 말했다.

"뭐, 문이라도 열어 드릴까?"

"여긴 왜요?"

"내려, 새끼야."

그는 떡 진 머리를 풀어 다시 묶으며 성큼성큼 앞으로 걸어갔다. 안면이 있는 몇몇과 인사를 나누는 사이 나는 멀찌감치 떨어져 서 있었다. 구석진 자리에서 훈련을 하던 한 사내와 인사를 나눈 리오스는 어물쩍 나를 돌아보았다. 그 몸짓에 남자의 시선이 내게 고정되었다. 남자는 반대편 코트에 있던 회원에게 양해를 구하고 볼 통을 끌고 옆 코트로 자리를 옮겼다. 그는 내가 누구인지 알고 있었다. 나를 돌아보던 회원에게 쉽 없이 연습구를 던져 주는 이유가 짐작되었다. 리오스는 연습구 한 통을 끌고 네트 너머 베이스라인에 섰다.

"라켓 잡아."

"뭐 하자고요."

"운동 쉰 지 일주일 넘었어. 몸 망칠래?"

"뉴스 안 봐요? 학교 난리 났다면서요."

"근데 뭐! 넌 안 했다며! 이 세상에 억울한 새끼가 좆도 너 하나인 줄 알아! 라켓 잡아, 새끼야!"

그는 기어이 내 손에 라켓을 쥐어 주고 볼 통 쪽으로 걸어갔다.

"랠리. 앞으로 나와."

"못 하겠어요."

"죽을래?"

"머리가 터질 것 같다고요."

"운동하는 놈이 뭔 머리가 복잡해. 웃긴 소리 하지 말고 네트 앞에 가서 서."

힘을 뺀 포핸드 공이 날아왔다. 나는 라켓을 떨어뜨린 채 미동도 하지 않았다. 다시 속도를 올린 백핸드 공이 날아왔지만 마찬가지였다. 하지만 리오스는 물러서지 않았다. 점점 간격을 좁혀 오던 공이 몸의 정면으로 날아왔다. 라켓을 들어 공을 막아 내지 않았다면 갈비뼈가 나갈 속도였다. 리오스는 더 이상 말이 없었다. 그의 모든 말은 날아오는 공의 방향과 속도가 대신했다. 짜증과 욕지기를 담아 시작한 랠리 연습으로 굳어 있던 몸이 풀리기 시작했다. 공 하나로 서른 번이 넘는 샷을 주고받으면서 리오스와 나는 기계적으로 움직였다. 통 안의 공을 다 쓰면 떨어진 공을 주워 모으고 다시 랠리를 시작하고 다시 공을 줍는 단순한 훈련이 반복될 뿐이었다. 몸이 잊고 있던 감각을 기억해 낼 무렵 훈련이 끝났다. 리오스가 냄새나는 수건을 던져 주며 말했다.

"괜히 샤워실 갔다가 사람 만나지 말고 그걸로 대충 닦아. 매일 저녁 먹고 7시 반, 주차장에서 기다려."

"또요?"

"밥은 왜 또 처먹냐, 새끼야."

"저 다음 주 재판이래요."

"그 인생은 그때 가서 고민하고 운동은 하루도 빼먹지 마. 차에
가 있어."

그는 내게 자동차 열쇠를 던져 주었다. 샤워실로 향하던 그가 시
답잖은 농담을 던졌다.

"내 차 핸들 잡으면 뒤진다."

사위는 어두워졌으나 깊게 눌러쓴 모자를 벗지는 못했다. 까마
득한 아파트 촌을 올려다보니 불이 켜지고 꺼진 집들처럼 행과 불
행이 교차된 세상은 그대로였다. 우리 집은 여전히 불이 꺼진 그대
로였다. 집으로 돌아와 방 안을 열 바퀴쯤 돌다가 침대 끝에 걸터앉
았다. 몸을 움직이고 나자 정체되었던 생각들이 제자리를 찾아가기
시작했다. 한참 동안 손에 든 핸드폰을 내려다봤다. 전원을 켜자 활
성화된 핸드폰은 연달아 쌓이는 부재중 전화와 메시지 알림음에 불
이 날 지경이었다. 괜찮냐, 신문에 난 L군이 너냐, 수백 통의 문자
메시지가 같은 내용이었다. 침대 위에 던져 놓은 핸드폰은 5분 동안
맹렬히 떠들다 잠잠해졌다. 어찌나 맹렬했는지 기기가 뜨겁게 달아
올라 있었다. 숫자 패드를 꾹꾹 누르고 신호음을 기다렸다. 전화를
받을 수 없다는 걸 알지만 무언가에 홀린 것처럼 전화기를 들고 있
었다. 한참 동안 들리던 신호음이 끊겨 손바닥을 들여다보니 화면

은 어느새 통화 중 상태로 바뀌어 있었다. 상대방은 전화를 받았으나 아무 말이 없었다.

"……유진이니?"

"……"

"……정말 유진이 너…… 맞아?"

"……"

"나야, 석이. 혹시나 싶어서, 걱정돼서 전화했어…… 괜찮아?"

수화기 너머 가느다란 흐느낌이 느껴졌다. 말은 없었지만 숨소리를 들은 것만으로도 안도감이 들었다.

"깨어나서 정말 다행이다. 그냥 너한테 전화하고 싶었어."

"……"

"……괜찮으면 면회 가도 될까?"

그 말이 끝나기 무섭게 포효와 같은 울림이 있었다. 흡사 짐승의 울부짖음과 같은 통곡이었다. 그제야 뭔가가 잘못됐음을 직감했다.

"유진아!"

전화는 이미 끊어진 상태였다. 뭔지 모를 불안감이 엄습했다. 안절부절못하며 방 안을 서성이는데 몇 분 후 유진이에게서 문자 한 통이 도착했다. 번호는 그대로였지만 발신인은 유진이가 아니었다.

병원에 오지 마라. 다시 이 번호로 전화하지 마라.

글자에 목소리가 담길 수 있다는 걸 처음 알았다. 목소리는 유진이의 아버지 같았다. 그 말을 듣는 순간 더 이상 피할 수가 없었다.

나는 김유진을 만나야 한다. 엄마는 거길 찾아가는 건 사건의 진범임을 인정하고 맞아 죽으러 가는 것이라며 악담을 퍼부었다. 사고의 가해자로 지목되고 무죄를 주장하는 내 입장에서 유진의 병원을 찾아가는 건 앞뒤가 맞지 않는다고 모두가 말렸다. 아침이 되자마자 옷장을 뒤져 가장 단정한 옷으로 골라 입었다. 리오스는 유진이가 입원한 병원까지 나를 데려다주었다. 중환자실 면회 시간에 맞춰 갔지만 면회는 허락되지 않았다. 대신 그 입구를 막고 선 김유진의 엄마를 만났다. 작은 몸집의 아줌마는 벽을 붙잡고 바들바들 떨다가 자박자박 걸어와 내 뺨을 때렸다.

"네가 어떻게 여길 나타나! 미안해서 사과라도 하려고 왔어?"

"유진이는…… 괜찮습니까?"

"이제 와서 우리 유진이가 걱정이 돼? 아직도 네가 한 게 아니라고 말할 거니?"

아줌마의 울먹임이 절규로 변했다. 전화로 들었던 그 목소리였다.

면목 없습니다. 혹시라도 유진이 엄마를 만나면 그 말을 해라. 리오스가 면피용으로 쓰라고 가르쳐 준 그 문장이 목구멍에 걸려 넘어오지 않았다.

"끝까지 못 가게 했는데 네가 거길 온다고, 기어이 너 때문에, 너를 따라 호주까지 가겠다고…… 우리 유진이는 저렇게 누워 있는데 너는 호주로 가니!"

"죄송합니다."

"사고라고, 미안하다고 그 말 한마디를 왜 안 하니?"

"아닙니다. 전 정말…….."

"그럼 뭐가 죄송한 건데! 도대체 여긴 왜 왔는데!"

"죄송합니다."

"그럼 그놈을 내 앞에 데리고 와! 운전을 했다는 그놈을 데리고 오라고!"

유진 엄마가 악다구니를 쓰며 살을 쥐어뜯고 때리기 시작했다. 깎지 않은 손톱 끝에 살점이 뜯겼지만 아픔을 토로할 수 없었다. 구경꾼들의 차가운 시선은 어느 하나 나를 동정하지 않았다.

*

일주일은 정신을 차릴 새도 없이 흘러갔다. 재판이 있던 날 아침, 엄마는 새로 산 면바지와 셔츠의 꼬리표를 뜯고 있었다. 생전 입어 본 적이 없는 낯선 옷이었다. 허벅지가 끼어 불편한 면바지를 입고 방을 나서자 무심한 말이 나를 찔러 댔다. 어쩜 남의 옷 주워 입은 거 같니. 오늘만 입고 버려. 반면에 엄마의 옷차림은 상갓집에라도 가는지 검은 정장에 과하게 격식 조였다. 아껴 들던 비싼 명품 백을 꺼내 든 걸 보면 동창회라도 나가는 입성이었다.

이제는 지긋지긋하다. 얼른 끝내고 호주로 가야 숨이라도 쉬지. 내 얘기가 뉴스와 사람들의 입방아에서 사라지자 엄마에게선 더 이상의 긴장감이 느껴지지 않았다. 법원에 가는 일이 예방주사를 맞으러 가는 것처럼 성가시고 귀찮은 일처럼 표현됐다. 하지만 모든 예상은 빗나갔다. 따지고 보면 사건 이후 오늘까지 모든 것이 변죽을 울리고 있었다.

시간이 지나면 피해자 쪽에서 먼저 합의금을 얘기할 것이라던 엄마의 예측은 빗나갔다. 사건 가해 정황이 확실하지만 조건부 기소 유예를 받을 가능성이 높다던 변호사의 말도 유효하지 않았다. 판사는 낮은 보호 관찰 처분 대신 소년 분류심사원에서 4주간의 위탁을 결정했다. 가벼운 보호 관찰 처분을 받은 아이들은 보호자와 집으로 돌아갔지만 나는 대기실로 돌아오자마자 바로 수갑이 채워졌다. 심사원 동기가 될 여섯 명이 수갑과 포승줄에 묶인 채 법무부 버스에 올랐다.

총천연색 화면이 차창 밖으로 지나가는데도 혼자 흑백 화면 속의 그림처럼 동떨어진 존재 같았다. 복도를 사이에 두고 대각선 앞에 성구가 앉아 있었다. 분류심사원의 동기가 될 여섯 명 중 하나가 성구라는 사실은 조금의 위안도 주지 않았다. 사고 차량의 동승자였던 성구의 분류심사원행이 결정된 이유는 양촌까지 오는 동안의 무면허 운전뿐이었다. 사고에 대한 혐의는 나에게만 유효했고 법의 투망 안에 성구를 피의자로 잡아 가둔다는 의미는 아니었다. 그것이 유진이 엄마가 성구가 아닌 내 뺨을 때린 이유였다.

법무부 로고가 선명하게 박힌 긴급 호송 버스가 버스 전용 차선을 달렸다. 빨리 가자고 재촉하는 이가 없음에도 버스는 정체 구간을 피해 내달리고 있었다. 그러나 내가 왜 이 닭장 같은 버스를 타고 있는지 누구 하나 시원스러운 대답을 해주지 못했다. 어쩌면 애초에 잘못된 질문만을 하고 있었기 때문인지도 모른다. 엄마가 아닌 옥수동 이모에게, 변호사에게, 조사관에게 나는 재차 물어 댔다. 언제 집에 돌아갈 수 있냐고요. 그들이 머뭇거린 답은 호송 버스를 세 번째 탄다는 버스 단골이 알려 주었다. 녀석은 법원부터 줄곧 내 곁을 기웃거리다가 버스에 오르자마자 다른 자리를 놔두고 옆자리로 와 달라붙었다.

"뉴스에 나왔던 그 테니스 선수지?"

녀석의 말에 대꾸하지 않고 고개를 돌렸다.

"법원에서 너 다음이 나였어. 기다리면서 대충 들었는데 네가 차로 여자애를 쳤는데 운전을 한 기억도 없고 할 줄도 모른다고 했다며? 원래 운전했던 놈이 앞자리에 앉은 저놈이고."

녀석의 턱 끝이 가리킨 곳에 성구의 뒤통수가 보였다. 고개를 돌려 녀석을 바라봤다. 꺼지라고 욕이나 퍼부어 주려는 찰나 녀석의 입에서 뜻밖의 이야기가 흘러나왔다.

"너 똥물 뒤집어쓴 거네."

"뭐?"

"지가 꼴리는 게 없으면 아버지 차를 훔쳐 운전을 한 게 저라고 순순히 불었겠냐고. 쟤는 가만히만 있었으면 조건부 기소 유예를 받을 수도 있는 놈이었는데. 혹시 재범인가? 어쨌든 저놈이 119에 신고를 했고 저도 감별소 4주 위탁을 받은 거잖아."

청하지도 않았는데 나서서 무료 법률 상담을 자처하는 친절을 마다하지 않았다. 그는 깔끔하고 군더더기 없게 내 사건을 정리해 주었다. 그 말에 멍하던 정신이 돌아왔다.

"감별소가 뭔데?"

"생초짜시네. 삐약이 감별소가 그 소년 분류심사원이란 데야. 정식 재판 받아서 판결이 나 소년원 가기 전까지 좀 들렀다 가는 곳. 있는 동안 분류심사서 잘 쓰고 바짝 엎드려 있으면 1호에서 5호를 받는 거고, 영 사건이 텄다 싶으면 6호에서 10호를 때려 받고 소년원 철창으로 가는 거고."

녀석은 잠시 생각에 잠긴 듯 입을 다물었다. 그리고 혼잣말을 중얼거렸다.

"근데 이건 소년 형사감인데 잘못 넘어온 것 아닌가? 여자애가 죽으면 소년 교도소에서 영감 돼서 나올 사이즈인데, 이상하네. 검사한테 다시 송치되면 빼도 박도 못하겠다. 걔 죽으면 진짜 좆 될 텐데."

그 말을 끝으로 녀석은 제가 있어야 할 자리를 찾아 돌아갔다. 쉼 없이 달리던 버스가 멈춰 서기도 전에 에어컨이 꺼졌다. 목적지에 다다르기도 전에 그곳에 도착했음을 숨 막힐 듯한 공기가 대변해 주었다.

무거운 철문이 열리고 호송 버스가 빛바랜 콘크리트 건물 사이로 들어섰다. 단골의 표현을 빌리자면 병아리 감별소로 불리는 A시의 소년 분류심사원이었다. 저 안에 어떤 인간이 들어가게 되는지를 빽빽한 철망으로 뒤덮인 창문이 알려 주었다. 도착과 동시에 쫓기듯 들어간 방에서 모두 수갑을 풀고 신체검사를 했다. 몸에 숨겨온 물건이 없는지 살피는 불쾌한 검사가 끝난 뒤 갈아입을 옷과 물건들이 담긴 바구니가 주어졌다. 체육복을 생활복이라 불렀는데 이곳에 있는 내내 입게 될 교복임을 직감했다. 가지고 있던 개인 물품은 생활관 안으로 반입이 금지되어 있었다. 각자에게 배당되는 개인 소품을 받고 이름과 입소 일자, 호실을 확인한 뒤 호명되는 순으로 각자의 방에 가게 되었다.

만 13세 미만의 어린애들은 꼬마방으로 불리는 곳으로 가고 나와 성구와 같은 신입은 일주일 동안 지낼 신입방으로 배치되었다. 신입방도 만 16세를 기준으로 구분되었다. 초범과 재범 분류에 따라 성구는 17호실, 나는 18호실에 각각 배정되었다. 성구가 한국에 돌아오자마자 폭력 사건으로 소년 법정에 섰다는 건 몰랐던 사실이다. 돌이켜보면 우리는 성구에 대해 아는 것이 없었다. 재범방인 17호로 들어가기 전 성구는 잠시 나를 돌아봤으나 생각을 알 수 없는 눈빛을 감추고 사라졌다.

18호 방문을 열자 장마철에 테니스화를 보관하는 신발장을 연 것처럼 퀴퀴하고 습한 냄새가 코를 찔렀다. 여섯 평 남짓한 좁은 방에 개인 사물함만 열 개가 넘었다. 이 좁은 방에 열 명이 넘는 아이들이 함께 있다는 게 놀라웠다. 애들을 테트리스 막대처럼 쌓아서 재우지 않으면 잘 수도 없는 코딱지만 한 방에 화장실까지 한 귀퉁이를 차지하고 있었다. 신입들을 안내하던 선생님은 안내문 몇 장을 놔두고 문밖으로 사라졌다. 귓전을 때리던 폭포수의 굉음이 한순간에 사라진 것 같은 적막이 찾아왔다. 얼룩으로 도배된 벽에 등을 대고 눈을 감았다. 주마등처럼 지나가는 며칠간의 기억이 머릿속을 복잡하게 만들었다.

어디서부터 잘못되었을까. 어디서부터 꼬였을까. 아무리 파헤쳐도 기억 하나 건져 올릴 수 없는 어둠이다. 모두가 어깨를 치며 나를 이리저리 끌었고 내 질문에 그 누구도 제대로 된 대답을 주지 않았다. 상념 속으로 껄끄러운 목소리 하나가 끼어들었다.

"또 왔네, 씨팔."

그 녀석을 시작으로 아이들 여럿이 계속 방으로 들어왔다. 텃세를 부려 봤자 일주일이면 본방으로 옮겨 갈 아이들이지만 보는 눈빛이 사나운 걸 보면 신입이 들어오는 게 반갑지 않은 모양이었다. 곱게 벽에 기대앉아 있음에도 아니꼽다는 얼굴로 텃세를 부렸다.

"신입은 다리 접어."

이미 다리를 접고 앉아 있는데 그 다리를 어디까지 접어야 하냐고 물어보고 싶었다. 눈을 감았다 뜨면 이 방도 이 새끼들도 깡그리 사라져 버렸기를. 처절한 기도에도 감은 눈을 뜨지 못했다.

무리에 떠밀려 저녁 식사를 마치고 방으로 돌아오자 모든 아이들이 돌아와 있었다. 아이들은 냄새 나는 화장실 입구를 내 자리로 내주었다. 입을 닫고 귀만 열고 앉아 있는 한 시간 만에 이 방의 모든 서열과 규칙이 간파됐다. 일주일 머물 방에도 방장이 있고 그 대열에서 낙인찍힌 꼽이 있었다. 한번 꼽이 되면 빨래며 화장실 청소, 이부자리 개는 온갖 잡다한 일을 도맡아 하게 되는데 보통 학교로 치면 그 방만의 셔틀인 셈이다. 나머지 아이들이 시답잖은 농담을 하며 널브러져 있는 동안 꼽은 연신 아이들과 방장의 비위를 맞추며 화장실 청소와 이부자리 정리를 하느라 쉴 틈이 없었다.

밤 9시가 되자 약속이라도 한 듯 이불을 펴고 취침 점호를 했다. 비좁은 방 안에 겨우 한 자리를 차지하고 눕자 복도 끝에서 누군가가 외치는 취침 소리가 공명처럼 울렸다. 방의 제일 밝은 불은 꺼졌지만 복도의 다른 불이 켜지면서 잠을 잘 수 없는 밝기는 그대로였다. 아무도 그 이유를 설명하지 않았지만 이유를 알 것 같은 밤이 찾아왔다. 밤새 검은 눈 뒤에서 방 이곳저곳을 살피고 있을 저 CCTV 너머의 누군가를 위한 등불이었다. 그 눈을 피해 아이들의 이불이 들썩거렸다. 몇몇은 땀을 뻘뻘 흘리며 열심히 자신의 물건을 만지고 있었는데 옆 사람이 있든 말든 상관치 않았다. 지독히도 불쾌하고 지독히도 외로운 밤이었다.

오전 6시 반이 되자 아이들이 부산스럽게 일어나 이불을 정리하기 시작했다. 다른 아이들을 따라 깔고 잔 매트리스는 순서대로 차곡차곡 쌓아 올리고 이불은 각을 잡아 개었다. 세수와 양치를 하는 아이들 틈에 들어가 북적대며 씻고 난 뒤 강당 맞은편 식당에서 아침 식사를 했다. 방 순서대로 들어가 감독관들이 지켜보는 가운데 대화 없이 바쁘게 밥을 먹고 자리를 털고 일어서 각자 정해진 교실로 향했다.

9시부터는 일정대로 교육을 받았다. 학교의 수업처럼 각자 해당 교실로 이동해 교육을 받는데 교실로 향하는 동안 복도 스피커에서 접견 요청이 들어온 아이들의 명단이 흘러나왔다. 이름이 불린 아이들이 누구인지는 표정으로 알 수 있었다. 수업을 빠지고 사식을 먹을 수 있는 유일한 자유를 마다할 리가 없었다. 하지만 내 이름은 불리지 않았다.

재판을 끝내고 이곳으로 이송된 첫째 날은 정신없이 흘러갔고 그나마 정신을 추스른 둘째 날이 되었지만 엄마는 나를 찾아오지 않았다. 다른 아이들은 국선 변호인에 해당하는 국선 보조인의 호출을 받아 면담을 하기도 했지만 나는 엄마가 사설 변호사를 선임한 터라 해당 사항이 없었다. 그 누구도 내 이름을 부르지 않았고 그 누구와도 말을 나누지 않은 유리 감옥 같은 하루가 또 흘러갔다. 식당이나 수업 시간에 간혹 성구를 마주칠 때도 있었지만 녀석은 나를 못 본 체했다. 멈칫거리며 다가가는 발보다 망설임 없이 등을 돌리는 녀석 쪽이 항상 빨랐다. 달려가 멱살이라도 잡아야 했지만 손에 힘이 들어가질 않았다.

나를 호출하는 것은 담당 심사관뿐이었다. 심사관은 사건 정황보다 가정 환경, 경력, 부모님의 보호 능력, 이전의 비행 여부 등을 물었다. 비행이라, 최근 비행은 말레이시아에서 있었던 국제 주니어 대회 갔던 것밖에 없는데요. 그런 농담을 한들 심사관이 좋은 점수를 줄 것 같지 않았다.

셋째 날이 되자 엄마는 퉁퉁 부은 눈을 하고 변호사와 함께 면회실로 들어왔다. 엄마가 넋을 놓고 있는 사이 사선 무늬 넥타이를 즐겨 매는 남자 변호사가 대부분의 중요한 이야기를 전했다. 상황이 이상하게 돌아가고 있었다. 운전을 하지 못한다는 내 주장은 씨알도 먹히지 않았다. 모든 정황과 증인들이 차를 운전한 사람이 나라고 지목하고 있었다.

의식이 없었던 내가 증명할 수 있는 건 아무것도 없었고 죄목의 꼬리표에 내 이름이 달려 있었다. 사건 현장에 처음 출동한 구급대원은 다친 유진이와 의식이 없는 나를 이송하느라 경황이 없었고 경찰이 오기 전 달려온 레커차는 사고 차량을 인수해 가버렸다. 뒤늦게 경찰이 차량을 회수했지만 사고 차는 블랙박스조차 달지 않았고, 그 새벽에 내린 장대비로 사건 현장마저 훼손된 상태였다.

기억 속에 있던 무엇 하나도 변호사가 들려준 이야기와 들어맞지 않았다. 엄마가 괜찮다고 다독이며 꺽꺽 숨 넘어갈 듯한 울음을 집어삼키자 면회실에 있는 모든 아이들이 나를 돌아봤다. 쟤네, 무면허로 약 먹고 운전했다는 주니어 테니스 선수. 옥수동 이모가 선임했다는 교통사고 전문 변호사는 내 사건이 쉽지 않을 것이라고 말했다. 유진이는 아직도 중환자실에서 깨어나지 않은 상태라고 했다. 차라리 지금부터 주변 친구들과 학교에서 탄원서에 서명을 받아 형량을 낮추는 쪽으로 바람을 잡는 게 현실적이라는 조언을 덧붙였다. 변호사가 한 말은 구성구가 아닌 내가 김유진을 치었다는 전제하에 있었다. 엄마는 내가 사고를 냈다는 사실과 합의를 본 듯 통곡했다.

그리고 어김없이 밤이 찾아왔다. 밤이 되면 하루도 거르지 않고 찾아오는 두려운 손님이 있었다. 다리가 끊어질 것 같은 경련은 이곳에 오면서 시작된 발작이다. 심리적인 압박감 때문인지 운동 금단 현상 때문인지 한번 찾아온 다리 경련은 밤잠을 앗아 가기 일쑤였다. 10년을 부려 먹던 다리 근육들이 갑작스러운 휴면에 놀라 비상사태를 선포한 탓에 쉽사리 잠을 이룰 수 없었다. 눈을 뜨고 있음에도 그날의 악몽이 다가왔다.

차의 심한 덜컹거림 때문에 목을 받치고 있던 티셔츠가 빠지며 잠에서 깨어났다. 잠깐 졸았다고 생각했는데 시계가 12시 25분을 가리키고 있었다. 승모는 피곤한 기색도 없이 택시 미터기만 뚫어

116

질 듯 노려보고 있었다. 택시가 국도에서 떨어져 나와 시골길을 20분이나 달렸는데도 목적지는 보이지 않았다. 가로등도 없고 인가조차 찾아보기 힘든 이 시골 촌구석에 집을 짓다니. 구 회장은 재능 있는 테니스 선수는 매의 눈으로 솎아 내면서 부동산 고르는 눈은 젬병이신가.

내비게이션조차 경로를 표시하지 않는 길을 따라 한참을 달리면서 과연 이 길 끝에 집이 있을까 하는 궁금증을 가질 즈음 양촌 별장이 성전 같은 위용을 드러냈다. 알고 찾지 않으면 집이 있을 것이라 생각조차 할 수 없는 외지였다. 시세 차익을 위해 지은 게 아니라 숨기기 위해 지은 집이란 걸 깨닫는 순간 별장에 대한 소문을 정확히 이해하게 되었다. 돌아 나갈 길을 걱정하는 택시 기사의 투덜거림에 거스름돈을 얹어 주고 내리자 먼저 도착한 아이들이 마중을 나왔다. 몇몇은 대회에서 일면식이 있던 1~2학년 선수들이었지만 나머지는 성구의 개인적인 친구들인지 하나같이 동네 양아치들 같은 불량기가 넘쳤다.

석아! 여자아이들 몇몇이 내 이름을 부르며 손을 흔들었다. 대여섯 명 남짓한 여자애들 대부분은 중학교나 클럽 동창이었는데 이번 시장기에서 우승한 아이도 있었고 대회마다 오락가락 얼굴을 내미는 아이도 있었다. 같은 중학교 동창인 유진이도 손을 들어 알은체를 했다. 데면데면 인사를 나누고 주위를 둘러보았지만 정작 파티를 연 주최자인 성구의 모습은 보이지 않았다. 주인이 자리에 없음에도 아이들은 정원에 차려진 음식에 달려들어 비닐을 뜯고 있었다.

그 안으로 발을 옮긴 순간 묘한 냄새가 코를 찔렀다. 음식 냄새가 아닌 기묘한 악취였다. 냄새의 발원지를 찾아 두리번거리다 한편에 개를 키웠던 것으로 보이는 뜬장이 눈에 들어왔다. 개는 없었지만 고약한 냄새가 그대로인 걸 보면 주인의 사회적 체면 때문에 잠시 다른 곳으로 이감된 모양이다. 외가의 시골 장터에서 익히 보던 뜬 장이라면 식용견을 키웠던 건가. 몸보신용 개를 직접 키우는 취미라니, 상종하고 싶지 않은 인간이다.

비위가 상해 고개를 돌리는데 아이들 틈바구니에서 염성우의 얼굴이 보였다. 오늘만큼은 서로 얼굴을 보기 싫은 건 피차일반일 텐데 녀석이 손을 들어 인사를 했다. 그런 녀석의 곁에 승모가 있었다. 대회에서 인사 한번 안 하던 두 사람이 편한 사이처럼 이야기를 나누고 있었다.

그곳으로 발을 내딛는 순간, 어둠 속에서 불빛 하나가 곧장 별장 쪽으로 달려왔다. 눈에 익은 의전 차에서 성구가 내려섰다. 녀석은 친구 하나를 태운 채 겁도 없이 혼자 차를 운전해 온 모양이었다. 법을 주머니 속 지폐 몇 장으로 퉁치는 걸로 치면 부전자전이지만 KDC 클럽에서 대외적으로 쓰는 의전용 벤츠를 문제아들에게 내준 것 하나만은 제 아버지의 그릇이 더 크다 하겠다. 정원에 있던 아이들이 돈 내를 맡고 부나방처럼 운전석에 달려들었다.

"씨팔 벤츠네!"

"눈이 썩었냐? 구닥다리구만."

"좆나 그러거나 말거나 외제잖아."

시답잖은 대화를 들으며 서 있던 성구가 운전석에 오른 양아치의

118

뒷목을 끌어당기며 말했다.

"내려, 새끼야."

차에서 내린 녀석의 문신 가득한 팔이 성구의 어깨에 걸쳐졌다. 웃을 때마다 깨진 앞니가 드러나는 문신이 실실거리며 말했다.

"아, 부러운 새끼! 너 나중에 프로 되면 모르는 척하기 없기다?"

"뭔 개소리야."

"근데 너 프로 달면 이름 웃기겠다. 구 프로! 이름 좆나 이상해."

성구가 장난처럼 녀석을 밀치며 말했다.

"이 새끼 누가 데리고 왔냐?"

썩은 진창 같은 그들의 농담을 걸러 들을 재주가 없어서 뜬장 구석으로 들어갔다. 그때 덜떨어진 녀석 하나가 번들거리는 은쟁반 하나를 들고 와 이런 게 트로피냐고 묻자 구성구의 표정이 일그러졌다. 별장에 있었다면 보나 마나 구 회장의 트로피일 테고 그걸 건드린 녀석은 오늘 밤 죽을 똥을 싸야 한다는 뜻이다.

빛나지만 드러낼 수 없는 입안의 금이빨처럼 은쟁반은 구 회장에게 부끄러움의 상징이다. 그럼에도 그는 늘 은쟁반을 가장 잘 보이는 곳에 올려 두었다. 나는 그 은쟁반을 옷장 가장 위쪽에 올려 두었다. 은쟁반을 안고 2등의 자리에 섰을 때야 왜 우승컵이 아닌 접시를 쥐어 줬는지를 깨달았다. 모두가 우승자를 바라보고 그를 향해 박수를 칠 때 접시에 얼비친 내 얼굴에 코를 박고 죽고 싶었다. 그 기억과 깔깔대는 가벼운 웃음소리가 연회가 시작되기도 전에 토악질을 불러일으켰다. 성구는 아이들 무리에서 떨어져 구석에 있던 나를 발견했다.

임석! 녀석이 나를 불렀다. 여기서 혼자 뭐 하냐. 이런 냄새 나는 시궁창이 뭐가 좋다고. 임석…….

다가온 녀석이 내 어깨를 움켜잡은 그 순간 떨어져 나갔던 정신이 감별소 안으로 강제 회송되었다. 스피커에서 내 이름이 불리고 있었다. 올 사람은 엄마밖에 없다는 걸 미리 알고 있던 탓에 쉬 발걸음이 떨어지지 않았다. 감정의 널을 뛰는 엄마를 보는 건 곤욕이었지만 내 마음대로 면회를 거부할 수도 없는 노릇이었다. 무거운 마음으로 면회실에 들어갔더니 덩치 큰 남자가 내게 손을 흔들었다. 분류심사원에서 만나게 될 줄 꿈에도 생각하지 못했던 얼굴, 리오스였다. 간밤에 또 과음을 했는지 초췌하고 해쓱한 몰골이었다.

"새끼, 살 빠지고 근육까지 다 빠졌네."

"여기 가족이랑 변호인만 면회 돼요."

"네 아빠 민증 빌려 왔다. 어제도 왔다가 헛발질했잖아. 무슨 병원 중환자실도 아닌데 면회 시간을 제한한다 어쩌고저쩌고해서."

리오스가 까칠한 머리를 쓸어 올렸다. 머릿기름을 바르지 않아도 늘 기름기가 넘쳐흘렀던 남자가 갱년기를 앓는가. 십 원 한 푼 떨어지지 않는 이곳까지 자발적으로 찾아온 것은 평소 리오스의 직업관에 어울리지 않는 행동이다. 누군가에게 예의를 차릴 군번이 아니지만 마땅히 해야 할 고맙다는 말이 목에 걸려 넘어오지 않았다.

"여긴 콩고물 없어요."

"과자 좀 먹을래?"

콩고물을 배고프다는 말로 들은 건지 리오스가 주변을 두리번거렸다. 다른 면회인들은 매점에서 과자나 음료수들을 사서 사식처럼 아이들에게 넣어 주었다.

"됐어요."

"요즘 여기저기서 인터뷰 요청 들어오고 장난이 아니다. 아주 뼈까지 씹어 먹으려고 작정들을 했어."

"왜 오신 거예요?"

"운동 다시 해야지."

"신문 일 면에 무면허 운전으로 도배를 한 나 같은 놈을 누가 밀어준대요?"

리오스가 잠시 주위를 돌아봤다. 귀만 쫑긋거리면 옆자리 부모의 욕지기를 함께 얻어들을 수 있는 낮은 칸막이 탓에 면회실에는 사생활 보호란 게 없었다. 무슨 작당과 모의를 해도 감독관에게 특급으로 날아갈 수 있는 효율적인 구조에 신경이 곤두섰다.

"뭔데요?"

"지난번에 하다가 그만둔 거."

"여기서 테니스라도 하라고요?"

리오스의 시선이 내게 고정되었다. 내가 매치 포인트를 땄을 때의 눈빛, 겁을 먹어서 끝장내라.

"오면서 못 봤어요? 여긴 감옥이나 마찬가지라고요."

"알아."

"코트 만들고, 테니스 코치 초빙하고, 스파링 파트너만 구하면 되겠네요."

생각 없이 뱉은 빈정거림을 리오스는 두툼한 손의 관절을 꺾으며 심각하게 받았다.

"법무부에는 계속 편지를 쓰고 있고, 여기 원장은 설득하고 있고, 봉사 활동 하겠다는 테니스 코치는 섭외해 놨다."

번들거리는 이마에서 흘러내리는 땀을 훔치는 리오스의 표정은 그 어느 때보다 진지했다. 그러니까 여기서 테니스를 하자는 미친 소리를 하자고 찾아온 길이라고.

"뭘 더 잘할 생각은 버려. 그냥 까먹고 나가지 않는 정도면 감지 덕지야."

"우리 엄마가 그러래요? 애 희망 고문 좀 시키라고?"

"너 이 새끼 말 그 따위로 할래?"

"다 그렇다 쳐요. 다 코치님 뜻대로 만들었다고 치고, 새 기술 익히는 건 포기한다 치고 마이너스 안 되려면 경기를 해야 하는데 여기까지 와줄 미친놈이 있대요? 어떤 선수가 시궁창에 처박힌 나 같은 놈이랑 파트너를 하겠어요?"

"이미 있잖아. 너 같은 놈."

들어 본 것 중 최악의 악담이다. 성구가 내 파트너가 되는 것이 아니라 내가 시궁창에 처박힌 성구에게 단물을 빼먹힐 파트너가 되는 것. 진의를 깨달은 순간 온몸이 전율했다. 상상할 수도 없었던 일들이 작정한 듯 나를 덮치고 있었다.

"돈주머니는 네 엄마가 아니야. 구 회장이다."

리오스는 그의 사람이다. 리오스의 청구서가 엄마가 아닌 구성구의 아버지에게로 간다는 뜻에는 아들 녀석의 죄를 뒤집어씌우는 김에 이왕 버린 카드이니 감별소에서 쉬는 동안 녀석의 스파링 파트너로도 써먹겠다는 뜻이 담긴 것이다. 도무지 끝을 짐작할 수 없는 그 악의에 잠자고 있던 분노가 폭발했다.

"개새끼들!"

면회실의 모든 시선이 내게 꽂혔다. 의자를 박차고 일어선 순간 몸이 휘청거렸다.

"임석, 앉아! 흥분하기 전에 냉정하게 네 현실부터 파악해. 너는 운동을 해야 하고 이름표가 뭐든 운동시켜 주겠다는 손을 잡는 게 맞아!"

리오스야말로 거짓말을 하고 있다. 성구가 수업 시간 내내 분류 심사서 작성 명목으로 특별 면회를 받았던 걸 안다. 변호사를 비롯한 수많은 사람들을 만났을 것이고 그중에 리오스의 이름도 있었을 것이다. 리오스는 내가 아닌 성구를 먼저 만나고 왔을 것이다.

"코치님은 얼마나 받았어요?"

"그 따위 소리 한마디만 더 하면 뒈질 줄 알아. 내가 돈 때문에 이러는 거 같아?"

"그럼 그 대단한 이유가 뭔데요?"

"성구 그 잡놈이 거짓말을 하는 거 안다. 네가 아니란 것도 알아! 그 새끼 거짓말은 딱 하루짜리 거짓말이야. 하루가 지나면 다 까발려질 거짓말, 그놈은 그런 놈이야."

"무슨 거짓말을 하는데요?"

"이번 건은 그놈답지 않아. 그놈답지 않게 진짜 같다. 이건 그 새끼 머리에서 나온 게 아니란 소리야."

리오스는 잠시 뜸을 들였다.

"테니스 해라. 뭐가 됐든 지금은 발버둥 치지 말고 조용히 받아 주라고."

그 말을 하며 리오스는 고개를 떨어뜨렸다. 고개를 숙인 그의 정수리에서 이제 막 번지기 시작한 탈모의 흔적이 보였다. 성질머리가 있어야 할 곳에 없고 없어야 할 곳에 있었던 탓인지 이 남자의 머리칼 빠진 자리와 무성한 겨드랑이는 들여다보기 낯 뜨겁고 불편했다. 코트에서 패기 넘쳤던 남자가 삶에 찌든 후줄근한 사십 대로 돌아가 있었다. 힘이 있던 이십 대를 성질부리는 데 까먹었던 그의 목줄은 구대철 회장의 손에 있고 리오스는 더 이상 그 줄을 끊어낼 수 없다. 만약 리오스가 아니라 구대철 본인이 찾아왔었더라면 여기가 어디든 그를 반쯤은 곤죽으로 만들어 놓았을 것이다. 그걸 참기 위해 힘을 준 발가락이 자꾸만 경직되었다. 결국 그 힘이 나를 다시 의자에서 튕겨 올렸다. 끼이익ㅡ 의자가 발을 끄는 소리가 면회실에 울렸다.

"코치님. 좆 까시죠."

문을 열고 나온 곳은 구성구라는 끝이 보이지 않는 무저갱, 끝이 없는 나락이다. 점심 식사 종이 울리고 아이들이 복도를 뛰다시피 걸어갔다. 속이 울렁거려 식당이 아닌 방을 택했지만 나를 맞이하는 건 더 구역질이 올라오는 장면이었다. 방장과 그 똘마니들이 방에 진을 치고 말을 듣지 않던 신입 하나를 길들이던 중이었다. 방장은 그 녀석을 발로 툭툭 건드려 사물함 앞으로 몰아댔다. 사물함 앞까지 온 녀석의 얼굴이 하얗게 질렸다. 눈치를 보던 녀석이 사물함에 있는 제 물건을 꺼내 줄 때까지 신입방의 방장은 계속 녀석을 괴롭혔다. 차라리 눈을 감자! 차라리 가장 힘들고 죽을 것 같았던 경기를 떠올리자. 감은 눈은 암전된 코트를 보여 주었지만 닫히지 못한 귀는 삐걱 – 사물함이 열리고 감춰 둔 무언가를 건네는 소리를 퍼 올렸다.

그것은 지옥문이 열리는 소리였다.

소년 정치범

감별소에 들어온 지 일주일이 지났다. 그날 이후 리오스는 다시 찾아오지 않았다. 그새 성구는 방장이 되어 있었다. 식당이나 복도에서 만난 성구는 곁에 이중, 삼중으로 똘마니들을 두르고 있었다. 하지만 그 찬란한 신입방의 완장도 오늘이 마지막이다.

감별소의 규칙은 체계적인 구조를 갖춘 정화조였다. 정화를 위한 순환 시스템은 일주일을 기점으로 신입 꼬리표를 떼는 의식을 치르며 고인 물을 흐르게 했다. 오늘부로 나는 신입방이 아닌 본방으로 옮겨진다. 본방은 강당의 오른쪽에 있는 29호로 배정되었다. 오후가 되면 또다시 새로운 신입들이 우르르 방으로 쏟아질 것이다. 나는 감청색 생활복을 갈아입고 짐을 챙겼다. 서른 개의 방 중 가장 외진 곳에 위치한 29호 방이 내게 배정되었을 때 다른 아이들의 얼굴에 안도감과 연민이 스쳤다. 자신에게 닥칠 불행이 다른 이에게 넘어감을 확인한 그들의 눈빛은 나에게 닥칠 불행을 예고하고 있었다. 벌써 두 번째 입소라는 한 아이가 나지막한 목소리로 말을 건넸다.

"29호 가면 빵대 조심해."

빵대는 방장을 부르는 이곳 아이들만의 은어였다. 신입방에서 빵대 노릇을 하던 아이가 본방 빵대에게 찍혀 꼽으로 전락하는 일도 있었다. 본방에서 3주 꼽이 되면 차라리 건강방을 가고 싶을 거라는 아이들의 얘기는 겁을 주는 괜한 말이 아니었다.

"왜?"

"가보면 알아. 웬만하면 티 내지 말고."

"뭘?"

"너 돈 있는 거."

이곳에서 돈을 평가하는 바로미터는 이혼하지 않은 부모와 한집에 살고, 그 집이 자가고, 국선 보조인 대신 변호사가 온다는 사실이다. 그 이유로 그들에게 나는 빨대를 꽂기 좋은 목덜미를 가진 녀석일 뿐이고. 대꾸 없이 자리에서 일어서자 녀석이 한마디를 보탰다.

"들키지 마. 네가 어떤 녀석인지."

29호 방으로 걸어가는 복도가 텅 비어 있었다. 모든 아이들이 제 방을 찾아간 그 길, 나는 마지막 남은 그 방을 향해 천천히 걸어갔다. 복도의 제일 끝 방이며 가장 지독한 소문을 풍기는 방, 소문 속 29호 방장이 있는 곳. 유독 29호에서 폭력 사태가 잦고 독방으로 분류되는 건강방 출입이 많다는 사실과 그 방을 바꾸겠다고 호소하는 아이들 또한 넘쳐난다는 것이 29호를 지옥 방으로 만들어 놓았다.

그 지옥에 성구가 있다면 지옥보다 더한 무엇이라 불러야 하나. 모든 방문이 새로운 신입들을 맞아 활짝 열려 있는 와중에 29호의 방문만이 굳게 닫혀 있었다. 그 앞에서 서성거리는 서너 명이 서로의 눈치를 보며 문을 열지 못하고 있었다.

내가 문을 열고 들어서자 수십 개의 눈이 일제히 내게로 쏟아졌다. 식당이나 교실에서 마주쳤던 얼굴도 있지만 대부분 얼굴을 모르는 낯선 아이들이었다. 그들의 소인국에 입성한 내가 할 수 있는 일이라곤 빈자리를 찾아 몸을 욱여넣는 것뿐이다. 짧게 훑어본 방 안에 성구는 없었다. 같은 방이 아닌 걸 다행이라고 안심할 여유조차 찾아오지 않는다. 방 안 가득 널려 있는 건 속옷과 걸레들인데 퀴퀴한 냄새의 원천은 앉아 있는 놈들이었다. 그중 두 놈은 한쪽 콧구멍에 휴지를 말아 끼우고 있었다. 두 녀석이 싸움을 한 분위기도 아니고 운 나쁘게 함께 코피가 난 것도 아니라면, 뭔가 묘하게 껄끄러웠다.

그러나 화장실 벽이 투명판인 이유는 투명하게 이해되었다. 용변을 보는 일까지 방 안의 모든 아이와 공유해야 하는 껄끄러움이 아닌 혹시 벌어질 참담함을 드러내기 위함이라. 어금니를 깨물고 들어서는데 마침 투명판에 비친 한 녀석의 적나라한 하반신이 눈에 들어왔다. 동시에 화장실 특유의 퀴퀴한 냄새가 코를 찔렀다. 그 불쾌한 냄새와 소리를 공유하는 순간 혐오가 거스러미처럼 일어났다. 썩어 문드러진 걸레 냄새와 땀 냄새, 그리고 무시로 배출하는 몸의 소리, 미소란 걸 배워 본 적이 없어 꺽꺽대는 경박한 웃음소리 모두가 혐오로 돌변했다.

"18호에 있던 신입이네. 어서 와라."

사물함을 정리하던 안경잡이의 인사였다. 안경잡이는 해골이 아니다. 녀석을 걸러 낸 것은 머리가 아닌 본능이었다. 함께 들어온 아이들이 안경잡이를 향해 꾸벅 인사를 했다. 나는 눈으로 빈 사물함 자리를 훑었다. 안경잡이가 제일 아래쪽에 비어 있던 사물함을 내게 열어 주었다. 사물함에 물건들을 넣고 있는데 뒤에서 묵직한 목소리가 들려왔다.

"이 새끼 보소, 선임한테 인사가 없네."

녀석은 백 킬로그램도 넘을 것 같은 엄청난 덩치의 소유자였다. 쩜일톤으로 불리는 성깔 있는 녀석이었지만 그럼에도 내 본능은 녀석을 또다시 방장에서 걸러 내었다.

"늦게 들어왔으면 인사부터⋯⋯."

"인사는 순번대로 받는 거 아닌가. 너 방장 아니잖아. 방장은 해골이라던데."

"이 새끼가 어디서!"

"야, 그만!"

쇠를 긁는 듯 탁하고 낮은 목소리였다. 목소리의 주인은 아이들을 켜켜이 방패처럼 두르고 앉아 있던 신경질적으로 마른 녀석이었다.

"좆나 웃기는 새끼가 들어왔네."

이유를 알 수는 없었지만 처음 방문을 연 순간부터 녀석이 해골임을 눈치채고 있었다. 그냥 감이었다. 녀석의 눈동자가 먹물을 부은 듯한 탁한 눈빛이어서도 한쪽 꼬리만 올라가는 비열한 입매를 가져서도 아닌 다른 느낌 때문에.

"새끼, 똘똘하네. 몸도 좋고. 운동했냐?"

더 이상 입을 열면 실마리가 된다. 녀석이 나에 대해 무얼 알고 있을지, 먼저 입을 벌리는 것은 위험하다.

"태권도라도 했으면 25호 꼴통 방장이랑 한판 시켜 보는 건데."

녀석이 손가락으로 나를 가리키자 똘마니 중 하나가 내 곁으로 왔다. 경고인가 도발인가. 녀석과 함께 다가온 퀴퀴한 냄새에 온몸의 털이 섰다. 하지만 똘마니는 벽에 붙은 나방파리를 손바닥으로 내리쳐 잡았을 뿐이다.

"무슨 운동이냐고."

"……테니스."

"어쩐지 키가 제법이다 싶더라니."

"그죠, 그죠!"

방장의 곁에 찰싹 달라붙어 있던 조그만 녀석이 방장의 말에 쉴 새 없이 맞장구를 쳐주고 있었다. 녀석은 방장의 아전으로 불리며 쉬지 않고 입을 놀리는 꼽등이다. 29호의 꼽으로 통하면서 자칭 CCTV라 보고 들은 모든 것을 방장에게 전하는 성가신 놈이었다.

"테니스 하려면 돈도 많이 안 들고 딸랑 테니스 채 하나만 있으면 되잖아."

보이는 게 다라고 믿는 건 순진한 게 아니라 머리가 나쁜 쪽일 텐데. 테니스에서 가장 비싼 몸값은 라켓이 아닌 결승 코트임을 녀석들은 알지 못하는구나. 그 코트 안에 들기 위해 김밥으로 끼니를 때우며 전국 유소년 대회를 뛰어다녀야 하고 땡볕에 살갗이 까지도록 훈련을 하는 지옥 같은 날을 보내야 함을. 그것이 행간을 읽을 수 없는 녀석이 모르는 내 세계다. 성공과 실패가 철 수세미처럼 똘똘 뭉친 이 세계를 취객의 주머니나 털고 본드나 빨던 녀석이 뭘 안다고.

"씨팔! 얘기 좀 하자니까 모가지에 깁스했네. 혓바닥도 반 토막이고."

"난 가진 거 좆도 없어."

그 말에 해골이 킥킥대며 다가와 내 어깨에 손을 올렸다. 툭툭 어깨를 치며 나를 보는 녀석의 눈빛이 날카로웠다. 해골이 나이가 많다는 사실을 알면서도 존대를 하지 않은 건 빌어먹을 근성 때문이다.

"너 신문에도 나오는 유명한 선수라며? 뭐 호주인지 어딘지 간다고 대문짝만 하게 나오고 그랬다던데."

대답을 듣기 위해 해골의 얼굴이 바투 다가왔다. 새카맣게 마른 그 입술은 내 테니스 인생이 끝났다는 말을 들을 때까지 물러서지 않을 듯했다.

"별로 상쾌한 얘기가 아닌가 보네. 알았어, 그만 짐 풀고 편히 있어. 어차피 유진인가 그 여자애 죽으면 네 인생은 호주가 아니라 똥통으로 직행일 테니까."

해골의 손이 내 뺨에 닿았다. 뺨에서 잠시 멈췄던 그 손은 벽에 붙은 또 다른 나방파리를 손바닥으로 짓이겨 죽였다. 보란 듯이, 겁을 먹으라고.

해골은 내 사건을 구체적으로 알고 있다. 김유진의 이름이 새어

나간 곳은 면회실이 아니다. 성구의 입에서 나온 게 아니라면 내가
방심했던 곳은 단 한 곳뿐이다. 버스에서 내 옆에 앉았던 녀석은 판
사 꿈나무가 아니라 정보를 파는 장물아비였다. 녀석은 저에게 유
리한 감별소 아이들의 죄목과 형량을 꿰고 있다가 필요한 곳에 팔
아넘긴 것이다. 그 관심은 돈이 될 만한 놈을 선별했을 테고 또한
변호사와 면회를 할 때마다 옆에 누굴 심어 놓았는지 주의 깊게 살
펴보지 못한 내 잘못도 한몫을 했을 것이다. 그 낮은 칸막이가 줏대
없이 모든 것을 내어 놓았을 테니 해골은 제가 든 카드와 내 입에서
나오는 말을 맞춰 내가 어떤 녀석인지 비교해 본 것이다. 들키지 말
라던 신입방 녀석의 충고가 무슨 뜻인지 이제야 알 것 같다.

"임석…… 이름 좋다. 계속 부르고 싶은 이름이네."

"……."

"돈 주고 지은 이름처럼 부티 나잖냐. 성구, 중태 이런 똥강아지
같은 이름이랑 분위기도 다르고."

내 욕을 하고 있나, 성구 욕을 하고 있나. 칭찬을 해주는 것 같은
데도 욕처럼 들리게 만드는 희한한 재주라니.

"임석아, 이 방에 룰이 하나 있거든. 그냥 우리 방 공동 경비 같
은 건데 하루에 만 원씩이고 일주일에 7만 원. 안 내면 빵끼나 주당,
족당 같은 꼽으로 때우면 되는 거고. 너한테는 푼돈일 텐데 그냥 껌
값 내고 맘 편히 지내. 새끼, 깡도 세고 마음에 든다."

녀석의 노란 눈이 나를 보고 있었다. 냄새 나는 화장실 청소를 하
고, 물주전자 심부름을 하고, 신발 정리를 하기 싫으면 돈을 내라.
신입방에서 순번을 돌아가며 했던 일이었지만 이곳에서의 상황은

다르다. 감별소 생활 규칙 어디에도 표시되지 않은 공동 경비란 녀석에게 바쳐야 할 상납금이었다. 히죽거리는 다른 녀석들의 표정을 보건대 그 상납금이란 게 돈이 되어 보이는 몇몇 아이들에게만 적용되는 뇌물인 듯했다. 그들의 말이 옳았다. 어차피 이곳에 머무르는 시간은 앞으로 3주, 적당히 푼돈 찔러주며 눈을 감고 지내는 쪽을 선택하는 게 현실적이지만 목구멍에서 자꾸만 뭔가가 튀어나오려고 했다. 녀석이 말한 그 마지막 문장에 토악질이 올라왔다. 4년 전 14세부 준우승 경기를 보았던 구대철 회장이 내게 했던 말이었다. 임석 이 새끼, 깡도 세고 마음에 든다. 그 엿 같은 말이 떠올랐다.

"우리 방은 좀 싼 편이야. 다른 방에 가면 다른 걸로 경비를 치러야 하거든. 요새 남자 좋아하는 애들 많잖아."

꼽등이가 깐족거리며 살을 보탰다. 녀석의 이죽거림에 입이 열렸다.

"여기 개인 물건 반입 금지잖아. 무슨 수로?"

"씨팔, 순진한 새끼 보소."

꼽등이의 말에 아이들이 낄낄거렸다. 면회실에서 감독관 몰래 무엇을 들여오는지 물어볼 필요도 없었다.

"안 순진한 꼽 넌 얼마 내는데?"

생각지 못한 내 질문에 꼽등이와 다른 아이들의 표정이 얼어붙었다. 허를 찔린 꼽등이가 방장을 돌아보았다.

"뭐, 나?"

"얼마 내냐고."

"나, 나는 꼽이니까 돈 안 내지."

녀석은 해골이 했던 말로 순간을 모면하며 빠져나갔다. 해골이 인상을 쓰며 발톱을 후벼 파고 있었다.

"우리 집이 나 때문에 파산 직전인 건 아직 소문이 안 돌았나 보네. 돈은 없고 힘은 남아도니까 나도 꼽으로 때울게. 화장실부터 할까?"

예상치 못한 내 반응에 해골의 검은 입술이 일그러졌다. 녀석이 발톱에서 파낸 때가 바닥에 튕겨 내 앞으로 날아왔다. 녀석은 나의 저항에 노란 앞니를 드러내며 비릿한 웃음을 흘렸다. 발톱에서 판 때를 바닥에 튕기며 찬찬히 나를 훑어보고 있었다. 평가와 계산이다. 이곳에서 처음 피를 보게 만드는 건 이 새끼구나. 그러나 손을 들고 일어선 것은 해골 방장 옆에 잠자코 있던 쩜일톤이었다.

"이 새끼가 오자마자 나대고 있네? 수백만 원 변호사 쓰는 새끼가 돈 만 원이 우습냐."

"돈을 내든지 몸으로 때우든지 옵션처럼 얘기했으니 선택하라는 거잖아."

"씨팔 새끼가!"

녀석이 뺨을 휘갈기자 번쩍 불이 났다. 덩치가 성큼 한 발을 떼는 순간 옆에서 찬바람이 일었다. 전광석화처럼 달려 나온 건 해골 방장이었다. 해골은 내가 아닌 쩜일톤의 팔을 꺾어 바닥에 짓이겨 발길질을 해댔다. 해골은 30초도 안 돼 백 킬로그램의 덩치를 방바닥에 짓이겨진 벌레 꼴로 만들어 놓았다. 발등에 튄 피를 보고 인상을 쓰자 꼽이 한걸음에 달려와 녀석의 발을 수건으로 닦았다.

"새끼야! 네가 빵대 하고 싶냐?"

"……죄송합니다."

쩸일톤이 고개를 처박으며 분을 삭였다. 해골이 피를 닦으며 녀석을 노려보았다.

"대가리에 힘주지 마라. 두 번은 없어. 꼽은 오늘부터 화장실 청소 저 녀석한테 넘기고 손 떼! 니들도 앞으로 이 새끼 건들지 마. 허락 없이 설치면 죽을 줄 알아. 앞으로 누구든 꼽 노릇을 하겠다고 하면 공동 경비는 면제다."

주눅 든 아이들의 주억거리는 꼴을 보며 피식 웃음이 새어 나왔다. 그 바람에 터진 입안의 피 맛이 달다. 협박하는 놈 따로 달래는 놈 따로, 이런 식으로 돈을 뜯어내나.

"콧구멍 하나 막아, 새끼야."

해골의 말에 쩸일톤은 휴지를 뜯어 제 왼쪽 콧구멍 하나를 틀어막았다. 해골은 나를 돌아보며 친절하게 그 이유를 설명해 주었다.

"밥 먹는 게 아까운 새끼는 굶기고 숨 쉬는 게 아까운 새끼는 숨구멍 하나를 막는다. 그게 이 방의 규칙이야. 그리고 너는 매일 초파리든 나방파리든 열 마리 잡아서 나한테 검사받아."

왜 그 파리를 잡아야 하냐고 물어야 했다. 하지만 질문을 하기도 전에 대답이 있었다. 녀석의 사물함 옆에 놓인 하얀 휴지 조각 안에 잡힌 수많은 초파리 시체들, 터져 죽은 그 벌레들이 가지런히 일렬로 정리되어 있는 그 기묘한 모습을 보며 구역질이 아닌 두려움이 엄습했다. 하찮고 쓸모없는 일로 모멸감을 느끼게 만드는 목적이라면 녀석은 그 바닥의 천재적 설계가였다. 기괴하게 뒤틀린 의식의 끝이 어디일지 상상하는 순간 현기증이 느껴졌다.

해골이란 놈을 맞은편 코트에 세워 분석해 보았다. 해골이 백 킬로 덩치를 쓰러뜨린 건 나를 길들이기 위함이 아니었다. 칼끝은 내가 아닌 쩜일톤을 향해 있었다. 녀석은 이인자였고 해골이 있는 동안에도 언제든 그 자리를 넘볼 놈이었다. 돈줄은 덩치 자신이 잡고 싶은 것이었다. 쩜일톤은 기회를 잡아 아이들 앞에서 제 힘을 과시했고 아이들이 서서히 녀석에게 물들어 갈 것을 모를 해골이 아니었다. 힘은 단연 쩜일톤이 우세했지만 해골은 만만한 녀석이 아니다. 요컨대 그 상황은 둘의 시소 싸움에 운이 좋게 내가 끼어들어 시간을 번 요행이고, 내 등판이 둘의 싸움터임을 알린 재수 옴 붙은 사건이었다.

해골 입장에서 나란 놈은 쩜일톤이 가져가지 못하게 제 선 안으로 당겨 놓은 총알받이에 불과하다. 일단은 자기 영역 안에 두며 손을 대지 않되 말을 듣지 않으면 언제든지 잡아먹을 준비가 되어 있는 중닭. 거구의 옴팡한 눈이 나를 노려보고 있었지만 그 분노가 해골 방장에게 향한 것을 모를 리 없듯이 해골 방장의 이죽대는 웃음도 나를 향하고 있지만 그것이 칼날임을 모를 리가.

그 팽팽한 분위기 속에서 갑작스레 스피커에서 내 이름이 호출되었다.

"29호 임석, 면회실로 옵니다."

서늘한 방 공기가 나를 밀어내었다. 비수처럼 꽂히는 그들의 시선을 뒤로하고 방을 나왔다.

＊

사람들로 북적이는 면회실에 빈자리는 단 하나였다. 그것도 엄마나 리오스가 아닌 제삼의 인물, 중년의 여자였다. 질끈 동여맨 머리와 후줄근한 회색 셔츠와 낡은 구두가 풍기는 인상이 그 하나뿐인 대안을 부정했다. 엄마는 어제도 새 변호사를 구하랴 경찰서를 찾아가랴 정신이 없다고 했다. 생활복을 입은 나보다도 못한 저 몰골로 면회를 요청한 이 사람이 엄마가 바꾸겠다고 장담한 소년법 전문 일류 변호사일 거라 믿고 싶지 않다. 하지만 가족과 변호인 외에 다른 선택지가 없다는 걸 그쪽도 알고 있다는 게 문제였다. 나는 너의 변호사다. 그 인사를 뚝 잘라먹은 삶의 피곤함과 권태가 밴 얼굴에서 첫마디가 흘러나왔다.

"뭐 해요? 앉아요."

"저희 엄마는요?"

"계속 올려다보려니 목이 아프네. 일단 앉아요."

오기 전에 낮잠이라도 늘어지게 잔 듯 뒷머리가 눌어붙고 얼굴에 찍힌 자국이 선명했다. 구겨진 셔츠는 밤샘을 할 정도의 치열한 삶이 아닌 그저 생각 없이 어제의 옷을 입은 듯한 후줄근함을 떠올리게 만들었다. 머릿속에 떠오른 게 죄다 의문 투성이이니 의문은 질문으로 나가는 게 당연하다.

"아줌마가…… 죄송해요. 그쪽이 변호사예요?"

"아줌마라는 말에 기분 나빠해야 할까, 그쪽이라는 말에 기분 나빠해야 할까. 답이 없네."

욕지기가 솟구친다. 느슨하다 못해 마지노선이라는 게 없을 듯한 이 사람이 고르고 고른 변호사라. 면회 한번 올 수 없는 아버지와 현실감 없는 엄마에게 매달리느니 이 사람 바짓가랑이라도 붙잡는 게 현실적이지만 첫인상부터 낙제점이신데.

"나는 임지선 변호사. 같은 임씨니 종친이니 이런 거로 엮을 생각 말고 진술부터 시작합시다. 소설 쓰지 말고, 거짓말하지 말고, 기억 나는 것 모두 있는 그대로. 그날 양촌에 타고 들어간 택시 번호까지 생각나는 대로 말해 봐요."

코앞에 들이민 조그만 녹음기의 빨간불이 깜박거리고 있었다. 명 색이 '사'자 붙은 변호사라면서 휴대폰 녹음 기능도 쓸 줄 모르는 구식, 또 잘못 엮여 인생 골로 갈 것 같다는 경고등에 빨간불이 깜 박거린다.

"……벌써 다 얘기했는데 그냥 엄마 통해서 들으세요."

"그래요? 그럼 기억이 확실한 노승모 얘기나 좀 해볼까요. 노승 모는 별장을 떠나기 전에 임석 군이 김유진 양과 다투고 있었다고 했거든요. 운전석에 타고 있는 것도 직접 봤고."

"누가요? 승모가요?"

"친구 중에 노승모란 사람이 둘 있진 않을 텐데."

늘어져 있던 변호사의 눈빛에 돌연 생기가 돌았다. 창백한 피부 와 달리 눈빛은 새벽하늘처럼 서늘하고 검었다.

"택시 기사도 똑같이 봤대요?"

"어두워서 누가 누군지 모르겠다고만 하던데."

"그럼 승모 말만 믿고 나를 죄인 취급하는 거네요."

"난 그 사람 변호사가 아니에요. 난 임석 군이 한 일이 궁금한 거지 김승모인지 노승모인지 걔가 거짓말을 했는지, 택시 기사가 뭘 봤는지도 궁금하지 않아요. 119에 신고 접수된 건 2시 37분인데 도착했을 때 김유진은 과다 출혈로 의식이 없었고 마침 블랙박스도 없고 CCTV도 없고 구성구를 포함한 주변인 진술도 모두 일치하는데 그건 임석 군을 구하는 데 아무런 도움도 안 되고, 구성구는 임석 군이 논두렁에 빠진 차를 자기가 꺼내겠다고 횡설수설하며 운전대를 잡은 걸 말리지 못한 게 후회된다고 했던데…… 근데 약 해요?"

대화는 끝났다. 짓지도 않은 죄와 원하지도 않는 변호사를 받아들이는 일에서 손을 떼기로 마음먹었다. 회색 셔츠는 팔짱을 낀 채 무표정으로 나를 보고 있었다. 왁자지껄한 면회실에 우리 두 사람만이 대화 없이 서로를 바라볼 뿐이다. 변호사는 나를 닦달하지도 채근하지도 않았다. 감정을 느낄 수 없는 얼굴, 차갑지도 뜨겁지도 않은 평온한 얼굴이었다. 오랜 침묵 끝에 드디어 회색 셔츠의 입이 열렸다.

"오늘은 할 말이 없다?"

"내일도 모레도 마찬가지예요. 엄마한테 전화해 주세요. 변호사 다시 바꾸라고."

"좋아요. 그런데 엄마 전화번호 좀 알려 줘요. 엄마가 또 번호를 바꾸셨는지 연락이 닿지 않는다고 아버지가 걱정하셔서."

콩가루 냄새가 나는 의뢰인의 가정사를 건들지 않겠다는 단호함이 보였다. 고로 회색 셔츠를 선임한 건 아르헨티나에 있는 아버지란 뜻이다.

가루가 풀풀 날리는데도 삭아 주저앉지 않고 뭉쳐 버티는 콩가루 가족, 나는 두 사람의 기적이었다. 두 사람이 이혼 도장을 찍기 직전 배 속에 들어서 깨진 둘을 용접시킨 놈이라고 외할머니는 혀를 내둘렀다. 배 속에서부터 두 사람의 코트를 오가는 공의 운명이라 테니스를 한다면 그도 기적이었다. 용케도 용접된 두 사람을 두고 용케도 버티고 있는 나는 어떤가. 1년에 한두 번 집에 돌아올 때마다 뭉텅뭉텅 자라 있는 낯선 아들을 보고 아버지가 어떤 생각을 했을지는 중요하지 않다. 1년에 한두 번 집에 오는 낯선 남자 반기기는 아랫도리에 거웃이 자라고 턱 밑이 까끌해지기 시작한 열네 살에 멈춰 버렸다.

엄마가 맞춘 레이스 커튼이 나풀거리는 집에서 홀로 남자 노릇을 배웠던 나는 지구 반대편에 있는 아버지가, 서울 지하철 기본요금이 얼마인지도 모르는 사람이 소년법 전문 변호사를 찾아냈다고 믿지 않는다. 심리 기일에 분류심사서뿐만 아니라 부모의 보호 능력 역시 판결에 큰 영향을 끼친다는 말이 모든 교화의 기반은 가정이라는 교과서적인 해석에서 나온 말이길 바랄 뿐이었다.

"나가면 알려 드린다고 하세요. 아니면 이참에 이혼을 하시든가."

재수 없는 패륜아를 선택했다. 회색 셔츠 변호사는 이 사건에서 손을 떼게 될 것이다. 이 장면을 댁의 아들은 사고를 치고도 남을 만큼 싹수가 노랗다고 아버지와 엄마에게 살을 보태 전할 것이다. 그녀와는 이 순간이 마지막이다.

"참, 그 말을 안 했네. 나 이혼 전문 변호사예요. 부모님 이혼하신다고 하면 가족 결합 할인이라도 해드리면 좋겠지만 이건 소년 사건이니까 할당량은 채우고 가야지. 임석 군, 여기서 작성되는 분류 심사 평가서가 좋은 말로 채워져도 그렇게 깔깔하게 굴면 나가기 쉽지 않을 거예요."

"어쨌든 나간다는 거네요."

"아니. 이 사건은 소년 법원에서 형사 처분이 필요하다고 인정할 가능성이 높아요. 그래서 검사에게 재송치되면."

변호사의 말은 버스의 단골이 했던 말과 같았지만 뒷문장을 완성하지 않았다.

"되면요?"

"변호사가 더, 절실히, 필요해질 거란 뜻이죠."

"아줌마는 내가 사고를 냈다고 믿어요?"

회색 셔츠의 눈이 미묘하게 달라졌다. 눈빛이 그 질문을 되묻고 있었다.

"그러는 그쪽은? 약을 먹어 의식을 잃고 쓰러졌다고 하던데 그 바람에 사고를 낸 거 같아요?"

"의식 없이 운전을 할 수도 있어요?"

"상황 나름이겠지. 말은 꾸미기 나름이고."

국선 보조인을 잘 속이는 것이 형량을 낮추는 지름길이라는 해골의 말이 떠올랐다. 내가 거짓말을 할 것이라 믿고 시작하는 것은 이곳 아이들에게 단련된 기술인가. 울컥하는 무언가가 잇새를 비집고 흘러나왔다.

"의뢰인한테 많이 속아 보셨나 봐요. 근데 왜 내 사건을 맡았어요?"

회색 셔츠는 일말의 동요도 없이 말했다.

"이건 내 직업이에요. 마트에서 아이스크림 고르듯 내 입에 맞는 사건을 고르는 게 아니라 의뢰인이 날 고르는 거예요. 의뢰인이 하는 말 중에서 득이 될 말만을 걸러 내는 게 내 역할이고."

"득이 될 말이라면 거짓말이라도 상관없다? 그런 의미로 말은 꾸미기 나름인 거고."

"이해력이 좋네요."

"의뢰인이 살인자라도 가리지 않겠네요."

"여기서 질문. 임석 군은 자기가 살인자라고 생각해요?"

"아니요."

"왜죠?"

"나는 절대 운전대를 잡지 않았으니까. 운전을 할 줄도 모르고 무의식이 그 능력을 가졌을 리도 없으니까. 그리고 변호사님! 유진이는 죽지 않았어요. 아직 멀쩡히 살아 있는 애를 말로 죽이는 그쪽이야말로 살인자 아닌가."

금방이라도 일어서려던 자세가 의자 안으로 깊숙이 몸을 집어넣는 것으로 바뀌었다. 그리고 묘한 미소를 지었다.

"약은 왜 먹었지?"

"……누군가 먹인 거겠죠."

"약을 먹은 건 맞는데 본인 의지는 아니었다? 테니스 선수는 금지 약물이 많다던데 어떻게 먹었는지는 짚이는 게 있어요?"

잠깐 동안 망설여졌다. 이 변호사에게 진실을 얘기한다고 해도 바뀌는 것은 없다. 나는 침묵을 택했다.

"괜찮아요. 어차피 혈액 보고서 다시 요청하면 지금까지 먹었던 모든 약물이 검출되어 나올 테니까."

참담함에 고개가 숙여졌다. 변호사는 그 순간을 놓치지 않고 차가운 목소리로 물었다.

"꿈을 꾸지는 않았나요?"

"몰라요. 기억 안 나요."

"사람의 무의식은 우리의 상상 밖이에요. 어떤 미국인은 수면 중에 차를 몰아 주 경계를 넘어갔는데 다음 날 도로 한복판에서 잠을 깼대요. 그 사람은 밤새 드라이브를 하는 꿈을 꾸었을 뿐이었고. 어떤 사람은 무의식중에 배우지도 않은 중국어를 자유자재로 구사하고. 사람의 무의식중에 어떤 일이 일어날지 장담할 수 없죠. 처음 잡은 운전대로 사람을 칠 수도, 그 기억만을 지워 버릴 수도."

회색 셔츠는 집요하게 내 표정을 살피고 있었다. 보호막이 없는 척 느슨해 보였다가 상대가 방심했을 때 목덜미를 물어뜯을 요량으로. 만약 이 사람을 코트에서 만났다면 끝없는 타이 브레이크가 계속될 거란 이상한 생각이 들었다.

자기도 이기지 못하면서 상대를 지게 만드는 사람. 아버지는 화장품 판매왕이 되기 위해 같은 지사 경쟁자를 허위 판매로 신고했던 엄마의 바닥을 그렇게 표현했다. 그 말을 씹어 먹으며 주먹이 아프도록 힘을 주었다.

"면회 끝났습니다."

자리에서 일어서던 나를 붙잡은 건 그의 말이었다.

"명백한 증거들이 임석 군을 가리키고 있지만 나는 같이 들어온 그 친구 쪽이 되게 의심스럽던데."

회색 셔츠는 유리물을 잘 먹인 연이었다. 모두를 더럽게 이겨 먹는 쪽을 택한! 시골 아이들의 연싸움은 엉킨 두 연이 고꾸라지는 것으로 끝이 나는 고만고만한 것들의 싸움이었다. 좁은 하늘에 느닷없이 볼품없는 가오리연 하나가 등장했다. 집에서 만들어 꼬리가 웃기게 긴 모양새였다. 제 할아버지가 만든 연을 들고 등장한 꼬마의 얼굴은 비장했다. 보잘것없는 가오리연은 행렬의 가장자리에서 위태롭게 날다가 툭툭 하나씩 방패연을 잘라먹고 가장 좋은 바람자리로 올라앉았다. 녀석의 무기는 보이는 연의 크기가 아니라 곱게 갈아 줄에 바른 유리 가루에 있었다. 연의 크기를 뽐내는 게 다였던 아이들의 세계에 느닷없는 비장함의 출현이었다. 두툼한 목장갑을 끼고 얼레를 감는 손자를 멀리서 바라보는 녀석 할아버지의 비장한 표정이 그랬다. 끊어라. 죄다 끊어야 이기는 거다. 가오리연이 온 하늘을 종횡무진 누비게 하는 녀석의 비장함은 우리의 비참함이 되었다.

느슨한 몸통으로 사람을 현혹시키면서 날카로운 줄로 모든 것을 끊어 버리는 치밀함, 그 엉성한 가오리연이 회색 셔츠였다. 열쇠를 가지고 있으면서도 기어이 안에서 문을 열도록 만들겠다는 각오였다. 제대로 이기기로 마음먹은 사람은 그 의지마저 감추어 상대를 무력화한다는 것을 회색 셔츠를 통해 깨달았다.

"그 친구한테 얘기 들은 거 없어요? 그 친구는 유명한 변호사가 선임됐더라고. 서초동 법률 사무소에 이름깨나 있는 변호사인데 한참 선배예요. 참, 이상하지? 그 친구는 양촌까지 무면허가 다니면서 뭔가를 덮으려고 계속 움직이고 있는 게."

던져 주는 것이 어설픈 사탕발림이라는 생각이 드는 순간 입의 지퍼가 저절로 닫혔다. 우리는 만난 지 10분도 되지 않아 서로에 대한 불신의 벽을 단단하게 틀어 올렸다. 서로를 잘 알지 못해도 서로를 싫어하는 이유가 같은 쪽이었다.

"유일하게 사건을 의심하는 사람에게도 여전히 할 말이 없으시다라."

"됐어요. 어차피 변호사는 바꿀 거니까."

"내 고객은 임석 군이 아니에요. 내 고객은 아르헨티나 외항선에서 열여덟 시간 전에 나를 선임한 임광재 씨니까 만 18세도 안 된 임석 군이 나를 자를 권리는 없어요. 벌써 보조인 선임 신고서를 소년부에 제출했고."

회색 셔츠는 나를 가시방석에 앉혀 둔 채 뒤도 돌아보지 않고 떠났다. 방으로 돌아갈 바에야 차라리 이 가시방석에 엉덩이가 찔린 채 남아 있는 쪽을 택했다. 마음에는 뺨을 휘갈기고 발로 걷어차인 얼얼함만이 남았다. 끼이익 - 의자들이 밀려나는 소리가 들리고 분주한 그림자들이 면회실을 떠나고 있다. 남은 것은 내 자신을 조소하는 것이다. 처음으로, 내가 유진이를 치었을 가능성을 생각해 보았다. 변호사의 말대로 의식의 경계를 넘어간 내가 유진이를 치었을 수 있는 상황이 그려졌다.

그 밤, 내가 기억하는 나와 구성구의 시작은 달랐다.

산 모기떼가 반소매를 입은 사람들을 급습했다. 기피제를 뿌려도 그걸 참고 덤비는 독한 놈들이었다. 아이들은 에프킬라를 찾아 허둥댔고 몇몇은 모기 쫓는 스프레이 대신 타박상에 쓰는 스프레이를 뿌려 댔다. 냄새가 비슷하니 모기에 물리지 않을 거라는 말이 왠지 그럴듯하게 들렸다. 스프레이를 찾아 가방을 뒤지고 있는데 성구가 다가왔다.

"내뺄 줄 알았더니. 승모도 오고."

"약속했잖아. 안 오면 지랄할 거면서."

"어쨌든 고맙다."

"뜬금없이 뭐냐?"

"아, 뭐 귀빠진 날."

이 새끼의 생일이 1월 1일인 것은 온 세상이 다 아는 사실이다. 태어나는 날도 남들 꼭대기에 서야 한다고 제 아빠가 배 속부터 다 그쳐 그날 나왔다고 주접을 떨던 기억은 폐기 처분한 모양이다. 거짓말도 대가리가 좋아야 오래간다는 리오스의 욕이 머릿속에서 재생됐다.

"호적 말고 원래 생일."

"출생 신고를 배 속에서 했냐."

"몰라. 이리저리 호적이 꼬이는 바람에 그렇게 됐단다. 어쩌다 태어났나 보지."

필요한 게 있으면 우리가 아니라 제 아버지의 지갑을 털어 해결할 녀석이니 크게 문제될 것은 없지만 괜한 뒷말이 마음에 걸렸다. 화장실을 다녀온 승모가 음료수를 가지고 왔다.

"근데 애들은 왜 불러 모았는데?"

"뭐, 꼰대가. 한국에서 마지막 파티 겸."

그 말에 승모의 입꼬리가 슬쩍 올라가 있었다. 녀석이 한국을 떠
난다는 소문을 확인한 것에 대한 안심인 동시에 뻔한 결과에 대한
비웃음이었다.

"어디로 가는데?"

"말하면 김빠지고, 그냥 술이나 마시자."

"닉 볼리티에리?"

"걔네가 날 받아 주겠냐?"

"설마 호주는 아니지?"

승모는 녀석과 내가 호주의 같은 아카데미에서 만나는 불상사를
걱정하고 있었다. 호주까지 가서 녀석에게 단물을 내주는 파트너
용병이 될 바엔 테니스를 접겠다고 했던 게 승모였다. 별장을 감도
는 들뜬 분위기가 우리 셋 사이에서 짓뭉개지고 있었다.

"왜? 나는 호주 가면 안 되냐?"

"왜 네 인생은 만날 석이한테 들러붙는 건네."

"그러게. 우리 꼰대가 그렇게 묶더라고. 내가 석이랑 같이 있으면
콩고물이라도 떨어질 거라고 생각하나. 정작 내 자리 빼준 콩고물
은 승모한테 다 떨어지는데 인사는 석이한테 받고."

고무줄 통바지처럼 헐렁하게 굴던 성구 녀석이 날카로운 송곳처
럼 튀어나올 때마다 속으로 표정을 감추었다. 의지 없이 휘날리는
깃발과 장엄한 돌격대의 깃발 사이를 오가는 일관성 없는 행동이
늘 녀석을 경계하게 만들었다.

"넌 왜 내 전화 안 받냐?"

"할 말 있으면 지금 해."

"볼일은 석이한테 있지 로드 매니저랑 할 말 없어."

"석이한테 뭐?"

"재촉하지 마, 새끼야. 뭐, 어차피 오늘부로 한국은 좋이잖아. 열심히 스파링 파트너로 청춘을 바쳤어도 너랑 애랑 이제 인생 완전히 갈려 버리는 날이잖냐."

"딴소리하지 말고, 정말 호주야?"

"캐묻는 폼이 내가 석이랑 같은 아카데미에 있으면 안 된다는 소리처럼 들리네. 돈만 내면 갈 수 있는 아카데미에, 우리 집은 돈이 썩어 넘쳐 나는데 가지 말라고 하니 서운하다, 노승모야."

승모의 등을 밀어 녀석에게서 거리를 벌렸다. 승모 역시 녀석을 닦달할수록 얻을 게 없다는 걸 잘 알기에 더 캐묻지 않고 돌아섰다.

두 번 생각할 필요도 없이 미친 짓이었다. 이 추잡한 초대에 응한 내 자신을 탓하며 벌컥벌컥 음료수를 들이켜는데 곁으로 누군가가 다가왔다. 입술 새로 흘러내린 음료수를 훔치며 바라보니 유진이었다. 옆에는 같은 KDC 클럽 소속 선수인 김별도 함께였다. 김유진과 김별이 서로 안면이 있다는 게 의외였지만 어떻게 만난 사이냐고 묻지 않는 게 신상에 이로웠다. 특히 김별과는.

내가 몇 번씩 코트에 불려가 구십 도로 인사를 하며 3점을 접어 주고 시작하는 이상한 접대 테니스를 쳐야 했듯이 별이 역시 그 자리에서 테니스가 취미라는 사모님들을 상대로 져주는 테니스를 해야 했다. 그때의 핑퐁 테니스는 별이가 부모님 없이 할머니 손에 자라면서 테니스를 할 수 있는 가장 큰 이유기도 했다. 그런고로 이곳은 서로 아는 체 인사를 하기 가장 좋지 않은 장소다. 테니스 좀 친다는 사장, 사모 들에게 웃음을 파는 KDC 클럽의 마스코트들의 재회가 반가울 리 없다. 게다가 김유진은 악명 높은 테니스 파파라치이지 않나. 주니어 테니스 선수를 아이돌처럼 쫓아다니는 극성 팬이며 팬 카페 운영자, 동시에 선수들의 실력과 몸 상태, 부상 정도를 누구보다 빨리 알아내 암암리에 파는 장물아비였다. 선수도 아닌 김유진이 광적인 테니스 팬이 된 데는 내 몫도 있었다.

여자 선수들은 그런 김유진을 대놓고 싫어했다. 그럼에도 김별과 김유진의 조합이라니. 뭔가 어색했음에도 그걸 캐물을 새 없이 다른 감정이 솟구쳤다. 봉긋 솟아오른 가슴으로 자꾸만 눈길이 가고 있었다. 그게 구성구 생일 선물이라도 되나. 추잡한 생각에 사로잡힌 나와는 달리 김유진은 반가운 척 인사를 건넸다.

"안 올 줄 알았는데 진짜 왔네."

"넌 여기 웬일이냐?"

"그냥, 애들이랑 다 같이 왔어."

점잖게 물었더니 능청맞은 대답이 돌아왔다. 체면을 구겨 넣고 다시 물었다.

"집에 밤새고 간다고 얘기는 했냐?"

"너도 온대서 프랑스 오픈 결승 다 같이 본다고 온 거야. 여기 애들 다 테니스 선수들인 거 알지?"

멋대로 가져다 쓴 내 이름값을 내놔야 하는 게 나라는 의미다. 둘러보니 시합 관중석에서 자주 보던 얼굴들이 보였다.

"근데 옷 안 갈아입었어?"

유진이 가슴 가까이 코를 갖다 대자 몸이 움찔거렸다.

"안 씻었어? 땀 냄새 나."

유진의 코가 가슴께에서 멈춰 섰다. 김유진 머리의 샴푸 냄새가 코로 올라왔다. 달콤한 체취가 섞인 그 머릿내에 심장이 널을 뛰었다.

놀란 걸 들키지 않으려 몸을 돌리는 순간 유진의 입가에 묘한 웃음이 매달렸다. 라켓만 휘두르는 단순한 남자애를 가지고 노는 것은 유진의 특기였다. 누구에게든 열려 있는 유진의 호의에 사내아이들은 열광했다. 김유진은 여지를 주는 그 틈으로 어떻게든 제 마음을 욱여넣어 보려는 남자애들을 보는 것에서 제 존재 이유를 찾았고 성구는 그런 놈들 중에 제일 쉬운 놈이었다. 성구가 중학교 때부터 자신을 좋아했다는 걸 제일 먼저 눈치챈 것도 김유진일 터였다. 유독 승모만이 그런 유진이를 경계했다. 여우 같은 년, 그게 승모의 평가였다.

나는 좀처럼 속을 알 수 없는 여자아이들의 수군거림과 들쑥날쑥한 감정 기복을 좋아하지 않았다. 왜 화가 났냐고 물으면 그걸 몰라서 묻냐며 앵돌아졌던 예전 여자 친구를 통해 여자아이들을 이해하는 게 그랜드 슬램 우승만큼 힘들다는 걸 깨달았다. 한 발 옆으로 물러나 거리를 벌렸다.

"성구는 저쪽이야."

"너 보러 온 건데? 애들이 너 사인 받겠다고 여기까지 온 거라고."

"사인 한 장 받겠다고 구성구네 별장까지 찾아오는 건 좀 아니지 않냐. 오늘은 성구가 너한테 용건도 많은 것 같은데."

그 말에 유진이가 소리 없이 웃었다. 어라, 웃네? 성구란 놈이 도대체 무슨 생각으로 여자애들을 부른 줄도 모르면서. 유진이는 마지막 문장만 제 머릿속에서 지워 버린 듯 지나간 이야기를 다시 이어 붙였다.

"호주까지 가서 사인 받을 수는 없잖아. 뜨기 전에 받아야지."

"질리게 받아 갔으면서 또 해 달라고? 갔다가 도매로 파냐?"

옆에서 보고만 있던 승모가 짜증 섞인 목소리로 한마디를 뱉었다.

"뭐래, 누가 8강에서 떨어진 애 사인 받는대?"

순식간에 녀석의 표정이 일그러졌다. 라켓 한번 잡아 본 적이 없으면서 라켓 잡는 아이들을 때려잡는 강력한 스트로크였다.

"석이 너랑 사진 찍겠다고 풀 메이크업하고 온 애도 있다고."

"너도 그렇고."

"내가 무슨……."

"마스카라 번졌다."

유진은 얼른 거울을 꺼내 제 얼굴을 들여다보았다. 날씨 탓에 화장이 번져 있었다. 아침부터 자정이 넘은 이 시간까지 하고 있던 화장이 번지지 않을 리가 없었다. 무신경하게 넘어가 줬어야 하는데 그걸 콕 집은 탓에 유진이의 심경이 날카로워졌다. 화장품 가방을 챙겨 어딘가로 향하는 뒷모습에 잔뜩 골이 났음을 숨기지 않았다. 생각하기 싫지만, 그 모습이 묘하게도 엄마와 겹쳐졌다.

별장이 불러일으키는 설명할 수 없는 기묘한 분위기도 불쾌감을 증폭시켰다. 시간을 때우고 간다는 생각이 얼마나 순진한 착각이었는지를 깨닫는 순간 이 시간의 실체가 눈에 보였다. 구 회장에게 갖다 바쳐야 했던 눈먼 돈이 눈먼 시간으로 바뀌어 있었을 뿐. 각인의 순간 짜증과 피곤함이 밀려들었다.

"승모야, 택시 불러. 가자."

"벌써?"

"얼굴 보여 줬잖아. 더 있으면 좆 되겠다. 지금 불러."

"애들 몇 명이 택시 같이 타고 가자고 했어."

"네가 알아서 해."

승모가 구석으로 가서 택시를 부르는 사이 나는 뒤를 졸졸 따라다니는 여자아이들을 피하느라 진땀을 흘렸다. 별장 안으로 발을 옮겼다간 더 구석진 곳으로 들어가 오도 가도 못할 테니 택시가 올 때까지 수영장 주변에 있는 게 나을 것 같았다. 아직 여름이라기엔 이른 6월이라 수영장은 맨바닥을 드러내고 있었고 몇몇 아이들은 그 안에 들어가 호스로 물을 뿌리며 놀고 있었다. 눈먼 호스의 끝이 수영장 주변에 있던 내게도 날아왔다. 졸지에 물을 뒤집어쓰고 물에 빠진 생쥐 꼴이 되어 버렸다. 아이들이 손을 흔들며 사과했음에도 질척거리는 기분을 떨칠 수 없었다. 옷을 갈아입으려 가방을 찾았지만 의자 위에 놓아두었던 테니스 가방은 온데간데없이 사라져버린 뒤였다.

"가방 못 봤어?"

"의자 위에 없어?"

승모는 주위를 돌아보다가 별장 안으로 고개를 돌렸다.

"또 누가 들고 들어갔나 보지. 그냥 안에 들어가서 찾아. 휴대폰 충전하는 동안 1세트만 보고."

"왜?"

녀석은 검게 암전되어 버린 제 휴대폰을 들어 올렸다. 모든 것이 엉망이다. 휴대폰을 없앤 대가는 녀석의 휴대폰 배터리가 나감과 동시에 내 발이 묶인다는 거고 오늘은 그 대가를 치르는 날이다. 승모의 제안을 거절할 다른 대안이 없었다. 승모는 어쩔 수 없다는 듯 내 어깨를 두드리며 별장 안으로 들어가 버렸고 나만이 어둠 속에 홀로 남겨진 채로, 다시 조명이 켜졌다.

눈을 뜨지 않았지만 완전한 암전이 아니다. 기를 쓰고 새어 들어오는 불빛이 나를 현실로 잡아끌었다. 승모에게는 왜 늘 가지고 다니던 보조 배터리가 없었을까? 그렇게 싫어하던 별장에 머무르는 것을 왜 아무렇지 않게 받아들이고 있었을까? 그날의 김별과 김유진, 승모까지 아이들의 모든 것이 어긋나 있었다. 모든 것, 그 모든 것들 중 유일하게 평소와 같은 자리에 있었던 사람은…… 성구뿐이었다.

기묘한 의심 사이로 성구의 목소리가 끼어들었다. 난 아니라고! 또렷하게 각인되는 녀석의 목소리가 빈 면회실 한곳에서 울려 퍼지고 있었다. 씨팔, 난 아니라고 몇 번을 말해! 기둥에 가려 보이지 않는 사각지대에서 녀석은 김 실장에게 자신의 억울함을 토로하고 있었다. 무엇을 아니라고 발악하는지 상상하고 싶지 않다. 고개를 돌리려는 순간 김 실장의 오른손이 성구의 뺨을 올려붙였다.

김 실장의 행동은 평상시 그가 지켜야 할 선을 뛰어넘은 월권이었다. 구대철의 수족인 김 실장이 그의 아들 성구를 저렇게 함부로 대하는 걸 본 적이 있었던가. 아니면 구대철 회장이 김 실장에게 보낸 말이 저 손찌검을 통해 전달되는 것인가. 도저히 가늠하기 어려웠던 저들의 세계에 미세한 균열이 시작되는 걸 본 순간 감이 왔다. 내 자리에선 김 실장이 나지막이 내뱉는 말을 알아들을 순 없지만 녀석의 일그러진 표정이 말의 실체를 가늠하게 해줬다.

녀석이 그 균열에 끼어 있는 걸 본 순간 나는 도망치기를 멈췄다. 구성구와 승모, 택시 기사의 진술이 일치했다면 원본은 성구의 것이 틀림없다. 성구의 입에서 나온 거짓말을 먼저 듣는 게 순서였다. 나를 본 성구는 의외로 담담했다.

"쥐새끼냐? 소리도 없이."

"넌 뭐가 아닌데."

"왜? 좆나 궁금한가 보지?"

"네 아버지도 네가 구제 불능인 걸 이제야 알았나 보지."

"아, 씨팔 새끼! 누구한테 삽질이야."

"김 실장도 빡 돌게 만든 재주, 대단하다."

"날 때려야 개 주인이 밥을 준다는데 어쩌라고. 근데 너 정신 바짝 차려야겠다. 우리 아버지 이번에는 세게 나오시는데 너희 엄마한테 말해. 집을 팔아서라도 대형 로펌이랑 계약해서 손을 쓰지 않으면 소년원에서 썩을 거 같다고."

"네가 했지?"

"새끼, 일찍도 물어본다."

"네가 유진이를……"

"아니라면 믿어 주려고?"

녀석이 거짓말을 할 때 어떤 표정을 짓는지 잘 알고 있다. 녀석이 아니라고 대답하며 그 썩어 문드러져 가는 표정으로 눈썹을 씰룩이길 바라며 최선을 다해 다시 물었다.

"운전은 네가 했잖아!"

"아니야."

1초의 망설임도 없이 거짓말을 뱉던 녀석이 나를 올려다보고 피식 웃었다.

"별장을 떠날 때는 내가 맞는데 그다음은 내가 아니란 거지."

차라리 그 말이 거짓이기를 바랐다. 리오스가 믿어 준 것과 달리 내가 운전대를 잡았을 가능성을 부인할 수 없다는 걸 나는 숨기고 있었다. 할 말을 잃은 내 표정에서 당혹스러움을 느낀 건 성구였다.

"새끼야, 쫄지 마. 번지수도 틀렸잖아. 날 찾아오지 말고 승모를 찾아가야지. 죽을 둥 살 둥 거짓말을 하는 건 승모인데 나한테 물어본다고 답이 나올 리가 있나. 근데 승모가 양심이 있으면 너를 만나 줄 리가 없겠지. 그나저나 승모 그 녀석이 언제부터 너를 까고 싶었던 건지 궁금하네."

녀석이 나를 도발하고 있다는 걸 알고 있었다. 녀석의 모든 말은 발목을 잘라먹는 발목 지뢰였다.

"저를 좆밥처럼 부려 먹고 호주로 튄다고 생각한 거지. 잘나가는 너를 보며 얼마나 이를 갈았겠냐. 나름 빅 매치다. 인생이 걸린 상황에서 친구란 두 놈이 서로 등에 칼을 꽂는 걸 보면 좆나 웃길 것 같은데."

녀석의 말에 끌려가지 않으려 발끝에 힘을 주고 섰다. 캄캄한 기억의 우물 속에 단 하나의 반짝이는 조각이 있었다.

"……그날 차 안에서 하려던 말, 그게 뭐였는데?"

"뭐, 기억 안 나는데?"

녀석의 입을 막은 건 구 회장의 손이다. 그러나 성구의 입은 잠기지 않았다.

"내가 좆나 고민이란 걸 했거든. 너를 자빠뜨릴까, 승모를 자빠뜨릴까? 넌 네 인생이 구겨져도 승모를 배신하지 않았겠지. 뭐, 네가 좀 더 의리 이딴 영양가 없는 단어에 혹하는 편이기도 하고 승모 녀석이 별 이상한 거에 뒤틀려 있기도 하고."

"그래서 새끼야! 넌 뭘 얻었는데? 네 인생 이렇게 개차반으로 조지고 넌 뭘 얻었는데?"

의자가 뒤로 밀려나며 성구가 내 앞에 마주 섰다. 녀석이 멀쩡하게 웃는 얼굴로 나를 바라봤다.

"너 같은 새끼나 뭘 얻는 놈이고 난 원래 뭘 얻는 놈이 아니잖아. 그냥 사는 게 덤인 놈이지. 그래서 남들이 내가 있는 곳으로 떨어지면 되게 반가운 거고. 그리고 눈 동그랗게 뜨지 마라. 그런 눈 보면 찔러 버리고 싶으니까."

녀석은 손에 들고 있던 초코파이를 내 손에 쥐어 주며 말했다.

"먹어. 단 거 싫은데 만날 이런 거나 사 주고. 아들 입맛도 모르는 꼰대랑 얘기가 되겠냐. 참! 난 안 그랬어, 진짜 진짜로! 우리 구 회장을 걸고 맹세!"

"치워, 새끼야."

녀석의 표정이 변했다. 호의를 거절했던 유진을 보던 그 눈빛으로.

"좆나 억울하지? 좆나 억울하게 유진이가 죽어서 살인죄까지 뒤집어쓰면."

녀석의 이죽거림을 더 이상 참아 줄 인내심이 남아 있지 않다. 주먹을 쥐고 뻗는 순간 녀석이 재빨리 그 주먹을 감아 쥐고 바투 다가와 나를 안았다. 감독관이 슬쩍 쳐다보았지만 녀석은 아무 일도 아니란 듯 웃음을 지으며 나를 보았다. 녀석의 입이 내 귀에 다가와 있었다.

"알고 싶으면 그냥 시키는 대로 해."

열이 확 올랐다. 성구의 입에 쓴웃음이 흘렀다.

"너라면 한번 벗겨 보고 싶지 않냐? 여자애 웃통보다 노승모라는 인간의 진짜 얼굴을 까보고 싶잖아. 하는 짓이 꼭 우리 아버지 같은데."

되돌릴 수 없는 의심의 불꽃이 타올랐다. 녀석은 땅바닥에 떨어진 초코파이를 짓이겨 부스러기들을 입에 넣으며 말했다.

"우리 아버지한테 너희 둘은 땅에 떨어진 초코파이인 거지. 모양만 바뀌면 똥값이 되는데 제 돈 주고 먹긴 아까운 거."

"……운전한 게 승모였어?"

"글쎄. 어쨌든 스폰서 단물만 빼먹고 토끼려는 놈들한테 별수 있냐. 우리 아버지 입장에선 나한테는 경영 수업이고 니들에겐 인생 수업 시킨 거고. 빠지 말고 내 스파링 파트너 해. 인간적으로 라켓은 다시 잡게 해줄게. 그리고 유진이가 안 죽게 기도라도 하라고."

*

　면회를 끝내고 방으로 돌아오니 입구에 벗어 놓은 널브러진 옷가지들이 엉켜 있었다. 감정을 꾹 누른 채 옷을 정리하고 엉망이 된 방을 치웠다. 그리고 그들의 눈앞에서 수세미를 들고 지린내 나는 화장실 변기를 닦았다. 작정하고 오줌을 휘갈겼는지 변기 옆이 노란 물바다를 이루고 있었다. 이리저리 소변 줄기를 흔들며 내가 얼마나 버틸지 내기를 했던 건지도 모른다. 그들은 숨이 끊어져 가는 들짐승을 바라보는 까마귀 떼처럼 숨죽여 나를 지켜볼 뿐이었다.

　빛이 사라지지 않는 분류심사원의 밤이 또다시 찾아들었다. 아이들의 코 고는 소리가 요란해지자 후미진 귀퉁이에 등을 기대고 앉았다. 화장실 창문의 거미줄에 달린 물방울이 별처럼 반짝이고 있었다. 눈을 들어 바라볼 것은 그것밖에 없었다. 그리고 도돌이표처럼 되풀이되는 후회가 밀려들었다. 성구의 초대에 응해선 안 됐고, 그 별장에 승모를 데리고 가지도 말아야 했고, 무엇보다 유진이를 신경 쓰지 말았어야 했다. 그 새벽, 오지 않을 택시를 기다리며 승모가 나를 붙잡을 기회를 줬어야 했다. 그랬다면 최악의 날이 오지 않았을 것이다. 그랬다면 시장기의 2연승이 내 인생 최고의 정점이 되지도 않았을 것이다. 모든 경기가 종료되고 내 안의 심판이 선고를 내렸다.

　너는 끝났다. 처절하게, 되돌릴 수 없이.

난쟁이 집, 감별소, 칼

까진 새끼, 감별소와 소년원 통틀어 지금까지 만나 본 꼴통 중에 최고로 꼴통 새끼시네. 서류 작성이고 뭐고 던져만 두면 바로 장기 확정이고.

차로 돌아온 임 변은 시동을 켜지 않은 채 의자 깊숙이 몸을 기댔다. 청소년 범죄 중에 무면허 사고는 흔하디흔한 일이었으니 매뉴얼대로만 가면 어려운 사건이 아니다. 다만 범상치 않은 인물이 문제일 뿐. 짧게 만나 본 시간을 정리하자면 녀석은 약을 먹고 운전을 했다는 사실이 아니라 약을 먹었다는 그 사실에 걸려들어 옴짝달싹 못 하고 있다. 약에 발목을 잡혔다는 걸 아는 순간 녀석이 두려워하는 게 도핑 테스트라는 걸 눈치챘다. 주니어 챔피언이라. 그 의미가 부화 직전의 달걀이었는지 겉이 번지르르한 무정란이었는지는 모르지만 어차피 삶아져 이곳에 내동댕이쳐진 처지라면 과거의 영광이 무슨 소용일까.

그렇게 생각하고 구석에 던져 놔도 시원찮을 녀석인데 뭔가가 석연치 않았다. 이상한 감이 사고가 아닌 다른 것을 좇고 있었다. 사건의 진범이라면 은폐에 목숨을 걸 텐데 뭣도 모르는 저 철딱서니는 별 볼 일 없는 제 명성에 흠집이 나는 것을 더 두려워하고 있었다. 시종일관 보인 억울함과 분노에 거짓이 없다. 그래서 감추고자 하는 약이 시차를 가진다는 소리인가.

차에 오르고 10분 동안 망부석이 되었다. 사고 치고 거짓말하는 놈을 한눈에 알아보는 신기에 녀석은 걸려들지 않고 있다. 거짓말하는 놈을 솎아 내는 촉이 퇴화한 것은 아니다. 촉은 초여름 옥수숫대처럼 빳빳하다. 문제는 담장 바깥의 자신이 아니라 녀석이다. 최소한의 실마리를 건질 수도 없을 만큼 임석의 모든 것이 암흑이다. 별 볼 일 없는 진술서 그대로였다. 건질 것 없이 30분 안에 나오리라는 그녀의 예상대로 임석이라는 아이와의 면회는 채 30분을 넘지 않았고 차 안 에어컨의 냉기 역시 가시지 않은 상태였다. 면회가 너무 일찍 끝난 바람에 점심시간과 나머지 상담 시간까지 공중에 붕 떠버렸으니 차라리 답답한 차 안이 마음 편했다. 몸을 구겨 넣고 세상 밖을 바라볼 수 있는 곳은 그녀의 안전 금고 안이다. 세상으로부터 제 자신을 지킬 수 있었던 유일한 장소, 차의 에어컨을 다시 켠 순간 그 퀴퀴한 냄새와 함께 난쟁이 집의 문이 열렸다.

난쟁이 집으로 다시 발을 들인 순간, 그녀의 여덟 살 꼬마가 되돌아왔다. 5층짜리 성냥갑 같은 아파트 한 동에 마흔 개의 쪽문이 있었다. 징글징글하게 똑같은 상자 수십 동의 주공 아파트에 둥지를 틀었던 시절이었고, 좁은 계단식 복도에는 연탄불을 때는 조그만 쪽문이 뒷문처럼 달려 있었다. 아이 하나가 들어가면 꽉 찰 크기의 아궁이가 아이들만큼 천지였다. 제 한 몸 누이기 딱 좋은 크기, 그곳은 꼭 아이들 크기의 관을 세워 둔 모습이었고 어린 그녀에게 묘한 두려움을 주는 곳이었다. 여름에 탄불이 빠졌을 때 아득한 굴의 깊이가 그랬고, 늘 그 곁을 지키는 검은 연탄 칼이 그랬다.

콧물이나 묻혀 다니던 시절에 어린 꼬마가 그곳에 들어가야 했던 건 숨바꼭질을 할 때였다. 바깥이 추웠고, 술래는 발이 빨랐고, 연탄아궁이는 숨기에 최적의 장소였다. 아궁이 사이로 다리를 벌리고 쭈그려 앉으면 이내 머리가 아팠지만 술래 때문에 나갈 수도 없었다. 그러다가 솔솔 올라오는 온기에 취해 잠이 들었다. 술래가 연탄아궁이에 숨은 자신을 찾아내지 않았더라면 연탄가스를 마시고 황천길로 갔을 날이었다. 동치미 국물을 마시고 정신을 차린 뒤 기억나는 건 난쟁이가 들이닥칠까 봐 떨면서 날이 다 죽어 버린 연탄 칼을 꼭 쥐고 있었다는 사실뿐이다.

거뭇한 녹물이 배어든 채 이가 듬성듬성 빠진 연탄 칼은 오랫동안 고기의 살점이나 무릇한 배추를 썰던 부엌의 퇴물이었다. 칼로서 명을 다해 특유의 살기를 잃게 되고 더 이상 숫돌로도 살릴 수 없는 지경에 이르게 되면 연탄아궁이로 자리를 옮겨 오곤 했다. 칼을 음기라 여기던 시절이었고 음양의 힘에 반응하지 않는다면 생명력을 다한 것이라 믿었다. 그러나 자기 때를 다한 마지막 종착역에서조차 칼의 살기는 사라지지 않았다. 숫돌마저 등을 돌린 늙은 칼은 하나는 뜨겁고 다른 하나는 차갑게 식은 채 들러붙은 연탄 두 연놈을 우악스럽게 떼어 놓으며 얼마나 노기등등했던가. 아궁이의 쪽문은 작았고, 연탄 칼은 노쇠했고, 그 쪽문에 자물통을 달 만큼 인심은 야박하지 않았다.

그런데 그 연탄 칼로 사람을 죽이는 사건이 발생했다. 남편이 중동에 나가 있는 동안 혼자 남은 젊은 아내가 춤바람이 난 게 화근이었다. 아내는 남편이 없는 집에 제비를 들였고 하루에 두세 번씩 연탄불을 갈며 노곤한 살을 데웠다. 탄 구멍은 엄한 외간 남자를 향해 활짝 열렸고, 검은 오일 머니는 검은 연탄과 함께 사라졌다. 그즈음 팔을 다친 남편이 연락도 없이 갑자기 집으로 돌아왔다. 불행인지 다행인지 오른팔을 다쳤는데, 정작 남편은 왼손잡이였다. 집에 돌아온 남편은 뜨뜻한 안방에 뱀처럼 엉겨 붙은 두 남녀를 보았다. 알몸이었고 황급히 이불을 들어 가린다고 가린 것이 한 이불에 바싹 달라붙은 모양새가 되자 남편의 눈이 뒤집혔다. 제비는 물 찬 제비처럼 팬티를 주워 입고 북쪽 계단으로 도망쳤다. 도망가던 제비는 발을 헛디뎠고 쪽문은 줏대 없이 문을 열어 남편에게 연탄 칼을 내주었다. 제비는 칼을 보자 허둥대며 다시 집 안으로 뛰어들었다. 제비를 제 등 뒤에 숨긴 아내를 본 남편은 이성을 잃고 말았다. 발버둥 치던 두 사람은 연탄 칼에 무참히 절단당하고 찔렸다. 바로 좀전에 새 탄을 갈아 넣었던 터라 아직 달궈진 온기가 연탄 칼에 남아 있었고 칼은 노쇠하게나마 예전의 살기를 품고 있었다. 홍건한 피가 구들장의 뜨뜻한 온기로 꾸덕꾸덕 말라 갈 즈음 뒤늦게 전보가 도착했다.

현장사고, 급히귀국, 방따뜻히.

그 시대는 늘 무언가가 늦게 왔다. 사람보다 마음이 늦었고, 행동보다 후회가 늦었다. 남편이 자신의 아내와 불륜남을 무참히 살해한 이 사건을 두고 한동안 쪽문을 가진 집들이 시끄러웠다. 소문이 퍼지기 무섭게 쪽문에 자물통이 채워지고 남편들은 서둘러 한국으로 돌아왔다. 사람들의 의아함과 두려움은 죽은 이가 아닌 연탄 칼에 집중되었다. 어떻게 무뎌져 잘 들지도 않는 연탄 칼로 사람을 썰었을까. 젊은 아줌마들의 말이었다. 그들은 서둘러 입을 닫았지만 나이 지긋한 노파들은 혀를 끌끌 차며 이야기를 이어 갔다. 칼도 배에 애기 칼을 배는 법이라.

칼은 다시 불길로 돌아가 녹아내리고 두들겨지는 유사의 단련 과정을 거쳐 새 칼로 거듭나고 있었다. 아무래도 남자의 아내가 좀 둔했던 모양이다. 그녀는 툭툭툭 뜨거운 연탄 속으로 칼을 후려칠 때마다 새 칼날을 다듬고 있음을 짐작조차 못 한 모양이다. 아니라면 남편이 제비에게 내리치는 연탄 칼을 제 온몸으로 막지는 않았을 텐데. 부엌에 하고 많은 칼을 두고 하필이면 연탄 칼을 집어 든 걸 두고 말들이 끊이지 않았다. 사람들은 칼이 흉살을 품었다고 쑥덕댔다. 집 밖으로 돌린 칼은 흉물스러워진다는 옛말이 늙은이들의 안줏거리가 되었다. 만약 남편이 적당히 겁을 줄 생각으로 집어 든 것이었다면, 첫 칼이 휘둘러져 아내의 팔을 자르는 순간 의아하지 않았을까. 이 녹슨 칼이 어찌 지금에서야……

그는 끝내 이유를 알지 못했다. 새살에 핏물이 붙어 칼이 녹을 벗고 태어났을 텐데. 제 인생은 가물거려도 남의 인생은 꿰뚫어 보는 강퍅한 구들장 노인네의 한탄이 겨울밤 잠꼬대처럼 들려왔다. 아이는 그 모든 것을 지켜보았다. 제 어미가 죽고 아비가 경찰의 손에 끌려간 뒤 난쟁이 집으로 다시 숨어들었다. 난쟁이가 나타나 자신을 데려가 주길 바라며, 아이는 연탄불이 꺼진 그 아궁이 위에서 잠이 들었다.

에어컨의 냉기가 사그라지자 임 변은 다시 에어컨을 켰다. 차가운 바람이 들뜬 열기를 식혀 주자 냉정한 판단이 찾아들었다. 감별소에 갇힌 저 아이의 한순간이 자신의 그것처럼 의식을 고꾸라뜨리며 평생 발목을 잡아당길 것과 누군가가 꺼내 주지 않으면 출구 없는 난쟁이 집에 갇히게 되리란 것을, 임 변은 확신했다. 확신 속에 퀴퀴함이 찾아들었다. 걸레를 빨아 차 안에 넣어 놓는다고 해도 이 에어컨 필터 냄새보다는 나을 텐데…… 이번 주가 가기 전에 저 녀석과 에어컨 필터를 갈아 버려야지. 그녀는 좁은 차에서 또다시 까무룩 잠이 들고 말았다.

*

하루가 물밑으로 흘러갔다. 새벽부터 출근해 수십 페이지가 넘는 진술 조서, 신문 조서, 소년 환경 조사서를 읽었는데도 시곗바늘은 8시와 9시 사이에서 굼벵이 걸음이다. 녀석의 엄마는 의도적으로 연락을 피하는 느낌이다. 그 모친을 만난 적은 없지만 모자가 주변 모든 것에 가시를 돋운 채 그르렁거리는 모양새가 혈육임을 실감케 했다. 두 사람이 함께 찍은 우승 사진을 보니 눈매도 다르고 코도 다른데 배 속에서 아래턱을 본떠 줬나 싶을 만큼 입매와 하관이 영락없이 한 사람이었다. 엄마는 밖에서 보면 고등학생을 둔 애 엄마로 보지 않을 외모였다. 타고난 체질이거나 성격이거나 제 스스로 만들어 가는 인생이겠지. 이쯤에서 남의 인생사까지 고단하게 짚어 보는 신경 줄을 놓아야지. 정신 줄은 교통사고에만 꽂아 놓으면 될 일인데, 그러면 끝날 일인데 이상하게도 감정이란 녀석이 미역 줄기처럼 몸을 휘감아 성가시게 만들었다.

책상 위에는 쌓인 사건 일지와 진술서가 제 머릿속처럼 두서없이 엉켜져 놓여 있었다. 임 변은 제 팔 두 개 놓일 공간 밖으로 모든 잡동사니를 쓸어 버린 뒤 다시 의자에 털썩 주저앉았다. 불필요한 정보에는 포커스를 벗어난 사진처럼 시야가 흐려졌다. 더 이상 얻을 것이 없다. 오늘 임석을 다시 만난다 해도 쓸 만한 정보를 얻기는 힘들겠고 노승모는 만남 자체를 거부한다. 임석 주변의 사람들이나 그날 별장에 모인 아이들은 하나같이 코팅이 잘된 듯 반들거리며 이야기를 꺼린다. 그럼 누굴 만나야 하나. 또다시 무기력이 도지기 시작했다. 임 변이 의자에 몸을 파묻고 고민에 빠진 사이 사무장이 떨떠름한 표정으로 앞에 와서 섰다.

"임 변호사님, 임석 군 어머니가 오실 거면 입원한 병원으로 오시라는데 약속 잡을까요?"

"일찍도 전화하네. 일단 전화번호만 받아 줘요. 내가 다시 전화한다고."

"막무가내인데요. 자기 오후에 검사 들어간다고 올 거면 지금 오라고, 말을 끊지를 못하겠어요. 성격이 장난 아니에요."

"그럼, 임광재 씨가 전화번호를 몇 번째 바꾸는 거냐고 꼭 전화를 달란다고 하세요. 난 오후에 어디 좀 들렀다가 올게요."

"어디요?"

"노승모. 까이면 감별소."

"또 거기 가시게요? 변호사님, 그거 기름값도 안 나와요."

내가 임석을 보는 딱한 눈으로 사무장이 나를 보고 있다. 월세가 해결되면 신명 나게 감별소로 달려가는 한 달 살이 변호사로. 그가 끌끌 혀를 차도 아무 소리 못 할 처지다.

"우리 변호사님 만날 사고 치고 답 없는 애들 만나서 씨름하는 거 재미있으신 거 같아요. 10프로 정도만 맡는다고 했는데 이 정도면 반칙인 거 아시죠?"

"그러네."

"그냥 임석 어머니 만나러 가시는 게 나을 것 같은데요. 변호사님 원래 이혼 전문 아니냐고 대놓고 자기 이혼 소송 좀 맡기자는데 이건 뭐 자조인지 비아냥거림인지."

사무장이 고개를 저으며 자리로 돌아갔다. 이쯤에서 이혼 사건으로 전환하는 게 신상에 이롭다라. 절로 계산기가 두드려지는 대목이다.

하지만 아들에게 승부사의 강인한 턱을 물려준 것을 자랑스러워하는 엄마에서 브레이크가 걸렸다. 30년 전 세상에선 모성애보다 자기애의 농도가 더 짙은 여자는 지탄의 대상이었건만. 괜한 생각이 솟아오른 탓이다.

이제 와 고백하자면 자신 역시 어미로부터 받은 것이 있었다. 피로 받았다기보다 그 피를 본 뒤 얻은 셈이니 DNA라기보다 트라우마에 가까웠다. 내리치는 칼을 온몸으로 막아 냈던 어미의 마음을 깨달은 뒤부터 퍽퍽한 삶의 연속이었다. 아버지는 그녀가 왜 이런 삶을 선택했는지 진작 알고 있는 눈치였다. 그녀의 아버지는 딸의 고달픈 삶을 관찰자로 보고 있었다. 그렇게 10년 만에 한 문장을 토해 냈다.

애쓰지 말고 내려놔라. 그녀는 모른 척했다. 그녀의 시선은 낄낄대는 TV 프로그램에 못 박힌 그대로였다. 낄낄대는 것으로 심장으로 파고 든 진심을 외면했다.

그 말 없고 내성적이던 임 서방이 어찌 저리 변했을까. 아버지가 변했다고 느끼는 것은 외할머니 역시 마찬가지였다. 무엇이 어떻다고 꼬집어 말하지는 않았지만 외할머니 역시 사위의 변화를 눈치채고 있었다. 교도소에서 들고 나온 수십 권의 일기장은 접근 불가의 물건이었고 읽을 수 없었던 아버지의 마음 역시 굳은 철문으로 닫혀 있었다. 먼저 쇳대를 채운 아버지가 이 먹먹한 관계의 원인 제공자였기에 그녀 역시 마음의 문을 닫아걸었다. 한참 만에 또다시 선문답이 건너왔다.

사람의 밑바닥에 두 갈래 길이 있더라.

그것은 아버지의 고해였다. 그의 목소리에는 바닷속처럼 진원지를 알 수 없는 울림이 있었다. 점점 낄낄대던 웃음이 잦아들자 깊은 곳에서 퍼 올린 다음 말이 이어졌다.

두 길 중 하나는 심연이고 다른 하나는 나락이다. 상처를 껴안으면 심연으로 내려가는 거고 발버둥 치면 나락으로 떨어지는 거지. 빛이 없기는 매한가지나 한쪽은 상처가 벗이 되고 또 다른 한쪽은 어둠이 그 자체로 얼음송곳이 되어 나를 찌른다. 아비는 제 존재가 어디에 있는지 말하지 않았다.

마음이 계속 널을 뛰고 있었다. 내려놓지 못한 인간 표본은 임석의 엄마지 자신이 아니다. 그녀는 죽어 버린 임지선의 어미와 달리 살아서 아들을 학대하는 무자비하고 냉혹한 어미였다. 그녀의 새 전화번호가 쪽지에 적혀 있었다. 그냥 녀석을 놓을까. 임석의 아버지가 보내온 돈을 돌려보낼 계좌 번호가 모니터에 포스트 잇으로 붙어 있었다. 아르헨티나 어디라고 했더라…… 임 변은 그 종이를 뜯어 구기며 사무장에게 말했다.

"나 침 맞으러 가요."

손목이 쑤시는 것은 일을 시작한 뒤 얻은 고질적인 직업병이었다. 컴퓨터로 업무를 보고 몇 시간씩 자판을 두드리고 하루에도 수십 킬로씩 운전을 하는 탓에 손목이 견뎌 나질 않았다. 염좌에 침이 최고라는 큰이모의 성화에 이곳저곳 한의원을 다녔으나 일을 그만두지 않는 이상 껴안고 살아갈 병이라 체념한 탓도 있었다. 아파트 단지를 끼고 있는 8층 건물의 한의원을 찾아 들어갔다. 평일 아침에 사람이 많은 걸 보면 동네에서 제법 이름난 곳처럼 보였다. 오랜 단골들은 한꺼번에 이름이 불려 치료실로 직행하고 초진인 그녀는 바로 원장실로 이름이 불리었다. 원장은 검은 눈썹을 가진 백발의 남자였다. 그는 말없이 오른 손목을 붙잡고 그저 눈을 깜빡였다. 초진 차트에 손목이 아프다 기록했으니 으레 손목 아픈 걸 들여다볼까.

나이를 짐작할 수 없는 한의사가 물었다.

"걸어오셨습니까?"

"네? 아, 네."

앉아 있는 자세에서도 거칠게 숨을 몰아쉬고 있었다. 눈앞에서 엘리베이터 문을 닫아 버린 싸가지 없는 남자애 때문에 씩씩거리며 5층까지 올라온 탓이다.

"일이 바쁘신가 보네요."

"네, 지금밖에 시간이 없어서."

"맥박이 좀 빠른 편이시네."

"뭐, 그렇죠."

심장에 서리 맞은 새 한 마리가 날아다녀. 애들 맥박처럼 빨라. 큰이모가 어렵게 예약한 용하다는 한의사는 사주를 보는 점쟁이처럼 알아들을 수 없는 말을 했다.

"잠을 깊이 못 주무십니까?"

"잘 깨는 편이에요."

"부군이 계십니까?"

"네."

"한방에서 같이 주무시나요?"

"아뇨, 제가 열이 많아서 따로."

말을 하고 보니 부부 상담을 온 것 같아 괜히 낯이 뜨거워졌다.

"한 침대에서 주무시지 않더라도 웬만하면 한방에서 주무세요.

남자가 마흔이 넘으면 자다가 위험한 순간이 종종 올 수 있습니다. 깨시면 남편 코에 손가락도 한번 대보고 발로 툭 건드려도 보세요. 옆에 쌔근거리는 사람 숨소리를 듣고 자는 것도 숙면에 도움이 됩니다."

그게 빈맥과 무슨 상관이냐고 물어봐야 하는데 잠시 멍해져 그 질문을 놓치고 말았다. 남편이 드럼통 두드리듯 코를 골고 방 안의 산소를 다 끌어가는데 왜 숙면에 도움이 되냐고 묻는 대신 고개를 끄덕이고 말았다.

치료실에 누워서야 이 조그만 한의원에 왜 이리 손님이 많은지 이해가 되었다. 아픈 몸만 살피는 게 아니라 허한 마음에 말 한마디 붙여 주는 것으로 이해받았다 느끼게 만드는 재주였다. 한의사의 손이 손목 주변을 훑고 지나가자 아홉 개의 바늘이 고슴도치 등의 가시처럼 삐죽 돋아났다. 손목이 뻐근해졌지만 그 고통도 이내 익숙해졌다. 커튼 하나를 사이에 두고 단골들의 목소리와 코 고는 소리가 이중창이 되어 들렸다. 치료비를 계산하는데 퉁퉁한 몸집의 중년 간호사가 쌩긋 웃으며 말했다.

"제일 잘 주무시던데요."

"제가요?"

"원장님이 사흘 뒤에 다시 오시래요."

"아, 네."

지나가다 우연히 들른 길이란 말을 아꼈다. 8층짜리 건물에 엘리베이터가 달랑 하나뿐인 게 마음에 걸렸지만 왠지 다시 올 것 같았다. 함께 엘리베이터를 기다리는 멀대같이 키가 큰 녀석이 이 시간에 학교를 땡땡이치고 온 것처럼.

"학생은 학교 안 가요?"

멀대 같은 녀석이 흘끗 나를 바라보더니 귓구멍에 이어폰을 꽂았다. 싸가지 없는 놈.

"다음 주에 큰 경기 있다던데 발목은 좀 괜찮아졌나?"

핸드폰을 뒤적이던 녀석이 나를 노려봤다.

"전화도 썹고, 문자도 썹고 하도 연락이 안 돼서 온 거예요. 학교로 가면 코치가 눈에 쌍심지를 켜고 못 들어오게 해서."

"누구세요?"

"임석 변호사. 노승모 군한테 묻고 싶은 게 있어서 여기까지 찾아왔어요. 실례였다면 미안."

"경찰서에 가서 다 말했는데 그거 보시면 되잖아요."

"문자로 말했잖아요. 묻고 싶은 게 따로 있다고."

"할 말 없습니다."

"난 있는데. 노승모 군은 임석이랑 구성구가 김유진과 길에 서 있는 걸 봤다고 했는데 그때 임석이 많이 비틀거리고 있다고 했잖아요. 근데 왜 택시에 안 태웠어요?"

느려 터진 엘리베이터 덕에 비상구 문을 박차고 나가지 않는 이상 질문을 피할 길이 없었다. 하지만 그 비상구로 도망가는 행동이 어떤 의미가 될지도 짐작하고 있는 영민한 녀석이었다.

"차는 논두렁에 처박혔고 비는 쏟아질 것 같은데 구성구는 몰라도 김유진이랑 임석은 태워 가야 하는 거 아닌가?"

"택시에 자리가 없었어요."

"아, 그래요? 같이 탄 사람은 누구누구였어요?"

때마침 우물에 던진 두레박처럼 느려 터진 엘리베이터가 도착했다. 하지만 노승모는 한 발짝도 움직이지 않음으로써 그녀와 함께 한 공간에 있지 않겠다는 의지를 피력했다.

"먼저 가요. 난 다음 거 탈 테니까."

노승모는 애써 그녀를 외면하고 엘리베이터에 올랐다. 닫힘 버튼을 사정없이 누르고 싶은 걸 가까스로 참고 있는 게 보였다.

*

고개 뻐근하게 키들은 왜 그리 커서는. 싸가지 멀대 같은 놈들!

한마디 욕을 뱉고 차에 올라 습관적으로 라디오를 틀었다. 분류 심사원까지 가는 길은 신호등이 바뀌는 시간까지 기억할 만큼 다닌 길이라 내비를 켤 필요조차 없다. 비둘기처럼 몸이 알아서 갈 일이다. 그러나 신호 대기와 함께 생각 회로가 정지되었다. 신호가 바뀌기 전에 다급하게 내비에 주소를 찍어 넣었다. 양촌 별장이 있는 모둘리까지 60킬로미터가 한 시간으로 찍혔다. 사고가 있었던 장소는 별장에서 내려와 낚시터를 지나서 7백 미터쯤, 임 변의 목적지는 그곳이 아니다.

총알택시처럼 날아 30분 만에 양촌 경계로 들어섰지만 나머지 30분을 길바닥이라고 닦아 놓은 시골길에 허비하고 나서야 별장의 입구에 도착했다. 차가 들어갈 수 있는 철문은 굳게 닫힌 채였지만 사람이 드나드는 쪽문이 열려 있었고 정원에 사람의 그림자가 어른

거렸다. 평일 한낮에 별장에 있을 사람이 주인일지 손님일지 확신
이 서지 않는다.

"계십니까?"

발을 들여놓은 순간 낮게 그르렁거리는 소리가 들렸다. 현관문의
왼쪽에 개를 가둔 뜬장이 있었다. 그 안에 든 한 마리 도사견과 눈
이 마주치자 임 변은 그대로 자리에 멈춰 섰다. 뜬장 아래에는 녀석
이 싸놓은 배설물이 산을 이루고 있었다. 개는 낯선 사람을 보고도
짖지 않았다. 목둘레에 깊숙한 상처와 꿰맨 흔적을 보건대 투견으로
기르는 개가 분명했다. 오래 가둬 두면 다리 관절이 뒤틀리는 뜬장
에 있다는 건 저곳을 거쳐 가는 녀석들의 주기가 짧다는 의미였다.

문을 열어 주고픈 충동이 느껴졌다. 동시에 맹견을 만났을 때 목
덜미를 보호해야 산다는 지침서가 생각났다. 얼굴을 보호할 것인
가, 목덜미를 보호할 것인가. 임 변은 두 손을 올려 목에 깍지를 껴
보았다. 그냥 도망을 칠까. 어정쩡한 생각으로 서 있다가 관리인과
눈이 마주쳤다. 땀범벅인 그는 대문의 반대편에 있는 드럼통에 무
언가를 넣고 태우고 있던 중이었다.

"누구요?"

수상한 사람이 수상적은 행동을 하는 걸 보고 잔뜩 경계하는 눈
빛이었다. 손에 불쏘시개로 쓰려던 나무 장작을 치켜들고 있는 채
였다. 비쩍 마른 몸과 검버섯이 핀 얼굴 탓에 나이를 짐작할 수 없
었지만 사진으로 봤던 구대철 회장이 아닌 이상 자리를 지키는 별
장의 관리인으로 짐작되었다.

"아, 구성구 학생 일 때문에 찾아온 변호사인데요."

구성구를 변호하는 변호사가 아닌 게 문제였지 맥락이 틀린 말은 아니었다. 그저 한동네 살면서 구 회장 별장을 지키는 가까운 사람이라 짐작하고 운을 떼었다.

"사고 있었던 날 뭐 좀 여쭤보려고요."

"일없습니다. 가십쇼."

남자의 태도는 단호했다. 별장 관리인으로 잔뼈가 굵었을 남자는 입을 잘못 놀리는 것이 어떤 후폭풍을 가져오는지에 대해 훈련이 잘된 듯했다. 남자가 무심히 장작을 드럼통 안에 던져 놓는 것을 눈으로 좇았다. 마른 옷가지들이 나무 장작에 짓눌려 잘 타들어가고 있었다. 누구의 옷인지를 물어봐도 저 불퉁한 관리인의 입에서 원하는 답을 들을 수 있을 것 같지 않았다. 임 변은 남자가 몽둥이를 들고 으름장을 놓기 전에 눈으로 별장을 훑었다. 땅이 남아돌아 구덩이를 파놓은 것 같은 작은 수영장 하나, 입구 쪽으로 나 있는 창문만 거실을 빼고 여섯 개, 2층짜리 건물치고 방이 많은 데다 대문에서 현관까지 정원이 비효율적으로 넓다. 별장이 아니라 대실을 위한 모텔의 구조다. 명색이 테니스 클럽 회장이라면서 달랑 하나 있는 코트가 관리되지 않고 있다는 건 최근에 사용한 적이 없다는 소리겠고. 게다가 투견을 키우는 이상한 취미라니. 삽으로 마당 곳곳을 파보고 싶은 충동이 일었다.

드럼통을 휘젓던 남자의 충혈된 눈이 그녀를 차갑게 바라보았다. 명함 한 장 놓고 가시오. 잠깐 주머니를 뒤졌지만 낭패감이 들었다. 차에 두고 와서, 가져다 드릴게요. 변명이 아니라 휴대폰만 든 빈손이었다. 그 말에도 남자의 눈은 불 통에 틀어박힌 그대로였다. 도통 열리지 않는 굳은 입매는 그의 성격인 듯했다. 차로 돌아와 명함 한 장을 꺼내 들고 돌아가려는데 어느샌가 따라 나온 관리인이 등 뒤에 서 있었다. 그의 눈이 차 번호판에 고정되어 있었다. 낯선 방문객의 차 번호를 기억해서 보고하는 치밀함은 제 주인이 하달한 관리 수칙인 모양이다. 남자의 거친 손이 명함을 받아 들자 임 변은 짧게 인사를 하고 차에 올랐다. 차가 터덜거리며 시골길을 내려가는 동안 또다시 머릿속 좌표가 부표가 되었다.

얻은 게 없었고 목이 말랐던 참에 낚시터를 지나자마자 조그만 구멍가게 하나가 보였다. 유통기한이 넉넉한 생필품과 음료수들만 채워 둔 군대 보급 창고 같은 가게 앞 평상에 두 할머니가 앉아 세월을 낚고 있었다. 임 변은 가게 앞에 차를 댔다.

안으로 들어가 냉장고에서 사이다 한 캔을 꺼내 돈을 내고 뚜껑을 땄다. 탄산이 입안의 텁텁함을 걷어 목 안으로 사라졌다. 그대로 평상에 앉았더니 두 할머니의 이야기가 무심히 귓속을 파고들었다. 무릎이 바깥으로 굽은 할머니 하나가 별안간 두두두 다다다 떠걱떠걱 소리를 냈다. 노망이 난 걸까, 놀란 표정을 삼키고 있는데 할머니의 곡소리가 끝났다. 곡을 하던 할머니는 곡갱이로 땅을 파는 소리가 나는 것이 MRI 검사임을 뒤늦게 알려 주었다. 이제 지랄 맞은 소리가 끝이 났나 싶어 몸이라도 움직이려 치면 또 그 지랄 맞은 두두두 다다다가 계속된다는 얘기에 맞은편 할머니의 고개가 무시로 끄덕여졌다. 수소니 자기 공명이니 하는 어려운 얘기는 젊고 빠릿빠릿한 것들에게나 할 소리고 늙고 고리탑탑한 머리에는 날것 그대로가 먹혀들었다.

토가 나와 죽을 맛이었다던 MRI 무용담이 끝나자 두 할머니는 느닷없이 나타난 외지인에게 관심을 비쳤다. 임 변은 무심히 사이다를 마시며 먼 산에 눈을 걸쳐 두었다. 핸들을 꺾을 때부터 부질없는 짓일 거라고 기대를 내려놓고 왔던 길이었으니 손을 털기도 쉬웠다. 정신과 의사는 스스로를 탓하지 않는 이런 회피형 성격을 두고 이상하리만큼 높은 자존감이라 표현했다. 의사는 그녀가 엄마의 죽음과 아버지의 부재를 참고 견딘 것은 스스로를 다독이는 이 희한한 자기 복원력 덕분이라 했다. 오뚝이, 얼음 인간, 피도 눈물도 없는 독한 년. 그 별명들이 자기 복원력의 시발점이었던가.

맞은편의 옴팡눈 할머니가 그녀를 유심히 들여다보며 말을 건넸다.

"어디서 왔나?"

"어디긴 어디여? 윗골에서 차 몰고 왔으면 윗골 별장 손님이제."

대답을 하기도 전에 무릎이 굽은 할머니가 옴팡눈 할머니를 나무랐다. 대답을 뺏긴 것이 차라리 잘됐다 싶었다. 그 할머니들에게 별장의 주인 이름을 대봤자 제대로 뭔가를 건지기도 힘들뿐더러 제대로 뭔가를 안다면 더더욱 무언가를 건지기 힘들다는 생각이 발끝으로 뻗어 나갔다. 임 변이 입을 다물자 할머니들은 없는 사람인 양 잘린 이야기를 이어 붙였다.

10분간 그들의 이야기를 경청한 결과 유모차를 끌고 온 무릎 아픈 할머니는 마른 할머니의 동네 형님으로 아들 하나에 딸만 둘인데 시집간 딸은 저들 살기도 바쁜 인생이고 사고 치고 들락날락거리다 이따금 살아 있다는 소식을 합의금으로 알리는 마흔 넘은 아들도 폭폭하긴 피차일반. 그 아들이 이번에 비 새는 지붕을 아는 사람 통해 헐값에 고쳐 줬노라. 형님의 자랑이 이어지자 그걸 받아 아우 할머니가 우리 사위가 부엌이 불편하다고 시골집을 싹 뜯어 개조해 줬다고 마침표를 찍는다. 홈쇼핑서 보고 카드 일시불로 결제했다는 말은 미담의 화룡점정이 되었다. 그러나 임 변은 시점을 개조하는 데 능숙한 사람이었다. 자기 틀에서 말하는 시점을 삼인칭 시점의 부감으로 끌어올려 달라지는 이야기를 끌어내는 게 자신의 직업이었으므로.

비 새는 지붕을 장마가 지난 다음에야 뜯어고쳤다는 것과 아는 사람을 통해 헐값에 급히 어찌했다는 것은 남으로 살던 아들이 모친을 상대로 카드깡을 했다는 것이며, 아우 할머니가 뿌린 것도 못 거두고 팔아 버린 밭농사가 풍년임을 아쉬워하는 것은 그 돈이 급히 딸에게 수혈됐음을 짐작케 해준다. 미담의 가공과 새고 있는 뒷얘기는 본능이 만든 것이다. 자식을 감싸고픈 어미의 마음과 그 자식으로 썩는 속을 은연중에 한탄하고 싶은 마음이. 임 변은 다시 가게 안으로 들어갔다. 그리고 할머니들 자리로 사이다 두 캔을 밀어 넣었다. 치이익 – 손수 사이다 뚜껑을 따서 할머니의 손에 넘기다가 본능이 다른 곳으로 뻗어 나갔다.

"근데, 별장에서 일하는 김씨 아저씨 말이에요."

헛발질이었으나 다행히 할머니들의 귀가 어두웠다.

"누구? 심씨 말이여?"

퇴행성 무릎을 주무르고 있던 형님 할머니의 말이었다. 자신과 별장에 대해 한 마디도 흘리지 않던 심씨의 강직함이 아랫골 할머니의 안줏거리가 되어 도마 위에 올랐다.

"아저씨 일하신 지 오래되셨어요?"

"오래된 게 뭐여. 저 집 들어서기 전부터 살던 사람 아녀. 근데 그치는 뭘 해도 징그럽게 안 풀리는 인생이여. 허구한 날 장취불성인 인사 아녀. 저 집터가 왜놈 때부터 돼지 키우던 축사 있던 자리인데 짐승들 우글거리며 새끼 낳고 쳐 잡던 자리에 사람 사는 집을 지었던 거제. 풍수고 뭐고 애당초 사람 살 자리가 아닌 것을."

임 변은 일부러 시선을 산 우듬지에 올려 두고 무심히 흘려듣는 척 이야기를 경청했다. 오래도록 다른 이의 이야기를 듣는 직업은 인간의 가장 취약한 구멍이 타인의 입임을 알려 주었다. 그들이 풀어놓는 이야기를 책임져야 할 사람이 입을 닫은 심씨일지라도. 이야기의 날은 무심했다. 무심히, 도마에 오른 심씨를 찌르고 난도질해 댔다.

"거 있잖어, 그 사단이 난 게 언제 적이지? 팔팔 거시기 할 때였나?"

"무슨 사단이요?"

"저기에 기도원인가 뭔가 들어서서 사람들 홀려서 몽땅 쥐약 먹고 죽게 한 거. 애들 몇이 창살 뜯고 탈출했던 게 그때쯤 아니었나?"

유모차를 바투 당긴 할머니의 얼굴에 주름이 깊어졌다. 아우 할머니가 입을 막을 새도 없이 형님의 기억은 기어이 봉인을 해제하고 풀려났다.

"30년 정도 됐나. 그때 살아남은 애들 중에 심씨가 있었다지. 경찰이 그러더만. 창살을 맨손으로 뜯어낸 건 구씨였다고. 구씨가 제 엄마 옆에 드러누워 있던 애를 들쳐 업고 나온 바람에 심씨만 살았다고…… 하이고, 목숨 줄 구해 줬다고 저러고 목줄 잡혀 사는 거면 차라리 에미 옆에서 죽는 게 나았지."

그 말에 옆에 있던 할머니의 얼굴이 사색이 되었다. 누가 들을까 노심초사인 것은 아우 할머니였다.

"희한한 인연이여. 그러고 사고무친 둘이서 어찌어찌 살았는데 심씨 그 인생이 살려 준 목숨이라고 저러고 목줄이 잡혀 뒤치다꺼리하면서 사는 거지. 근데 종살이하면서 마누라는 또 같네. 심씨 마누라가 애만 낳고 내뺄 때도 다들 구씨 애라고 쑥덕댔잖아. 걔가 서울 어디 친척 집에서 큰다고 하는데 천애 고아가 친척이 어디 있어?"

옴팡눈 할머니가 손사래를 치며 형님 할머니를 나무라고 나섰다. 함부로 입 놀렸다가 구씨 성격을 어떻게 할 거요. 아우의 입단속에 무릎을 주무르던 할머니가 돌아앉으며 말을 덧붙였다.

"구씨 그 물건이 사고 치고 고향 들어왔을 때부터 튼 거지. 눈에 살기가 번쩍번쩍했어. 불났다고 사람 구하러 들어갈 인물인가 어디? 그 기도원에 불을 놓은 게 누구였게. 뉴스에서 그랬담서? 약 먹고 마지막에 죽은 사람이 불을 놓았다고. 마지막 사람이 불을 놓았는지 밖에서 불을 놓았는지 지들이 눈으로 봤게?"

임 변은 사이다를 끝까지 목에 털어 넣고 두 할머니에게 눈인사를 하고 차로 돌아왔다. 탄산이 가시자 또다시 입안이 메마른 사막처럼 퍼석거렸다.

별장도 아니고 모텔도 아닌 본가, 사실은 이단적 기도원이었던 곳. 화재로 모든 것이 사라진 그곳에 다시 돌아와 자기만의 뿌리를 내린 수구초심이라. 왜 그들은 무덤을 향해 머리를 박고 죽는 본성을 가졌는가. 구대철과 심씨와 이 모둘리의 뿌리는 어떻게 같아진 것인지. 두 남자가 공유한 기억이 임 변의 마음을 헤집어 놓았다. 구 회장이 자신의 아들 구성구의 옆에 임석을 두려는 이유가 자신의 인생 궤적을 물려주기 위함이라면 이 해석본을 또 어떻게 해석해야 하나. 상상할 수 없는 심연의 세계를 들여다본 것처럼 정신이 아득해졌다.

핸들을 잡은 손의 마디가 하얗게 불거져 있었다. 본능이 알려 준 확신이 핸들을 붙잡고 있었다.

*

면회실의 문이 열리고 감청색 옷들이 어깨를 드밀며 쏟아진다. 일찍 들어와 봤자 제 부모에게 질편히 욕이나 먹을 것들이 자신을 기다리는 무언가에 들떠 두리번거렸다. 어른 뺨치는 흉악무도한 사고를 치고도 그 속에 젖니도 여물지 못한 애가 들어 있음을 임 변은 이곳에서 확인했다. 장기가 파열될 때까지 급우를 때린 강심장이 제가 기르는 강아지 안부를 묻는가 하면 시멘트를 그대로 굳힌 듯한 근육 덩이가 제 엄마의 가슴에 파묻혀 소리 내어 우는 걸 본 게 한두 번이 아니다. 면회 요청을 늦게 한 탓에 임석의 자리만 공석이었다. 편두통이 심해 관자놀이를 누르고 있는데 옆자리의 의자가 끼익 소리를 내며 뒤로 물러났다. 면회를 시작한 지 1분도 안 돼 자리를 뜨는 남자의 뒷모습이 보였다. 하지만 맞은편의 앉은키가 껑충한 녀석은 제 교실로 돌아갈 생각을 않은 채 자리에 못 박혀 있었다. 칸막이 너머 솟은 머리가 그녀를 불렀다.

"아줌마."

임 변은 고개를 들어 그를 바라봤다.

"아줌마가 임석 변호사죠?"

"나한테 용건 있어요?"

"돈 있으면 콜라 한 캔 사 줘요."

"……내가 왜?"

"나한테 듣고 싶은 말이 많을 텐데."

"그건 돈 많은 아버지한테 사 달라고 해야 하는 거 아닌가."

"보다시피 사이가 안 좋아서."

임 변은 임석에게 주려고 샀던 콜라와 과자 한 봉지를 옆 칸막이 너머로 던졌다. 구성구는 표정 하나 바꾸지 않고 과자 봉지를 뜯으며 말했다.

"물어봐요. 과자 값만큼은 말해 줄 테니까."

상대의 존대를 뭉개고 반말로 험한 말부터 늘어놓는 것은 이곳 아이들의 익숙한 패턴이었다. 그렇다고 처음부터 허투루 대화체로 겸상을 했다간 그걸 두고두고 흠집 내기 용으로 써먹는 아이들이다. 너도 들락거린 횟수만큼 영감 대접을 해줘야 한다는 뜻이렷다.

구성구는 마치 오랫동안 그녀를 기다렸던 것처럼 평온한 얼굴이었다. 그리고 기억을 디듬어 보았다. 이 녀석의 얼굴이 구대철을 닮은 것인가, 심씨를 닮은 것인가. 묘하게도 둘의 얼굴은 보이지 않는다. 구대철과 심씨 모두 마누라가 견디지 못하고 도망갔다고 했으니 도망간 그 엄마의 얼굴이라고 생각하면 될까.

"아버지한테는 왜 까이고 있어요?"

"원래 오지게 말 안 듣는 놈으로 유명하거든요."

"구성구 군이 요즘 면회실에서 수난을 당한다는 얘기를 들었는데."

"임석 새끼 입 되게 싸네."

"불알친구라면서 성격 파악이 아직도 안 되나 본데 걔는 자진해서 꼽이 된 것도 말 안 해. 근데 아버지가 덮어 주겠다는데 왜 자꾸 몸부림을 칠까?"

"사고는 궁금한 게 없나 보죠?"

"아, 하나 있긴 한데."

임 변은 뜸을 들이며 구성구의 표정을 살폈다. 선무당 기운 빠지게 운동하는 녀석들은 왜들 이렇게 포커페이스들이신지.

"되게 뜸 들이시네."

"실은 그날 누가 운전을 했느냐가 아니라 어쩌다가 차가 논두렁에 빠졌는지가 궁금해요. 이상하죠? 구성구 군은 어두웠다고 했는데 거긴 갈림길 쪽이라 더 환하잖아요. 어려운 윗길은 잘도 내려오고 정작 제일 쉬운 곳에서 헛발질을 한 게, 되게 생뚱맞던데."

"약 기운이 더 뻗쳤나 보죠. 아님 성질이 뻗쳤거나."

"그 사람이, 자주 그러는 편인가?"

구성구가 묘한 눈빛으로 그녀를 돌아봤다. '그 사람'이란 한마디

182

에 녀석이 보인 반응은 모호함 속에 강렬한 한 줄기 확신이 되었다. 임 변은 느슨하게 풀었던 자세를 고쳐 앉았다.

"김유진 양 좋아했다면서요? 임석이 아니고 구성구 군이 친 것도 아니라면 유진 양의 사고가 그쪽에게도 충격이었을 텐데. 진범이 임석이라면 왜 날 돕지?"

어둠 속에 뻗어 보듯 내밀어 본 질문에 구성구의 동공이 흔들렸다. 완고함 사이에서 허점을 찾는 일이 어리석은 것은 완고함이란 그 자체가 허점이라는 것을 모르기 때문이다. 녀석의 빈틈없는 철옹성은 그 자체가 유리 벽이었다. 아버지와 대립각을 세우는 건 사고와 관련된 일이 아닐지도 모른다. 녀석이 너털웃음을 터뜨렸다.

"아직 아무것도 모르시네. 그냥 이리저리 찔러 보다가 내가 움찔하는 것들만 건져 가려는 거네."

"1분 전까지는 그랬는데 방금 그 말이 확신을 주네요. 임석과 구성구 군 모두 그 운전석에 앉았던 사람이 아니라면, 그럼 진지하게 물어보죠. 어차피 형사 사건으로 갈 게 여기까지 흘러온 거란 건 잘 알고 있을 테니 그 말은 패스, 조작된 교통사고 현장 알아내는 일이야 감식이 얼마나 오래 걸리느냐에 달려 있는 거니 패스. 이렇게 꼬물꼬물 잘 꼬여 가는 와중에 아드님이 아버지와 대립할 게 없잖아. 어차피 엮인 사건이고 달라질 게 없는데 왜 아버지 쪽 사람이 하루가 멀다 하고 안달이 난 것처럼 찾아올까."

"임석 이 새끼, 비싼 아줌마 썼네."

"콜라 필요하면 말해요."

"하! 진짜, 콜라 값 한번 빡 치게 비싸네. 뭐 좀 뜯고 싶으면 우리 아버지를 찾아가시든가."

어떤 아버지를 말하는 거냐고 묻고 싶었다. 만약 제 출생의 비밀에 대해 모둘리 그 촌 동네에서 떠도는 소문의 실체를 알게 되면 이 녀석은 얼마나 더 엇나가게 될지. 어쩌면 그 돼지 키우던 터의 저주가 그곳에서 태어난 녀석에게 적확하게 살이 되어 날아온 것인지도 모른다.

"여기서 사적인 질문! 어릴 때 친척 집에서 컸어요?"

녀석의 눈이 삼백안이 되었다. 치켜뜬 저 눈을 뭘 모르는 사람들은 살기라 읽겠구나. 보나 마나 생각지도 못한 말을 들었을 때 놀라는 눈빛인데. 두 말 중 어떤 것이 더 녀석의 심기를 바짝 긁어 세웠는지 알 수 없지만 그녀의 호기심은 장축을 뻗어 나아갔다.

"진술서에 양촌 별장을 출발할 때 임석이 운전대를 잡았다고 했던데, 원래 양촌까지 올 때는 본인이 운전했잖아? 이 부분 되게 덜그럭거려요. 양촌 별장을 출발할 때부터 임석은 이미 약을 한 듯 이상 행동을 보이고 있었는데 사고가 날까 말리려고 동행했다. 정작 본인은 술도 약도 입에 대지 않았다. 그럼에도 훔친 아버지 차를 친구에게 운전하게 했다. 그것도 약을 먹고 정신이 없는 친구한테? 그리고 차가 논두렁에 처박혔다. 그런데도 임석이 또다시 핸들을 잡게 했다. 이렇게 놔둔 사람이 더 약쟁이 같은데."

구성구의 표정이 묘하게 변하고 있었다.

"뽑은 지 한 달 됐고 뒷좌석 벨트 비닐은 벗기지도 않았고. 뭐가 급해서 그렇게 범퍼를 빨리 갈고 차 내부까지 스팀 세차를 했는지. 그것도 트렁크랑 뒷자리만. 뒤져도 떨어지는 것도 없고 애당초 블랙박스도 달지 않고."

구성구는 풀밭 속에 자세를 낮춘 짐승처럼 그녀를 보고 있었다.

"급해서 시나리오를 잘못 짰겠지. 차라리 논두렁에 박히고 난 다음에 임석이 운전했다고 하면 이해가 됐을 텐데. 별장에서 처음부터 운전했다고 하는 바람에 꼬인 거고."

"……."

"이유는 사고 전 운전석에 임석이 있는 걸 봤다는 노승모의 진술이 먼저였으니까. 뒤늦게 우왕좌왕 입을 맞춘 건데. 이렇게 아버지가 시켰어요? 임석이 운전했다고 바꾸자고?"

덜그럭거리고 있는 것은 자신이었다. 구성구를 몰아붙이고 있는 자신은 평소의 패턴을 벗어난 행동을 하고 있다. 질문에 대한 구성구의 대답 역시 놀라움이 아닌 고통이었다. 뭔가를 참고 있으면서 동시에 절규하고 싶은, 그 상반된 두 가지 느낌에 혼란스러워졌다.

"이혼 변호사라면서."

감별소 안에서 등급이 올라갔구나. 구성구는 처음부터 그녀가 이혼 전문 변호사라는 것도 알고 있었다. 모든 것을 알고 있었으면서 자리를 떠나지 않았다. 전략인지 수작인지 둘 모두가 아니라면 무엇인지 다급한 건 자신이었다.

"운전했었죠, 사고 전까지?"

"개인이에요, 로펌이에요?"

"사고가 나기 전까지 구성구 군이 운전했다는 건 사실이죠? 노승모란 친구는 어디까지 본 거예요?"

녀석의 표정은 차갑게 식어 있었다. 정황상 구성구가 거짓말을 한 것은 양촌 별장에서부터 임석이 운전했다는 부분뿐이라고 짐작되었다. 양촌 별장을 떠나서 사고가 나기 전까지 운전대를 잡은 건 구성구지만 그다음은 다른 사람이다. 물론 의식을 잃은 임석 또한 아니다.

"혹시 삽질 잘하시나?"

물을 먹이겠다는 의도인지 정말 삽질을 잘하는 걸 묻는 건지 속내를 알 수 없다. 다문 입매를 살피는 사이 녀석의 입에서 의외의 말이 불거져 나왔다.

"맷집이 없으면 조금 뒤지다 나가떨어질 거라 안쓰러워서 물어본 거예요. 한번 잘 파보세요. 뭐가 나오나."

구성구는 자리를 박차고 나가 버렸다. 임 변은 등줄기에 식은땀이 흘러내리는 것을 느꼈다. 가는 철조망을 사이에 두고 뱅갈호랑이와 싸움을 하다 기를 빨린 기분이었다. 물어뜯기지 않고 우리로 돌려보내긴 했으나 구성구는 제 고깃덩어리를 던져 주고 갔다.

제삼자가 있었다. 사고가 난 벤츠에 탔던 건 구성구와 임석 둘뿐이지만 사고가 났던 시점에서 제삼의 인물이 등장했다. 구성구의 거짓말에는 그 일말의 진실이 담겨 있었다.

오전 11시 20분, 교정 수업이 시작되고 한참 만에 교실 앞문이 열리며 지도 선생 하나가 나를 호출했다. 이름을 듣자마자 엉덩이의 용수철이 튀어 올랐다. 복도를 뛰다시피 걸어가는데 마음이 쩍쩍 쪼개지며 또 다른 비애가 찾아들었다. 무슨 일이기에 이 시간에. 이번에는 어떤 나쁜 소식이 나를 기다리고 있나. 이틀 동안의 담금질은 나를 불퉁거리는 마음을 참는 조개로 만들었다.

　면회실에는 빈 의자가 보이지 않을 정도로 빼곡하게 사람들이 들어차 있었다. 면회인은 예상대로 임 변이었다. 커피 한 잔을 손에 들고 말끔한 정장 차림으로. 옷차림이 전략이라면 반은 성공이다. 후줄근한 차림으로 사람을 만만하게 보며 밑장을 다 보이게 만든 게 전략이었다면 그 역시 대단한 성공이다. 고집스럽게 말이 없는 내가 임 변과의 첫 대면에서 쏟아 낸 그 비수들이 떠올랐다. 어차피 튼 사이지만 인사를 건넸다.

　"늦으셨네요."

　"인사 한번 공손하네. 괜찮아. 먼저 와서 누구 좀 만났으니까."

　달라진 것은 옷차림뿐만이 아니었다. 반말을 하는 것은 이제부터 자신이 서브권을 가지겠다는 선전 포고였다.

　"누구요?"

　"구성구. 딱 옆자리라 인사 몇 마디 주고받았어."

　"그 새끼가 뭐래요?"

　"기억이 또렷하던데."

　"뭘 안다고."

　혼잣말처럼 내뱉는 말에 임 변의 얼굴에서 표정이 사라졌다. 곰살맞던 그 입술에서 금세 독한 말이 쏟아졌다.

　"그럼 넌 뭘 아는데? 지금 일이 어떻게 시궁창으로 처박히고 있는지 짐작이나 하나? 이대로 손 놓고 있다간 무면허 운전에 사람 친 걸로 독박 쓰고 재수 없으면 소년원이 아니라 소년 교도소로 갈 거라는 것까지 알고 계시나?"

"난 아니에요."

"구성구와 노승모가 네 운전을 증언했어. 약을 한 것 같다고 쐐기도 박아 줬고."

"정말 기억이 없다고요. 기억이 없다고 못 하는 운전을 했을 리가 없잖아!"

"신빙성은 합리성에 기반을 두는 법이야. 믿어 줄 만한가. 그 합리적 판단이 없으면 믿음이란 것도 없지."

"날 믿어 보려고 노력은 해봤어요?"

임 변은 가지고 온 커피 잔을 홀짝이며 오만상을 찌푸렸다.

"커피를 2박 3일 태웠나. 으, 쓰다! 그래, 네가 안 쳤을 수도, 쳤을 수도 있고, 사고에 일조했을 수도 있다는 가정을 다 열어 놓고 이야기해 보자."

"변호사예요, 판사예요?"

"내가 독선을 싫어해서. 하도 나만 옳다, 내 말이 맞는다는 사람 말만 들어 주다 법정에서 뒤통수 맞는 일이 많으니까 승소하려면 플랜 비를 깔고 시작할 수밖에."

"독선? 내가 사람을 안 쳤다는 게 독선이라고?"

넌더리가 신물과 함께 목구멍으로 넘어왔다. 모든 정황이 가리키는 범인이 나라는 사실을 인정하고 시작하겠다는 그 말을 듣는 순간 절망이 찾아들었다. 기술도 체력도 먹혀들지 않는 상대를 만났을 때처럼 마음이 칼바위 벼랑 끝에 섰다.

"그 독선 말이다. 자세히 들여다보면 내가 옳다가 나쁜 게 아니라 나만 옳다고 상대가 숨 쉴 구멍을 막아 버리는 게 더 나쁜 거더라고. 그 안에 든 독약은 두 개야. 하나는 나만 옳다는 거고 또 하나는 너는 틀렸다는 거지. 그럼 둘 중에서 어떤 게 더 치명적인가. 둘다 회생 불가 악질이지만 굳이 독성을 따지자면 내가 옳다는 쪽이더 악질이야. 세상에서 저만 옳다는 놈 해독제는 없더라. 그러니까 너나 나나 중증에 빠지기 전에 나는 옳다, 너는 틀렸다가 아니라 너와 나, 우리 모두 싹 다 틀렸다를 인정해 보자고. 아닌 가지를 쳐내고 살릴 가지만 남으면 그걸 붙잡으면 되고."

궤변이 법전처럼 복기되었다. 만에 하나를 가정해야 할 상황은 나를 믿지 않는다는 뜻이다. 눈앞의 변호사에게조차도 이해받지 못하는 나는 세상 모두에게서 이해받지 못하는 것이다. 비참함은 그녀가 철저히 내 돈을, 내 호의를, 내 선택을 받는 사람이라는 점이었다. 그럼에도 그녀는 내가 범인일 수 있는 가능성을 숨기지 않고 있었다. 그것은 그 엄청난 돈에도 내가 이 사고의 결정적 원인 제공자라는 무시할 수 없는 확률 때문이다.

"네가 죄를 지었다는 경우를 수를 파기하고, 성구가 죄를 지었다는 경우의 수도 파기해 보자. 그럼 그 사이에 뭐가 끼어들 수 있겠니? 아릿아릿하는 네 기억은 네가 살인자라는 것도, 결백하다는 것도 어느 쪽도 증명해 주지 못해. 모든 건 구성구의 입에만 달려 있어. 바로 그 점 때문에 구성구가 너를 물고 늘어지는 거야. 네가 뭔가를 숨기고 있다는 약점이 네가 사고를 저질렀다는 치명적인 증거는 아냐."

영민하게 묻고 있었지만 내 스스로 그 단어를 뱉을 수는 없었다. 짧은 침묵이 흘렀고, 선제공격이 들어왔다.

"약 했니?"

대답을 하지 않으려 노력하는 것만으로도 이미 많은 이야기를 하고 있었다. 임 변의 표정은 자신의 깃털 같은 짐작에 낙타 한 마리를 더 얹은 확신을 보이고 있었다.

"약 했냐고 백 번쯤 물어보면 말을 하려나."

"녀석이 로히프놀 같은 걸 탔겠죠."

갑자기 의식을 잃었던 것을 되짚어 보면 답은 하나뿐이었다. 소변은 그렇다고 치더라도 병원 응급실에 실려 와서 가벼운 찰과상에 단순 의식불명이라는 걸 확인하며 바로 혈액 검사를 했다는데 왜 로히프놀이 나오지 않은 건지 의아했다. 아니면 혈액 샘플이 바꿔치기를 당했든가. 하지만 임 변은 그 생각의 길목에서 기다렸다는 듯이 찬물을 끼얹었다.

"응급실은 생명에 직결되는 기본적인 검사만 하는 곳이야. 그래서 혈액이나 소변 검사에서는 별다른 특이점이 나오지 않았지. 요청하지 않은 이상 특정 약물이나 표지자 검사를 하지는 않거든. 새벽잠 쫓으면서 검사하는 사람도 힘든데 그런 수고를 할 수도 없고."

"……남은 혈액이 있었다면서요."

"뭐가 됐든 로히프놀은 열두 시간이 지나면 사라져 버려. 네 혈액에 남은 건 그게 아니고. 2차 혈액 검사 결과 나왔어. 근육 강화제, 스테로이드 이게 뭐 에너지 음료 마신다고 나오는 건 아니잖아. 이걸 먹고 의식을 잃었다고 보기도 힘들지 않나."

질끈 눈을 감았다. 단 한 번의 실수였다고 목구멍에서 미끄러져 내리는 고해가 있었지만 시간을 돌릴 힘은 없었다. 혈액 검사가 알려지면 무면허 사고는 둘째치고 선수로서의 내 생명은 시작도 전에 무덤행이다. 유소년 테니스 선수의 약물 복용은 프로 선수의 그것과는 달랐다. 외국에서는 심심찮게 보도되고 이슈가 되고 있었지만 아직 한국에서는 수면 위로 떠오른 적이 없는 상상 밖의 영역이었다. 그것은 자질의 문제가 아닌 도덕성으로 직결되고 스폰서를 받는 선수 생명의 끝을 의미했다. 임 변이 묻고 있는 것은 그 무덤으로 끌고 가 내가 묻힐 구덩이를 들여다보게 하는 것이었다.

"약을 하긴 했는데 그날 한 게 아니고 그 약이 아닌데 된통 꼬이게 된 거 정도 되나."

"무슨 일이 있었는지 나도 몰랐다고요. 뭘 묻는지도 몰랐고 그때 나는……."

"말해. 제대로 된 변명이면 믿어 줄 테니까."

다시 무거운 침묵이 흘렀다.

"……병원에서, 비염 약을 받았는데 도핑 방지 위원회 금지 약물 검색을 못 하고 먹었어요. 의사가 금지 약물을 빼고 처방해 주곤 했으니까. 약봉지를 버리려다가 못 보던 약 이름이 눈에 들어왔죠. 약을 받으면 늘 검색부터 하는 게 내 일이었는데 그날따라 뭐에 씌었는지…… 머리꼭지가 돈 채로 찾아가니 처음에는 발뺌을 하다가 처방전을 찾아보고 실수라고 인정을 하대요. 싹싹 빌면서, 법률적 책임은 없지만 도의적 책임은 있다. 하지만 나쁜 소문 하나에 병원 문 닫을 수 있다. 그 병원 드나드는 선수들이 몇 명이게요. 그 사람 밥줄 지켜 주느라 치료 목적 면책 주장은 생각도 못 했죠. 복도에 걸린 내 사진을 다 뜯어내 박살 내고 왔어요. 큰 주니어 대회 몇 개만 빠지고 프로 데뷔만 늦추면, 나만 조금 손해 보면 다 괜찮을 줄 알았죠. 머저리가."

네 자리에 염성우 얼굴이 걸려 있더라. 구성구가 친절히 그 뒷얘기를 전해 주었다. 1층에서 9층까지, 내과 검진에서 물리치료까지 광고판이 바뀌었다. 나는 입을 닫았고 임 변은 머릿속에 떠오른 생각을 입 밖으로 꺼내지 않았다. 그때라면 내가 구대철의 매니지먼트 계약을 거절했던 시점이다. 병원 복도에서 액자를 빼버린 것은 내가 아니라 구대철일지도 모른다.

임 변은 침묵하고 있는 내 앞에 묵직한 자료를 던져 놓았다. 금지 약물을 걸러 내는 생체 여권에 대한 조사물이었다. 금지 약물을 했다는 걸 처음부터 알고 있었음이다. 그걸 알면서도 기회를 준 것인지 기회를 엿본 것인지.

자료는 운동 종목과 성별에 따라 달라지는 약물로 정확히 분류되어 있었다. 그리고 그 첫 장이 사이클의 황제에서 도핑의 황제로 전락한 랜스 암스트롱이었다. 암을 이겨 내고 한 번도 힘들다는 투르드 프랑스*에서 7년 연속 우승한 불굴의 사나이가 약물을 복용했다는 사실이 알려졌을 때 충격을 넘어선 배신감이 들었다. 신화 속 사나이가 하루아침에 길바닥 협잡꾼으로 바뀌었다. 도핑에 걸린다는 건 단순한 스캔들만으로 끝나지 않는다. 랜스 암스트롱은 모든 기록과 명예를 잃었다. 2012년 사이클 황제의 약물 복용이 알려지면

* 프랑스에서 매년 7월에 3주 동안 열리는 세계적인 프로 도로 사이클 경기다.

서 미국 반도핑 기구는 암스트롱의 모든 기록과 선수 자격을 박탈했고, 국제 사이클 연맹 역시 신기록과 세계 기록을 세운 그의 기록을 삭제하는 강경 조치를 취하며 선수로서의 그의 생명을 끝내 버렸다.

도핑 칼날이 매서운 것은 테니스 쪽도 마찬가지였다. 사이클처럼 아예 감시 시스템을 체계적으로 구축해 선수들을 감시하고 있었다. 속칭 생체 여권 시스템을 도입해 선수들의 혈액 샘플을 대회 기간이 아닌 시기에도 채취해서 약물 사용에 강경하게 대응했다. 미리 확보된 혈액 속 생체 정보를 도핑 테스트 결과와 비교해 조그만 변화에도 경고음이 울리는 화재경보기처럼 민감한 시스템을 활용하고 있었다. 수많은 선수들이 유혹을 이기지 못했고, 수많은 선수들이 그 촘촘한 그물망에 걸렸다.

프로 데뷔와 동시에 등록하게 되는 생체 여권의 숫자는 영원히 지울 수 없는 기록이 되어 선수 생명 내내 나를 따라다닐 것이고 그것이 내가 가장 두려워하는 괴물임을 알아챈 임 변의 반격이 시작되었다.

"정신 차리고 들어. 지금 네 핏속에서 나온 건 그 따위 비염 약이 아니야. 혈액 검사에서는 스테로이드가 칵테일처럼 섞인 걸로 나오고 흥분제도 검출되었어. 게다가 다른 금지 약물을 숨기는 데 먹는 이뇨, 혈압 강하제가 나왔어. 이건 네가 금지 약물을 자발적으로 먹고 그걸 숨기려고 마스킹 에이전트로 썼다는 결정적인 증거가 된다고."

스테로이드 칵테일과 흥분제, 은폐제의 3연타에 온몸의 돌기가 돋아 올랐다. 진의를 찾아 임 변의 표정을 살폈지만 그녀의 얼굴은 얼음장처럼 차가웠다.

"무슨 뜻이에요? 내가 그딴 걸 언제!"

"그래, 그딴 걸 언제, 모르고 먹었을까."

임 변이 뱉은 마지막 문장에 뼈가 있었다.

"승모란 그 친구 다음 달 대회에 너 대신 출전한다더라. 거기서 랭킹 올리면 국제 대회도 나갈 수 있다며? 그 친구가 일인자가 될 거라던데 이래도 답이 안 나오니?"

"승모는 절대로……."

"랜스 암스트롱 말이야. 도핑이 발각된 건 같은 팀 동료들의 고발 때문이었어. 자, 승모는 뭐."

"……."

"너만 없어지면 자기 인생이 바뀌는데 그 처지에 친구 뒤통수 열 둘은 때리지 않을까."

결국 승모가 나를 밟아서기 위해 염탐하며 기다렸다는 성구의 말이 옳았던 걸까. 아득하게 멀어지는 생각 속으로 승모의 그림자 뒤에 섰던 녀석의 아버지가 떠올랐다.

실제로 만났던 것은 두 번뿐이었다. 한 번은 중학교 졸업식에서, 또 한 번은 목욕탕에서. 오랜만에 귀국한 아버지가 아니었다면 절대 가볼 일 없는 사우나였다. 얼굴을 보고 당황해 맨몸인 채로 꾸벅 인사를 했으나 승모 아버지는 나를 모르는 사람인 양 대했다. 아버지가 물었다. 아는 사람이냐. 그제야 정신이 번쩍 들었다. 아니에요. 잘못 봤어요. 그리고 기억해 냈다. 중학교 졸업식에서 나를 바라보던 차가운 그의 눈빛을, 제 아들의 승리와 영광을 모두 앗아 간 나를 어떻게 바라보고 있었는지를. 승모의 아버지는 큰 대회를 앞둔 녀석의 몸을 반짝반짝 새것같이 밀고 닦아 검투사처럼 시합장으로 내보내곤 했다. 승모가 훈련 파트너로 살아남아 힘겨운 싸움을 계속하고 있는 동안 나를 보는 그 아비의 눈빛은 원망과 증오였다. 뜨거운 탕 속에서 아버지는 내내 말이 없었다. 내가 사우나를 들락거리는 동안 아버지는 세신을 받았다. 자리로 돌아와 혼자 때를 미는데 매일 샤워하는 몸에서 굵은 때 줄기가 우수수 떨어져 내렸다. 세신을 마친 아버지가 돌아와 나머지 등을 밀어 주었다. 아버지의 억센 손이 등 이곳저곳의 때를 벗겨 냈다. 닮았더라. 갑자기 튀어나온 말이었다. 잠시의 멈칫거림이 전해졌을까. 평소의 아버지답지 않게 긴 이야기가 흘러나왔다.

어쩌면 나는 승모란 아이의 아버지보다 더 아비 노릇을 못 했을 수도 있다. 내가 없는 동안 너는 혼자 힘으로 여기까지 올라왔어. 그러니까 누구에게든 호의를 강요당하지 마라. 이기는 걸 미안해하는 건 프로가 아냐.

많은 것을 보지 못했으면서 그 많은 것을 꿰뚫고 있는 말이었다.

임 변이 휴대폰에서 신문 기사 하나를 불러내 내 앞에 툭 던져 놓았다. P 인터내셔널이 임석 선수의 스캔들로 적잖은 피해를 본 뒤 새로운 주니어 선수를 발굴 육성한다는 기사였다. 입안이 텁텁했다. 세상의 순리가 피부의 각질처럼 내게서 떨어져 나갔다. 세계 최고의 테니스 선수가 되도록 징검다리를 놓아 주던 P 인터내셔널 대표의 번들거리는 웃음소리가 환청처럼 들렸다.

"노승모가 너에게 보여 줬던 행동들, 그 말들이 전부 거짓말은 아니었을 거다. 개의 진술도 모두 거짓말이라고 믿기는 어려워. 오히려 한 각도만 보여 주는 블랙박스처럼 설득력이 있지. 진실 몇 개가 섞인 거짓말이 가장 강력한 것처럼."

승모는 내가 성구를 밥맛으로 보는 것 이상으로 녀석을 미워하지 않았던가. 내 문제를 제하고라도 승모가 성구의 알리바이를 증명해 주는 건 지금까지의 행동과 다르다. 고작 랭킹 몇 위 때문에 그런 거짓말을 했을 승모가 아니다.

그리고 성구의 목소리가 끼어들었다. 승모 새끼 진짜 문제가 뭔지 아냐? 그 새끼는 결승에서 너를 만나면 우승할 수 있다고 믿는 거야. 근데 진짜 문제는 결승까지 오를 실력은 아니란 거지. 그래서 분한 거야. 1위는 깨부술 수 있는데 그 밑의 놈들은 못 이기는 게.

"자, 노승모 얘기는 밀어 둬. 어차피 엎어진 판이고 개들한테 힘 빼지 말자."

"그럼 뭘 해요?"

"지금부터는 네 기억을 파봐야지. 그날 좀 이상한 일이 있었다거나, 이상한 사람을 봤다거나 눈에 띄는 물건이 있었다거나."

임 변은 사건 당일 행적을 10분 단위로 적은 표를 내보이며 물었다. 시간 단위로 나의 행적과 그 옆에 주변 인물들의 행동이 표기되어 있었다. 별장에 있었던 다른 아이들의 진술을 토대로 그 밤의 행적을 기록한 것이다. 촘촘하게 짜인 그물망 속에서 내가 도망갈 구멍은 보이지 않았다. 그 표를 보는 순간 생각이 달아났다. 납 벨트를 매고 산호초 바닷속으로 가라앉으면 그렇게 기분이 좋다던데, 언제쯤 그 심연 속으로 내려가 볼 수 있으려나. 생각이 점점 면회실에서 멀어졌다.

"임석! 정신 안 차릴래?"

임 변의 호통이 산호초 속을 헤집던 나를 물 밖으로 끌어내었다. 입에 물고 있던 호흡기를 강제로 뺏긴 것처럼 숨이 막혀 왔다. 마주하고 싶지 않은 현실이었다.

"기억해! 잡생각 하지 말고 집중하란 말이야! 그날 양촌에서 뭘 마셨는지 이상한 뭔가를 봤는지 생각나는 대로 말해. 그날에서 도망치지 말고 똑바로 들여다보라고!"

임 변이 다시 양촌의 기억 속에 내 얼굴을 밀어 넣었다. 시야를 가리던 흐린 부유물들이 걷히고 기억 속에 가라앉아 있던 양촌 별장이 모습을 드러냈다. 택시에서 내려서자 별장 입구에 매달린 CCTV가 보였다. 왜 이런 시골 촌구석에 자동차 번호판까지 식별할 수 있는 고화질 CCTV가 필요했을까. 시선이 다시 정문 앞으로 향한 순간 승모가 보이지 않았다. 염성우와 함께 있던 승모뿐만 아니라 다른 사람들도 보이지 않는다. 모두들 떠나 버린 별장의 을씨년스러운 밤이 보일 뿐이다. 정원에 놓인 뷔페 음식이 썩어 물고기 밥이 되고 있었다. 물풀로 뒤덮인 별장 입구로 다가가자 한 무리의 검은 그림자가 떼를 지어 지나갔다. 알 수 없는 두려움과 공포에 나무 뒤에 숨어 숨을 참았다. 한참 만에 고개를 빼고 주위를 둘러보는 그 때 눈앞으로 유진이가 지나갔다. 창백한 얼굴이 천천히 뒤를 돌아봤다. 원망과 증오의 눈빛으로 입술을 달싹이며 무언가를 말한다. 손을 뻗었지만 그 무엇도 잡히지 않았다. 유진아, 가지 마. 입 밖으로 소리가 나오지 않았다.

번쩍 – 유진이의 등에서 빨간불이 켜졌다. 그 작은 등에 내 빨간 테니스 가방이 매달려 있다. 깜박이를 켠 채, 자기를 따라오라고.

눈을 뜨자 참았던 숨이 터져 나왔다. 임 변이 거칠게 내 손을 잡아당겼다.

"기억났어?"

"……유진이가, 걔가 제 가방을 들고 갔어요."

"가방?"

"제 라켓 가방을 가져갔어요."

"네 가방을? 확실한 거야?"

"네."

"가방은 메고 있던 크로스 가방이 다였어. 네 가방을 어떻게 들고 갔는데?"

"몰라요. 잃어버린 게 한두 번이 아니어서 그냥 신경 안 썼어요."

"왜?"

"우승한 선수가 썼던 물건을 쓰면 성적이 좋아진다는 소문 때문에 애들이 많이 건드려요. 난 대회마다 요주의 대상이고."

재수 없는 데다 썩은 도끼병이구나. 임 변의 표정이 그렇게 말하고 있었다. 그렇게 생각한들 억울한 쪽은 나였다. 화도 내고 타일러도 봤지만 그들은 당당히 내가 가진 행운을 요구했다. 그래서 가방에는 시합에 필요한 운동복과 라켓 몇 가지만 넣고 다닐 뿐 휴대폰이나 지갑은 가지고 다니지 않는 게 오랜 습관이 되었다. 그걸 재수 없다 생각하든 말든.

"걔는 선수가 아닌데 왜?"

"모르죠. 팔아서 용돈 벌이를 하는지."

"그 택시 말이야. 그날 노승모란 개 휴대폰으로 부른 거랬지?"

"늘 승모가 했으니까."

"네 손가락은 뒀다 뭐 하고?"

"말했잖아요. 잃어버려서 휴대폰 잘 안 들고 다닌다고. 시합하는 날에는 그냥 라켓 가방만 챙겨요."

임 변의 눈썹이 크게 회오리를 일으키다 가라앉았다.

"휴대폰만 노승모란 친구한테 맡기면 되잖아. 걔 가방 터는 애들은 없었을 거 아냐."

그게 문제였다. 내 휴대폰을 승모의 가방에 둔다는 것 자체가 녀석이 우승과 거리가 멀다는 걸로 해석될 수 있다는 게. 임 변은 주저했던 그 마음을 읽어 냈다.

"눈 가리고 아웅 해주고 눈물겹네."

"줘봤자 가방이 가득 차서 넣을 자리도 없었을 거예요."

"꼴랑 휴대폰 하나 넣을 자리가 없을라고."

"승모는 라켓만 일곱 자루를 넣어 다녀서 이민 가방 수준이었어요."

"뭣 하러."

"그냥, 징크스예요. 그 7이라는 숫자에 집착하는 거. 수건도 일곱 개, 공도 일곱 개, 초콜릿도 일곱 개. 그냥 그래요. 운동하는 사람은 그런 징크스나 루틴 많아요."

"그렇다고 시합에서 우승하는 것도 아니잖아."

"우승했었죠. 그 기억이 강렬했던 거고. 그래서 그 숫자에 마음의 안정을 얻는 거죠. 프로 선수도 중압감 때문에 별 미친 짓을 해요. 꼭 새 공 냄새를 맡고, 다리 사이로 공을 튀기고, 라켓은 여덟 개에 타월도 여덟 개가 있어야 하고, 경기 전에 항상 찬물로 샤워를 하고 물도 한 모금, 음료 보충제도 딱 한 모금 마시고 항상 같은 위치에 그 병들을 놓고. 이런 괴상한 짓을 하는 게 다 프로 선수들이에요. 앤드리 애거시가 시합 때 노팬티였던 건 여자 팬들에게 유명했대요. 승모는 그저, 라켓을 일곱 개 가지고 갔던 날 우승했을 뿐이고 그걸 놓치고 싶지 않은 마음이었겠죠."

"그래, 그래서 럭키 세븐 노승모 폰으로 전화를 했는데 명색이 콜이 30분도 더 걸려 도착했고."

"외진 곳이라 그런가 보다 생각했죠."

"애들 말고 다른 사람은?"

"결승 시작하고 얼마 뒤에 김 실장이 별장에 찾아왔었어요. 뭔 서류 뭉치를 들고 성구랑 얘기하고 돌아간 걸로 아는데."

"김 실장? 인상 서늘한 그 아저씨?"

구 회장 비서를 안다는 건 임 변이 이미 그를 만났다는 증거다. 어떻게 만났는지는 묻고 싶지도 않았다. 그 손가락이 신경질적으로 책상을 두드리고 있었다. 무슨 생각이 떠오른 건지 의미심장한 표정이었다.

"노승모가 덕운고 염성우를 언제부터 알았니?"

"네?"

그 순간 임 변은 나의 명청함을 직시했고 나는 뒤늦게야 벌어진 입을 다물었다. 노승모와 염성우, 두 사람은 개인적으로 친분 있는 사이가 아니었고 대외적으로 우리는 라이벌의 구도를 가진 학교에 속해 있었다. 그럼에도 두 사람의 비밀이 존재한다면 그것은 어쩌면 둘의 공통된 적, 나 때문이었다는 소리다.

"염성우가 KDC 코트에서 야간 훈련한 게 지난달부터였는데 그때 파트너가 노승모였어. 네 스파링 파트너가 이중 스파이 노릇을 한 거지. 그날, 별장에서 노승모가 택시를 함께 타고 간 사람 중에 염성우가 있다면…… 내가 인정할게. 네가 바보같이 순진해서 여기 들어왔다는 거."

임 변호사는 짧은 꼬리를 감추며 문 너머로 사라져 버렸다. 세상에 다시없는 멍청이임을 각성한 그 순간 욕이 배어 나왔다. 욕지기가 치미는 그 자리로 면회 일지가 드밀어졌다. 면회 담당관이 일지를 내밀며 사인하라고 말했다. 내 이름 옆에 쓰인 면회 종료 시간 11시 29분, 옛 같은 29호로 돌아갈 시간임을 일깨우는 숫자였다.

*

과한 우연들이 천운을 만난 것처럼 손발을 맞춘다.

노승모가 부른 콜이 늦게 온 것은 의도된 결과가 분명하다. 게다가 노승모는 그 택시에 염성우를 태웠을 가능성이 높다. 그렇다면 사고 현장을 지나간 사람은 택시에 타고 있었던 노승모와 염성우, 혹은 또 다른 인물이며 그들 모두 사고 운전자가 되었을 가능성이 생긴다.

임 변은 사무실에 전화를 넣었다. 노승모 진술서에 택시를 함께 타고 간 사람이 누구라고 되어 있어요? 아, 염성우. 걔 혼자였어요? 사무장은 한 문장을 덧붙였다. 택시 기사도 두 사람을 천호동에 내려 줬대요. 전화를 끊은 뒤 한참 동안 머릿속이 움직이지 않았다. 가득 찬 택시에 염성우 혼자라. 임석에게 염성우를 들키고 싶지 않아서 그냥 간 거라면 이해가 갈 수 있는 상황인데, 뭔가 그림의 아귀가 맞지 않았다. 편집된 정보의 집합체인 보고서는 핏물을 뺀 사골처럼 담백했다. 주변인들의 진술과 사건 보고서 모든 것에 구멍이 없다. 그럼에도 원본이 아니란 확신이 들었다. 이야기에 이해관계가 개입되면 객관적인 시각이 보이지 않았다. 사건을 본 정확한 눈이 필요했다. 임 변은 지엽의 끝에 매달린 몸통을 향해 시선을 돌린 뒤 지그시 눈을 감고 생각에 잠겼다. 누구의 눈이 정확했을까? 임석, 이 녀석은 날아오는 공이나 잘 보지 제 주변을 돌아보는 데는 젬병이다.

구성구? 얘는 좀체 속을 알 수 없는 놈이니 일단 구석으로 밀고, 의식이 없는 김유진이나 시종일관 모르쇠인 택시 기사도 피차일반. 역시 그 녀석뿐인가. 임석이 유일하게 제 등을 내주었던 녀석의 눈이야말로 그 밤의 확실한 목격자였다. 녀석을 불러내기로 했다.

땀에 전 운동복을 주섬주섬 껴입고 280밀리 운동화에 발을 집어넣었다. 긴 꽁지머리가 거슬리니 꽁지머리도 싹둑 잘라 내고 녀석의 짧은 스포츠머리를 만들었다. 무뚝뚝하고 좀체 속을 드러내지 않는 성격이라 했던가. 그녀는 노승모의 외피를 입었다. 그 사람의 겉가죽을 입고 그 사람이 되어야 그의 행적을 이해할 수 있는 이 과정을 남들이 뭐라 한들 임 변 스스로는 심리 빙의라 불렀다. 노승모의 눈으로 임석이 얘기한 6월 7일 저녁 시간으로 돌아갔다.

자, 노승모! 오늘 나는 경기를 망쳤다. 임석이 꽂아 준 경기를 8강에서 중도 하차한 뒤 하루 종일 땡볕에서 녀석의 가방을 지키며 남은 경기를 관람했고. 땀은 식었지만 억울함은 가시지 않았던 거지. 발목 부상이 좀 더 빨리 나았다면 이번 경기를 통해 랭킹을 올릴 수 있었을 텐데. 되는 놈과 안되는 놈의 결정적인 차이는 실력조차 죽여 버리는 그놈의 부상이다. 다치지 않고 시즌을 마치는 재주를 타고난 새끼, 녀석은 예상대로 근육 한번 뭉치지 않고 무사히 결승을 치러 냈다. 녀석이 우승컵을 들어 올리는 사이 스포츠 단신으로 임석 과천 시장기 2연패 달성이라는 속보가 올라왔다.

임석이 샤워실에서 씻는 동안 녀석의 엄마가 다녀갔다. 무거운 트로피를 가져가고 두툼한 돈 봉투를 가방 주머니에 밀어 넣었다. 목욕탕 매표소를 떠날 수 없는 엄마의 문자 메시지 한 통이 도착했다. 시합 끝났니. 엄마는 늘 결과를 묻지 않는다. 다른 선수들이 버리고 간 기념품 수건을 챙기던 손에서 힘이 빠져나갔다. 늦을 거라는 말 한마디를 찍고 있는 사이 녀석이 샤워실에서 나왔다. 일그러진 표정을 가리기 위해 숨겨 둔 가면을 써야 한다.

깃털처럼 가볍고 수증기처럼 무게감이 없는 나로 돌아가야 한다. 나는 녀석과 고깃집으로 전력 질주를 했다. 함께 갈비를 먹고 냉면까지 포식한 뒤 택시를 타고 12시 반쯤 양촌 별장에 도착했다. 차 문이 열림과 동시에 아이들이 녀석을 에워싸고 나는 멀찌감치 떨어졌다. 임석이 유진이를 만나 이야기를 나누는 사이 나의 행방은 묘연하다.

묘연이라. 나는 도대체 어디서 무얼 하고 있었을까.

새벽 1시 30분, 임석은 돌아가자고 했지만 휴대폰 배터리가 나가는 바람에 오도 가도 못하는 처지가 되었다. 그곳에 유선 전화가 있었고 잘 아는 유소년 선수들도 있고 전화 한 통만 쓰면 될 일인데 굳이 휴대폰을 충전해야 한다. 오줌 한 방울 안 흘리기로 소문난 꼼꼼한 나란 아이가. 심지어 택시비는 늘 임석의 몫이었음에도 나는 이상하게도 타고 왔던 그 택시를 불러야 한다. 나에게는 이 별장에 머물 다른 이유가 있었다. 임석조차 모르는 다른 뭔가.

임석이 구성구의 차를 타고 유진이를 데리러 가겠다고 했을 때 나는 그 동행을 말렸다. 녀석에게 유진이는 스테로이드 같은 계집애다. 엮이는 순간 선수 인생이 골로 빠질 거라는 걸 임석만 모르고 있을 뿐, 문제는 임석이 아닌 김유진이다. 또라이 같은 년, 나는 주변 아이들에게 심심찮게 이 욕을 하고 다녔다.

결국 구성구와 임석은 같은 차를 타고 떠났다. 얼마 후, 택시가 도착했고 나는 염성우와 그 뒤를 따라갔다. 사고가 나기 전 그 갈림길에서 구성구와 임석과 김유진을 만났다. 하지만 잠시 이야기를 나눈 후 자리를 떠났다. 택시 기사는 우리를 천호동 사거리에 내려주고 떠났다. 나는 염성우를 천호동까지 데려다주었다…….

임 변은 눈을 번쩍 떴다. 노승모의 집은 가락시장 쪽이고 아버지도 가락시장 쪽 사우나에 있다고 하지 않았나. 그 새벽에 두 사람 모두가 천호동에 내렸다는 것은 천호동에 사는 누군가를 데려다준 것으로 볼 수 있다. 세워 준 것도 아니고 다 큰 남자를 데려다주었다라.

염성우의 프로필을 검색했다. 진명초, 덕운중, 덕운고까지 염성우의 열여덟 해는 금호동의 역사다. 임석에게는 분명히 택시를 함께 탈 여러 명이 있었다고 했는데 실제로 탄 건 한 명이고 그의 주소는 천호동. 그건 염성우가 빠지고 다른 누군가만 태웠다는 말일 텐데. 사건 일지에는 택시 기사와 노승모의 증언만이 기록되어 있을 뿐 천호동의 육성은 단 한 줄도 기록되어 있지 않았다. 얘는 왜 시종일관 말이 없었던 걸까? 노승모가 전면에 나서 이 사건을 수습하게 만든 치명적인 약점인가, 임석에게 등을 돌릴 만큼 치명적인 무언가를 구성구 쪽에서 쥐고 있다는 뜻인가. 그걸 구성구가 알고 있을 수도 있고, 아니면 구대철 회장이 알고 손을 쓸 가능성도 있다. 노승모를 어떻게 구워삶으면 그 얘기를 들을 수 있을까 하는 허무맹랑한 꿈은 접었다. 벌써 두 놈, 아니 세 놈. 테니스 치는 녀석들을 겪어 본 뒤 임 변은 운동하는 애들이 보통내기가 아니란 사실을 일찌감치 알아차리고 정신 줄을 바짝 매었다. 차라리 멋모르고 사고 치는 날라리가 편하다는 소리가 절로 새어 나왔다.

사무실에 돌아온 이후 계속 머리를 싸매고 있는데 사무장이 프린트물을 들고 왔다. 아직 따뜻한 걸 보니 방금 프린트한 새로운 정보였다.

"뭘 또 들들 볶으셨기에 이게 저희한테 넘어와요?"

"차량?"

"아뇨. 감정원에서는 연락이 없고 공업사에서는 딱 잡아떼던데요."

"수리 일지는 언제 넘어와요?"

"그건 차일피일이고 레커차는 계속 뻉카예요. 자기는 그냥 새벽에 전화가 왔을 때 마침 양촌 근처였대요. 뭐, 아는 사이라 불려 간 거다. 다른 데는 파손 차량을 폐차 처리 유도해서 팔아먹기도 하는데 자기네는 진짜 양심적으로 처리해서 거기까지 갔다고요. 차만 실으러 갔는데 흥분한 키 큰 남학생이 자기한테도 차 문을 잠그고 손도 못 대게 했다고 하던데요. 겨우 김 실장이랑 통화하고 키를 넘겨받았다고 어찌나 국어책 낭독을 하시는지."

어쨌든 그 시골 촌 바닥에 앰뷸런스와 비슷하게 도착했다는 뜻은 119에 신고한 동시에 레커차를 불렀다는 뜻이었다. 어쩌면 구조 전화보다 먼저 레커차를 불렀을지도 모를 일이다. 출발지는 때마침 양촌이라, 어찌나 합을 잘 맞추는지 쓴웃음만 나왔다.

"이건?"

"김유진 양 아버지가 연락 주셨어요."

"왜?"

"임석이 병원엘 갔었나 봐요."

"정신 나갔네."

"다녀간 다음에 많이 고민하셨대요. 그리고 이걸 보내 줬는데 혈액 보고서예요. 슬쩍 봤는데 별첨이 길던데요."

"뭔데요?"

"검출 약물이요. 한번 보세요."

임 변의 눈이 다급하게 보고서의 하단을 좇았다. 그 생소한 이름 옆에 달린 설명들이 임 변의 미간을 절로 찌푸리게 만들었다. 벌써 두 번째 읽는 약물 보고서였다.

"이게 다 뭐야. 이게 왜 얘 몸에 있었을까?"

"모르죠. 요즘 애들 속이야."

사무장의 목소리마저 두려움 속에 잠겨 있었다. 닥치는 대로 어둠 속을 휘젓는 손에 자꾸만 이상한 것들이 감기어 올라오자 임 변은 점점 힘에 부침을 느꼈다. 너무 깊이 들어와 사건의 윤곽조차 제대로 보이지 않았고 사건은 점점 입구도 없고 출구도 없는 미로 그 자체가 되고 있었다.

갇혀 버린 미궁이었다. 그리고 인정했다. 자신이 벗어날 수 없는 직업의 테두리 밖에서 자료를 긁어모아 담벼락 안으로 던져 줄 전문가가 필요함을. 뒤를 책임질 불펜 투수는 늘 가동 중이었으나 상황에 맞는 선수 선발이 문제였다.

짧은 고민 끝에 적임자를 호출했다. 그는 마침 법원에 사건 취재를 와 있던 참이었다. 임 변이 짧게 다져 보낸 문자에 30분 안에 사무실로 오겠다는 회신이 왔다. 그의 결혼식 이후 처음 만나는 자리지만 인사를 나눌 새도 없이 본론을 꺼내 들었다. 느긋했던 마음에 잔뜩 독이 올라 있었다.

임 변은 박동규가 신문사 기자로 잔뼈가 굵은 만큼 이번 사건을 바라보는 새로운 시각을 주었으면 하는 바람이었다. 물론 그는 마무리 투수감이었지 중간 계투로 올릴 순번은 아니었다. 하지만 사건의 축을 틀자면 지금 그의 힘이 필요했다. 민감한 부분은 배제하고 필요한 사건의 정황과 알려진 사실만을 간추려 설명했다. 이야기를 듣는 내내 박 기자의 표정이 굳어 있었다. 이슈가 되었던 임석의 무면허 사고와 약물 복용 문제 안에 실타래처럼 엉킨 사건들이 있다는 걸 듣는 순간 그의 촉감이 제대로 움직였다. 유황천이 터질 수맥이다. 건드리기만 하면 줄줄이 달려 나올 사건이라는 감이 왔다. 지방 국회의원 선거에 출마했다가 낙마했던 구대철의 전적은 중요하지 않았다. 어차피 공천도 못 받고 무소속으로 대차게 돈을 바르고 나간 자리였으니 본인 외에 그 누구도 당선을 기대하지 않은 후보였다. 문제는 그가 교묘하게 유력 후보자의 줄을 대며 표를 몰아준 선거원으로 활동했었다는 점이었다. 표를 물어다 주는 장사꾼, 구대철을 보는 박 기자의 평이었다. 그런 사람이 구성구의 아비였다.

"단순한 교통사고가 아니다, 운전자를 바꿔치기한 건 맞는 것 같은데 구성구라고 하기에도 께름칙한 상황이 많다, 네 말은 그거잖아."

임 변은 김유진 몸에서 검출된 약에 대해서는 일단 함구하기로 했다. 해석할 변수가 너무 많았고 김유진이 사고 전에 약을 했다고 하기에도 별장에서 봤던 눈이 많고 계획할 여지가 없는 일이다. 모든 것이 지독한 우연인데 예견된 느낌임을 지울 수 없다. 두 사람은 사고의 전 상황을 놓고 씨름했다. 한 사람은 주어진 자료로 진실을 좇는 식이고 또 다른 한 사람은 선무당이 사람을 잡을 때 쓰는 감으로 본질을 짚었다.

"기사 쓰지 마. 엠바고야. 데스크에도 보고하지 말고 기다려. 판결 나오면 그때 써."

다급하지만 짚고 넘어갈 부분을 제대로 짚고 가지 않으면 변질될 사건이었다. 소년 재판을 언론에 흘려서는 안 된다는 기본보다 앞선 본능이 그녀를 멈춰 세웠다.

본능은 기억을 몰고 왔다. 먼 기억이었으나 강렬한 하루였다. 동네 사람들이 자신을 서낭당에 꽁꽁 묶어 두고 돌멩이를 던지던 꿈처럼, 오래되어도 색 하나 바래지 않은 기억이었다. 그날은 1993년 10월 중학교 연합고사를 두 달 앞둔 어느 일요일이었다. 온 가족이 모여 TV를 보고 있는데 목욕탕에 갔던 이모부가 슬리퍼를 달그락거리며 급히 집으로 돌아왔다. 이모부는 유선 방송을 틀어 선명하게 잡히는 일본 방송으로 채널을 돌렸다. 그 시절 부산에서는 유선 방송 안테나를 달면 일본 국영 방송이나 오키나와 민방 채널이 잡히기도 했는데 밤이 되면 속옷을 입지 않은 여자들이 심심찮게 등장했다. 브라운관이 온통 살색이 되면 거실에 있던 TV가 이모부의 방으로 사라지기도 했다.

하지만 그날의 일본 방송 데스크는 모처럼 뉴스 보도의 전투 의지를 불태우고 있었다. 이모부가 좋아하는 일본 방송에서 한국의 사건 속보가 방영되고 있었다. 아무도 일본어를 할 줄 몰랐지만 영상의 상단에서 바뀌어 가는 숫자 때문에 채널을 돌리지 못했다. 전북 부안군 위도 해상에서 승객과 승무원 362명을 태우고 운항 중이던 서해 페리 호가 침몰했다는 소식은 하루 종일 뉴스 특보에서 떠나지 않았다.

창틀의 덜그럭거리는 소리가 들릴 만큼 바람이 거센 날이었다. 사망자 숫자는 끝을 모르고 껑충껑충 올라가기만 했다. 사고 소식은 오전부터 오후 늦게까지 집중적으로 다루어졌다. 수백 명의 사망자 숫자가 추정된 순간 일본 방송 아나운서는 모처럼 만난 대형 인명 사고에 들뜬 표정이 되었다. 남의 집 불구경에 열을 올리는 이모부의 얼굴과 그 일본인 아나운서의 뾰족한 턱이 닮아 있었다. 한 사람은 쉴 새 없이 일본어를 말하고, 한 사람은 그걸 받아 한국어로 오역했다. 서해 페리 호 침몰 사건을 근접 취재하는 방송국의 헬리콥터가 항구에 끌어올려져 덮개가 씌워진 시신들을 여과 없이 카메라에 담았다. 줄줄이 놓인 거적들과 목 놓아 우는 사람들, 그들의 표정으로 줌이 들어갔다. 피 맛이 느껴지는 수돗물을 그대로 목구멍에 들이붓는 느낌이었다. 무료함을 벗어던질 호재를 만난 듯 이모부의 표정은 이상하리만치 들떠 있었다.

저 봐, 저 봐! 저렇게 가까이에서 찍어야지. 대한민국 방송은 일본 따라가려면 한참 멀었다. 이모부의 섬뜩한 말이 끔찍했던 기억을 재생시켰다. 꾸역꾸역 올라탄 거지. 보나마나 정원 초과로 태워 사단이 난 거야. 악천후에 기어이 가겠다고 올라탄 사람들도 문제지, 뭐. 이모 역시 부창부수였다. 두 내외의 장단이 자신을 다시 여덟 살 꼬마로 되돌려 놓았다.

모든 것이 그대로였다. 집으로 카메라를 든 기자들이 달려왔고 옆집, 윗집 동네 주민들의 인터뷰가 방송으로 나갔다. 그 집 여자 행실이 원래 좀 그랬어요. 목소리를 변조하고 얼굴을 가렸지만 노상 신고 다니던 털신이 그 목소리의 주인을 알려 주었다. 툭하면 연탄불을 꺼뜨리면서 번개탄 살 돈을 아끼느라 무시로 연탄불을 얻어 가던 앞집 아줌마의 목소리였다. 노인정으로 간 마이크는 남자가 뼈 빠지게 돈 버는 동안 바람피운 년은 죽어도 싸다고 한입으로 목청을 높이는 사람들의 소리를 담았다. 집까지 들어온 카메라는 화장대에 놓여 있는 랑콤 화장품과 콜드크림과 립스틱을 상표가 잘 보이게 이리저리 배치하는 공을 들여 찍어 갔다. 팔십 년대는 그걸 사생활이라고 하지 않았고 월권이라고 부르지도 않았다. 밑바닥의 호기심은 그들의 알 권리였다. 그 화면이 나가고 내 등 뒤로 동네 사람들이 혀를 끌끌 차는 소리가 달라붙었다. 애 입성은 저 모양으로 해놓고 엄마란 년은 불란서 화장품을 썼대, 글쎄. 제 아빠가 사람 죽여 감옥 갔으니 쟤 인생도 어지간히 꼬이겠어. 사람을 죽인 남자의 딸이면서 살해당한 여자의 딸, 두 가지 손가락질이 나를 향하고 있었다.

얼마 뒤 누군가가 초인종을 누르고 집에 들이닥쳤다. 여자는 자신을 아파트 부녀회 회장이라 말했다. 매서운 눈으로 집 안 이곳저곳을 뜯어보며 불퉁거리던 여자는 우리 집 때문에 이 아파트 매매가가 떨어진다고 급매로 처분할 것을 다그쳤다. 일수를 찍듯 찾아와 할머니를 몰아세우던 여자는 아파트 대표가 아닌 다른 동네 부동산 업자로 밝혀졌다. 뒤늦게 그 사실을 안 할머니는 소금 한 바가지를 통째로 뿌리며 부동산 사장을 내쫓았다. 거머리처럼 고혈이나 뜯어먹는 년, 천벌을 받을 년, 네 년부터 급살을 맞게 할 것이다! 할머니의 목소리가 아파트 동 전체에 쩌렁쩌렁 울렸다.

할머니는 매일 밤 어린 나를 끌어안고 짓무른 눈가를 훔쳤다. 그리고 한 달 뒤, 결국 등 떠밀리듯 이삿짐을 꾸렸다. 짐을 나르는 그날, 할머니는 나를 일찌감치 트럭의 조수석에 앉히고 꼼짝 말고 자리를 지키고 있을 것을 명령했다. 짐을 나른 지 30분도 되지 않아 동네 사람들이 집 근처로 몰려들었다. 오희야, 너네 집 판 거니? 아님 이사만 나가는 거니? 기자에게 엄마의 행실을 고자질했던 털신 아줌마의 말이었다. 몰라요. 내가 입을 다물자 짐을 나르던 운전기사를 집요하게 물고 늘어졌다. 이 짐, 할머니 댁으로 가요? 할머니가 출발하면서 얘기한다고 해서 저도 모르는데요. 그럼에도 털신 아줌마는 집요했다. 앞집의 전세 만료 기간이 다가오고 있었고 우리 집을 반값에 사려고 눈독을 들이는 게 그 집 아이를 통해 내 귀로까지 전해졌다. 우리 엄마가 너희 집으로 이사 간대. 난 너희 집 무서운데 엄마는 너희 집이 헐값에 나올 거래. 내 작은 몸이 하얗게 타들어 가는 듯한 이상한 감정을 느꼈다. 분노의 그 뜨거운 감정 덩어리가 나를 들끓게 만들었다.

털신 아줌마는 각다귀처럼 우리 집을 빼앗으려 안달이 난 상태였다. 재수 옴 붙은 집을 속여 팔면 안 되지, 사람 죽어 나간 집을 누가 사. 명의만 바꿔 줘도 감지덕지인데, 아이고 속았네, 속았어. 앞집 아줌마는 동네 사람들이 다 들으라는 듯 말을 지어 큰 소리로 외쳐 댔다. 된장 독을 들고 나오던 할머니가 서늘하게 그 광경을 지켜보고 있었다. 할머니가 손에 들고 있던 된장 독 뚜껑을 바닥에 던지자 세상 깨지는 소리가 울렸다. 할머니는 오른손으로 된장을 퍼내어 앞집 아줌마의 얼굴에 처발랐다. 네 이년, 육시랄 년! 얻어 처먹은 된장 값도 안 하는 년, 그 썩은 입을 어디서 함부로 놀려! 젊은 축에 속했던 아줌마는 늙은 할머니의 힘을 당해 내지 못했고 머리카락과 온 얼굴에 된장을 처발리어 처참한 구경거리가 되었다. 할머니의 몸 어디에서 그런 엄청난 힘이 나오는지 알 수 없었다. 동네 사람들이 모여들어 빙 둘러 구경을 하면서도 누구 하나 조리돌림을 당하는 아줌마를 도와주지 않았다. 옆집 아줌마는 털신을 질질 끈 채 꽁무니에 불을 달고 도망갔다.

할머니는 작정을 했던 모양이다. 작정을 하고 그 된장 독을 제일 마지막에 빼지 않았을까. 나중에서야 그런 생각이 들었다. 집은 사건이 터지고 우리를 도와주었던 아빠의 고향 친구에게 세를 주었다. 할머니가 사글세를 전전하던 그 아저씨에게 싼 전세를 내준 것은 그에게는 보은이었지만 나머지 동네 사람들에게는 복수였을 것이다.

짐은 부산에 있는 외할머니네로 옮겨졌고 할머니는 하나 남은 손녀를 사돈의 손에 넘겼다. 남편을 일찍 여의고 억척같이 자식을 키우며 세월을 살아 낸 두 여자는 말이 없었다. 나를 건넨 할머니는 말없이 눈물을 닦으며 본가로 돌아갔다. 외할머니네 거실의 고물 TV는 엄마가 샀던 컬러 TV로 바뀌었다. 외가의 온 가족이 모여 앉아 저녁을 먹으며 아버지 재판의 결과를 컬러로 지켜보았다. 멀쑥한 정장 차림의 앵커가 법정에 섰던 아버지의 말을 대신 전해 주었다. 간통남에게 겁을 주려고 했을 뿐인데 그 칼을 엄마가 막았다는 진술에 세상의 시선은 동정으로 바뀌었고 외가는 아버지에게 죄인처럼 고개를 숙였다.

그렇게 외할머니가 나를 맡아 8년이 흘렀고 아버지의 형기가 끝나기 한 달 전이었다. 외할머니는 내 이름에 엄마의 팔자가 씌었다고 그 운명을 지우려 했다. 오희의 기쁠 희는 엄마에게서 온 글자였다. 가련한 딸의 운명이 내게 내려올까 봐 전전긍긍했던 외할머니는 유명한 절의 주지 스님에게서 새 이름을 받아 왔고 식구들은 지선이라는 이름으로 나를 부르고 있었다. 가까스로 어둠을 지워 내고 있었고 꿈에서조차 그 이름이 기억나지 않던 그때, 이모부는 호적에서조차 잉크가 말라 버린 그 이름을 불렀다.

오희야 물 좀 가져온나. 하얀 벽에 진흙을 처바르는 느낌이었다. 그 말을 듣는 순간 나는 다시 어둠 속으로 빨려 들어갔다. 뒤늦게 분위기를 감지한 이모부는 실수를 눈치챘지만 자신의 말을 바꾸거나 사과하지 않았다. 이모부의 무신경에 악의는 없었다. 그는 숫자와 이름을 기억하는 일에 유독 약했고 그럼에도 도박과 주식을 좋아했다. 참을성마저 없어 상한가를 치기도 전에 손을 털어 족족 잃기만 했다.

새벽 3시에 일어나 엉덩이 붙일 새 없이 움직이는 외할머니에게 둘째 사위는 그 새벽 송도 앞바다에 버리고 싶은 남의 집 물건이었다. 게으르고 눈치도 없으면서 입만 열면 미운털이 박혔다. 이모부가 집에 온 뒤로 그는 당연하다는 듯 TV 리모컨을 독점하고 거실 소파를 혼자 차지했다. 일흔 넘은 장모가 마늘을 까면서 보던 TV 채널을 멋대로 돌리는 풍경은 예사였다.

'쌀독이 와 이리 팍팍 주냐'는 말이 돌림 노래처럼 집 안을 떠돌았다. 외할머니의 신세 한탄을 이모부는 그저 노인네 한숨쯤으로 듣고 있는 모양이었다. 눈치 보는 눈이 단춧구멍인 것도 흠 중의 흠이었다. 속 긁는 소리를 골라 하는 재주도 있었다.

옛날 어르신들이 한쪽 말만 듣지 말고 두 쪽 말을 들어야 한다고 한 거, 와 그런 줄 압니까?

흰소리가 나올 게 뻔하니 누구도 말장구를 쳐주지 않았다. 그런다고 가만있을 양반이 아니었다. 그는 끝내, 두 쪽 가진 남자 말을 자알 들으라는 소리요. 그 말을 뱉고 혼자 속도 없이 웃어 댔다.

딴에는 농이라고 건넨 말이었으나 처가살이하는 사위를 탐탁지 않아 했던 외할머니의 오장을 긁어 놓았다. 술 먹고 행패 부리고 쌀독만 축내던 할배가 콱 죽고 굽은 등이 펴지더라는 외할머니의 뼈 있는 농담을 새겨듣지 않은 무심함이 화를 불렀다.

동네 부끄럽구로 참말로! 두 쪽만 딸랑거리고 더부살이를 하는 기 뭐 자랑할 끼라고 노래를 불러샀노!

침묵의 시간이 흐르자 그의 치기 어린 자격지심이 불거졌다. 처가의 옹색한 대접에 주눅이 들었던 그는 목소리에 역정을 담아 다시 나를 불렀다. 오희야 뭐 하노! 어른이 말씀하시는데! 날이 선 그 목소리에 대꾸하지 않았다. 리모컨으로 소리를 죽인 이모부가 한마디를 보탰다.

저거 버르장머리 없는 거 보소, 구멍에 바람 든 에미가 뭘 가르쳤겠노! 이모가 이모부의 셔츠를 잡아당기는 바람에 그는 화를 삭이며 입을 닫았다. 이미 제 잘못은 잊고 능욕당한 억울함만 가득한 얼굴이었다. 그 순간 8년의 봉인이 해제되었다. 마침내 무엇이 잘못됐는지 깨달았다.

"저 TV 엄마가 산 거예요."

"뭐?"

"엄마 거라고요!"

구멍에 바람 들었다 욕하면서 엄마 제상에 오른 고기 산적을 혼자 차지하던 이모부를 본 날부터 꾹꾹 눌러 담았던 말이었다. 욕을 하는 입과 고기 산적을 씹어 먹는 입이 같다는 게 오욕이었다. 그 말을 꺼내기가 남의 집 섬돌에 신발 한 짝 올려놓기만큼 힘겨웠다. 그들이 차지한 TV와 섬돌마저 그들의 것이 아니었음에도.

화면 가득 밀랍 색깔의 다리 하나가 채워졌고 나는 화장실로 달려가 속에 든 것을 게워 냈다. 길에서 죽은 고양이 시체만 봐도 토하며 경기를 하던 나를 키워 준 외할머니였다. 외할머니는 조용히 걸어가 TV의 전원을 껐다. 스스로 자식 농사 잘못 지었노라 죄인으로서 참아 왔던 분노가 이모부에게로 향했다.

"아침부터 애 앞에서 사람 죽은 거나 들여다보고 뭐 하는 짓이고! TV 안 치우나!"

휴가 나와 있던 막내 외삼촌이 방에서 나와 말없이 TV 코드를 뽑았다. 막내 외삼촌은 군대 간 사이 자신의 방을 차지하고 너구리 굴을 만들어 놓은 이모부를 달갑게 여기지 않았다. 이모부는 외삼촌이 아끼던 셔츠를 아무렇게나 꺼내 입고 그걸 미안해할 줄도 모르는 사람이었다. 남자가 없는 집이고 딸 때문에 죄인처럼 고개를 숙이고 사는 장모와 마누라와 조카가 만만히 보였으니 이 집의 가장은 자신이라 여겼는지도 모른다. 그러나 그는 채무자의 몸이었다. 그것도 집 한 채를 날려 먹고 장모 집에 빌붙은, 보리 서 말을 쥐어 내보내고 싶은 사위. 그럼에도 그의 가물가물한 기억력이 화를 불러왔다. 이모부가 또다시 그 이름을 불렀다.

"그게 아니라 오희 저게 어른이 하는 말을⋯⋯."

거듭된 무신경은 추악한 악의가 되었다. 외할머니는 이모부가 보는 앞에서 TV의 코드를 잘랐다. 갈아 먹어도 시원찮을 둘째 사위의 유일한 취미였던 TV를 빼앗음으로써 이 집의 주인이 누구인지를 각인시켜 준 셈이었다. 집을 도박으로 날리고 처가에 얹혀사는 둘째 사위가 목소리를 높일 집이 아니다. 점잖게 타이르던 목소리가 바뀌었다.

"앞으로 그 이름 또 부르면 느그는 우리 가족이 아니다. 짐 싸서 다 나가라."

이모부가 도망치듯 슬리퍼를 끌고 다시 목욕탕으로 간 후에야 참 았던 눈물이 쏟아져 나왔다.

감정은 다시 바닥으로 가라앉았으나 기억은 잔인하게 되풀이되 었다. 피에 젖은 이불과 바닥과 시체는 깨끗하게 치워졌지만 안방 장롱 아래 떨어졌던 검은 살점이 쓸려 나왔을 때 모든 것이 그날로 돌아가 버렸다. 여덟 살에 접한 죽음이 공포였다면 열여섯 살의 그 것은 각성이었다. 그들이 낄낄대던 죽음일지라도 그것을 고통으로 떠안아야 하는 삶이 있었다. 우리는 그 죽음과 상관없는 것처럼 살 아야 하는 사람들이었다. 그리고 8년이 지나서야 무엇이 잘못되었 는지를 깨달았다. 다른 이의 불행을 통해 행복하지도 불행하지도 않은 제 삶의 무료함을 달래는 인생들, 그들의 저급한 호기심을 채 워 줄 의무는 없었다.

주공 아파트 칼부림 사건의 피해자의 죄는 불륜이었지만 뉴스가 만들어 낸 소문 속 죄는 사람을 죽인 아버지보다 더 무거웠다. 그녀는 죽고 난 뒤 또 한 번 무덤에서 파헤쳐져 부관참시를 당했다. 세상이 부풀리고 찢어발긴 서른셋의 피해자는 내가 알던 순박한 여자가 아니다. 그녀는 남들에게 빌려준 물건과 돈을 단 한 번도 닦달하지 못했을 만큼 마음이 약한 여자였다. 시집와 딸을 낳고 사는 동안 남편의 살가운 손길 몇 번 받아 본 적이 없는 여자였다. 불꽃이 너무 늦게, 엉뚱한 곳에서 타올랐다. 남편에게 받았던 그 비싼 불란서 화장품의 봉인도 뜯지 않은 채 고이 모셔 둔 것은 양심의 가책이었을까. 다 함께 외롭고 힘들었던 시대의 죄인이었으나 주렁주렁 매달린 기괴한 소문의 그 무엇도 그녀의 것이 아니었다. 살이 붙고 확장된 뉴스 속 사실을 검증하고 책임져야 할 사람은 그걸 부풀린 무뢰한들이다. 불륜에 대한 대가가 철창일지언정 죽어 마땅한 사람은 아님에도 우리는 모든 것을 덮었다. 용서가 아닌 생존을 택했기에 가능한 일이었다.

그러나 죗값을 치르지 않은 죄인들에게는 망각이 있을 뿐 참회는 없었다. 그때 그 죄를 묻지 않았기에 그들이 똑같은 실수를 하고 있노라고 세상은 그녀를 벌했다.

그래서 인간은, 그녀에게 늘 염증을 일으키는 존재가 되고 말았다. 가까이 하면 할수록 엉겨 붙는 송진 같았다. 그날 이후 그녀는 변했다. 임오희가 아닌 임지선은 1미터 안의 모든 것을 밀쳐 내고 삶을 간단명료하게 만들었다. 일상이 마른 수건처럼 물기 하나 배어 나오지 않게 건조했으나 끈적이지 않았다. 많은 것들로 정교하게 짜 맞추어진 질척거리는 인간관계에 휩싸인 삶은 작은 나사 하나, 주변 사람의 기침 한번에 무너질 수 있다고 믿었다. 그것은 예감이 아닌 확신이었다.

임석은 살인자가 아니다. 단지 누군가가 떠넘긴 불운 때문이었고 시기의 대상이었던 제 존재감 때문에 죄를 뒤집어썼을 것이다. 녀석은 사고 현장에 있었고 차에 동승했던 사람이었고 실수로 금지 약물을 복용했을 뿐, 그 이외의 뉴스 속 어떤 이야기도 녀석의 것이 아니다. 썩어 문드러질 것 같은 제 종기는 짤 줄 모르면서 다른 이를 손가락질하는 인간보다 더 치열하게 살아온 아이였다. 분명한 것은 30년 전이나 지금이나 뉴스는 여전히 곪아 터진 고름 맛이란 것뿐.

"소년 재판에 기사 붙는 거 싫다고 했잖아. 애는 왜 예외로 치는데?"

박 기자의 목소리가 부유했던 그녀의 생각을 바로잡았다. 그의 지적은 옳지만 적절한 답을 꺼낼 수 없는 건 임석이 어찌할 도리가 없는 거물인 탓이다. 만 열여덟도 안 된 주제에 스포츠 일 면에 오르내리는 테니스 유망주, 그리고 길들여지지 않는 개. 논리를 찾아가는 것은 쉬웠지만 만나 볼 수 있는 사람과 찾아볼 수 있는 인맥은 한계가 있었기에 박동규를 제삼의 눈으로 써야 한다. 사건을 훑어보던 박동규의 펜이 한 사람의 이름을 동그라미 쳤다.

"김호중 코치, 이 사람은?"

"사건 터지고 몸을 많이 사려. 아무래도 구대철 쪽 줄에 있던 사람이라 애제자랑 구대철 아들까지 연루돼서 골치 아프겠지."

박동규로선 매일 사건 꼭지 따라 다니기 바쁜 시간을 쪼개 코치의 인터뷰를 따는 것은 어렵지 않을 테지만 문을 두드릴 명분이 문제였다. 데스크에 보고하지 않고 독단으로 움직이다 말이 들어가면 시말서로 끝날 일이 아니었다. 그러나 그 정도 타격을 얻는들 그에게도 헛걸음이 아니다.

"미리 얘기하는데 난 임석 사고가 메인 아니다. 양촌 별장이 메인이지."

임 변의 생각도 같았다. 어쩌면 사건의 시작은 프랑스 오픈이 열리던 그 밤이 아닌 이미 오래전 언제쯤이었을 것이라고. 임 변은 검은 장막 안을 들여다보는 촉은 미약했다. 대신 그 촉을 가진 이를 보는 촉이 요란하게 작동하고 있었다.

"알았다. 일단 지금은 약속 있어서 일어서야 돼. 접촉해 보고 연락 줄게."

바삐 휴대폰을 누르고 일어서던 박 기자가 잠깐 주춤하더니 뒤를 돌아보며 말했다. 별 뜻 없이 가볍게 던진 혼잣말이 임 변의 가슴에 단도가 되어 박혔다.

"근데 난 얘를 5년쯤 뒤에 그랜드 슬램 기사에서나 볼 줄 알았다. 애 하나 아깝게 됐네."

선수로서의 사형 선고였다. 그 얘기를 삼키는 입안에 산두릅의 쓴맛이 돌았다.

*

박동규가 나가고 임 변은 다시 한 번 스케줄 표를 확인했다. 새벽부터 나와 고단한 하루였지만 오후에 공업사에 차를 맡기기로 되어 있었다. 엔진 오일과 타이어를 점검할 생각이었지만 그녀는 마음을 고쳐먹었다. 자주 가던 집 근처 공업사가 아닌 강동의 사고 차 전문 공업사로 발길을 돌렸다. 직영점은 아니지만 개인이 하는 업체치곤 꽤 규모가 커서 차량 두어 대가 수리 중이었다. 그저 오일이나 가는 임 변의 차는 지나가는 과객쯤으로 여길 분위기였다.

임 변은 사장이 안내해 준 고객 대기실 의자에 다리를 뻗고 앉았다. 사장은 세탁 세제처럼 생긴 노란 엔진 오일 통을 들고 차로 향했다. 이름만 고객 대기실이지 사장의 사무실로 함께 쓰이는 그 공간 벽면은 테니스 대회 트로피가 차지하고 있었다. 사장은 일반인 동호회 회원이었지만 구력이 이 공업사보다 더 오래되어 보였다. 크게 확대해 걸어 둔 사진 중에 입선을 한 사진들은 모두 복식조로 참가한 경기라. 이 아저씨는 혼자 모든 걸 해결하는 자웅동체는 못 되는구나. 또 다른 사진 속에 익숙한 얼굴 하나가 보였다. 임석 이 자식은 왜 이 공업사 아저씨에게 어깨를 붙잡힌 채 사진을 찍었을까. 모르는 사람에게도 어깨를 빌려줘야 하는 주니어 선수의 고초라니.

그 옆 자리엔 공업사 사장과 구대철 회장이 나란히 찍은 사진이 위풍당당하게 걸려 있었다. 대한민국 대표 주니어 선수 임석과 같은 사이즈, 같은 위치란 건 구대철이 그에게 어떤 존재인지를 알려 준다. 임 변은 이상한 감에 이끌려 그 사진을 휴대폰으로 찍어 저장했다. 그녀의 발길이 고객 대기실 밖으로 향했다. 폐유 제거를 끝낸 사장은 임 변에게 볼일을 보고 한 시간 뒤 돌아올 것을 권유했지만 그 말을 걸러 듣고 사장 곁에 들러붙었다. 딱히 그의 심기를 긁자고 시작한 것은 아니나 직업병에 발동이 걸렸다. 새 오일을 넣는 사장 옆에서 오일 통을 유심히 들여다보며 한마디를 얹었다.

"합성 오일 넣는다고 하고 일반 오일 넣는 거 아니죠?"

"아이고, 사모님! 그거 이문 얼마 떨어진다고 누가 그런 사기를 칩니까."

"일반인이야 어떤 기름인지 어떻게 알겠어요."

"한자리서 20년인데 그런 짓 했다가 고객들이 다 떨어져 나갔겠죠."

20년째 한자리는 맞으나 2년 전에 사장이 바뀌었다는 소리를 들었으니 반은 사기꾼인 셈이다. 임 변은 사장에게 넌지시 다른 이야기를 던졌다.

"근데 얼마 전에 친구 차가 사고 났는데 에어백이 안 터져서 식겁했대요. 친구는 조금 다쳐서 다행인데 차는 범퍼가 나갈 정도로 큰 사고라, 희한하죠. 그렇게 에어백이 안 터질 수도 있나."

남자는 성가신 표정이 역력하면서도 묻는 말에 재깍 답을 던져 주었다.

"센서를 안 건드렸거나 위치가 그보다 위였으면 그랬을 수도 있죠. 트럭 같은 높은 차랑 박으면 아예 범퍼 위치가 달랐을 수도 있으니까. 결함이면 난감한 거고."

얼마 후 공업사로 앞 범퍼가 크게 찌그러진 세단 하나가 레커차에 매달려 들어왔다. 타이어 공기압을 보려던 남자의 심드렁한 표정에 갑자기 화색이 돌았다. 레커차에서 내린 운전자는 야구 모자를 눌러쓴 젊은 남자였는데 내리자마자 사장에게 엄지를 치켜들었다. 사장과 MLB 모자는 임 변을 의식해 목소리를 낮추고 이야기를 주고받았다. 속삭이는 말을 들을 수는 없었지만 사장의 상기된 표정이 한 건을 짐작케 했다.

레커차는 차를 빈 작업대에 올리고 사장은 사진을 찍고 부서진 앞 범퍼 쪽을 들여다보며 손으로 툭툭 위치를 조율했다. 차를 안쪽 정비대 쪽으로 몰아넣고 차 문을 닫자 앞 범퍼가 쿵 소리를 내며 떨어졌다. 그때 공업사 앞에 멈춰 선 택시에서 건장한 남자 하나가 내려 안으로 들어왔다. 양복 차림의 남자는 사고 차를 들여다보고 있던 사장에게 다짜고짜 화부터 냈다.

"차주 동의도 없이 남의 차를 수리합니까?"

"차주 되세요?"

그 말을 하면서 사장의 눈이 MLB를 향했다. 느닷없이 웬 차주냐.

"와이프가 보험사를 불렀는데 왜 멋대로 사설 레커차가 신고 갑니까?"

"사장님, 흥분 가라앉히시고요. 이 차 방금 여기 도착했습니다. 레커차가 제일 가까운 저희 가게로 온 거예요. 멋대로 손봤다가 큰일 나죠. 사진부터 찍어 두는 게 원칙이라 딱 사진만 찍었습니다."

공업사 사장은 끌고 온 것은 자신이 아니라고 분명하게 선을 그었다.

"레커차 운전자가 누굽니까?"

그러자 사실 관계를 확인할 MLB가 대화에 끼어들었다. 삐딱하게 썼던 모자를 벗고 눌린 머리를 매만지며 공손한 태도였다.

"전데요."

"당신이야? 모자 당신이 직영점 가면 이 차 폐차한다고 수작 떨고 갓길로 옮긴다면서 차 끌고 간 사람이지?"

"제가 사모님 주머니에서 열쇠 훔쳐 왔습니까? 사모님이 분명히 차 열쇠를 넘겨주셨고 전 열쇠 받아서 싣고 왔는데요. 사모님이 동의하시고 사진도 다 찍고 싣고 온 거라고요."

"이거, 당신 명함이 동의서야?"

양복이 주머니에서 명함 한 장을 꺼내 땅바닥으로 던졌다. 남자의 말에 MLB의 표정이 험악해졌다. 보다 못한 공업사 사장이 두 사람 사이에 끼어들어 중재를 하고 나섰다.

"자자, 사장님! 흥분 가라앉히시고 들어가서 차 한잔하시면서 얘기하시죠."

"됐고요, 차 가지고 갈 거니까 범퍼 원상 복구 시켜 놓으세요."

"아, 범퍼는 원래 떨어져 있던 걸 가지고 온 거고 가실 거면 보험사 레커차 부르셔서 직접 들고 가시면 됩니다."

내놓아도 순순히 내놓지는 않지. 어디 용쓰면서 가지고 가봐라. 사장의 속내가 기름때처럼 번들거렸다. 양복이 휴대폰을 들어 전화번호를 찾는 순간, 모자는 그때를 놓치지 않고 빨대를 들었다.

"여기까지 레커차 운임비 사십은 지불하셔야 합니다. 기본 운임에 대기료, 장비 쓴 거까지 저희도 표준 계산서대로 합니다."

"뭐? 2킬로 끌고 와서 사십? 이거 순 사기꾼들 아냐!"

차주 남편이 흥분하기 시작하자 사장은 공수를 교대했다. 사기꾼이란 단어를 듣는 순간 행동하는 교본이라도 있는지 두 사람은 양복의 말에 억울함을 호소했다.

"기름밥 먹는 사람이라고 갑질하셔도 됩니까, 예?"

사장은 직업 차별까지 들먹이며 양복의 조그만 꼬투리를 뜯어 발겼고 그는 말실수 하나 때문에 수세에 몰렸다. 점잖게 뒤통수를 후려쳐서 돈을 뱉게 만드는구나. 양복이 지갑에서 40만 원을 꺼내 땅바닥에 던지는 건 시간문제였다. 지갑을 꺼내 카드를 내밀어라. 10퍼센트 부가세를 더해 44만 원을 만들어 줄 테니. 시장 바닥 장사꾼인 사장의 능글맞은 표정이 양복을 백면서생으로 깔아뭉개고 있었다. 임 변은 천천히 발걸음을 옮겨 세 사람 사이로 들어갔다.

"사장님, 제 차 오일은 다 가신 거죠?"

"아, 고객님은 좀 가만히 계셔 보세요."

사십으로 통치기에 아까운 차임에 분명했다. 앞뒤로 쿵쿵 박은 것이 아니라 오른쪽 앞뒤 문 전체를 갈고 그것도 모자라 앞 범퍼까지 찌그러진 희한한 사고였다. 돌려깎기처럼 판금과 도장을 하면 견적이 크게 나올 차를 놓치게 된 사장의 얼굴에 열이 오르고 있었다. 어쨌든 독박은 사고 차량의 남편이 쓰게 될 가능성이 높았다.

"이거 짬짜미 붙어먹고 엄한 사람한테 독박 씌우는 수작이지? 내가 당신들 싹 다 고소해 버릴 거야."

"저도 사장님 영업 방해로 고소할 테니까 고소해 보세요."

그 영업 방해가 설마 오일 하나 갈러 들어온 자신을 가리키는 건가. 임 변은 다시 세 사람 사이를 비집고 들어갔다.

"선생님, 잠시만요."

"뭡니까?"

"법무 법인 달평의 임지선 변호사입니다."

지갑에서 명함을 꺼내 양복 남자에게 건넸다. 남자가 미심쩍은 눈으로 명함을 받음과 동시에 MLB와 공업사 사장의 표정이 일그러졌다. 짜증 나게 웬 변호사? 두 사람의 표정이 같은 생각을 말하고 있다.

"교통사고 전문 변호사는 아니지만 제가 도움이 될까 해서요. 일단 차량 블랙박스 확보하시고 아내 분께 사고 차량 인수 동의서를 작성하셨는지 다시 확인해 보세요. 그리고 아까 사장님이 손대면서 범퍼가 떨어진 건 제가 직접 봤습니다. 제 차 블랙박스 방향도 그쪽이고 여기 CCTV에 다 녹화되었을 거 같은데요. 그리고 여기 레커차 운전사분, 성함이 어떻게 되시죠?"

"그쪽이 뭔데 남의 사업장에서 영업을 뛰어?"

MLB가 마뜩잖은 표정으로 나를 노려보며 말했다.

"이 공업사에 사고 차량 하나 가져다주면 커미션을 받죠? 15프로? 세게 받으면 삼십 정도도 받는다고 하던데 지난 6개월간 친구랑 레커차 둘 돌리면서 이 공업사에 일감 몰아준 것만 쉰 건이 넘는다면서요?"

사장과 MLB의 표정이 사나워졌다. 주먹을 쥐고 흔드는 모양새가 바짝 열이 오른 것처럼 보였다.

"당신 뭐야?"

"장준명 씨, 당신이 얼마 전 양촌에서 난 미성년자 운전 사고 차량을 굳이 여기까지 끌고 왔잖아요. 영업하는 동네가 아닌 데서 끌고 온 벤츠는 퍼센트가 아니라 딱 자른 돈으로 받았을까. 차대차 사건도 아니고 시골 논길에서 사람이 부딪친 사건인데 그 새벽에 범퍼를 갈고 스팀 세차를 왜 합니까. 아는 사람 차라고 견적을 이렇게 후려갈기시나."

양복은 자신이 받은 명함을 다시 보다가 팔짱을 끼고 물러섰다. 이 순간 싸움의 당사자는 자신이 아닌 야구 모자와 내게로 옮겨졌으니 싸움 구경 쪽으로 태세를 전환한 모양이다. 그는 시간을 번 사이 보험사에 연락해 레커차를 부르고 다시 구경꾼이 되어 사태를 관람했다.

"사고 차량 인수하고 수리 전에 사진 찍어 놓는다고 하셨죠? 그 사진 보면 알겠네요."

"당신이 뭔데 남의 영업장에서 행패야!"

사장의 얼굴에서 목까지 벌건 핏대가 올라왔다. 좆 됐다. 그의 표정이 안으로 꾹 삭이는 말을 대변했다. 양복이 물러섰던 발을 다시 집어넣었다.

"보험사 레커차 불렀으니까 범퍼 다시 붙여 놓으세요. 안 하시면 고소 들어갑니다. 레커차 운임비는 사장님 지갑으로 계산하시고."

"에이씨 재수 없게!"

사장은 잔뜩 골이 난 채로 사무실로 돌아가 버렸고 MLB는 작업장 바닥에 길게 가래침을 뱉고 자기 차로 돌아갔다. 임 변은 사무실 창문이 보이는 곳으로 가 그곳에 오일 교환비를 꽂고 돌아왔다. 차로 돌아가려는 임 변을 양복이 불러 세웠다.

"도와주셔서 감사했습니다. 언제 사건 맡길 때가 생기면 연락 드리죠."

"저 교통사고 쪽 아니에요. 이혼 전문 변호사니 생각 잘하시고 연락 주세요."

양복은 머쓱하게 웃으며 명함을 제 지갑 속에 챙겨 넣었다. 임 변은 곧바로 사무장에게 전화를 넣었다.

"양촌 사고 조사관 다시 한 번 연락해 봐요. 사고 당일 구급차 블랙박스 확보되는지, 사고 났을 때 사진이랑 공업사로 넘어갔을 때 사고 차량 사진이 같은지 다른지. 비슷한 차로 바꾸고 번호판 갈아 끼웠을 수도 있으니까 바뀐 거면 증거품 다 무효 신청할 거라고 해요."

차에 시동을 걸자 죽겠다고 골골거리던 엔진음이 부드러워져 있었다. 사기꾼 같은 사장의 말대로 이문 없는 오일에는 사기를 칠 여력이 없던 탓이다.

29호

감별소 안에서 나는 새로운 눈을 달았다. 방에서는 꼽이, 복도와 식당에서는 새로 들어온 정우라는 놈이 나를 감시하는 눈이었다. 해골이 내게 두 사람을 붙여 놓았다는 것은 내가 요주의 인물이란 뜻이었다. 분류심사원을 떠도는 해골의 소문은 흉흉했다. 가출 팸을 만들어 여자애들을 성매매시키다가 말을 듣지 않는다는 이유로 열여섯 살짜리를 가두고 굶기며 때리다가 죽음 직전까지 몰고 간 장본인. 내가 녀석이 정한 새로운 빨대여서 녀석이 나를 콕 찍어 소년원으로 데려갈 거라는 살벌한 이야기가 들려왔다. 녀석에게 나는 돈 많은 부모와 사설 변호사를 등에 업은 현금 인출기로 보이는 모양이었다. 방장은 내 얼굴을 볼 때마다 그 배앓이를 해댔다. 양형이란 돈과 반비례이니 넌 사람 죽어도 먼지 털고 나갈 거라고 말하는 열아홉, 그 안의 악은 십 대라는 나이가 무색하리만큼 섬뜩했다.

그것은 육감이 아닌 확신이었다. 보지 못한 것에 대한 확신은 불과 몇 주 사이에 내가 만난 사람들의 면면이 가르쳐 준 것이다. 최초의 악의 농도를 보지 못했지만 저렇게 패악의 냄새를 풍긴다면 그 시작도 지금 못지않을 것이니 구성구는 해골 방장에 비하면 젖비린내 나는 하룻강아지에 불과했다.

탁하고 불투명한 해골의 눈빛이 늘 아이들을 감시하고 있었다. 그리하여 소년원의 시계는 방장을 그리니치 천문대로 삼았다. 6시 반 기상과 동시에 우리 모두는 방장의 명령에 따라 움직여야 했다. 세면을 하고 아침밥을 먹고 상담을 받거나 면회를 받지 않는 이상 우리는 눈에 보이지 않는 방장의 레이더 안에 손과 발을 구겨 넣어야 했다. 심지어 누구를 면회 갔다 왔는지 무슨 이야기를 나눴는지도 해골 방장이 묻기 전에 대답하는 게 순리처럼 되어 있었다. 본방으로 이동 후 사흘이 지났을 때, 그는 마침내 내 면회인에 대한 흥미를 드러내었다.

"어이, 테니스!"

녀석은 숫제 나를 테니스로 불렀다. 주니어 선수였던 나의 전적이란 뜻어서 제 목에 걸쳐 보고 싶은 번쩍번쩍한 금 목걸이쯤으로 보이는 모양이다.

"엄마는 아니고 아빠는 배 탄다면서 누가 오는 거지? 돈 대주는 늙은 여친?"

"없어."

"돈이 없다는 거야, 늙은 여친이 없다는 거야?"

"둘 다."

존대를 하는 순간 호구가 될 것임을 직감했기에 녀석이 열아홉임을 알면서도 계속 말을 놓았다. 죄질로 녀석은 이 방 최고의 악질이지만 덩치와 살얼음을 걷는 사이니 그 틈바구니에서 줄타기를 하기로 작정했다.

"그럼 누구?"

"변호사."

"지난번 그 변호사가 아니던데."

딱히 변호사가 바뀐 사정까지 말하고 싶지 않았다. 콩가루 집안 가정사를 녀석에게 시시콜콜 얘기하고 싶지 않은 것보다 녀석과 말을 트는 것 자체가 싫었다.

"돈이 안 되니까 그만뒀나 보지."

"35 뭐라고 된 팔에 그 문신은 뭐냐?"

"보여 준 도안대로 한 거야. 의미 없어."

"그래?"

미국 아카데미에 있을 때 친구와 장난처럼 새긴 문신이었다. 뒤늦게 문신을 본 엄마는 스폰서가 다 떨어져 나간다고 길길이 날뛰었다. 엄마는 시합 때마다 길고 두꺼운 아대를 내 손목에 채워 주며 문신을 가리려 안간힘을 쓰곤 했다. 이제는 까마득한 기억 밖의 일이었고 나는 입을 다물었다. 나란 놈은 대화를 나누기에 재미있는 상대가 아니었으므로 해골은 더 이상 말이 없었다. 대화가 끊기자 덩치가 일어나 밖으로 나갔다. 그 순간 해골의 한마디가 목을 움켜쥐었다.

"테니스는 시소가 좋은가 보네. 내가 덩치 때문에 널 살려 둔다고 믿는 거, 너무 아슬아슬하지 않나. 네 순번이 덩치 다음일 수도 있는데."

그것은 경고였다. 나를 대걸레로 쓰며 덩치까지 닦을 수도 있음을 흘리고 있었다. 살쾡이처럼 예리한 녀석임을 간파한 순간 목줄을 팽팽하게 제 쪽으로 끌어당기는 녀석의 악력이 느껴졌다. 마침내 녀석의 도발이 시작되었고 나는 걸어오는 싸움을 맞받아야 한다.

"덩치 소년원 먼저 간다면서. 걔가 거기서 터 닦고 기다리고 있으면 너도 골치 아파지잖아. 난 너랑 덩치가 여기서 붙지 않게 막아 주는 새우등인 줄 알았는데. 그리고…….""

잠시 숨을 골랐다. 이 엿 같은 대화 주제 속에서 빠져나와야 한다. 대화가 길어질수록 녀석을 각성시키는 이야기다. 화장실 벽에 붙어 있던 거미줄이 뜯겨 있고 벽 한쪽에 짓이겨진 거미가 붙어 있었다. 보나마나 해골의 작품이었다.

"거미가 날파리 같은 거 잡아먹어 주는데, 쟤는 왜 죽이는데."

"왜? 내가 그것도 모르는 병신일까 봐."

녀석은 피식 웃고 입을 닫았다. 내가 너의 거미라면 건드리지 말라는 뜻이었다. 방의 상납 질서가 바뀌고 있었고 입소와 퇴소로 구성원이 교체되며 해골의 입지가 줄어들고 있었다. 하나의 왕조가 끝나고 시작될 또 다른 왕조의 자리다툼이 만만치 않으리란 것이 해골이 우려하는 바였다. 해골은 그 싸움에 나를 끌고 들어갈 작정이었다. 하지만 나는 그곳으로 해골의 불을 옮겨 주는 부삽이 되지 않을 것이다. 쓰레기 월계관뿐인 이곳의 우승을 움켜쥘 생각조차 않는다. 코트에서 우승에 집착하는 예민함은 내 생존 무기였지만 이곳에선 생존의 걸림돌이다. 머리 꼭대기에 달린 그 안테나의 촉을 모두 부러뜨려야 한다. 그래야 내가 살 수 있다. 그들이 걸어오는 그 어떤 싸움도 받아 내서는 안 된다. 이곳은 코트가 아니다. 지금은 적의를 숨기고 녀석이 그은 선 앞에 내 선을 분명하게 긋는 것이 먼저였다.

"살라고 놔뒀더니 집을 너무 크게 짓잖아. 저도 벌레 새끼인 주제에."

녀석의 말은 의미심장했다. 해골의 입꼬리에서 묘한 웃음이 흘러내렸다. 새로운 신입 다섯이 더 들어왔고 넷이 더 나갔지만 아직 쩜일톤 덩치의 출소는 멀었다. 덩치가 있는 한 해골의 자리를 위협하는 건 내가 아닌 덩치가 될 터였다. 들어오자마자 터득한 감별소의 생리는 나를 지켜 주는 방패가 되고 있다. 4주 머물고 가는 이 안에도 힘의 질서가 있고 그 균형이 퇴소와 입소로 어지럽게 유지되고 있음을 알려 주며. 그것이 분류심사원과 소년원 안의 소년 정치학이었다. 녀석은 힘의 변곡점을 지나고 있었고 새로운 신입에 의해 사파리의 왕권을 빼앗길 수도 있는 시기였다. 소년원까지의 장기집권을 원하는 해골에게 가장 큰 잠재적 위협은 내가 아닌 덩치와 덩치가 그 밑에 키운 또 다른 새끼 덩치였으니 이 방의 거미는 내가 아닌 쩜일톤이었다.

"더 크기 전에 잡아야지. 칵 – 퉤!"

끈적거리는 노란 가래침이 눈앞에 떨어졌다. 침의 일부분이 내 다리까지 튀었다.

"닦아, 새끼야!"

늘 수족처럼 움직이는 꼽등이 녀석이 잽싸게 자기 양말로 바닥을 훔치려다 해골을 보며 물러섰다. 나는 조용히 걸레로 방 안을 훔쳤다. 그리고 그들이 일부러 퍼질러 놓은 변기 옆 소변을 닦으러 화장실로 향했다. 투명 아크릴판은 투명하다는 말이 무색할 만큼 노란 얼룩으로 도배되어 있었다. 내가 방장에게 개길수록 그 얼룩이 점점 길어져 다음에는 내 얼굴로 향할 것이라는 경고 섞인 웃음이 들려왔다.

테니스 왕자 새끼, 언제까지 참아 내는지 보자. 오래지 않아 바닥에 찰박이는 인내심이 마른 땅을 드러내며 나를 도발할 것이다. 그들이 나를 길들일 때를 찾을 것이라는 사실이 목덜미를 서늘하게 만들었다.

9시 수업을 듣기 위해 교실로 가는 길에 면회 신청이 들어왔다. 임 변은 며칠 동안 지방 출장을 간다며 면회를 할 수 없다고 했었다. 임 변이 아니라면 병원에 입원했다는 엄마이거나 욕받이 리오스일 텐데 두 사람 모두 반가운 마음이 들지 않았다.

그러나 뜻밖이었다. 면회인이 임 변이라는 사실보다 그 얼굴을 보자마자 반가운 마음이 들었다는 것이.

"이산가족 상봉한 얼굴이네. 뭘 그렇게 장승처럼 섰어? 어서 와서 안 앉고."

"지방에 출장 간다면서요?"

"갔다가 올라오는 길. 여기도 지방이잖아."

"가방 찾았어요?"

"네 심증만 가지고 수색 영장을 받을 수도 없고 그걸 무슨 수로? 그게 구성구의 집에서 나온들 그건 네가 운전을 하지 않았다는 증거는 아냐. 어차피 누구 손에 있는지도 모르니 그 가방은 일단 밀어 놔. 블랙박스나 목격자가 나와야 판이라도 흔들어 볼 텐데."

갑작스러운 면회의 의미에는 다른 뜻이 담겨 있었다.

"할 말이 뭔데요?"

"이왕 이렇게 된 거, 여기 좀 있자."

"누가요?"

"너! 움직이면 형사로 갈 텐데 가면 지금 제어가 안 될 것 같아서 그래."

"말 같지도 않은⋯⋯."

"김유진 아버지가 혈액 검사서를 보내 주셨어. 근데 몸에서 나온 게⋯⋯."

잘린 말 뒤에 추잡한 생각들이 따라붙는다. 유진이가 내 티셔츠를 갈아입었던 순간부터 피할 수 없는 쓰레기 같은 상상일 것이다. 난타전이 되리라는 임 변의 예상이 이런 추잡한 이야기를 뜻했다면 거절했을 거였다. 유진이는 아직도 중환자실에서 의식이 돌아오지 않은 채였다. 표정이 납덩어리가 되었다. 손을 들어 귀를 막는 시늉이라도 해야 한다면 그런 얼치기 짓이라도 하고 싶을 만큼. 그 표정을 읽고도 예상대로 밀고 들어왔다.

"들어. 근육 강화제야. 테스토스테론 덩어리, 선수들이 시합 전에 몰래 먹는다는 그런 약물 말이야. 근데 이게 김유진에게서도 검출되었어. 살쪘다고 하루 한 끼 먹는다는 여자애 몸에서 나올 약이 아닌데 말이지."

떠오르는 이름은 구성구뿐이었다. 성구라면 충분히 그럴 수 있겠지만 왜? 그랬다면 그 약을 먹이고픈 상대가 유진이가 아닌 나였어야 맞지 않나.

"가능성은 구성구지?"

"뭘요?"

"너 다음 달이면 호주로 가는데 엿 먹이려고 구성구가 너한테 그 근육 강화제를 먹이려고 한 걸 유진이가 먹은 거밖에 말이 안 되는데?"

"모르겠어요."

얼빠진 표정이 모든 걸 말해 주겠지만 진심을 고백했다. 시간이 지날수록 하나둘씩 튀어나오는 증거물들이란 게 내 무죄를 증명하기는커녕 사건을 이상한 곳으로 끌고 가고 있었다. 유진이 몸에서 근육 강화제라니, 생각할수록 앞뒤가 맞지 않는 이야기였다. 걔가 그걸 알고 먹었을 확률은 프로 운동선수가 근육 강화제를 모르고 마셨을 확률만큼이나 낮다. 나 같은 놈이야 천치 머저리처럼 약을 먹긴 했지만.

사건이 있던 날 마셨던 모든 음료수들을 떠올렸다. 내가 손을 대려고 했거나 손을 댔던 것들, 유진이가 마셨던 음료수들을 되짚어 보면서 도대체 어느 시점에서 유진이가 그 약을 먹었을지를 찾아보려 했다. 기억 속에 성구가 내게 먹이려던 것을 유진이가 대신 먹은 적은 없었다. 다만, 유진이에게 먹이려던 음료수를 내가 마셔 버린 게 문제였지만 그건 보통의 음료수이었음을 바보짓으로 증명해 보이지 않았나. 유진이를 먹이려던 게 아니었다면. 기묘한 무언가가 머릿속을 스쳐갔다.

"혹시 도핑 테스트 할 수 있어요? 운동선수 금지 약물 위주로."

"너를?"

대답 대신 창밖으로 고개를 돌렸다. 눈길이 가야 할 곳은 안이 아니라 밖이다.

"그날 왔던 애들 중에 김별이란 여자애가 있는데 유진이랑 같이 있었어요. 걔한테서도 검출된다면 그날 별장에서 마신 전체에 약이 들어 있었겠죠."

"전체가 뭔가를 마셨을 수도 있다?"

"하는 김에 승모도 하고요."

"알았다. 뭐, 해줄지는 모르겠지만."

"그리고……."

임 변을 만난 첫날 발악하듯 쏟아 낸 그 말들이 혀뿌리를 잡아채고 있었다. 하필 앉은 자리가 첫 만남에 국선 스타일이라는 말을 뱉으며 다시 볼일 없는 사람이라 여겼던 면회 책상이었다. 차라리 돈을 빌려 달라고 하는 게 낫지 않을까. 그러나 임 변이 아니면 달리 대안이 없다. 엄마에게 이런 말을 했다간 기분대로 감별소를 들쑤셔 놓을 것이고 결론은 해골의 건강방행일 것이고 녀석들의 괴롭힘은 음지로 스며들어 더 집요해질 것이다. 엄마의 마이너스 현실감은 아들의 전쟁터 같은 감별소에 총알이 아닌 테니스 잡지를 가져다줄 것이다. 그리고 임 변은 정확히 그 대척점에 선 사람이다. 내 몰골을 보고 의도적으로 모른 척하는 걸 보면 이런 일에 웬만큼 이

골이 나 있다는 뜻으로 해석되었다.

"나한테 할 말 있어? 어려운 부탁이면 하지 말자. 난 국선 스타일이라 사는 게 팍팍하거든."

농담인지 뒤끝인지 모를 말을 적재적소에 방패막이로 세웠다.

"혹시, 화장실 타일에 낀 때 지우는 법 알아요? 완전히 깨끗하게."

어제오늘 해골 방장이 청소 상태를 두고 계속 만죽을 걸고 있었다. 상납하던 아이들이 나가고 돈줄이 마르자 녀석은 나를 다그치고 있었다. 임 변은 말없이 바라볼 뿐이다. 분류심사원 안에서 나는 자발적으로 꼽이 되겠다고 한 미친놈으로 소문이 자자했지만 임 변은 미루어 그 이유를 짐작해 낼 것이다.

"락스 같은 건 방으로는 반입 금지니까 구연산으로 닦아 봐. 구연산이 되는지 선생님한테 물어볼게. 네 엄마 기다리셔. 난 먼저 간다."

임 변이 일어서자 구석에서 껄끄러운 표정으로 기다리던 엄마가 다가왔다. 까딱, 고갯짓으로 인사를 하는 그 얼굴에 '내 남편이 선임한 별 볼 일 없는 변호사 따위'라는 비아냥거림이 묻어 있다. 엄마는 처음부터 임 변을 반대했다. 대형 로펌도 아니고 기껏해야 선배의 사무실 반쪽을 얻어 명함을 파고 발품 장사하는 줄 짧은 변호사라는 게 이유였다. 사람 보는 눈도 돈 쓰는 능력도 지지리 궁상맞은 네 아빠가 어련히 잘 알아서 물어 온 변호사라는 이유를 앞세우면서 결과가 잘못되면 책임 지울 총알받이로 생각할 게 분명했다. 어쨌거나 나는 두 사람의 코트, 아빠의 전반전이 끝나고 엄마의 후반전이 시작되었다. 썩어 문드러져 가는 아들의 마음과는 달리 모처럼 엄마의 얼굴에 생기가 돌았다. 화장도 곱게 잘 먹고. 아들이 감별소에 있어도 두 다리 쭉 뻗고 잘 좋은 일이 생긴 건가. 눈에 띄게 달라진 엄마의 변화는 엄마를 제외한 모든 이들에게 좋지 않은 징조였다. 두툼한 봉투 하나가 내 앞으로 들이밀어졌다. 무슨 서류기에 잉크 냄새가 이리 역한가.

"구 대표가 다시 테니스 라켓 잡게 해주겠대. 언제가 됐던 소년원에서 나오면 그때부터 프로로 데뷔할 때까지 10년 동안 뒷바라지해 주겠다고 약속했어."

엄마조차 내가 장기를 받고 소년원에 가는 걸 기정사실로 받아들이고 있었다. 인생에서 그 몇 달을 감자 싹을 도려내듯 잘라 내고 구 대표 매니지먼트를 동아줄로 붙잡으면 끝날 일이라. 깔끔한 칼질이다.

엄마는 무거운 존재에 대해 포기가 빨랐다. 과묵하고 가부장적이었던 외할아버지와 더 입을 닫고 사는 아버지에 대한 포기가 빨랐듯 납추가 된 아들에 대한 포기 역시 빨랐다. 내민 종이는 구 대표의 사인이 들어 있는 10년짜리 매니지먼트 계약서였다. 먹물이 배어 있는 모든 문장이 나에게 불리한 채로, 내 주민 번호와 주소까지 친절히 박아 보내 주며 이름 공란을 채우기를 강요하는 무언의 압력이었다. 재판에서 입을 다물면 선수로서 생명력을 연장시켜 주겠다고 칼날을 번뜩여 보이는 깡패 짓이나 다름없었다. 설사 내가 재판에서 이겨 나가게 되더라도 또다시 나를 목돈으로 삼아 이자 놀이를 할 확률도 배제하지 않았다. 구 회장이 새로 만드는 리젠시 스포츠 매니지먼트라는 사업 확장에 이번 사건을 노이즈 마케팅으로 이용해 먹는다는 신의 한 수, 돈 빼먹는 머리를 따라갈 재간이 없다. 신종 신체 포기 각서에 쓴웃음이 배어 나왔다.

푼돈 같은 계약금을 받는 것이 명시되어 있지만 수익금의 비율이 7 대 3이었다. 리젠시 스포츠가 7, 경비를 포함한 3이 임석. 기가 차 헛웃음이 나오는 걸 모르는 남이 봤다면 미친놈이라 생각했을 것이다. 게다가 모든 광고와 행사에 대한 결정 권한이 매니지먼트 쪽에 일임되어 있는 종속 계약이었다. 받는 것은 정해져 있지만 내가 주어야 할 것이 무한대인 노예 계약서를 드미는 구 대표의 비열한 웃음이 보였다. 빨대와 빨대를 받아 든 손이 생각 없이 이름을 휘갈길 것을 종용하고 있었다. 엄마 가슴에서 반짝이며 빛나는 새 브로치가 장밋빛인데, 그 꽃을 엄마가 달았는데 내가 돌아 버릴 지경이다.

그 순간 기억났다. 우리를 KDC 클럽에 발을 들이게 만든 일등 공신, 실업팀에서 퇴출되고 강남 어느 테니스 클럽 코치로 들어앉았다는 3년 선배 조시준이. 3년 전까지 주니어 테니스계를 떠들썩하게 했던 그 선배가 약물 스캔들로 선수 인생을 조졌다는 말을 들었던 게 정확히 이맘때쯤이었다. 클럽에 들어와 후원을 받으면서 닦아 놓는 길을 따라오기만 해도 국제 대회 입성은 식은 죽 먹기일 거라는 그의 호언은 자신에게조차 유효하지 않았다. 그 족쇄를 풀어 주는 대가로 조시준이 받은 게 무엇일지 그의 자리에 선 순간 알게 되었다. 구대철이 원했던 건 조시준의 얼굴을 도려낸 자리에 끼워 넣을 새 얼굴이었다.

썩은 물을 여과시키는 관행은 가치가 없는 선수를 퇴출시키고 새 간판을 달아 KDC 클럽으로 어린 선수들이 제 발로 찾아오게 만드는 것이다. 엄마의 계산기는 구 회장의 매니지먼트에서라도 테니스를 하는 게 이익이라는 결과를 뽑았다. 감별소에 박힌 아들의 상황은 빌딩의 공실일 뿐, 얼른 빼내 그 자리를 충당하는 것이 이익이라고. 엄마는 나의 건물주고 코트에서의 부재는 수익률의 감소였다. 나는 숫자가 돼야 한다. 그래야 이 모든 뒤틀린 사슬이 설명된다.

*

29호 방문을 열자 소변 지린내가 코를 찔렀다. 녀석들이 단체로 요실금에 걸렸나 생각이 들 만큼 역한 냄새였다. 화장실은 작정하고 만든 오줌 바다였다. 해골이 슬슬 발동을 걸며 나를 도발할 모양이다. 통에 물을 받아 바닥에 물을 붓자 노란 땟물이 수챗구멍으로 빨려 들어갔다. 허리 한번 펼 틈 없이 바닥의 소변 자국들을 치우고 타일의 때를 벗기기 시작했다. 감독관이 허락한 구연산 한 통을 다 들이부었는데도 도무지 때가 벗겨질 기미가 안 보인다. 좆 같은 구연산, 좆 같은 조시준! 그 엿 발린 말을 믿었던 내가 미친놈이다!

락스 한번이면 해결될 일을 구연산은 팔 떨어지게 닦아도 겨우 빛바랜 색깔 정도만 벗겨 낼 뿐이라는 사실을 임 변은 곧이곧대로 얘기하지 않았다. 조시준도 KDC 클럽과의 계약 이면에 무엇이 숨어 있는지를 말하지 않았다. 후배들을 홀려 놓고 제 인생을 갈아 먹은 조시준이 떠올라 열이 찼다. 병신 새끼, 빼먹고 도망갔으면 제한 몸이라도 잘 살든가.

지옥에서 매뉴얼을 기다린 내 잘못이다. 삼시 세 끼 같은 밥을 먹고 같은 생활을 하는데 지독한 똥을 싸는 녀석들의 속은 얼마나 문드러진 건가. 하나의 오차도 있을 수 없는 이곳에서 저마다 다른 악취를 풍기는 것은 이미 내면에 장착한 악의 농도가 다르기 때문이리라. 저 지독한 해골 새끼처럼.

"야, 쉬 쌀 것 같아. 다 됐어?"

바지춤을 잡은 녀석이 발을 동동거리며 화장실 입구에 서 있었다. 전립선염을 앓아서 화장실을 자주 가는 박중태라는 녀석인데해골은 녀석을 오줌보로 불러 댔다.

"기다려."

"변소에 살림 차렸냐, 빨리 좀 끝내!"

"그럼 싸든가."

녀석은 나를 밀치고 화장실 안으로 돌진했다. 돌아선 다리 사이로 녀석의 물줄기가 보였다. 변기에 한 방울이라도 튀면 아작을 내리라. 녀석을 노려보며 어금니를 깨물었다. 박중태는 물을 내리고목소리를 내리깔며 말했다.

"야, 테니스."

녀석은 잠시 주변을 살피더니 아예 바지를 내리고 변기에 앉아볼일을 보는 시늉을 했다. 휴지를 둘둘 말아 손에 쥔 표정이 전에없이 차갑고 섬뜩했다.

"해골 목 언제 딸 거야?"

"미친놈."

"할 거잖아. 그게 언제냐고."

"난 니들 세계 관심 없어."

"할 거면 내가 도와줄게. 네가 마음만 먹으면 그 새끼 완전히 아작 내준다고."

"억울한 게 있으면 네 손으로 직접 해."

녀석은 잠시 입을 다물고 볼일을 보는 척 인상을 썼다. 그때 꼽이 화장실 안으로 고개를 빠끔히 넣어 우리 두 사람의 동태를 살피더니 조용히 물러났다.

"해골이 왜 파리에 꼴려 있는지 궁금하지 않냐?"

"관심 없으니까 꺼지라고."

"그 새끼…… 똥통에서 태어나서 그래."

중태의 목소리에는 두려움과 혐오감이 섞여 있었다. 녀석의 눈은 아크릴판 너머에 불투명하게 비치는 아이들에게 고정되어 있었다.

"그 새끼 친모, 역 화장실에 애를 버리고 갔는데 그걸 역무원이 발견하고 살려 낸 거였어. 애 엄마가 누구인지, 누가 아빠인지, 왜 갓난아기를 휴지로 둘둘 말아 휴지통에 버린 건지 아무도 모르지. 저를 낳은 엄마도 그냥 애가 죽기를 바랐던 거야. 그 더러운 화장실의 파리들이 녀석에게 붙어 있었어. 저 새끼는 태어날 때부터 입에 파리 구더기가 들끓고 있었다고."

박중태의 말에 온몸이 경직되었다. 이곳에서의 호의는 액면가가 아님을 호송 버스에서 비싼 대가를 치르고 배운 적이 있던 탓이다.

해골이 잠시 자리를 비운 틈을 타 나를 도발하려는 것인지도 모른다. 녀석의 눈을 똑바로 응시하며 물었다.

"나한테 그런 얘기 하는 저의가 뭐냐?"

"열다섯 살 때까지 저 새끼랑 같은 보육원에 있었다. 저 새끼가 그 똥통을 빠져나온 뒤 어떻게 살아왔는지 누구보다 잘 알아. 다른 놈들은 몰라. 저 새끼는, 살아서는 안 되는 놈이었어. 그 화장실에서 죽었어야 했던 놈이라고."

어금니를 깨문 중태의 얼굴이 과거의 고통스러운 기억 속에 처절히 일그러져 있었다. 중태의 얼굴에 어린 소년의 나약함이 스쳐 지나갔다.

"죽일 거면 완전히 죽여 놔."

"꺼져, 새끼야."

내 목소리는 방으로 돌아온 해골 일행의 시끌벅적한 소음 속에 묻혀 버렸다. 녀석은 물러서지 않고 단호하게 말했다.

"해야 할 거다."

"왜."

"해골이 너를 찍었으니까."

중태는 읊조리듯 그 말을 남긴 채 아이들 틈 속으로 사라졌다. 조금 전까지 내게 보였던 그 섬뜩한 눈빛은 온데간데없이 평소의 존재감 없고 물러 터진 눈빛으로 돌아갔다. 상상력의 저편에 펄럭이는 검은 장막이었다. 기괴한 상상력에 날개를 달아 주면 그 구멍으로 빨려 들어갈 것 같았다. 그 찝찝한 감정을 털어 버리기도 전에 꼼이 화장실로 튀어 들어왔다.

"야, 급해, 급해!"

오두방정을 떨던 녀석이 바지를 내리고 볼일을 봤다. 하지만 급하다던 녀석의 물줄기가 약했다. 녀석이 화장실로 들어온 이유는 제 오줌보 때문이 아니다. 급한 볼일은 나에게 있었다.

"중태랑 무슨 얘기 했냐?"

"왜? 특별 감시 대상인가 보지."

꼽은 그쯤에서 입을 다물었다. 괜한 얘기를 들쑤셨다가 옴이 붙는다는 걸 알고 있었다. 녀석은 몸을 털었지만 탈탈 털어도 더 이상 물방울 하나 떨어지지 않았다.

"요실금이면 기저귀를 차, 새끼야."

"아 씨발, 더위 먹었나. 근데 밀가루는 뭐 하려고?"

꼽은 해골의 혀였지만 유독 내게는 쩔쩔매는 구석이 있었다. 나를 염탐하면서도 늘 내 시선에 움찔거리는 녀석의 눈빛이 제 스스로 낮춰 버린 서열을 보여 주었다. 대꾸 없이 수세미에 구연산을 묻혀 타일을 닦았다. 꼽은 잠시 밖을 내다보며 나직이 말했다.

"아크릴판이랑 타일은 그런 걸로는 안 닦여."

"뭐가."

"때가 찌들었다고. 때수건에 치약 짜서 닦아 봐. 그리고 중태 새끼랑 붙어 있지 마. 이건 너 생각해서 하는 말이야. 중태랑 말도 섞지 마. 해골한테 들키면 뼈도 못 추릴 테니까."

그것은 어둠이 내게 보내는 신호 같았다. 어떻게 하면 해골을 꺾을 수 있는지 갈라진 두 개의 혓바닥이 내는 귓속말이었다. 박중태와 꼽이 보여 주는 다른 의미의 구멍들이 해골이 가진 두려움의 깊이를 알려 주었다. 박중태는 나를 이용해 해골에게 복수를 하려는 것이고 꼽은 만에 하나 해골이 실각했을 때 파고 들어갈 틈을 만들어 두려는 계산이다. 생목이 올라와 목이 뜨거워졌다. 고무장갑을 벗어 화장실에 두고 방으로 들어오자 아이들이 나를 올려다보았다. 그들의 시선을 뿌리치고 신발을 신는데 해골이 나를 불러 세웠다.

"어디 가냐."

"락스 얻으러."

돌아본 시선에 구석진 자리에 웅크리고 앉아 있는 중태와 방 한가운데 널브러진 해골의 모습이 모두 들어왔다. 두 사람 모두 건드리지 말아야 하는 발목 지뢰다. 감정을 내비치지 않기 위해 고개를 돌렸다.

"락스를 어디서 얻냐. 쥐약이라면 몰라도."

낄낄거리는 그들의 웃음소리를 뒤로하고 방을 나섰다. 전화를 요청할 수 있는 자유 시간이 10분밖에 남지 않았다. 그 황금 시간을 아크릴 벽에 묻은 오줌 때나 벗기는 데 쓸 수는 없었다. 저놈들과 소년원 동기가 될 바엔 외항선을 타는 게 나을 것이다. 머릿속에 제일 먼저 떠오르는 건 승모였지만 이 상황에 녀석이 내 전화를 받을 거란 순진한 믿음은 버렸다. 다음 타자는 현도였다. 녀석이 수신자 부담 전화를 받지 않으면 어쩌나 걱정이 앞섰다. 상대가 콜렉트 콜 서비스를 이용하지 않아 연결을 확인 중이라는 말이 흘러나오고 한참 만에 목소리가 들렸다.

"도대체 어떤 새끼가 수신자로……."

"나야. 석이!"

순식간에 목소리가 끊겨 버렸다. 상대방의 수신을 확인한다는 말과 함께 다시 통화가 연결되었다.

"야, 너 거기서 전화하는 거야? 전화도 돼?"

"긴말할 시간 없어. 예전에 클럽에서 같이 랠리했었던 그 변호사 아저씨 기억나지?"

"누구? 요넥스 체크무늬 반바지?"

"응, 그 사람 로펌 전화번호 좀 가르쳐 줘."

"모르는데."

"검색하면 나와."

머리를 쥐어뜯으며 일반 동호인들과 야간 테니스를 쳤던 날들을 되짚었다. 클럽에서 몇 번 랠리를 도와주었던 변호사의 이름이 가물거렸다. 서브를 가르쳐 달라던 그 아저씨의 부탁을 들어주고 식사 대접을 거절했던 걸 떠올리자 머리통을 휘갈기고 싶었다. 이름만이라도 외워 뒀어야 했는데. 남자 연예인 이혼 소송 사건을 맡아서 TV에 나왔다고 했던가. 다급하게 그의 이력과 이혼, 변호사란 단어를 정리했다. 훈련이 끝나면 피시방에 달려가던 현도의 취미가 이렇게 고마울 수가 없다.

"있어! 그때 그 아저씨! 우와, 진짜 영화배우랑 사진도 찍었네."

"기사 읽어 봐. 이름 떴어?"

"한장호 변호사, 태을 로펌이라고 뜨는데."

"전화번호 검색해서 알려 줘."

현도가 알려 준 전화번호를 다급하게 받아 적었다. 방으로 돌아갈 시간이 3분밖에 남지 않았다.

"나 너한테 면회 갔었어. 여기 있는 애들 전부. 근데 가족이 아니면 안 된다고 해서 그냥 돌아왔다. 너 정말 괜찮은 거야?"

"너 전화 요금 올라가 새끼야, 나가서 보자."

전화를 끊자마자 받아 적은 전화번호를 눌렀다. 딸깍 신호가 끊기고 한참 만에 목소리가 들렸다.

"태을 로펌입니다."

"임석입니다. 일전에 코트에서 한번 테니스⋯⋯."

말을 하는 중간에 신호가 끊겨 버렸다. 어쩌면 그쪽에서 내 이름을 듣고 전화를 끊어 버린 것인지도 모른다. 그 찰나의 시간 동안 지독한 좌절감이 몰아쳤다.

"여보세요? 임석 군?"

그의 목소리가 다시 연결되었다. 몇 달 만에 전화로 듣게 된 음성이었지만 그 목소리를 기억할 수 있었다.

"받아 주셔서 감사합니다."

"뭐 도움이 필요한 일이 생겼어요?"

뉴스에 눈 감고 귀 닫고 살지 않는 이상 내가 감별소에 있다는 걸 알 텐데도 반가운 투였다. 사고에 대한 이야기를 배제한 채 리젠시 매니지먼트 계약 건에 관한 이야기만 급하게 전달했다. 법적 보호자인 엄마가 계약을 대리 체결할 불상사를 어떻게 막을 수 있는지 그의 법적 자문을 요청했다.

사실 이 문제의 가장 쉬운 유독 락스는 임 변이다. 임 변의 법적 조언을 가장 쉽게 얻을 수 있다 할지라도 어쨌든 자신의 말대로 임 변의 고객은 내가 아닌 돈을 대는 임광재 씨고, 이 이야기는 남미에 있는 아버지에게 핫라인으로 갈 것이며 아버지가 엄마와 싸우다가 일이 이상한 방향으로 흘러갈 게 뻔하다는 치명타가 있다. 지금은 두 사람을 이혼시킬 수 있는 절호의 기회지만 동시에 세상 둘도 없는 원수가 될 수 있는 치명적인 때였다. 무엇보다 엄마를 단념시킨 뒤의 후폭풍을 감당할 시간을 벌어야 했기에 이번 일만큼은 임 변도 모르게 내 선에서 일을 해결해야 했다.

이야기를 들은 변호사 아저씨는 수화기 너머에서 오랫동안 침묵했다. 관련 법률이 기억나지 않나. 이런 사건을 다뤄 본 적이 없나. 그 잠깐의 정적 속에 속이 바짝 타들어 갔다. 긴 침묵 끝에 목소리가 들렸다.

"결론부터 말하면 그 계약은 유효할 수 있어요. 임석 선수 올해 열여덟인데 생일 안 지났죠?"

"네."

"민법상 만 18세를 넘겼으면 법정 대리인인 부모의 동의 없이 법률 계약을 체결할 수 있어요. 임석 선수는 아직 법정 대리인이 필요한 나이니까. 그렇다고 해도 친권자인 어머니가 아들 임석 군의 의지에 반하는 계약을 하는 건 이해 상반 행위로 무효가 돼요."

"그럼 계약이 안 된다는 뜻이죠?"

"내가 볼 때도 그리 좋은 계약이 아닌데 어머니 잘 설득해 봐요."

"시간 내주셔서 감사합니다."

"근데 담당 변호사가 임지선이죠?"

낯익은 이름을 듣고도 선뜻 그렇다는 대답이 나오지 않았다. 무엇을 묻는지 표정을 읽을 수 없는 질문이었다.

"아세요?"

"대학 후배인데 소년 재판 쪽에는 남다른 열정이 있어서. 그 친구가 워낙 대차서 소년원에 양아들도 여럿 두고 있다니까 걱정 말고 변호사 말 믿고 잘 따라가 봐요. 나중에 코트에서 경기나 한 게임 합시다."

양아들이 아니라 양아치가 아닐까. 그 말이 농담이든 진담이든 발등에 떨어진 매니지먼트 계약을 어떻게 처리해야 할지가 더 급했다. 이 덩치를 하고 아이의 틀에 갇힌 내 자신이 한심스러웠다. 왜 이런 시점에 엄마의 브레이크인 아버지가 한국에 없는 건지. 불행의 한복판에서 너무 큰 행운을 기대하다니. 늘 엄마와 상반된 결정을 내려왔던 아버지라면 이성을 상실한 엄마의 생각에 그 누구보다 강력한 브레이크가 되어 주겠지만 사태를 방관할 밤은 짧았다.

아침 면회 시간에 득달같이 달려온 엄마가 다시 계약서를 드밀며 계약을 종용했다. 엄마가 먼저 와 자리를 선점하고 있는 동안 임 변은 벽에 기대 자기 차례를 기다리고 있었다. 엄마의 손에 팔락이는 종이 쪼가리는 급조된 노예 계약서나 다름없었다. 저 종이에 이름을 올리는 순간 나는 역사에 남을 테니스 노예가 될 것이다. 엄마의 얼굴은 험악했지만 모든 것을 포기한 내 얼굴은 평온했다.

"옆에다 연습 한번 하고 써."

이름 연습을 할 종이를 옆에 놔주면서 하는 말이었다. 그 펜을 엄마 쪽으로 돌려놓았다.

"엄마가 해."

"네 계약서에 네 이름 쓰는 거야."

"다 알잖아. 엄마가 할 수 있는 거. 만 18세를 넘지 않으면 부모가 법정 대리인이어서 대신할 수 있다던데? 지금까지도 그런 거 다 알고 했잖아."

엄마의 눈길이 벽에 기대 선 애먼 임 변에게 향했다. 철모르는 내 새끼 철들게 한 변호사에 대한 항변이지만 번지수를 잘못 짚었다는 말을 하지 않았다. 엄마는 이내 나를 힐난하고 나섰다.

"네 인생이야."

"강지희 씨 돈 벌어다 주는 염전 노예가 아니라 내 인생이 맞아? 근데 아들이 미성년자여도 내 동의 없이 한 건 무효라던데."

파운데이션이 곱게 먹은 엄마의 얼굴 아래 목 부분이 벌겋게 달아올랐다. 절대 건드려서는 안 되는 뇌관, 엄마의 돈을 건드렸다. 아빠가 벌어 오든 내가 벌어 오든 엄마의 통장에 찍힌 모든 숫자는 엄마의 영역이다. 순수하다는 말은 자신을 제외한 다른 사람들에게만 어른이길 강요하는 말이다. 불행하다고 믿는 자기 삶의 보상인 그 돈 덕분에 엄마는 지나치게 순수했다. 싸움의 이유보다 제 감정의 기폭을 더 오래 기억하는 순수. 가장 취약한 뇌관을 건드린 탓에 엄마는 폭발했다. 칸막이 안으로 억센 팔이 들어와 뺨을 휘갈겼다. 크게 휘두를 수 있는 공간이 아니라 힘이 약했고 그걸 맞고 얼굴이 돌아가지도 않았다. 그저 찰싹, 엄마의 손이 뺨을 쓰다듬고 갔다 생각하고 기억에서 지웠다. 모욕감에 치를 떠는 건 엄마였다. 자신의 실수를 용서해 달라고 말하는 대신 왜 잊지 못하냐고 반문하던 엄마를 보던 아빠의 절망적인 얼굴이 떠올랐다.

"아빠 없이 이만큼 키워 놨더니 이제 와서 엄마를 제 발끝의 때로 보는 새끼! 그냥 콩밥 먹고 썩어 버리든가 말든가! 테니스 안 하면 넌 그냥 고졸이야. 대학도 못 가고 사람 구실 못 하고 빌빌거려 봐야 정신을 차리지?"

옆자리 아이들이 힐끗거린다. 저 집안도 콩가루 집구석이네. 녀석들이 그 말을 널리 퍼뜨리며 나에 대한 기대치를 꺾어 주길 바랐다. 나는 차분한 마음으로 달아오른 엄마의 열기에 찬물을 들이부었다.

"나 연기 취미 없어. 이제 아역 배우 좀 그만 시켜."

"이 새끼가 뭐가 어쩌고 어째?"

"내 상금, 계약금, 통장에 한 푼도 안 남았잖아. 언제까지 엄마 돈벌이 기계 노릇을 해야 하는데?"

"부모도 모르는 배은망덕한 새끼! 그 잘난 상금으로 P 인터내셔 널 위약금 대봐, 어디! 아니면 네 아빠 그 알량한 집 한 채 팔아서 대든지."

어미 새는 이소에 실패한 아기 새를 다시 제 둥지에 넣지 않는다. 한번 날개를 펼쳤던 새를 품에 안으니 새로운 알을 품을 것이다. 엄마의 진짜 민낯이 날 선 얼굴을 하며 지금까지 길러 낸 양육비를 청구하고 있다. 열여덟 해 길러 낸 양육비를 내어 놓든가 아이인 채로 엎드려 있든가. 현실감이 제로였던 건 엄마가 아닌 나였구나. P 인터내셔널에 자유롭게 날 넘기면서 뒤로 무엇을 챙겼을지 그 계약서에 사인한 엄마가 몰랐을 리 없었을 텐데도.

"한번 해봐. 엄마 없이 여길 나올 수 있나."

가방을 들고 일어서던 엄마가 차갑게 말했다. 새로 산 명품 백이 품속에서 반짝였다. 도무지 굴복할 줄 모르는 상대를 만났을 때 그를 무너뜨릴 한 방, 리오스는 그걸 암캐라고 불렀던가. 내게 그 비열함이 없다던 코치의 생각은 틀렸다.

"엄마 그 아저씨 만났던 거 아빠만 아는 건 아니야."

엄마가 멈춰 섰다.

석이 엄마, 가족 상담을 받아 보자. 아빠가 내민 것은 상담 센터의 명함이었다. 원래부터 말이 없는 남자였다. 아내의 불륜을 알고도 가정을 지키기 위해 오랜 고민 끝에 어렵게 열었을 말문이었다. 하지만 엄마는 그 명함을 보며 조소했다. 변호사 명함을 가져왔어야지. 심부름 센터 시켜서 증거를 붙잡고 흔들든가. 당신은 참, 이 순간에도 현실감이 제로구나. 그 살벌한 대화를 나누며 두 사람이 마주 앉아 있던 거실의 풍경이 오래도록 기억에 각인되었다. 조금 열린 문 틈이 가르쳐 준 어른의 세계, 부모가 한 남자와 한 여자로 쪼개져 있던 생경함이 마음을 갈가리 찢어 놓았다. 아빠는 명함을 쓰레기통에 집어넣고 다시 바다로 나갔다.

엄마는 손에 들고 있던 서류 봉투에서 투명 폴더를 꺼내 들었다. 그 안의 계약서를 끄집어내 북북 찢어발겼다. 종이가 두꺼워 잘 찢어지지 않자 뜯어내 한 장씩 발겨 댔다. 그리고 탁자에 떨어진 그 종잇조각을 손에 잡히는 대로 집어 내 얼굴에 던졌다. 크리스마스도 아닌데 눈을 맞는 듯한 서늘함이 느껴졌다.

모두가 이 패악을 지켜보고 있었다. 판을 이렇게 키워 놓고 정작 광을 팔고 빠지는 쪽은 엄마였다. 그녀는 냉혈한인 건 제 아비를 닮

앉다는 욕지기를 하며 면회실을 나갔다. 이로써 구대철 회장과 이어진 브로커의 줄이 끊어졌다. 해골이 주변에 심어 놓은 프락치들이 이 소식을 전하기 위해 재빨리 자리를 뜨는 걸 바라봤다. 모자의 비극을 끝까지 지켜보던 임 변은 말없이 자리를 떠났다.

이틀 후, 엄마가 옥수동 이모에게, 옥수동 이모가 외항선을 타고 있는 아빠에게, 아빠가 임 변호사에게 알림으로써 리젠시 스포츠 계약 건은 마침내 완성본이 되어 내 귀로 들어오게 되었다. 별다른 이야기가 없는 걸로 봐선 옥수동 이모가 그날 면회실에서 있었던 패륜을 아버지에게 걸러 말해 준 듯했다.

임 변은 무심히 과자 봉지를 꺼내며 말했다.

"매니지먼트 계약서는 아버지 쪽에서 막았으니까 다시 얘기할 일은 없을 거야."

"뭐라는데요?"

"전화를 끊은 줄 알았어. 너무 말이 없어서."

정확히 반대의 세상, 교차할 수는 있지만 함께 있을 수 없는 인생 궤적을 가진 사람, 아버지는 자신의 구덩이를 메워 줄 짝으로 엄마를 택했을 것이다.

"구대철 회장이 물먹은 거야. 자기 딴에는 확신이 있어서 네 이름이 들어간 셔츠에 얼굴이 새겨진 클럽 간판까지 바꿔 달 준비를 하고 있었던 모양인데 말 잘 듣던 노새 한 마리가 파업을 선언했으니 얼마나 괘씸하겠냐."

"내가 무죄로 나온다고 쳐요. 그럼 자기 아들이 유죄일 수 있는데 뭘 원하는 겁니까."

"행간도 읽을 줄 알고 제법이네. 네 말대로 구성구가 유죄로 들어가서 네가 풀려나면 너야말로 꼭 잡아야 할 돈줄이 아니겠어? 네가 들어갔다가 나와서 재기하게 될 경우도 대비해서 미리 계약금 조로 돈 좀 걸어 놓고 그때를 대비하는 거지. 하나는 상장되는 주식이고 하나는 공격형 펀드인데 어느 쪽이든 수익을 내지 않을까."

임 변은 정리된 자료를 보여 주면서 말했다.

"구대철 회장이 예전부터 매니지먼트 준비에 너를 끼워 둔 걸 봤을 때 그 사건은 정말 사고였던 거야. 본인이 예상하지 못했거나 계획하지 못한. 근데 넌 왜 의식을 잃었을까 말이야. 구대철 회장이 그럴 의도는 없었다로 봐야 하는데 그럼 누구냐는 거지."

"구성구 그 새끼지 누구긴 누구예요?"

"뭐, 그럴 수도 있지. 그런데 얘가 좀 묘하더라."

"성구란 녀석이 묘하다고요? 개가 웃을 일이네요."

한 세트 안에서 늘 같은 패턴으로 공격하는 녀석의 플레이를 봤다면 할 수 있는 말이 아니었다. 만약 녀석이 제 성격만큼이나 예측 불허의 경기를 펼쳤다면 이미 톱 시드를 배정받고도 남았을 것이다. 언제나 서브 경기에서 점수를 따려 혈안인 녀석의 패턴을 읽고 그 경기만 따오면 성구를 무너뜨리는 것은 시간문제였다. 사람들은 녀석의 큰 체격과 힘에 압도당하지만 몇 번 경기를 치러 보면 녀석이 그저 한 방향으로만 달리는 덩치 큰 트랙터임을 간파하게 된다. 시동만 걸면 움직이는 트랙터가 묘하다니, 사고 치는 애들은 귀신같이 걸러 낸다는 소문은 와전이네.

"이 사고 말이야. 조작된 거라면 어디부터가 조작이었을지 그걸 모르겠어.”

“네?”

“운전자만 바꿔치기한 게 아니라 아예 사고 자체가 의도적이었다면 말이야.”

“누가 일부러 유진이를 쳤다는 거예요?”

“부검의한테 물어봤는데…… 아, 제일 친한 의사가 거기라 그냥 물어본 거야. 괜한 오해는 하지 말고! 사고 사진을 보더니 처음 자동차 범퍼랑 충돌해서 생기는 일차 손상이랑 다른 부위의 이차 손상, 길바닥에 떨어져서 생긴 삼차 손상이 차 사고 골절은 맞대. 그런데 타고 넘어간 역과 손상이 좀 오묘하다네. 그 정도 역과면 즉사일 수도 있는데 산 게 기적이라고. 그리고 구성구의 얘기와는 달리 차를 빼려고 액셀을 세게 밟았다가 치고 깔린 게 아니라 도망가는 애를 뒤에서 쳤다는 거지. 순식간에 일어난 사고에서 도망갈 준비를 하는 사람이 어디 있어. 증거가 알려 주는 최상의 시나리오는 도망가는 애를 치고 그것도 모자라 차로 한 번 깔고 넘어갔다가 되는 거지. 이게 무슨 사건인지 느낌이 오니?”

이해할 수가 없는 말들이 한꺼번에 둑을 무너뜨리고 터져 나온 느낌이다. 말이 빠른 탓이 아니다. 내가 전혀 모르는 세계의 상식을 상식이라고 주입하는 까닭이다. 임 변이 지목하는 건 조작된 사건의 현장이다. 그 말을 듣는 순간 소름이 돋았다. 임 변의 날카로운 눈이 흔들리는 내 동공을 지켜보고 있었다.

“누가 했느냐가 중요한 게 아냐. 왜 했느냐가 중요한 거야. 가정해 보자. 넌 어쨌든 의식이 없고 구성구와 김유진 사이에 싸움이 생겼고 그 와중에 김유진이 차에 치인 거고 그걸 덮기 위해 네가 운전한 것처럼 유진이를 치게 만든 거지. 여기까지가 누구나 생각할 수 있는 시나리오 일이고."

"말이 안 돼요."

임 변은 비스킷을 들고 있던 손을 내리고 날카로운 눈으로 나를 바라봤다.

"성구는 그럴 놈이 아니에요. 성구는……."

임 변이 탁자에 떨어진 과자 조각을 내 쪽으로 튕기며 나를 힐난했다.

"성구가 아니라 네 얘기부터 하는 게 순서겠지. 경찰이 너랑 김유진이 사귀었던 걸 알아내는 건 시간문제일 텐데."

손에 묻은 과자 가루를 탈탈 털던 임 변의 눈빛이 날카로워졌다.

"모를 줄 알았어?"

"그건……."

"연인 간 살인 사건이 얼마나 많은 줄 아니? 사랑하던 상대를 일방적으로 죽이는 방식이 처형 수준인 걸 알면 숨기는 게 부질없다는 걸 알 거야."

임 변이 내 숨통을 조르고 있다. 어떻게 알았든지 그걸 알고도 내가 털어놓을 때까지 기다렸다는 게 섬뜩했다. 그녀는 하나씩 패를 뒤집으며 내 반응을 살피고 있었다.

"네가 일방적으로 김유진을 찼다며? 김유진은 계속해서 네 시합에 찾아오고 너에게 연락했는데 넌 걔를 피했다면서."

"그건…… 말하기 복잡해요."

"김유진은 의식 불명이고 넌 김유진의 엑스 보이 프렌드고 목격자들은 그 사고 운전자로 널 지목했는데 이것보다 더 복잡한 게 어디 있어."

"걔는 선택하고, 집중한 거죠. 우리 학교에 테니스부만 있는 건 아니니까."

"김유진이 다른 운동부도 사귀었다는 소리야?"

"아뇨. 큰 대회 더 많이 뛰고 잘나가는 애들은 축구부 애들인데 그 기회를 버리고 날 만나 주는 거라고, 그게 걔의 입버릇이었어요."

"왜?"

"쇼핑몰 피팅 모델을 몇 번 하면서 자기 적성은 카메라 앞이란 걸 깨달았대요. 그런 데다 코트가 작잖아요. 관중석도 작고. 테니스의 관중석은 카메라가 더 잘 잡히는 위치에 있으니까 미래를 보고 투자한 거겠죠."

임 변은 수풀 속 사자처럼 인내심이 많았다. 입을 다문 채 다음 말을 기다렸다.

"김유진은 어린 강지희였어요. 일방적으로 내 사진을 자기 SNS에 남자 친구 해시태그를 달고 올렸는데 난리가 난 거죠. 그다음 주에 새 쇼핑몰 모델 피팅 테스트가 있었어요. 그게 걔가 뭔가를 얻어 내는 방법이에요. 우리 엄마처럼."

눈앞에 놓인 사이다에 눈이 갔다. 임 변은 손가락 끝으로 사이다를 밀며 말했다.

"어쨌든 깨졌다. 좋아. 그런데도 유진이는 다시 축구부로 돌아간

건 아니잖아. 계속 테니스 선수들 곁에 있었는데, 그런 말을 할 정
도면 일편단심 과는 아닌 것 같은데."

사람 피 빨아먹는 건 죄다 암컷이라지 않았냐. 관중석에 와 있던
유진을 노려보던 승모의 말이었다. 유진은 내가 아닌 성구의 경기
를 응원 와 있었다. 나를 떠나 구성구에게 간 유진의 가벼움을 누구
보다 싫어했던 건 승모였다.

"구성구겠구나……."

임 변은 굳게 다문 입술에서 답을 읽어 냈다.

"차라리 축구부를 사귀든가. 계속 보이니까 자꾸 눈이 갔어요. 둘
이 뭘 하는지, 무슨 얘기를 하는지 자꾸 멈춰져 있었어요. 슬럼프
때문에 시합을 망치고 있었는데 이틀 정도 잠을 못 잤고 비염은 도
졌고 딱 미칠 것 같은 상태로 그 금지 약물을 처방받은 거죠. 웃긴
건 그런데도 그 시합을 졌어요. 그 시합을 망치고야 내가 왜 슬럼프
인지 알았죠. 시합을 내리 지는 건 운이 없어서도 실력이 없어서도
아닌 그냥 슬럼프라는 걸, 죽어라 안되는 때도 있다는 걸 인정하니
까 밑바닥이 나를 놔줬어요. 그냥 바보가 돼요. 바보라고 생각되니
딱히 할 일도 없고 머릿속도 텅 비어서 정말 공만 쳤어요. 머리 없
이 몸만 움직이니까 몸이 머리가 되는 거예요. 생각이 없는데 몸이
그냥 움직여져요. 상대 선수가 누구인지 몇 포인트인지 하나도 눈
에 안 들어와요. 상대가 선 자리의 그냥 대각선 반대 방향이 내 자
리구나. 공을 넘겨주면 내 서브인가 알았을 정도로 완전히 바보 명
청이가 되었는데 이상하게 성적이 오르고. 나는 바보 멍청이인데
랭킹은 솟구치고 유진이의 시나리오가 빗나간 거죠. 내가 진짜 똥

멍청이가 돼야 속이 풀렸을 텐데 성구가 똥 멍청이가 되고 있었거든. 녀석은 유진이를 만나 날개를 달고 승승장구하면서 나를 비참하게 만들어야 하는데 유진이를 비참하게 만드니까."

임 변의 휴대폰 진동이 울리고 있었다. 임 변은 발신자를 확인하지도 않고 휴대폰을 돌려놓았다. 고해는 계속되었다.

"유진이는 제일 잔인한 방법으로 성구 놈을 떼어 놨어요. 내가 너를 망치는 것 같다. 나를 만나고 네 성적이 더 나빠지지 않느냐. 성구 놈이 매달렸죠. 기다려 주면 우승 트로피를 가져다주겠다고 했는데 그 대회 우승 트로피를 가져간 게 나였죠. 성구는 제가 뱉은 말 때문에 깔끔하게 뜯어졌고 유진이는 다시 내 경기를 찾아왔고 나는 철저히 무시하고 유진이는 사력을 다해 매달리고. 이게 빌어먹을 나랑 유진이, 성구 사이에 있었던 일이었어요."

눈앞에 놓인 사이다를 한입에 털어 넣었다. 메스꺼움이 한꺼번에 올라왔다.

"쓰레기예요."

"누가? 김유진이? 구성구가?"

"아뇨…… 나란 새끼가."

"의뢰인 본인 입으로 자기가 쓰레기라고 한 건 변호사 생활 몇 년 만에 처음이다."

"……."

"임석. 남녀란 게 잉크를 묻히고 살다가 어떤 막장으로 찢어지는지에 비하면 연애 파투는 이혼학에서 첫 장의 시작에도 못 들어. 질그릇이 깨지면 그냥 질그릇이지 다시 붙인다고 스텐이 되냐. 용서란 걸로 어렵게 붙여 놔도 또 깨질 질그릇인데 용서라고 하면 안 되고 이별 유예라고 해야지. 그래서 웬만하면 애들 봐서 도 닦는다 생각하고 참고 사세요, 그렇게 말하지만 실은 내 첫 고객이 언니 동생하고 지내던 동생이었어. 제부를 생선 가시 발라내듯 발라내고 나니 나중에 그 동생이 그러더라. 내가 제일 밉다고. 이렇게까지 자기 밑바닥을 다 드러내게 만든 내가 제일 밉다고. 그다음이 20년 지기, 그다음이 대학 선배. 그리고 다들 연락 두절이 되었지. 그러고 보면 제일 가까운 사람들 결혼 생활 끝장내 준 게 나더라고. 그래 놓고 나는 지지고 볶고 살아. 내 덕에 이혼한 애들 입장에서는 정화수 떠 놓고 저주를 퍼붓고 싶을 노릇이지. 그 개 같은 새끼, 팬티만 입혀서 쫓아내 준다고 했지만 시궁창 같은 싸움에서 저한테까지 똥물을 튀겼거든. 상대의 치부를 까발리면 결국 나도 그만큼 보여 줘야 하는데 그걸 공식적으로 드러내면 사람이 끝도 없이 비참해져."

임 변은 마시던 생수 통의 비닐을 벗겨 내고 과자 상자를 구겨 눌렀다.

"어쨌든 넌 유진이를 받아 주지 않았다 이거잖아. 아이들 몇몇만 훑으면 유진이가 그 별장에 온 이유를 알아낼 테고 김유진의 대외적 남자 친구였던 네가 용의선상에 더욱 뚜렷하게 각인되겠지. 이게 만약 의도적인 사고였다는 걸 알아낸다고 해도 첫 번째 용의자는 여전히 너야. 사고 정황도, 그럴싸한 동기도, 구멍은 없어 보인다."

눈치가 없던 나는 그 순간 임 변이 내게 했던 말의 진의를 알지 못했다. 드러난 것은 나의 바닥이 아니라 임 변의 바닥이었다. 칼자루를 내게 쥐어 주면서 말하는 것이다. 이것은 내 업을 짊어지는 동안 옹이가 박힌 내면의 상처일 뿐이고, 너는 네 이름을 새기고 가라. 승산이 없을 싸움임을 알면서도 나를 놓지 않겠다는 의미였다.

긴 침묵 동안 내 생각은 또다시 다른 곳을 떠돌았다. 임 변에게 모든 것을 털어놓은 것이 아니었다. 가장 중요한 원인, 성구가 목숨을 걸고 올라왔던 그 경기가 무슨 의미였는지 알고 있었다는 걸 말하지 않았다. 그걸 귀띔해 준 사람이 유진이 본인이었다는 것이 얼마나 중요한지 나는 애써 침묵했다.

유진이가 말했다. 성구가 대회에서 우승하면 다시 만나 줄 거라고 했어. 성구는 우승 트로피에 목을 맬 거야. 넌 어떻게 할 건데? 그게 유진이가 만든 시나리오였다. 때마침 그 시합을 보기 위해 호주에서 코치가 와 있었다. 코치는 같은 시기에 중국 주니어 선수의 러브 콜을 받은 상태였고 나와 그 선수의 시합을 비교한 뒤 선택하겠다고 말했다. 중국 쪽의 조건이 좋았으나 선수의 가능성을 보고 자신의 운명을 걸겠다는 그의 대답에 투지가 끓어올랐다. 그의 눈도장을 받아야 하는 나에게도 절체절명의 시합이었다. 만약 그 호주 코치가 아니었다면 나는 처음으로 부상 때문이 아닌 자발적인 기권패를 선언했을 것이다. 유진이가 아니라 성구에게서 처음 본 그 절실함 때문이었다.

김유진은 제일 좋은 자리에 앉아 성구와 나의 경기를 지켜보았다. 두 사내새끼가 저 하나를 두고 피를 튀기며 검투사처럼 목숨을 거는 장면을 여왕벌처럼 바라보고 있었다. 성구가 고통스럽게 서브를 받아 낼 때마다 무언가가 뜯겨져 나갔다. 김유진이 모르는 것은 성구에게 그렇게 간절한 순간을 설계해 줌으로써 녀석조차 알지 못했던 제 안의 무언가를 끄집어냈다는 것이다. 그 시합에서 성구는 지금까지 만나 본 선수 중 가장 어려운 상대로 돌변하였다. 성구의 잠재력을 맞닥뜨린 순간, 내 안으로 두려움이 파고들었다. 어쩌면 호주 코치의 눈에 띄는 것은 나나 중국 선수가 아닌 성구 저 녀석일지도 모른다고. 테니스조차 빼앗겨 버리면 나는 무엇이 되나. 그 두려움이 사력을 다해 녀석을 몰아붙이게 만들었다. 녀석의 눈에 담긴 간절함을 알았지만 두려움이 나를 잠식했다. 그날 성구의 날개를 꺾어 버린 건 나와 유진이었다.

*

덥고 축축한 공기가 바닥에 깔려 반쯤은 물속에 몸을 담근 기분이었다. 눈을 가리던 장막이 사라지고 그 밤이 먼저 찾아와 있었다. 아이들은 이내 코를 골며 잠들었지만 나는 눈을 뜬 채 깨어 있으려 애썼다. 그리고 롤랑가로스의 그날을 생각했다. 이제는 더 이상 물러설 곳이 없다.

시계를 들여다보며 생각했다. 코트에서처럼 몸의 기억을 따라가자. 머리의 기억은 없지만 몸이 기억해 낼 것이다. 시계가 1시 30분을 가리키는 그 순간, 빠르게 기억의 시계태엽이 감겼다. 수많은 사건들을 지나 내 몸이 프랑스 오픈이 있던 그 밤에 안착하자 과거의 눈이 재생되었다. 그 운전대의 진짜 주인을 찾기 위해 나는 다시 양촌 별장으로 들어갔다.

드디어 기다리던 프랑스 오픈 결승 시간이 되었다. 잠을 쫓기 위해 육포 하나를 질겅거리며 거실로 들어갔다. 수십 명의 아이들이 모인 거실의 가장 좋은 자리가 날 위해 비워져 있었다. 아이들이 팔걸이가 있는 소파로 길을 터주었다. 바닥에 널브러진 과자 봉지를 피해 소파에 앉자 승모가 곁으로 다가왔다. 에어컨은 18도에 맞춰져 있었고 거실 안 모기들은 한기에 맥을 못 추고 휘젓는 손바닥에도 나가떨어졌다. 모든 것이 과한 밤, 실물 크기 백 인치 고화질 TV가 롤랑가로스의 붉은 코트를 거실 안까지 끌고 왔다. 지루한 광고가 끝나고 선수들의 입장을 보여 줄 즈음 몇몇 아이들은 곯아떨어졌고 코골이 소리와 잡담 이중창에 누군가 TV 소리를 높였다. 좀 줄여, 잠 좀 자자. 성구는 그 녀석에게 두루마리 화장지를 던졌다. 시끄러우면 밖에 나가서 자.

방충망 밖에서 식사 대기 중인 펄펄한 산 모기떼가 있었다. 녀석은 성구가 던진 두루마리를 베고 조용히 잠을 청했다.

TV는 지루하게 두 선수의 프로필만을 몇 번이고 반복 재생하며 시간을 때우고 있었다. 결승전에 오른 선수는 노박 조코비치와 이름을 기억해 내기 어려운 스위스 선수였다. 아이들이 프로필과 승수, 상금을 훑고 있을 때 승모와 내 눈은 두 선수가 착장한 옷에 고정되었다.

"올해는 나이키랑 아디다스가 하나도 없네."

어느샌가 곁으로 다가온 염성우의 말이었다. 대꾸가 없자 녀석이 무미건조한 목소리로 말했다.

"너한테 악감정 없어. 시합은 시합이잖아. 너네 코치가 대진표로

샛길을 만들어 놓든 말든."

염성우의 말이 신경을 건드렸다. 그 대진표가 아니었다면 자신이 우승감이었다는 걸 말하려는 의도라면 맞장구를 쳐주지 않는 편이 속 편하다. 녀석은 아예 내 옆에 자세를 고쳐 앉았다. 한동안 말이 없던 염성우는 주변을 돌아본 후 나지막이 말했다.

"넌 왜 리젠시에 사인 안 하냐?"

눈은 TV 화면에 고정된 채였지만 표정은 전에 없이 진지했다. 덕운고와 우진고가 고등 테니스계의 라이벌인 게 우리 잘못은 아니지만 갈라 준 선 안에 곱게 들어가 있는 게 서로가 편하다는 걸 모르는 모양이다.

"그딴 건 네 친구들이랑 얘기해."

"난 아직 안 했다."

이야기를 안 했다인가, 사인을 안 했다인가. 저나 나나 4강전에 만나 힘 빼기 싫은 상대로 서로를 손꼽던 사이면서 이런 허물없는 태도는 어울리지 않았다.

"그냥 좀 내키지가 않아서. 머릿속도 복잡하고. 그래서 물어보려고 왔어. 넌 왜 계약을 안 하는지 P 인터내셔널은 어땠고 넌 앞으로 어쩔 셈인지."

백 인치 브라운관 속에서 요넥스와 유니클로가 클로즈업되며 거대한 스포츠 업계의 흐름이 뒤바뀌는 것을 보여 주고 있다. 노박 조코비치는 일본 브랜드인 유니클로를 입었고, 스위스의 상대 선수는 같은 일본계 요넥스의 옷을 입었는데 둘 다 인지도 면에서 나이키와 아디다스에 밀리는 브랜드였다. 누가 이기든 스포츠 용품계의 선두주자인 나이키와 아디다스에게는 굴욕적인 날이 될 것이고 유니클로와 요넥스는 결승에 오른 두 선수를 앞세우고 기념비적인 판매고를 올릴 게 분명하다.

코트 밖의 염성우는 프로로 올려 줄 스폰서와 매니지먼트에 대해 나와 같은 고민을 하고 있었다. 녀석은 시간과 장소와 때를 잘 골라 나를 찾아온 것이다. 염성우 입장에선 내가 리젠시 스포츠를 거절한 이유가 궁금했을 것이다. 경기가 시작되자 아이들의 함성 속에 거실이 소란스러워졌다. 유선 전화 옆에 놓인 메모지를 찢어 승모의 전화번호를 적었다가 지우고 메일 주소를 썼다.

"내 메일 주소다. 다른 사람한테는 비밀이야."

염성우는 쪽지를 받아 들고 한동안 말이 없었다.

"호주 가기 전에 한번 봐. 꼭 해줄 얘기도 있고."

리젠시와 계약하지 않은 이유를 물어 놓고 엉뚱하게 할 얘기가 있다는 녀석의 태도가 이상했지만 더는 캐묻지 않았다. 대화가 끊기자 다시 주위가 소란스러워진 기분이었다. 조코비치를 응원하는 아이들은 상대 선수의 맹렬한 리턴에 야유를 퍼부었다. 스위스 출신 상대는 프로 테니스계에 얼마 되지 않는 한 손 백핸드를 구사하며 시원한 스트로크를 날리고 있었다. 모두가 양손 백핸드로 힘을 실을 때 혼자 외롭게 원 핸드를 쓰며 제구력과 타이밍의 외로운 길을 걸어왔을 사나이, 그의 백핸드는 신념의 산물이었다. 조코비치가 서브를 넣기 위해 숨을 죽인 순간, 거실의 숨소리도 잦아들었다.

끼이익 – 정적을 깨는 소리 하나가 조코비치의 서브와 함께 거실로 미끄러져 들어왔다. 김 실장이 눈빛으로 성구를 불러냈다. 두 사

266

람은 한갓진 곳에서 한참을 얘기하더니 종이봉투 하나를 주고받았다. 김 실장은 별장에서 잠시 볼일을 보고 다시 서울로 돌아가는 눈치였다. 평상시와 다른 촉이 몸을 훑고 갔다. 주고받은 무언가에 신경이 쓰이기 시작했다. 녀석의 속마음이야 모르지만 오늘은 녀석이 작정하고 잡은 날이다.

김 실장이 나가고 성구는 자기 자리가 아닌 여자애들 틈으로 들어갔다. 한 여자아이가 화장실을 가고 자리를 비운 사이 녀석이 유진이 옆의 빈자리를 꿰찼다. 유진이의 시선은 브라운관을 향하고, 성구의 시선은 유진이의 옆모습으로 향하고, 나는 둘 모두를 한눈에 담았다.

녀석이 친구 하나를 불러 과자 봉지를 건네받아 유진이에게 내밀었다. 잠이 오는 듯 눈을 깜박거리던 유진이는 과자를 먹으며 잠을 쫓았다. 마음을 거절하면서도 호의를 계속 받는다는 건 오해의 여지를 내어 준다. 나를 좋아하지 않는구나가 아니라 아직은 아니구나, 라는.

아이들이 브라운관 앞으로 모여들자 유진과 성구의 거리가 가까워졌다. 어깨가 닿는 거리, 성구는 유진에게 음료수를 건넨다. 실책이 이어졌다. 화면 가득 찡그린 조코비치의 얼굴이 클로즈업되었다.

그 리턴을 받아먹지 말라고, 김유진! 계속되는 리턴 실책에 어이없이 고개를 내젓는 조코비치와 달리 상대 선수의 얼굴에서는 아무런 감정이 느껴지지 않는다. 나처럼 쉽사리 감정을 드러내지 않는 전형적인 포커페이스, 작년 호주 오픈 때 돌풍을 일으켰던 스탄 바브링카. 그의 한 손 백핸드가 조코비치를 당황하게 만들고 있다. 리턴이 거의 신의 경지다. 내 눈은 상대 선수의 움직임을 좇고 있었지만 생각은 자꾸만 그 파란 음료수 병에 머물렀다. 아는 놈이든 모르는 놈이든 야심한 시간에 남자애가 건네는 이상한 음료수는 마시는 게 아니다. 제가 만들어 낸 어이없는 실책으로 조코비치의 리턴이 네트에 처박혔다. 아이들의 아쉬운 탄성 속에 그 이름이 머릿속을 가득 메웠다.

로히프놀!

아카데미에서 추잡하게 놀던 애들이 루피라고 부르는 흥분제였다. 하룻밤 상대를 위해 파티에 가는 애들에게 팔려고 했던 약이었다. 성구라면 미국 유학길에 구해 왔을 테지만 마음만 먹으면 홍대 클럽이나 이태원 뒷골목에서 구할 수 있다고 했다. 물이나 술에 타서 마시면 바로 근육이 풀어지면서 쓰러지기 때문에 데이트 강간 약으로 불려 판매가 금지되어 있었다. 물론 정품이라면 알코올과 섞자마자 파란색이 나지만 복제품이면 그런 경고조차 뜨지 않는다. 성구가 내민 것은 진품인가, 짝퉁인가. 하지만 그게 무엇이든 의도적인 게 분명했다. 유진이에게 하려는 짓이 무엇인지 알게 된 순간 몸속의 피가 끓어올랐다.

승모가 차가운 음료수 한 잔을 내밀었다. 그걸 마시지 않아도 이미 잠은 달아난 뒤였다. 내 염병할 머리가 그 파란색을 보며 로히프놀을 떠올리는 것은 전적으로 되바라진 구성구 때문이다. 제 아빠의 아방궁 같은 별장에서 여자아이 하나를 끌고 가 입을 틀어막고 일을 저지를 방이 얼마나 많을지는 상상하기도 싫었다. 유진이가 그 음료수의 뚜껑을 연 순간 나도 모르게 손을 낚아챘다.

"뭐야?"

유진이가 내게 쏘아붙였다. 셔츠에 쏟아 버린 음료수가 파랗게 번지고 있었다.

"미안. 목말라서."

뻔히 속이 보이는데 말 같지도 않은 소리였다. 잠자코 보고 있던 성구가 입을 열었다.

"왜, 약이라도 탔을까 봐?"

내 불안한 눈에서 녀석은 의도를 읽었을 것이고 나는 분노를 누르는 녀석의 표정에서 염병할 녀석의 생각을 읽었다.

"……."

"그럼 네가 먹어 보든가."

낚아챈 그 병을 내려놓기에 이미 너무 늦어 버렸다는 걸 알려 주기라도 하듯 깔깔대는 여자아이들의 웃음소리가 환청처럼 들려왔다. TV 중계에 빠진 아이들은 한쪽 구석에서 벌어지는 이 팽팽한 긴장감을 알아차리지 못했다. 성구와 나, 유진이만이 동떨어진 세계로 던져져 있었다. 되돌릴 수도, 순간을 모면하기 위해 없는 말을 지어낼 재주도 없었기에 나는 음료수를 한입에 털어 넣었다. 그 순간 비릿한 조소를 흘리는 성구의 얼굴이 보였다. 침묵의 몇 분이 흐르고 조심스럽게 손가락을 쥐었다 폈다를 반복했다. 눈동자가 감기지도 까무러치지도 않은 그 시간이 영원처럼 흐르고 성구의 목소리가 날카롭게 파고들었다.

"임석, 너 병신 됐다."

아이들의 웃음소리가 침묵을 흔들었다. 음료수는 식도를 타고 흘러 갈증을 채워 주는 기적을 발휘할 뿐 내 의식의 돌기 하나 건드리지 않았다.

"석아, 네 머리통에는 도대체 무슨 쓰레기 같은 생각이 들어 있냐? 미국에서 뭔 짓을 하고 놀았는지."

"그만해!"

유진이가 성난 얼굴로 끼어들었다. 흰 셔츠의 가슴께가 파란 얼룩으로 도드라져 보였다.

"김유진, 갈아입을 옷 줄까?"

"됐어."

유진이는 성구에게도 화가 난 목소리였다. 갑작스레 돌변한 유진이의 쌀쌀맞은 태도에 성구의 표정이 일그러졌다. 성구는 유진이가 쳐낸 호의에 발끈하고 나섰다.

"아, 임석 때문에? 그럼 석이 옷이라도 빌려줄까? 네 가방에 여벌 옷 있잖아, 그거 빌려줘라."

김유진은 자리에서 벌떡 일어나 화장실로 향했다. 녀석과 나는 여전히 팽팽하게 대치 중이었다.

"안 따라가고 뭐 하냐?"

"재미있냐? 새끼야!"

녀석의 입가에서 웃음기가 가셨다. 그 침묵이 아이들의 아쉬운 탄성 속에 묻혀 버렸다. 더 큰 싸움이 벌어지지 않은 것에 대한 탄식은 아니겠지만 때와 장소가 오해를 불러일으켰다. 1세트가 끝나고 조코비치가 화면에서 사라지자 아이들이 화장실로 뛰어가며 길을 만드는 바람에 피바람이 가셨다. 분한 마음에 주먹으로 소파를 내리쳤다. 승모 녀석은 어디로 갔는지 코빼기도 보이지 않는다.

입안에 욕지기를 가득 담은 채 밖으로 나왔다. 경기는 물 건너 불구경이 되었다. 하루가 너무 길었던 탓이다.

별장에 얼굴 도장을 찍은 이상 성구와 나 사이의 약속은 종료되었고 더 이상 찝찝해할 일도 없다. 어차피 돈 봉투는 챙겼으니 그깟 라켓 가방은 여기 온 애들 몇몇이 기념품으로 챙긴다고 해도 아쉬울 게 없었다. 승모 새끼, 하필이면 배터리가 나가서!

승모 얼굴을 보면 욕지기나 실컷 해주고 돌아가면 끝날 일이다. 마당에 나와 있던 아이들이 다시 별장 안으로 들어가는 것을 보니 다시 경기가 시작되는 모양이었다. 함성 소리가 들리는 거실에서 등을 돌리고 앉은 채 별장 안의 모든 소리로부터 귀를 막았다. 짜박짜박, 승모가 운동화를 질질 끄는 소리가 가까워졌다.

"택시 언제 오냐?"

"택시 불렀어?"

태연하게 내 가방을 메고 운동화를 질질 끌고 온 유진이었다. 게다가 그새 내 티셔츠를 원피스처럼 입고 있었다.

"갈 거면 나도 태워 줘."

"승모가 올 때까지 기다려."

"노승모? 됐어."

토라진 듯 뒤돌아선 유진의 등 뒤에 해줄 말이 없었다. 잔뜩 골이 난 유진이 제풀에 다시 말을 이었다.

"넌 노승모랑 엮이지 마. 걔는 진짜…… 관두자."

승모와 유진이는 서로를 싫어하는 이란성 쌍둥이 같았다. 닮았다는 말을 하면 둘 모두에게서 욕을 들어 먹을 게 뻔했다.

"택시 올 거니까 조금만 기다려."

"노승모는 다른 차 타고 오라고 하고 한 대 더 불러."

"부른 사람은 승모니까 정 불편하면 성구 차 타고 와."

"됐어!"

유진이는 버럭 화를 내며 겁도 없이 어둠 속을 혼자 걸어가 버렸다. 내가 어쩔 수 없이 따라올 것이라는 영민한 계산이 깔린 행동이었다. 그런들 승모가 없으면 발이 묶인 날짐승이나 다름없건만.

걸어가는 유진의 뒤로 나방들의 어지러운 군무가 이어졌다. 이상한 일이었다. 대문에서 조금 떨어진 곳의 가로등 아래에서 유진은 잠시 뒤를 돌아보았다. 아주 잠시, 나를 바라보는 그 얼굴에 두려움이 가득했다. 따라와 줘. 눈빛이 부탁하고 있었다.

유진은 잠깐의 망설임 끝에 어둠 속을 뚫고 갔다. 그 뒤를 쫓아 발을 내딛는 순간 이명이 들렸다. 나방 수십 마리가 내는 날갯짓 소리 같았다. 소리가 세상으로부터 나를 격리시켰다. 귓구멍을 막아도 사라지지 않는다는 건 그 발원지가 나란 소리였다. 이명을 찢고 누군가가 나를 흔들었다. 다급한 표정의 성구였다.

"유진이는?"

"뭐?"

"김유진은 어디 있냐고?"

"갔어. 저 혼자 간다고."

"새끼, 안 잡고 뭐 했어!"

"뭐냐."

녀석은 내 말을 씹고 어둠 속을 뚫어지게 노려볼 뿐이다. 녀석이 들릴 듯 말 듯 한 목소리로 뭔가를 중얼거렸다.

"무슨 소리야?"

"같이 가! 가면서 얘기해 줄게. 네가 아니면 유진이가 안 타려고 할 거니까 너도 타라고."

녀석이 차를 가지러 간 사이 승모가 대문 밖으로 뛰어왔다.

"한참 찾았잖아."

"택시는?"

"아직."

"부르면 오는 게 택시인데 무슨 시간이 그렇게 걸려."

"아까 데려다준 아저씨가 장거리라 싸게 해 준다고 했어. 지금 오고 있대."

그 택시비를 늘 내가 내는데 승모가 왜 짠돌이 총무 노릇을 하려는지 모를 일이다. 묻는 게 골치 아파 그만 입을 다물었다.

"넌 이따 택시 오면 그거 타고 와. 난 성구 차 타고 유진이 태우러 가야 해."

"걘 또 왜?"

"밤길을 혼자 걸어갔다. 쌩하니. 내 가방까지 메고."

"그런다고 구성구 차를 탄다고? 돌았냐?"

"그 새끼 차 타는 게 빨라."

"석아, 성구 그 새끼랑 엮이지 마. 걔는 너를 이용하는 거라고."

뭐가 됐든 지금은 아니라는 말을 걸러서 해줄 수가 없다. 말의 지독한 변비증에 걸린 것은 몸을 쓰는 테니스만 하고 산 탓은 아니다. 지금 이 순간만큼은 성구의 진심이 나를 움직였다.

"아, 답 없는 새끼! 알았어. 같이 갈 애들 데리고 올게."

"됐어. 내 봉투만 줘."

녀석이 메고 있던 제 가방을 내게 내밀었다. 나는 가방에서 돈 봉투를 꺼내고 도로 승모의 어깨에 메어 주었다. 손목시계를 봤다. 유진이가 걸어간 지 5분이 지나고 있었다. 목이 타들어 가는 듯한 갈증이 느껴졌다. 승모의 가방 옆에 이온 음료가 꽂혀 있었다. 우리는 서로의 물건을 쓰면서 양해를 구하는 사이가 아니다. 뚜껑을 열고 벌컥벌컥 한 병을 다 비웠어도 여전히 목이 말랐다. 그때 성구가 탄 차가 우리 앞으로 미끄러져 들어왔다. 성마른 녀석이 경적을 울리며 외쳤다.

"타!"

"너 진짜 탈 거야?"

승모가 내 팔을 붙잡자 성구가 끼어들었다.

"빨리 가자. 이 동네 미친놈 많다."

"석아, 김유진 만나면 거기 그냥 있어. 택시로 쫓아갈 테니까."

"제 앞가림도 못 하는 주제에 네 일이나 잘 알아서 해. 석이랑 유진이 둘 다 집까지 태워다 줄 테니까."

"무면허 새끼가 잘도 가겠다. 가다 경찰한테 걸리지나 마. 넌 상관없어도 석이까지 신문 기사에 끌고 가지 말라고."

승모가 툭 던진 말 한마디에 녀석의 입꼬리가 묘하게 올라갔다.

"원래 신문에서 보던 애잖아. 일 면에 오르면 더 좋은 거 아냐?"

운전대를 잡은 녀석의 손이 툭 불거져 있었다. 무엇을 참는 것인지 묻고 싶지 않았다. 헤드라이트 불빛 아래 끝없이 몰려드는 부나방들의 군무가 속을 어지럽게 만들어 눈을 감았다. 차에 올라 벨트를 찾아 맸다.

"출발해."

"승모는 저렇게 지랄인데 넌 나 믿냐?"

"시끄러, 새끼야."

그리고 눈을 감았다. 저렇게 눈에 쌍심지를 켜고 있으니 유진이는 얼마 못 가 성구의 눈에 띌 터였다. 두려움 때문에 갔던 길을 되돌아올 아이는 아니었다. 어쩌면 저 길 위에서 하염없이 나를 기다리고 있을지도 모른다. 성구 녀석이 불빛 없는 시골길을 전력 질주하고 있었다.

"새끼야, 천천히 가."

"여자애가 겁도 없이 혼자서."

"김유진이 무서울 게 뭐가 있냐. 아, 좀 살살 가라고. 너 운전해본 거 맞아?"

"항상 엿같이 보네."

"항상은 아냐."

그 말에 녀석이 피식 웃음을 터뜨렸다. 급커브로 이어진 길을 달리느라 차가 심하게 휘청거렸다. 얼마나 잰걸음으로 사라졌는지 유진이는 코빼기도 보이지 않았고 사위가 칠흑 같은 어둠이었다.

"임석, 나 할 말 있다."

그 운을 떼고도 녀석은 말이 없었다. 듣고 난 뒤 내가 감당할 수 있는 무게를 넘어설 것이라는 두려움이 밀려왔다. 괜히 창밖을 보며 말을 돌렸다.

"왜 이렇게 더워?"

"왜 이렇게 더워?"

무겁게 운을 떼고 가소로운 말장난을 하는 녀석이 한심스러웠다. 고개를 돌려 성구를 쳐다봤다. 성구의 멀뚱한 표정이 가물거리는 눈 안으로 들어왔다.

"뭐야 새끼?"

"뭐야 새끼?"

녀석이 꾹 다문 입을 한 채 기이한 표정으로 나를 바라본다. 녀석의 입은 손잡이가 없는 대문처럼 굳게 닫혀 있었다. 내 말을 따라 한 건 녀석이 아니었다. 까무러치는 내 의식이었다. 무슨 짓을 한 거냐는 말이 혀와 함께 말려 목구멍을 막았다. 구성구가 내 어깨를 세차게 흔들었다. 눈 떠, 눈 떠 새끼야! 성구의 마지막 말이 흐려지며 온몸의 전원이 꺼져 버렸다.

이불을 열어젖히자 시계가 새벽 2시 10분을 가리키고 있었다. 아이들이 깨지 않게 조용히 일어나 앉아 그 마지막 순간을 다시 되감았다. 그 차 안에서 성구의 모든 말이 진심이었다. 이 개자식은 누구보다 간절했다. 유진이가 떠난 그 길에 기다리는 것이 무엇인지 녀석은 알고 있었던 것이다. 무언가가 기다리고 있었다. 그걸 알았기에 유진이를 태우기 위해 그렇게나 조바심을 냈던 것이다. 모든 것이 처절한 오해였다. 녀석은 나를 이용하려고 태웠던 것이 아니라 유진이를 살리기 위해 그 길을 나섰던 것뿐이다. 내 입에 로히프놀을 넣은 것은 성구도 승모도 아닌 나였던 것처럼.

*

블랙독이라. 우울증에 애칭을 붙여 준 건 위트였을까, 서글픔이었을까. 수선화 알뿌리를 옮겨 심듯 말뿌리가 칙칙한 그 병의 생명력이 대를 이어 전해진 데는 불러 준 이름의 힘이 컸다. 우울과 무기력이 평생을 지배했다고 한들 그 개의 씨를 세상에 뿌린 것은 크나큰 실수였다. 말(言)의 이종 교배로 세상에 남기고 간 검은 개가 열여덟 임석에게 재림해 버렸다. 늙지도 병들지도 않고 제 주인의 영혼을 파먹고 사는 우울이야말로 세상의 가장 지독한 독버섯이다. 녀석에게서 흙냄새를 머금고 내리는 비의 퀴퀴함이 느껴졌다.

제대로 된 약속 장소에 제시간에 도착했음에도 만나기로 한 사람은 20분이 지나도록 문자 한 통이 없었다. 뜬금없이 아버지의 문자 한 통이 도착했다. 김치를 보냈으니 퇴근하자마자 냉장고에 넣어라. 몇 년 전 아버지가 자주 가는 음식점에서 함께 밥을 먹은 것이 화근이었다. 이 집 김치 맛있네요. 밥 먹는 동안 뱉은 말은 고작 그 한 문장이었다. 그 한마디에 사장을 닦달해 따로 김치를 만들어 보내기 시작한 게 수년째, 꼰대의 오해는 이렇게도 일방통행이다. 함께 버스를 탈 때도 늘 가족들과 떨어져 혼자 자기만의 자리를 차지한 아버지를 어찌 받아들여야 할까. 길동무가 없는 일흔 줄 노인네의 망각은 심연이 아닌 나락이다. 어린 그녀의 엄마를 죽인 살인자인 동시에 그녀의 아버지, 그의 죗값대로 지독히 혼자인 삶. 꼰대의 형은 여전히 집행 중이다.

늘 자기 연민이 머릿속을 어지럽혔다. 속이 단단한 어미를 둔 여자였다면 세상을 이리 부서져라 들이받으며 살지는 않았을 텐데. 늙은 여자는 그녀의 트라우마였다. 그들은 보이지 않는 시간을 살고 있었고 그곳은 나이가 들어도 도저히 다다를 수 없는 세계 같았다. 쫓아가야 할 어미의 발자국이 보이지 않았기에 자신은 불퉁하고, 고집만 세고, 사포처럼 거친 할멈으로, 그렇게 늙을 것 같았다.

불퉁하고, 고집만 세고, 홀아비인 아버지의 독촉 문자가 계속되자 알았다를 욱여넣고 휴대폰을 덮어 버렸다. 엄마가 사라진 30년 동안 김치 주겠다는 이들은 어찌나 많은지 해마다 김치냉장고 안은 팔도에서 온 김치 통으로 채워지고 있었다. 무엇에든 길들여졌다. 젓갈과 소금이 과한 외할머니 김치 맛을 엄마 손맛으로 알고 자란 탓에 무엇이든 맛있었다. 아니 길들여져야 했다. 어미 없는 딱한 것의 신세란 늙은 여인들이 치마폭을 벌리게 만드는 연민 그 자체였으므로.

그 설움을 안겨 주던 나이 든 이들이 죽고 자신이 세대의 뒷줄로 물러나는 나이가 되었어도 휑한 마음은 채워지지 않았다.

늙어 가는 누군가를 가까이서 지켜본다는 것은 그를 지평 삼아 내 먼 훗날을 점치는 것만을 의미하지는 않았다. 본다는 것은 강렬한 교본이 되어 내 피와 살, 뼈 곳곳에 각인되었다. 발바닥이 좋지 않은 외할머니가 테니스공을 둥글리며 아픔을 더는 짧은 기억이 수십 년 흐른 뒤에야 펼쳐진 것은 그저 서글픔이었다. 책의 중간 몇

장이 찢어진 것처럼 외할머니와 자신 사이에 존재했어야 할 그녀가 사라졌기에 그 의미를 몸으로 배우는 데 너무나 오랜 시간이 걸린 서글픔.

임 변은 할 일 없는 손가락으로 자꾸만 수첩을 뒤적여 댔다. 달력 두 장에 빼곡히 채워진 재판 일정과 보고서 마감일, 의뢰인 약속들이 무심히 손가락 사이를 빠져나갔다. 배운 글자를 삭막한 곳에 쓰고 있구나. 잠 오는 시집이나 한 권 들고 다닐까. 무심한 생각 끝에 낯선 문장이 임 변의 손가락을 멈춰 세웠다. 그녀가 새긴 것이 아니었다. 이 비싼 수첩을 선물로 받는 순간 함께 딸려 온 부록이며 원 주인의 영업 문구였다.

내 영혼을 칼에서 건지시며 내 유일한 것을 개의 힘에서 구하소서, 시편 22장 20절.

마치 지금 자신의 생각을 점괘처럼 읽어 내는 문장에 임 변은 소름이 돋았다. 꽤 두툼한 1년짜리 다이어리를 영업용 선물로 돌리면서 제 이름과 번호는 빼버리고 성경 구절 하나만을 박아 놓은 사람은 그녀의 고객이었던 교회 전도사였다. 자신의 직함에 충실했지만 두 번째 이혼 때문에 골머리를 앓던 그녀는 제 문제를 제쳐 두고 임 변의 피폐한 영적 삶을 더 안쓰러워하며 말했다.
그 개의 힘을 조심해야 해요. 사람들에게 목소리를 전하는 우리 같은 사람들에게는 늘 그 개가 배회하며 제 종으로 삼을 기회를 엿

봅니다.

얼치기 전도사라 하기엔 삶의 무게가 그 구절보다 더 무거웠다. 첫 번째 결혼과 두 번째 결혼의 남편은 형제처럼 닮은 남자였다. 그녀의 순수한 믿음은 모든 이를 구원하고자 했으나 그 구원은 자신의 삶에도 유효하지 않았다. 포악하고 제멋대로인 문제적 인간을 구원하는 게 자신의 십자가라 여겼던 그녀의 삶이 세 번째 십자가를 향해 달려가는 중이었다. 두 번째 남편과 이혼 재판을 마친 뒤 그녀의 얼굴은 신기루를 잃은 사막과도 같았다. 자리를 빼앗김으로써 존재 이유를 잃어버린 중년처럼 쓸쓸하고 무기력해 보였다. 그 표정을 보고서야 알았다. 아버지의 말처럼 메울 수 없는 태생적 구멍이란 것을. 그녀는 세 번째 남자를 구원하기 위해 또다시 바닥을 향해 걸어갈 것이다.

임석이 분류심사원에 들어온 지 2주가 되었고 손에 쥔 것이 없다. 무엇보다 그 녀석의 존재 자체가 불안이다. 꺼내려고 할수록 더 완강하게 제 속으로 기어 들어가는 소라게 같은 임석이야말로 그 개의 힘에 짓눌린 아이가 아닌가. 구사일생으로 누명을 벗고 나오더라도 저 고집불통이 다시 테니스계로 돌아가게 될 가능성은 그의 성격을 바꾸는 것만큼 어려울 것이다. 스캔들에 연루된 유소년 선수를 응원해 줄 제대로 된 스폰서를 구하기도 어려울뿐더러 감별소에서의 기억은 그의 삶에 지워지지 않는 상처를 남길 게 자명했다. 그 분노와 우울, 패배주의가 평생 그 아이를 따라다닐 것 같다는 암울한 생각 끝에 또다시 그의 목소리가 들렸다.

검은 개를 키우는 것으로 따지자면 너만 한 이가 또 있나. 그 아

이는 네 검은 개를 살찌울 양식이다.

　이렇게 보이지 않는 높은 벽과 싸우면서 매번 바스러질 것 같은 자신을 추스를 때마다 늘 자신을 무너뜨리는 목소리였다. 이 녀석의 손을 놓지 않으면 자신의 우울이 더 깊어질 터였다. 상처투성이 아이들의 손을 잡을 때마다 그 패배감들이 자신을 난쟁이 집으로 이끌었다. 임석 역시 세상이 뒤집어진 듯한 절망과 무기력에 좌절하고 있을 것이다. 늘 다른 이들이 우러러보는 곳에서 짧은 좌절을 극복해 온 녀석에게 이토록 깊고 어두운 밤은 처치불능일 테니.

　커피의 온기가 채 가시기 전에 그 아이가 도착했다. 생각들이 휘발되는 증기 속에 흩어졌다. 올 것이라 생각했음에도 인사를 하는 아이를 보자 낭패감이 들었다. 만날 이유가 없다 거절할 수도 있는 일에 영락없이 끌려온 표정이다. 아이의 말간 얼굴에 딸의 어린 시절 얼굴이 떠올랐다. 새근거리는 숨소리를 들으며 가만히 뺨에 손을 댄 순간, 어쩌면 제 손에 닿은 것이 천국의 벽일지도 모른다는 이상한 생각이 들었다. 아이를 통해 믿지 않았던 그 세계의 불확실한 가능성을 믿었다면 구성구와 그의 아버지를 통해 추악한 세계의 또 다른 벽을 믿어야 할 차례였다. 흑과 백이 진실과 거짓으로 극명하게 나뉜다면 이제 이 아이를 어느 쪽에 두어야 하나. 생각 없이 만져 본 손끝이 차가워져 있었다.

　구성구를 만난 뒤 얻은 요행으로 찔러 보는 또 다른 시나리오이기를 바랐다. 임석이 그날 별장에서 본 김별과 유진이의 이야기를 했을 때 묘하다는 느낌이 들었다. 전도유망한 유소년 여자 선수와 평범한 여고생, 심지어 둘이 같은 학교인 적도 없었기에 의심의 물꼬가 트였다. 가장 먼저 떠오른 두 사람의 교집합은 테니스와 임석이었다. 빳빳하게 선 채로 자신을 내려다보는 아이의 깊은 눈빛이 임 변의 마음을 흔들었다.

"전화했었던 임지선 변호사예요. 앉아요."

아이는 메뉴판을 대충 훑고 음료를 골랐다. 종업원과의 대화가 끝난 뒤 굳게 닫힌 입은 다시 열리지 않았다. 왜 불렀냐고 무슨 일이냐고 먼저 묻는 대신 무언가를 방어하겠다는 자세다. 탁자 너머 앉은 이의 팽팽한 긴장감이 느껴졌다. 임 변은 이 또래 여자아이들을 좋아하지 않았다. 그들은 두꺼운 유리 터널을 통과하는 세대처럼 느껴졌다. 들여다볼 수는 있지만 소통할 수 없고 꺼내 줄 수 없는 그들만의 시간을 사는 아이들이었다. 그러나 이 아이에게선 소녀들의 미숙함과 불완전함이 느껴지지 않았다. 그것은 마치 차갑고 어두운 동굴처럼 그 속내를 짐작할 수 없는 그다음 세계와 닮아 있었다.

"4시까지 들어가야 된다고 했죠?"

"네."

"시간이 별로 없으니까 바로 본론부터 물어볼게요. 양촌에서 사고가 나던 날 김별 양도 그 별장에 있었죠."

"네."

"임석이 그러는데 사고 나던 날 김유진 양과는 계속 별장에서 함께 있어서 그 안에서 그 친구의 동선을 잘 알 거라고 하던데."

"그냥 다 같이 있었어요. 둘만 따로 떨어져 있지는 않았어요."

동의할 부분과 정정할 부분을 확실하게 짚고 넘어가는 기민한 방

282

어 자세다. 유순하게 생긴 것과 달리 한 포인트도 쉽게 내줄 성미가
아니었다.

"그럼 김유진 양이 혼자 별장을 떠날 때는요?"

"그냥 화장실 간 줄 알았지 임석이랑 같이 나간 줄은 몰랐어요."

"그래요. 그런데 내가 알고 싶은 건 결과에 짜 맞춘 추측이 아니
라 확실한 정황이에요. 임석은 사건 현장에 있었지만 그 전에 같이
나간 건 사실이 아니니까. 조사에선 임석이 사고를 내서 김유진 양
을 쳤다고 하는데 그건 어디까지나 정황상 가정이고, 난 또 다른 시
나리오가 있다고 생각해요."

동의와 정정이 없는 침묵이었으나 부정 또한 아니었다. 자신의
본능을 숨길 수 없는 김별은 경직된 자세를 고쳐 앉았다.

"김별 양에게 그걸 묻는 건 아니에요. 나는 김유진 양 사고가 일
어나게 된 진짜 원인을 찾고 있는 거예요."

거짓말쟁이의 촉이 장님의 손이 되어 어둠을 더듬는다. 여기서부
터가 정말 제대로 된 거짓말이 먹혀야 할 순간임을 직감했다.

"김별 양은 이전에 양촌 별장에 자주 갔었어요?"

"아뇨. 기억 안 나요."

'아니다' 부정과 '기억 안 나요'의 이중 모르쇠 사이에 간극이 생
겼다. 뭔가를 숨기고 있을 커다란 구멍이 침묵으로 메워지고 있다.
제대로 된 생존 능력을 학습하지 못한 채 정글에 내던져진 아이, 김
별에게서 알 수 없는 연민이 느껴졌다. 목적과 얼치기 사명감이 충
돌할 때마다 발휘되던 그녀의 소명 의식이 탁자 위를 비집고 올라
섰다.

"내가 말하기 싫을 때, 불편할 때, 그걸 어른이라는 위치로 찍어 내리면 침묵하지 말고 거부해요. 김별 양이 어리다고, 내가 변호사 라고, 김별 양이 임석의 친구라 해도 지금처럼 원치 않는 자리에 예 의를 지키며 앉아 있을 필요가 없다는 뜻이에요. 승부의 세계에 살 고 있다면 자기 자신이 보호자예요. 앞가림은 스스로 했으면서. 그 러니까 싫으면 그냥 나가 버려요."

그 말을 끝으로 임 변은 탁자 위에 펼쳐 놓았던 다이어리를 접었 다. 하지만 김별은 자리에 못 박힌 채였다.

"뭐 해요? 안 가고."

"무슨 뜻이에요, 그거?"

자신의 눈을 당돌하게 바라보고 있는 아이의 얼굴에 묘한 감정이 일렁였다.

"제대로 어른이 되지 못한 사람이 너무 일찍 어른이 돼버린 사람 에 대한 동정. 나와 줘서 고마워요."

"왜 나를 동정하는데요? 난 동정하라고 허락한 적 없는데."

김별의 눈빛이 날카로워져 있었다.

"그렇죠. 상대방의 허락이 없으면 싸구려 동정도 하지 말아야지. 그런데도 세상은 이렇게 묻죠. 임석 말로는 자기가 KDC 클럽 마스 코트여서 사장, 사모들 상대로 클럽에서 접어주기 테니스를 많이 쳤다고 하던데, 거기에 김별 양도 있었다고."

말귀를 제대로 알아먹었다면 이 질문에 자리를 박차고 나가야 했 다. 나가라, 김별. 하지만 아이는 그녀의 진의를 파악하지 못하고 굳 게 입을 다문 채 자리를 지키고 있었다. 애초에 자신이 원한 건 도핑 테스트뿐이었음에도 생각의 물꼬가 이상한 곳으로 터지고 있었다. 김별을 만나고 나서야 생각 밖의 추악한 또 다른 시나리오가 고개를 들이밀었다. 소녀의 왼손 약지에서 반짝이는 반지 하나가 임 변의 시선을 잡아챘다.

"우리는 그날 양촌에서 아이들이 약을 먹었다고 생각해요. 본인들이 원해서가 아니라 누군가 의도적으로 약을 타서 먹였을 거라고, 그걸 알아보자면 몇몇이 혈액 검사를 해야 하는데 그걸 김별 학생이 도와줬으면 하고. 근데 이 말을 끝까지 들을 필요가 있었을까?"

"그게 유진이 사고랑 무슨 상관이 있어요?"

"그냥 약물이 아니고 테니스 선수 금지 약물 복용 여부를 알아보려는 거예요. 그날 아이들이 그런 약을 먹었을 가능성이 제시돼서. 유진 양 몸에서도 검출됐고. 그럼 도와 달라고 묻는 내 말에 김별 양은 어떻게 대답해야 하죠?"

"그러니까 그게 유진이 사고랑 무슨 상관이 있느냐고요. 그리고 그렇게까지 해야 하는 이유를 모르겠어요. 필요하면 경찰 통해서 정식으로 요청하면 되잖아요."

유약해 보이던 김별의 얼굴이 순식간에 냉정한 테니스 선수의 그것으로 돌변해 버렸다. 아이의 눈빛이 돌연 차가워지자 임 변은 그쯤에서 입을 다물었다.

"저 이만 가볼게요."

"그래요. 시간 내줘서 고마웠어요. 집으로 갈 거면 가는 길인데 타요. 데려다줄게요."

김별의 표정이 딱딱하게 굳어 있었다.

"그날 노승모랑 택시 같이 타고 간 거 진술 안 했죠? 택시 기사는 여자아이라고 했는데 노승모는 남자 선수 이름을 대서 말이야. 이왕 이렇게 된 거, 당분간 다른 사람에게는 말하지 말고."

길고 풍성한 속눈썹이 파르르 떨리고 있었다. 눈길을 외면하며 오른손으로 왼손을 덮고 있었다. 왜 이리 대책 없이 순수한 아이의 영혼인가. 아무렇게나 던진 그물에 걸린 것이 무엇인지 짐작됐다. 추측이 확신으로 변하는 동시에 절망적인 후회가 밀려들었다. 그녀는 또다시 김별을 몰아붙였음을 깨달았다. 기어이 천호동의 기억을 꺼내게 만든 자신의 밑바닥을 저주할 수밖에 없었다.

김별이 떠나고 뒤늦게 그 아이가 주문한 청포도 에이드가 나왔다. 아까운 마음에 입을 댔다가 온몸이 떨리는 그 시큼함에 정수리를 꾹꾹 눌러야 했다. 이런 걸 목구멍으로 넘기는 재주라니. 젊은것들에게 꼰대 노릇을 하다가 한 방 맞은 듯한 얼얼함이 계속되었다. 머리꼭지를 쥐어짜는 통에 회로가 재부팅을 거쳐 다시 활성화되기 시작했다. 김별을 떠나 빙빙 돌던 생각들이 맑아지고 있었다.

그날 밤 김유진이 다친 건 사고가 아닌 위장일 것이다. 알아서는 안 되는, 들여다봐서는 안 되는 뭔가를 들여다봤기 때문에 일어난 부수적 결과물. 사고는 별장에서 7백 미터 떨어진 곳에서가 아니라 그 별장에서 시작되었던 거고. 분명히 사건을 보았던 눈이 있었을 텐데. 그 밤에 교묘히 가려진 단 한 사람을 찾아야 한다.

두 번째 시나리오가 선두로 올라왔다. 김유진의 교통사고보다 더

한 사건이 있었다면 어땠을까. 시점과 장소가 다르지만 수면 위로 떠오를 수도 있다면 그 사건을 덮기 위해 무리수를 쓰지 않았을까. 고로 사건의 진범은 또 다른 사건의 열쇠를 쥐고 있는 사람이다. 모든 것이 연쇄 반응이다. 사건을 무마시킬 또 다른 차와 제삼의 인물, 그가 김유진을 친 진범일 것이다. 얼음이 다 녹은 에이드를 입에 털어 넣고 나자 심장이 미친 듯이 요동치기 시작했다. 이로써 눈뜬 장님 같던 밤마실은 끝이 났다.

심판이 지배당하는 경기의 법칙

임꼽, 무늬만 꼽, 테니스꼽, 29호 아이들은 제멋대로 이름을 지어 가며 나를 불렀다. 해골이 조금씩 벌려 주는 틈으로 찝쩍거리는 손길이 다가왔다. 나를 도발하는 녀석들은 내 과거사를 알지 못하는 신참들이었다. 이런 덩치를 하고도 꼽을 하고 있는 게 머저리로 보인건지 신입방에서 건너온 지 이틀 된 신참 하나가 연신 나를 긁어 댔다. 홍대에서 휴대폰을 훔쳐 팔아 폰팔로 불리는 녀석이었는데 눈치가 맹탕이었다. 하긴 그런 정신머리라 경찰차에 대고 훔친 휴대폰을 흔들었겠지만. 수업을 다녀온 폰팔이 족당을 제쳐 두고 내 앞으로 제 신발을 던졌다.

"어이, 꼽! 신발 좀 닦아 놔."

녀석이 아는 것은 내가 꼽이라는 사실뿐 자발적으로 꼽이 된 이유는 알지 못했다. 말없이 꼽을 하고 있다는 자체로 나를 만만하게 본 녀석이야말로 멋모르고 설치는 하루살이였다. 목구멍에서 뜨거운 것이 올라왔지만 해골이 있는 반경 안에서 허락되지 않은 싸움은 금물이다.

"야, 귀가 먹었냐?"

내가 할 일은 녀석의 신발을 닦는 것이 아니라 조용히 4주를 채우기 위해 벌레처럼 하루를 살아 내는 것과 해골에게 바칠 동족들을 가지런하게 모아 두는 것이다. 내가 대꾸 않고 고개를 돌리자 녀석은 내 손에 들려 있던 화장지와 그 위의 벌레들을 구겨 버렸다.

"이런 개수작 떨지 말고 내 신발 닦아 놓으라고, 꼽 새끼야!"

녀석 때문에 기껏 잡은 열 마리의 나방파리가 짓이겨져 형태를 알아볼 수 없는 지경이 되었다. 아침부터 식당과 화장실을 돌며 힘들게 잡은 녀석들이다. 부스러지지 않게 형태를 보존하며 공들여 붙잡은 건 해골의 검수 때문이었다. 이 벌레 일수 덕분에 겨우 해골의 레이더를 피해 살아왔는데.

결국 꼭지가 돌고 말았다. 나는 녀석의 실내화를 거머쥐었다. 우두둑 – 완력으로 실내화의 밑창을 뜯어내자 방 안에 있던 아이들이 일제히 뒤로 밀려났다. 불행 중 작은 다행은 때마침 해골이 자리를 비웠다는 사실뿐이다.

"한 번만 더 내 물건에 손대면 죽는다."

"꼽 새끼 주제에!"

폰팔은 내가 덩칫값을 못하는 싸움 고자라고 단정하고 있는 게 분명했다. 녀석이 나를 손봐주겠다는 듯 주먹을 꺾으며 다가오자 안경과 꼽등이가 녀석을 뜯어말렸다. 아이들의 제지에 더욱 기세등

등해진 폰팔이 나를 붙잡으려는 순간 박중태가 사이에 끼어들었다. 중태는 폰팔의 귀에 귓속말을 흘렸다. 1미터도 안 되는 가까운 거리에 있었지만 중태의 목소리는 녀석의 귓바퀴 밖으로 새어 나오지 않았다. 다만 그 말을 들은 폰팔의 얼굴이 납빛이 되었다. 중태는 제자리로 돌아갔고 쭈뼛거리던 폰팔이 밖으로 나가 버리자 방 안의 분위기가 어색해졌다. 꼽등이 녀석이 스리슬쩍 다가와 물었다.

"중태 저 새끼가 폰팔한테 뭐라고 한 거야?"

"내가 어떻게 알아."

그 곁에 귀를 바싹 대고 섰던 게 저였으면서 저보다 더 떨어져 있던 내게 물어보는 천치 녀석. 얼마 후 해골이 돌아왔을 때 일련의 소요는 흔적도 없이 사라져 있었다. 방으로 돌아온 폰팔은 어찌 된 영문인지 계속 내 눈을 피하며 구석진 곳을 찾아들었다. 눈이 중태에게로 향했다. 도대체 뭐라고 했기에 저 새끼가 나를 피하나. 중태는 시선을 외면한 채 돌아앉았다.

해골이 없는 동안 방 안에서 일어났던 사태를 보고할 의무는 꼽등이에게 있었다. 그럼에도 꼽등이의 입은 저녁 내내 굳게 닫혀 있었다. 물갈이가 계속되면서 조금씩 일어나는 지각 변동은 이곳 생리에 어두운 나도 느낄 만큼 급격하게 일어나고 있었다. 물길이 거세진다면 몸을 낮춰야 한다. 내가 엎어지는 이유가 그들의 명분이 될 것이다. 하찮은 틈 하나에 넘어지길 기다리는 살쾡이 같은 눈이 늘 나를 좇고 있음을 잊지 않았다.

그리고 어처구니없게도 폰팔의 뜯겨 나간 신발이 그 빈틈이 되고야 말았다. 해골의 눈은 족당이 정리하던 너덜너덜한 실내화에 꽂혔다.

"저 걸레는 누구 거냐?"

"제 건데요."

폰팔이 쭈뼛거리며 말했다.

"왜 저러냐?"

"그게……."

폰팔의 시선이 잠시 나를 향하다 제 발등으로 내리꽂혔다. 해골은 영민하게도 그 순간을 놓치지 않았다.

"아, 그게 제가 실수로, 어디 걸려서……."

머리를 돼지머리 수육처럼 삶아 먹은 놈이다. 생각도 없이 뱉은 말들이 제 목숨 줄을 끊고 있다.

"내가 천치 고자로 보이냐?"

"아니, 그게……."

"어떤 새끼야?"

"아니, 좀 전에……."

대답을 할수록 해골의 화를 돋운다는 걸 모르는 머저리였다.

"내가 그랬어."

금지된 다툼이 있었고 그걸 속였으니 녀석의 심사가 편할 리 없다. 해골이 나를 돌아보며 물었다.

"네가 저 새끼를 담글 일이 뭐가 있지?"

"그냥 기분 잡쳐서 화풀이한 거야."

앞으로 나서자 해골의 누런 눈빛이 번쩍거렸다. 있었던 일을 보고하지 않은 꼽등이 녀석은 부들부들 떨면서 불똥이 자기에게 튈

것을 걱정하고 있었다.

"기껏 잡은 벌레들이 주머니 속에서 다 뭉개졌거든."

주머니 속에 넣어 두었던 휴지를 녀석 앞에 툭 던졌다. 검은 가루
가 되어서 떨어지는 나방파리 시체를 본 해골의 눈이 뒤집히기 시
작했다. 더 이상 폰팔을 끌어들이지 않은 이유는 녀석이 중태를 끌
어들이지 않게 함이다. 녀석이 중태에게 무슨 말을 들었든 중태의
이름이 나오지 않도록 해야 했다.

게다가 오늘 아침 해골의 컨디션은 최악이었다. 잠에서 깬 녀석
의 입과 귀에 붙어 있는 초파리들을 보며 아이들은 겁을 먹었다.
썩어 가는 시체가 아닌 다음에야 사람의 귓구멍에서 기어 나오는
벌레들을 설명할 길이 없었다. 비단 그날만의 일이 아니었다. 며칠
에 한 번씩 잊을 만하면 되풀이되는 소름 끼치는 사건이었다. 날짜
를 채운 아이들이 빠져나가면 그 수만큼의 새로운 아이들이 방을
채우듯 벌레들도 이 방의 할당량인 듯 채워졌다. 깨어나도 다시 시
작되는 악몽을 꾼 뒤 녀석이 벌레를 잡는 데 집착했던 이유를 알
것 같았다. 박중태가 얘기했던 녀석의 태생적 불온함이 가장 큰 이
유였다.

해골은 점점 미쳐 가고 있었고 이런 날은 고르고 골라 피해 가야
하는 날이다. 하지만 꼭 그런 날을 고르고 골라 불운을 휘감는 녀석
이 있다.

확률상 그건 해골의 아킬레스건을 건드린 폰팔이거나 일지를 쓰
지 않은 꼽등이거나 개기다가 눈 밖에 난 나여야 했다. 그러나 모두
가 선 밖으로 밀어 뒀던 한 녀석이 해골의 눈 안에 들고 말았다. 녀

석은 해골에게 경비를 바치며 제법 편안한 생활을 하고 있던 김상경이란 놈이었다. 학교 폭력에 연루되어 이곳까지 오게 되었다지만 남들이 보기엔 재수 없게 덤터기를 썼을 것이라 미루어 짐작할 만큼 내성적이고 말이 없는 아이였다. 그럼에도 소문은 녀석이 자사고 출신에 아버지가 대기업 과장임을 알려 주었다. 녀석은 이 방에 온 순간부터 해골 방장의 걸어 다니는 현금 인출기가 되었다. 꼬깃꼬깃 접어 스카치테이프를 붙인 만 원짜리가 과자 봉지 사이에서 팬티 속으로 들어오는 것은 순간이었다. 그 만 원 조각들이 해골의 주머니 속으로 들어가는 것도 찰나였다. 하지만 내가 꼽이 된 뒤 녀석의 무언가가 달라져 버렸다. 스스로 꼽이 됨으로써 그 작은 방의 상납 질서를 뒤집어 버린 내 행동이 녀석을 바뀌게 했다. 그 밤, 녀석은 해골에게 불복종을 선언했다.

"방장, 나 이제 경비 못 내겠어."

주변이 소란스러웠고 김상경의 목소리는 모기처럼 윙윙거렸다. 해골은 녀석이 하는 말을 제대로 알아듣지 못했다. 숨이 턱 막혔다. 김상경은 천천히 해골에게로 발걸음을 옮겼다.

"나 못 하겠다고."

방장은 녀석의 심상치 않은 분위기를 알아차리고 짜증을 내고 있었다. 해골은 그저 현금 자동 지급기의 말썽으로 보는 눈치였지만 나는 심상치 않은 사건이 몰려올 것을 예감했다. 김상경은 약한 척 주눅이 든 모습을 보이고 있었지만 해골의 보호 아래서 다른 아이들을 깔아뭉개며 재미를 보는 또 다른 양아치였다. 거친 이 세계에 순응하고 있지만 원래 자신의 꽃밭이었던 명문 자사고에서 녀석이 어떤 모습이었을지는 지레 넘겨짚지 않았다. 또 다른 힘에 짓눌려 있었을 뿐, 제대로 된 도화선을 만나면 언제든 터질 놈임을 알았다. 참고 있던 김상경의 목소리가 터져 나왔다.

"나 안 낸다고!"

"뭐? 야, 입들 닫아 봐."

아이들이 조용해지자 방 안의 모든 이목이 김상경의 입에 집중되었다.

"엄마가 더는 못 주겠대. 상납금 바치는 거라면 법무부에 신고하겠대."

"뭐?"

"방장 입으로 그랬잖아. 꼽이 되면 경비 받지 않겠다고."

"씨팔 그래서 뭐!"

아이들이 얼어붙었다. 내가 금기를 깬 순간부터 일어난 균열이었으나 예상치 못한 상대의 도발이었다.

"테니스가 꼽 한다고 했으니 나도 꼽 한다고."

김상경이 나를 방패막이로 세운 제일 좋지 않은 시나리오였다. 방장의 재판이 연기돼서 4주가 남았고 그 4주 동안 이 방은 방장의 손아귀에 있다. 내가 꼽이 된 규칙을 해골 스스로 깨든 김상경의 논리를 받아 주든 녀석의 입지는 줄어들 게 분명했다. 결국 걸림돌은 나였다. 아이들이 내 편에 붙는다면 판이 바뀔 수 있음을 알고 있었다. 그걸 모르지 않을 상경이의 이런 반란은 나를 새로운 방장으로 올리겠다는 치밀한 계산이 깔린 것이다.

"너 이 새끼, 뭘 믿고 이렇게 까부냐?"

"테니스는 그렇게 해줬잖아."

녀석의 눈이 화장실 앞에 우뚝 선 나를 돌아보았다. 책임져라. 녀석이 내게 말하고 있었다.

웃기지 마. 내 눈은 해골이 아닌 덩치에게로 갔다. 해골의 견제 대상은 내가 아닌 덩치가 되는 게 수순이다. 하지만 덩치는 깔고 있던 책을 꺼내 들며 눈앞에 벌어질 참극에서 발을 뺐다. 그제야 달력의 커다란 동그라미가 눈에 들어왔다. 내일은 덩치의 재판일이다. 니들끼리 알아서 해먹어라. 그게 녀석이 들고 있는 책의 메시지였다. 덩치는 외면함으로써 왕권 싸움을 내게 떠넘기겠다고 공표했다.

영악한 새끼! 덩치가 빠지는 걸 계산하고 나와 해골을 엮었구나.

모든 아이들의 시선이 나를 향하자 방장의 눈이 분노와 광기로 이글거리기 시작했다. 녀석이 또다시 가래침을 바닥에 뱉었다. 제 성질이 들끓어 아드레날린이 분비되면 그게 입안에 침으로 고이는 괴상한 벽이다.

녀석들은 나를 구정물을 쏟아붓는 수챗구멍쯤으로 생각하는 모양이다. 생긴 게 만만한가, 이름이 외자인 게 만만한가. 어디에나 닦아 쓰는 두루마리 휴지 같은 존재감이라니.

해골과 나 사이에 덩치가 있다고 믿고 안심했던 게 잘못이다. 김상경 덕분에 해골 방장과 나는 원치 않은 우두머리 싸움을 해야 했다. 언제가 되든 부딪치게 되겠지만 시기적으로 열세였다. 눈에 핏발을 세운 해골 방장이 일어나 내게로 걸어왔다. 누가 봐도 해골이 나를 담가 본보기로 삼는 게 순서였다. 결국 피할 수 없는 싸움이다. 김상경조차도 내 편이 될 리 없으니 지금이라도 공격수를 생각하는 게 현실적이다. 그들은 지켜보며 줄을 설 것이다. 이기고 싶지도 않은 개싸움이지만 이긴다고 해도 악명 높은 29호의 새로운 방장이 되고 싶진 않았다. 이렇게 된 이상 감독관들이 달려올 때까지 적당히 맞아 주고 버텨야 한다.

　방 안에 있는 아이들 모두가 나와 해골을 번갈아 쳐다봤다. 해골을 따르는 아이들 몇몇이 순식간에 나를 가로막았다. 하지만 해골의 주먹은 내가 아닌 김상경에게로 향했다. 아이들이 겁을 먹고 물러나 있는 동안 해골의 무서운 주먹질이 김상경의 머리에 꽂혔다. 해골은 김상경의 얼굴만을 노렸고 1분도 안 돼 녀석의 얼굴은 피범벅이 되었다. 피떡을 만든다는 아이들의 표현이 옳았다. 방바닥이 피로 뒤덮이자 누군가가 누른 경보가 울리며 감독관이 달려와 해골을 바닥에 짓눌렀다. 저항하면 인정사정없이 전기 충격기를 맞는다는 걸 아는 해골은 순순히 바닥에 제 얼굴을 박고 엎드렸다. 두 감독관의 손에 끌려가던 해골이 김상경에게 서늘한 말을 남겼다.

　"나는 대가리 똘똘똘 굴리는 놈들이 제일 싫다. 상경아, 계산기 잘 고쳐 놔라."

　해골 방장이 사라지자 꼼이 매달릴 고목나무를 잃어버린 매미처럼 불안에 떨었다. 녀석은 자진해서 상경의 피가 튄 방바닥을 닦고 엉망이 된 사물함을 정리해 댔다. 무주공산이니 누구든 해골 방장의 자리에 오를 수 있었다. 내일이면 퇴소하는 덩치는 아예 자리를 깔고 벽을 보고 누웠다. 해가 뜨면 떠날 이 지긋지긋한 감별소에서 하루살이 왕이 될 만큼 머리가 빈 놈은 아니었다.

질서가 무너진 29호에 주인 없는 밤이 찾아왔다. 소요는 가라앉았지만 꿉꿉한 방 안 가득 피비린내가 가득했다. 세면실에서 씻고 방으로 돌아오니 내 이불이 방장의 자리에 곱게 펼쳐져 있었다. 사바나의 일인자가 자리를 비운 사이 제 엉덩이를 내미는 암컷 사자를 보는 듯 역한 광경이다. 저 이불 속으로 기어 들어간다는 것은 돌아올 해골 방장을 완전한 적으로 만나겠다는 뜻일 테니 결국 녀석과 나는 만인 앞에 누가 더 강한지 실력을 보여야 할 두 마리의 투견이 된다.

그들은 나를 원치 않은 우두머리의 자리로 끌어올렸지만 만약 내가 제대로 된 힘을 보이지 않으면 언제든지 나를 끌어내릴 녀석들이다. 그르렁거리며 나를 시험하는 아이들의 눈빛이 내게 말하고 있었다. 감당할 수 있다면 올라가라.

검은 개들의 우두머리가 된 그날 밤, 나는 잠을 이루지 못했다.

*

아침 6시가 넘었는데도 아무도 나를 깨우지 않는 불발탄의 아침이 밝아 왔다. 녀석들의 회유를 거부하며 화장실 옆 자리에서 잠을 청했지만 아이들은 여전히 나를 주시하고 있었다. 하지만 아침 식사를 하기도 전에 감독관이 찾아와 김상경과 내 이름을 부르며 25호 방으로 이동할 것을 명령했다. 해골 방장이 돌아와 더 큰 사단이 나기 전에 문제의 싹을 29호 방에서 퇴출하는 것이리라 짐작했다. 그러나 문제의 발단이자 폭탄인 김상경이라면 몰라도 나까지 녀석과

한 묶음으로 전출 명령이 떨어진 것은 부당하지도 온당하지도 않은 이상한 처사였다.

녀석과 나는 감독관의 재촉을 받으며 짐을 꾸리기 시작했다. 웬만해선 방을 바꾸는 일이 없다는 생활관에서 이례적인 일이었지만 선생님은 25호 방에서 여섯 명이 한꺼번에 기일이 되어 나가는 바람에 인원을 맞추기 위한 어쩔 수 없는 절차라고만 했다. 석연치 않은 구석이 있었지만 묻지 않고 조용히 짐을 쌌다.

짐을 싸는 내내 29호 안에 찬바람이 일었다. 새로운 방장으로 올린 그들의 기대를 저버리며 떠나는 내 등에 칼날 같은 시선이 꽂혀 있음을 알 수 있었다. 김상경과 나는 침묵의 동반자가 되어 무거운 발걸음을 이끌며 25호로 향했다. 그 순간 우리 두 사람의 머릿속을 채운 것은 단 하나의 궁금증이었다. 25호가 어디에 있고 몇 명이 있는지 따위는 중요하지 않다. 우리에게 중요한 것은 그 방의 실권을 움켜쥔 방장이 누구냐는 것일 뿐.

김상경이 친한 척 건네는 소문에 따르면 25호 방의 방장 석민우는 열아홉 먹은 단순 폭행범으로 불법 문신 시술소를 운영하다 여러 번 적발되어 들어와 분류심사원 안에서도 영감으로 통하는 놈이었다. 그는 29호의 해골 방장만큼 역겨운 인간은 아니었지만 호락호락하게 여길 상대도 아니었다. 방장이 나이와 죄질로 선출된다는 것을 알고 있기에 그 죗값의 무게와 악이 얼마나 무거울지 겪어 보지 않고 보이는 것으로 판단할 수 없었다.

"이건 뭐 신입도 아니고 연식 애매한 침수 중고차 둘이네."

석민우의 환영 인사는 29호에서 건너온 김상경과 나를 골치 아프게 생각하는 뼈 있는 말이었다. 운동으로 다져진 근육 폭탄 같은 몸이 죄의 무게를 더해 주었으리라 짐작이 되었지만 하얀 피부는 녀석의 죄과와 어울리지 않는 묘한 이중성이었다. 문신 시술소를 운영했다면서 제 몸은 도화지처럼 깨끗하게 유지하는 괴벽이라니. 뒷목이 서늘해졌다.

"잘 부탁드립니다."

김상경의 허리가 구십 도로 구부러지자 꼿꼿하게 서 있는 내게 방 안의 시선이 집중되었다. 29호에서 그렇게 설치던 녀석이 여기에서는 생존 전략을 달리하기로 마음먹은 모양이다. 칵테일 새우처럼 굽은 녀석의 등을 타고 방장의 인사가 건너왔다.

"그런 건 됐고 자리는 끝에 빈자리 둘 쓰면 돼. 필요한 건 지철이한테 얘기하고."

석민우의 곁에 선 덩치 큰 녀석이 우리 둘을 자리로 안내했다. 녀석이 25호의 실질적인 이인자, 방장의 오른팔이었다.

"당분간 좀 붙어 다녀. 29호 방장 조심하고."

간담 서늘한 그 마지막 말로 김상경과 내가 겪게 될 수난을 예고하는 걸 잊지 않았다. 4주라는 명시된 기한이 우리를 속박하고 있었다. 방의 실권은 언제든지 새로운 구성원에 의해 뒤바뀔 수 있고 그 권력은 채 한 달을 넘지 못한다는 것이 아이들을 정치적으로 행동하게 만들었다. 방장이 나가고 새로운 인물이 선출되고 채 하루도 안 되어 새로 들어온 아이로 인해 방장이 바뀌기도 하는 수난이 감별소의 소년들을 단련시켰다. 다른 방과의 물리적 충돌까지 떠안은 방은 내부와 외부의 크고 작은 전투를 치르는 전쟁터와 다를 바 없었다. 그래서 우리에 대한 석민우의 평가가 '애매한 침수차 두 대'로 비하된 것이다. 다른 방에 비해 수적으로 열세인 석민우 입장에서야 버릴 수 있다면 내다 버리고 싶은 두 명의 탈영병이다. 29호 해골 방장이 자원을 양분하자고 달려든다면 물리적 충돌이 생길 수도 있으니 좋든 싫든 식당이나 교실에서 29호 아이들에게 선을 긋는 역할도 25호 방장의 몫이었다. 김상경은 해골 방장에 대한 두려움 때문에 늘 내 곁을 맴돌았지만 나는 녀석을 받아들이지 않았다. 사람을 팔 안에 둔다는 것은 25호 안의 또 다른 세력 확장을 의미했다. 김상경은 뜯어진 솔기의 첫 실밥이다. 그걸 붙잡는 순간 거세게 일어나는 다른 녀석들을 막기 힘들다는 것을 본능이 일깨워 주고 있다. 마지막 수업이 끝나고 저녁 식사 시간이 되자 김상경이 내 팔을 잡아끌었다.

"왜?"

"25호 애들은 저쪽이야."

"됐어. 너나 가."

"그렇게 개기다가 골로 가는 수가 있어."

"너야말로 29호에선 왜 개겼는데?"

녀석이 살기 어린 눈으로 나를 노려보며 말했다.

"네가 대가리가 될 거라고 생각했으니까. 이렇게 몸 사리는 새끼인 줄 알았으면 그렇게 안 했어."

"너한테 뭐라고 약속이라도 했냐? 가만있는 사람 올려놓고 흔들지 마."

"센 척하지 마. 토 나와."

300

김상경은 잡았던 내 팔을 던져 버리고 제자리로 돌아갔다. 냉기로 가득 찬 식당의 눈들을 바라본 순간 깨달았다. 25호에게도, 29호에게도 나는 단단함을 시험할 모난 돌이다. 한 번쯤은 달려가서 들이받아 보고 싶은 돌. 나를 짓이기고 밟아야 그들의 균열이 메워지고 방장의 존재가 확고해진다고 믿는 것이다. 바깥이 소란스러워져야 내부의 균열을 잠재울 잠시의 시간을 벌 수 있을 것이다. 나같이 보호막이 없는 놈을 짓밟으면서.

29호 녀석들은 바다 위에 떠 있는 부표처럼 나를 흔들어 댔다. 예사로 툭툭 치고 가거나 먹고 있는 식판에 모래를 뿌려 댔다. 눈을 뜨고 있는 모든 시간에 온몸의 촉수가 돋아났다. 어쨌거나 해골 일당들이 대놓고 나를 건드리지 못하는 이유는 25호의 울타리 때문임이 분명했다. 그러나 29호 하이에나들보다 더 다급한 건 내홍이 일어나 기둥이 흔들리는 25호였다. 그들이 만든 규칙이 나 하나로 흔들리기 시작했다면 머지않아 또다시 제2의 김상경이 생길 수도 있음을 25호 방장이 모를 리 없었다. 그 배려의 시간은 생각만큼 길지 않았다. 동족임을 주장하던 25호 아이들은 29호가 세력을 규합해 도발하기 전 자신의 안전을 위해 균열을 메우기로 결정했다.

모두가 잠든 10시, 25호 안의 이불들이 꿈틀거리기 시작했다. 화장실 바로 옆에서 잠자던 내 이불은 누군가의 손에 들려 CCTV의 사각지대인 창문 아래 구석으로 옮겨졌다. 나는 이불이 씌워진 채 한쪽 구석에 패대기쳐져 예고도 없는 발길질을 당했다. 방에서 흘러나오는 구타 소리를 막기 위해 한 녀석이 집음 마이크 앞에서 요란하게 코를 고는 소리를 만들었다.

혹시 모를 폭력에 대비해 밤새 불을 켜고 CCTV를 설치했다지만 카메라 두 대 중 한 대가 고장이라는 건 공공연한 비밀이었다. 그 카메라의 사각지대에서 벌어지는 폭력에 대한 대비책까지 세워 두진 않은 모양이었다. 아니면 문제가 새어 나갈 숨구멍을 일부러 메워 놓지 않은 것인지도. 아이들은 야간 당직이 순찰을 위해 CCTV 화면 앞에서 자리를 비우는 시간을 정확히 알고 있었다.

말 한마디 없이 역할 분담을 하며 일사분란하게 움직였다. 그들 중 누구도 자신의 역할에 우왕좌왕하지 않았다. 그것은 25호 방장이 아이들을 얼마나 잘 통솔하는지를 알려 주는 단초였다. 아무 말도 없는 구타가 10분간이나 지속되었다. 이불은 내 보호막이 아닌 그들의 눈 가림막이었으니 나를 보지 않음으로써 양심으로부터 자유로웠다. 폭행이 끝나자 나는 원래 누워 있었던 지린내 나는 화장실 옆자리로 내동댕이쳐졌다.

모두들 피곤함에 지쳐 코를 골며 잠을 자는 그 밤, 분노와 모욕감에 치를 떨며 밤을 지새웠다. 아침이 되자 그 누구도 간밤의 일을 내색하지 않았다. 그들은 내 눈길을 피함으로써 사건에 가담한 공모자임을 밝히고 있었다. 그리고 제 할 일을 찾아 부지런히 방을 나섰다. 오직 석민우만이 예외였다. 도화지에 볼펜으로 그림을 그리던 녀석은 아무 일도 없었다는 듯 말간 얼굴로 농담을 건넸다.

"코 고는 새끼들만 이 방에 집어넣었나, 귀청 떨어지는 줄 알았네."

부어 터진 얼굴로 화냥끼라도 흘려 주길 바라냐. 나는 녀석을 노려보았다. 석민우는 차분히 말을 이었다.

"재미없는 얘기 하나 하자."

대꾸 없이 녀석을 바라봤다. 어쩌면 해골보다 더 냉정하고 잔인한 녀석이지 않을까. 그래서 김상경은 납죽 엎드려 제 살길을 찾았을지도 모를 일이고.

"그냥 내 얘기야."

"그딴 건 네 똘마니들한테나 해."

석민우는 한 끗의 동요도 없이 이야기를 계속했다.

"어렸을 때 내가 좀 골골거렸거든. 3년만 넘기면 살 거라고 했는데 용케 그 3년을 세 번 넘기고 아홉 살이 되니까 할머니가 나를 데리고 어떤 절 주지 스님을 찾아가더라. 비실한 놈 살려는 놨고 이제 어떻게 살까 궁금했나 보지. 근데 그 주지 스님이 내 사주를 봐주면서 그러더라고. 얘는 사람들 앞에만 안 서면 제명대로 삽니다. 손에 횃불도 없으니 그냥 저 하고 싶은 대로 키우십시오. 횃불을 쫓아갈 놈이지 횃불을 들 놈이 아니니 나쁜 짓을 해도 제 몸 하나 망칠 뿐이고 사람들을 끌어모아 시궁창에 처박을 놈은 아닙니다. 반짝거리는 것도 없지만 그 발밑에 그만큼의 어둠도 없으니 내버려 두면 그냥 삽니다. 뭔 되도 않는 말을 하더라고. 덮어 두고 잊고 있었는데 이제야 생각났어. 너를 만나기 전까지 난 이게 뭔 소리인가 했다."

정작 내가 하고 싶은 말이었다. 무슨 되도 않는 말이냐고.

녀석은 별종이다. 악의가 없더라도 사람을 중무장시키는 이상한 녀석이다. 이 좁은 방의 대가리가 될 생각은 꿈도 꾸지 말라는 의미를 저렇게 에둘러 말하는 것일지도 모른다. 제 발밑에 그만큼의 어둠이 없다는 석민우는 내가 스스로 기어 들어와 무릎 꿇길 원하고 있다.

"그래서 뭐? 네 밑에 있으면 시궁창에 처박히지는 않는다고? 29호는 돈만 내면 됐는데 여긴 토 나오는 형제애를 강요하네. 네가 더 엿같지 않냐?"

"품앗이가 엿으로 보이는 걸 보면 너도 어지간히 썩은 새끼다."

"좆 까, 새끼야! 네 규칙이 품앗이면 29호는 뭔데?"

석민우는 그림을 그리던 볼펜을 자꾸만 휴지에 문질러 닦았다. 볼펜 끝에 묻어 나오는 미세한 잉크 찌꺼기를 닦다가 손을 멈추고 나를 바라봤다.

"넌 여기가 지옥이겠지만 해골 그 새끼한테는 천국이야. 한번 해골한테 찍히면 여길 나가서도 끝나지 않을 거란 뜻이야. 해골은 네가 소년원으로 넘어오길 바라는 거야. 네가 빠져나갈 기미라도 보이면 이 안에서 사고를 만들어서라도 데리고 갈 녀석이야. 그 새끼 눈에 들지 말라고 충고해 주는 거야."

"해골이나 너나 다를 게 뭔데."

볼펜 끝을 깨물던 녀석이 침을 뱉으며 말했다.

"꼴통 새끼 맞네."

석민우는 내 시선을 외면하고 밖으로 나가 버렸다. 그날 밤, 또다시 폭행이 이어졌다.

전날보다 더 끈질긴 악다구니가 배어 있는 발길질이 오랫동안 이어졌고 정해진 시간이 되자 일사분란하게 폭행을 멈추고 제 이불을 찾아 들어갔다. 그 속에는 새 무리의 규칙을 따르기로 한 김상경도 있었다.

순간순간이 치욕이었다. 25호에 있는 아이들의 주먹세례가 일정한 간격으로 찾아들 때마다 나는 그 주먹의 주인을 기억했다. 증오와 울분에 뒤섞인 감정 중에서 되갚아야 할 주먹들만 차례차례 솎아 내었다.

옆구리를 파고드는 올구는 이 엄한 분류심사원 안에서 무슨 물건이든 구해 내는 것으로 유명한 아이였다. 월요일마다 면회실에 오는 제 형을 통해 담배는 가루와 종이를 각각 따로 분리시켜 들여왔고, 라이터는 기름통과 부싯돌을 쪼개서 가져왔다. 잡기에 능한 녀석은 다른 아이들이 건들지 않는 옆구리 안쪽을 공략했다. 25호의 꼽으로 통하는 쥐이빨은 몸통 쪽은 다른 아이들에게 양보하고 팔다리를 공략했다. 쥐새끼 같은 녀석답게 발목 쪽을 짓이기는 데 재미를 붙였다. 하지만 주먹이라고 부르기도 아까운 솜방망이 주먹질을 해댔다.

반면에 먹튀 카페를 운영하며 택시비나 피시방 이용료를 떼먹다 잡혔던 연생이란 놈이나, 퍽치기를 해 취객들의 카드나 휴대폰만을 골라 털어 세 번째 소년 법정에 섰다는 경구란 녀석은 아픈 한곳만 고르는 악질이었다. 무엇보다 25호 방으로 옮겨 온 결정적 주범인 상경이가 누구보다 성마른 주먹질을 날리고 있었다. 녀석은 자신을 지켜 주지 않은 것에 대한 울분을 담아 제 주먹이 아플 만큼 나를 두들겨 댔다. 그러나 그 모든 주먹보다 더 두려운 건 김지철이었다. 녀석에게서 제대로 된 훅이 들어오면 숨도 못 쉴 만큼 온몸에 충격이 전해졌다.

그 한 번의 주먹질에 세상이 멈춰졌다. 그리고 눈을 질끈 감았다. 29호, 25호…… 이런 지옥 같은 방이 이곳에만 서른 개, 어디로 도망치든 녀석들의 모습과 이름만 달라질 뿐, 출구 없는 지옥이다.

*

임 변은 나흘 만에 나타났다. 디자인이 다른 회색 셔츠가 그대로였다. 후줄근함이 아닌 고집불통의 패션이다. 나 역시 똑같은 생활복의 반소매 밑으로 시퍼런 멍 하나만 더 얹었을 뿐이지만 임 변은 보고도 아는 척 말 한마디 얹지 않았다. 대신 이상한 계약서 몇 장과 차량 사진을 건네며 자신의 본론으로 직행했다.

"공업사에 입고된 차는 현장에서 끌고 온 차가 맞아."

맥이 풀렸다. 그곳에서 차가 바뀌었을 것이라는 일말의 희망은 물거품이 되었다. 임 변은 공업사에서 받아 온 사진을 내밀었다. 벤츠는 사고 조사서 그대로 범퍼가 찌그러진 채였고 현장 조사와도 일치하는 차량이었다. 허탈하게 사진을 들여다보는 순간 뭔가가 스쳤다.

"아니에요. 성구가 들어올 때 타고 온 차는 낡은 벤츠였어요. 이렇게 신형이 아니었다고요."

임 변은 내 대답을 듣자마자 휴대폰에 저장한 사진 한 장을 내밀었다. 어떻게 구했는지 용케도 기억 속의 그 차였다. 차 옆에 구대철 회장과 클럽 회원으로 보이는 남자가 있었다.

"이 차 맞지? 의전 차는 두 대였어. 사고 차 말고 나머지 한 대는 팔렸는데 요르단으로 수출됐다고 추적 불가고 분해해서 넘어가는 거라 본판 보전도 힘들단다."

봉투에서 꺼낸 수출용 자동차 매매 계약서 복사본은 너덜너덜해져 있었다. 수십 번을 들여다보고도 찾아낼 수 없다면 불가역이란 뜻이다. 증거품이 될 차가 현장에서 사라져 버렸다는 사실까지 왔으니 장족의 발전이지만 손에 쥔 것이 없다.

"정황상 진짜 사고를 낸 차는 요르단으로 간 그 차인데 그럼 왜 사고 차도 아닌 신형 벤츠를 공업사까지 급하게 끌고 갔느냐가 관건이지. 손을 탄 것 같은 부딪친 범퍼를 가는 게 주목적이 아니었어. 진짜는 스팀 세차를 마친 내부에 있었던 거야."

"별장에서 출발할 때 운전을 한 건 성구였어요."

"알아."

"근데 어둡고 당황해서 그 차가 확실한지는 기억 안 나요. 그건 성구 녀석만 알 테죠."

"아니. 차가 바뀐 건 별장에서 나온 뒤야. 구대철 회장, 김 실장, 그리고 너! 원래 그 차를 운전했던 걸로 여겨지는 모든 사람의 지문이 있었지. 자, 여기서 빠진 그림 찾기를 해볼까. 스팀 세차를 했는데 앞자리를 뺀 모든 부분을 꼼꼼하게 잘 닦었어. 어쨌든 경찰은 그 사고 차를 찾아올 테니 네가 운전했다는 걸 입증할 운전석과 조수석만은 남겨 둔 셈인 거지."

"머리 한번 잘 쓰네."

"아니, 그게 아니라 머리가 나쁜 거라고. 그 차를 양촌까지 운전한 사람이 누구였냐고. 그런데 구성구 지문은 하나도 검출되지 않았단 말이야."

"그럼……."

"그 차는 구성구가 별장을 출발할 때뿐만 아니라 서울에서 운전해 온 차가 아닌 게 확실해지는 거야. 숨겨야 하는 건 다른 거지."

임 변은 그 말을 끝으로 입을 닫았다.

"약물 검사는요?"

"노승모는 그렇다 치더라도 김별도 검사를 않겠대. 노승모는 제가 운전자도 아닌데 왜 그런 걸 해야 하냐고, 그게 네가 사람 친 걸 뒤바꿀 수 있냐고 묻는데 친구고 뭐고 얄짤없던데."

탁자 위에 임 변이 빈손을 올려놓았다. 가진 게 아무것도 없다는 뜻이었다. 임 변의 예상대로 승모는 구 대표의 협박 때문에 거짓 증언을 한 것이 아니었다. 승모가 나를 버린 것은 내가 먼저 저를 버렸다고 생각했기 때문이다.

"테니스를 하는 애들은 그렇다고 치더라도 보통 여자아이에게서 약물이 나온 건 그날 별장에서 무언가를 마셨다는 것밖에 설명이 안 되잖아. 그보다 노승모는 마셨기 때문에 거부하는 걸까, 마시지 않았기 때문에 거부하는 걸까?"

질문의 답은 엄마가 받아 왔다. 나를 대신해 엄마가 승모를 만났지만 녀석은 입을 다문 조개였다고 한다. 스파링 파트너나 하던 애가 은혜를 원수로 갚네. 엄마는 분명 승모 앞에서도 그 말을 뱉고 왔을 것이다.

"너희 세계에서 스파링 파트너라는 건 어떤 의미냐?"

임 변은 현실을 직시했다. 분류심사원 안이 아닌 코트에서의 승부에 눈을 돌린다는 뜻은 알코올 섞인 펀치 칵테일에 손을 대지 않은 유일한 사람이 승모라는 걸 눈치챘다는 의미였다. 승모는 속이 좋지 않다는 핑계로 그날 별장에서 무엇 하나 입에 대지 않았다. 그러나 별장에서 녀석이 내내 손에 들고 있던 펀치 칵테일은 결국 내 손으로 건너왔다. 승모가 내밀던 잔들을 떠올리자 모든 사고 회로가 정지되었다.

"우리는…… 우리는 친구고 적이고, 다시 친구고…… 라켓을 놓는 날까지 되풀이죠."

승모에 대한 지금의 마음을 들키지 않기 위해 애써 감정을 억눌렀다. 적어도 승모가 약을 먹인 한 사람이 누구인지는 확실했다.

"만약 노승모가 거기 있는 애들에게 약물을 먹이고 도핑 테스트에 걸리게 한다고 해도 걔가 랭킹 1위가 되니? 그건 아닌 것 같거든. 너를 잡자고 한 짓이라도 약을 먹일 수 있는 기회는 평소에도 많잖아. 같이 시합 뛰고 물 나눠 먹는 척하고 건네면 되는데 왜 굳이 이런 무리수를 썼을까."

"……그랬다면 승모 머릿속에서 나온 게 아니겠죠."

"노승모의 목줄을 흔들며 압박할 사람의 손에서 나온 한 수겠지. 그쪽 인맥으로 좀 알아봤는데 구성구 아버지 대단한 사람이더라고. 테니스 마피아 같은 위인이라 잘나가는 클럽에 테니스 용품 수입 업체까지 운영했는데 그 세계에서 그 이름 석 자가 좀 양아치로 통했는지 물어보는 족족 좋은 얘기를 해 주지는 않더라. 어디든 썩은 구석이 있겠지만 구대철은 이를 갈던데. 하다못해 중고등 선수 출신도 아니고 군대 선임에게 배운 테니스 기술로 장군 사모님들 상대하면서 출세한 희한한 이력이더라고. 업계를 더럽힌다고 전지가 위라도 있으면 잘라 낼 표정이더라."

구형 벤츠를 팔고 신형 벤츠를 사고 차로 둔갑시키고 그 벤츠마저 두 시간 만에 갈아엎어 버리는 능력, 사실 그보다 그 운전석에 나와 성구를 바꿔치기할 수 있었던 배짱으로 따지면 양아치란 단어는 너무나 인간적이다.

별장을 출발할 때 운전석에 앉았던 건 성구였다. 하지만 녀석은 연기파 배우가 아니다. 녀석이 사고를 내지 않은 건 진심이니 성구와 내가 빠진다면 시간 정황상 그 자리에 앉을 수 있는 사람은 승모로 봐야 한다. 아니면 승모가 데리고 왔던 또 다른 선수. 택시 기사가 언제 도착했는지는 정확하지 않지만 그가 목격한 것은 사고 이전일 가능성이 높다. 별장에서 7백 미터는 10분이면 충분히 걸어 내려올 수 있는 거리다. 승모와 다른 선수가 내려와 유진이와 성구를 만났다면, 이야기는 달라져야 한다.

"구 회장이 평소에 산타클로스는 아니었지?"

"스크루지에 가깝죠."

"사람이 평소 하던 대로 안 하고 딴짓을 한다는 건 죽을 날이 가까워졌다거나 딴 주머니가 있다는 건데, 양촌 별장은 애들한테 내놓기 거시기한 곳이란 말이야. 그럼 다시 묻자. 왜 구성구 아버지는 양촌의 아방궁을 니들같이 멋모르는 철딱서니들에게 내줬을까? 잘 차린 출장 뷔페에 무면허 아들에게는 차까지 내주면서, 약 주머니는 아들인 구성구가 아닌 노승모 손에 쥐어 주면서."

떠오르는 단어는 뒤틀림이다. 그날의 모든 행적과 인과 관계가 임 변의 지적대로 뒤틀려 있다. 휘몰아치는 사건만 쫓아가기 바빴지 사건이 있기 전 상황을 이성적으로 생각해 볼 겨를이 없었다. 왜 승모가 구 회장의 사람일 거라는 생각을 해 보지 못했을까. 임 변은 제 안의 배심원에게 사실 관계를 설명하고 있었다.

"문제는 사고가 나기 전이야. 사고가 나기 전에 뭔가가 있었던 거야. 확실한 건 구 회장이 구성구는 그 계획에서 제쳤다는 거고."

"아들이라고 감싸 줬겠죠."

쓸쓸한 대답에 임 변의 표정이 단호해졌다.

"욕인데 다정하게 들렸나 보네. 구대철 회장이 아들을 아낀다는 얘기가 아니고 구성구는 졸로 부리기에도 뻑뻑한 놈이란 소리야. 변호사도 오래 하면 점쟁이야. 성구 아빠란 사람 너를 알아보는 눈이 정확했듯 자기 아들을 보는 눈이 나빴을까 싶다. 자기 애가 일찌감치 텄다는 걸 누구보다 잘 알았으니까 미국으로 보내고 눈앞에서 치워 버린 거겠지."

"무당이에요?"

"그 사람한테서 떨어져 나온 살비듬 같은 걸로 그냥 사람을 읽는 거지. 정확히는 그 사람이 아니라 주변 사람들을 읽는 거야. 인간은 제 자신을 꾸밀 수 있어도 저를 잘 아는 주변 사람들을 꾸밀 수는 없거든. 아들과의 관계, 주변의 평판, 갑을이 바뀔 때의 농도, 이런 모든 게 구 회장이 누구인지를 알려 주는 거야."

성구를 통해 구대철의 뱃속 구경을 한다는 임 변의 말은 소름 끼치는 비유였다.

"그래서 운전자가 승모라고요?"

"단정 짓지 마. 일단은 일을 시킨 수족이었겠지. 노승모는 마음만 먹으면 잡을 약점이 많아 보이던데. 그날 별장에 온 아이들 몇몇은 구대철 회장이 계약에 눈독 들이는 유소년 테니스 선수들이었고. 어쨌든 너희를 잡기 위해 만든 자리란 건 확실한데 짐작대로 성구는 너에게 약을 먹이지 못할 거고 승모의 뒷 역할로 이어졌을 거라고 본다."

승모에게 의심의 농도를 더하는 임 변의 목소리는 냉정했다. 얼굴에 경련이 일었다. 임 변의 촉은 정확했지만 관계의 이면까지 미루어 짐작하지는 못했다. 구성구는 유진이 때문에 제 아버지의 가업을 이어받지 못했을 뿐이고 승모는 택시를 타야 하는 다른 이유가 있었다. 삐져나오는 생각들을 눌러 담았다.

"별장은 건너뛰고 사고로 가보자. 이유와 과정은 모르지만 어쨌든 유진이가 사고를 당했고 운전자가 누구든 당황한 구성구는 제 아빠에게 연락을 했겠지. 다급하게. 드디어 연락이 닿고 아버지가 사실을 알게 되었는데 물론 그때 너는 의식을 잃은 채 차 안에 있었고."

임 변은 시간 순으로 정리된 사건 일지에 예측 사건을 끼워 넣기 시작했다. 내가 있던 자리에 미지의 인물이 등장함으로써 지워졌던 거대한 밑그림이 그려지고 있었다.

"구 회장의 시각에서 보면 선수 입장, 사고 발생, 인명 사고, 사업에 치명타! 순식간에 상황이 파악됐을 거야. 이 문제적 아들이 자기 눈이 미치는 한국에서 사고를 쳤는데, 제 새끼가 싼 똥을 자기가 치울 수밖에 없는 상황에 직면하게 됐고. 어쨌든 평판에 똥칠하고 손이 더러워지게 생겼는데 그걸 닦는 데 널 쓸 기회가 있었던 거지."

"택시 블랙박스는요?"

"뭐, 가망 없어. CCTV든 뭐든 찾는 중인데."

"나올까요?"

"길은 하나니까 거길 지나갔으면 뭐가 됐든 나와야겠지."

임 변은 종이를 뒤집어 긴 선 하나를 그렸다. 그 선의 제일 위에 네모 하나, 더 내려간 지점에 또 하나, 선이 갈라진 지점에서 각각 하나씩, 그렇게 거침없이 내려가 길의 끝에 지점 하나를 더 그려넣었다. 선이 끝나는 곳은 남한강 옆에 있는 이웃 면사무소 소재지였다.

"CCTV는 별장, 별장 아래 낚시터 앞길, 1킬로미터 아래 설렁탕 집, 그리고 국도 위아래 펜션까지 총 다섯 곳에 있었어. 우선 별장의 CCTV에는 성구의 차가 들어온 게 찍히지 않았어. 그 고성능 카메라가 그날따라 먹통인 거지. 어쨌든 그 차는 김유진을 태우기 위해 쭉 내려가 낚시터 앞길을 지나가. 그곳에 어두운 차 실루엣만 찍혔고 번호판이나 사람은 보이지 않아. 설렁탕 집 CCTV는 모두 지워졌어. 국도 위아래에 있는 펜션도 마찬가지고. 난 네가 아줌마라 부르기도 전에 그 CCTV를 요청했는데 한발 늦었던 거지. 무슨 뜻이겠어."

"좆 됐다는 거네요."

탁자 위에 놓인 브라우니에 초파리 한 마리가 날아들었다. 너 그러다가 좆 된다. 초파리는 눈앞의 달콤함에서 발을 빼지 못한다. 설탕물에 발을 묻고 떠나지 못하는 녀석이 바로 나였다. 내 의지와 상관없이 커다란 손 하나가 브라우니를 짓뭉개 버렸다. 짓이겨진 덩어리들과 녀석의 흔적이 내 손바닥에 들러붙었다.

"휴지 있어요?"

임 변은 가방에서 신규 아파트 분양 글자가 새겨진 휴지 하나를 통째로 내밀었다. 겹겹이 접힌 휴지를 펴 녀석을 떼어 놓자 또 한 마리가 브라우니에 달려들었다. 저 브라우니가 소년을 잡아먹는 파리지옥이라면 이번에는 승모나 성구 녀석이 달라붙을 차례였다. 생각보다 손이 먼저 움직였다. 연거푸 초파리들을 잡자 임 변이 격려의 한마디를 보냈다.

"잘 잡네, 개구리 혓바닥처럼."

"만약 내가 뒤집어쓰면 어떤 처분을 받게 돼요?"

짓뭉개진 브라우니를 툭 끊어 입에 넣은 임 변이 말했다.

"10호 장기 처분."

"기간은?"

"최대 2년."

휴지 조각 속에 초파리가 세 마리 모여 있다. 하나는 나, 하나는 구성구, 또 다른 하나는 노승모. 이 셋 중 가장 큰 잘못을 한 게 누구인가. 녀석들을 코트로 불러들인 나인가, 아니면 내가 떠날 수 없게 나를 붙들었던 녀석들인가. 브라우니를 짓뭉갠 이유를 털어놓아야 했다.

"어제 김 실장이 찾아왔었어요."

"계약 건은 물 건너갔을 텐데."

"더 큰 게 남아 있잖아요."

"뭐?"

"내가 입 다물고 독박 쓰는 거."

함께 찾아온 사람이 사고 직후 엄마와 함께 경찰서를 찾아왔던 변호사라는 말은 하지 않았다. 엄마의 말과는 달리 변호사가 고객을 바꾼 것이지 엄마가 변호사를 갈아탄 게 아니라는 것은 확실해졌다. 어차피 제로섬이라고 했으니 내 곳간을 털어 가야 성구가 유리해질 터였다.

"얼마를 주겠다디?"

"얼마가 아니라 시간을 얘기하던데요."

"무슨 시간?"

"나한테서 10년을 빼앗아 갈 거라고."

기억 속에 각인된 그 섬뜩한 말을 되새겼다.

"10년, 뭐가 됐든 이곳을 나와서 다시 라켓을 잡으려고 하면 그 순간부터 10년이 사라지게 만들어 준다. 대한민국에서 네 이름 석 자에 김밥 집 스폰서 하나 못 붙게 만들고, 이름 자체가 똥물이 되게 하고, 동호회 코트에도 얼굴을 못 드밀게 만들 거라고. 어깨든 손목이든 아니면 발목이든 운동하다 다치는 건 예사니까 그런 부상을 달고 서서히 테니스계에서 사라지게 만드는 것도 가능하다. 네가 가진 알량한 테니스 재주는 썩은 도끼 자루처럼 문드러질 거다. 돈으로 입막음하려 드는 것보다 그게 더 잘 먹혔어요. 지금까지 들었던 말 중에 가장 현실적이었으니까."

시선이 탁자의 모서리에 붙어 버렸다. 어디서 날아왔는지 모를 노란 털 하나가 나뭇결에 끼어 있었다. 내가 좌절을 맛보는 순간마다 나타나는 털의 주인은 늙은 개였다. 수컷과 암컷의 경계를 넘어서 버릴 만큼 늙은 그 개는 외가에서 10년을 산 황구였다. 이장댁의 콜리가 동네 누렁이를 쫓아다녀 태어난 여섯 마리 가운데 한 놈이었는데 누렁이 주인이 동네에 골고루 강아지를 나눠 주면서 외할머니 집에서 키우게 되었다. 밥을 주는 사람은 외할머니였지만 목줄을 끌고 다니던 건 나였다. 나는 그 집에서 유일하게 녀석의 목줄을 풀고 동네 마실을 시켜 주면서도 틈만 나면 녀석의 등에 올라타 괴롭히던 얼치기 상전이었다. 고기가 생기면 몇 점을 떼서 밥그릇에 던져 주면서 그 밥그릇에 이상한 음식을 타서 녀석을 골탕 먹이던 철부지였지만 황구는 늘 그런 나를 반겼다. 어쩌면 녀석은 제 젖을 물려 키운 주인댁 도련님을 보는 유모처럼 제가 나를 키웠다고 생각했을지도 모른다. 어른들은 잡종이라 불렀지만 집안 분위기가 뒤숭숭한 날이면 제 집에서 한 발짝도 나오지 않을 만큼 사람의 속내를 잘 읽었다. 10년을 넘기면 집짐승이 영물이 된다던 외할머니는 황구가 열 살이 되던 그해 황구를 가겟집 개와 바꿔 잡기로 약속하고 외삼촌들을 불러 모았다. 그 가겟집 개는 황구와 함께 태어난 여섯 마리 가운데 한 마리로 제삿날조차 같을 참이었다. 그날 저녁 가게에 콜라를 사러 갔던 큰외삼촌이 돌아와 말했다.

"가겟집 아줌마 저거 순 날강도네."

"왜요?"

"그 집 개, 완전히 비썩 곯아서 등뼈가 보이는데 그런 거랑 황구를 바꿔 잡자고, 염치도 잡아드셨어."

큰외삼촌이 혀를 차자 작은삼촌들이 발끈했다.

"뻔하지. 같은 배에서 나왔으니 같은 놈이라고 안 보여 주고 잡자고 한 거지!"

"저놈은 나이 들어도 살이 저렇게 통통하게 올랐는데."

외삼촌들의 시선이 차가운 현관 바닥에 누워 더위를 피하고 있는 황구에게 쏠렸다.

"저놈 봐라, 저거 사람 같은 거."

"아, 모처럼 몸보신 좀 하나 했더니만. 저걸 가만둘 거야?"

"일찍 자라. 내일 장날이라 어무이 새벽 장 가신다."

형제들의 대화는 그걸로 끝이었다. 외삼촌들이 하던 그 잔인한 마지막 말의 뜻조차 알지 못했다. 그 순간까지 나는 무슨 일이 벌어지고 있는지 짐작조차 하지 못했다. 그리고 다음 날, 외할머니가 새벽 장에 가자마자 큰외삼촌은 꼭두새벽부터 나를 깨워 마당으로 불러냈다.

"석아, 황구 데리고 계곡 가자."

"지금요?"

"황구랑 산책 잘 가잖아."

큰외삼촌은 내 손에 랜턴을 쥐어 주었다. 아침 해가 다 오르지 않은 미명이었다. 외삼촌들은 내 손에 황구의 목줄을 쥐어 주고 산으로 앞장세웠다. 영특한 그 녀석이 다시 돌아올 수 없는 길을 의심 없이 뛰어간 것은 목줄을 쥐고 있던 나를 믿었기 때문이다. 장화를 신고 산을 오르는 외삼촌들의 발은 느렸다. 계곡에 도착해 서릿발처럼 차가운 계곡물에 발을 담그고 헐떡이는 황구에게 물을 먹이며 그들을 기다렸다. 찬물에 젖은 황구가 내 바지 주머니에 코를 박았다. 절 주려고 숨겨 온 육포인 걸 알고 있으니 얼른 내놓으라고. 쭉 찢어 반쪽을 내 입에 털어 넣자 실망하는 눈빛이었다. 씹지도 않고 그냥 삼킬 거면서 식탐은. 반쯤 씹어 물러진 육포를 녀석의 입에 넣어 주자 늙은 주둥이가 바빠졌다. 그즈음 땀범벅이 된 외삼촌들이 계곡에 도착했다. 웃통을 벗고 땀을 닦던 큰외삼촌이 느닷없이 숫돌을 꺼내 칼을 갈기 시작했다.

막내 외삼촌에게 줄을 넘기면서도, 황구가 불안에 떨면서 내 다리 옆에 붙을 때조차도 그 이유를 짐작하지 못했다. 큰외삼촌이 먼저 내려가라고 등을 떠밀었고 막내 외삼촌이 부탄가스 통을 흔들며 가스가 얼마 남지 않았다고 소리쳤다. 큰외삼촌이 내게 집에서 새 부탄가스 통을 들고 오라고 했을 때 나는 그제야 그들이 계곡에 모인 이유를 눈치챘다. 부들부들 떨리는 다리로 돌아섰다. 그 등 뒤로 막내 외삼촌의 목소리가 날아들었다.

"석아, 됐다. 오지 마라. 그냥 집에 가 있어."

황구가 나를 원망하는 눈길을 보게 될까 봐 죽을힘을 다해 계곡 아래로 도망쳐 왔다. 몇 시간 뒤 그들이 계곡에서 내려왔다. 커다란 고무 대야 한가득 고깃덩어리를 싣고서. 발목 아래가 잘린 넓적다리를 보는 순간 토악질이 올라왔다. 어린 나를 태우고 마당을 뱅글뱅글 돌던 녀석의 뒷다리가 토치 불에 그을려 거무튀튀한 색을 입고 있었다. 형제들은 장화의 핏기를 대충 씻고 방으로 들어갔다. 끌고 갈 때 힘깨나 뺄 줄 알았는데 석이 덕에 수월하게 데리고 올랐다고, 큰외삼촌이 형제들과 나의 수고로움을 칭찬할 때 온몸의 피가 솟구쳤다.

새벽 장에서 돌아온 외할머니가 노발대발 역정을 냈다. 하이고 이 미친놈들아, 집에서 기른 개를 제집에서 잡으면 어째. 10년 살았으면 영물인데 저 죄를 어떻게 받을 거냐. 외할머니가 고래고래 소리를 질러도 거실에 퍼져 누운 형제들은 꿈쩍도 않고 잠을 잤다.

날이 푹푹 찌는 7월 한여름 더위에 온 집 안 문이 다 열려 있었다. 열린 현관문 사이로 도살자들의 신발이 보였다. 황구가 등을 곧추세우고 집을 지키던 자리에 주인이 떠받들었던 비싼 구두와 운동화들이 뒤엉켜 있었다. 그 자리로 가 무릎을 감싸 안은 채 얼굴을 파묻었다. 바닥이 온통 녀석의 털이었다. 식구들의 신발 곳곳에 녀석의 털이 남아 있었다. 털이 잔뜩 묻은 외삼촌들의 신발을 주워 들고 뒤채 부엌간으로 갔다. 고기를 삶기 위해 가마솥에 물을 끓이고 있던 차였다. 나는 그 신발들을 아궁이 속에 던져 넣었다. 매캐한 연기와 함께 식구의 살점으로 배를 불리려던 죄인들의 신발이 타들어 갔다.

불길을 오래 바라본 탓일까. 초점이 흐려지고 의식이 몽롱해져 그 자리에 주저앉고 말았다. 탄내와 검은 연기가 부엌을 가득 메우고 밖으로 뻗어 나갔다. 그 불타는 신발의 형체가 한 덩어리가 되어 녹아 흐를 때야 참았던 눈물이 터져 나왔다. 뒤늦게 달려와 아궁이 속을 보고 기함하던 외삼촌들의 고함이 고막을 때렸다. 둘째 외삼촌의 손에 목덜미를 잡혀 마당에 내동댕이쳐지면서 듣도 보도 못한 쌍욕을 들었다. 아침상을 준비하던 엄마가 안채 부엌에서 맨발로 뛰쳐나왔다. 둘째 외삼촌은 말리는 엄마에게 분풀이를 하였다.
저, 호래자식이 멀쩡한 신발을 아궁이에 집어 처넣었다니까! 1년
열두 달 집을 떠나 있는 매형의 부재로 인해 더욱 힘이 실린 말이었
다. 늘 친정에 와서 남편 욕을 달고 있던 엄마의 눈이 뒤집혔다. 생
각 없이 뱉었던 말들이 칼이 되어 제 자식을 찌르고 있었다. 엄마가
악을 쓰며 둘째 외삼촌에게 욕을 퍼붓자 온 집안이 발칵 뒤집히고
말았다. 남자 형제들 틈에 자란 엄마는 힘이 아닌 다른 것으로 그들
을 제압하는 방법을 알고 있었다. 악다구니를 쓰며 통곡을 하는 것
은 외가의 금기였다. 그 고성에 귀가 어두운 외할아버지가 마당으
로 나왔다. 외할아버지의 등장에 엄마는 철퍼 쓰러져 땅을 치며 말
했다. 하나밖에 없는 조카한테 호래자식이라고 하는 저 물건에게
대학 등록금을 2년이나 보태 줬다고. 외할아버지는 시골에서 키운
자식들이 개백정 노릇을 하는 것보다 집안의 싸움 소리가 담장을
넘는 걸 더 끔찍하게 싫어했다. 못난 자식 놈들에게 돈을 물려주느
니 전 재산을 기부하겠다고 공표했던 외할아버지의 유언장이 바뀌
는 순간이었다.

쯧 - 혀를 한번 차는 그 역정에 외삼촌들의 표정이 납빛이 되었
다. 곧이어 화장실과 현관에 굴러다니던 슬리퍼와 고무신들이 사라
졌다. 황구를 삶아 배를 채우려던 외삼촌들이 그 슬리퍼와 고무신
을 신고 황급히 서울로 떠나자 황구만이 대야에 남았다.

남은 우리는 어땠을까. 마침 아버지가 귀국하기 하루 전이었고
엄마 차의 트렁크에는 커다란 아이스박스가 실렸다. 황구는 나와
아버지의 기름진 저녁 식사 상에 올랐다.

임 변의 구둣발이 탁자 밑에서 내 정강이를 걷어찼다.

"그래서 그 10년 때문에 머리가 어깨에 가 붙어 앉은 거냐? 구대철이 정말 테니스를 못 하게 할까 봐? 너 등신이야? 호구 새끼야? 그 말을 듣고 그 새끼 코뼈 하나 안 부러뜨려 놓고 그대로 내보내? 그런 양아치 다리병신 만들어 놓을 배짱도 없이 이 지옥을 버티고 있는 거냐고!"

"……."

"말을 해, 새끼야! 그쪽도 다시는 테니스로 장사 못 하게 해준다고."

어금니를 깨물었지만 눈시울이 붉어졌다. 힘을 준 손가락 마디마디가 끊어질 듯 위태로웠다.

묻고 싶었다. 어느 지옥을 말하는 거냐고. 황구를 보내고 가슴 깊은 곳에서 올라오는 울분과 죄책감의 지난 시간도 나에게는 악몽이었다.

저항하지 않던 나를 보며 외삼촌들은 위안을 가져갔다. 내가 부탄가스를 가지고 돌아왔을 때, 소나무에 매달린 채 혀가 늘어난 황구를 보여 주며 그들은 잠시 이성 줄을 내려놓았다. 아무런 동요 없이 어른인 척했기 때문에 외삼촌들은 마음의 짐을 덜어 버렸다. 구회장이 망가진 내 인생 값은 몇 푼의 돈으로 충분히 보상이 될 거라고 찝찝함을 던져 버렸듯이. 차라리 애처럼 울었어야 했다. 그때야말로 눈물과 악으로 버티는 것이 더 잘 먹히는 나이였을 것이다. 그러나 눈물과 어깃장으로 바닥을 드러내는 것은 마치 핏줄처럼 엉겨붙어 나를 영원히 엄마의 아들로 살게 만드는 표징 같았다.

임 변이 서류 가방에서 투명 파일 하나를 꺼내 책상 위에 올려놓았다.

"구대철이 두들겨 본 계산기, 나도 두들겨 봤어. 네가 소년원에 가게 되었을 때, 소년원을 나와서 다시 테니스를 시작하게 되었을 때 가능성이 있을까, 기회조차 없이 고꾸라지는 건 아닐까. 근데 그런 억울한 인생은 널리고 널렸어. 억울하다고 입만 빼고 있던 놈들은 다시 코트에 돌아오지도 못했어."

폴더에서 삐져나온 종이 사이로 턱수염이 덥수룩한 남자의 얼굴이 보였다. 마이애미에 있을 때 같은 방 버디가 벽에 붙여 놓았던 약물 스캔들로 유명했던 크로아티아 선수였다.

"검색창에 스포츠하고 약물만 쳐봐. 금지 약물 복용한 선수 명단 줄줄 나와. 도핑에 고꾸라진 인생도 줄줄이 사탕이야. 마린 실리치란 사람 말이야. 그 사람 인생도 그랬어. 대회 전에 저혈당 치료 때문에 프랑스 약국에서 정제된 포도당 약물을 샀는데 그 안에 금지 약물이 포함되어 있었던 걸 몰랐던 거지. 크로아티아 선수가 불어를 어찌 알았겠어. 억울하다 항변할 정황적 증거가 있었는데도 국제 테니스 연맹은 9개월간 선수 활동 금지에 이전 BMW 오픈에서 얻은 랭킹 포인트, 상금도 전부 몰수했어. 정상 참작이란 걸 몰랐을 것 같아? 가뜩이나 선수들 약물 복용에 민감한 연맹에서 그걸 인정해 주면 다른 선수들도 벌떼같이 들고 일어날 텐데. 복귀했을 때 세상은 어땠을 거 같아. 잘 왔다고 쌍수를 들고 환영해 줄 인심이 아니지. 팬들, 승부사, 모든 사람들이 실패할 거라고 했다더라. 너 그랜드 슬램 결과 줄줄이 꿰고 있다며? 네가 말해 봐. 그런데도 그 사람이 어떻게 그걸 증명했는지."

"……."

"말해! 이 사람이 어디서 그걸 증명했는지!"

"……2014년, US 오픈 남자 단식…… 우승."

"그럼 다시 계산해 봐, 네 인생 여기서 죽을 쑤고 포기하는 게 맞는지."

억울한 건 내가 아닌 황구였다. 눈앞에 길잡이를 하며 계곡 길을 내려오는 황구가 떠올랐다. 내가 외삼촌들에게 솜방망이 주먹질을 하고 얻어터진 뒤 황구가 나를 데리고 계곡 길을 내려오는 모습이었다. 내가 뒤처지면 멈춰서 기다려 주면서, 석아 조심해서 와. 녀석은 그런 눈빛이었을 테지.

만약 내가 그 소나무에 매달렸다면 황구는 그들을 물어뜯고 제 목숨을 내놓으며 나를 지켰을 것이다. 그러니 억울한 건 황구였다. 내가 어리고 약한 주인이었다는 걸 알면서도 슬펐을 것이다. 냉동고 문을 열 때마다 녀석의 살점들이 내게 물었다.

목줄을 풀어 주고 도망이라도 쳐보지 그랬어.

감당할 수 없는 감정들이 한순간에 쏟아져 내리고 있었다. 임 변은 틈을 주지 않고 나를 다그쳤다.

"테니스 인생이 끝인지 아닌지를 정하는 건 구대철이 아니라 너야. 그 인간이 아니라 너라고! 10년? 개수작 말라고 해."

"내가 코트에서 어떤 놈인지는 모르잖아요."

"이 전쟁터에서 네가 어떤 놈인지는 잘 알아. 그 전쟁터에서도 마찬가지일 테고."

"그래서 내가 코트에서 마린 실리치처럼 성공할 수 있다고 믿어요? 정말 믿어요?"

"……석아."

임 변은 처음으로 내 이름을 불렀다. 단 한 번도 이름을 부르지 않음으로 제대로 선 긋기를 하고 있던 금기를 깨버리며 말했다.

"너, 지금 감별소 안에서 제일 요주의 인물이야. 아이들, 선생님들, 원장까지 모두 너만 보는 것 같다. 너는 이 검은 바닥에서 야광 물고기 같은 놈이야. 사람들을 홀리는 놈이라고."

임 변은 가방에서 근육통에 쓰는 로션을 꺼내 내 앞에 내놓았다.

"의무실에 기증해 둘 테니까 시간 날 때마다 가서 발라. 변호사 생활 짬밥에 여기가 처음이겠어? 뻐근한 데 바르면 통증은 좀 덜할 거다. 힘들다고 얘기해도 그 안에서 벌어지는 일을 대신해 줄 사람은 없어."

내가 온몸을 두들겨 맞는다는 걸 아는지 고맙게도 450밀리미터 대용량이다. 그 근육통 로션을 기부하는 게 처음도 아닐 것이라 짐작되었다.

"될 대로 되라는 식으로도 덤비지 말고 한 놈을 죽이든 두 놈을 죽이든 천천히 밟고 올라가. 빨리 해결한다고 총알 한 발로 뭔가를 끝내는 카우보이가 되지는 마라. 카우보이가 되면 저도 총알 한 발로 인생이 끝나 버리니까. 그리고 감별소에서 죽으면 골치 아파진다."

임 변은 잔인하게도 그 마지막 당부를 잊지 않았다.

＊

　임 변과의 요란한 면회 때문에 불거진 감정을 추스르느라 화장실
변기 위에서 시간을 보내야 했다. 벌게진 눈으로 식당에 들어서는
건 다리를 절룩이며 코트에 들어서는 것과 같다는 걸 일찌감치 터
득했으나 배고픔을 숨길 길은 없었다. 뒤늦게 찾아간 식당의 점심
반찬은 예상대로 끝물이었다. 고기반찬은 수업 종이 울리자마자 튀
어나온 놈들이 가장 먼저 받아 갔고 배식의 끝줄은 튀김옷만 입은
돈가스 한 점, 채소 샐러드 하나, 소시지 한 개가 끝이었다. 잠깐 마
음은 편하겠지만 내내 배는 고플 터였다. 음식 통을 박박 긁어 반찬
을 담고 수저를 챙기자 보고 있던 29호 아이들이 지근거리로 좁혀
왔다. 더 거리를 좁히지 못하는 건 녀석들이 아직도 내 수난사를 알
지 못한다는 뜻이고 그것은 25호 안의 입단속이 효과적이란 뜻이기
도 했다.

　자리를 잡자 25호 방장과 김지철이 성큼성큼 걸어왔다. 압박해
오던 29호 하이에나들이 제자리로 돌아가고 방장은 고개를 빼고 메
뉴를 본 뒤 시큰둥한 얼굴로 돌아갔다. 다이어트를 하는 여자애도
아닌데 급식 메뉴에 집착하는 건 희한한 조홧속이었다. 수저를 들
자마자 눈앞으로 식판 하나가 불쑥 끼어들었다. 쥐이빨이 모래 씹
는 얼굴로 말을 붙였다.

　"빨리 식당 애인 하나 만드는 게 좋을 거다. 이렇게 혼자 다니다
간 다른 방 애들한테 당한다고."

　"딴 데 가서 먹어."

"누군 좋아서 앉았냐. 방장이 너랑 먹으래."

귀를 막고 입만 열고 밥을 먹는 쪽을 택했다. 부스러기 밥알들이 입안에서 생쌀처럼 씹혔다. 쥐이빨은 고개를 박은 채 숨죽여 말했다.

"그렇게 맞다가는 일주일 만에 죽어 나가."

"꺼져."

"반찬 꼬락서니하고는. 소시지라도 하나 줄까?"

녀석이 톱니처럼 뾰족한 쥐이빨 사이로 비열한 웃음을 흘렸다. 쥐이빨은 게걸스럽게 밥을 입안에 쑤셔 넣었다. 보고 있는 사람을 숨 막히게 할 만큼 어이없는 속도였다. 밥상머리에서 외할아버지의 숟가락에 이마를 맞았던 기억이 나의 무엇으로 남았는지 알게 되었다. 입맛이 없었던 적은 단 한 번도 없었지만 녀석의 게걸스러움은 왕성한 식욕을 꺾어 버렸다. 녀석은 밥알을 가득 물고 입을 열었다.

"너 같은 독종은 처음이다, 새끼야. 그만하고 방장한테 기란 말이야. 네가 방장 밑에 들어와야 방장도 널 보호해 주지."

"식당에도 안 오는 방장 새끼가 뭘 보호해 줘."

"방금 여기까지 온 게 저 형이 우리를 보호해 준 거야. 방장 없으면 복도에서 로드 킬 당할 새끼도 너고. 여기서 저 형만큼 인간적인 방장은 없다고. 그냥 먹을 게 없어서 돌아간 거야."

"닥쳐. 먹고 싶은 게 없어서 돌아간 게 보호 나발이냐."

배를 굶느니 흰밥이라도 물 말아 먹는 게 이곳의 규칙이다. 메뉴만 보고 돌아갔다는 것도 의아할 따름이다. 뭔가 아귀가 맞지 않는 녀석이다. 방장의 명성은 부풀려진 것인지도 모른다는 의구심이 들기 시작했다.

"방장 근육 키우는 것 때문에 탄수화물 이딴 거 안 먹어서 그래."

"까고 있네."

"너 때문에 밤마다 잠 설치고 손목까지 나갔단 말이야. 너 의무실에 꽂아 둔 근육통 로션 그거 우리 쓰라고 박아 놓은 거냐, 씹새야!"

한 시간도 안 돼 로션의 존재를 알아차린 걸 보면 그 로션이 바닥을 드러내는 것도 금방일 것이다.

"작작 하자, 대충 하고 살자고."

"그렇게 싫으면 나가떨어지든가."

"누군 뭐, 좋아서…… 으이씨, 질기다 질겨."

돈가스를 잘근잘근 씹어 먹는 쥐이빨은 식사 내내 쉴 새 없이 제할 얘기를 하다 돌아갔다. 그리고 그런 녀석과 나를 조용히 바라보는 수많은 눈길이 있었다. 그중에 가장 집요하게 나를 좇는 건 29호 해골 방장의 눈길이었다.

밤은 이변 없이 찾아왔다. 해가 지고 방으로 들어서는 그 순간부터 내 속에서는 두려움과 한바탕 전쟁이 벌어졌다. 언제 어떻게 시작될지 모를 폭력 앞에서 나는 무기력해져 갔다. 그리고 그 일에 대해 입을 다물수록 아이들의 폭행은 더 대담하고 심해졌다. 매일 죽을 만큼 힘든 날이 계속되었지만 그 누구도 나를 구해 줄 수는 없다는 건 본능이 알려 주었다. 감독관에게 얘기해서 방을 옮긴대도 옮겨 간 그 방이 다른 이름의 29호나 25호라면 또 다른 지옥을 끌어

당긴 셈이니 이 개똥 같은 상황에서 등을 보이고 도망가 봤자 나아
질 게 없다. 독방을 기대하고 건강방으로 가봤자 그곳에도 득실거
리는 또 다른 아이들이 자신들의 성을 만들어 올리고 있을 것이다.

두들겨 맞은 허리가 욱신거려 자리에서 일어나 앉았다. 베개를
돋우다가 손끝에 차가운 것이 닿았다. 누군가 머리맡에 놓아 둔 비
닐봉지에 싼 물수건이었다. 봉지를 들자 그 아래 조그만 근육통 파
스가 놓여 있었다. 그들이 잠든 어둠을 노려보았다. 병을 주고 약을
주는 어느 미친놈의 엽기적 취미인가.

어스름한 빛이 내리비치는 그들의 세계에 농도가 다른 어둠이 짙
게 깔려 있었다. 이 어둠 속으로 기어들어 오라고. 그들의 거친 숨
소리가 내게 말했다.

임 변과의 복식

다음 날, 임 변은 정리된 사건 일지와 내가 평소 단정하고 모범적이라 주장하는 친구들의 진술서를 한 묶음 들고 왔다. 녀석들이 괴발개발 휘갈긴 진술서를 읽고 있자니 소설이 따로 없었다. 시합을 앞두고 수업을 빠진 적이 없는 건실한 친구라, 건실이란 뜻이 뭔지도 모른 채 받아쓰기를 한 현도 녀석의 여드름 얼굴이 떠올랐다. 다 읽은 자료를 챙기던 임 변이 문득 생각난 듯 물었다.

"생활관에 필요한 물건 없니? 먹고 싶은 건?"

"없어요."

분주하게 서류를 정리하던 임 변의 손이 잠시 멈춰졌다.

"아직 시작을 못 하고 있네. 역시 석민우가 걸리지?"

"뭐가요?"

"너희 방 방장, 걔는 요즘 잘 지내니?"

"걔 알아요?"

"뭐 그냥. 얼마 뒤에 대회일 텐데 요새 몸 만들기 잘하고 있나 몰라."

"진짜 대회 나가나 보네."

"걔가 고등부 보디빌딩 대회도 나갔었거든. 뭐, 고집불통이어서 그렇지 나쁘지 않은 애니까 잘 지내 봐."

"……."

"대꾸가 없는 걸 보면 너랑은 아닌가 보다."

"나쁘지 않은 애가 왜 여기에 계시나."

"그런 너는?"

무슨 생각에서인지 성질을 긁고 있다. 첫 서브를 넣는 순간부터 의도적으로 감정을 긁어 대는 녀석들을 상대하면서 상대의 도발을 본능적으로 눈치챌 수 있었다. 성질이 끓어올라 이성이 마비되고 감정적으로 행동하게 하는 교묘한 수법을 공격수로 되받아쳤다.

"명함만 변호사지 돈 잘 못 벌죠?"

"왜? 너무 후줄근하게 다녀서?"

"소년 사건 돈 안 되잖아요."

"그것도 옛날 말이고 요즘엔 집안, 성적, 외모 다 괜찮은 놈들이 이 세계로 들어와서 이러고 10년만 하면 빌딩 올리겠다. 희한하지? 다 가졌는데 뭐가 구멍인 건지."

임 변은 잠시 휴대폰으로 문자를 확인하더니 시계를 내 앞으로 쑥 드밀며 말했다.

"10분 연장. 다음 의뢰인이 약속 취소해서 여기서 시간이나 때우고 가야겠다."

여기가 탁아소쯤 되나. 임 변은 가방에서 견과류 봉지 하나를 꺼내 제 입으로 가져갔다. 먹어 보라는 인사치레는 수임료에 포함되지 않은 모양이다.

"학교 다닐 때 친구 없었죠?"

"먹고 싶냐?"

"됐어요."

"너도 땅콩 알레르기 있어?"

"없어요. 그런 거."

"다행이네. 요즘 애들은 음식 알레르기가 많아서 아무거나 먹을 거 주는 게 실례라며. 참, 석민우도 땅콩 알레르기 있다는데 걔는 괜찮은지 모르겠네."

"방장이요?"

"샐러드드레싱에 갈아 넣은 거 조금만 먹어도 탈이 난다던데, 뭐 여기 한두 번 드나드는 녀석도 아니고."

"……."

뭔가가 꿈틀거렸다. 석민우가 식단에 예민했던 진짜 이유를 안 순간 이 지옥 같은 폭행을 끝낼 수 있는 전략이 머릿속에 그려졌다.

"그거, 나 하나만 줘요."

"……진심이냐?"

"왜냐고 물었어야죠."

"네 예상대로 되지 않을 수도 있어. 그래도 진심이냐고."

심리 기일을 앞두고, 아직 진범도 찾지 못한 상황에서 내가 계획하는 일이 어떤 파장을 불러일으킬지는 임 변조차 가늠할 수 없는 일이다.

"줘요."

"붙을 거면 제대로, 깔끔하게 붙고 나와. 지금까지 구대철을 피해 온 것처럼 살 생각이면 아예 나올 생각을 말고."

임 변은 가방에 여분으로 넣어 둔 견과류 한 봉지를 꺼내 발밑으로 툭 던졌다. 정확히 내 발등에 떨어진 봉지를 발가락으로 주워 올렸다. 팬티 속으로 들어간 봉지가 불룩 솟아올랐지만 아무도 신경 쓰지 않았다.

"잘해 봐라."

임 변은 의미심장한 숙제를 남긴 채 면회실을 떠났다.

속내를 알 수 없는 임 변의 선물은 두 가지였다. 근육통 로션과 땅콩이 든 견과류 봉지. 어떤 것이 더 진심인지는 알 수 없으나 생각하는 중이다. 무엇을 쥐고 살아갈지. 늘 해왔던 습관병이 도졌다. 실패한 그 순간들을 쥐어짜 내 패인을 복기했다.

쉬는 시간에 맞은편 의자에 앉아 숨을 헐떡이며 나를 보던 상대 선수의 곁눈질을, 지칠 것 같지 않던 그 녀석의 두려움을 안 순간 나는 내 몫을 숨겨야 했다. 골리앗 같은 녀석에게도 약점이 있다. 녀석도 코트 안에서는 감정을 숨기는 포커페이스일 뿐, 지쳐 가는 건 나와 다르지 않았다.

내 두려움을 억누를수록 상대는 내가 숨긴 몫만큼 두려움을 가져 갔다. 서브를 넣을 때마다 뒤틀린 거트를 팽팽하게 재정비하며 상대를 몰아칠 전략을 생각해야 했다. 지칠 때까지 괴롭히는 건 내 특기였다. 경기는 토너먼트보다 조금 시간이 걸리고 어려운 리그 방식을 따라야 한다. 운 따위에 기대지 않고 철저히 자신의 실력을 검증하고 최강자로 살아남는 것, 그것이 25호에서 살아남는 전략이다.

마음을 굳힌 다음 날 아침, 아침 점호를 마친 뒤 아이들이 각자의 교실로 흩어질 때를 노려 제일 끝에 따라가던 쥐이빨을 낚아챘다. 녀석의 입을 틀어막고 빈 교실로 끌고 갔다. 교실 안에는 수업 시간에 심폐 소생술 훈련용으로 썼던 토르소 마네킹들이 널브러져 있었다. 쥐이빨은 도망칠 구멍을 찾아 두리번거리고 있었다.

"나 사람 때리는 거 처음이다."

"뭔 개소리야?"

"그거 안아."

"왜 이래……."

"아무래도 네가 첫 타자라 좀 세게 나갈 거 같아서. 갈빗대 나가기 싫으면 안아."

"무슨 미친……."

"안아."

"뭐 하자는 거야?"

그러면서도 고분고분 마네킹을 들었다.

"그 마네킹이 나라고 생각해야 할 거다."

"뭐?"

어이없다는 웃음으로 마네킹을 내려놓던 녀석의 배에 주먹이 가꽃혔다. 억 - 소리를 내며 고꾸라지던 녀석의 옆구리에 또 한 번의 훅이 들어갔다. 손을 내저어도 빈자리를 파고드는 주먹을 피할 길이 없었다. 녀석이 욕지기를 뱉으며 다시 마네킹을 끌어안자 빨간 신호등 앞처럼 급브레이크를 밟았다.

"새끼, 미친……."

"넌 머리가 나빠서 금방 까먹을 놈이니까 몸으로 가르쳐 주는 거야. 똑똑히 들어. 넌 지금처럼 내 뒤에 서는 거야. 그걸 까먹으면 언제든 이런 꼴을 당하게 될 거야."

"미친 새끼야, 25호 방 쪽수가 몇인데 네가……."

녀석이 다시 마네킹을 젖히고 번들거리는 얼굴을 내민 순간 눈앞에 번쩍이는 불꽃을 보여 주었다.

"지금도."

"이 새……."

녀석의 말이 끝나기도 무섭게 주먹이 나갔다. 종이 울리면 침을 흘리는 파블로프의 개처럼 마네킹을 놓으면 공포의 주먹 맛을 느꼈을 것이다. 단단한 25호를 와해시키는 첫 단추로 쥐이빨이 필요했다. 이성보다 본능이 더 앞서는 놈, 방장의 통제보다 내 주먹을 더 두려워하는 누군가를 고르라면 녀석만 한 적임자는 없었다.

"너, 이 새끼, 내가 가만두나 봐. 선생한테 다 말할 거야."

"떨떨한 새끼, 뭐라고 하게? 가슴에 멍 자국 좀 남은 걸로 내가 때렸다고 하게? 심폐 소생술 수업 때 깝치면서 가슴 걷어 올린 게 누군데. 이게 새 나가면 25호가 어떻게 될지 석민우한테 물어봐. 그럼 그 새끼가 교통정리 해줄 테니까."

"씨팔 새끼……."

녀석은 이제야 이곳으로 끌려온 이유를 알아차렸다. 이 교실의 CCTV 두 대 모두가 까막눈이라는 걸 알려 준 게 녀석이었다. 자신이 던져 준 호의로 폭행 시나리오를 짜는 재수 없는 인간이 있다는 걸 깨달았겠지만 늦은 일이다. 해골이 붙어 더 골치 아픈 쪽은 나라는 걸 알면서도 석민우는 이 일이 해골에게 새어 나가지 않게 쥐이빨의 입을 막을 것이다.

"또 보자."

오후 내내 쥐이빨은 보이지 않았다. 의무실에 누워 끙끙대며 이를 갈고 있으리란 생각이 들었지만 남 걱정을 해줄 겨를이 없었다. 빠르게 해가 지고 있다. 식사를 마치고 세면장에서 씻고 방으로 돌아온 순간, 살벌한 공기가 오늘 밤 내가 감당해야 할 구타의 무게를 느끼게 해주었다. 10시가 되자 예상대로 더 가혹한 주먹질이 날아들었다. 그중 가장 매섭고 끈질긴 주먹이 쥐이빨의 것임을 알았다. 녀석은 주변에서 뜯어말리는데도 마지막까지 발길질을 해대며 씩씩거렸다. 방장을 뺀 다른 아이들의 발길질이 온몸에 골고루 박혔다. 분에 못 이긴 쥐이빨이 소리 지르는 걸 다른 아이들이 입을 틀어막을 정도였다. 방장은 여전히 벽에 기댄 채였다. 녀석은 싸움을 관람하며 권위를 찾는, 검투사들의 피 튀기는 싸움을 관망하던 사이코패스 황제를 떠올리게 했다. 다른 이의 몸을 알록달록한 그림판으로 만들면서 제 몸은 하얀 도화지처럼 남겨 두는 녀석의 섬뜩함이 증명하듯 어딘가 설명할 수 없는 구멍이 있었다.

다음 날 아침, 내 얼굴은 폭행의 수위를 넘어섰음을 드러냈다. 감독관은 퉁퉁 부은 내 얼굴을 보며 간밤의 일을 물었지만 나는 눈에 빤히 보이는 폭행을 부인했다. 숨기는 것이 내 의지임을 눈치챈 감독관은 주의를 주며 물러났다. 쥐이빨은 보복이 두려워 하루 종일 방장의 뒤꽁무니에 매달려 있었고 가끔씩 나와 눈이 마주칠 때마다 흠칫거리며 놀랐다.

또다시 밤이 찾아왔고 녀석들의 멍석말이는 시큰둥한 일과처럼 계속되었다. 쥐이빨은 어제처럼 분에 못 이겨 나대거나 덤벼들지 않았다. 녀석의 행동에 망설임이 생겼다는 건 팽팽했던 무게 중심이 변하고 있다는 의미였고 마네킹의 시각적 공포가 제대로 먹히고 있다는 증거였다.

다음 날도 같은 일이 반복되었지만 쥐이빨은 방장의 꼬리에 붙어 경계를 늦추지 않았다. 다른 아이들 역시 나를 피해 자기들끼리 뭉쳐 다녔지만 나는 무심한 듯 아무런 반응도 보이지 않았다. 그렇게 얼마 후 교정 수업으로 이동할 때 기다리던 틈이 보였다. 단 하루만에 경계를 풀어 버린 멍청이가 방장의 꽁무니에서 떨어져 나와 방에 숨겨 두었던 과자를 먹고 있었다. 복도에 CCTV는 많았지만 꼼꼼히 관리되지 않았고 역시나 불이 나간 까막눈들이 있었다. 아이들은 귀신같이 보이지도 않는 그 까막눈을 솎아 냈다. 녀석은 딱 그 아래를 타고 방으로 돌아와 있었다. 구석에 서서 초코파이에 코를 박고 있던 쥐이빨이 보였다. 녀석이 소리 없이 들어온 나를 눈치챈 것은 내게서 뿜어져 나오는 냉기 때문이었을지도 모른다. 혹은 분노의 열기이거나. 녀석은 소스라치게 놀라며 갈팡질팡했다. 다가

서는 길에 걸레 같은 체육복 바지가 발부리에 차였다. 체육복 바지를 발로 차서 녀석의 얼굴에 던졌다.

"물어."

"아아, 제발……."

"입에, 물라고."

쥐이빨은 두려움에 떨며 체육복 바지를 입에 물었다. 감정을 필터처럼 걸러 내야 했던 처음과 달리 내 마음은 그 어느 때보다 냉정하고 차분했다. 통점을 찾는 동시에 그 고통을 골고루 덜어 내기 위해 주먹의 강도를 조절하며 힘을 실었다. 물고 있는 체육복 바지가 침으로 흥건하게 젖어 들며 끙끙대는 비명이 새어 나왔지만 녀석은 저항 한번 하지 못했다. 싸움꾼의 주먹은 아니었지만 수백, 수천 만 번의 스트로크를 연습하던 강한 어깨는 보통 남자애들의 그것보다 더 강한 팔 힘을 만들어 냈다. 시계가 5분을 넘어갈 때 주먹에 묻은 피를 닦으며 녀석을 내려다보았다. 녀석은 털이 뽑히고 바람 빠진 연습 공처럼 터진 몰골로 바닥에 주저앉았다. 쥐이빨이 구석으로 피하다 긁힌 다리에서 피가 흐르고 있었다. 주머니에서 밴드를 꺼내 녀석에게 던졌다.

"붙여."

"애들이 가만 안 둔다고! 나도 죽고 너도 죽는단 말이야."

쥐이빨은 절규하듯 소리치다가 다시 바지를 입에 물었다.

"걱정 마. 다른 놈들도 나가떨어질 거니까 계산기 잘 두드려 봐. 너 보호 관찰 8호 정도잖아. 난 10호 예약이니까 재수 좋으면 거기 가서도 만나겠지. 네가 떨어져나갈 때까지 계속할 거고 오늘 밤엔

네 발목만 볼 거다. 나를 짓밟는 발들 중에 그 앙증맞은 토끼 문신이 있는지 없는지. 또 보자."

그날 밤, 해깝고 무게감 없던 발자국 소리가 하나 사라졌다. 녀석은 석민우에게 손목이 나갔다고 통사정하며 담금질에서 빠져나갔다. 석민우는 이유를 알면서도 쥐이빨을 다그치지 못했다. 그 밤, 나는 두들겨 맞은 노곤함에 단잠을 잤다. 아침이 되어 기지개를 쭉 켜고 일어나 스트레칭을 하는 나를 본 다른 녀석들의 얼굴이 파리하게 질렸다. 이제 나는 생활관의 미친놈으로 통했다. 건드릴수록 저들이 곪아 터져 나가게 되는 이상한 녀석으로 소문이 났다.

*

아침을 먹고 사물함을 정리하고 있는데 올구 녀석이 다급하게 방으로 뛰어들어 쥐이빨에게 귓속말을 전했다. 쥐이빨은 황급히 입고 있던 반바지를 긴바지로 갈아입으며 쥐며느리처럼 몸을 둥글려 한쪽 구석으로 들어갔다. 아랫도리가 무슨 잘못을 했기에 그 아래만 변복인가. 분위기를 파악하지 못한 나를 제외한 모든 아이들이 점호 대열로 들어갔다. 얼마 지나지 않아 문이 열리고 선생이 나타났다. 선생의 눈은 어정쩡하게 선 나를 건너뛰어 콕 찍어 쥐이빨에게로 향했다.

"이 방에 문신 지울 사람 있이?"

이 방에서 문신 크기로 방장을 먹을 쥐며느리가 달달거리고 있었다. 아이들 몇몇이 흘끔거리며 석민우를 바라본 것은 무언의 질문이었다.

"그거 되게 아프다던데요……."

올구 녀석이 쭈뼛거리며 대답을 하자 선생이 한심하다는 표정으로 되물었다.

"새길 때는 안 아프디?"

"선택이에요? 강제예요?"

"자유민주주의 국가다. 문신 새기는 것도 니들 맘대로, 지우는 것도 니들 맘대로야. 누구 할 사람?"

몇몇이 똥 씹은 얼굴로 시선을 외면하자 선생은 마지막 무기를 빼어 들었다.

"그거 지우고 나면 오전 수업 면제, 간식도 준다."

그 말에 몇몇이 손을 들고 일어서자 김지철의 표정이 사나워졌다. 명색이 문신 업소 사장을 방장으로 모시고 있는 녀석들이 자진해서 문신을 지우겠다는 게 마음에 들지 않았던 모양이다. 번쩍 들었던 손이 어린 고사리처럼 말려 들어갔다.

"그거 달고 살면 또 들어오겠다는 거지."

"샘, 요새 타투는 패션이에요. 테니스 저 새끼도 팔뚝에……."

"할 놈 있어, 없어?"

"……."

외할머니가 패션은 우리말로 꼴값이라고 했는데 그 꼴값하는 녀석들이 모두 입을 닫았다.

"그럼 25호는 수업 빼는 영광이 없는 걸로……."

선생이 몸을 돌려 나가려는 순간 팔 하나가 스윽 올라왔다. 간식 한번에 목숨 줄을 내놓는 눈치 없는 새끼! 모두 그런 마음이었을 것이다.

"네가?"

"네."

그 방에서 유일하게 점호 대열을 벗어나 있던 나는 말없이 손을 들던 녀석의 얼굴을 볼 수 있었다. 다만 내가 녀석의 표정을 정확히 본 것이 문제였다. 석민우의 눈은 속을 짐작할 수 없는 깊고 검은 바다였다. 선생은 문신 시술을 하던 녀석이 문신을 지우겠다는 말에 놀랐겠지만 우리를 충격에 빠뜨린 진짜 이유는 녀석의 몸에는 모기 오줌만 한 문신조차 없다는 사실이었다. 하루 종일 붙어 밥을 먹고, 수업을 듣고, 샤워를 하고, 잠을 자면서 서로의 몸 어디에 어떤 문신이 있는지 어떤 상처가 있는지 모르고 지낼 수가 없는 공간이었다. 선생과 석민우 사이에 잠깐의 정적이 있었다.

"진짜냐?"

"네."

"따라와."

석민우가 방을 나서자 남은 녀석들은 각을 풀고 자리에 털썩 주저앉았다.

"방장 좆 되겠는데."

"저 형 간식 먹으려고 머리가 어떻게 된 거 아냐?"

"아냐, 새끼야. 혹시 모르지. 안 보이는 데 다른 문신이 있을지도."

"어디?"

"거기."

올구 녀석과 쥐이빨이 키득거리자 김지철이 녀석들을 사납게 노려보았다. 오전 수업 면제를 꿈꾸던 아이들은 제각각 교실을 찾아가고 나는 면회 명단에 이름이 올라 면회실로 향했다.

북적거리는 면회실에 먼저 와 한자리를 차지한 쥐이빨이 보였다. 쥐이빨이 기를 쓰며 문신을 제거하지 않으려던 또 다른 이유가 그곳에 있었다. 아무리 둘러봐도 다른 곳은 자리가 없었기에 쥐이빨의 뒤로 가 벽에 기대섰다. 녀석이 '쩨지게' 나를 노려봤다.

"다른 데로 가, 새끼야!"

"줄 섰다."

그때 녀석의 면회인이 나타났다. 바구니 가득 과자 봉지를 들고 온 사람은 녀석의 누나였다. 목까지 하얗게 비비 크림을 바르고 입술만 새빨간 틴트로 물들인 과한 화장이 어색했다. 주위를 두리번거리며 연신 얼굴을 가리는 손이 누나의 주민 등록증을 훔쳐 썼음을 불안해하고 있었다. 사실 그녀는 쥐이빨의 애인이었다.

씨팔, 좀! 녀석이 중얼거리는 욕이 들린다. 좀이란 단어가 붙은 것은 사정 좀 봐 달라는 읍소일 텐데 부탁하는 본새가 마음에 안 들어 못 들은 척 딴청을 부렸다. 여자 친구가 흘낏거리며 나를 보더니 쥐이빨에게 물었다. 저 사람 그 테니스 선수 아냐? 아냐, 몰라. 녀석이 치밀어 오르는 화를 삭이며 대답했다. 맞아, 나 뉴스에서 봐서 안 그래도 물어보려고 했는데. 여자 친구의 손이 연신 앞머리를 쓰다듬으며 나를 흘낏거리고 있었다. 사인을 받아야 한다는 대목에서 쥐이빨이 벌떡 일어나 여자 친구의 손목을 잡아 구석으로 끌고 갔다.

면회가 시작된 지 2분도 되지 않아 빈자리가 생겼다. 내가 빈자리에 앉자 입구에 서 있던 임 변이 엄지를 치켜들고 자리로 건너왔다. 어깨를 으쓱할 뿐 그럴 의도는 없었다는 애먼 핑계를 댔다. 임 변은 오늘도 매점에서 산 초코파이 한 상자를 내밀 뿐 빈 가방이다. 별달리 전할 말도 없다면서 일수 도장 찍듯 면회를 오는 이 아줌마의 속내는, 아는 척해선 안 될 것 같다.

초코파이 여덟 개를 까먹고 빈둥거리다가 면회를 마쳤다. 남은 초코파이 중 하나를 팬티 속에 몰래 넣고 일어서면서 쥐이빨과 눈이 마주쳤다. 녀석이 앉을 자리에 나머지 초코파이를 두고 나오자 '오누이'가 다투는 소리가 들렸다. 임 변이 선생과 이야기를 나누는 동안 먼저 면회실을 나오는데 문 앞에 반갑지 않은 손님이 기다리고 있었다. 진을 치고 있는 건 29호 해골 방장의 똘마니들이다. 용케도 가장 골치 아픈 순간을 골라서. 결국 내가 25호 안에서 담금질을 당한다는 걸 알아낸 모양이다. 순번을 무를 수 있다면 25호 안의 일을 나름 정돈한 뒤 만나고 싶은 상대였지만 녀석들 역시 내 보호막이 가장 얇아진 이 순간을 놓칠 리가 없다. 29호까지 합세하면 과부하가 걸리겠지만 어차피 언젠가는 받아야 할 대진표였다.

"여기서 한판 뜨자고?"

"오늘은 너한테 볼일 있는 거 아니니까 가던 길 가서. 조만간 안 불러도 찾아갈 테니까."

예상 밖의 대답에 발이 떨어지지 않는 게 정상이다. 내가 움직이지 않자 녀석들은 친절히 내 어깨를 밀어 주며 갈 방향을 잡아 주었다.

"꺼지시라고, 씹새야!"

"야, 왔다!"

누군가의 한마디에 그들의 시선이 일제히 면회실 입구로 향했다. 면회실에서 나온 건 다름 아닌 상경이었다. 아이들이 기다린 건 내가 아닌 녀석이다. 번호표를 뽑고 기다린 것도 아니니 내 차례라 우길 생각은 추호도 없고 목표물을 알았으니 조용히 갈 길을 가는 게 상책이었다. 지난 며칠간 얻어맞은 걸로 따지자면 상경이 녀석이 29호 애들에게 무슨 짓을 당하든 양심의 가책 또한 없었다.

아이들은 상경이의 목을 잡아채 29호로 끌고 갔다. 면회 시간이 끝나지 않은 터라 복도에 이들을 제압할 선생님도 25호 방 아이들도 보이지 않았다. 다른 아이들은 수업을 들을 시간이었고 29호는 수업에서 도망친 아이들로 붐빌 시간이었다. 김상경은 늘 면회를 일찍 끝내는 편이었으니 시나리오와 동선을 제대로 짠 것이다.

운이 나쁜 김상경이 붙잡을 지푸라기라곤 며칠 동안 북어마냥 두들겨 팬 나밖에 없었지만 녀석은 내게 도움의 손길을 내밀지 않았다. 나 역시 싸늘하게 녀석을 외면함으로써 지난 며칠간 폭행에 가담했던 녀석의 죄를 물었다.

어차피 김상경도 쥐이빨 다음 순번이었으니 29호가 데리고 가서 힘을 빼놓겠다는 걸 마다할 리가. 제멋대로 올린 구원 투수였던 내가 실점을 한 것을 두고 비난을 퍼부었던 녀석이다. 구덩이에 남의 등을 밀어 놓고 손가락질하는 놈에게 자비는 필요 없다. 석민우 힘을 믿고 해골 앞에서 나댄 제 모자람이 화를 불렀으니 복도에 울리는 여러 개의 발자국 소리가 29호로 향하든 말든 상관할 바 아니고 끈 떨어진 연 주제에 참견할 일은 더더욱 아니다.

방에 들어서자마자 대자로 누워 눈을 감았다. 이에 붙은 초코파이를 떼어 먹으며 소리에 귀를 기울였다. 벽 너머에서 들리는 미세한 진동과 신음에 뒤이어 후다닥 복도를 뛰는 발자국 소리 하나가 내 쪽으로 달려오고 있었다. 뛰어오는 한 놈의 꽁무니에 서너 개의 꼬리가 달라붙었다. 누군가 25호의 방문을 열어젖혔다. 그리고 문앞에 다다른 김상경을 방 안으로 붙잡아 내동댕이쳤다. 뒤이어 따라온 해골 방장의 똘마니들이 그 25호의 선을 넘지 못하고 우뚝 멈춰 섰다. 제 몸으로 김상경을 막아선 이가 소리쳤다.

"들어오면 죽는다!"

"비켜, 새끼야!"

"여긴 25호야. 서로 방을 침범하면 전쟁이라지 않았나?"

녀석의 목소리가 귀에 익다. 코트에서 포효하며 짐승처럼 내지르던 그놈, 다 끝난 경기를 놓지 못해 마지막까지 매달리던 쪼다 새끼! 왜 내 동의도 없이 툭 튀어나와 가뜩이나 죽고 싶은 마음에 양잿물을 퍼붓는 거냐.

"비켜!"

"수업 종 5분 남았다."

해골 방장이 푼 하이에나들이 방바닥에 널브러진 김상경을 물어뜯지 못해 이를 갈아 댔다. 녀석들은 내 어깨를 밀치고 한 손만 뻗으면 잡을 수 있는 김상경에게 손을 내밀지 못했다. 내 문제도 나였지만 녀석들의 문제도 나였다.

"며칠 전에는 방장 자리에 끌어올리더니 세상인심 한번 야박하네.

근데 해골 없는 동안 날 방장으로 만들려고 했던 거 그놈은 아냐?"

몇몇이 입술을 씰룩이며 움찔거렸다. 규칙이고 뭐고 힘으로 밀고 들어오면 당할 재간이 없으니 적당히 시간을 끌어야 한다.

"석민우가 25호에 떡대를 버티고 있어서 못 데려왔다고 전해. 그 것도 싫으면 내가 했던 말 그대로 전하든가."

"깝치다가 골로 간다, 새끼야!"

녀석들이 순순히 물러난 건 정규직이 아니기 때문이다. 어차피 4주 버티는 곳에서 그 아이들의 일은 시간을 채우는 파트타임이고 이들의 조합에 덩치 같은 싸움꾼이 없다는 것은 해골의 입지가 줄 어들었다는 뜻이다. 그저 눈앞에 닥친 해골 방장의 명령을 따를 뿐, 짜증이 솟구치는 건 그들도 마찬가지일 터. 이 추잡한 술래잡기에 안달이 난 건 해골 방장 하나뿐이었다.

녀석들이 떠난 뒤 다시 제자리에 돌아와 앉으니 김상경의 찢어진 눈이 나를 노려보고 있었다. 몇 대 맞을 걸 구해 줘서 고맙다는 말 은 기대도 안 했지만 저 눈 치켜뜬 본새하고는. 잘해 주면 기어올라 물어뜯는 비열한 새끼, 녀석은 이내 나를 힐난하고 나섰다.

"씨팔, 뭐냐?"

"말 시키지 마."

"이랬다저랬다 헷갈리게 하지 말라고!"

대답 대신 화장실 쪽으로 돌아누웠다. 5분이 후딱 가버리든가 저 새끼가 후딱 나가 버리든가.

"이런다고 내가 네 편이 되어 줄까 봐?"

바지 안 무언가가 살갗을 긁어 대 짜증이 솟구쳤다. 그제야 팬티 속에 숨겨 두었던 초코파이가 생각났다. 더듬더듬 팬티 속 초코파이를 꺼내 녀석에게 던졌다.

"입에 넣고 그 입 다물자."

"뭐 꿍꿍이냐?"

"머릿속에 계산기만 들어 있는 놈, 애들 오기 전에 피나 닦아."

녀석은 입술을 깨물며 말을 뱉지 못했다. 팬티 사이에서 나온 찝찝한 초코파이에도 손을 대지 않았다. 종이 울리기까지 5분이 흐르는 동안 29호 녀석들은 다시 우리를 찾지 않았다. 곰곰이 생각해 보았다. 연민도 아니고 의리도 아니라면 나는 자기 분열 중인가. 정신이 쪼개지는 것은 모르겠으나 단세포임에는 틀림없다. 전략은 짤수 있어도 계산기를 두드릴 재주는 없었고 김상경에게 무언가를 기대했던 일도 아니었다. 하지만 녀석과 나의 다음 이야기는 전혀 예상치 못한 방향으로 전개되었다.

저녁이 되어 아이들이 생활관으로 돌아오고 번잡스러운 분위기 속으로 낯선 얼굴 하나가 끼어들었다. 새파랗게 깎은 중머리를 한 남자였다. 남자의 얼굴을 기억하면서도 그의 두피에서 반짝거리는 이상한 그림과 그의 이름이 일치되지 않았다. 숨소리조차 얼어붙은 정적 속으로 남자가 천천히 들어와 앉았다. 파르라니 깎은 그의 머리 전체에 덮인 해골 모양의 문신이 그의 눈을 대신해 우리를 바라보았다. 두피가 보이지 않을 정도로 숱이 많던 머리칼을 밀자 민낯을 드러낸 충격적인 해골 문신 중 목 뒤쪽 일부가 지워져 살갗이 발갛게 변해 있었다. 김지철은 차가운 물에 적신 수건을 녀석에게 가져다주었고 석민우는 그 수건으로 문신 근처를 지그시 누르며 고통

을 참았다. 숨도 제대로 쉴 수 없는 기이한 분위기 속에서 김상경이
일어섰다.

"방장."

"왜?"

"오늘도 저 새끼 담글 거야?"

"뭐 문제 있어?"

"방장 상태도 안 좋은데 오늘은 건너뛰자고."

석민우가 나를 바라봤다. 내가 김상경을 꺾었다고 생각하는지 입
가에 묘한 웃음을 달고 있었다.

"방장!"

"까불지 말고 처박혀 있어."

방장을 대신해 김지철이 김상경을 단속하고 나섰다. 하지만 녀석
은 29호에서 해골을 도발했던 그 순간처럼 김지철의 손을 걷어 내
며 단호하게 말했다.

"그래도 하겠다면 난 빠질 거야. 난 저 새끼한테서 손 뗀다고."

석민우의 상태로 보아 제가 맞을 날은 아님을 어찌 알았을까. 김
상경의 폭탄 같은 선언에 당황한 쪽은 25호 아이들이 아닌 나였다.
김상경의 탈퇴 선언으로 25호 안에서 벌어진 내부 분열은 석민우와
나머지 아이들을 혼란스럽게 만들었다. 쥐이빨처럼 맞은 상처를 증
거로 내뺄 수도 있었지만 녀석은 도망치지 않았다.

"죽고 싶냐?"

김지철이 한 손으로 녀석의 목을 움켜잡았다. 우악스러운 손아귀
힘에 눌린 녀석의 얼굴이 벌겋게 달아오르고 있었다.

"쟤는 진짜 또라이야. 때려 죽여도 안 변해, 저 새끼는."

"이 새끼가!"

"임석!"

녀석이 고통에 일그러진 얼굴로 내 이름을 불렀다.

"임석! 이번에도 도망치면 죽여 버릴 거야!"

녀석의 그 한마디가 내 몸을 전율하게 만들었다. 내 편인 적도 내 편일 리도 없는 녀석이 제 운명을 나에게 걸었다. 이제 남은 것은 석민우의 결정이었다. 방장의 선택은 둘 중 하나뿐이다. 반기를 들고 나선 상경이를 제쳐 두고 계속 자기 볼일에 몰두하든지 삐져 나가는 상경이를 단속하고 다시 시작하든지. 힘의 변화가 일어나는 지점을 귀신같이 알아내는 것은 김상경의 장점이었으니 또다시 고르고 골라 자신의 날을 잡은 것인지도 모른다.

그러나 석민우는 김상경의 도발을 묵인했고 이것은 분열의 시작을 알렸다. 25호 분열의 변곡점은 쥐이빨의 포기가 아닌 상경의 반발에 있었다. 상경이 자발적으로 멈춰 서자 올구도, 연생이도, 경구도 그리 오래 버티지 못했다. 올구와 연생이는 주먹질 몇 번에 떨어졌고 경구는 스스로 나를 찾아와 아웃을 선언했다. 뒤늦게 들어온 아이들은 애초부터 이 싸움에 끼어들지 못한 채 구경꾼으로 멈춰 있었다. 보이지 않는 내분과 두려움 덕에 매일 밤 온몸에 가해지는 충격과 고통이 가벼워졌다. 다섯 명의 아이들을 제압하고 남은 것은 방장과 그의 오른팔인 지철이었다. 그러나 나에게도 가장 두려운 상대인 두 녀석을 물리적인 힘으로 이길 수 있는 확률은 제로에 가까웠다. 판돈이 있다면 나 역시 석민우와 김지철에게 돈을 걸 것이다. 일대일로 맞붙는다고 해도 나는 어느 녀석에게도 질 것이 분명하다. 좋은 체력과 큰 키가 싸움꾼으로 유명했던 두 녀석과의 육체적 싸움을 이길 병기는 아니었다. 불을 보듯 뻔한 승부였지만 아이들은 언젠가 찾아올 그날을 손꼽아 기다리고 있었다. 죽고 죽이고, 먹고 먹히고, 이기고 지는 이 세계의 민낯은 사자의 용맹함보다 하이에나의 비열함 쪽에 가깝다. 그들은 석민우와 김지철이 나를 쓰러뜨리고 그 뼈를 하이에나처럼 물어뜯는 빅 매치를 기다리면서도 정작 내가 그 하이에나로 살아왔다는 사실을 알지 못했다.

나는 프레임 밖의 하이에나였다. 카메라라는 한 겹의 프레임을 씌운 세상은 우리가 경험하는 세상과 달랐다. 한 점에 목숨을 걸며 먼저 애드를 가져가기 위해 가짜 메디컬 타임을 요청하는 우리와 달리 브라운관 속 프로 선수들은 제 배가 차면 멈추는 사자 같은 여유로움이 있었다. 카메라가 그들의 이미지를 찍고 있었기에 그들은 넘어진 선수를 향해 스매싱을 날리지도 비열한 한 수로 우승을 거머쥐지도 않았다.

프레임 밖의 나는 어땠을까. 강원도 양구에서 열린 챌린저 대회 준결승에서 내가 하이에나라는 사실을 깨달았다. TV 중계 차량 하나 오지 않는 그들만의 세계인 유소년 테니스 대회가 그렇듯 그 대회 역시 경력 타이틀 한 줄과 세계 주니어 대회로의 발판을 위해 전국에서 모여든 아이들로 가득했다. 타이틀을 쓸 자격은 우승뿐이었다.

경기가 지연돼서 한 경기가 끝나자마자 곧바로 다음 경기를 감행해야 하는 강행군이 이어졌다. 아이들은 녹초가 되었지만 대부분의 비인기 경기가 그렇듯 경기는 체력 안배의 틈을 주지 않고 줄줄이 이어졌다. 김밥으로 때운 체력이 떨어지면 바나나를 먹고 그마저 힘들 땐 초콜릿을 혓바닥 밑에 물고 열 시간 경기를 버텼다. 오후 5시 반, 같은 시간 배정된 준결승을 먼저 끝내고 휴식을 취하는 쪽이 곧이어 벌어질 결승의 우승자가 될 확률이 높았다. 경기가 시작되기 전 코치가 다가와 귓속말을 했다.

상대의 왼쪽 발목이 좋지 않으니 왼쪽으로 공을 몰아붙여라.

자만과 어설픈 객기로 가득 찬 열여섯 살은 코트를 뛰지 않고 오직 기술로 게임을 이기는 방법만 가르치는 속물인 그의 충고를 귀담아듣지 않았다. 돈 냄새만 좇는 배불뚝이 코치가 서브 머신처럼 제자리에 서서 공을 던져 줄 때마다 잇새로 경멸을 내뱉었다. 내 실력으로도 충분히 이길 수 있는 이름 없는 상대였기에 대꾸할 가치도 없는 정보였다. 하지만 왼쪽 발목이 좋지 않다던 그 녀석은 나를 코너에서 코너로 몰아붙이며 진을 빼려 하고 있었다. 뛸 수 없는 자신의 약점을 숨기기 위해 오히려 내 힘을 빼려는 의도였다.

한 세트만 넘어가면 내가 녀석을 이기리란 것을 잘 알았다. 하지만 문제는 이기고도 내가 입을 피해였다. 체력이 산골짜기 해처럼 빠르게 떨어지고 있었다. 녀석에게 힘을 소진한 채 결승으로 가게 되면 준결승을 가뿐히 이기고 올라온 상대 선수를 당해 낼 재간이 없으리라는 걸 무거운 몸이 말하고 있었다. 그 몸이 움직이는 동안 생각은 들어설 자리가 없다. 모든 본능이 명령을 내리고 몸은 본능을 따라 움직일 뿐이다. 나는 왼쪽으로 공을 몰아넣었다. 녀석이 내 왼쪽 서비스 라인에 서 있으면 중앙 라인 바깥으로 공을 흘렸고 오른쪽에 있으면 왼쪽 바깥 라인으로 꺾어 버렸다. 폴트 없이 서브 공 네 개만으로 한 게임을 마무리하는 순간 녀석의 얼굴에 처절함과 분노가 뿜어져 나왔다. 녀석이 외치고 싶은 그 단어가 내 입안에도 피비린내를 풍기며 고여 있다.

그래, 염병할 스포츠 정신!

왜 달릴 수 없는 다리를 물어뜯었냐고 발목을 다친 가젤이 억울함을 호소했다. 그러나 내가 감당할 수 있는 질문이 아니다. 내가 줄 수 있는 답은 녀석이 가젤이란 사실이고 정글 같은 이 세계의 포식자는 이미 결정되어 있다는 것뿐이다.

경기가 끝나고 네트 너머로 건넨 녀석의 손이 땀으로 흥건했다. 축축한 손을 맞잡는 그 순간, 어쩌면 프레임 속 사자처럼 보였던 그들도 실은 배고픔을 숨긴 하이에나가 아니었을까. 긴 앞다리를 욱여넣고 군침 도는 썩은 고기를 외면하며 위엄을 지켜야 하는 처절한 삶을 살고 있는, 문득 그런 생각이 들었다.

*

밤 8시가 되자 연신 시계만 보던 아이들이 벽 쪽으로 슬금슬금 물러났다. 키가 큰 김지철은 수건으로 머리를 털며 CCTV 앞을 가리고 섰다. 취침 점호 전 부산한 틈에 일을 처리하려는 계획이다. 판은 녀석들이 깔았지만 시작종을 울리는 건 나나 방장의 몫이었다. 모두가 숨죽여 방장과 나를 바라보던 그날 밤, 나는 홈 어드밴티지를 버리고 준결승과 결승을 한 번에 치러야 했다. 방장이 오른

팔로 삼는 김지철에게 힘을 빼앗기고 시작하면 승산 없는 게임이었
다. 이 싸움에 홈그라운드의 함성을 기대한다는 건 바보 같은 짓이
다. 녀석들이 나를 틀 안으로 몰아넣었다. 원의 끝에 거대한 수도승
처럼 앉은 방장이 있었다. 그러나 그 뒤통수의 흉물스러운 해골은
다른 공포를 불러일으켰다. 이제 감별소 안에서 진짜 해골은 29호
의 해골이 아닌 석민우로 바뀌었다. 돌아앉아 책을 읽고 있던 방장
이 무겁게 입을 열었다.

"애들 팔다리 자르는 걸 모르진 않았어. 지켜본 건 네가 어디까지
갈 수 있을까, 내가 궁금해서였다."

"그럼 김지철을 내놔. 어디까지 갈지 보여 줄게."

"지철이만 없으면 되나?"

"일대일이 안 되는 새끼를 누가 방장으로 모시냐."

아이들은 멀찌감치 자리를 비켜 준 상태였다. 이미 이 싸움은 방
장과 나, 둘만의 전쟁으로 굳어졌다. 감독관에 걸리면 벌점을 받을
위험까지 무릅쓰겠다는 것은 이 개싸움을 놓칠 수 없다는 의지의
표출이다.

김지철은 가소롭다는 듯 웃고 있었다. 방장이 고갯짓으로 김지철
에게 비켜 있으란 신호를 보내자 녀석이 군말 없이 벽 쪽으로 물러
났다. 녀석의 행동은 이 싸움에서 방장이 어떤 우위에 있는지를 확실
하게 보여 주는 것이었다. 그럼에도 나는 녀석에게 호의를 베풀었다.

"병신이 돼도 오늘 밤 일은 이 방 밖으로 새 나갈 일 없을 거야."

김지철이 크게 소리 내어 웃었다. 그 웃음 한번에 담배에 찌든 누
런 이가 드러났다. 녀석은 웃지 않는 게 더 어울렸다. 내가 말한 이

상 끝을 보리라는 걸, 이미 내 손을 거쳐 간 다른 아이들은 잘 알고 있었기에 녀석이 흘리는 여유로운 웃음에 그 누구도 동의하지 않았다. 반면에 나를 경험하지 못한 김지철과 석민우는 내가 어떤 인간인지 알지 못한다. 테니스는 체력이 아닌 정신력과 전략의 싸움이었다. 수를 내다보며 상대의 틈을 읽어야 하는 복합적 판단력이 필요했다. 녀석이 아무리 나보다 나이가 많고 시답잖은 싸움으로 잔뼈가 굵었다고 해도 나만큼 전략에 강하지 않을 것이다.

전략적으로 내가 질 것은 확실했다. 주먹으로 녀석을 이긴다고 해도 그 좁은 방 안에서 벌어질 모든 경우의 수를 제압하진 못할 것을 알기 때문이다. 지철이란 녀석이 언제 손을 보탤지, 겁을 먹고 물러섰던 아이들이 또다시 힘을 얻고 살아날지 그런 변수까지 묶어둘 순 없었다. 단 한 번의 공격으로 녀석을 제압할 것이 필요했다.

쓴맛이 느껴지는 입을 주먹으로 닦고 녀석 앞에 섰다. 녀석이 팔을 뻗은 순간 몸을 피해 녀석의 팔을 잡고 비틀었다. 하지만 녀석의 몸은 비틀기 자체가 힘든 근육질의 몸이라 생각했던 공격이 먹혀들지 않았다. 석민우는 나를 힘으로 제압하며 내 목을 움켜쥐었다. 녀석의 급소를 걷어차며 손아귀에서 빠져나왔지만 그 짧은 순간 잡힌 목에 얼얼한 고통이 느껴졌다. 좁은 방 안에서 우리는 서로를 벗어날 찰나의 시간조차 벌지 못하고 또다시 서로의 사정권 안에 접어들었다.

녀석이 내 팔을 잡아당기고 빗장걸이를 하자 나는 무기력하게 뒤로 넘어졌다. 내 배를 타고 또다시 목을 조르는 순간 숨이 넘어갈 듯한 고통이 찾아들었다. 녀석의 귀를 뜯고 목을 밀어냈지만 석민우는 고통을 느끼지 못하는 듯 아무런 반응이 없었다. 한 손으로 목을 잡은 손가락을 벌리며 다른 한 손은 녀석의 급소를 움켜쥐었다. 외마디 비명 한번 지르지 못한 녀석이 옆으로 고꾸라졌다.

그 입에서 뒤늦게 고통에 찬 신음이 터져 나왔다. 노린 것은 그 벌어진 입이었다. 석민우의 목을 끌어안고 그 입에 입술을 포개자 보고 있던 모두가 쌍욕을 뱉었다. 누구도 예상치 못한 혼돈의 장면 속에 내 입술을 타고 전해진 타액이 녀석의 입에서 넘쳐흘렀다. 애정 충만한 상반신과는 달리 하반신에서는 다리와 다리가 엉겨 서로에게 걸어차기를 반복하고 있었다. 발악하듯 발버둥 치는 녀석의 힘에 의해 바닥에 내동댕이쳐졌다. 석민우는 연신 침을 뱉으며 제 입에 흘러 들어온 추잡한 것들을 걷어 내느라 정신이 없었다. 아랫도리를 잡고 입술을 덮쳤다는 소문이 새어 나간다면 비열하다보다는 변태스럽다 쪽으로 평판이 나빠지겠지만 어쩔 수 없는 일이다. 녀석은 무장 해제된 상태였지만 내 몫은 끝나지 않았다.

"더러운 새끼!"

방장이 욕지기를 뱉으며 입을 닦는 동안 나 역시 변기통에 연신 침을 뱉으며 입을 닦았다. 온몸의 물이 왈딱왈딱 올라오는 느낌이었다.

"웃기는 새끼네. 정체가 뭐냐?"

"기다려 봐."

"뭐 하자는 거야?"

"3분."

아이들은 얼이 빠진 얼굴로 물러나 있었고 석민우는 도끼눈을 뜬 채 나를 노려볼 뿐이다. 내가 먹잇감을 노리는 하이에나처럼 녀석을 기다리는 동안 김지철 역시 방장의 눈치를 살피며 섣불리 움직이지 못하고 있었다. 얼마 지나지 않아 석민우가 밭은기침을 내뱉기 시작했다. 녀석의 입에서 타액이 폭발하듯 분출되어 올랐다. 연신 기침을 하는 통에 제대로 숨을 쉴 수 없을 정도로 심하게 켁켁대며 고꾸라졌다.

"왔네, 제시간에."

그 신호를 보자마자 주머니에 남은 것들을 긁어모아 변기통에 넣고 물을 내렸다. 입에 털어 넣고 남은 것들은 다른 아이들이 눈치채지 않게 빨리 처분해 버리는 게 나았다. 방장을 제외한 방 안의 다른 아이들은 기이한 내 행동 때문에 당황한 빛이 역력했다. 지린내가 올라오는 화장실 벽에 몸을 기대선 채 녀석의 얼굴을 바라봤다. 녀석의 코에서 콧물이 수도꼭지를 튼 것처럼 흘러내렸다. 가벼운 두드러기나 발진이길 바랐는데 호흡기 쪽이었다. 무엇보다 진행 속도가 빨랐다. 코가 붓고 호흡이 빨라지고 있었다. 녀석은 연달아 재채기를 해대며 코를 훌쩍였고 풀기가 무섭게 흘러내리는 콧물 때문에 숨도 제대로 못 쉴 지경이었다. 굳이 말해 주지 않아도 자신의 입속으로 들어간 그 결정이 무엇인지 알아차렸을 터였다.

"네 사물함 열어 봐."

김지철이 인터폰을 들었을 때 방장이 손을 들어 제지했다. 병신이 돼도 이 방 안의 일이 밖으로 새어 나가지 않게 하기로 약속한 건 암묵적 동의였다. 그 비밀을 필사적으로 지켜야 할 사람이 자신이란 것도 알았을 것이다. 김지철은 방장의 얼굴을 살피다 어쩔 수 없이 인터폰을 놓았다. 응급 사태가 발생하면 녀석이 아니라도 내가 알아서 인터폰으로 연락을 취할 생각이었다. 만약 빨리 조치를 취하지 못해 방장이 죽어 버린다면 나는 정말 구제할 수 없는 살인자가 된다. 녀석이 비틀거리며 사물함을 열었다.

이 모든 사건의 시작은 임 변이 땅콩을 주던 그날이었다. 그 땅콩을 받은 뒤 온몸을 긁어 손톱자국을 낸 뒤 의무실에 가서 알레르기라 속인 뒤 에피네프린 주사를 맞았다. 몇 번 더 몸을 긁어 상처를 내고 의무실을 드나들며 주사를 맞고 경계심이 풀어지기를 기다렸다. 그리고 선생이 잠시 자리를 비운 순간 주사기 하나를 슬쩍 챙겼다. 미리 간호 선생의 파일에서 석민우의 주사 횟수와 용량을 확인했다.

석민우의 큰 덩치가 사물함을 통째로 가렸다. 녀석이 주사를 맞는 동안 그 누구도 이 사태의 본질을 파악하지 못했다. 석민우가 주전자의 물을 다 비우고 그만큼의 콧물을 풀어 내고 얼마 후 쉼 없던 재채기가 멈추고 색색거리던 거친 호흡도 잦아들었다. 기력을 탈진한 녀석이 방바닥에 벌렁 드러눕자 아이들이 서둘러 제 이불 안으로 몸을 구겨 넣었다.

벽을 타고 이 방 저 방에서 들려오는 화장실 물소리를 들으며 꼬박 밤을 새웠다. 밤새 화장실을 들락거린 아이들 몇몇이 나를 스쳐 갔지만 전처럼 내 이불을 걷어차거나 몸을 가로질러 뛰어넘지 않았다. 몸통과 손발이 뒤엉키기 일쑤였던 좁은 방 안에 그 누구의 살갗도 내 몸에 닿지 않았다. 손으로 꼽아 보니 처음이었다. 이곳에 들어온 후 처음으로 보호막이 생겼다.

타이 브레이크

아침마다 제 엉덩이로 변기를 비데마냥 데워 두던 과민 대장 증후
군의 올구가 사라졌다. 옆을 보니 빈 이불만 구겨져 있을 뿐 방 안
어디에도 녀석의 흔적이 보이지 않았다. 바로 그 순간 끼이익 — 방
문이 열리고 탈 많은 장의 주인이 돌아왔다. 녀석은 나를 보자 흠
칫 놀라며 재빨리 달려와 제 이불을 개기 시작했다. 아이들이 흘낏
거리는 눈빛으로 나를 곁눈질하는 게 느껴졌지만 내색하지 않았다.
방장 녀석은 밤새 잠을 설친 푸석한 얼굴로 한쪽 벽에 기대앉은 채
나를 보고 있었다.

   김지철의 입단속에도 불구하고 어젯밤 25호에서 일어났던 그 사
건은 아침을 먹기도 전에 생활관 전체로 소문이 퍼져 나갔다. 내가
녀석에게 청산가리를 먹였다는 이야기부터 마약을 하고 녀석을 제
압했다는 웃기지도 않는 소문들이 떠다녔지만 그 누구도 지난밤의

이야기를 묻지 않았다. 어떤 녀석은 나를 보자마자 제 입을 손으로 틀어막은 채 종종걸음 치며 뛰어갔다. 냇물 한가운데 솟아 있는 바위처럼 모든 것이 나를 피해 흘러가고 있었다.

누군가 툭 건드려 주지 않는 게 묘하게 이상한 아침, 면회실에 들어서자 임 변이 손을 들어 인사를 건넸다. 자리에 앉자마자 사이다 한 캔을 따 내밀며 슬쩍 말을 흘렸다.

"10년 묵은 체증이 내려갔으려나."

"뭔 체증."

"얼굴이랑 목에 대놓고 생긴 걸 보면 결승전감인데…… 그래서 어떻게 됐는데?"

두 발로 걸어 들어온 것으로 결승전의 결과를 보고한 셈이다. 과정은 심어 놓은 양아들로부터 들으면 될 일이고.

"소년원에서도 신입이 두 발 뻗고 자는 데 석 달이 걸린다는데, 대단하다."

"그날 일부러 나 긁었죠?"

"뭘."

"일부러 흘렸잖아요."

"뭐, 맘대로 생각하시고."

"어떻게 안 거예요?"

"정보원 보호."

"석민우를 판 그 새끼가 누구예요?"

"알 것 없어."

"그 새끼 땅콩 알레르기인 건 꿈도 모르는 눈치던데, 설마 김지철이에요?"

"험한 일 당했다고 너무 꼬이지는 마라. 세상 모든 애들이 승모 같지는 않아. 그 일은 그쯤에서 접어. 신변잡기는 뒤로 밀어 두고 구성구 쪽 변호사가 대놓고 러브 콜을 해오는데, 액수도 덤벙덤벙 올리면서."

"그딴 돈 관심 없다니까요."

"너 말고 나, 나 말이야. 크게 키우지 말고 합의를 보는 쪽으로 크게 부르시네. 이제 와서 저자세로 나오는 게 말이 안 되는데."

"그래서요?"

"좋은 징조라고. 우리 손에 뭔가가 있다는 방증이니까 저쪽에서 저렇게 안달이 나는 거지. 시나리오를 새로 짜야 되는 변수가 생긴 거야."

임 변이 내 얼굴을 뚫어지게 보고 있었다. 그 뭔가로 앞을 내다보고 있건 임 변 자신이다.

"뭐예요?"

"신형 벤츠 안전벨트 안쪽에서 혈액이 나왔대. 말려 들어간 벨트 안쪽까지 닦지는 못했나 봐."

"성구예요, 승모예요?"

임 변의 손가락이 탁자 위에서 도레미를 반복해서 누르고 있었다. 그 형편없는 피아노 연주에 눈이 꽂혀 정작 이야기는 제대로 들리지도 않았다.

"둘 다 아니야. 물론 너도 아니고."

성구가 아니란 말에 힘이 빠졌지만 내 결백을 입증해 줄 수 있다는 조그만 희망에 반쪽짜리 안도감이 찾아들었다. 임 변의 정신 사나운 도레미 연주가 계속되었다.

"테니스로 비유를 들어 보자. 이제부터는 땅에 처박히는 테니스 공의 경우의 수를 모두 알아내는 거야. 구질과 코트의 종류에 상관없이 우리는 그 모든 경우의 수를 예측해야 해. 프로 선수들 중에도 유독 잔디로 된 윔블던이나 클레이 코트에 약한 선수들이 있다며. 우린 하드도 잘 뛰고 클레이, 잔디도 잘 뛰는 희한한 인간이 되는 거야. 앤드리 애거시처럼."

"공부 좀 하셨나 보네."

"애거시가 20년 전쯤의 노박 조코비치였다던데 그런 건 잘 몰라도 브룩 실즈랑 연애했던 건 확실히 알고 있지. 세기의 만남과 이별이었거든."

"그 사람 실력이 아니라 스캔들을 기억한다는 게 놀랍네요."

"사람들은 처절한 이야기를 좋아해. 기억의 바닥에 가장 오래 남는 건 미담이 아니야."

"그래서 스캔들 메이커 앤드리 애거시 같은 사람이 되자?"

"정확히는 앤드리 애거시의 눈! 이 사람이 그랜드 슬램을 석권한 이유가 뭘까. 사람들은 결과와 승수를 기억하지만 나는 그 과정이 궁금했어. 내가 내린 결론은 애거시가 볼 보이 시절을 겪었기 때문이 아닐까야."

궤변이다. 애거시가 볼 보이를 했기 때문에 그랜드 슬램을 석권했다는 말은 속기를 잘해서 작가가 되었다는 비유처럼 어처구니없다.

"그게 말이 돼요? 아니, 앤드리 애거시가 볼 보이를 했다는 게 맞긴 맞아요?"

"꼬마였을 때 한 거지. 더 들어 봐. 인과 관계가 성립하니까. 이 볼 보이가 참 특이한 시각을 가지잖아. 테니스 코트에 있는 심판이나 관중, 선수가 모두 그 공이 라인 안에 떨어지나 밖에 떨어지나에 신경을 곤두세우지만 볼 보이에게는 그 라인이 중요하지 않아. 볼 보이에게 중요한 것은 오직 어디로 튀느냐 뿐이지. 본질을 보는 제삼의 눈을 가진 거야. 어때? 설득력 있지? 클레이 코트와 잔디, 하드 코트에서의 반응이 모두 제각각이고 구질, 들어오는 속도, 꽂히는 각도에 따라 공의 반동이 달라지니까 누구보다 경우의 수를 많이 아는 사람이 볼 보이라는 내 말이."

우리가 가진 증거 자료로 살짝살짝 겁을 주며 그쪽에서 보일 모든 경우의 수를 대비한다는 게 비유라면 나쁜 생각은 아니다. 다만 현실성 없는 뜬구름 같은 이야기라는 게 문제다.

"테니스 라켓 거트의 텐션을 낮추면 공의 반동이 강해진다며. 적은 힘으로도 강력한 파워를 낼 수 있지만 제구가 힘들다는 단점이 있고 반대로 거트의 텐션을 높이면 더 많은 힘이 들지만 공을 내가 원하는 곳으로 보낼 수 있는 제구력은 좋아지지. 그 배경지식을 안고 볼 보이의 시각으로 사건을 다시 보는 거야."

"옆길로 새고 있어요."

"비유법이니까 끝까지 들어. 구성구 쪽에서 거트의 텐션을 낮추는 경우는 이 사건을 너와 형량 나눠 먹기를 하기 위해 난타전으로 가기로 마음먹은 경우야. 엄청난 언론 플레이와 탄원서를 제출하겠지만 제구력이 나빠서 자신들도 그 방향성을 짐작할 수 없게 돼. 이유는 운전석도 조수석도 에어백이 터지지 않았다는 점이야. 교통사고가 났는데 그 비싼 외제차 에어백이 터지지 않았다는 건 차체 결함 수준이지. 여러 개의 센서가 충격을 감지하고 터지는데 그 정도의 충격에는 터져 주는 게 정상이란 말이야. 그런데 애가 날아갈 정도의 충격에도 왜 터지지 않았냐는 거야."

"무슨 뜻이에요?"

"뭐, 이유야 천천히 치였거나 센서가 고장이었거나 그 자동차로 친 게 아니다, 그 세 가지 정도 안에 있겠지. 애초에 너무 이상하게 모든 손가락이 널 가리키고 있었어. 운전석은 네 지문 칠갑인데 운전석에도 조수석에도 구성구 DNA는커녕 지문도 없었어. 경찰에서도 그걸 다시 조사하고 있어. 내가 단순 사고가 아니라고 조사계를 들들 볶았거든. 그래서 구 회장의 알리바이에 대한 추가 조사가 진행되었어. 그날 구 회장의 카드 내역서는 양촌 근처 주유소에서 기름을 넣은 걸로 나타났어."

뜻밖의 소식이었다. 구 회장이 양촌 근처에 있었다면 이야기의 축이 바뀐다.

"그 사람이 별장까지 왔었다는 뜻이에요?"

"아니. 누군지 몰라. 구성구가 썼을 수도 있고. 그런데 서울에서 왔다던 그 신형 벤츠는 기름이 거의 바닥 수준이었어. 레커차로 끌고 가면서 기름을 흘리고 간 게 아니라면 말이 안 돼. 그럼 카드로 기름을 넣은 차는 다른 차가 되는 거지."

소름 끼치는 이야기가 시작되고 있었다. 택시가 오갔고 신고가 된 후 구급차가 도착하기까지 그 짧은 시간 동안 무엇이 가공될 수 있다는 생각조차 가져 본 적이 없었다. 내가 생각했던 가장 처절한 답은 운전대를 잡은 승모였다. 하지만 임 변은 그 핸들을 잡은 손이 아닌 이 사건을 조작한 다른 손에 주목하고 있었다.

"주유소 CCTV까지 손을 대지는 못했을 거야. 곧 찾아내겠지."

"경찰이요, 구 회장이요?"

"흥분하지 마. CCTV를 찾더라도 차에서 내린 사람이 김 실장이라면 구 회장이 그 차에 타고 있었다고 해도 증명할 수는 없으니까. 어쨌든 허둥대는 바람에 벨트 안쪽에 혈흔이 남은 걸 천운으로 생각해야지. 의식을 잃은 네게 김유진의 혈흔이 없었다는 건 명백한데 운전석에서 다른 혈흔이 검출되면 얘기가 달라지거든. 물론 그 혈흔이 차주 본인의 것일 수도 있지만 저쪽도 우리가 그걸 물고 늘어지는 걸 알고 텐션을 낮추고 되도록 시간 끌기를 하는 거야. 어떤 증거가 나올지 모르니까 간을 보면서 계속 재판을 연기하는 거지. 분류심사원에 머무를 수 있는 건 4주지만 연장하면 최장 8주까지 지낼 수 있으니까. 소년부에 의견서를 제출할 거야. 네가 워낙 모범생으로 잘 지내고 있으니 분류심사원 쪽에서도 결정전 조사서를 잘 써줄 거고."

"여기서 시간을 끌자고요?"

"그래, 작전을 변경하는 거야."

"혹시 그 피, 누구 예상되는 사람 있는 거죠?"

"정확히는 누구 피를 누가 묻혔느냐에 따라 상황이 달라지지. 내가 짐작하는 사람이라면 인과 관계가 꼬여 버려. 섣불리 움직이지 말고 여기서 더 기다려 보자."

"그러니까 왜요?"

"증인 보호 차원."

"이제 와서 내 걱정해 주는 건가. 눈물 나네."

"너 말고 구성구."

생각지도 못한 답이었다. 혹시 녀석이 임 변의 정보원이었을까.

"그 얘기는 나중에 다시 하고 이제부터 너랑 나는 길항 작용 한 팀이다. 시소처럼 네가 올라가면 내가 내려오고 네가 힘을 내면 내가 힘을 빼는 좋은 경찰, 나쁜 경찰 그런 거 있잖아. 죽이 안 맞는 복식조."

"죽어라 삑사리가 날 것 같은데."

"나는 심사원 일에서 손을 뗄 테니까 이곳에서의 정보는 네가 모아. 내가 양촌에 얽힌 사람들을 찾아내는 동안 구성구를 족치든 네 코치를 움직이든 입을 좀 벌려 봐. 구성구는 사고 진범뿐만 아니라 그 사고가 나게 된 진짜 이유를 알고 있어. 어쩌면 노승모란 녀석, 김별이란 아이, 그 셋 모두가 이 사건의 진실이 뭔지 알고 있을지도 모르지. 뭐가 됐든 끝까지 가보자."

"저, 잠시만요."

"뭐?"

"……고맙다는 인사요, 한 번은 해야 할 것 같아서."

"그래서 지금 그게 인사라고? 됐다. 넌 그냥 까칠하고 저만 아는 바보 멍청이가 제일 잘 어울려."

"……만약에요."

잠시 임 변을 바라봤다. 꼭 묻고 싶은 말이었고 지금이 아니면 기회가 없을 것 같았다.

"만약에요. 의뢰인이 내가 아닌 구성구였다면 그래도 이 사건을 맡았을 거예요?"

일어서려던 임 변이 다시 자리에 앉았다. 그리고 한 치의 망설임도 없이 대답했다.

"처음 만난 날 얘기했잖아. 의뢰인이 우리를 고르는 거지 변호사가 의뢰인을 고르는 건 아니라고."

"만약 둘이 동시에 찾아왔다면요. 성구예요, 나예요?"

"그 호주 코치가 했던 것처럼 했겠지."

"알고…… 있었어요?"

"몰랐을 거라고 믿는 게 놀랍네. 뭐 좀 얻을까 해서 최근 경기 동영상을 눈이 빠져라 돌려 봤거든. 근데 뭘 모르는 내 눈에도 그 중고 연맹전에서 구성구랑 네 시합은 대단해 보이더라. 관중석에 있는 호주 코치 얼굴도 간간히 잡아 주고. 근데 계약은 못 했다며."

"내가 안될 놈인 걸 알았나 보죠."

"중국 선수 쪽으로 마음이 기울어진 상태로 라이벌인 네 경기를 보러 온 것일 수도 있지. 사람 속은 알 수 없는 거니까."

"그래서 누굴 고르는데요?"

"나라면…… 더 애 같은 놈."

분류심사원을 2주 더 연장하자는 임 변의 미친 계획이 그대로 진행되었다. 일부러 서류를 제출하지 않았든지 심신 미약을 들었든지 임 변의 예상대로 심리 기일이 연기되었다. 대부분의 소년 재판이 1차 심리 기일에 결정되는 것을 감안하면 이례적인 결과였다.

다음 날 면회를 기다리고 있는 복도에서 구성구를 만났다. 벽에 기대선 녀석은 나를 보더니 인상을 쓰며 입술을 씰룩거렸다.

"아 새끼, 몸에 살이 올랐네. 석민우랑 연애 사업이 잘되나 보지."

"방장 달았다며. 축하해 줄까."

"네 앞가림이나 잘하셔. 해골이 너 노리고 있던데 똘마니 필요하면 빌려 달라고 하든가."

"됐어, 새끼야."

"석민우가 잘 막아 줘도 해골 손아귀는 못 벗어날 거다. 왜 코트나 여기나 애새끼들은 너만 보면 들러붙냐, 재수 없게."

임 변의 당부가 나를 붙잡았다. 지금을 놓치면 영원히 녀석과 그날의 일을 얘기할 기회가 없을 것이다. 뭐가 되든 녀석의 입을 열어야 한다.

"구성구⋯⋯."

"성구야 정도는 해주고 친구인 척해야지, 새끼야."

"두 달 전에, 중고 연맹 1회전⋯⋯."

어렵게 입을 열었지만 다음 말이 이어지지 않았다. 힘들게 다음 말을 뱉었다.

"그 서브, 인 아니었다."

"알아. 네가 연기한 거."

심판조차 아웃을 외치지 못하고 있었다. 시합이 치러지던 그 하드 코트에 혼자만 그늘막 속 심판석에 앉아 코트를 내려다보던 떨떠름한 그의 눈과 마주쳤다. 아웃이라고 생각하면서도 소리치지 못한 그의 짜증이 양안 1.5의 눈을 가진 내게 보이지 않을 리 없었다.

클레이 코트가 아니기에 회칠한 선의 가루가 튀어 오를 리 없었고 나는 연기를 했다. 애드 서버에서 내가 던진 서브는 성구의 서브 코트 라인에서 0.5센티미터 정도 오른쪽으로 빗나갔다. 하지만 나는 서브가 에이스가 된 것처럼 기뻐하며 포효했다. 내가 주먹을 쥐며 라켓을 들어 올리자마자 몇 되지 않은 관중은 시합이 끝난 것을 기뻐하며 박수를 쳤고 성구는 맥없이 심판을 올려다봤다. 하지만 모든 것은 심판의 손을 떠나 버린 뒤였고 그가 할 일은 쥐새끼 같은 나의 승리를 인정하는 것뿐이었다. 그가 혐오할 대상은 계속되는 시합과 더위에 먼저 나가떨어져 버린 직업 정신이었다. 심판이 시합을 종료하자 나는 라켓 가방을 챙겨 뒤도 돌아보지 않고 코트를 빠져나왔다. 엄마가 반반한 얼굴을 물려줬다는 말은 사실이 아니다. 배우 뺨치는 연기력이 엄마의 피다.

"그날 유진이가 무슨 말을 했었는지 알아. 그런데 그 시합에 호주 코치가 와 있었어. 나도 그 시합을 이겨야 했어."

녀석은 대꾸가 없었다.

"시합이 끝나고 그 코치가 그러더라. 경기 잘 봤다고. 그런데 계약은 물 건너갔어. 그 코치도 내가 양아치 짓으로 너를 이기려고 했던 걸 봤던 거야. 자기 인생을 걸 만큼의 가치가 없다고 생각했겠지. 내가 너한테 한 잘못은 그것밖에 없어. 너한테 죽을 만큼 잘못한 건, 그것밖에 없다고!"

녀석은 그 얘기를 듣고도 미동도 하지 않았다. 면회실 문이 열리고 아이들이 안으로 들어가자 성구가 말했다.

"그래서 아직이냐?"

"뭐가?"

"시합할 준비."

"제정신이냐?"

"이번에 네가 지면 약속해."

"뭘?"

"다시는 라켓 안 잡는다고. 영원히 코트를 떠난다고. 너 같은 새 끼는 다시는 라켓을 잡으면 안 되는 거야."

그것이 이 모든 일의 원인이고 녀석의 분노라면 이해할 수 있었다. 하지만 성구 역시 운전석에 앉지 않았을 거라는 임 변의 말이 몸을 휘감는 뱀처럼 등줄기를 타고 흘렀다. 녀석이 진심을 숨기고 있다는 사실에 등골이 섬뜩해졌다.

"진짜 이유는 뭐냐?"

"나도 몰라."

"왜 입을 다문 건데?"

"질문이 안 좋네."

녀석은 입을 닫았다. 무슨 수를 쓰더라도 이 녀석의 입을 벌려야 한다.

마침 성구의 면회인은 그의 변호사와 리오스였다. 면회 온 옥수 동 이모에게 펜과 종이를 빌렸다. 시합 때 주로 쓰는 라켓과 거트, 텐션의 숫자를 휘갈겨 써서 리오스에게 건넸다. 리오스는 단번에 그 뜻을 알아차렸다.

하루 종일 성구 녀석의 말이 머릿속을 맴돌았다. 머리가 복잡해지니 어쩔 수 없이 몸을 괴롭혔다. 후회가 나를 좀먹지 않도록 자리에서 일어나 팔 굽혀 펴기 수백 개를 하고 몸을 녹초로 만들고야 자리에 누웠다. 손가락 하나 들 힘이 없을 정도로 기운이 빠져나가 버린 뒤 성구에 대한 생각이 또렷해졌다. 지금의 성구를 움직이는 것은 구대철 회장의 시나리오가 아니다. 어쩌면, 처음부터 그러했듯 성구는 자신의 의지대로 제 생각을 드러내고 있는 것이다. 이 연극의 결말이 무엇일지 그 자신조차 모르면서.

내가 다시 몸을 만들며 경기 준비를 하는 동안 감별소 안에서 테니스 코트를 만드는 일은 일사천리로 진행되었다. 어디서 들어오는지 빤한 외부 기부금을 받아 좁은 운동장 안에 탈부착식 기둥을 박고 네트를 붙이고 라인을 정리하기까지 하루밖에 소요되지 않았다. 비록 겨우 시합 하나 치를 수 있는 한 면 코트였지만 우리에겐 윔블던 코트의 성전 같은 위용을 뽐내었다.

대신 대외적으로 홍보할 구색을 맞추기 위해 각 방에서 한 명씩을 차출해 특별 수업에 배치함으로써 구성구를 위한 원맨쇼의 냄새를 희석시키는 세심함도 잊지 않았다. 하지만 수업의 대부분은 구성구와 나의 테니스 훈련으로 배정되어 있었다.

함구령이 떨어졌음에도 이 소식이 임 변의 귀에 들어가는 데 딱 이틀이 걸렸다. 면회실에 들어선 임 변이 길길이 날뛰었다. 열이 솟구치는지 숫제 옷부터 벗어 댔다. 재킷을 거칠게 의자에 내동댕이치면서 삿대질부터 해댔다.

"너 그게 뭔지 알고 사인한 거야? 구성구 입을 벌리랬지 테니스를 하란 게 아니잖아!"

"그게 그 새끼 입을 벌리는 거예요."

"너 얼간이야? 여기까지 와서 씨팔, 따까리를 하겠다고?"

흥분한 임 변의 입에서 좀처럼 들을 수 없던 쌍소리가 튀어나왔다. 감정을 보이지 않는 사람의 감정 기복을 지켜보는 일은 예상 밖의 일이었지만 한편으론 미안한 마음이었다.

"누가 따까리가 될지는 지켜봐야죠."

"저걸 누가 만들어 준 건지는 알고는 있지?"

"고맙게도 전용 코트를 만들어 주셨네요."

"하! 마음 편한 소리 하는 걸 보니 여기에 말뚝 박을 생각인가 보네. 저 코트가 밖으로 새어 나가면 뭔 말이 될지 짐작은 가니?"

세상 밖의 소문과 숫자 놀음에 신물이 났다. 성구가 진실을 말할 거라고 생각하지도 않는다. 내가 원하는 건 녀석이 진실의 반대말을 하게 만드는 것, 그 손가락으로 가리키는 곳의 반대. 모든 경기에서 그랬듯, 사람들은 자신의 약점을 숨기기 위해 필사적으로 어울리지 않는 다른 무언가를 덮으려고 했다.

임 변이 녹음기를 바닥에 내동댕이쳤다. 테이프는 튕겨져 나오고 본체는 찌그러진 채 바닥에 나뒹굴었다. 휴대폰 녹음기가 아닌 구식 녹음기를 쓰는 이유를 알 듯하다. 오히려 박살 내도 아깝지 않은 쪽은 녹음기가 아닌 나이건만. 면회 시간이 끝나기도 전에 임 변이 문을 박차고 나가 버렸다.

감별소의 5주차, 가장 코트 같지 않은 곳에서의 테니스 훈련이 시작되었다. 시간표에는 하루 두 시간의 체육 시간으로 명기되었지만 실상 성구와 나는 대부분의 수업 시간을 코트에서 보내게 되었다. 리오스는 3년 만에 성구의 훈련을 맡았다. 성구가 미국으로 유학 가기 전까지 전담 코치였던 리오스에게 이제 녀석은 벅찬 그릇이 되어 돌아왔다. 이미 완성된 몸과 기술을 깨고 새로운 걸 주입하는 게 힘들 뿐 아니라 심각하게 찌그러진 상태를 펴는 것이 더 힘들다는 뜻이었다. 그런 성구를 보며 리오스는 나지막이 뇌까렸다.

"성구 새끼가 참고 있는 걸 끄집어낼 거다. 다시는 숨기지 못하게 끄집어낼 거야."

"뭘요."

"석아, 나는 성구를 노승모로 만들 거다. 너에게 가장 난공불락인 상대 말이야. 지략과 기술로 시합을 이끌어 가는 스타일에 성구 본래의 파워가 합쳐지면 가장 괴로운 상대가 될 거야."

"성구가 잘도 따라오겠네요."

"그 녀석이 최선을 다하면 그렇게 될 거야. 성구에게도 똑같이 말했어. 너를 프로로 만들겠다고. 참, 오늘 빼고 당분간은 서로 따로 연습을 할 거니까 코트에서 마주칠 일은 없을 거다."

훈련 시간표를 내미는 리오스의 표정에 비장함이 감돌았다. 리오스는 전략을 짜고 상대를 분석하는 일에 탁월했으나 이 어이없는 계획을 어떻게 받아들여야 할지 난감했다.

"성구한테 전략이란 게 있어요?"

"테니스에서는 상대의 허점을 간파해서 공략하는 것도 전략이
다. 아픈 다리 들쑤시기, 테니스 엘보 도지게 하기 그런 거. 그걸로
치면 너도 만만치 않지만."

"누가 가르쳐 줬는데요."

그 말에 리오스가 머리를 쥐어박았다.

"까불지 말고 시간표나 머리에 쑤셔 넣어. 방에 들고 갔다가 다른
애들 눈에 띄면 곤란하니까 시간 맞춰서 나오라고. 그나저나 성구
이 자식은 오라고 한 게 언젠데 아직도 안 와."

"코치님."

"왜?"

"……성구 새끼는 왜 그 따위로 공을 쳤을까요?"

두 달 전 중고 연맹에서 만났던 성구를 떠올렸다. 제 스스로조차
자신의 재능을 인지하지 못한 바보 같은 녀석이 한계에 다다라서야
처음 제 결계를 깨고 날아올랐다. 리오스라면 성구가 숨긴 발톱을
눈치채고 있었을 것이다.

"만약에 성구가 너였다면, 네가 가진 환경의 반만큼이라도 가졌
다면 성구도 너 못지않은 대단한 놈이 되었겠지. 저 새끼는 시멘트
바닥에서 라켓 한 자루로 운동하는 놈이었어도 톱 플레이어가 될
수 있었을 거야."

과거형 종결어미는 더 이상의 부연 없이 그것으로 끝이었다. 더
이상 나에게도 톱 플레이어가 될 수 있다는 희망을 주지 못하듯.

시합을 위한 훈련처럼 시간은 오전과 오후로 양분되었다. 리오스의 호언장담대로 오전 두 시간은 성구의 기술 연습으로, 점심 식사가 끝난 후 나머지 시간은 내 개인 훈련 시간으로 주어졌다. 리오스는 며칠 동안 녀석과 나를 고등어 등뼈를 발라내듯 철저하게 떼어 연습시켰다. 녀석과 코트에서 마주치지 않는 시간이 길어질수록 불안감이 커졌지만 늘 그래 왔듯 모든 감정은 가슴 밑바닥에 꾹꾹 눌러두어야 했다. 그렇게 한 주가 바뀌고 드디어 리오스는 녀석과 나를 한 코트에 묶었다. 시합도 아닌 어정쩡한 랠리 연습으로 우리를 불러 모은 그날 오후, 분류심사원의 모든 시선이 코트 위에 선 우리를 향했다.

성구는 말없이 공을 들고 반대편 코트로 갔다. 서브 없이 힘을 뺀 타구가 날아왔다. 하지만 스트로크가 계속될수록 공은 빠른 속도로 네트를 분주히 넘나들었다. 리오스의 예상대로 성구의 공격 스타일이 달라졌다. 지독히도 나를 괴롭히던 균형 잡힌 스트로크형 선수가 되어 근육의 모든 에너지를 소진하게 만들었다. 자기 서비스 게임에 이기자고 덤비던 녀석이 먹잇감을 기다리는 사자처럼 조심스러워져 있었다. 녀석의 스트로크 패턴도 각도만 꺾어 넣는 것 일색에서 내 움직임에 따라 변화를 주며 예측 불가능한 공격을 펼치고 있었다. 녀석을 승모로 바꿔 놓겠다던 리오스의 말은 과장이 아니었다.

쫓기는 사람처럼 다급해진 쪽은 나였다. 방으로 돌아와 실점을 복기했다. 녀석을 상대할 체력과 체격으로 변화시킬 필요성을 절실히 느꼈다. 그 욕심에 리오스가 주는 이상한 체력 보강 주스를 마셨다가 며칠 동안 설사를 달고 살아야 했다. 매일매일 희망 없이 소진 되던 하루가 테니스 하나로 달라졌다. 모처럼 느끼는 긴장감이 몸 이곳저곳을 들쑤셨다. 시합이 끝나고 방으로 돌아온 뒤에도 좀처럼 그 흥분을 진정시킬 수 없었다.

석민우는 시키지도 않은 내 전담 트레이너를 자처했다. 우리 둘에게는 땅콩의 밤이고 다른 아이들에게는 키스의 밤 이후 녀석과 나는 친구가 되었다. 석민우가 나를 인정했다는 소문이 와전되어 우리가 사귄다는 이상한 소문으로 변질되었지만 신경 쓸 겨를이 없었다. 나는 석민우에게 체력을 보강하기 위한 특훈을 부탁했다. 그날 이후 석민우는 테니스에 꼭 필요한 상, 하체 근육을 제외한 나머지 근육에 붙은 살들을 태우는 훈련을 내게 처방해 줬다. 매일 저녁 이불을 펼치면 그 자리에서 윗몸 일으키기 3백 개를 소화하며 복근을 강화했다. 뛸 때마다 큰 키가 미루나무처럼 흔들린다는 그의 의견에 따라 생전 처음 몸통을 강화하는 코어 운동을 시작했다.

"몸의 중심을 잡아야 맞아도 나가떨어지지 않아."

"싸움하겠다는 게 아니라고."

"테니스만 한 싸움이 어딨냐? 시키는 대로 해."

몸의 생체 시계는 새벽 5시에 맞춰져 시간이 되기도 전에 눈이 떠졌다. 사실은 잠을 잘 수 없을 만큼의 지독한 근육통 때문에 밤새 혼절과 각성을 반복한 탓이다. 종아리에서 허벅지, 어깨, 모든 근육들이 아우성이었다. 눈을 뜨고 일어나기까지 한참의 시간이 걸렸다. 테니스 공으로 종아리와 허벅지를 풀어 주고 몸이 움직일 만해지자 석민우를 흔들어 깨웠다. 녀석은 잠시 화장실을 다녀온 뒤 다른 녀석들이 깨지 않게 조심스레 방 밖으로 나왔다. 복도에 마주선 채 스트레칭을 하며 뭉친 근육을 풀었다. 몸이 풀리면 본격적인 근력 운동에 돌입했다.

담당 선생은 새벽 운동을 허락해 주는 대신 절대 문제를 일으키지 않겠다는 다짐을 받고 친필 서약서까지 쓰게 했다. 운동은 CCTV로 볼 수 있는 복도 안에서만, 다른 아이들의 숙면을 방해하지 않는 선에서라고 못을 박았다. 석민우가 지난밤에 채워 둔 2리터짜리 물병이 아쉬운 대로 아령이 되었다. 하체 단련 운동은 등 뒤에서 석민우가 받쳐 주는 자세로 벽을 밀고, 상체 웨이트는 석민우의 몸을 기구로 삼았다. 신음 한번 배어 나가지 않게 이를 악무는 사이 온몸이 땀으로 흠뻑 젖었다. 현재의 고통을 이기는 처방은 단 하나뿐이다. 더 고통스러웠던 순간을 떠올리며 죽어도 그 시간으로 되돌아가지 않겠다고 다짐하는 것, 지옥 같은 현실을 잊는 최고의 진통제였다.

감별소 코트 위의 성구는 새로운 이빨이 자라난 상어처럼 나를 물고 늘어졌다. 이곳으로 들어오고 난 뒤 가장 큰 변화를 보인 것은 성구였다. 여기야말로 녀석이 재능을 꽃피우는 기름진 꽃밭이며 기회의 장소였다. 힘으로만 밀어붙이던 단순 과격했던 과거는 담벼락 밖으로 던져 버린 것 같았다. 뻔뻔하게 약점을 파헤치고 그 안에 제 엄니를 들이미는 녀석에게 혼쭐이 나기를 반복하며 전략을 바꾸었다. 나는 녀석의 좌우와 전후를 흔들며 집요하게 체력을 고갈시키는 쪽을 선택했다. 드롭과 로브를 이용해 앞뒤로 움직이게 만들고 스핀이나 슬라이스와 같은 회전구를 이용해 녀석의 리듬과 타점의 불완전함을 들쑤셨다. 녀석은 큰 키를 이용해 공의 높낮이를 조절하며 빠른 공으로 나를 제압하려 했다.

오랜만이었다. 테니스를 하면서 오랜만에 느끼는 순수한 즐거움이다. 서브 에이스를 넣고 거트를 당기며 돌아서는 녀석의 입매에도 웃음이 달려 있었다. 그런 성구를 보면서 떠오른 것은 처음 라켓을 잡았던 여덟 살의 꼬마였다. 빨리 코트로 달려가 테니스를 하고 싶어 좀이 쑤시던 어린아이. 엘리베이터를 기다리지 못해 9층 아파트 계단을 한걸음에 뛰어 내려갔던 그때의 꼬마가 돌아왔다.

그리고 도저히 올 것 같지 않았던 약속의 시합 날이 밝았다. 머릿속으로 경기를 시뮬레이션 하며 시합을 기다리는 동안 심장이 터질 듯이 떨려 왔다. 어젯밤에 머릿속에 그려 봤던 새로운 공격 전략을 쓰고 싶어 좀이 쑤셨다.

마음이 종잡을 수 없을 만큼 널을 뛰고 있었다. 누구 하나가 테니스를 그만둔다는 엄포 따위는 어찌 되든 상관없었다. 9시가 되자 운동화 끈도 대충 묶은 채로 코트로 뛰어 내려갔다. 늘 먼저 와 직접 코트를 다듬고 있던 리오스가 웬일로 벤치에 앉아 먼산바라기를 하고 있었다. 하룻밤 사이에 잡초처럼 무성하게 올라온 수염을 깎지 않았다는 것과 그 얼굴로 생각을 하고 있다는 건 나쁜 징조였다. 그의 몰골은 좋지 않은 소식을 몰고 왔다는 걸 알려 주었다.

"더 나쁠 게 뭐가 있겠어요. 말해 봐요."

"누가 언론사에 흘린 거지. 너희들 여기서 황제 레슨 받는다고 말이야."

"……폐쇄해요?"

"위에서 따로 공지가 내려올 때까지 수업은 전면 금지란다. 잘되면 숟가락 얹기 바쁘지만 삐끗하면 제 발 빼기 바쁜 게 좆 같은 세상인심이야."

예상했던 일이지만 먼 곳의 번개보다 더 빨리 찾아온 기이한 천둥이다. 가장 그럴듯한 발원지는 코트를 쓰는 동안 바깥 운동장을 쓰지 못한 혈기 왕성한 십 대들의 분노였다. 우리를 지켜보며 속이 뒤틀렸던 저 수많은 눈 중에 하나가 아니라면 나에게 열받은 엄마이거나 임 변이겠지만 답답한 체기는 가시지 않았다.

"어쩔 수 없죠."

나를 돌려세운 리오스의 얼굴이 달아올라 있었다.

"어깨 펴! 네가 왜 우거지상이야!"

"괜찮아요."

"괜찮긴 뭐가 괜찮아. 탄원서를 쓰든 무릎을 꿇든 가는 데까지 가야지."

"그만하세요, 코치님."

"볼 치는 놈은 마지막 한 점까지 포기하면 안 되는 거야. 죽을 때도 라켓 쥐고 죽는 게 선수라고."

"여기선 더 나갈 데가 없어요. 여기서 멈추지 않으면 뜯겨 죽는다고요."

"그러니까 기다리자고. 어차피 떠드는 입들은 물어뜯을 다른 게 생기면 널 놓게 되어 있어. 실컷 물어뜯을 때까지 기다려 주란 말이야."

뱉어 버린 욕과 싸놓은 똥 더미에 주인은 없다던 엄마의 말이 떠올랐다. 먼저 소식을 들었던 모양인지 성구는 코트에 나타나지조차 않았다. 라켓을 손에 들고 휘청대는 걸음으로 걸어가는 나를 복도에 매달려 있던 수많은 눈이 좇고 있었다.

테니스 왕자가 또 낙상하셨네. 그들의 눈이 나를 들어 바닥으로 내리찍어 댔다. 황제 테니스 레슨은 막을 내렸고 사용 불가 결정이 내려진 코트의 기둥과 네트는 창고에 처박혀 버렸다.

*

뉴스가 온통 북상 중인 태풍 소식으로 떠들썩했다. 이틀 내리 비가 내리고 창문이 뜯겨져 나갈 듯 바람이 불어 댔다. 감별소에 들어온 뒤론 무기력에 우울증을 더하는 것 같아 그 빗소리가 싫었다. 하루 종일 젖은 빨래가 널린 꿉꿉한 방에 앉아 있는 기분이었다. 그럼에도 새벽 5시 운동은 계속됐다. 새벽 운동은 내가 아닌 방장을 위한 특훈으로 이름만 바뀌었을 뿐 아무것도 달라지지 않았다. 석민우의 출소가 이틀 남았고 보디빌딩 대회 날짜도 가까워지고 있었다. 이제 이 감별소 안의 모든 아이들이 새벽 5시 복도 운동의 존재를 알았다. 어떤 놈들은 석민우와 내가 운동을 핑계로 연애질을 한다고 쑥덕거렸지만 우리는 개의치 않았다. 조잡하게 만든 종이 줄자로 근육 사이즈를 재고 몸무게를 재면서 출소일이 아닌 보디빌딩 대회 날을 기다리는 방장의 마음을 이해하는 사람은 나뿐이었다. 라켓을 빼앗겨 버린 허탈함을 이해하는 것도 석민우였다.

그럼에도 녀석이 왜 머리를 밀고 해골 모양의 문신을 제거하려
고 하는지, 왜 턱을 지우고 더 이상 나아가지 못하는지는 알 수 없
었다. 그저 묻지 않고 넘겨짚지 않으려 애쓸 뿐. 녀석은 돌아보지도
않고 뒤통수에 꽂힌 내 시선을 읽어 냈다.

"뒤통수 따가워."

"차가운 걸로 찜질해."

"네가 꼬나봐서 그렇다고. 궁금하면 그냥 물어보든가."

"뭘?"

"왜 이런 문신을 했냐고."

"관심 없어."

"관심 없다는 새끼가 계속 보냐."

말을 할수록 들킨 속마음을 아니라고 우기는 기분이라 그쯤에서
입을 다물었다. 누군가의 마음을 헤집고 들어간다는 것은 부메랑을
던지는 것이다. 누구나 부메랑을 던질 수 있지만 받을 준비가 되어
있지 않다면 다치는 것은 결국 자신이었다. 입을 여는 것은 나일지
라도 돌아오는 질문은 내 예상 밖의 것일 수도 있기에 섣불리 행동
할 수 없었다. 녀석의 대답이 준비되지 않은 내게 날아왔다.

"아무도 건들 수 없게 뼛속까지 나쁜 놈으로 보이고 싶어서."

"성공했잖아. 근데 왜 지우는데?"

"너 나쁜 놈들 얼굴 본 적 있어?"

그 말에 누군가의 얼굴이 떠올랐지만 입 밖으로 꺼내지 않았다.

"그놈들 얼굴은 진짜 평범하고 물 같은데 이런 걸 새긴다고 그
새끼들 밑바닥을 쫓아갈 수 있는 건 아니더라고. 진짜 나쁜 놈들이

누군지 알게 되고 나니까 내가 했던 짓이 너무 멍청하잖아. 근데 모근이 파괴될 수도 있다고 해서 좀 생각하는 중이야. 빡빡이로 살지 길러서 덮고 살지. 중간은 없는 인생이다."

석민우가 민머리를 드러낸 덕에 25호는 감별소 안의 가장 무서운 방이 되었고 방 아이들은 그 공포의 부메랑 효과를 톡톡히 누리고 있었다. 뼛속까지 나쁜 인간의 평범한 얼굴을 보았다는 녀석의 과거지사를 묻지 않고 덮었던 것은 그 질문이 내 사건의 진실과 닮아서였다. 언제 어디서 돌아올지 모르는 부메랑. 나는 그 대답을 기다리고 있는 중이다.

방바닥에 들러붙어 무언가를 열심히 끼적이던 쥐이빨이 머리를 긁적이며 괴발개발 갈겨 쓴 종이를 가지고 왔다. 종이를 받아 든 방장의 입에서 한숨이 새어 나왔다.

"이거 누구 알아보라고 쓴 거냐?"

"아, 진짜 생각이 안 나서."

"고쳤으면 제대로 지우고 다시 쓰든가. 줄이라도 제대로 긋든가."

"나는 진짜 책 같은 거 안 읽는데……."

"시끄럽고, 임석 너도 써."

"뭐."

"희망 도서 목록. 오늘까지 제출이다."

열여덟 해 대부분을 라켓을 잡고 코트에서 살았던 나는 책은커녕 쉬운 게임조차 할 줄 모르는 무취미 인간이다. 짬이 있었다면 그 시간은 머리를 대고 잠을 자는 시간이었기에 읽을 책을 써야 하는 빈

칸이 끝을 알 수 없는 해구처럼 느껴졌다.

"다른 애들은 뭐 쓰는데?"

"잡지, 게임 책, 만화, 야설……."

"아……."

막 펜을 들어 이름을 써 넣으려는 찰나 방장의 뒷말이 내 손목을 짓눌렀다.

"그런 건 안 된다고. 써도 안 돼."

"그럼 뭐?"

"청소년 권장 도서나 수학 문제집."

빈칸에 욕을 쓰고 싶은 충동이 일었다.

"넌 뭐 썼냐?"

"명심보감."

그로부터 이틀 후, 내 의지와 상관없는 책 한 권이 내 손에 쥐어졌다. 방장이 준 책은 내가 쓴 희망 도서가 아니라 본인의 취향대로 어디선가 구해 온 책이었다. 책 표지의 대머리 남자를 본 같은 방 아이들은 별쫑맞은 놈도 다 있다는 듯한 표정으로 나를 흘깃거렸다. 왜냐고 묻는 눈빛에 방장은 어깨를 툭 치고 가버렸다. 백과사전만큼 두꺼운 대머리 남자의 자서전이라니. 책의 소개 글에 이런 문장이 실려 있었다.

1989년부터 2006년까지 프로 테니스 선수로 활동하며 커리어 그랜드 슬램(4대 메이저대회를 한 해 이상 걸쳐 우승) 달성, 메이저 우승 8회를 포함해 60회 단식 정상 기록을 남겼지만 평생에 걸쳐 테니스

코트 안팎에서의 정체성과 평온함을 찾아 헤맨 남자의 고통스러운 연대기.*

그것은 회고록이라기보다 듣기고 싶지 않았던 어둠과 고통을 적은 고해의 일기에 가까웠다. 대부분의 문장이 처절하리만치 고통스러운 순간을 관통하고 있었다. 독재적 아버지를 둔 것은 성구만이 아니었다. 프로 테니스 선수 중 가장 화려한 삶을 살았던 앤드리 애거시의 어린 시절 또한 처절했다. 그의 아버지는 집 뒤뜰에 테니스 코트를 만들어 서브 머신까지 들여와 4남매에게 직접 테니스를 가르칠 만큼 테니스광이었다. 형제 중 제일 막내였던 애거시는 형제들이 모두 테니스에 싫증을 내고 떨어져 나간 뒤에도 하루 2,500개의 공을 쳐야 했다. 학대는 그를 더 높은 성적으로 도망치게 만들었고 열여섯의 어린 나이에 프로 데뷔라는 놀라운 성과를 이끌어 냈다. 열여덟 살에 ATP 세계 랭킹 3위에 랭크되는 기염을 토했지만 파파라치에게 시달리던 이십 대에 여배우 브룩 실즈와의 결혼과 이혼을 겪었고, 테니스의 정상에서 바닥으로 추락했다가 다시 톱 시드를 배정받기까지 그의 삶은 험난함의 연속이었다. 그리고 내 안에 태풍이 휘몰아치고 있었다. 시간이 가는 줄도 모르고 있던 나는 방장이 발로 쿡쿡 차며 취침 3분 전이라는 사실을 알렸을 때야 두 시간이나 꼼짝없이 책에 몰입했었다는 사실을 알아차렸다. 내 시선은 마지막 장에 붙박여 있었다. 취침 점호가 끝나고 불은 완전히 꺼

* 『오픈』, 앤드리 애거시 저, 김현정 역, 2014.4

지지 않았지만 책을 읽을 선처를 베풀어 주지는 않았다. 책을 덮기 전 제일 마지막 장에 휘갈겨 쓴 문장을 눈으로 빨아들이고 이불을 뒤집어쓴 채 누웠다.

테니스는 아버지의 것이었고 내 것이 아니었다. 라켓을 잡은 이후에도 이 사람처럼 늘 테니스를 혐오했다. 이기는 순간에도 기쁘지 않았고 무언가를 보여야 하는 순간조차 내가 없었다. 하지만 사고를 낸 건 우리가 아니었다.

눌러두었던 감정이 터져 나왔다. 마지막 문장이 내 안의 모든 것을 흔들어 놓았다. 이름 석 자가 없으나 분명 성구였다. 소리가 새어 나가지 않게 베개로 입을 틀어막고 몸을 돌려 누웠다. 감정은 쉴 시간을 주지 않고 나를 두들겨 댔다. 아무것도 아닌 채로 어른이 된다는 두려움과 아무것도 이루지 못한 채 스물이 된다는 무기력이 치솟아 올랐다. 녀석과 나의 실패는 흉물스러웠고 처참하게 뜯겨진 생살을 드러내고 있었다. 그것이 녀석이 나를 테니스로부터 떼어 내려던 이유였고 녀석이 테니스를 버리고자 했던 이유였다. 우리에게 남은 것은 후회와 처절함뿐이다.

*

심상치 않은 바람과 빗소리가 아이들의 단잠을 깨웠다. 창문이 바람에 뜯겨져 나갈 듯 위태롭게 흔들리고 있었다. 태풍이 서해안에 상륙했다는 소식과 함께 이곳도 연일 폭우가 쏟아지고 있었다. 비껴갈 것이라던 태풍이 우리를 향해 날아오고 있었고 아침부터 원장의 호출이 들어왔다. 6주 만에 처음 들어가 본 원장실에서 오래된 책 냄새가 났다. 낡은 책들 사이에 완고하게 자리를 잡은 원장이 보였다. 그의 사무실은 마치 책이 있는 감옥 같았다. 먼저 와 원장과 독대 중이던 성구가 흘깃 나를 보았다. 비썩 마른 얼굴의 원장은 한참 동안 창밖을 바라보기만 했다. 그의 얼굴과 이 방의 책은 들여다보아도 읽을 수 없다는 점에서 닮아 있었다. 원장은 천천히 서랍을 열고 열쇠 하나를 책상에 올리며 말했다.

"다치지 않게 해라."

열쇠를 내미는 원장의 시선이 다시 창밖으로 향했다. 그는 또다시 자신만의 감옥으로 돌아간 얼굴이었다. 성구는 그 벽 같은 남자에게 구십 도로 허리를 꺾으며 인사를 했다.

"감사합니다."

어정쩡하게 인사를 따라 한 뒤 방을 나오자 녀석이 나를 불러 세웠다.

"점심 먹고 오후에 코트로 와. 리오스도 그때 온다고 했어. 애들 강당에서 단체 프로그램 있다더라. 이런 빗속에서 우리가 뭘 하든 아무도 뭐라고 못 할 거야. 누구 하나 죽어 나가도."

오후 1시가 되자 빗줄기가 더 굵어졌다. 비에 젖는 정도가 아니라 강에 빠져 허우적대는 수준이었다. 라켓을 잡기는커녕 눈조차 제대로 뜰 수 없는 이런 날씨에 테니스를 하자는 녀석만큼이나 제 정신이 아닌 리오스가 심판 자리로 왔다. 우비를 입은 리오스의 눈이 붉게 충혈되어 있었다. 창고에 버려진 기둥과 네트를 연결하고 뽑혀 버린 라인을 손으로 일일이 박아 넣은 그 손에 성구가 특별 주문한 라켓이 들려 있었다. 거트 사이로 샤워기 헤드처럼 빗물이 떨어지는 라켓을 내밀며 리오스가 말했다.

"텐션은 니들 원래 매던 대로 맞춰 놨으니까 대충 맞을 거다. 한세트다."

그의 비닐 우비가 바람에 대차게 찢어져 깃발처럼 펄럭였다. 이 폭우 속에 창밖을 내다보고 싶은 놈이 있을까. 내다본다고 한들 퍼붓는 빗줄기에 한 치 앞도 보이지 않을 텐데. 이 미친 시합을 들킨다면 소년원이 아니라 정신 병원행일지도 모른다는 생각 속에 과거의 목소리가 끼어들었다. 그것은 이상한 예감과 부딪치는 밑바닥의 목소리였다. 성구가 무면허를 자백하고 감별소로 들어온 이유는 나 때문일지도 모른다. 나를 무너뜨리기 위해서거나 처절하게 살려 내기 위해서. 차갑게 식어 가는 몸과는 반대로 심장은 이상하리만치 뜨거워지고 있다. 비에 젖은 성구가 걸어와 손을 내밀었다.

"제대로 안 하면 여기서 죽는다."

녀석의 손은 어항 속 물고기처럼 잡을 새도 없이 손을 빠져나가며 서브 공을 남겼다.

쏟아지는 빗속 베이스라인에 선 녀석이 한참 동안 나를 바라봤다. 속눈썹조차 비를 걸러 내지 못해 눈 속으로 응어리진 무언가의 잔상이 잡힌다. 녀석의 몸에서 증기가 피어오르고 있었다. 수많은 시간 가운데 왜 하필이면 이런 짐승 같은 시간이 마지막이 되었나. 시합은 수천, 수만 번 해온 대로 하면 그만이지만 이상하게도 모든 시합 프로그램이 초기화되어 버린 듯 텅 빈 기분이 되었다.

　나는 녀석에게 서브 공을 튕겨 보냈다. 서브권을 가져가야 할 쪽은 더 간절한 쪽이어야 한다. 물에 젖은 공이 보통 때보다 훨씬 낮은 궤적을 그리며 바닥에 깔려 날아갔다. 평소보다 더 강한 샷으로 보내지 않으면 힘을 뺀 두 번째 서브조차 폴트가 나리란 예감이 들었다. 공을 그러쥔 녀석이 또다시 한참 동안 말없이 나를 바라봤다. 빗줄기는 녀석의 얼굴에서 악의와 조롱을 걷어 내고 민낯을 드러내게 만들었다. 두려움과 공허함, 비에 젖은 새의 애처로움이 녀석의 맨얼굴이었다.

　어떻게 저 얼굴을 숨기고 살아왔을까. 저렇게 부서지기 쉬운 유리 같은 얼굴을.

　베이스라인에 서는 그 순간 깨달았다. 그럼에도 나는 이기기 위해 또다시 짐승이 되리라는 걸. 상대가 성구일지라도 라켓을 잡은 이상 멈추지 못하리라. 손에 쥔 라켓이 내가 어떤 사람이었는지를 알려 주었다.

　망부석처럼 굳어 있던 녀석이 다짜고짜 첫 서브를 넣었다. 위력적인 서브가 베이스라인 안쪽으로 떨어져 들어와 서브 에이스를 만들었다. 비에 젖은 공이 아니었다면 시속 2백 킬로미터를 넘었을 기록적인 서브였다. 심판석에 오른 리오스가 성구의 포인트를 올렸다. 정신 차려, 새끼야! 리오스의 말이 비바람 속에 흩어졌다. 성구를 프로 테니스교로 개종하겠다는 그의 호언장담은 과언이 아니었다. 젖은 공이 무겁게 내려앉아 리턴을 받는 것도 힘들었다. 성구의 서브 게임에 내리 포인트를 내주고 단 한 점도 올리지 못한 뒤에야 한기가 느껴졌다. 물에 젖은 그립 때문에 손이 자꾸 미끄러져서 감아 놓은 그립을 모두 풀어 버렸다. 두툼한 손감은 없어졌지만 날것 그대로의 악력이 느껴졌다.

하지만 비를 게워 낸 콘크리트 때문에 자꾸만 발이 미끄러졌다. 비가 오든 눈이 오든 어차피 발동이 늦게 걸리는 쪽이니 녀석이 서브 게임을 딴 것이 나을지도 모른다. 그러나 악천후는 주특기인 예리한 한 손 백핸드의 슬라이스를 뭉툭한 나무칼로 만들었다. 슬라이스를 쓸 수 없다면 녀석보다 우위로 쓸 기술이 없다. 이제 이 불리한 한 손 백핸드를 버려야 하지 않을까란 생각에 꼭 이겨야 하냐는 새된 목소리가 끼어든다. 어차피 누가 이기든 끝나 버린 테니스 인생일 텐데.

서브를 넣기 위해 하늘을 향해 고개를 든 그 순간 빗물이 입안으로 쏟아져 들어왔다. 그 물을 꿀꺽 삼키면서 무엇을 향하는지도 모르는 연민이 뱃고래를 채웠다.

그 잠깐의 연민은 녀석의 첫 리턴과 함께 사라지고 다시 냉정한 승부사의 기질이 채워졌다. 머리는 기계처럼 냉정하게 시합을 계산하며 녀석을 무섭게 몰아붙였다. 흐름을 바꿔 두세 게임을 내리 따내고 네 번째 게임이 되자 성구는 포인트 하나하나에 배수진을 쳤다. 나는 녀석에게 승리를 양보할 마음이 없었고 녀석 또한 나와의 마지막 경기를 순순히 내줄 생각이 없었다. 성구가 네 번째 게임을 힘겹게 따고, 다섯 번째 게임에 들어 내가 앞선 30 대 15의 상황에서 예리한 스트로크가 내 코트의 빈 곳을 찔렀다.

다시 첫 서브를 실패한 뒤 힘이 떨어진 평범한 서브가 들어오고 리턴 되어 날아간 공이 녀석의 왼쪽으로 향했다. 백핸드를 하기에 너무나 먼 거리였기에 그 공을 받아 낼 가능성은 희박했다. 하지만 녀석은 원 핸드로 공을 받아 내 스트레이트 샷으로 날렸고 물을 먹은 솜방망이 공은 간신히 네트를 넘어 내 코트로 떨어졌다. 집요함은 녀석의 습관이 아니다. 녀석이 네트 너머에서 보여 주고 있는 플레이는 나의 것이다. 내 행동, 내 패턴, 나의 집요함. 거울처럼 나를 따라 움직이고 있었다.

빗물에 씻겨 내려간 줄 알았던 원망과 증오가 되살아났다. 사건이 있던 그날부터 버릴 수 없는 감정이었다. 미끄러지는 그립을 억지로 쥔 바람에 손바닥 끝은 이미 발갛게 부풀어 오르며 물집이 생기기 직전이었다. 그럼에도 다시 그립을 단단히 움켜쥐었다. 퍼붓는 비를 뚫고 서브가 네트를 넘어온 순간, 나는 모든 분노를 녀석에게 떠넘겼다.

처음부터 사실을 말했다면 우리 모두 이 지옥을 경험하지 않았을 거였다. 도대체 누굴 위해서! 정확한 타점에 맞은 공은 위력적인 힘을 안고 녀석의 코트로 미끄러져 들어갔다. 하지만 녀석은 라켓을 뒤로 빼며 공을 받지 않았다. 리턴 자세를 잡는 척하다가 아웃인 듯 돌연 라켓을 빼버린 것은 의도적인 행동이었다. 개새끼! 나는 라켓을 던지고 네트를 건너뛰어 녀석에게 돌진했다. 녀석의 얼굴에 주먹을 날리면서도 분이 풀리지 않았다.

"인이라고! 미친 새끼야!"

주먹 한 방에 맥없이 나가떨어진 녀석은 바닥에 드러누워 좀처럼 일어날 생각을 하지 않았다. 녀석의 반응에 전의를 상실한 쪽은 나였다.

"이렇게 똑같이 엿 먹이고 싶었냐? 결국 이거였어?"

녀석은 해변에 밀려온 죽어 가는 물고기의 눈을 하고 있었다. 땅바닥에 드러누운 채 움직이지 않는 성구의 얼굴에 차가운 물방울이 세차게 떨어졌다. 쿨럭 ― 입으로 빗물을 토해 내며 구역질하던 녀석의 입에서 뜻하지 않은 이야기들이 토사물처럼 쏟아져 나왔다.

"너도 늘 옳지는 않았잖아. 포인트 하나 따내려고 비열했던 적도 있었는데 왜 너는 늘 죗값에서 자유로운데? 네 핑계는 늘 세상의 이해를 받고 왜 나는 손가락질을 받는데? 실패하고 또 실패하고 더 낫게 실패하게 해 달라고 문신까지 따라 해도 나는 계속 구렁텅이였어. 나는 아버지가 만든 괴물이 되기 싫었을 뿐이야."

"무슨 엿 같은……."

"아버지는 너한테 근육 강화제만 먹이라고 했어. 프로로 전환하면 네가 약을 한다고 제보를 해서 도핑 테스트를 받게 할 계획이었고. 난 도망쳤고 넌 여기 갇혔고 유진이는 저렇게 된 거야."

물을 먹어 질퍽한 운동화의 앞코가 터져 있었다. 구 회장은 성구를 이 운동화처럼 태생적 불량으로 생각했을지도 모른다. 비가 오는 코트든 진흙탕이든 돈값을 해야 할 녀석, 나는 운동화를 벗어 코트에 집어 던졌다. 구대철에게 나란 놈은 이 운동화 같은 소모품이었으나 성구는 그의 아들이었다. 끝을 알 수 없는 악의가 피를 내어 준 아비의 것이 맞나. 비에 떠밀려 죽어 가는 지렁이 꼴을 한 성구가 일어서 내 앞에 섰다. 감정을 쏟아 낸 파리한 얼굴이다.

"새끼야, 도망치지 마. 도망쳐도 소용없어. 달려들어 싸워."

"……"

"제길, 시원할 줄 알았는데 그냥 춥다. 그 아줌마, 너네 변호사 삽질 잘하냐?"

갑작스러운 질문에 대답을 하지 못하고 있자 녀석은 진심을 담아 재차 확인했다.

"믿을 만하냐고."

"만나 봤잖아. 꼴통이야."

듣기 좋으라고 해준 말이 아니었음에도 성구의 얼굴이 편안해졌다.

"벤츠가 있었던 자리, 시멘트에 새겨진 발자국에서 뒤로 단식 코트 하나를 그리고 서브 라인…… 거기에 있어. 그날 찍혔던 블랙박스 속 동영상 원본 파일이야. 비닐에 싸서 잘 묻어 두긴 했는데 밤이었고 허둥댔고 나도 정확한 위치는 잘 몰라. 대충 그 정도 감으로 했는데 나머지는 네 변호사에게 말해."

이틀 뒤가 재판이었다. 이걸 내게 넘기는 녀석의 진의를 파악할 만큼 나는 녀석을 알지 못했다. 혼란스러웠다. 녀석이 또 무슨 수작을 부리려고 이런 행동을 하는지 저의를 의심해야 옳았다. 성구도 나도, 승모도 아닌 제삼의 DNA 주인. 녀석은 처음부터 그런 일을 계획한다는 게 가능하냐고 했다. 진실을 말하고 있었음에도 나는 녀석의 말을 곧이곧대로 듣지 않았다. 제 아버지를 걸고 맹세하겠다는 그 순간에, 성구는 처음부터 진실을 말하고 있었다.

"아버지가 나를 덮으려고 그렇게 애쓴 게 아니야. 감추고 싶었던 건 자기 맨얼굴이지. 그러니 손쓰기 전에 빨리 네 변호사 불러."

오랜 기다림 끝에 그의 이름이 새어 나왔다. 제 아들의 인생조차 시궁창에 처박으며 드러내려 하는 그의 민낯이 얼마나 추악할지, 구대철의 맨얼굴이 무엇인지 상상해 본 적이 있었던가. 빗줄기가 달아오른 열을 식혀 주며 제대로 된 이성을 되돌려 놓았다. 구대철이 사건을 덮으려고 했다면 아들인 성구의 손에도 피를 묻혀야 한다는 걸 모를 리 없다. 단정은 순식간에 혐오와 연민을 불러일으켰다.

"미친놈……."

"이제 꺼져, 새끼야."

"너 참고 있잖아. 네가 하고 싶은 건 이게 아니잖아! 말해, 새끼야!"

새파랗게 질린 녀석의 입술이 떨리고 있었다.

"미친 새끼는 너지. 네가 왜 노승모 음료수를 처마셔서 아버지 목숨 줄을 연장해 줬냐고! 왜 넌 언제나 아버지가 필요할 때마다 당겨쓰는 수혈 팩이 됐냐고!"

녀석의 멱살을 움켜쥐고 노려봤다. 심장의 포효가 결승을 끝낸 선수처럼 잦아들며 소리 없는 비명이 터져 나왔다.

"네 피를 빨아먹는 거, 승모라고 달랐을 거 같냐? 그 새끼가 아니어도 네 파트너 되고 싶어 했던 실력 있는 애들은 깔리고 깔렸었어. 네가 그 새끼한테 기회를 줬고 네 수준으로 키워 준 거야. 대진표에 저를 졸로 부린다고 만들어 놨어도 결국 그 졸조차 기회였다고. 죄책감? 그 새끼는 별이를 클럽에서 빼내려고 했고 그걸 아버지와 거래했던 거야. 그리고 그놈을 버릴 수순으로 가방에 넣어 뒀던 약을 너란 새끼가 넘쳐나는 변수들까지 다 마셔서 없애 준 거라고."

"닥쳐, 새끼야! 그럼 하던 대로 눈감고 살면 되잖아!"

심장께의 근육이 뻐근하게 아파 왔다. 단련되지 않은 감정의 근육들이 통증을 호소했다. 녀석은 물에 젖은 솜뭉치 같은 몸을 일으키며 먼 곳을 보았다.

"눈을 감고 살았는데 감은 눈 안도 지옥이면."

우산을 들고 다가오던 리오스가 우뚝 멈춰 섰다. 우리 두 사람의 라켓 가방은 모두 물 양동이가 되어 있었다. 가득 찬 물을 따라 내고 라켓 가방을 집어 든 녀석이 잠시 나를 돌아보았다. 리오스의 손이 녀석의 어깨를 건드리자 성구는 다시 힘겹게 앞으로 나아갔다. 녀석을 붙잡을 힘이 남아 있지 않았다.

성구가 마침내 결심을 굳히고 모든 카드를 넘기는 이유가 짐작되었다. 경찰의 수사망이 좁혀 오자 구 회장의 마지막 수단이 성구가 되었을지도 모른다. 미성년자인 성구가 질 죗값의 무게가 자신보다 더 가벼울 것이므로 그는 아들을 다그쳤을 것이다.

무면허로 운전하다가 우발적으로 그 아이를 치었다고, 미움 때문에, 그 죗값이 두려워 임석을 운전석에 앉혔다고, 그렇게 말해라.

구 회장의 칼은 제가 피와 살을 나눠 준 피붙이의 살을 베는 일도 서슴지 않았을 것이다. 차가운 분노가 가슴을 갈기갈기 찢어발겼다. 운동화 속 양말이 질척거렸다. 그 양말을 벗어 가방에 던져 넣는데 바닥에 내동댕이쳐진 라켓이 보였다. 한쪽 프레임이 찌그러진 그 라켓을 줍는 순간 보였다. 걸어가는 녀석의 손에 아직도 라켓이 쥐어져 있었다. 성구는 단 한 번도 제 라켓을 놓지 않았다.

폭우 속에서 건물 안으로 들어오자 찢어지게 귓전을 때리던 물줄기 소리가 사라지고 정적이 파고들었다. 내가 발걸음을 뗀 곳마다 물바다였다. 물에 젖은 나를 본 아이들은 미친 사람 취급하며 벽으로 비켜났다. 발길은 생활관이 아닌 교무실로 향했고 감독관에게 변호사와의 긴급 전화를 요청했다. 이야기를 전하는 동안 오한이 든 듯 아래턱이 덜덜거렸다. 수화기 너머의 임 변이 재차 물었다.

"벤츠가 있었던 자리에서 뒤로 단식 코트 하나를 그리고 서브 라인. 정확한 위치는 파봐야 안다?"

깨문 아랫입술이 얼얼해졌다. 창문을 때리던 굵은 빗줄기가 가늘어지고 있었다. 가는 길에 마트에 들러 호미를 사야겠다. 임 변은 혼잣말을 남기고 전화를 끊었다. 바깥세상에서 어떤 일이 벌어지든 이곳은 적막강산이다. 모든 것은 나와 성구의 손을 떠났고 우리의 시간은 이곳에 못 박혔다.

교무실에서 복도로 나온 순간 29호의 똘마니들이 나를 기다리고 있었다. 녀석들은 해골이 키운 29호의 신입들이었다. 오늘은 크고 작은 폭력 사건 때문에 나만큼이나 감별소가 연장된 해골의 송별회가 열리는 날이었다. 해골은 소년원으로 가기 전 자신의 발아래에 둘 아이들을 솎아 내고 낙인을 찍는 걸 송별회라 불렀다.

"방장이 오래."

29호의 새로운 이인자 신입이 말했다. 그 말을 듣는 순간 비로소 내가 가야 할 곳을 알았다. 해골과 나 사이에는 청산해야 할 채무가 존재했다. 코트 안이든 밖이든, 감별소 안이든 그 밖이든 내가 진 빚은 이자를 불려 나갈 것이다. 부끄러웠던 과거를 청산해야 한다면 29호야말로 시작점이다. 29호에서 살아남기 위해 해골에게 선을 긋고 아이들을 외면했던 그 순간 나는 해골의 힘을 빌려 쓴 것이다. 해골은 내가 소년원 10호를 받게 될 것이라 예상하고 있었고 그 소년원에서 제 안에 둘 패로 나를 점찍었다. 흘러내린 물 때문에 미끈대는 맨발이 29호로 물길을 틀었다.

방문을 열어젖히자 안에 있던 아이들의 싸늘한 눈빛이 나를 훑었다. 때가 되어 찾아온 사람을 반기는 눈빛이 아니다. 몇 주 만에 돌아온 방이지만 어둡고 무거운 특유의 분위기는 가시지 않았다. 눈으로 아이들의 머릿수를 셌다. 아홉, 그중 몇몇 아이들은 문 쪽으로 등을 돌리고 있었고 해골은 화장실 좌변기에 올라선 채였다. 그 앞에 선 한 녀석의 얼굴에서 지린 소변 물이 뚝뚝 흐르고 있었다. 24호의 방장이자 석민우가 유일하게 친구를 먹은 녀석이었다. 착실하진 않지만 부모 없이 동생들을 건사하며 밥을 굶기지 않은 놈이다. 건대서 삐끼 노릇하다가 취객 주머니 몇 번 턴 게 걸려서 재수 옴 붙었지. 석민우의 평가였다. 해골은 녀석도 소년원에서 제 수족으로 점찍은 것이다.

"소변 물이 참을 만하면 똥물을 만들어 줄까?"

"좆 까, 새끼야."

"어차피 며칠 뒤에 거기서 볼 텐데 여기서 반항해 봤자 무슨 소용이냐. 그냥 줄이나 서라고."

"뒤에 오는 애들 연합하면 소년원 가서 방장 달지 싶냐."

녀석의 말이 끝나기 무섭게 해골이 녀석의 머리채를 쥐어 변기통에 처박았다. 녀석은 발버둥 치지 않았다. 두 손으로 변기를 꽉 쥔 채 그 시간을 버텨 내고 있을 뿐이었다. 순번대로 나는 다음 차례였지만 변기 순서를 지키고 싶지는 않았다. 화장실 안은 소변 물바다였고 가까이 다가서자 지린내가 코를 찔러 댔다. 화장실 입구에 선 채 해골에게 말했다.

"나와."

"째깍 오셨네. 근데 순서는 지켜야지."

그 말을 하면서도 24호 방장의 머리채를 붙잡은 손은 그대로였다. 때마침 녀석의 사물함이 열려 있었고 개인 금고였던 체육복 바지가 보였다. 빼앗은 돈을 넣어 두던 녀석의 체육복 바짓단을 뜯어 돈뭉치를 꺼냈다. 그 돈들을 오줌 물바다에 던지자 녀석의 얼굴이 일그러졌다. 나를 데리러 왔던 새로운 덩치가 발끈하며 내 앞을 막고 나섰다.

"이 새끼가 어디서!"

들어온 지 얼마 되지 않아 이 방과 나의 인연을 모르는 아이다. 녀석이 내 어깨를 잡아채자 나는 그 팔을 꺾어 벽에 던져 꽂아 버렸다. 석민우에게 근육 키우는 훈련만 받은 것은 아니었다. 유일하게 나를 아는 남은 새끼 덩치가 나를 쳐다보았다. 녀석은 해골의 구역질 나는 송별회에 등을 돌리고 앉은 자세였다. 새끼 덩치가 일어서려는 아이들을 그대로 바닥에 주저앉히고 지키고 있던 길을 텄다. 해골이 24호 방장을 밀고 화장실 밖으로 나오며 말했다.

"이제야 본색이 나오시네."

해골은 그 말을 끝내기도 전에 움직였다. 24호 방장을 내 앞으로 밀친 사이 녀석의 주먹이 얼굴을 스쳤다. 화장실 주변을 벗어나지 못한 우리는 서로에게 연타로 주먹을 날렸다. 내 주먹은 둔하고 많은 감정이 실려 있던 반면 해골은 선 자리에서 가뿐히 내 팔을 꺾으며 배에 주먹을 꽂았다. 방 안의 모든 아이들이 그 움직임에 따라 공간을 비웠다. 해골의 주먹은 매서웠지만 나는 물러서지 않았다. 저항하는 난도질에 녀석이 잡히지 않았다. 그러나 분노는 모든 것을 가능하게 만드는 처절한 에너지였다. 녀석이 빗맞은 주먹에 휘청거리는 순간을 놓치지 않고 바닥에 넘어뜨려 양팔을 무릎 안에 단단히 감아 넣었다. 싸움의 판도가 뒤바뀌었음에도 그 누구도 해골 방장의 편이 되지 않았다. 이것이 29호 아이들이 기다린 진짜 송별회다. 주먹이 내리꽂힐 때마다 아크릴 판에 피가 튀었다. 녀석의 것인지 내 것인지 불분명한 피가 사방으로 날렸다. 그리고 하나씩 숫자를 세었다. 이곳에서 보낸 하루하루가 녀석에게 쏟아붓는 주먹으로 바뀌었다. 해골에 대한 분노가 세상에 대한 원망과 증오로 바뀌어 갔다.

사람이 미치는 것은 순간임을 깨달았다. 해골은 구대철의 얼굴이 되었다. 아무도 믿어 주지 않았던 진실이 드러난다고 해도 내 안의 울분은 평생토록 나를 고꾸라뜨릴 것이다. 피땀 흘려 테니스를 했던 그 모든 시간이 그의 트로피가 되었다는 사실이 나를 미치게 만들었다. 감독관보다 먼저 소식을 듣고 달려온 석민우가 나를 녀석에게서 뜯어낼 때까지 주먹질을 멈추지 않았다. 가까스로 떼어 냈을 때 나는 미친 사람처럼 눈을 하얗게 뒤집은 상태였다고 했다.

"임석 정신 차려! 이 새끼야, 정신 차리라고!"

석민우의 목소리가 물속의 공명처럼 울렸다. 25호에서 달려온 아이들까지 합세해 나를 벽으로 떼어 놓아야 했다. 그 순간 나는 한 마리의 투견이었다. 복도 끝에서 선생들이 달려오는 소리가 들리자 석민우가 수건 하나를 해골 방장에게 던지며 말했다.

"이 미친 새끼랑 건강방 가고 싶지 않으면 나랑 붙었다고 해."

녀석이 피가 섞인 긴 가래침을 뱉어 냈다. 해골은 화장실 바닥에 떨어진 돈을 주워 팬티 속으로 쑤셔 넣었다. 바지를 추어올리던 녀석이 키득거리며 말했다.

"씹새야, 너도 지옥으로 떨어진 거야."

전기 충격기를 든 선생 두 명이 방으로 들이닥쳤다. 석민우는 포기할 것과 취할 것의 근수를 재빨리 달아 맞췄다. 석민우의 교통정리에 의해 해골 방장이 나를 도발했고 나는 그저 일방적으로 얻어맞다가 석민우와 해골의 싸움으로 번진 것으로 사건이 일단락되었다. 석민우가 나를 대신해 건강방으로 끌려간 그날 밤 나는 밤새도록 이명에 시달렸다. 누군가 베개에 주파수가 맞지 않는 라디오를 묻어 둔 것만 같았다.

*

아침이 되자 맞았던 왼쪽 눈이 심하게 부어올랐다. 한쪽 눈을 채 뜨지도 못한 채로 감독관에 이끌려 면회실로 갔다. 숨 쉴 틈 없이 사건이 휘몰아치고 있었다. 밤을 새운 듯 초췌한 임 변은 내 얻어터진 몰골 따위에 말 한마디 얹지 않고 메모리 카드를 찾았다는 본론을 전했다. 메모리 카드의 동영상은 사건 현장뿐만 아니라 내가 짐작하지 못했던 양촌 별장의 뒷이야기들을 담고 있었다. 구대철이 비밀리에 가지고 있던 웹하드를 입수한 것은 의외의 성과였다. 임 변은 그가 어렵게 만든 이중 계약서와 김별의 진술을 추가하며 사건 정황을 자세히 설명했다. 구대철 회장이 그렇게 어려운 토끼 굴을 만든 배경과 내가 이해하지 못했던 복잡한 퍼즐의 테두리가 드러났다.

"KDC, 아니 지금부터 그냥 프랑켄슈타인이라고 하자. 이건 정상적인 클럽이 아니라 여기저기서 다른 사람의 팔과 다리를 잘라 붙인 기괴한 돈벌이 괴물이니까. 돈이 되는 모든 일에 추악하게 빨대를 꽂았는데 그중에서 가장 수익이 좋은 건 너 같은 어린 유소년을 장기 계약으로 족쇄를 채우고 진액을 빼먹는 거지. 성적이 좋으면 두 가지 방법이 있어. 계약을 풀어 주는 방법으로 위약금을 세게 받거나 더 큰 빨대를 꽂아 앵벌이를 시키는 거야. 그런데 클럽은 외부에서 끌어다 쓴 투자금으로 만들어진 개살구라 투자자들이나 채권자들 손에 넘어가면 구대철 회장 손에 떨어지는 게 없는 거야. 돈이 들어오는 구멍이 크지만 나가는 구멍도 컸던 거지. 그 이자와 원금을 어떤 식으로 충당하고 있었는지는, 일단 넘어가자. 어쨌든 클럽의 순환율이 떨어지고 이익이 감소하면서 아예 매니지먼트를 새로 차릴 생각으로 복안을 준비한 거였어. 너 같은 선수 몇 명을 데려다 꽂아 놓으면 광고는 필요 없으니까 초기 자본을 아낄 수 있다고 본 거야."

"그럼 벨트의 그 피는……."

"김유진."

궁금한 건 예상치 못한 이 답을 임 변이 언제부터 짐작하고 있었을까, 였다.

"알고 있었죠?"

"대충."

"언제부터."

"어느 순간엔가, 왜인지를 몰라서 말하지는 못했고. 사실은 근처 주유소에서 CCTV 한 대가 나왔거든. 그 주유소에 들른 건 구 회장이 아닌 성구였어. 사고 한 시간 전에. 구성구는 그 별장에 먼저 도착해 있었어. 그 이유가 정확하지 않아서 끝까지 구성구도 의심선상에 있었어."

"피는 어떻게 묻은 건데요?"

"김유진 상태를 확인하고 확실히 숨통을 끊어 놓으려고 차에 올랐을 때, 김 실장 손에서 묻은 거지."

"그럼 그 사고를 낸 게 김 실장이었어요?"

"아니."

기억은 구 회장의 매니지먼트 계약을 거절했던 시점으로 돌아갔다. 호주로 가서 훈련부터 하는 게 먼저니까 매니지먼트는 생각하고 싶지 않습니다. 그 말에 그의 입가가 경직되었다. 찢어지듯 벌어진 그의 입에서 쇳소리 같은 목소리가 새어 나왔다. 네 엄마 이혼하면 양육비는 네 아빠가 아니라 너한테 청구해야겠다. 그 말에 담긴 섬뜩한 악의를 알지 못했다. 구 회장은 처음부터 나란 상품을 순순히 내놓을 생각 자체가 없었던 것이다. 그는 내가 생체 여권의 약물 스캔들에 휘말려 선수 생명이 묶여 있는 동안 버려진 나를 주워 재활용할 생각을 품고 있었다. 그 몇 달 동안 선수로서 폐기되다시피 한 나를 거둬들이며 단단한 밧줄을 걸어 둘 요량이었다. 내게 똥물을 끼얹어 두고 그 똥물이 빗물에 씻길 시간을 버는 동안 나를 다시 제 우리 안에 넣는다는 계획이 그 짧은 시간, 그의 머릿속에서 이뤄졌던 것이다.

감은 눈 안도 지옥이면……. 성구가 힘겹게 뱉은 말이 떠올랐다. 생각의 갈피조차 잡을 수 없는데 임 변이 허겁지겁 서류를 챙겨 일어서고 있었다.

"잠깐만요."

"왜?"

"혹시 진술서 작성 도와줄 수 있어요?"

"곧 기일인데 이제 와서 무슨 진술서를? 벌써 끝냈으니까 염려 붙들어 매."

"아뇨, 나 말고 구성구요."

임 변은 짧은 한숨으로 이 어이없는 부탁에 대한 자신의 생각을 피력했다.

"승부사에게 연민은 죄악이지 않나. 이제 와서 너라도 책임지게? 그런다고 구성구가 고마워할 것도 아니고 쓸데없는 생각은 접지 그래. 이 문을 나서는 순간 너야말로 맨발 가시밭길 시작이니 네 걱정부터 하는 게 좋을 거다."

마지막 순간까지 임 변의 현실 감각은 냉철했다. 머뭇거리는 내 표정을 읽은 임 변이 한마디를 더 얹었다.

"그리고 구성구는 제가 세상을 버린 거지. 세상이 아니라."

"저 새끼는 어떻게 돼요?"

"……직접 물어봐. 걔가 친구라고 생각했던 사람은 한 사람뿐인 거 같던데."

얼음장처럼 차가웠던 그 얼굴에 알 수 없는 감정이 떠올랐다 사라졌다.

*

법원으로 들어가는 초입부터 몸싸움이 벌어졌다.

빵빵거리는 경적 소리와 함께 아우성치는 사람들이 달리는 버스 앞으로 좀비처럼 달려들었다. 버스가 멈춰 서자 버스를 뜯어 먹을 기세로 문을 두드려 댔다. 잘 벼린 칼처럼 충전된 배터리와 메모리 카드를 꽂은 카메라가 내 창문 옆에서 마구잡이로 플래시를 터뜨렸다.

창문 너머로 수많은 방송국 차량이 법원 갓길에 불법 주차를 하고 있는 모습이 보였다. 마지막 기일에 마음의 준비를 하라던 임 변의 말이 빗나간 일기 예보이길 바랐는데. 금을 그은 듯 준비된 하차 장소에 버스가 서고 문이 열리자 일시에 조명이 켜지고 수많은 카메라 플래시가 내 얼굴을 훑어 댔다.

얼굴 들어 봐요! 얼굴! 애 얼굴 가리지 마요! 그들은 우리에게 얼굴을 요구했다. 미성년자인 소년을 보호하기 위해 소년 재판에 회부되는 소년들의 신상은 외부에 노출될 수 없다는 걸 알면서도 그들은 당당히 언론의 자유를 요구했다. 얼굴이 모자이크 되고 이름은 이니셜로 처리한대도 세상 모든 이들은 L 군과 K 군의 진짜 이름과 얼굴을 알게 될 것이다. 일개 소년 재판치고 감당하기 힘들 만큼 많은 세간의 이목이 집중될 것이라는 임 변의 말은 현실이 되었다. 죄인처럼 고개를 숙이고 걷는데 얼굴 밑으로 카메라 한 대가 쑥 들어오더니 펑- 폭죽을 터뜨렸다.

발끝만 보고 인상을 쓰며 걷던 내 얼굴은 인권이란 이름의 모자이크로 가려지겠지만 나임을 추정할 수 있는 떡밥들이 기사 곳곳에 뿌려져 있을 것이다. 구성구와 내가 나란히 계단에 올라서자 또다시 폭죽처럼 여기저기서 플래시가 터졌고 그 빛은 우리를 발가벗겨 새하얗게 만들었다. 표백제를 한 바구니 뒤집어쓴 듯 눈앞이 하얘졌다. 밀고 밀리고 소리 지르고 악다구니를 쓰는 그 틈바구니에 끼어 몸싸움을 하듯 법원으로 들어오니 갈아입은 운동복 상의 어깨가 찢어져 있었다. 걸레 조각이 되어 버린 기분으로 벽에 기대섰다. 덩달아 이 아비규환을 겪은 아이들 몇몇이 우리 등에 대고 쌍욕을 해댔다. 제 얼굴이 신문에 나오면 가만두지 않겠다고 바락바락 악을 쓰는 녀석들의 목소리를 듣고서야 제정신이 들었다. 지옥문을 통과했구나.

대기실과 복도는 재판을 받기 위해 몰린 아이들과 부모들로 초만원이었다. 엉덩이 하나 구겨 넣을 의자가 없어서 구성구와 나는 복도 벽에 매미 꼴로 납죽 붙어 있어야 했다. 다른 아이들이 흘낏거리며 돌아보는 눈빛에 하필 같은 날에 재판을 받느냐는 원망이 섞여 있었다. 기자들의 카메라 플래시가 유리 벽 너머에서 터지자 법정 경위가 성구와 나를 소년 대기실 안쪽으로 밀어 넣었다. 임 변이 대기실로 들어와 주의 사항을 알려 주는 동안 열린 문 틈으로 눈이 퉁퉁 부은 엄마와 옥수동 이모의 모습이 보였다. 문이 닫히기 직전, 그 사이로 잠시 낯익은 남자의 얼굴이 보였다. 아르헨티나에 있다고 들었던 게 일주일 전이었다. 초췌한 그의 일주일은 임 변이 알려 주었다.

아르헨티나의 부에노스아이레스에서 미국의 LA로, 하루 대기 끝에 다시 인천으로 오기까지 36시간이 걸렸다더라. 새벽에 출근하는데 내 사무실 앞에 서 계셨어. 얼굴을 보자마자 누구인지 알았어. 눈빛, 눈동자, 그냥 삼십 년 후쯤 너를 만난 기분이었어.

대기실에 심리 순서대로 앉아 있는 아이들 뒤로 나와 구성구가 앉았다. 성구는 보호자 없이 변호사만 함께 온 상태였다. 죄책감을 무르고 고개를 돌려 성구를 바라봤다. 녀석의 감정이 고통인지 텅 빈 무엇인지 알 수가 없었다. 법정 경위가 들어와 나와 성구를 불렀다. 우리가 재판정으로 들어서자 왼쪽 보호자 대기실에 있던 엄마와 아버지, 임 변도 들어왔다. 자리에서 일어서 재판정에 들어선 순간 낡은 점퍼를 입은 한 남자의 뒷모습이 보였다. 그가 누구인지 한눈에 알아보지 못한 나와 달리 임 변은 눈이 마주친 남자에게 가벼운 목 인사를 했다. 붉게 충혈된 눈의 남자는 성구의 뒷모습을 보며 무언가를 참고 있었다. 분명히 기억 속의 얼굴인데 누구인지 떠오르지 않는다. 나는 그대로 고개를 떨어뜨렸다.

판사가 사건 번호와 이름, 주민 번호를 부르고 보조 자료를 읽으며 심리를 시작한다. 소년 분류심사원 안의 평가서와 학교 선생님들과 아이들의 진술서는 이미 자료로 넘어간 상태였다. 판사의 말이 스치듯 귀를 흘러내렸다.

나는 조용히 옷소매를 들춰 팔에 새겨진 잠자리 문신을 쓰다듬었다. 원래 있던 문신을 석민우가 볼펜으로 정교하게 덮어 만든 가짜 문신이었다. 녀석은 내 팔을 끌어당겨 제 허벅지에 얹고 그 위에 잠자리 문신을 그려 주었다. 뒤통수를 가득 메운 해골의 턱 아래가 반쯤 뭉그러진 채였다. 녀석이 저 턱 너머 무언가를 숨기고 있음을 안다. 턱뼈가 지워져 말을 할 수 없어선지 석민우의 입도 한동안 굳게 닫힌 채였다.

"⋯⋯이게 무슨 뜻인지 안 물어보냐?"

"그딴 거 하나도 안 궁금해."

"일본 사무라이들이 좋아했던 문양이야. 이놈은 후진이란 게 없어서 지나온 길은 다시 돌아가지 않아."

석민우가 해야 할 이야기는 이게 아니었다. 녀석은 끝까지 거짓말을 하고 있다.

"대회 아니라며. 너 제적당해서 학교장 추천 못 받아 고등부 대회 못 뛴다며."

"⋯⋯."

"왜 속였어?"

"어느 입싸가리가 불었냐."

"건강방까지 갈 필요도 없었잖아."

"알 거 없어."

석민우는 입을 닫았다. 녀석을 승모처럼 버릴 수는 없었다.

"땅콩 알레르기 말한 게 너지?"

"⋯⋯."

"그럼 나가서 삼자대면해 보면 알겠네."

"나가서 너 볼 일 없어."

"체육관에 다시 등록해. 다시 대회 준비하라고!"

"너야말로 남의 인생에 나서지 마. 여길 나가면 다시는 연락하지 마! 여기 있는 그 누구하고도 연락하지 말고 네 덕 보려고 달려드는 모기 같은 인간들하고도 엮이지 마. 너한테 손 뻗는 놈은 손모가지를 부러뜨려 버려. 기대서 뭐라도 얻어먹고 제 배만 불리려는 놈은 그 배때기를 걷어차 버리란 말이야."

"넌 왜 그랬는데? 왜 심리 기일까지 연장했는데?"

해골의 아래턱뼈가 있던 목 근육이 실룩거렸다. 지워 버린 그 입을 벌리게 만든 나를 탓하며 석민우는 힘겹게 말을 뱉었다.

"들으면 잊을 거냐?"

"뭘?"

"여기, 여기 있었던 놈들."

잊겠다는 생각 자체가 오산일 텐데. 차라리 대답하는 걸 잊기로 했다.

"구성구는 그럴 작정으로 몸에 새긴 문신까지 지우더라."

"관심 없어, 그딴 새끼 일."

"그래? 하나는 전 여자 친구 이니셜이랑 생일이고 다른 쪽은 제가 좋아하는 테니스 선수 팔에 새긴 거랑 똑같은 거라고, 시키지도 않았는데 말을 하더라고."

샤워장에서 언뜻 보았던 녀석의 옆구리 문신이 떠올랐다. 휘갈긴 필기체라 제대로 읽을 순 없었지만 숫자가 유진이의 생일이란 건 또렷이 알 수 있었다.

"그걸 지운다는 건…… 그 세계를 떠난다는 의미야. 그게 전 여자 친구든 테니스든."

석민우가 눈치챘던 녀석의 진심을 나는 벼랑 끝에 다다라서야 알 수 있었다. 그 바람에 녀석을 붙잡지 못했다는 사실을 차마 입 밖으로 말할 수 없었다.

"너도 구성구처럼 죽을힘을 다해서 잊어. 그리고 넌 다른 세상에서 살아."

"그런 거 없어."

"나 같은 놈의 세상은 기억이란 걸 할 수 있던 시절부터 어둠이었어. 번쩍거리는 걸 본 뒤에야 내가 있는 곳이 어둠이란 걸 알지. 다가가서 손이라도 내밀어 보고 싶은 세상은 너야. 횃불을 든 건…… 너라고."

녀석의 어두운 눈동자 속에서 타오르는 불을 본 순간 어둠이 다가왔다. 어둠 속의 사람들은 그 빛을 보고 쫓아오지만 정작 불을 가졌다는 인생은 온통 칠흑이다. 가장 짙은 어둠과 제일 먼저 맞닥뜨려야 하고 그 발밑에 심연의 어둠을 끌고 가야 한다는 것, 다른 이를 선동하고 그들을 망칠 수 있으며 결국 구렁텅이로 몰고 갈 수 있는 원흉의 그릇, 손에 횃불을 든 자는 그 두려움을 안고 길을 내는 것이다. 얇은 날개 위에 무거운 글귀를 새긴 잠자리를 어루만졌다.

잠자리가 덮어 버린 것이 나의 과거인지 미래인지 알 수 없었다. 석민우가 우악스러운 손으로 내 어깨를 붙들고 다짐을 받듯 다시 물었다.

"지워! 안 지우면 죽여 버린다."

녀석은 내 죄를 뒤집어쓰고 분류심사원이 4주나 연장되어 원치 않은 최고참이 되었다. 해골조차 그 기록을 깰 수 없는 분류심사원의 영원한 방장, 그럼에도 녀석의 눈은 나를 좇으며 물었다.

"대답해! 뒤도 돌아보지 말고, 나를 포함해서 여기 있는 어떤 새끼랑도 연락하지 말고 너는 그냥 네 갈 길을 가겠다고!"

팔뚝 위의 잠자리가 퍼덕였다. 땀 때문에 한쪽 날개가 뭉뚱그려지면서 모양을 잃기 시작했다. 임 변이 고개를 들라는 눈치를 주었다. 끼이익 – 의자가 뒤로 밀려나며 나를 일으켜 세웠다. 법대 위의 목소리가 나를 불렀다.

사고의 진범이 체포된 상태고 임석은 사고와 직접적인 관련이 없으므로 불처분 결정을 내린다. 무면허 운전과 사고 은폐 등 사건에 간접적 영향을 끼친 구성구는 장기 10호, 2년간 보호 관찰 처분을 내린다.

엄마가 내 목을 으스러져라 껴안았고 아버지는 내 어깨를 잡았지만 나는 텅 비어 버렸다. 감정이라 생각했던 모든 것들이 나를 떠나가 버린 기분이었다. 집으로 돌아갈 수 있다는 말조차 현실처럼 느껴지지 않았다. 누군가가 또다시 손바닥 뒤집듯이 내 인생을 뒤집어 버릴지도 모른다는 의심과 두려움뿐이었다. 그 순간 팔의 살갗이 간지러워졌다. 살갗이 벌겋게 일어나도록 팔을 문지르고 나서야 그 자리가 잠자리가 있던 자리임을 깨달았다.

"옷이 이게 뭐야?"

엄마가 찢어진 내 티셔츠를 보며 더 목 놓아 울었다. 모든 것이 어그러진 채 자기 자리를 찾아 돌아갈 준비를 하고 있었다. 성구는 법정 경위를 따라 다시 대기실로 돌아갔지만 나는 보호자에게 인계되어 집으로 돌아가야 했다. 잠자리를 그린 건 나였는데 정작 먼 곳으로 날아가 버린 것은 성구였다. 앞자리의 한 남자만이 그대로 망부석이 되어 일어나지 못하고 있었다. 그 순간 해묵은 기억이 먼지를 날리며 일어났다. 성구가 사라지는 그 순간까지 눈 안에서 녀석을 놓지 않았던 그는 양촌 별장을 지키던 남자였으며 임 변의 모호한 대답 속에 숨어 성구를 지키고자 했던 유일한 사람이었다.

그 밤의 개, 구성구

무사와 켄타를 뜬장에서 꺼내 차에 싣고 가장 먼저 한 일은 녀석들의 목줄을 끊어 놓는 일이었다. 오랜 시간을 들여 마치 녀석들이 줄을 물어뜯은 것처럼 보이게 만드는 게 중요했다. 오늘은 다시 오지 않을 날이었다. 대문의 CCTV가 꺼져 있었고 심씨 아저씨도 뒤채에 머무르며 별장으로 나오지 않을 것이다. 무사는 켄타의 다친 목덜미를 핥아 주며 얌전히 차의 뒷자리에 앉아 있었다. 접선 장소는 별장 아랫마을 초입이었다. 그가 익명으로 투견 구조를 요청한 동물 보호 단체에서 개들을 데려가기로 약속한 시간까지 채 30분이 남지 않았다.

아비가 며칠 전 데려간 다른 두 마리는 돌아오지 않았다. 싸움장에서 죽었거나 만신창이가 된 채 버려졌거나 둘 중에 하나일 것이다. 가장 승률이 좋았던 싸움꾼 풍운은 불법 투견이 있던 하루 전날 제 스스로 목줄을 끊고 도망을 가 아비의 속을 쓰리게 만들었다. 녀석은 작정을 한 듯 흔적조차 남기지 않고 도망쳤다.

마을회관 옆 공터에 차를 대자 어둠 속에서 헤드라이트 불빛이 두 번 깜박거렸다. 약속된 신호였다. 구성구는 차의 상향등을 두 번 올렸다가 내렸다. 불빛에 드러난 차는 9인승 승합차였다. 차에서 젊은 남자 두 명과 여자 한 명이 내렸다. 성구는 야구 모자를 깊게 눌러쓰고 차에서 내려 그들을 기다렸다.

"구조 요청하신 분이죠?"

구성구는 고개를 끄덕이고 뒷자리 문을 열었다. 무사와 켄트의 목덜미를 쓰다듬어 긴장을 풀어 주었다. 남자들은 무사와 켄타의 상태를 확인하고 표정이 어두워졌다. 켄타의 목덜미 살점이 뜯겨져 생살이 드러나 있었다. 병원으로 바로 가야겠는데. 낮은 목소리를 내던 그들 중 하나가 성구에게 다가와 물었다.

"나머지 애들은 어디 있습니까?"

"못 데려왔습니다."

"혹시, 함께 가주실 수 있을까요?"

"아뇨, 바로 가야 됩니다."

"참, 이 아이들 이름은 뭐죠?"

"무사, 켄타."

"누가 무사고 누가 켄타예요?"

남자 하나가 성구를 돌아보며 물었다.

"버리고 다시 지어 주세요. 좋은 걸로."

성구는 그 말만을 남긴 채 다시 차에 올랐다. 전화기를 들어 통화 버튼을 눌렀다. 상대 회선은 여전히 누군가와 통화 중이다. 아홉 통의 부재중 전화를 보고도 연락을 하지 않는 걸 보면 의도적으로 자신을 피하고 있다는 뜻이 분명하다. 승모 녀석이 그중 한 번이라도 전화를 받았다면 그는 이렇게 말할 생각이었다. 입 닥치고 여기 오지 마. 말을 가로채고 시야를 가리고 와전된 이야기를 전함으로써 방패가 아닌 벽이 되는 녀석. 자신과 임석이 이렇게도 엇박자가 된 데는 노승모의 중재가 컸다.

차를 다시 서울 방향으로 돌리고 근처 주유소로 들어갔다. 그곳에서 일하던 친구 녀석 하나를 태워 가기로 약속되어 있었다. 성구는 자칭 모둘리 미래 청년 이장이라 부르는 김양일과 주먹다짐을 한 뒤 친구가 되었다. 양일이 숫자 계산에 약하고 승부욕이 없는 성격인 게 마음에 들었다. 양일을 기다리는 동안 주유를 한 뒤 차 문을 모두 열고 냄새 제거 스프레이를 좌석에 뿌렸다. 알바를 끝낸 녀석이 뛰어왔다. 차에 오르던 녀석이 코를 감싸 쥐며 성구를 돌아보았다.

"아, 새끼! 차에 무슨 똥 냄새야!"

"타."

"벤츠 똥차 됐네."

"밥은?"

"계속 일만 했지."

성구는 글로브 박스에 넣어 두었던 김밥 두 줄을 양일에게 꺼내 주었다. 녀석은 걸신들린 듯 김밥을 먹으면서도 툴툴거렸다.

"씨, 변기통에서 밥 먹는 거 같네. 도착해서 그것만 하면 되는 거지?"

"사람들 안 보이는 데 있어야 돼. 입구에 누가 들어오고 나가는지 문자로 찍어 줘."

양촌 별장에 도착한 것은 정확히 12시 41분이었다. 별장에 도착해 아이들이 부나방처럼 보닛으로 몰려들었을 때 낭패감이 몰려왔다. 그 헤드라이트 불빛 앞으로 얼굴을 찡그린 유진이가 다가왔다. 욕이라도 질펀하게 하며 오만상을 쓰고 싶은 쪽은 그였다. 부르지도 않은 유진이 이곳에 나타난 이유는 임석이 온다는 소문이 어느 입방정을 통해 새어 나갔기 때문이다.

습한 초여름 밤 안으로 부나방들이 몰려들었다. 임석과 염성우, 별장의 주인이 원하는 그림판이 완성되었다. 계약서를 들이미는 것은 나중의 일이다. 그들의 발에 걸린 올무를 확인한 뒤에 천천히.

*

조코비치와 바브링카의 경기가 시작되고 양일에게서 문자가 왔다. 김 실장 in.

얼마 후 김 실장이 현관문을 열고 거실로 들어왔다. 김 실장이 내민 서류 봉투에는 비행기표와 호주 달러, 그곳 아카데미의 등록 카드가 들어 있었다. 그의 역할이 끝남과 동시에 약속을 지키는 것이 아니라 사고 칠 녀석을 떼어 놓겠다는 작정인 걸 알고 있다. 새벽에 떠나라. 아무것도 묻지 말고, 아무것도 손대지 말고 조용히. 그게 그의 아버지가 전한 말이었다. 묻지 않는 것은 늘 해왔던 그대로지만 아무것도 손대지 말라는 건 무슨 의미일지 고민에 빠졌다. 아이들을 위해 차려진 이 성대한 잔칫상인가, 아니면 특급 카드 임석을 건드리지 말라는 의미인가.

버리는 것이 구대철의 특기라면 도망가는 것은 그의 특기였다. 언제 버리느냐를 결정하는 것은 제 아버지일지라도 언제 도망가느냐를 결정하는 것 또한 그에게 있다는 걸 아비는 모르는 듯했다. 비행기표를 접어 다시 봉투 속에 넣었다. 아버지의 의도는 충분히 알았으니 이제 그의 생각을 말할 차례다. 아무것도 손대지 말고 조용히 떠나라고 하니 무얼 손대면 안 되는지 찬찬히 알아보고 손을 대든 말든.

단련된 동체 시력을 가진 그의 눈에 움직이지 않는 한 녀석이 걸렸다. 모두가 들뜬 밤, 단 한 사람만이 경직되어 움직임을 최소화하고 있다. 예감처럼 녀석이다. 김 실장에게 봉투를 건네받는 승모를 보고서야 아버지가 누구의 손을 빌린 것인지를 알아차렸다. 노승모가 자신의 전화를 피한 것이 아니라 받지 못한 것이며 그 이유가 자신과 같은 목적이었음을 간파했다. 그가 녀석을 정확하게 봤듯이 아버지 또한 배배 틀린 녀석의 속을 꿰뚫어 본 것이 분명하다. 염성우가 차일피일 계약서 사인을 미루고 있는 것과 임석이 호주로 떠나기 전 마음을 바꿔 계약서에 사인하게 만들 해결사가 되지 못함에도 노승모의 역할은 무엇인가? 새 스포츠 매니지먼트 사의 광고비는 지명도가 높은 한 선수의 몸값으로 대체될 것이다. 걸어 다니는 광고판이 제대로 들어와야 사업이 확장된다는 것은 어느 정도 일리 있는 말이다. 임석과 염성우가 들어온다는 확실한 전제하에.

올무에 걸린 노루를 울타리에 가두는 일은 식은 죽 먹기겠지만 왜 꼭 이런 날이어야 했을까. 약물 스캔들로 발이 묶인 임석을 이용해 투자자들을 긁어모으기도 힘들뿐더러 그걸 노승모를 통해 한다는 것도 이해가 되지 않는다. 아들의 랭킹을 위해서가 아닌 자신의 랭킹을 위함임을 알았기에 근육 강화제를 먹이라는 아버지의 말은 이미 오래전에 거절한 일이다. 굳이 이런 잔칫상을 차리지 않아도 녀석들에게 하나씩 손을 쓸 수 있는 경우의 수는 많은데도 이유를 알 길이 없다. 걱정이 생각을 좀먹고 자꾸만 서성이게 만든다.

신경이 곤두선 순간에 별장 뒤채에서 강아지 울음소리가 들렸다. 어둠 속에서 희미하게 번쩍이는 눈이 있었다. 어미를 따라 이곳까지 올라오던 아랫말 녀석인데 심씨가 먹을 것을 챙겨 주고 있었다. 심씨는 구 회장의 눈을 피해 뜬장의 개들을 풀어 인적이 드문 마을 길과 산길을 다녔다. 개들은 길에서 사람을 만나면 내달리던 길을 되돌아와 심씨의 뒤꽁무니에 숨었다. 투견이었으나 유독 사람을 무서워했고 사람들은 개들의 험악한 외모 때문에 겁을 먹었다. 곧 마을에 소문이 돌았어도 아버지의 귀에까지 들어갈 뒷심은 없었다. 얼마 지나지 않아 마을에서 태어난 천둥벌거숭이 같은 몇몇 놈이 별장으로 찾아왔다. 한번은 별장에 왔던 아버지가 그 녀석들을 발견했다. 아비는 강아지의 탄탄한 뒷다리와 몸통을 눌러 보며 녀석의 씨가 누구의 것인지 단번에 간파했고 녀석을 노끈으로 묶어 울타리에 매어 두었다. 아직 유치도 다 빠지지 않은 녀석은 노끈을 물어뜯어 목줄을 끊어 냈고 아랫마을로 꽁지 빠지게 도망가 버렸다. 그날로 심씨는 강아지 밥그릇을 치우고 녀석이 드나들던 울타리 구

명을 메웠다. 그럼에도 얼마지 않아 울타리 앞은 동네 개들로 붐볐다. 울타리 앞에 놓아 둔 고기 몇 점이 또 다른 얼치기들을 끌어모으고 있었다.

구성구의 눈이 정원 구석구석에 달려 있는 검은 눈으로 향했다. 그것은 제 아비의 눈이었다. 감기약에 섞을 수 있는 약이 하나가 아니듯이 칵테일에 섞을 수 있는 술은 하나만 있는 것이 아니다. 펀치 칵테일에 탄 것은 도핑 테스트에 걸리게 할 무언가인 동시에 환각을 위한 약. 오늘 밤 아비가 점찍은 선수들의 일거수일투족은 별장 곳곳에 숨겨 놨을 카메라에 담길 것이다. 어른들의 세계에서 돈을 버는 그들을 장막 안 어른들의 세계로 초대한다는 경고장이다. 어린 선수가 좋은 성적을 위해 금지 약물을 먹었다는 것은 일말의 동정표를 살 수 있다. 오히려 그 어린 나이가 그들을 구원할 숫자가 된다. 하지만 약의 이름이 바뀐다면 얘기가 달라진다.

마린 실리치는 복귀할 수 있어도 마르티나 힝기스가 돌아올 수 없었던 이유는 그 약의 이름이 오명의 빛깔을 달리했기 때문이었다. 나쁜 짓에도 등급이 매겨진다면 그때야말로 그 어린 나이가 그들의 발목을 단단히 틀어줘릴 것이다. 염성우와 임석, 둘 중 어떤 녀석일지 생각하기도 전에 구성구의 마음이 다급해졌다. 이렇게 판을 만든 의도가 단순히 매니지먼트 때문인지 아니면 다른 의도가 있는지는 확인할 길이 없다. 하지만 이들이 촘촘히 걸어 둔 그물망을 뚫고 구대철의 손을 벗어나는 길은 조시준처럼 라켓을 버리는 길뿐이리라.

그 기괴함이 제 각각의 색을 발하며 이상한 빛을 만들고 있다. 모든 아이들이 제각각의 이해관계 속에 모여 제 길을 찾아가고 있는 가운데 원치 않는 변수 유진이가 나타났다. 구성구는 제 아비의 머릿속을 들여다볼 수 없다는 두려움 때문에 유진의 곁을 떠날 수 없었다.

그리고 또 한 번 욕지기가 솟구쳤다. TV 모니터에 뜬 결승전 프로필이 예상 밖의 시나리오를 불러오고 있었다. 왜 하필 스탄 바브링카의 결승인가. 페더러와 나달도 일찌감치 짐을 싼 마당에 결승에 오른 선수가 바브링카라는 사실이 구성구의 마음을 찢어 놓았다. 벌겋게 달아오른 얼굴로 상대 선수의 메디컬 타임을 지켜보는 그의 쓸쓸한 눈빛을 보았을 때, 구성구는 바브링카가 실패의 율법을 제 팔에 새긴 코트의 수도승임을 알았다. 그 구도자의 외로운 백핸드를 볼 수 없는 밤이란 사실에 한쪽 가슴이 저려 왔다. 서른 살 늦깎이로 처음 그랜드 슬램에서 우승한 바브링카를 보며 십여 년쯤 뒤 그의 길을 좇을 수 있길 바랐던 것이 만용이었음을 깨달았다. 오늘 밤 자신은 아버지에게 한쪽 팔을 내어 놓아야 한다.

성구는 제 아비의 그 말에 수십 년째 이어진 가업의 소명을 알았다. 시장기가 끝나는 날 별장에 아이들을 모으는 것은 눈뜬 그들을 기만할 맹인 잔치, 자신은 채홍사가 되어 아비의 덫으로 아이들을 모으는 셈이다. 임석과 염성우, 두 녀석 중 어떤 녀석이 중요한지 묻지 못한 이유는 아비가 벗어 버린 가면 때문이다. 지금까지 그가 누린 힘의 실체를 보여 주는 아비의 의도는 이제 테니스 선수로의 성공을 포기하고 생업에 뛰어들길 바란다는 의미였다.

그가 의전 차를 타고 가겠다고 했을 때 망설임 없이 열쇠를 내어 준 것은 의도대로 일이 진행되고 있다는 뜻이다. 자신이 아닌 다른 누군가의 손을 빌려서 완성본이 될 것이다. 유소년 테니스계에 이름을 올리는 아이들을 긁어모은 밤, 구 회장은 그들의 목에 올가미를 하나씩 걸어 둘 것이다. 그 의도는 중요하지 않다. 어차피 그는 한국을 떠나 아버지의 사육장 밖으로 밀려나 있을 테니까. 한 가지 분명한 것은 오늘이 지나면 임석과 염성우는 그들이 꿈꾸던 열아홉을 맞이할 수 없다는 사실뿐이다.

오늘따라 임석이 날을 세우고 있는 것은 위험을 감지한 녀석의 동물적 본능 때문일 것이다. 임석은 유진과 자신 사이에서 이상하리만치 예민한 반응을 보이다가 결국 유진의 화를 돋우고 말았다. 젖은 옷을 갈아입으려는 유진은 2층으로 올라갔고 임석은 정원으로 나가 버렸다.

이 별장의 가장 은밀한 곳으로 올라가는 유진을 보고서야 주저하던 몸이 움직이기 시작했다. 긴 복도에 이어진 수많은 방은 애초에 이곳이 어떤 용도로 설계되고 지어졌는지를 말해 준다. 구성구는 그 복도를 따라 소리가 나는 곳으로 향했다. 별장의 2층은 어떤 일이 있어도 올라가면 안 되는 금기의 공간이었다. 3년 전 몰래 그 방문을 열었던 순간 제 안의 무엇인가가 깨지고 말았다. 그는 겨우 중학교 2학년이었고 아버지 발밑의 일탈은 담배 몇 개비를 훔쳐 내는 일이 전부였던 철부지였다. 그는 아버지의 지갑에서 만 원짜리 몇 장과 담배를 훔칠 생각으로 2층으로 올라갔다. 금기의 이유를 헤아릴 수 없었던 그에게 방문 안에 새겨진 그림자가 친히 그 이유를 알려 주었다. 짧은 테니스 원피스 차림으로 사람들에게 인사를 하던 여자아이의 실루엣이었다. 두 사람은 서로 몸을 숨길 사이도 없이 복도에서 맞닥뜨리고 말았다. 헝클어진 머리와 옷매무새를 만지던 그 선수와는 이미 안면이 있었다. 주니어 대회 참가 기념품이었던 분홍색 아대를 받고 수줍어하던 표정이 비웃음로 바뀌어 있었다. 그날들의 상반된 표정이 미국에서 고꾸라져 있는 동안 그를 따라다 녔다. 후원하는 선수의 우승으로 아버지의 웃음소리가 높아질 때마 다 그 얼굴이 떠올랐다. 도망치는 방법을 몰라 술을 마셨고 술이 깨 면 약을 했다. 3년이란 시간 동안 아버지를 떠나 있으면서 그는 분 홍 아대를 지워 버렸고 다시 아버지의 세계와 타협하고 라켓을 잡 았다. 돌고 돌아 또다시 이곳이다.

반쯤 열린 방문이 포악한 아가리를 드러내며 그를 비웃었다. 감 당할 수 있는 세계가 아닐 텐데. 구성구는 끓어오르는 욕지기를 누 르며 조용히 방문을 열었다. 열린 문 틈 사이로 유진의 마른 등이 보였다. 유진은 임석의 유니폼을 갈아입은 채였다. 그 앞을 김별이 막아선 채 격앙된 목소리로 무언가를 호소하고 있었다.
구성구는 자신의 경솔함을 탓했다. 김유진과 김별은 모르는 사이 여야 했다. 두 사람이 서로를 알고 있다는 사실이 3년 전 그날을 떠 올리게 만들었다. 구성구는 다급하게 문을 열어젖혔다. 그가 문을 열고 들어서자 두 사람의 격렬한 대화가 동시에 멈춰졌다. 잠시 동 안의 침묵이 흐르는 사이 천천히 방문이 닫히면서 방문 뒤에 있던 사람의 얼굴이 불빛 속에 드러났다. 별장을 지키는 심씨 아저씨였다. 그의 손에 휴대폰 하나가 들려 있었다. 들키면 안 되는 것을 들켰을 때 느껴지는 팽팽한 긴장감과 불안감이 남자가 아닌 김유진과 김별 두 사람에게서만 느껴졌다. 아저씨는 아무 말 없이 방을 빠져나갔다. 뒤이어 김별이 그를 따라 나가자 유진은 그제야 참았던 분통을 터뜨렸다.

"왜 노크도 없이 들어와?"

"여기서 뭐 했어?"

"옷 갈아입었잖아."

"저 아저씨 앞에서?"

"상상력 한번 저질이네."

"네가 왜 임석 가방을 들고 있어?"

"네가 석이 옷으로 갈아입으라며."

"셋이서 무슨 얘길 했는데?"

"무슨 참견인데."

구성구는 차갑게 유진을 노려보았다. 분홍 아대를 받았던 소녀와 똑같은 비웃음이지만 농도가 다르다. 오래전 그것이 가소로움이었다면 유진의 것은 분노와 경멸이다. 두려움이 끓어오르는 화를 잠식시켰다. 아버지는 그를 믿지 않는다. 누구도 믿지 않기에 늘 복안을 준비하는 사람이다. 무언가가 일어나기 전에 이곳에서 유진을 빼내야 한다.

"넌 그만 돌아가!"

"신경 꺼."

"부탁이다, 그냥 가."

유진은 말 속에 담긴 두려움을 눈치챘다. 닫히지 않은 방문이 다시 열리며 김별이 방으로 돌아왔다. 받았어. 소리를 내지 않은 입술이 그렇게 말했다. 시선이 김별이 손에 쥔 먼지를 뒤집어쓴 휴대폰으로 향했다. 받았다는 것이 저 휴대폰이라면 준 사람은 심씨 아저씨라고 짐작되었다. 올가미에 걸려드는 건 아이들이 아닌 아버지가 될지도 모른다는 이상한 촉이 발동되었다. 두 사람은 무언가에 쫓기듯 서둘러 이곳을 떠나려는 눈치였다.

"그만 가자."

"잠깐."

오랫동안 라켓을 잡으며 발전한 것은 집요하게 상대방의 약점을 파고 늘어지는 것이었고 두 사람 중 누군가의 약점이 김별의 손에 있는 무언가임을 본능적으로 깨달았다.

"그거 뭐야?"

"알 거 없어."

"뭐냐고."

큰 키로 방문 앞을 가로막고 서자 두 아이는 흠칫 놀라며 한 발짝 뒤로 물러났다. 왁자지껄한 응원 목소리가 계단을 통해 들려왔다. 누군가에게는 실점이면서 누군가의 득점, 우리들 가운데 누구의 점수판이 달라진 것인지 모른다. 유진은 김별을 감싸고 앞으로 나왔다.

"별이가 잃어버렸던 핸드폰 찾았는데 뭔 문제 있어?"

"오늘?"

"……."

"오늘이 아니면 예전에 별장을 왔다는 소리겠네. 근데 왜 왔었는데?"

"임석한테 물어봐. 너네 아버지가 접대 테니스 치라고 뻔질나게 불러 대잖아."

"임석은 양촌 온 게 오늘이 처음이야. 다시 물을게. 김별은 여기 언제 왔었냐?"

"짜증 나게 뭐 하자는 거야?"

"그 핸드폰 정말 김별 거야?"

말을 아끼는 김별 대신 김유진이 또다시 앞으로 나섰다.

"네가 뭘 어쩔 건데?"

"열어 봐."

"배터리 나갔어. 정 못 믿겠으면 충전해서 네가 잠금 풀어 보든가."

"그럼 충전해서 사진 폴더만 보여 줘."

그 말에 묘하게 달라지는 두 사람의 표정이 잊히지 않는다. 감당할 수 없는 것에 대한 도발이었음을 느꼈다. 휘청거리는 몸을 숨기기 위해 벽으로 몸을 붙였다.

"택시 불러 줄 테니까 너희 둘은 바로 떠나. 그리고 김유진······ 오늘이 네 얼굴 보는 마지막 날이었으면 좋겠다."

그 말이 마법을 깨부수는 주문처럼 유진을 불러 세웠다. 유진을 보내려던 말이 도리어 유진의 발걸음이 그 자리에 못 박히게 만들었다. 김유진이 차갑게 대꾸했다.

"너도 아는 거지?"

무엇을 아느냐고 묻지 않았지만 사라진 목적어의 의미를 짐작했다. 구성구의 가슴이 방망이질 치기 시작했다.

"조금 전까지 나는 네가 이곳에서 일어나는 일을 모를 거라고 생각했어. 넌 아닐 거라고. 근데 네 아빠란 사람이 누구인지 너도 알고 있는 거지? 네 아빠가 여기서 했던 일들도……."

유진이의 말이 끈적이는 엿가락처럼 질척거리며 귓가에 들러붙었다. 귓구멍이 삶아 버린 고둥처럼 막혀 버렸다. 그의 시선은 다시 김별이 한 손에 꼭 쥐고 있는 먼지를 뒤집어쓴 휴대폰으로 옮아갔다. 3년이란 시간은 어둠의 농도를 감별하는 능력을 키워 주었다. 그 휴대폰에 담긴 확인할 수 없는 진실이 아버지를 어둠에서 끌어올려 그 실체를 발가벗길 것이다. 두 개의 그림자가 포개져 괴이한 실체를 만들어 가고 있다. 임석에게 금지 약물을 먹이라는 아버지의 명령에는 원하는 아카데미를 보내 주겠다는 약속이 부록으로 달려 있었다.

약속을 지키지 않았지만 아비의 실체를 안 이상 이리저리 들이받는 자신을 자신의 울타리 안에 두기는 힘들다는 판단이 들었을 것이다. 아비는 임석의 그림자를 붙일 요량으로 자신에게 호주행 티켓을 끊어 주었다.

그는 떠날 것을 전제로 무사와 켄타를 풀어 주었다. 그것은 아버지에 대한 명백한 도발이었다. 그러나 그의 아비를 죽일 치명상은 아니었다. 초조함이 이성을 마비시키며 그를 궁지로 몰아세워 종용했다. 이걸 알리지 않으면 자신이 도망갈 구멍이 없어진다는 걸 본능이 일깨워 주고 있다. 자신이 가장 두려워하는 일, 아버지와 함께 시궁창에 처박히는 일이 눈앞에 닥칠 것이다.

너무 오래 깨물고 있어 입술이 얼얼했다. 시간을 벌어야 한다. 자신이 아버지의 울타리에서 도망칠 수 있는 딱 그 정도의 시간만. 그때까지 멈춰 주길, 비열한 기도를 이름 한번 불러 보지 못한 신에게 드렸다.

그는 버튼을 눌렀다. 신이 있다면 오늘만은 유진이의 편에 서야 했다. 신호가 가는 동안 아버지가 그의 전화를 받지 않길 빌고 또 빌었다. 그런 행운을 누릴 사람이 아니다. 아버지는 노승모처럼 그의 전화를 받지 않았다. 하지만 몇 분 지나지 않아 아버지가 아닌 김 실장으로부터 전화가 걸려 왔다. 그가 별장을 떠났는지 확인하는 전화였다. 그 순간 자신을 떠나며 김유진이 뱉었던 비수 같은 말이 떠올랐다.

너 같은 애가 테니스를 하는 건 다른 애들에 대한 모욕이야. 구성구는 그때 했어야 할 대답을 떠올렸다. 넌 임석이 왜 부상을 숨기면서 시합에 나갔는지, 내가 어떤 마음으로 시합을 포기해 왔는지 알지 못하잖아. 아무것도 모르잖아, 김유진.

테니스를 외면해야 했던 진심을 그 누구도 알지 못했다. 그 열망이 간절했던 만큼 가슴을 비집고 들어온 비수가 너무나 고통스러웠다.

"김유진이란 애가…… 별장에서 뭔가를 가져갔어요. 김별이란 애가 잃어버린 휴대폰을 찾은 거 같은데, 걔가 여기 온 적 있었어요?"

김 실장의 오랜 침묵이 진실을 알려 주었다. 아방궁이라 불리는 이 별장에서 아버지가 벌인 파티와 별이란 아이의 휴대폰에 있는 무언가가 얼마나 큰 파국을 가져올지. 어쩌면 이것은 집의 일부가 된 그 남자의 오랜 복수일지도 모른다.

전화를 끊고 나서야 자신이 한 행동이 무엇을 뜻하는지 알게 되었다. 그것은 자신이 길을 비킴으로써 자신에게 와야 할 위험이 김유진에게로 향했음을 의미했다. 유진이가 떠난 시각을 묻던 김 실장의 마지막 목소리가 떠올랐다. 그때 양일에게서 문자가 날아왔다. 흰색 원피스 하나 out.

양일의 문자를 본 순간 제대로 된 이성이 눈을 떴다. 유진이를 붙잡을 단단한 무언가가 필요하다면 의심할 여지 없이 녀석이다. 유진이를 쫓아 나간 정원에 임석이 있었다. 녀석은 제 세계로 돌아가려던 찰나였다.

"유진이는?"

"뭐?"

"김유진은 어디 있냐고?"

"갔어. 저 혼자 간다고."

"새끼, 안 잡고 뭐 했어!"

"뭐냐."

"아버지를 만나면 안 돼."

"무슨 소리야?"

"같이 가! 가면서 얘기해 줄게. 네가 아니면 유진이가 안 타려고 할 거니까 너도 타라고."

이 녀석이라면 뒤집힌 판을 바꿀지도 모른다. 이 녀석을 데리고 가면 유진을 설득할 수 있을지도 모른다. 일이 이상하게 꼬일지라도 아버지는 이 녀석만큼은 건드리지 않을 테니까, 어쩌면 유진의 일도 이 녀석의 이름으로 덮일지도 모른다. 배알이 꼴릴 정도로 모든 걸 잘 타고나 어둠 속에서도 묻히지 않는 녀석이라면 칠흑 같은 어둠을 헤치고 나갈 불빛이 되어 주리라.

녀석이 순순히 차에 올랐다. 승모가 부른 택시는 도착하지 않았지만 서로 다른 이유로 녀석을 떼어 놓고 가기로 마음먹었다. 하지만 별장을 나선 뒤 몇 마디를 나누기도 전에 녀석의 고개가 앞으로 고꾸라졌다. 갑자기 의식을 잃었다면 누군가 의도적으로 약을 먹인 게 분명했다. 아버지, 어쩌면 김 실장 아니면 노승모? 얼마 못 가 좁은 시골길을 걸어가는 유진의 뒷모습이 보였다. 임석의 커다란 라켓 가방을 짊어지고 힘겹게 걸어가던 유진은 길 아래에서 올라오는 헤드라이트 불빛에 눈을 찡그리며 길가로 비켜났다. 아랫길에서 올라오는 차는 승모가 부른 콜택시였다. 좁은 시골길에서 맞닥뜨린 두 차는 서로를 노려만 보았다. 씨팔, 입으로 욕지기를 내뱉던 택시 기사가 차를 후진해 갈림길까지 내려갔다. 성구는 급하게 갈림길로 가 차를 한쪽에 붙여 세웠다. 택시 기사는 다시 차를 빼 별장 길로 내달렸다.

그리고 어둠을 따라 유진이 천천히 갈림길로 내려왔다. 문 옆이 아닌 보닛 앞에 선 유진이 조수석에 고꾸라진 임석을 뚫어지게 바라보고 있었다. 석이를 저렇게 만든 게 너지? 열두 번도 더 묻고 싶은 말일 텐데도 유진은 아무 말이 없었다. 유진이 조수석으로 와 손잡이를 잡아당겼지만 구성구는 문을 열지 않았다. 열어 달라고 부탁해. 치졸한 마음이 자신을 좀먹고 있었다.

얼마 지나지 않아 별장 쪽에서 불빛 하나가 그들을 향해 달려왔다. 올라갔던 택시였다. 적절하다 못해 어이없는 타이밍에 승모가 조수석 문을 열고 나왔다.

"여기서 뭐 하냐? 석이는?"

녀석이 임석 쪽으로 다가오자 유진이 발끈하는 표정으로 그 앞을 막아섰다. 의식을 잃은 임석을 본 승모는 멈칫거렸다. 잠깐의 망설임과 눈에 스친 두려움, 노승모는 임석이 아니었다면 별장 어딘가에 고꾸라져 있을 사람이 자기라는 것을 단숨에 이해했다. 그 순간 택시의 뒷좌석에서 김별이 나타났다. 노승모는 유진에게 가려는 김별의 손목을 붙잡고 놔주지 않았다. 구대철이 붙잡은 승모의 약점이었다. 성구는 차에서 내려 어둠 속에 발을 내질러 보았다.

"약은 잘 탔냐?"

녀석의 얼굴에 커다란 파문이 일었다. 평범하게 넣은 서브가 슬라이스가 되어 바닥에 깔릴 때 승모는 늘 저런 표정이었다.

"김 실장 오기 전에 떠나는 게 좋을 거다. 김유진도 데려가."

승모는 김별을 택시의 뒷좌석 안으로 깊숙이 숨겼다. 유진 역시 날 선 눈빛으로 그의 명령을 거부했다. 승모와 김별만을 태운 택시가 멀어졌다. 유진이 조수석으로 가 문을 열려는 순간 구성구는 다시 차 문을 잠가 버렸다. 열어, 열라고! 악을 쓰는 유진이의 목소리가 적막한 시골의 밤을 깨웠다. 김유진은 구성구의 손에서 차 키를 빼앗으려 했지만 자신보다 머리 하나가 큰 덩치의 힘을 당할 수는 없었다. 악을 쓰며 주먹질을 해도 그의 주먹은 열리지 않았다.

그때 승모가 탄 택시가 돌아왔다. 강한 헤드라이트 불빛이 김유진과 그에게 쏟아졌다. 차 문이 열리고 두 사람이 내렸다. 승모와 김별이 아닌 김 실장과 그의 아버지였다. 구대철이 무서운 표정으로 걸어와 유진의 뺨을 올려붙였다. 한 번, 그리고 또 한 번. 유진이 땅바닥에 고꾸라질 때까지 그의 폭행은 멈추지 않았다. 김 실장이 구성구를 막지 않았더라면 그는 제 아비를 가만두지 않았을 것이다. 헝클어진 머리칼을 올리고 숨을 고른 구대철이 겨우 화를 삭이며 말했다. 그거 어딨어? 김별이 이년은 어딨어? 구대철의 마지막 질문이 그의 아들을 향했다. 구성구는 본능적으로 입을 다물었다. 김 실장아, 저거 뒤져 봐. 김 실장이 유진의 몸을 뒤지기 시작했다. 인정사정 봐주지 않고 우악스러운 손으로 유진의 몸을 뒤지더니 유진의 휴대폰을 손에 넣었다. 독기 오른 김유진이 반항하기 시작했다. 유진은 김 실장의 손을 깨물고 자신의 휴대폰을 빼앗았다. 이런 미친년이!

구성구는 시간을 벌기 위해 거짓말을 했다. 얘는 아무 상관도 없고 그건 쟤 핸드폰이에요! 구대철이 시곗줄을 풀며 말했다. 상관도 없는데 얘가 왜 설쳐? 그 말을 반박하지 않기 위해 애를 쓰고 있는데 자신조차 하지 못했던 말이 유진의 입에서 흘러나왔다. 그새 일러바쳤어, 구성구? 그럼 그 핸드폰 속에 뭐가 들었는지 너도 알겠네.

구대철이 유진에게 걸어갔다. 그때 유진이 임석의 가방에서 커터칼을 꺼내 구대철에게 내밀었다. 내 몸에 한 번만 더 손대면 이걸로 확 그어 버릴 테니까. 그의 손이 칼을 든 유진이의 손을 움켜잡았다. 유진은 칼을 빼앗기지 않으려 안간힘을 썼지만 수십 년간 테니스 그립을 잡은 구대철의 완력을 이길 수는 없었다. 말리지 않은 건 그 일이 그저 해프닝으로 끝날 것이라는 걸 알기 때문이다. 저 따위 커터 칼은 그의 아비 무엇 하나 건드리지 못할 것이고 유진 또한 머리카락 한 올 베이지 않을 것이다.

구대철은 유진의 팔을 안으로 꺾어 넣었다. 그리고 칼을 쥔 유진의 손은 자신의 힘과는 상관없이 크게 허공을 갈랐다. 그 칼날이 스치듯 구대철의 손가락을 베었다. 씨팔! 외마디 비명을 지른 건 구대철인데 주저앉은 것은 유진이었다. 피를 본 그의 광기가 잠시의 시간도 주지 않고 유진의 얼굴에 주먹을 날렸기 때문이다. 구성구가 그에게 달려들자 아비가 목덜미를 잡아 논으로 밀어 넣었다. 그는 그대로 논바닥 속에 고꾸라졌다. 구대철은 손에 묻은 피를 닦으며 칼을 김 실장에게 건넸다. 구대철의 눈이 어둠 속에서 맹수의 그것처럼 반짝였다. 그는 주저하지 않고 낡은 벤츠에 올라탔다. 그 바로 앞에 유진이 있었다. 다가올 위험을 예견한 유진이 몸서리치며 반대편으로 뛰기 시작했다. 질퍽거리는 논두렁의 뻘이 구성구의 다리를 잡고 놔주지 않았다. 구대철이 운전석에 앉아 벨트를 매고 시동을 켠 순간, 번쩍 섬광이 일었다. 시골의 적막을 깨는 괴상한 시동 소리가 어둠 속에서 퍼져 나갔다. 구대철은 핸들을 꺾어 차를 얕은 논두렁으로 박았다. 차의 뒷바퀴가 논두렁의 뻘에서 빠져나올 수 있을 만큼에서 다시 핸들을 꺾고 액셀을 밟은 발을 뗐다 붙였다를 반복하며 무언가를 기다리고 있었다. 자신의 광기를 조절하고 있다

는 것은 오랜 시간 그것을 단련시켜 하나의 능력이 되었음을 의미
했다.

　이해할 수 없는 괴이한 광경을 본 순간, 구성구는 마침내 그토록
마주하기 싫었던 아비 얼굴의 검은 구멍으로 떨어졌다.

　*조금 더 걸어가라, 조금 더. 차가 속력을 높일 수 있을 만큼, 제동
거리를 만들 수 있을 만큼만 걸어가라. 논두렁에 박힌 차를 빼내다
가 사고로 사람을 친 것일 뿐이니까 넌 그냥 거리를 벌려 주면 돼.*

　그 악은 타고난 본성을 교묘히 가리며 사람의 얼굴을 하고 있을
만큼 진화해 있었다. 아비의 심연 속 악마가 그 이유를 설명해 주었
다. 비틀거리며 도망가던 유진이가 뒤를 돌아본 순간 논두렁에서
급발진으로 올라선 차가 유진을 향해 돌진했다. 브레이크 소리가
유진의 비명을 집어삼켰다. 유진의 가는 몸은 한 마리 어린 나방처
럼 공중으로 떠오르더니 이내 바닥으로 떨어졌다. 꿀떡거리는 입에
서 연신 핏물이 솟구쳐 올랐다. 차에서 내리던 구대철의 입에서 짧
은 욕지기가 배어 나왔다. 상처를 묶지 않고 운전을 한 탓에 찢어진
손에서 흘러내린 피가 나일론 에어백을 빨갛게 물들이고 있었다.
발판 매트와 에어백 이곳저곳에 흘린 닦을 수 없는 혈흔은 그가 이
자동차를 운전했다는 증거가 될 터였다. 김 실장이 손수건으로 그
얼룩을 닦으려고 했지만 흰 도화지에 떨어진 물감처럼 핏자국은 더
번져 나갔다. 차를 바꾸시죠. 김 실장이 유진의 상태를 확인하고 고
개를 끄덕였다.

김 실장은 타고 왔던 신형 벤츠의 운전석에 다시 올랐다. 갈림길을 돌아 후진해 온 차가 과속 방지 턱을 넘을 때 나던 그 둔탁한 소리를 내며 유진이를 타고 넘어갔다. 김 실장은 차 안에 있던 물건들을 낡은 벤츠에 옮겨 실었다. 그리고 트렁크에서 라켓 하나를 꺼내 새 차의 앞 범퍼를 박살 냈다. 아니, 정강이 쪽, 더 아래로. 구대철이 주문하고 김 실장이 받아치며 새 벤츠는 사고 차로 위장되었다. 구대철이 라켓을 이어받았다. 라켓에 묻은 차의 페인트를 유진이의 짓이겨진 무릎에 묻혔다. 구대철의 손가락이 조수석에 쓰러진 임석을 가리키자 김 실장은 임석이 의식을 잃었음을 확인하고 새 벤츠의 운전석에 앉혔다. 그리고 의식이 없는 녀석의 얼굴을 운전석 핸들에 들이박아 코와 입이 피로 흥건해지게 만들었다. 더. 구대철의 지시에 따라 김 실장은 임석의 얼굴을 다시 짓이겨 더 많은 피를 운전석에 뿌렸다. 김 실장은 잊지 않고 임석의 안전벨트를 채워 두었다.

투둑ー 빗방울이 하나둘 떨어지기 시작했다. 빗방울은 이내 거센 빗줄기로 바뀌기 시작했다. 구대철이 그에게로 와 속삭였다. 악마가 아비의 입을 빌려 복화술을 펼치듯 꾹 다문 구대철의 입에서 구멍의 목소리가 새어 나왔다. 자, 운전은 임석이 한 거고 너는 조수석에 있었던 거야. 임석이 약을 하고 운전하다가 차가 논두렁에 빠졌고 그걸 빼내다가 앞에 서 있던 재를 친 거라고 해, 사고였던 거야.

제 아비의 무시무시한 그림자가 그에게로 넘어왔다. 그림자 속에 숨어 있던 수많은 심연들이 검은 아가리를 벌리며 제 존재를 알아 달라고 아우성쳤다. 아비의 악마들이 그의 얼굴 곳곳에 남아 있던 마마 자국에서 손을 뻗었다.

430

구성구를 상담했던 정신과 의사는 일종의 환공포증일 수도 있다고 했다. 진화를 거듭한 인간이 독성을 가진 동물이나 식물에 대해 가지는 두려움, 구성구에게 그 대상은 시시각각 달랐다. 때론 테니스 라켓의 거트가, 때론 날아오른 공을 볼 때 그 공포감이 배가되었다. 아버지의 얼굴은 구멍이 뚫린 무덤이었고 그 꺼진 무덤에 묻힌 무언가가 공포의 근원지였다. 웬만하면 수술해서 보는 사람도 편하고 저도 편하게 살 일인데 요즘 세상에 누가 저 흉을 달고 살까. 사람들은 그 마마 자국이 괴이하다고 쑥덕거렸다.

무수한 무덤들이 불러일으키는 환각이 아들인 자신조차 제 아버지를 멀리하게 만들었다. 그리고 이제야 그들의 존재 이유를 알았다. 그것은 악마가 만들어 놓은 자신의 숨구멍이었다. 유진이가 들고 있던 휴대폰을 찾던 김 실장이 말했다. 대표님, 없는데요. 주변에 떨어졌는지 찾아봐. 구대철은 찢어진 제 살을 돌보느라 성가신 투로 대꾸했다.

구대철과 김 실장이 주변을 뒤지는 동안 그는 휘청거리며 낡은 벤츠에 기댔다. 그리고 두 사람을 향해 헤드라이트 불빛을 상향등으로 올렸다. 눈을 찡그리며 잠시 그를 바라본 구대철은 밝아진 주변으로 눈을 돌리며 풀숲을 뒤지기 시작했다.

메우고 싶어 했잖아. 저 얽은 구멍들을.

강한 불빛 앞으로 달려든 부나방들의 군무가 시작되고 있었다. 그들은 불빛 너머 구성구의 모습을 볼 수 없었다. 구성구는 조용히 블랙박스의 전원을 끄고 메모리 카드를 빼냈다. 두 사람이 주변을 수색하느라 정신이 없는 동안 그 메모리 카드를 주머니에 넣었다. 낡은 벤츠는 제 아비와 김 실장이 타고 돌아갈 것이다. 집에 도착해 블랙박스를 확인했을 때는 두 마음이 공존하리라. 처음부터 작동을 하지 않았다고 안심하든가, 그걸 자신이 빼 갔다고 의심을 하든가. 온몸이 사시나무처럼 떨려 주체할 수 없는 한기가 느껴졌다. 구대철이 다가왔다. 그때 주머니 속의 전화 벨이 울렸다. 별장에 두고 온 양일이었다. 언제쯤 돌아오냐고 묻는 양일의 목소리를 듣는 순간 구성구는 아비의 시나리오를 이어받았다. 뭐? 지금? 알았어. 구대철의 눈초리가 날카로워졌다. 별장에 있는 애 하나가 배탈이 나서 택시를 불렀대요. 구대철은 팔을 걷어 손목시계를 들여다보며 말했다. 3분 뒤에 119에 전화를 걸어. 그리고 말해. 넌 조수석에 있었고 임석이 차를 논두렁에서 끌어올리다가 친구를 치었는데 그 친구가 죽었다. 김 실장, 아까 여기 지나간 택시에 탄 게 그 녀석이지? 두 사람의 눈빛이 많은 것을 얘기해 주었다. 승모는 오늘 있었던 일을 제 속에 묻을 것이다. 승모는 운전석에 앉은 것이 임석이었고 임석과 김유진이 옥신각신 다툼을 했다고 말할 것이다. 금지 약물뿐만 아니라 마약에도 손을 댔고 이성을 잃은 임석이 차로 김유진에게 돌진했다고 털어놓을지도 모른다. 아니, 택시 기사와 블랙박스의 구멍을 먼저 매우는 것이 순서겠지. 택시 기사는 그 밤에 본 키 큰 남자가 나인지 임석인지 장담할 수 없지만 아버지의 돈을 받는다면 아리송한 기억을 확실하게 다듬을 것이다. 구대철이 타고 온 새 의전 차는 아직 비닐도 벗기지 못한 새 차였고 블랙박스마저 없었다.

넌 어차피 미성년자라 빨간 줄 그이지도 않아. 분류심사원에 있다 나오면 끝이다. 걱정 마라. 변호사 최고로 써서 빨리 빼줄 테니까. 김 실장, 박 사장 레커차 부르면 여기까지 얼마면 오지? 한 50분 정도 걸릴 겁니다. 더 빨리 오라고 해. 번호 찍어서 성구한테 보내고 성구 넌 그 차 오기 전에 절대 키 넘기지 말고.

그의 아버지는 잠시 손을 들어 아들의 어깨를 다독인 뒤 낡은 벤츠에 올랐다. 성구는 자신의 어깨를 잡았던 아버지의 완력이 아직도 제게 남아 있음을 느꼈다. 옷에 남은 핏방울은 저를 키운 아비의 손에 있던 것이었다. 구성구는 셔츠 자락을 찢어 메모리 카드와 함께 비닐 속에 넣었다.

차가 어둠 속으로 사라진 뒤 발끝을 내려다보았다. 시멘트에 새겨진 누군가의 발자국은 그들의 것이 아니다. 양생이 끝나기도 전에 섣부른 누군가가 디딘 한 발과 그 옆을 어지럽게 돌아다닌 개의 발자국은 이곳이 사건 현장이 되리란 걸 예측이라도 한 듯 각인되어 있었다. 구성구는 그 발자국에 제 발을 밀어 넣어 보았다. 어쩌면 모든 것은 계획된 운명이었는지도 모른다. 휘청거리는 몸을 가누며 발로 거리를 가늠하며 걸어갔다. 단식 라인의 끝, 그 길의 바깥 흙덩이에 구덩이를 깊게 파고 비닐 주머니를 묻었다. 경찰이라도 이 정도의 거리까지 땅을 파며 수색하지는 않을 것이라 스스로를 안심시켰다. 땅을 다지고 있는데 그 순간 목덜미를 낚아채는 서늘한 시선이 느껴졌다. 별장으로 향하는 숲의 어둠 속에 희미하게 빛나는 네 개의 안광이었다. 두 개는 사람의 것이었고 다른 두 개는 짐승의 것처럼 형형한 붉은빛을 발하고 있었다. 나무처럼 선 그의 실루엣을 따라 튀는 물방울이 어둠에 녹아 있는 존재를 드러냈다. 그는 별장에서부터 구성구를 따라온 그림자였다. 하지만 지켜볼 뿐 단 한 발도 그에게 다가오지 않는다. 구성구는 어린 시절부터 줄곧 그를 좇던 그 눈길을 알고 있었다. 단 한 번도 제 목소리를 내지 않은 채 별장을 지키던 남자, 모든 것을 지켜볼 뿐 제 목소리를 내지 않던 의문의 남자였다. 그리고 무슨 이유에선지 남자의 시선이 두렵지 않았다. 바라보는 것이 전부인 사내가 안고 있는 사연을 짐작하지 않으려 애쓸 뿐.

숨죽여 지켜보던 개구리 떼가 목소리를 높였다. 살인자가 남기고 간 구멍마다 제 아들을 키울 씨앗을 묻고 갔네. 힘없이 손을 들어 119 버튼을 누르는데 손가락이 펴지지 않았다. 여름밤의 한기에 온몸이 사시나무 떨리듯 떨리고 있었다. 뭘 알지도 못하는 주제에 유진이의 손목을 더듬거리며 찾아봤다. 무언가가 있었다. 손목에 뛰어야 할 맥박이 제 것의 박자와 맞지 않았지만 희미하게 뛰고 있었다. 성구는 황급히 셔츠를 벗어 유진이의 차가운 몸을 감싸 안았다. 떨리는 마음을 진정시키며 다급하게 119 버튼을 눌렀다. 이 새벽 또랑또랑한 목소리로 깨어 있는 누군가가 그의 전화를 받아 주며 말한다. 곧 그의 휴대폰 GPS를 추적해서 구조 차량이 도착할 테니 그때까지 계속 전화를 끊지 말라고. 체온을 유지할 수 있는 방수 커버가 있으면 친구를 덮어 주고 상처를 건드리지 말고 지켜 주라고. 그는 미친 사람처럼 밭으로 뛰어 들어가 비닐하우스의 비닐을 찢어 걷어 냈다. 유진의 차가운 몸을 덮고 제 머리까지 눌러쓰고 나서야 온기가 비닐 안을 데우기 시작했다. 만월의 검은 달과 별장의 남자만이 그들을 내려다보고 있었다. 움푹 들어간 하늘의 못자리에 그 달이 걸려 있었다. 검은 달에서 빗방울이 후드득 떨어졌다.

그때였다. 불투명한 비닐 밖에서 무언가가 움직였다. 낮게 번뜩이는 안광과 빗방울이 튀어 드러난 실루엣은 덩치가 큰 개였다. 개는 시종일관 주위를 맴돌며 비닐 안을 염탐했다. 콧김이 비닐 밖에서 그 형상을 드러내었다. 어두웠고 색이 분간되지 않은 밤이었지만 구성구는 그가 도망쳤던 풍운이었음을 알 수 있었다.

왜 돌아왔어. 더 멀리 갔어야지.

녀석은 그르렁거리는 소리 한번 내지 않고 조용히 그를 보고만 있었다. 그 고요함은 누군가를 떠올리는 익숙한 것이었다.

알아. 네가 다른 애들 목줄까지 물어뜯었던 거. 데려가지 못한 건 네 잘못이 아니야.

구성구는 풍운이 도망치던 밤 CCTV를 확인한 뒤 바로 지워 버렸다. 아비가 그 장면을 보았다면 그는 풍운이 다시 돌아올 것임을 알고 덫을 놓았을 것이다.

풍운의 형형한 눈을 마주한 채로 아버지의 각본에 새로운 이야기를 더해야 했다. 휴대폰에서 노승모의 이름을 찾아 버튼을 눌렀다.

"유진이가 사고를 당했어. 개 바꿔 줘."

노승모는 더 묻지 않고 옆자리에 있는 김별에게 수화기를 넘겼다. 수화기 너머 떨리는 숨소리가 그 아이가 겪고 있는 지금이 어떤 지옥인지를 알려 주었다. 검은 개의 뜨거운 콧김이 비닐 앞에서 그의 냄새를 맡고 있었다. 한 번의 심호흡 끝에 말했다.

"그냥 아무 대답 하지 말고 들어. 아버지가 유진이를 죽이려고 했어. 그리고 너에게 갈 거야."

수화기 너머에서 낮은 흐느낌이 들려왔다. 구대철이 간다는 게 어떤 두려움일지 묻고 싶지 않았다.

"네가 가져간 그 휴대폰, 돈 달라는 시늉만 하다가 줘버려. 버티지 말고 저항하지도 말고 바짝 엎드려만 있어. 그냥 돈이 필요했다고만 해."

울먹이던 김별이 유진을 물었지만 전화를 끊었다. 비닐 밖을 배회하던 검은 개의 형상이 사라진 뒤였다. 정지된 듯 시간이 흘러갔다.

그는 더 이상 할 말이 없었다. 개구리 떼가 말이 없는 그를 대신해 이 피비린내 나는 사건의 전말을 떠들어 댔다. 살인자와 살인자의 아들이 여기 있었다고. 또랑또랑한 전화 속 목소리는 한여름 밤의 살인에 들뜬 목격자의 말을 알아듣지 못했다.

에필로그

찌그러진 왕관이 다시 돌아왔다. 세상은 선수라는 꼬리표를 붙여 주며 다시 인두겁을 쓰고 잔인한 친절을 베풀었다. 아파트 베란다에 여기가 임석이 사는 집이라고 현수막이라도 붙여 놓은 것처럼 사람들이 찾아왔다. 누명을 썼다가 부활한 내 이야기를 듣고 싶은 그들로 집 전화기가 과로사 할 지경이었다. 생전 보지도 못했던 동네 사람들이 뉴스에 나타나 동네를 오가던 내 행실을 증언해 주었고 몇 번 앉아 보지 못한 교실 책상에는 나를 응원하는 글씨들이 넘쳐났다. 알지 못하는 사람들로부터 무수한 문자 메시지와 편지를 받았다. 분류심사원들의 눈들이 세상 밖으로 나오자마자 닫힐 줄 모르는 입이 되었는지 구대철 회장의 회유를 거부하고 결백을 주장했던 내 이야기는 분류심사원 안의 자잘한 사건까지 부풀려져 세상의 미담이 되었다. 계약을 파기했던 P 인터내셔널 쪽은 아무런 연락이 없었지만 새로운 스폰서가 곳곳에서 모습을 드러냈다. 신용협동조합부터 중견 의류 기업까지 모두가 내게 도움을 주겠다고 손을 내밀었다. 미담은 이스트를 넣은 빵처럼 부풀어 내가 아닌 가공된 임석으로 외피를 입고 있었다.

그들은 당번을 정한 것처럼 돌아가며 두드려 댔다. 매일같이 초인종을 눌러 대는 사람들 때문에 신경증에 걸릴 지경이 되자 엄마는 인터폰의 전원을 꺼버렸다. 거실에 있던 암막 커튼 한쪽을 뜯어 내 방에 걸고 문을 닫았다. 엄마조차 나를 그 방에서 끌어내지 않았다. 엄마가 잠든 새벽이면 일어나 부엌으로 나와 밥을 먹고 멍하니 거실에 앉은 채 아침을 맞고 또다시 방으로 돌아갔다.

집 안에 갇힌 지 한 달이 지나자 세상의 투망질이 잦아들었다. 내가 있던 자리는 중고등부 테니스 시합을 휩쓰는 새로운 신예들이 속속 자리를 채우고 있었고 그 스캔들을 대신할 세상의 추문은 넘쳐났다. 리젠시 매니지먼트가 아닌 신생 매니지먼트와 계약한 염성우는 개인 최고 타이틀을 올리고 있었다.

임 변은 약속 시간에서 30분이 지날 때쯤 도착했다는 문자를 했다. 그 30분간 하염없이 현관문 앞을 서성였다는 것은 말하지 않았다. 꾹 눌러쓴 모자 밑으로 익숙한 길을 따라 약속 장소에 도착했다. 오가는 사람들의 눈을 피해 놀이터로 자리를 옮겼다. 사 온 편의점 맥주는 밍밍하고 맛이 없었다. 따자마자 김이 새기 시작해 외갓집에서 띄우던 눅진한 메주 향을 풍겼다. 임 변은 오만상을 찌푸리며 캔 하나를 순식간에 비우더니 캔을 찌그려 비닐봉지에 던졌다.

"니미럴! 먹지 마. 그냥 데운 오줌 맛이야."

그러면서도 두 번째 캔을 따서 목을 축이고 있었다.

"생사만 확인하고 가려고 했는데 오다가 술이 당겨서."

힘든 하루였는지 고단한 눈빛이었다. 그 눈이 길 너머 상가에 꽂히더니 처음 글자를 배우는 아이처럼 눈에 보이는 간판을 닥치는 대로 읽어 대기 시작했다.

"위너스 독서실, 황금 부동산, 영재 피아노, 봄날 미용실……."

"애도 아니고."

"간판이 참…… 짠하다, 그치?"

"저게 짠하다는 사람 처음 봐요."

"그냥, 희망 사항인 거잖아. 지금 있는 곳은 아니고 가고 싶은 곳, 대부분은 다다르지 못하는 목적지. 간판이 크면 클수록 불쌍해. 갱년기라 그런가……."

힘든 과업을 끝낸 그녀의 어깨가 늘어져 있었다. 피부가 던져 놓은 찰흙 덩이처럼 퍼석하게 말라 있었다.

"……달맞이꽃, 우리 엄마 그거 먹어요."

"나도 먹어. 달맞이꽃이랑 석류. 내 몸에서 봄이 사라지려고 하니까 세상 예쁘고 탐스러운 꽃이랑 과일은 다 먹는 거 같아. 피는 게 안쓰럽더니 지는 것도 짠하다."

"그런 얘기는 친구랑 술 마시면서 하세요."

"여기 있잖아, 너. 입은 무겁고 듣는 귀는 좋고. 억울해서 할 말이 많은데도 입 꾹 닫고 듣고만 있는 놈."

"그럼 그 웹하드 어떻게 찾았는지 말해 봐요."

"양촌에서."

"메모리 카드랑 같이 파냈다고 나보고 믿으란 거네."

"뭐, 그것도 사실 내가 판 건 아니야. 테니스 코트에 가본 적도 없는데 단식 코트를 어떻게 긋겠어. 땅만 파다 우리 사무장이 쓰러져서 식겁했지. 막걸리 먹여서 겨우 정신 돌려놓고 동네 할매들이 파줬어. 그날 술값 오지게 나갔다."

구 회장의 기밀 문서와 이중장부를 땅을 파서 찾았노라 짓뭉개고 넘어가겠다는 뜻이었다. 웹하드를 가르쳐 준 건 성구가 아닌 제삼자란 뜻을 감추면서. 그의 세계에 있는 눈이 아니면 볼 수 없는 것들을 건네준 그가 누구인지 묻지 않는 것으로 선을 지켰다. 임 변은 주머니에서 구운 오징어 한 마리를 꺼냈다. 휴지와 함께 딸려 나온 오징어를 손으로 대충 털고 북북 찢더니 다리 몇 개를 내밀었다.

"아까 챙겨 놓은 걸 깜빡했네. 근데 키가 좀 자란 것 같다."

"몰라요. 안 재봐서."

"황금 프로필이란 게 있잖아. 너희는 얼마야? 한 백팔십?"

"6피트."

"그럼 한 백팔십삼 정도 되나? 넌 되니?"

"몰라요."

6피트를 넘어선 건 분류심사원 안이었다. 그 피 말리는 전쟁 통에서도 내 뼈와 근육은 자라고 있었다. 그러나 힘들게 얻은 숫자조차 누구도 결과를 책임지지 않는 허망한 약속의 표지였다. 임 변은 오징어를 질겅질겅 씹으며 또다시 광고판을 읽었다. 황금 부동산, 황금 프로필, 그리고 황제 테니스. 나는 여전히 문제의 복합체였다. 라켓을 다시 잡을 만큼 무언가를 극복하지 못했고 마음은 자꾸만 코트를 등지고 있었다.

임 변은 밍밍한 맥주 한 모금을 빨아 목 안에 굴렸다. 목울대가 맥주를 움켜쥐고 놓지 않기라도 하는지 숫제 그 맥주로 가글을 하는 중이다. 누구를 만나고 왔는지 아까부터 계속 심란한 얼굴이었다.

"넌 너무 몰아붙이지 말고 좀 봐주면서 살아. 다른 사람들도 좀 봐주고 너도 봐주고 줄 하나 풀고 나사도 하나 뽑고. 핑계도 계속 찾다 보면 능력이 생겨. 참, 성구는 2심 재판부에 항고를 포기했다. 10호 그대로 갈 거야."

결국 녀석의 뜻대로 되었다. 나를 풀어 주는 것도, 제 아버지를 감옥으로 보내는 것도 녀석의 뜻이다. 또한 제삼의 눈이 된 그의 숙원대로.

결국 우리 모두는 순서대로 테니스 코트를 떠나게 될 것이다. 돈과 재능, 그 나머지가 무엇이든 말라붙어 버리는 순서대로 고꾸라질 것이다. 구대철의 수족이 되어 자기 입에 낚싯바늘을 끼운 승모도, 덜 여문 채 테니스 인생을 마감해야 하는 나도.

"넌 왜 테니스였을까."

나에 대해 모든 걸 조사했던 임 변이 인터뷰마다 자동 응답기처럼 했던, 우연히 코트에 갔다가 라켓을 잡았다는 기사를 못 봤을 리 없다. 또한 그 대답이 거짓말임을 간파했기에 궁금증이 샘솟았을 것이다.

"……좋아서죠. 재능이 있다고 칭찬받는 게 좋아서. 근데 열두 살만 넘으면 알게 돼요. 온 가족이 나한테 얼마나 많은 기대를 걸고 있는지, 얼마나 많은 돈을 퍼부었는지. 아니까 그만두지도 못하는 거고. 라켓 놓는 순간 나는 아무것도 아니고 그 돈이 다 날아가는 걸 아니까 하루만 더 해보자로 프로 전까지 가는 거죠."

그리고 입을 다물었다. 임 변은 보일 듯 말 듯 고개를 끄덕였다. 그사이 오줌 맛에 길들여졌는지 세 번째 캔을 따며 말했다.

"무정한 새끼, 넌 알고 있었지? 노승모랑 김별."

"짐작이었어요."

"세상인심 참 엿 같네. 나한테도 그 얘기를 숨기고. 근데 나 노승모 변호 맡았다."

노승모 변호를 맡아서 세상인심이 엿 같다는 게 순서일 텐데. 어이없이 바라보는 내 얼굴에 임 변이 어깨를 으쓱하며 말했다.

"월세는 벌어야지."

"더 할 말 없어요?"

"뭐?"

"석민우가 다 불었는데요."

임 변은 피식 웃으며 남은 맥주를 입에 털어 넣었다. 감별소의 마지막 날, 석민우는 잠자리 문신과 함께 임 변의 비밀을 선물로 내주었다. 29호 해골 방장과 혈전을 치르고 감별소 최고참이 된 석민우는 임 변이 어떤 식으로 감별소 안과 밖에서 나를 도왔는지, 나에게 발생할 그 모든 사건들을 어떻게 멀리서 조망하며 판을 바꾸었는지 숨겨 두었던 이야기를 내놓았다. 임 변은 울타리 밖에서 모든 것을 조망하고 있었다. 석민우를 통해 내부의 문제를 조율하고 선생들에게 부탁해 29호에서 나를 빼돌리며 또 다른 소굴로 나를 던져 놓은 악의 천사. 그 양아들들이 달고 있는 별이 휘황찬란한 게 문제일 뿐 그녀가 감별소와 소년원의 숨은 실세라는 소문은 사실이었다.

"근데 그 새끼 미친 거 아니에요? 진짜 제 입으로 땅콩 먹이라는 말을 한 거예요?"

"그냥 궁금하댔어. 만약 그 땅콩 이야기를 들었을 때 그 카드를 네가 사는 데 쓸지, 남을 죽이는 데 쓸지. 얻어터지면서 비명 한번 안 지르고 당당해했던 네가 멋지더란다."

"미친놈! 그놈은 그렇다고 쳐도 노승모는 왜 맡았는데요?"

"의뢰인이 날 선택하는 거지 내가 의뢰인을 선택하는 게 아니니까."

"더 애 같은 놈을 선택한다는 건 뻥이네."

"김별이 찾아왔었어. 내가 했던 말도 있고."

"그 새끼는 고생 좀 시켜요."

"지금까지 승모가 보여 준 거, 그것만 봐. 사람은 보이는 게 전부다. 그 이상을 알아내는 건 힘들어. 뒤집어져 보여도 내가 보는 세상은 내 거울로 보는 거지 남의 거울로 보는 게 아니거든. 근데 너 같은 녀석은 거울이 두 개야. 박수와 조롱, 뜨뜻미지근한 환호와 경멸 이게 모두 너에게 올 거다."

임 변의 예언이 이미 내게 일어나고 있는 현재형이라는 말은 하지 않았다. 테니스만이 전부였던 세상이 두 개로 양분되었고 분류 심사원에서의 시간이 내 인생의 한 자락을 찢어 놓았다. 너절한 관심과 비웃음이 함께 머물렀다.

"말하고 보니 되게 신파적인데, 어쨌든 하나는 네 손으로 깨버려야 해. 네 잘못이었다는 생각은 털어 버려. 난, 유진이를 구한 건 구성구가 아닌 너였다고 생각하니까."

임 변의 얼굴은 정면을 향한 그대로였다. 뒷말이 없자 비닐에서 남은 맥주를 꺼내 마셨다. 냉기가 느껴지지 않는 맥주가 가라앉았던 마음을 데웠다.

"유진이가 가져갔던 네 라켓 가방 말이야. 그 가방 속에 들어 있던 라켓 네 자루가 유진이를 살린 거였어. 차에 부딪쳤을 때 그 티타늄 프레임이 1차 충격을 흡수하고 땅에 떨어졌을 때 바닥의 충격까지 받아 내준 거지. 유진이가 끝까지 놓지 않았던 네 가방이, 그게 그런 의미가 있더라고. 그러니까, 네가 유진이를 살린 게 맞아."

마음을 울린 말의 여운이 가시기도 전에 휴대폰 진동음이 길게 울렸다. 임 변이 잠시 문자 한 통을 확인한 뒤 순간적으로 얼굴을 찡그렸다. 벗고 있던 구두를 주섬주섬 챙겨 신으며 혼잣말을 중얼거렸다.

"이 새끼들은 도대체…… 여기 택시 어디서 잡냐?"

"왜요?"

"관찰소에 사고가 생겼대."

"누구요? 승모?"

"감별소가 아니라 소년원이라고. 승모 개는 본방에서 잘 살아. 방장 달고 꼽까지 키워."

사고 이후 단 한 번도 승모를 만나지 않았다. 내가 분류심사원을 나옴과 동시에 승모는 긴급 체포되어 분류심사원으로 들어갔다. 녀석의 죄목은 기물 파손이었다. 구대철이 경찰에 체포되던 그날 뒤늦게 전모를 알게 된 녀석은 구 회장의 집 앞에 주차된 그의 세단을 야구 방망이로 때려 부쉈다고 했다. 사이드 미러를 때려 부순 정도가 아니라 반파였다. 그 사건 이후 김별은 테니스를 그만두었다. 승모를 위해 임 변을 찾아왔지만 두 사람이 헤어졌다는 소문이 집 안에만 들어앉은 내 귀에까지 들렸다. 내가 승모를 몰랐다는 성구의 말이 이해되었다. 임 변은 황급히 콜택시를 부르고 있었다.

"그럼 누구요?"

"예전에 29호 방에 있었던 박중태랑 정상길. 또 같은 소년원 같은 방에 배정된 모양인데 박중태가 서랍장 못을 뽑아 정상길을 찔렀대. 병원으로 옮기는 중이라는데 일단 가봐야겠다."

정상길이라는 낯선 이름의 주인이 누구일지 짐작이 갔다. 중태는 내가 해골을 죽여 주길 바랐지만 끝내 자신의 손으로 녀석을 찌른 모양이다.

실은 막연한 예감이 있었다. 다른 방이 아닌 29호에 유독 초파리와 벌레가 많았던 이유를 눈치챈 사람은 나뿐이었다. 매점과 식당 청소를 담당했던 박중태가 바나나 껍질을 몰래 방에 가져와 숨겨 두는 것을 보았다. 그 시큼한 냄새가 아이들의 땀 냄새와 뒤섞여 분간되지 않았을 뿐, 만약 해골이 기를 쓰고 방 이곳저곳을 살펴보았다면 녀석도 그 초파리가 김상경이 만든 부비 트랩이 아닌 다른 곳에서 온 것임을 알 수 있었을 것이다.

더위 때문에 잠을 자지 못하던 밤에 나는 녀석이 무엇을 하는지 똑똑히 지켜보았다. 중태는 어둠 속에서 일어나 해골의 목에서 떨어져 나온 베개와 자신의 베개를 바꿨다. 그 베개에는 숨겨 두었던 초파리 주머니가 들어 있었다. 그 벌레들은 제가 만든 부비 트랩에서 꺼낸 온전한 형태의 벌레들이었다. 마치 처음부터 해골의 입속에서 부화하듯 날개 하나 부러지지 않은 원형 그대로였다. 성긴 올 사이를 기어 나와 베개 어딘가를 배회하던 초파리들이 어떻게 해골의 입속을 찾아갔는지는 중요하지 않았다. 단지 그 살아 있는 존재감만이 주요했을 뿐.

박중태는 신중했다. 일주일에 한두 번씩 해골의 경계가 무너질 때쯤 다시 그 일을 반복했다. 두려움에 좀먹은 해골은 그 초파리들이 누군가의 복수임을 눈치채지 못했다. 박중태는 조심스레 자신의 자리로 돌아갔다. 화장실을 가려던 나는 고양이처럼 야광 빛을 발하는 녀석과 눈이 마주쳤지만 아무 말도 하지 않았다. 다음 날 입속에서 쏟아진 초파리들을 보며 공포에 휩싸이는 해골을 보면서도 그것은 섬뜩한 그들의 세상일 뿐이라 선을 그었다. 아무도 모르게 그 베개를 열어 초파리 집을 발견했을 때조차 나는 그 복수를 모른 체했다.

그리고 해골의 세계가 무너졌다. 하지만 또 다른 공포가 그 자리를 대신했다. 보이지 않아도 엄연히 존재하는 세계였다. 그 축축하고 어둡고 음산한 세계에서 나고 자란 이들이 자신을 지키기 위해 다른 이를 더 짙은 어둠으로 밀어 넣었다. 빛을 얻을 수 없다면 어둠의 가장자리라도 차지하기 위한 처절한 몸짓이었다. 해골이 어둠으로 밀려난 그 자리에 박중태가 또 다른 모습의 악이 될지도 모른다는 불안감이 엄습했고 나는 등을 돌렸다. 이제 나 역시 그 어둠의 가장자리까지 끌려 들어왔다. 이곳은 빛도 어둠도 아니다. 그 무엇도 아니다.

　설날을 며칠 앞두고 전국적으로 기록적인 폭설이 내렸다. 도로 곳곳에서 현장으로 달려가는 레커차와 구급차들의 사이렌 소리가 울려 퍼졌다. 제설 장비를 하지 않은 차들은 빙판이 된 도로 위를 미끄러졌고 운전자들이 버린 차들이 갓길에 넘쳐났다. 네 발로 눈길을 기다시피 올라가는 사람도 있었다. 사람도 차도 모두 사륜 구동이 되었다. 박동규는 아파트 주차장을 나서 첫 사거리를 돌자마자 차를 버리고 지하철로 향했다. 지하철로 몰려든 사람들 때문에 전철을 몇 대나 보내고 겨우 몸을 비집어 넣을 수 있었다. 그 난리 통을 뚫고 제시간에 약속 장소에 도착했다. 입구로 나가는 계단이 사람들로 가득 차 오도 가도 못하는 진풍경을 이루고 있었다. 그 계단을 10분 만에 올라오자 그의 모습이 보였다. 그는 G 신문의 스포츠 전문 기자인 M이었다. 2월 한겨울 설국에 어울리지 않게 검게 그을린 얼굴이었다. 그 얼굴이 오늘 박동규가 M을 만나고자 하는 이유였다. 짧은 인사를 나누고 따뜻한 술집을 찾아 발을 옮겼다. 골목마다 넘쳐나는 술집들 가운데 조금 한적한 일본식 주점을 골랐다. 따뜻하게 데운 술이 나오고 안주가 차려지는 사이 두 사람은 바삐 몸을 데울 술잔을 주고받았다.

　"시차 적응은?"

　"시차는 무슨. 서머 타임 때나 두 시간이지 원래 멜버른은 서울이랑 한 시간 차이야."

　"에이스들 인터뷰는 땄고?"

"다 돈인데 회사에서 풀어 주냐. 그냥 프레스 센터에 죽치고 합동 인터뷰나 따는 거지."

그는 지난달에 호주 오픈 취재를 다녀왔다. 잘나가는 기량급 선수들의 인터뷰는 그들을 관리하는 매니지먼트와의 협상을 통해 이뤄지니 애초에 단독이란 존재하지 않았다. 비즈니스호텔에서 하루 두 끼를 라면으로 때우는 펜대의 출장비에 천문학적인 섭외비를 담당할 예산이 포함되어 있지 않았음이다. 사실상 그들의 주목적은 출장비의 일부를 후원하는 국내 매니지먼트에 속한 선수들의 활약상을 전하는 일이었다.

"기사 보니까 우리 선수 몇 명이 꽤 선전했던데? 둘은 본선까지 오르고. 32강인가?"

"64강."

M은 씁쓸한 성적표가 자신의 것인 양 말을 아꼈다. 아직 호주 오픈 결승이 끝나지 않았음에도 한국으로 돌아온 것은 두 선수의 부진한 성적 탓인 듯했다. 박동규는 잔을 비우고 기다렸다. M이 잔을 채워 주자 준비했던 말을 꺼냈다.

"사람 하나 찾아 주라."

"흥신소 직원도 아니고."

"몇 년 전에 약물이랑 교통사고 스캔들로 떠들썩했던 유소년 선수가 있었는데……."

"뭐, 임석?"

"좀 아는 거 있어?"

"프로 준비하다가 대학 갔다는 소식만 들었는데. 부상 입고 성적이 좋지 않았을걸."

박동규는 자신의 잔에 술을 따르고 목을 축였다. M의 입에서 나온 이야기는 이미 자신이 조사한 사실이다. 그 모든 이야기가 과거형으로 종결되어 있었다. 지금까지 모든 인맥을 동원해서 알아본 레이더에도 현재의 임석이 잡히지 않는다. 이사를 간 집까지 찾아가 봤지만 그곳에도 임석은 없었다. 술잔의 술이 차갑게 식어 있었고 박동규는 입술 끝에만 술을 묻혔다.

"제일 눈여겨봤던 선수였지. 재활하고 복귀하면 그래도 성적이 나왔을 텐데 말이야."

박동규는 목이 타오르는 걸 느꼈다. 자신이 어찌할 틈도 없이 다시 터져 버린 양촌 사고의 진범 찾기와 KDC 클럽의 스폰서 추문까지 모든 것이 뒤죽박죽된 채 굴러간 그때, 임석은 이미 모든 것을 내려놓은 듯했다. 임석은 인터뷰를 거부하고 칩거했다.

"어쨌든 인생 조졌지. 사건 터지고 노이즈 마케팅이 돼서 유소년 테니스 쪽으로 사람들이 몰렸던 건 임석 덕분이었잖아. 정작 본인은 프로에 발만 담갔다가 밀려나고. 저는 번개탄으로 인생 끝난 거지."

두 사람 모두 술잔이 비었으나 말이 없었다. 박동규는 어렵게 다음 얘기를 꺼냈다.

"소문에는 호주에 갔다는 말이 있는데 확인하기가 어려워서. 이번 대회에서 뭐 좀 얘기 들은 거 없어? 유학 간 유소년 선수들도 좀 있다던데."

"챌린저 급에도 없는데 메이저에 있을 리 없지. 대회 나왔으면 금방 소문났을 거야."

"아카데미 쪽은?"

M은 고개를 내저으며 박동규의 잔을 채웠다. 쓸데없는 짓이니 포기해라. 가득 채워진 술잔이 답을 대신했다. 그 말을 끝으로 임석은 대화에서 자취를 감추었다. 대신 M이 거나하게 취할 때쯤 안주가 되는 속초 이야기가 초반부터 불거져 나왔다. 더 취하겠다는 의지였으나 오늘따라 M의 목소리는 취기 없이 또렷했다.

"원주를 가든 정선을 가든 강원도 출장 가면 무슨 조홧속인지 꼭 거길 들른다니까. 법인 카드로 회 한 접시 먹겠다고 가는 거면 정신이야 온전한 거지. 맨정신이 가출해서 가는 게 문제야. 그 횟집 수족관 들여다보겠다고 수백 킬로미터를 달려서 말이야. 쓸쓸해서 보는데 보고 나면 처절해. 뭣 같아."

술이 몇 잔 들어가면 자동판매기처럼 그의 입에서 뱉어지는 말이었다. 새로 들어온 대게가 완력으로 바닥을 향해 기어 들어가면 자리를 보전하고 있던 오래된 게가 물 위로 끌려 나오는 광경을, 그럼에도 손님은 제일 밑바닥의 싱싱한 그 대게를 손으로 찍어 찜통으로 보내고 그 자리로 힘없는 이전 자리 주인이 조용히 내려앉아 처연히 바다를 바라보는 걸 보면……

말끝을 흐리며 술 한 잔을 털어 넣었다. 듣고만 있던 귀의 주인이 입을 열었다.

"되는 놈은 되고, 안되는 놈은 안되고."

M은 발끈했다. 불쾌한 얼굴로 제 인생을 오독한 이를 나무라듯 말했다.

450

"아니, 이제는 죽고 싶은데 자꾸 빠꾸 당하는 앞 게도, 더 살고 싶은데 찜통행인 뒷 게도, 열심이든 안 열심이든 제 맘대로 풀리지 않게 만들어 놓은 이 뭣 같은 세상, 한 달 뒤에 가도 집게 부러진 그 늙은 게가 거기 살고 있다니까. 발악을 해도 꼬이는 게 찜통이든 수족관이든 서글픈 건 매한가지라고."

잠깐 그쳤던 눈발이 다시 거세지고 있었다. 오늘 안에 집에 들어갈 수 있을까. 두 사람의 마음속에 불안감이 엄습했다. 날이 더 추워지니 더 독한 술이 필요했다. 둘은 2차를 위해 엄동설한을 뚫고 길을 나섰다.

뽀드득 - 눈을 밟는 소리가 시끄러운 음악 소리에 묻혀 버렸다. M은 이번 겨울이 유독 더 춥게만 느껴졌다. 어쩌면 자신의 몸이 아직도 그 땡볕 호주의 태양을 기억하고 있기 때문인지도 모를 일이다. 아니면 멜버른에서 만났던 그의 얼굴을 잊지 못해서인가. M은 잠시 박동규의 얼굴을 보다가 그 말을 아껴 두기로 했다. 자신이 보았던 그 사내가 정말 임석이었는지 확신이 없어서가 아니다. 그는 분명히 임석이었지만 적어도 박동규가 찾고 있는 모습이 아니었다. M은 한눈에 임석을 알아보았지만 임석은 그의 시선을 피했다. 두 사람은 서로를 보지 않은 것으로 무언의 합의를 했고 그는 술이 취해 그 이야기가 흘러 나가지 않게 자신을 단속했다. 얼어 죽을 것 같은 추운 날씨가 고마웠다. 하지만 술이 깨고 나면 또다시 장사항 그 횟집 수족관에 머리를 박고 있을 것임을 어렴풋하게 느낄 수 있었다.

약속 시간까지 한 시간 남짓 여유가 있었다. 평일 오후 7시 퇴근 시각에 보자는 약속을 마다할 이유가 없었지만 약속 장소가 네일숍이라는 게 문제였다. 밥집이나 술집, 시간대가 어울리지 않는 커피숍도 아닌 네일 숍으로 불러들인 의도를 파악한 게 망설임의 이유다. 만나야 하지만 괜한 시간 낭비 같고 개중 가장 덜 아까운 시간에 보자. 같은 과의 대학 동기면서도 정은선과 자신이 친구가 되지 않은 수많은 이유 중 하나였다. 이십 대야 모든 것을 저울에 올리는 얄팍한 이기심이 아니꼬웠지만 지금은 감정의 유통 기한이 끝난 상태였다. 강남의 유명한 유한마담을 통해 소개받은 남편과의 결혼 생활이 아직도 유효할까. 아이가 없다고 들었고 딩크족이란 소문을 제가 흘리고 다니며 난임 병원을 드나든다는 소문도 들었다. 어느 쪽이든 쓸쓸함이 묻어났지만 귀와 입 모두를 닫는 쪽을 택했다.

밀리는 퇴근 시간이니 늦을 거라 말을 해둔 터였지만 시계는 6시밖에 되지 않았다. 어차피 다시 사무실로 돌아와야 하니 그냥 출발할까 망설이는 찰나 먼저 도착했다는 정은선의 문자가 왔다. 빨리 오라고 에두른 말이었다. 가게는 청담동 쇼핑 거리에서 조금 떨어진 곳에 있었는데 주차장에 차를 대려는 순간 발레파킹을 하는 남자가 다가와 문을 두드렸다. 3미터 대리운전을 해준 대가로 몇 천 원을 넘기기가 아까워 망설이다 운전대를 넘겼다. 저녁을 먹을 시간에 가게 안은 퇴근길에 들른 사람들로 붐볐다. 입구에 들어서자마자 직원 하나가 다가와 예약 이름을 물었다. 정은선의 이름을 대자 직원은 그녀를 가게 안으로 안내했다. 번잡한 가게 안으로 들어가니 별도로 만들어진 조그만 방들이 있었다. 직원은 그중 하나로 그녀를 안내했다. 잡지를 읽고 있던 정은선의 발에 두 사람이 달라붙어 무언가를 열심히 벗겨 내고 있었다. 정은선이 알은체를 하며 옆자리를 권했다.

"네 것도 예약해 뒀어. 앉아."

슬쩍 내려다본 정은선의 발이 형형색색 화려한 발톱을 뽐내고 있었다.

"난 됐어."

"미안. 이런 데로 불러서."

형식적인 인사가 끝나길 기다렸다. 곁다리를 낀 동창이 아니었다면 같은 업종에 몸담고 있어도 사적으로 만날 사이가 아니었다. 오며 가며 서초동 밥집에서 눈인사나 나누는 사이에 과한 진전이다. 직원 하나가 태블릿 PC에 담긴 사진을 넘기며 디자인을 보여 주자 정은선은 그중 몇 개를 고갯짓으로 골랐다. 정장 입고 점잔 빼는 직업에 과한 디자인이 아닌가 하는 생각은 기우였다. 과한 것은 발톱으로, 점잔을 빼는 모노톤의 색깔은 손톱으로 양분되었다.

취향은 사람의 많은 부분을 알려 준다. 양분되는 저 두 가지 색 중 어느 쪽이 진짜 취향인지는 자신만이 알겠지만 한 친구는 정은선이 기를 쓰고 강남 색깔 흉내 내는 게 밥맛이라고 했다. 지빠귀 둥지 안에 굴러 들어간 뻐꾸기 알인 주제에 근본을 바꾸려고 저렇게 발버둥 치고 있다고. 스터디 모임에 늦게 들어온 뻐꾸기 알이었던 정은선이 하나둘씩 다른 아이들을 둥지에서 밀쳐 내는 것을 그렇게 표현했다. 새의 1퍼센트가 남의 둥지에 제 알을 까는 탁란조인 것은 인간 세계에서도 다르지 않았다. 스터디 모임에서 권력을 잡은 정은선은 별 볼 일 없다고 판단되는 사람이면 어떻게 해서든 모임에서 쫓아냈다. 제 발로 나가든 등 떠밀려 나가든 방법은 상관없었다. 지빠귀의 새끼들보다 먼저 알을 깨고 나와 제 발에 걸리는 모든 것을 밖으로 밀어내는 정은선의 성격은 후천적 탁란 기질이었을 것이다. 변호사를 달기 위해 늦깎이 수험생을 자처했던 것은 법무사였던 제 아버지의 좁은 울타리를 벗어나려던 욕망의 표출이란 소문이 앉은 귀에 들어왔다. 임 변은 정은선이 스터디 둥지에서 밀어낸 수많은 뻐꾸기 알 중 하나였다. 죽지 않고 용케 살아남았네. 만나면 그런 인사를 해줄까 궁금하던 참이었다.

"요새 바쁘니?"

스터디 모임에서 쫓겨나서 혼자 공부하느라 죽을 맛이었던 지난날의 이야기는 잊었다.

"사무실에 들어가야 해."

"식사는?"

"때워야지."

"시켜 줄까?"

"여기서? 먹다가 냄새 때문에 체할 것 같은데. 뭔데?"

"대표님이 너 좀 보자고 하셔서."

"너희 로펌?"

그녀가 어디에 근무하는지는 알고 있으니 자신이 대답할 차례였다. 항공기 소음 단체 소송이나 산재 전문 로펌으로 소문난 곳에 내가 갈 자리가 있는가에 대한 답변이다. 대표가 직접 만나서 말해 보는 게 어떻겠느냐고 했다는 말은 걸러 들었다. 정식으로 요청할 얘기를 굳이 이런 식으로 불렀다는 건 아는 눈을 통해 의중을 읽 겠다는 의미이지 싶었다. 그 아는 눈이 정은선이라는 게 아이러니 였지만.

"사실 강남 자사고 학폭 사건 큰 게 들어왔는데 같은 반 애들 여 섯 명이 함께 모인 거라 큰 사건인가 봐. 우리 대표랑 안면 있는 업 체 대표 아들도 끼었고."

"가해자 쪽이네."

"올래?"

"글쎄……."

예상치 못한 내 대답에 정은선의 얼굴에 미묘한 표정이 스쳤다. 정은선은 이내 감정을 숨기고 웃음을 띠었다.

그녀의 표정이 전하지 않은 속내를 대변한다. 큰 줄기는 사업 포 지션이 명확하지 않은 중간급 로펌이 사업 영역을 확장하면서 소 년 재판 쪽으로 물꼬를 트겠다는 이야기가 아닐까. 더 큰 조류는 소년 범죄 가해자에 대한 일반적 상식이 바뀌고 있다는 뜻일 테고. 어쨌든 매스컴을 탔고 이야기는 미화됐고 자신의 얼굴과 이름이 알려졌으니 영입 제안을 하겠다는 의미였다. 반응을 살피는 정은 선의 얼굴로 며칠 전 그녀와의 자리를 연결하며 친구가 해줬던 이 야기가 겹쳐졌다. 맞춰 두었던 구두가 제시간에 오지 않자 가게 매 니저를 자기 발아래 무릎 꿇린 걸 보며 속으로 혀를 찼다는 그 친구는 이런 말을 덧붙였다. 얘는 갑을이 바뀌는 순간 너무 위험한 애가 되겠구나. 친구의 목소리에 정은선의 목소리가 겹쳐졌다. 누가 무릎 꿇으라고 했어요, 오후에 도착한다는 구두 하나를 제시간에 도착하지 못해 시간을 빼앗았으면 제대로 된 사과를 하셔야죠. 친구는 이 말을 전하며 그들이 구두를 찾으러 간 오후가 점심을 먹는 이른 오후였음을 실토했다. 마지막까지 정은선은 무릎 꿇은 매니저를 일으켜 세우지 않았다고 했다. 근데 그래도 친구라고 너를 소개한 걸 보면 나쁜 애는 아닌데. 정은선의 번호를 주던 그 친구는 말끝을 흐렸다.

임 변은 잘린 말끝을 받아 이었다. 때론 선이며 때론 악이기도 한 그 수많은 점들에서 정은선은 그저 인간의 변주였고, 평범한 모습을 한 그녀의 선악은 처연하고 모질었다. 호의라는 미명 아래 겹겹이 쌓여 있는 포장지를 풀어야 보이는 정은선의 내면을 표면을 보고 판단한다는 것 자체가 무의미한 일이었다. 전체 회의에서 대표가 임석 사건을 언급했을 때 동창이 담당 변호사라는 말을 하며 점수를 따려고 했을 수도 있고, 동료와 식사를 하다가 TV에 나오는 자신을 보고 쟤 학교 때는 별로였는데, 라는 말을 하지 않으면 좀이 쑤셨을 가능성이 더 높다. 환멸에 젖은 인생에게 삶이란 횡단보도를 뛰어가듯 건너는 시간일지도 모른다. 중첩된 횡단보도들 사이에서 가파른 숨을 내쉬며 점멸하는 초록 불에 발을 들이미는 게 인생을 붙잡는 거라 생각했을 것이다. 그래서 지금은 어떤 삶이냐고 묻고 싶었다.

"네 생각은?"

질문을 넘기고 정은선의 본심을 기다렸다. 사고 치는 애들로 돈 좀 벌겠다는 네 로펌 대표 이야기는 건너뛰고 나와 한 공간에서 일을 하게 되면 또다시 탁란조가 되지 않겠니. 그건 어찌할 수 없는 네 본성인데.

"대우는 좋아. 일은 많고. 대표가 결손 가정 아이들 후원도 많이 해. 돈 좀 쓰고 조그만 사회적 기업 이미지 얻으려는 거지."

"굳이 나를?"

"임석, 네가 걔랑 각별하다며. 걔 요즘 어떻게 지내?"

"소년 사건에 임석만 한 이름값이 없지."

핀셋 마케팅의 대상이 너무 적확해서 쓴웃음이 나왔다. 말한 의도대로 결손 가정 후원이라면 노승모나 구성구가 적임자지만 돈이 될 만한 간판을 고른 것이다. 자신과 임석을 원 플러스 원 한 묶음으로 가져오겠다는 영민한 계산이다.

한번 바르면 잘 지워지지 않는 젤 네일이라고 하던가. 이 정도 가게라면 회원제로 운영이 될 텐데 한 번에 얼마쯤 할까. 식당처럼 메뉴판이 보이지 않는 건 가격에 집착하는 손님은 올 수 없다는 뜻이기도 할 텐데. 정은선의 손톱과 임석 엄마의 그것이 묘하게 겹쳐졌다. 외로운 사람들의 민낯이 그 화려한 색감에 제 얼굴을 가리고 있었다.

"나도 연락 안 된 지 몇 달이 넘어."

"걔 엄마 말로는 호주로 갔다던데. 연락처는 너만 알 거라고."

"넘겨짚지 마. 연락이 와야 닿는 녀석이니까. 대표님께 나도 연락 안 된다고 전해 드려. 할 말 다 했어?"

"뭘 정색을 해. 식사 한번 하자시는데 약속 시간은 정해야지."

"이번 주는 안 되고, 다음 주 점심. 수요일이나 목요일 둘 중에. 정하면 연락 줘."

결렬이든 성공이든 이도 저도 아닌 관심 없더라는 식으로 싹을 잘라 버리든 상관없었다. 말을 전하는 사자가 그녀였어도 충분히 만나 볼 가치가 있는 자리였기에 응하는 것뿐이다. 그 사건 피해자의 변호사가 자신이라는 사실은 만나서 해도 충분할 것이다.

그럼에도 쓴 입맛이 돌았다. 세상이 집어등을 치켜들고 임석을 찾고 있다. 임석이 검은 바닷속으로 사라지자 세상은 잔인하리만치 녀석을 끌어내어 조명 앞에 세우고 싶어 했다. 바닥으로 떨어진 사람의 바닥을 보고 싶어 하는 관음증이 아니고서야 달리 할 말이 없었다.

녀석 얘기가 아니었어도 머리가 망치로 얻어맞은 것처럼 아팠다. 가게 안을 가득 메운 매니큐어 냄새 때문에 내내 머리가 지끈거렸다. 가게 문을 열자마자 참았던 숨을 내쉬었다. 카나리아도 아니건만 맹독을 견디지 못하는 건 천성 탓인가.

돌이켜보면 자신은 늘 울타리 밖에 서 있던 사람이었다. 어린 시절 바닷가에서 게를 잡을 때, 바구니 가득 찬 게들 가운데 기를 쓰고 밖으로 기어 나온 놈들의 몸통을 잡아 다시 바다로 던져 버렸던 순간 임 변은 먼 훗날 지금과 같은 자신의 모습을 인지했던 건지도 모른다. 얌전히 바구니에 들어앉은 녀석이 아닌 튀어나온 올이라도 잡고 죽을힘을 다해 올라온 게들은 연민의 대상이었다. 도망가려는 녀석들이 이상하게도 밉지 않았다.

어쩌면, 살고자 하는 아이들을 잡아 힘껏 세상으로 던져 주는 업
보는 그 시절의 연장선일지 모른다. 열린 문 사이로 온기와 독소들
이 빠져나가고 있었다. 닫히려는 그 문을 잠시 붙잡고 섰다. 누가
보았다면 하염없이 누군가를 기다리는 사람으로 보였을 것이다. 켜
켜이 쌓인 저들의 세계, 그 테두리 어디쯤에 발버둥 치며 살아가고
있는 누군가를 기다리고 있노라. 누가 물었다면 임 변은 그런 답을
해줄 생각이었다.

*

호주 멜버른 A 아카데미

전화기를 든 수석 코치의 전화 통화 목소리가 코트 안에 쩌렁쩌렁
하게 울렸다. 기계로 태닝 한 멋진 피부와 깔끔한 세미 정장 차림의
그에게서 좀처럼 들을 수 없던 호주 서부 사투리가 튀어나왔다. 원
래도 알아듣기 힘든 호주식 영어에 서부 사투리까지 더해지자 눈칫
밥으로 사태를 파악하는 쪽이 빨랐다. 격양된 목소리로 미루어 보건
대 아무래도 오늘 첸을 코트에서 보는 것은 힘들 모양이다. 첸이 지
난주 싱가포르에서 열린 챌린저 대회에 무리해 참가했다가 몸살로
몸져누운 것이 화근이다. 수석 코치는 반대했지만 파트너인 패트릭
이 적극 추천해서 나간 경기였으니 첸을 탓하기도 힘든 일이다. 어
쨌든 훈련 파트너인 첸이 빠지며 패트릭의 훈련에 비상이 걸렸다.

마음 급한 수석 코치가 첸의 기숙사로 달려간 사이 패트릭이 코

트에 모습을 드러냈다. 주말이라도 언제나 시작 30분 전에 나타나 먼저 몸을 풀고 라켓의 상태를 점검하는 테니스 교과서. 첸이 못 나온다는 연락을 받았을 텐데도 자리로 와 준비 운동을 하는 패트릭이야말로 프로 선수계의 수도승이다.

녀석은 TV에 나오는 세계 최강의 선수처럼 황홀한 동시에 비현실적이다. 세상 모든 유전자 데이터를 가동시켜 테니스에 적합한 유전자만 그러모아 만든다고 한들 저런 녀석이 태어날까만.

패트릭 발티는 189센티미터에 달하는 장신에 3백 밀리미터짜리 군함 같은 테니스화를 신고 코트 위를 한 마리 벌처럼 날아다녔다. 발티라는 이탈리아 명품 가방 같은 이름은 호주 빅토리아 주 밀두라라는 소도시에서 포도 농장을 운영하는 이탈리아인 제 아버지로부터 물려받은 것이고 녀석은 호주에서 나고 자란 이민 2세대로 아버지 피가 붉든 푸르든 본인의 정체성은 의심할 여지 없이 호주 사람이었다. 농장에서 포도나 따고 트랙터를 몰 것 같은 수더분한 인상의 패트릭은 알고 보면 그 고향 밀두라 서키트에서 우승을 거머쥔 명사였다. 정작 그 대단한 상금은 고스란히 더 많은 포도나무를 사는 데 들어갔다고 볼멘소리를 해대지만 이 괴물이 우승을 거머쥔 그때 나이가 겨우 만 17세, 묘하게도 내가 감별소에 있었던 시기에 거머쥔 영광이다.

몇 번 스윙 연습을 하던 패트릭이 파라솔 밑에 선 내게로 걸어왔다.

"쌕, 오른쪽 등이 아직도 뭉친 것 같아."

그는 그늘 속 의자에 앉아 셔츠를 벗었다. 나는 익숙하게 패트릭의 견갑골 주위 근육을 손으로 만져 보았다. 어제 무리하게 시합을 뛴 탓에 근육이 놀란 모양이다. 패트릭을 긴 벤치에 눕게 한 다음 오른쪽 손을 등 뒤로 꺾은 채 뭉친 견갑골 주위의 근육과 혈점을 손으로 꾹꾹 눌러 지압했다. 가방 속에 넣어 두었던 작은 폼 롤러를 꺼내 뭉친 등 근육 쪽에 대고 천천히 근육을 풀어 주었다. 개인 스포츠 재활 치료사로서 피로가 쌓인 근육을 제때 이완시키는 것이 내 일이다.

내 고용인이 테니스를 한다는 사실을 제외하면 이곳에서의 나는 테니스와 아무런 관련이 없는 사람일 뿐이다. 급행으로 스포츠 재활 치료를 배우면서 뒤늦게야 코트에서 내 몸이 보냈던 신호들을 이해하게 되었다. 무리하게 쓴 어깨가 어떻게 등의 통증과 연결되는지와 추운 겨울 함부로 썼던 종아리 근육이 어떻게 파열되는지 코트를 떠나고 나서야 알게 된 얼간이였다. 선수였음을 숨겼지만 그들의 세계를 읽는 눈 때문에 수석 코치는 나를 패트릭의 재활 치료사로 고용했다.

셔츠를 벗고 벤치에 길게 누운 패트릭의 등판이 온통 멍 투성이였다. 몇 번 부황을 떠준 뒤 몸에 부황 멍 자국이 사라질 새가 없는 녀석의 등 위로 한국의 목련나무가 겹쳐졌다. 그 꽃을 마지막으로 함께 본 임 변도 생각났다. 갑작스러운 호주행을 얘기한 뒤 찬바람이 부는 벤치에 앉아 맥주를 마시다 뜬금없는 말을 뱉었다.

석아! 감별소를 나온 뒤부터 무시로 그렇게 불렀다. 석아, 집에 키우는 강아지 이름 부르듯 아무 준비도 없이 툭 뱉는 말로.

난 있지, 눈 올 때 피는 동백꽃보다 봄이 올 때 피는 목련꽃이 더

슬프더라. 사람들이 준비가 안 됐을 때, 봄이 왔는지도 모르고 땅만 보고 걸어 다닐 때 그렇게 높은 곳에 피면 어떡해. 처음부터 바닥에 주저앉아 피어올랐으면 알았을 텐데. 와서 흐드러지게 반짝이다 지저분하게 져버리잖아. 꽃으로 잠깐 피다가 1년 내내 나무로만 사는 것도. 석아, 이런 게 슬퍼지는 걸 보면 진짜 늙어 가나 보다.

가라, 가지 마라, 한마디도 얹지 않고 그냥 흘려들었다는 듯 다른 이야기를 덧붙일 뿐이었다. 아빠에게는 메일로 엄마에게는 현관에서 신발을 신다가 문득 생각난 듯 얘기했다. 문이 닫히는 소리 너머 엄마의 대답은 들리지 않았다. 엘리베이터 문이 닫힐 때쯤 현관문이 열리는 소리가 들렸으나 그게 다였다. 엄마는 너무 늦게 나는 너무 일찍, 서로의 시간이 맞지 않았을 뿐이다. 한국을 떠나면서 우리의 관계는 비로소 평범한 모자 사이로 돌아갔다.

녀석의 등에 지저분하게 번진 멍 자국을 보고서야 임 변의 갱년기를 앞당긴 게 나였음을 알았다. 멜버른의 3월은 아직 여름의 열기가 가시지 않은 초가을이지만 한국은 이제 봄의 초입이니 꽃망울이 맺혔을 것이다. 임 변은 지는 목련을 바라보며 또다시 나를 떠올릴지도 모른다.

테니스를 버리고 도망쳤던 시간은 지독한 불볕더위의 한여름이었다. 비행기 문을 나서자마자 폐포 가득 채워지는 차가운 공기가 혼미했던 정신을 일깨워 주었다. 너의 맹렬하게 뜨거웠던 시간은 사라질 것이다. 호주의 겨울은 줄줄이 달고 왔던 그 꼬리표를 떼어 줌과 동시에 현실을 직시하게 만들었다.

그리고 이곳의 봄을 맞았다. 끔찍했던 감별소의 기억에서 8천여 킬로미터를 도망쳐 왔지만 언제든 고개를 돌리면 기다리고 있을 그 검은 아가리들의 포효. 그것은 늘 어둠을 등지고 있어야 하는 내 운명이다. 꿈속을 찾아오는 박중태와 해골과 초파리들의 눈빛은 언제나 형형하게 빛을 발하고 있었다.

패트릭이 준비 운동을 하는 사이 셔츠가 땀에 젖은 수석 코치가 나타났다. 그는 고개를 절레절레 저으며 지독한 몸살감기에 걸린 첸의 몸 상태가 회복 불능임을 알렸다. 기술 코치인 라캉마저 다른 선수의 대회에 동행한 터라 패트릭의 훈련에 비상이 걸렸다. BMW 대회가 한 달밖에 남지 않았기에 하루가 중요한 시기였으니 선수인 패트릭이 저렇게 천하태평일지라도 코치진이 예민해지는 것이 당연했다.

"라캉은 빨라도 내일모레에나 도착할 거야. 다른 선수들 스케줄을 확인해 봤는데 다들 훈련 일정이 잡혀 있어서……."

수석 코치는 진땀을 흘리고 있었다. 아카데미의 수석 코치이자 패트릭의 개인 매니저인 자신이 훈련 파트너를 구할 수 없음에 대한 자괴감 때문이 아니다. 표면적으로는 패트릭과 훈련을 할 만한 적임자가 없음이고 속내는 어쭙잖은 파트너와의 훈련이 오히려 패트릭의 기량을 나눠 주는 꼴이 되기 때문에 고민하는 중이었다.

"날씨도 이런데 오늘은 그냥 체육관에 가서 근력 운동이나 하자."

수석 코치는 셔츠를 몸통에 반쯤 감아올리고 손을 내저었다. 몸을 풀던 패트릭이 잠시 생각에 잠겼다. 패트릭은 말없이 가방을 뒤지더니 라켓 여러 개를 꺼내 이리저리 둘러보다 하나를 내게 내밀었다.

"쌕, 이거 좀 잡아 봐."

주위에 있던 사람들은 영문을 알지 못한 채 패트릭을 바라봤다.

"왜."

"텐션이 좀 센데 써볼래?"

망부석이 된 나를 보다 못한 패트릭이 직접 내 손에 라켓을 쥐어 줬다. 그의 눈빛은 단호했다.

"이번 주만 내 훈련 파트너 좀 해줘."

녀석의 눈 속에 눈부처로 빛나는 누군가가 들어 있었다. 그는 눈 앞의 라켓을 볼 수 없는 청맹과니였다.

"패트릭이 장난하는 거야."

수석 코치는 내 어깨를 두드리며 괜찮다는 듯 눈을 찡그렸다. 저 녀석이 오죽 급하면 저러겠냐. 그의 표정은 이렇게 말하고 있었다. 코치 입장에선 파트너인 첸조차 받아 내지 못하는 서브를 재활 치료사가 받는 상황은 코미디가 아니라 공포물이었다. 다시 라켓을 내밀었지만 녀석은 요지부동이었다. 녀석의 갈색 눈동자는 변함없이 깊었다. 무언가를 숨기고 있는 쪽은 나인데 녀석이 더 고통스러워 보였다. 보다 못한 수석 코치가 라켓을 잡아 들고 패트릭의 등을 토닥였다.

"오늘만 따로 훈련하면 어떻게든 시합 파트너 구해 올게."

녀석은 잠시 나를 돌아봤다. 잠시 손에 잡았던 라켓의 감촉이 그 날의 모든 기억들을 되돌려 놓았고 녀석은 내 안의 조그만 일렁임을 눈치챈 것이다. 수석 코치가 턱 끝으로 아이스박스를 가리키며 물을 가져올 것을 명령했다. 패트릭은 내민 물병은 바라보지도 않은 채 대꾸 없이 공 바구니를 끌고 베이스라인으로 걸어갔다. 혼자서라도 서브 연습을 할 작정이었다. 녀석은 예의 수도승 같은 표정으로 무시무시한 톱스핀을 성공시켰다. 물처럼 평온한 그의 내면은 폭발적인 힘을 이끌어 내었다. 서브 공 몇 개를 넣고 연신 손목시계를 들여다보는 것으로 보아 약속이라도 있는 모양이었다.

 못 박힌 자리에 서서 오래도록 녀석을 바라봤다. 제 젊음을 헌납하는 축복이었으나 그것을 바라보는 내 감정은 인이 박인 패배감이었다. 손에 들고 있던 얼음물이 녹아 팔뚝을 타고 흘러내렸다. 얼음물을 다시 아이스박스에 넣고 대신 의자에 놓인 밍밍한 생수 한 병을 따 목을 축였다. 차가운 생수 여섯 병을 마실 자격은 오로지 저 땡볕에서 그만큼의 땀을 흘린 패트릭이지 그늘 속에 몸을 구겨 넣은 내가 아니다. 파라솔이 그림자를 만드는 자리에서 한 발짝도 밖으로 나올 수 없는 좀먹은 인생을 되살릴 방법이 없는 것처럼. 친구들도 테니스를 떠났고 리오스도 학교를 떠났다. 끝까지 남은 건 염성우 하나뿐이다. 프로로 전향해 코트를 지켰던 염성우는 차곡차곡 실력을 쌓아 메이저 대회로 올라가 있었다. 그리고 얼마 전 호주 오픈에서 염성우를 보았다. 좋은 시드를 배정받지 못해 대부분이 늦은 밤에 치러지는 경기였지만 녀석의 기량은 놀라우리만치 향상되어 있었다. 그럼에도 64강이 한계였다. 그는 설욕을 당한 것이 아니었다. 제 안의 재능과 투지는 정점이었지만 그 이상으로 끌어올려 줄 동력이 없었다. 그를 이긴 상대 선수는 랭킹 20위 안에 드는 거물이었고 120위 권인 염성우와의 경기 결과는 불을 보듯 뻔한 것이었다. 관객들은 일방적으로 경기를 끌고 가는 상대 선수에게 열광했다. 염성우는 시합이 끝난 후 오래도록 의자에 앉은 채 코트를 떠나지 못했다. 이마에서 흘러내린 땀조차 닦지 못한 채 망연자실한 표정으로 앉아 있던 염성우는 어떤 생각을 하고 있었을까.

그 지독한 패배감 속에서 나를 떠올리지 않았기를 바랐다.

*

오후 5시가 넘어갈 무렵 수석 코치는 키가 껑충하게 큰 중국인 선수 하나를 데리고 코트에 나타났다. 아직 열여덟인데 지난 챌린저 대회에서 돌풍을 일으킨 괴물 신인이라며 내일부터 훈련 파트너가 될 것이라고 패트릭을 다독였다. 수석 코치가 입은 아르마니 셔츠의 반이 땀에 절어 있었다. 맞는 훈련 파트너를 찾아 멜버른을 탈탈 털고 캔버라까지 뒤졌다는 그 고생을 두고 패트릭은 싫다 좋다 한마디 말도 없이 자기 자리로 돌아가 다시 서브 연습을 했다. 중국인 선수는 패트릭의 서브를 보며 혼이 나간 얼굴이었다. 수석 코치가 중국인 선수를 끌고 코트를 빠져나가자 서브 공이 튀는 소리만이 코트를 메웠다. 패트릭은 정확히 6시에 훈련을 끝내고 샤워를 마친 후 뭉친 근육을 푸는 마사지를 받고 집으로 돌아갔다.

그가 코트를 벗어난 것은 퇴근 신호였다. 나는 야라 강 주변 식당에서 간단히 저녁을 해결하고 근처 마트에서 맥주 몇 캔을 사서 숙소로 돌아왔다. 5백짜리 캔 두 개를 비웠는데도 저녁 8시를 넘지 않았다. 책을 뒤적이다가 이내 잠이 쏟아져 불을 껐다. 불을 끔과 동시에 쏟아지던 잠이 사라졌다. 정신이 새벽별처럼 또렷해지자 다시 불을 켰다.

네 평 남짓한 방의 한편에 놓인 작은 냉장고가 윙- 세차게 한 번 돌더니 이내 잠잠해졌다. 귀를 기울이면 천장에 달린 형광등을 향해 날아든 부나방들의 날갯짓 소리까지 들리는 밤이었다. 무의식중에 TV를 틀어 보지만 화면이 눈에 들어오지 않았다. 머릿속에는 패트릭이 보여 줬던 서브만이 무한 재생되었다. 같은 장면을 신물이 나도록 복기하는 습관은 분류심사원에서 시작된 것이었다. 수십 번 반복되는 영상 속의 패트릭은 계속 라켓을 바꾸며 무언가를 시험하고 있다. 기계가 쏜 연습구처럼 같은 자리에 수북하게 쌓인 공을 보고도 패트릭의 표정은 심각했다.

오전과 오후에 계속된 서브 연습으로 녀석의 등 쪽 광배근에 무리가 왔다. 어깨와 등 근육이 아닌 허리 근육을 쓰기 위해 몸을 과도하게 비트는 바람에 허리 쪽 근육도 뭉쳤다. 새로운 걸 시도하면서 녀석의 몸에 과부하가 걸렸다는 신호임에도 녀석은 서브 연습을 강행했다. 오후 들어 높은 기온 때문에 라켓의 스트링이 살짝 늘어졌을 텐데, 그걸 모를 리 없을 텐데 왜…….

순간 자리에서 벌떡 일어나 커튼을 열어 코트 쪽을 바라봤다. 야간 경기를 즐기는 일반인들로 조명을 켠 코트는 낮처럼 환했다. 운동화를 신고 나가려다 다시 방으로 돌아와 옷장을 열었다. 지난 대회에 패트릭이 참가 기념품으로 받았던 신상 라켓 몇 개가 있었다. 그가 후원받는 라켓 브랜드가 아니기에 시합용으로 쓸 수 없어서 내게 버린 것이나 다름없었다. 두 개의 라켓과 공을 들고 무작정 내

려갔다. 사무실에 들러 공장에서 출고된 표준 텐션의 거트를 뜯어
내고 패트릭이 쓰는 스트링으로 다시 맸다. 스트링이 잘 끊기지 않
고 파워를 높이려는 목적으로 패트릭은 메인은 천연 거트를, 크로
스는 폴리를 쓰고 있었다. 메인은 가는 게이지, 크로스는 굵은 게
이지로 녀석이 평소 쓰는 텐션대로 만들었다. 다른 한 개의 라켓도
똑같은 방법으로 다만 전체 텐션을 2파운드 낮게 맸다. 빈 코트 하
나에 들어가 캔을 따서 시합구 네 개를 꺼내고 라켓의 텐션을 가늠
해 봤다. 그립을 감지 않아 손잡이 부분이 미끄러지지만 상관없었
다. 천천히 공의 바운드를 살펴며 베이스라인에 섰다. 공이 손을 떠
나 정점에 다다른 순간 라켓의 중앙이 공을 물고 스핀을 만들었다.
공은 서브 라인 안으로 정확히 미끄러져 들어갔다. 또다시 같은 힘,
같은 구질로 서브를 넣었다. 공을 같은 자리에 꽂아 넣는 건 식은
죽 먹기였다. 텐션이 2파운드 낮은 다른 라켓으로 바꾸어 서브를 넣
자 나머지 두 개의 공이 미묘한 변형을 그리며 전 궤적의 옆길을 따
라 위력적인 속도와 함께 서비스를 만들어 냈다. 공 네 개가 1~2센
티미터 간격으로 나란히 한 줄로 멈춰선 걸 보며 알 수 없는 전율을
느꼈다.

철조망에 조그만 울림이 있었다. 맞은편 코트에서 내 서브를 지
켜보던 한 남자가 엄지를 치켜들었다. 그와 눈이 마주친 순간 더 이
상 도망칠 수 없음을 깨달았다.

"첫 번째보다 두 번째 라켓의 공이 살짝 휘었어."

"텐션이 바뀌면 얼마나 빗나가는지 시험해 본 거지? 기온 때문에
텐션이 미묘하게 바뀌니까 시합 중간에 라켓을 바꿔 보려고."

녀석은 대답 대신 싱긋 미소를 지었다. 녀석이 협찬받는 고가의 스포츠 시계는 온습도를 표시한다. 그걸 보며 라켓의 텐션이 시합 중 미묘하게 변할 것을 예측한 것이다. 패트릭은 라켓을 옆구리에 끼고 셔츠로 이마의 땀을 닦았다.

"코치는 괜한 짓이라는데 아주 조금씩 달라. 몸이 그걸 알겠더라고."

그는 다가와 내 라켓을 살펴보고 자신의 것을 내밀었다.

"이걸로 다시 해봐. 시합이 계속될수록 서브가 빗나가는 게 체력 탓만은 아닌 거였어. 너라면 미묘한 차이를 느낄 수 있을 거야."

녀석이 내민 라켓에는 굵은 펜으로 휘갈겨 쓴 '-1'이 표시되어 있었다. 1파운드, 그 말도 안 되는 강도를 시험하는 지독한 놈이다. 오전 9시부터 6시까지 점심을 제외한 여덟 시간을 코트와 체육관에서 비지땀을 흘려 놓고 또다시 코트로 돌아온 독종을 설명할 길이 없다. 녀석은 옆 코트에 두었던 제 라켓 가방을 가지고 돌아왔다. 가방에 한가득 담긴 것은 포엑스 맥주 캔이다. 우리는 건배랄 것도 없이 맥주를 따 마셨다.

녀석과 나 사이에는 코치가 알지 못하는 과거가 존재했다. 패트릭과 나는 마이애미 닉 볼리티에리에 있었던 그 짧은 기간 동안의 버디였다. 그때 패트릭은 175도 안 되는 작은 키에 교정기를 하고 있던 호주 촌놈 캥거루로 불렸다. 녀석도 호주에서 미국으로 단기 테니스 연수를 온 초짜였고 나는 영어도 안되는 더 못난 찌질이였다. 내성적인 두 촌놈이 미국 애들 틈바구니에서 가까워진 것은 당연한 일이었다. 양키들은 대놓고 썩이라는 내 영어 이름을 '썩 마이애스'의 풀네임으로 불렸다. 영어가 되는 패트릭이 호주 사투리 때문에 양키들에게 '퍼킹'과 '애스 홀'을 당할 때 식판을 부러뜨리고 식탁을 뒤엎은 사람이 나였다. 그럼에도 그 양키 녀석들이 반자동 소총을 들고 기숙사에 찾아와 총알을 휘갈길까 봐 밤새 두려움에 떨었다.

재활 치료를 핑계로 나를 호주로 불러들인 사람이 패트릭이었다. 학생 비자를 받는 것이 최선이었지만 상관없었다. 3시에 수업이 끝나면 패트릭이 훈련하는 코트로 가 녀석의 재활 치료사가 되었다. 패트릭은 한국에서 있었던 일을 묻지 않았다. 표면적으로 나를 파트타임으로 채용한 것은 수석 코치였지만 녀석은 지난 9개월간 나를 학대하는 고용주였다. 코트에 내 목줄을 채워 둔 채 내 스스로 저항을 멈추고 다시 코트로 돌아오게 만들려 했다. 그러나 나는 자학을 선택했다.

"적당히 해. 이런 날 혹사하면 죽는 거야."

"이런 날 아버지 포도 농장에 끌려가서 포도를 따느니 테니스 하는 게 나아."

"미친놈, 차라리 포도를 따겠다."

그 말에 녀석의 눈이 남십자성처럼 밝게 빛났다. 제 아버지 농장에 데려갈 젊고 힘 좋은 일꾼 하나를 수확한 코치의 눈이었다. 패트릭이 땀을 닦으며 손목 아대를 벗어던지자 왼쪽 팔에 또렷하게 새겨진 문신이 자태를 드러냈다. 35, match, back to Mildura, 열일곱에 마이애미 아카데미에서 함께 새긴 같은 문신이었다.

"세트를 말아먹었을 때 이걸 보고 견뎠다. 코트는 늙어서 떠나야지 등 떠밀려서 떠나는 게 아니라고 한 건 너였어."

패트릭은 치기로 가득 찬 시절에 했던 약속을 잊지 않고 있었다. 그 시절 녀석은 늘 내게 말했다. 서른다섯이 되면 약속대로 뭐가 됐든 라켓을 놓고 아버지의 포도 농장으로 갈 것이라고. 자신의 인생 후반부에는 테니스가 없을 것이라고 다짐하듯 말했다. 나는 그 서른다섯에 더 이상 후회가 없을 것이라 믿었고 서른다섯이 되기도 전에 그 문신을 지웠다.

주머니 속 휴대폰에서 알림음이 울렸다. 한국에서 보낸 메일 한 통이 도착해 있었다. 재판 후 만났던 박 기자였다. 임 변이 지난번 통화에서 언질을 주지 않았더라면 이 남자가 임 변의 친구라는 걸 몰랐을 만큼 융통성이 밥통인 남자였다. 그의 메일에는 인터넷 주소 하나가 링크되어 있었다. 주소를 클릭하자마자 낯익은 사진 몇 장이 나타났다. 패트릭이 참가했던 지난 호주 오픈에서 그의 근육을 풀어 주고 있던 나를 찍은 사진이었다. 지난 대회 때 나를 본 한국 사람 중 누군가가 제보한 사진이었을 것이다. 잠시 염성우의 이름을 떠올렸지만 녀석은 아닐 것이다. 호주 오픈에서 만났을 때 우리는 철조망에 가로막힌 사람처럼 서로에게 다가가지 못했다. 내가 테니스를 그만둔 이유를 녀석은 본능적으로 이해했고 먼저 고개를 돌린 쪽도 녀석이었다.

기사는 친절하게도 '주니어 선수로 촉망받았던 임석, 테니스 재활 치료사로 전락'이라는 제목으로 나의 근황을 알려 주고 있었다. 패트릭에게 물통을 건네고, 그의 등 근육을 풀어 주고, 고개를 숙인 채 그의 이야기를 경청하는 모든 자세가 전락이라는 단어를 쓸 수 있는 배경을 설명해 주었다. 어떤 식으로든 날아올 것이라 생각했던 칼날이었으니 놀랍지는 않았다. 메일을 준 박 기자는 나의 근황을 내 목소리로 듣고 싶다는 말을 전했다. 원치 않으면 절대 기사를 내지 않겠다며 사비를 털어 호주까지 날아오겠다는 말이 전부였다. 그가 고등학교 때까지 선수 생활을 했었다는 걸 임 변을 통해 들었다. 김호중 코치와 주니어 시절 전국 대회에서 만난 적이 있던 인연이란 말에 이상한 감정들이 갈빗대를 들쑤셔 놓았다.

넋을 놓고 벌어져 있던 손바닥에 차가운 맥주 하나가 놓였다. 패트릭이 맥주를 마시며 내게 물었다.

"부활절에 한국으로 돌아갈 거야?"

"아니, 거긴 공휴일이 아냐. 그런들 돌아가고 싶지도 않고."

"그럼 밀두라에 따라갈래?"

시즌도 아닌 밀두라에서 ITF 챌린저 대회를 하자는 소리는 아닐 것이다. 밀두라에 있는 제 아버지 포도 농장에 손님으로 초대한다는 뜻인지 일꾼으로 데려가겠다는 뜻인지 가늠이 되지 않는다. 별 반응을 보이지 않자 휴대폰을 꺼내 사진을 보여 주었다. 열대여섯 쯤으로 보이는 키 큰 남자아이가 코트에서 라켓을 들고 찍은 사진이었다. 패트릭과 꼭 닮은 눈매와 밝은 갈색 머리, 껑충한 키가 녀석의 남동생임을 짐작케 했다.

"제이든이 이번에 하이 주니어로 올라가는데 가서 훈련 좀 도와주려고. 요새 좀 엉망이야. 자기는 재능이 없대. 테니스를 그만두겠다고 하는데."

패트릭은 멋쩍게 웃으며 진짜 이유를 덧붙였다.

"테니스를 시작하게 된 게 나 때문이었는데, 근데 너도 알잖아. 이제 와서 포기하기도 아깝고, 가족끼리 뭔가를 가르치면 자기도 모르게 격해지는 거. 네가 좀 도와주면…… 이 녀석 진창을 벗어날 수 있지 않을까."

대답 대신 익숙한 침묵이 찾아왔다. 패트릭도 그 의미를 눈치챘는지 제 휴대폰만을 만지작거리며 말이 없었다. 제 딴에는 어렵게 꺼낸 말이었지만 침묵을 거절로 받아들일 것이다. 꼴통 시절을 보내고 있는 제이든에게 지금의 미숙함이 축복이며 그 어떤 답도 통하지 않음을. 오히려 녀석이 빼내고 싶은 것은 내가 발 담그고 있는 나의 진창일 텐데도. 그저 지켜볼 뿐이었다.

그리고 그 이름이 머릿속에서 섬광처럼 번쩍였다.

승모. 내게 그 이름은 승모였다. 나를 지옥에 처박고 저 자신도 부나방처럼 뛰어들었던 녀석. 그 지옥 같은 이름을 머릿속에 떠올릴 때마다 갈빗대를 얻어맞은 것처럼 뻐근하고 얼얼한 통증을 느끼게 만드는 녀석. 14세부 단식을 우승한 건 승모가 먼저였다. 녀석이 파트너로 고른 사람이 나였다. 나는 녀석의 실력을 밟고 올라가 16세부를 우승하고 날개를 달았다. 그 우승과 함께 잔인하게 녀석과 나의 역할이 바뀌었다.

그 누구도 자신의 미래를 점칠 수 없었다. 그깟 갯고둥 안에 숨은 작은 재능이 10년을 버틸 진통제가 되었을까. 실패는 다반사였고 매일 하루치의 좌절을 할당받고 땀으로 눈물을 덮으며 수십 번씩 테니스를 그만두겠다고 악다구니를 썼다. 훈련에서 단체로 도망쳤다가 학교 앞 피시방에서 붙잡혔던 이유조차 발이 느렸던 현도 녀석 때문이었다. 한 놈이 잡히고 모든 것이 물거품이 되어 버리는 것이 우리의 운명이었는지도 모른다. 비싼 후원사 하나 없던 고만고만한 것들이 한 놈 쓰러질 때마다 제 등을 내어 주며 서로를 붙잡아 일어섰다. 포도 넝쿨처럼 서로를 감고 바득바득 기어올랐다.

세상이 낯부끄러운 사생아쯤으로 여기는 실패 역시 나의 핏줄이며 고통의 산물이었기에 우리는 승수에 들지 못하는 패배를 잊지 않고 끌어안았다. 좌절로 버려진 시간 조각들을 모아 완성한 커다란 퀼트 속에 함성과 야유, 에이스와 더블 폴트를 욱여넣었다. 세상이 기억해 주든 말든, 무엇이 되든 말든.

마지막 맥주를 입에 털어 넣고 자리에서 일어나며 패트릭의 라켓을 다시 돌려주었다. 패트릭은 뭔가를 말하려다 입을 다물고 고개를 떨어뜨렸다. 어쩌면 지난 9개월간 지독한 학대를 견뎠던 것은 내가 아닌 패트릭일지도 모른다. 코치 몰래 손을 써서 나를 호주로 불렀지만 정작 내가 라켓을 잡지 못한다는 것을 본 뒤 녀석은 끝없이 자기 자신을 괴롭혔다. 말을 하는 대신 움직이며 그 말을 털어 내는 게 녀석이 제 안의 열기를 덜어 내는 방법이었다.

나는 패트릭의 약점을 알고 있다. 라켓을 잡는 사람 중에 신사만 있으리라는 착각은 윔블던에서도 유효하지 않았다. 다른 이의 고통을 지독하게 파고드는 소시오패스 같은 인간들이 코트 안에서 제 광기를 해결했다. 패트릭은 의도적으로 상대의 부상을 유도하는 사이코 같은 놈에게도 제가 정한 선을 지켰다. 패트릭은 내가 고꾸라질 약점이 테니스임을 알고 있었다.

환한 조명 탓에 눈이 부셨다. 열 걸음 앞에 출입문과 베이스라인이 놓여 있었다. 손에 든 두 개의 라켓 중 어느 쪽일까 잠시 고민에 잠겼다. 1파운드의 차이로 서브의 인과 아웃이 바뀌듯 한순간으로 내 인생의 경계가 바뀌었음을 기억해 냈다. 그러나 나는 수평선에 뜬 부표를 보고 있었다. 뜨거운 해를 등진 부표가 심장의 고동 소리에 맞춰 일렁이고 있었다.

출입문을 등지고 코트 안으로 들어서자 패트릭의 눈동자가 일렁였다. 패트릭이 용수철처럼 튀어 올라 베이스라인을 밟고 섰다. 그리고 묻는다. 서브를 가져갈 거냐. 친선의 불문율은 더 간절한 놈이 가져가는 것이고 시합을 간절히 원하는 것은 패트릭이니 나는 서브를 받기 위해 몸을 숙였다.

재능과 땀이 휘발되기 시작한 팔뚝에 새겨진 잠자리가 다시 꿈틀대기 시작했다. 얇은 그물망 같은 날개가 피부를 벗고 날아오른다. 이제 막 죽음의 잿더미에서 부활한 잠자리다. 그럼에도 녀석은 자꾸만 저를 태울 무언가를 향해 돌진한다. 네트 너머 저 녀석이 이끄는 불빛이 너무 황홀한 탓에 내 눈을 멀게 한다. 온몸의 신경이 죽은 잿더미에서 살아났다. 녀석의 횃불이 타오르는 곳은 또 다른 실패가 있는 곳이다. 그리고 서른다섯이다. 이 무정한 세계에서 나는 그들의 적이며 친구였고, 시작이 아니었듯 끝도 아니다. 게임이 끝나면 모든 것을 잊을 것이다

작가의 말

알베르 카뮈는 조르주 심농이 없었다면 『이방인』을 그렇게 쓰지 않
았을 거라고 말했지만 나는 내 노견이 없었다면 이 글을 이렇게 쓰
지 않았을지도 모르겠다고, 글을 마칠 때쯤 이상한 회한에 사로잡
혀 버렸다.

　개 나이로 열여섯, 사람 나이로 초고령이 되어 버린 그 개는 내가
소설가가 되어 글을 쓰는 일대기를 지켜본 역사의 증견이다. 충무
로 애견 숍에서 낮잠에 빠진 형제들 가운데 홀로 깨어 있던 녀석을
선택할 때 가게 주인이 양심껏 말릴 정도로 작고 볼품없던 녀석이
었다. 병치레만 하고 오래 살지 못할 거라는 말에 발끈해 녀석을 안
았다. 외로움과 불안한 청춘을 함께했던 친구였으나 늘 기다려 주
기만을 바랐기에 자기가 낳은 다섯 마리의 강아지를 먼 곳으로 보
내 버린 것을 조금은 원망했을지도 모르겠다.

글을 쓸수록, 나를 앞서 그녀는 늙어 갔다. 짙은 갈색의 털색이 빠지고 듬성듬성 흰털이 돋아나며 노쇠해졌다. 늘 촉촉하게 젖어 있던 새카만 코도 콩대처럼 바싹 말라 버렸고, 늦게 퇴근한 아저씨의 발자국 소리조차 듣지 못했으며 쪽빛 하늘의 별처럼 빛나던 눈빛조차 곰국처럼 탁해져 갔다. 내 배 아파 자식을 낳은 뒤 녀석에 대한 사랑이 반감기를 거쳐 작아져 버렸고 노견은 천덕꾸러기가 되었다. 올라타고 털을 잡아당기고 먹을 걸로 약 올리는 어린 사내아이가 얼마나 귀찮았을까. 그 어린 상전과 먹을 것으로 티격태격하다가 종내 그 손을 깨물고야 만 생의 후반이 너무나 애처로워, 깨문 손등에 이빨 자국 하나 남지 않았음에도 그 개구쟁이의 손등을 핥아 주는 걸 보고도 모른 척했다.

이 작품을 쓰는 동안 귀가 길고 천성이 유순했던 그 개는 만우절 하루만 거짓말같이 앓다가 다음 날 새벽 서둘러 떠나 버렸다. 극기 같은 내 천성이 유월 햇살처럼 빛나는 녀석을 택했을 때부터 그 이별이 예견되어 있었던 것처럼. 누군가의 삶이 7배속으로 재생되어 끝이 나는 것을 지켜보고 나니 삶이 쓸쓸하고도 덧없어 한동안 마음 골짜기 사이로 날카로운 바람이 불어 댔다.

수정을 마칠 즈음 US 오픈 남자 결승의 하이라이트를 보았다. 매치포인트를 따낸 조코비치가 관중석을 기어오르는 모습에서 잠깐 눈가가 짓무르고 코끝과 귀 끝이 빨간 사내의 얼굴이 카메라에 잡혔다가 사라졌다. 끝나 버린 경기 안에서 홀로 빠져나오지 못한 패자 후안 마르틴 델 포트로였다. 아르헨티나에서 그를 응원하기 위해 날아온 수많은 친구들은 열두 사도처럼 우뚝 서 그를 향해 손을 높이 치켜들어 주었다. 남자의 눈은 여전히 빨갰다. 희한하게도 나는 교과서처럼 승리를 가져가는 조코비치가 아닌 델 포트로의 눈물에 더 마음이 쓰였다. 그리고 그를 응원하기 위해 먼 길을 달려온 친구들에게도.

시상식 진행자는 스무 살에 US 오픈을 우승하고 9년 만에 이 자리에 다시 선 감회를 물었다. 고국의 팬들에게 보내는 그의 스페인어를 알아듣지 못했으나 심장이 저릿했다. 그 자리에 돌아오길 바랐던 누군가를 떠올렸기 때문인지도 모른다. 그들의 마지막을 독자에게 맡기기 위해 마침표를 빼버렸다. 그가 어떤 인생을 살았을지, 자신이 어떤 삶을 살지는 읽는 이의 몫이다.

이 글은 젊은 세대와 나이 든 세대의 갈등, 가진 자와 가지지 못한 자들의 극한 대립 속에서 교묘히 자신의 모습을 감추고 있는 검은 밤을 검은 개의 눈으로 좇고자 하는 과정이다.

굳이 나의 소회를 말해야 한다면, 나에겐 모든 것이 연민이었으니 임석과 그의 친구들, 꿈을 꾸는 아이들의 삶을 바라보며 또한 애처로움을 감출 길이 없었다. 치열한 그들의 삶을 글로 표현하며 현실의 목줄을 거는 것도 슬펐다. 시간과 공간의 두 축만을 가지던 삶에 행과 불행이라는 또 다른 축이 등장하면서 거대한 인생의 큐브 안에 잠겨 버린 작은 기억 상자가 떠올랐다.

글을 쓰게 만드는 발원지는 그 기억 상자다. 다만 풀어내기가 쉽지 않았다. 기억은 뒤안길로 사라지지 않았다. 그것은 의식의 골목길에서 나를 기다리고 있었다. 여기까지 잘 왔다 잠시 내 손을 잡았다가 앞으로 걸어가며 말한다.

부디 가벼워지도록. 납 벨트가 너무 무거워 올라올 수 없었던 20년 전 그 바다를 기억하면서 내가 버려야 할 것들을 되짚어 본다. 본디 내 것이 아니었던 것들과 내가 집착했던 것들로부터 가벼워지도록. 손을 놓기 싫은 작품이었으나 글의 첫 줄을 시작하게 해 준 녀석이 떠났으니 이제 나도 마지막 장을 기록해야 한다.

이 작품의 초고를 쓸 때 도움을 준 홍석인 변호사와 최종 감수에 도움을 준 이보람 변호사, 오래 고생한 다산북스 편집부에게 지면을 빌려 감사를 전한다. 사랑하는 가족에 대한 고마움은 활자에 담을 길이 없어 두고두고 곁에서 전할까 한다. 모든 독자가 심연 속에서 자신의 비망록을 찾길 바란다.

2018년 11월 용인에서
추 정 경

검은 개

초판 1쇄 인쇄 2018년 12월 19일
초판 1쇄 발행 2019년 1월 2일

지은이 추정경
펴낸이 김선식

경영총괄 김은영
책임편집 윤세미　크로스교정 조세현　디자인 심아경　책임마케터 양서연
콘텐츠개발3팀장 윤세미　콘텐츠개발3팀 심아경, 이현주, 박화수
마케팅본부 이주화, 정명찬, 최혜령, 이고은, 양서연, 이유진, 허윤선, 김은지, 박태준, 배시영, 기명리
저작권팀 최하나, 추숙영
경영관리본부 허대우, 임해랑, 윤이경, 김민아, 권송이, 김재경, 최완규, 손영은, 김지영
외부스태프 이보람 변호사(법적 감수) 박진범(표지 디자인)

펴낸곳 다산북스　출판등록 2005년 12월 23일 제313-2005-00277호
주소 경기도 파주시 회동길 357 3층
전화 02-704-1724　팩스 02-322-5717　이메일 dasanbooks@dasanbooks.com
홈페이지 www.dasanbooks.com　블로그 blog.naver.com/dasan_books
종이 (주)한솔피앤에스　출력·인쇄 민언프린텍　후가공 평창P&G　제본 정문바인텍
ISBN 979-11-306-2022-0 (03810)